# 法國文學理論與實踐

Essais d'études sur la
génétique littéraire
Théories et applications

何金蘭 著

# 目　次

## 第一章

# 緒論──探尋「發生」思維建構
# 及其他之歷程

# 壹

　　1979 年至 1985 年在巴黎求學期間，曾追隨多位著名學者進入法國文學理論的領域裡學習新的學科，其中以柯麗絲德娃（Julia Kristeva, 1941- ）的符號學和杭波（Placide Rambaud, 1922-1990）文學社會學的課，對我影響最大，使我的研究興趣從原來的中國文學轉向法國文學理論。

　　在許多不同的理論當中，文學批評受到發生論的影響而發展出來的學說最吸引我。作品的發生緣起與作者心靈種種細膩活動有著非常密切的關係，一直到作品面世之前，創作者又必須經歷過多少層的思維變化和心理掙扎，在同一篇作品不斷的修改路途上。如何探索這期間從源起至終點的層層祕密，正是發生論文學批評方法所欲進行的方向和最終目標。

# 貳

　　1995 年，一心一意希望能繼續學習文學理論與研究方法，申請到國科會的補助之後，就全心全意飛到巴黎，桀溺（Jean-Pierre Diény, 1927- ）教授的推薦函讓我能夠每日到高等師範學院、巴黎市內文學與文學理論類藏書最豐富的圖書館去蒐集相關資料，並旁聽自己有興趣的課。當時在台灣已有部分研究者使用電腦工作，但巴黎的高等師範學院只允許每人每月影印六十頁資料，其餘的都得一個字一個字地抄寫到卡片上去。我每天一大早搭輕鐵設法將才三歲多的孩子「願意」留在言語不通的幼兒園，再坐一個多小時的地鐵和公車，從北郊往巴黎市南邊去，進入圖書館，盡快尋找可能有用的書，影印或抄寫。中午十二點館員休息，閱讀者也得離館，到

對面小咖啡館吃一片三明治、喝一小杯咖啡,等待一點半開館再繼續工作,然後匆匆趕回北郊接孩子返回住處,煮飯餵她幫她洗澡哄她睡覺,再忙著整理白天所找到的東西,準備第二天要做的事情。

那時原本想去拜訪著名文學批評理論學者費優(Roger Fayolle, 1928-)和惹內德(Gérard Genette, 1930-)但桀溺老師告知他們健康狀況不太好,不敢打擾他們。社會科學高等學院有知名的解構主義學者德希達(Jacques Derrida, 1930-2004)的課,第八大學有「性／別研究中心」,高姚時髦完全自我形象的西蘇(Hélène Cixous)的課,高等師範學院的文學理論學者查理(Michel Charles)也有課,都特地排出時間專心去聽;第七大學柯麗絲德娃依然還開有探討羅蘭・巴特(Roland Barthes, 1915-1980)的課,也趕緊回去重溫當年上她課的滋味。第八大學還有一門「Critique Génétique」,更是最吸引人的課程;因是夜間,還必須找人代為照顧孩子,自己趕去上課。有一次,授課老師為我們講解福樓拜(Gustave Flaubert, 1821-1880)和普魯斯特(Marcel Proust, 1871-1922)的親筆手稿,探討此二位文學家筆跡之差異,並從這些不同追尋二人文學作品的原始祕密,最初最早在他們心中的某種因素使某部作品得以萌芽誕生,直至修改多少次之後才形成的文本面貌,修改過程中間心靈上精神上思維上的某些奧祕變化,都可以從筆跡手稿洩露出來的些許痕跡,得以透視和解析。另一次,另一位女性學者德珮—惹聶笛(Raymonde Debray-Genette)將福樓拜以完全「客觀」手法書寫的《包法利夫人》全書中之某一詞彙指出,進而找到那一絲作者不自覺的主觀意識。

我仍然記得德希達上課時的特殊狀況:非常寬大高敞的梯形教室總是擠滿學生和聽眾,真是一「位」難求;擠不過別人時,只好坐在階梯上,傾聽精彩無比的「講課」。第一排座位總是留給有名的學者、教授。一次,我看到西蘇和幾位著名教授正進入教室坐在

第一排，面對著德希達，專心地聽講；那一天，德希達談的是美國使用電腦進行各項工作時的各種利弊。以當時法國還沒有多少人曉得有這種「先進」工具，可以進行打字、儲存檔案、網路聊天、資料蒐尋之外，也可以下載「偷竊」尚未上市的「新書」、「竊取」某某知名公司的最機密檔案、甚至是某人某事有利有害的種種資料私密等等無法想像的工作任務。後來，1996 年 1 月 8 日法國前總統密特朗才剛去世，有關他故事的書早已在網上被人大量「閱讀」或全部下載，更證明了德希達在課堂上曾告訴過我們的有多正確和準確。

參

　　重新在巴黎再待六個多月的時間內，除了可以親自跟隨多位仰慕已久的著名學者、親聆他們精彩課程的專業講授所啟發，獲益良多，比起 1979 至 1985 年求學期間，在文學社會學與發生論分析方法的理論方面有更多更深的認識之外，也對在許多次不同的上課教室內，一位學者在講授時，可以吸引五、六位甚至七、八位知名教授或專心聆聽、或陳述自己進行研究時的經驗與成果、或討論不同方法的優劣得失，這種情況比以前更常見到；其中的努力、融洽、以及在學習和探索學問的用心追求上更令人驚訝和羨慕，希望能有更多與他們一起上課的機會。

　　由於當時在台灣已開始使用電腦進行寫作或研究，一次，在探討作者筆跡手稿所能流露的思維與心靈祕密時，我曾提問：未來若大部分創作者均以電腦書寫時，研究者尋找到的可能只有機器印出來的字，儘管字形可以變化多端、形形色色，然而肯定已經不是作者「手」寫的字跡，那麼該如何進行這種發生論分析方法。當時老師稍為猶豫了一下，回答說：「的確可能會困難許多。」

# 肆

1995 年購買柯希雍（Almuth Grésillon）於 1994 年巴黎 PUF 出版的《發生論分析方法元素——解析現代手稿》（*Eléments de critique génétique. Lire les manuscrits modernes*）一書中，她探討的是「何謂發生論分析方法」、「現代手稿」、「如何建立和辨識一份『根源』資料檔案？」、「如何閱讀與詮釋各類『根源』檔案？」、「發生論分析方法與各出版品」、「探討發生學理論」；2009 年 1 月再購買同一作者於 2008 年底在 CNRS 出版的《應用與實踐・發生學進路》（*La Mise en oeuvre. Itinéraires génétiques*），距離 1994 年十四年之後，在進入二十一世紀電腦已「普遍全球化」或「全球普遍化」的世代，書中的第一部分除探討「發生論分析方法」的源起、定義、方法之外，於第二部分提出已經以此分析方法進行而完成的研究成果，一共有五位：福樓拜、左拉（Émile Zola, 1840-1902）、普魯斯特、蘇貝維耶（Jule Supervielle, 1884-1960）、龐日（Francis Ponge, 1899-1988），並於第三部分指出發生論分析方法所碰觸到的「界線」：戲劇的「原始祕密」與目前無草稿無手稿無字跡狀況下發生論分析方法未來的可能走向。

以目前在法國已經出版了的福樓拜作品「原始祕密」「發生」分析一大冊研究成果來看，能夠蒐尋到作者的全部或大部分創作時的親筆手稿——包括初稿、多次修改草稿、最後定稿等等——是研究者在進行發生論分析方法時最大的助益；從這些手稿的許多變化，再進而探討作者於創作與修改過程當中、外人無法得知的心靈深層與思考路線的繁複細膩迂迴和轉折，研究者也可以從這些一層一層的細微探究覓出一幅較為完整的作者創作與書寫的心理變化及思索私密圖，不但能幫助讀者更了解作者個人，對理解、詮釋、

欣賞和分析作者的文學作品時，也能夠更深入更透徹更明白其中的巧妙與深奧。

最近十數年，在台灣，重視作家筆跡手稿的現象越來越普遍、程度也越來越高，但要蒐集到某位作家的某部作品的全部手稿，還需要研究者盡心盡力真正進行這項工作才能確定。

我在〈追尋作品原始祕密——試探「文本發生學及發生論文學批評理論／方法」〉一文中，原想將自己創作詩的三個階段——初稿、第一次修改、第二次修改；當然，每次修改過程當中並不是像後來印成書時那麼簡單的幾個字，而是塗改的亂七八糟——作為一個例子，以「手」稿明顯地加以闡釋，但後來因種種緣故，只能以書中「印刷」的字體面貌呈現；即使另一首〈兩端〉是以手稿影本樣貌出現，雖然讀者可以比較出其中的修改變化，可是明顯地就缺少作者正在「現場」無法遮掩迴避的味道了。

2010 年 1 月 27 日開幕的台北國際書展有一套金庸武俠小說正以「電子書」最新面貌出現，一大堆紙本的書如今的厚度比原來的「一本」還要薄，當然，電子書內千百種面貌都可在瞬間千變萬化出來，只是卻找不到最原始的作者筆跡，同時還有蘋果平板電腦「iPad」的問世，更帶來了新的閱讀革命。

2010 年 8 月與 9 月在巴黎與法國其他地方待了四週，除了驚訝巴黎「外貌」許多意想不到的改變之外，最讓我感到不可思議的是，在五星級飯店的米其林三星餐廳有老太太閱讀「電子書」、公園裡不老不年青的男或女閱讀「電子書」、在地鐵上有不知是遊客、觀光客還是本地人正閱讀「電子書」、在咖啡館內有年輕人閱讀「電子書」或正在上網，許多許多地方都全是電子網路設備，「虛擬」的味道淹沒了原來令人痴迷的巴黎「純」「真」美味，不只「iPad」，「iPhone」也到處有，人人手上的手機一直在活動著。

也是 2010 年 9 月，自 2 日至 9 日，ITEM 正於 Cerisy-la-Salle 舉辦「發生論文學批評」國際研討會，發表論文探討文學作品與創作過程當中的所有可能細節。

2010 年 11 月 17 日，王文興手稿集及其發表會暨座談會於台灣大學總圖書館五樓舉行。2011 年蘋果公司分別於 3 月和 6 月將 iPad 2 和 iCloud 上市與開發。2011 年 3 月中旬我們買到兩本關於「發生論文學批評」和「文本發生學」多重和多角度研究的重要書籍；此外，2011 年 4 月至 5 月「他們在島嶼寫作」系列影片於台北市長春路國賓電影院上映，對發生論文學批評與文本發生學產生了非常深遠的啟發和影響力。

因此該如何進行發生論分析方法來探索這中間因時代、社會、科技、精神、心靈眾多不同層面匯聚之下集中於此刻迸發出來的嶄新「產品」，可能又要耗費一段長時間來思考探討研究。

## 伍

正如書名所標示，本書可分為兩大部分：一、法國文學理論；二、法國文學理論／方法之實踐。

第一部分共三章，第一章的緒論敘述筆者對「發生論」之認識及學習經過，第二章則探討「發生論文學批評」與「文本發生學」理論與方法之奠立及其發展，除了將此理論做詳細的闡述之外，我們也舉例觀察三首詩的初創與完成面貌之間的差異，無手稿或有手稿，都可以看出這類研究方法的特色，文中亦提出今日電腦普及化狀況下可能碰到的困境與解決辦法。接著是法國文學批評理論中、重視文學與社會互動關係而發展出來的文學社會學與文本社會學，我們也在此特別加以探討，其起源階段的斯達勒夫人（Mme de

Staël, 1766-1817）——2009 年 8 月中旬，我特地到日內瓦待了八天，並專程到斯達勒夫人的故鄉故居參觀探訪，盡可能地蒐集有關於她的資料，希望在未來能以更多時間和精神更詳盡地介紹、分析、詮釋這位才女及其著述與創作——之「文學論」和鄧納（Hippolyte Taine, 1828-1893）「三元論」及郎松（Gustave Lanson, 1857-1934）的文學史方法論；還有其發展階段的「波爾多學派」與「發生論結構主義」的建構與貢獻；「社會批判」學派文本社會學的理論特色也在我們的評析之中；此外，關於高德曼（Lucien Goldmann, 1913-1970）的理論，因他創設制訂了一套非常完整的體系，他許多重要研究其實都是他自己的理論和研究方法的實踐，牽涉層面既廣且深，涉及文學、美學、哲學、藝術甚至整體的文化現象，因此我們需要較多的篇幅加以闡釋、分析和評論。另一方面，我們也應用了高德曼的「發生論結構主義」研究方法到中國古典文學——東坡詞——與華文現代詩的分析上去，尤其第四章正是這個理論與方法的實踐。

　　高德曼於 1947 年制訂「文學的辯證社會學」後來正式命名為「發生論結構主義」之後，最初研究的是巴斯噶（Pascal, 1623-1662）的《思想集》（Pensées）和拉辛（Racine, 1639-1699）的悲劇，以社會學角度闡釋十七世紀中的長袍貴族和布爾喬亞階級，從文學結構、思想結構或世界觀、以及一個社會團體的結構來理解和解釋這裡面的每一要角之誕生或起源。1961 年元月，他到布魯塞爾自由大學的社會學研究所成立文學社會學研究小組後，致力於研究現代小說，後來亦單獨分析了一首法國詩；但由於哲學、戲劇、小說與詩歌之間的差異太大，他在詩歌的分析中特別指出，最重要的工作是尋找出並釐清詩歌「文本」裡的「意涵結構」，「總」的意涵結構與部分或微小的意涵結構，以闡明「文本」的真正意涵。

　　第三章：我們探討的是法國著名文學理論家羅蘭‧巴特的論著。羅蘭‧巴特的文學活動與研究對象多姿多采、千變萬化，很難把他定位在某一個領域之內。他早期的著述如《書寫的零度》、《批評文集》、《神話學》等大多是探討文學的社會地位、作家在歷史中的責任、文學和社會生活的語言和結構、諷刺現代社會生活中的小資產階級意識形態，因此我們第一篇即討論他這一時期的文學社會學論述。

　　第二篇評析的是巴特與眾不同、非常特別的《羅蘭‧巴特論羅蘭‧巴特》自傳與其自傳觀。全書以其著名的片段式書寫形式讓「他」、「您」、「你」、「我」輪番出現，「自傳」變成一部虛構的「小說」，作者是寫者，也是讀者；是描述者，也是批判者；種種異於他人的書寫、形式十分弔詭的「自傳」。巴特的文學觀在他於「法蘭西學院」的《就職演說》中表達的十分清楚，那是具啟示性的，開向更多的可寫性文本；在他最具影響力的著名評論文章〈作者之死〉裡，他強烈質疑傳統的文學理念，他不把文學理解成一組或一套作品；他主要關心的是「文本」。

　　至於第三篇評析的是巴特文學批評觀，他認為文學批評並不是向過去的真實「致敬」，或是向「另一人」的真實致敬；文學批評是一種建構，建構我們時代的可理解性。

　　第四篇討論的是巴特受到柯麗絲德娃影響之後建立起來的「語碼解讀法」，並以此分析巴爾札克（Honoré de Balzac, 1799-1850）的短篇小說《薩拉辛納》（Sarrazine），他所建構的即是「可讀性」文本與「可寫性」文本的差異與價值：30 頁的《薩拉辛納》，在巴特的手中變成「可寫性文本」，享受「再書寫」的快感，「生產」了215 頁的分析文字。

　　第五篇討論的是巴特兩種「零度書寫」之一：葛諾（Raymond Queneau, 1903-1976）的《薩伊在地鐵上》（Zazie dans le métro）小

說中非常社會化的文學語言。這部小說我曾於 1976 年翻譯完整，在《青年戰士報》副刊上連載，1977 年 8 月 15 日由源成出版公司以《文明謀殺了她》作書名出版，1995 年又經中央出版公司以雙語出版，書名改回為《薩伊在地鐵上》。巴特對葛諾的文字與語言的掌控非常讚揚，認為已是他所討論的零度書寫。

　　第二部分共兩章，第四章即是理論／方法的實踐，我們應用的是高德曼的「發生論結構主義」，剖析了共十三首華文現代詩。

　　1993 年，文化大學舉辦「現代文學教學研討會」，當時現代詩才剛開始在中學「露臉」，許多老師還不知道該如何教現代詩之際，被邀發表論文的我思考著是否可以將高德曼的分析方法應用到現代詩上，最後決定進行。我花了二個多月的時間才理妥洛夫〈清明〉一詩的總意涵結構與部分意涵結構，將全詩整個「文本」的大、小、粗、細詞彙、字眼、標點符號、意涵、指涉等等都「整理」得「脈絡分明」，於研討會中提出，從此開始我一系列的華文現代詩分析。

　　這第四章共分「壹」和「貳」兩部分：第壹部分探討的是「女性詩人作品文本剖析」：林泠〈不繫之舟〉一詩曾為許多學者討論過，大部分的論述都特別強調此詩的「不繫」意識，然而在我的分析裡，卻發現「文本」中某些字或標點符號所指涉的其實是「繫」，因此，我認為此詩是在「繫與不繫之間」擺盪、徘徊、掙扎的心靈呈現。最初原想將〈不繫之舟〉同時以高德曼「發生論結構主義」方法和羅蘭‧巴特的語碼解讀法兩種方法進行分析，最後卻因健康問題，只分析了「不繫之舟」這標題，其餘的詩歌「文本」只能以高德曼的方法進行。

　　在林泠的少女不繫情懷或意識之後，我在蓉子〈我的粧鏡是一隻弓背的貓〉與敻虹〈我已經走向你了〉詩內鏨出呈現於字裡行間的「女性自我意識」，在淡瑩的〈髮上歲月〉一詩也尋到「女性意

識」但是屬於「深情」那一方面；在分析尹玲書寫時則發現深藏於內裡的身分認同、文化認同及戰火紋身後的漂泊意識。

至於男性詩人文本這一部分，洛夫〈清明〉詩內的「純美／悲淒」意涵結構源自越南戰爭，與第一部分尹玲的煙硝流離意識相近，而向明〈樓外樓〉的「家鄉／異地」與「內／外」糾葛，其中的苦痛全因 1949 幾百萬人逃難遠離家鄉、四十年的輾轉之後重見已成「異地」；我們在瘂弦〈如歌的行版〉一詩中「傾聽」到的那種超現實、無可奈何，哀愁又反諷的「虛無／存在」樂章不也正是二次世界大戰與 1949 大時代戰亂下的死亡與顛沛而流蕩出來的？另一方面，1949 的「異地」也「彷彿」快成「家鄉」，這種意涵結構與羈魂〈一切看來是那麼實在〉因香港將於 1997 年「回歸」而帶給詩人的「虛無」、「實在」、真假難辨、「看來實在」「其實不是」的無奈掙扎、何去何從的悲哀相似。

管管的〈春天的頭是什麼樣的頭——記花蓮之遊〉則是以「虛象」「實象」的「相拒」最後「同體」的一種寫法與意涵結構闡析，跟向明〈門外的樹〉一動一靜所欲涵蓋的「虛／實」與「隱藏／顯現」等的結構元素有異曲同工之妙。白靈的〈鐘擺〉和丁文智的〈榴槤〉感歎的同是不留人的「時間」。

必須在此說明的是，儘管我閱讀高德曼的原文著作、闡析他的理論與方法已經有非常長的一段時間（從在巴黎求學 1979～1985 期間至今），但每一次要進行一首詩的分析時，我所要花的時間與精神、腦力，永遠比我能夠想像的多很多；這十三篇文字裡，以蓉子〈我的粧鏡是一隻弓背的貓〉用了超過兩年的時間，最久，林泠的〈不繫之舟〉超過半年，其他的總會需要兩個月到五、六個月之久，完成分析之後再重新閱讀、檢討，有時候會覺得好像分析的還不夠細緻、徹底，總是後來進行的研究，似乎比前面做的要好一些，圓滿一些。

　　進入二十一世紀之後，我們常讀到許多書或碩、博士論文，套用的西方文學理論非常多，甚至於只為了一個現象或事件，竟將多種語文的著名理論全放進去加以詮釋或分析，而寫作者也只不過才讀了一兩本不知有無錯誤的中譯本。因此，我認為在應用西方（包括東方與南、北方）理論來分析作品或文本時，應該先將那套理論與方法了解透徹，同時要觀察並思考看這理論與方法在進行分析此篇作品或文本時會否太牽強或離譜，總得先說服自己之後才能說服別人，否則就必須換另一理論／方法或另一篇作品／文本，以增加論述中的合理、圓潤或清楚、分明。

　　第五章為結論，對全書中所闡釋和分析的文學理論與方法以及應用實踐部分，再作一些檢討和對未來的展望。

## 陸

　　全書分為兩大部分：一、法國數種文學批評理論的探討；二、高德曼「發生論結構主義」方法在華文現代詩上的應用。初看之下，可能會覺得互無關聯，但實際上各章節之間關係密切，從文學與社會互動，自許多不同角度切入探索的文學作品原始祕密之理論，各自發展成一套完整的論述；而「發生論結構主義」方法一系列的實踐正是台灣於九〇年代國中、高中開始現代詩教學時嘗試使用的眾多方法中，一種非常精細透徹的闡釋分析方法。

　　高德曼「發生論結構主義」方法已有一些同學學習並嘗試應用到詩歌與其他文體的分析上，我們相信，它將可以成為特別深入和細緻的「文本」分析方法，在繽紛耀目的理論和研究方法之中，邁向一道理解、詮釋、闡析現代詩或其他文學作品的可行道路。

## 第二章

# 法國文學批評理論

# 第一節

## 發生論文學批評與文本發生學之奠立及其發展

### 壹

　　翻開二十世紀的法國文學批評史，我們看到的是花團錦簇、璀璨繽紛、爭奇鬥艷、賞心悅目的圖畫：不同的理論、不同的專家、文學批評者一如文學創作者，多樣多元、卓越傑出。

　　最引人注意的是，自從羅蘭・巴特（Roland Barthes, 1915-1980）的論述出現之後，尤其是他的《S/Z》[1]一書以語碼解析法巧妙地闡釋——閱讀＋分析＋創作——巴爾札克（Honoré de Balzac, 1799-1850）的《薩哈辛納》（Sarrasine），將一部只有 30 頁的「短篇小說」衍繹或演繹成一部 215 頁的「評論」或「解碼」，我們清楚地看到巴特在此行動中所扮演的角色：「閱讀者」與「書寫者」的「混合」或「結合」；換句話說，「閱讀」與「書寫」（「書寫」於此包含「評析」與「創作」）在整個過程裏是全部同時進行的：巴特所完成的「文本」內含有「詮釋」（interprétation），或是說，「詮釋」即隱身於「文本」之內，甚至於，巴特呈現的成果突顯出「文本」「屬於」

---

[1]　羅蘭・巴特著，《S/Z》，Seuil 出版社，巴黎，1970。

「文學批評者」更多於「原本」的「文學創作者」,這一點正與他〈作者之死〉(La Mort de l'auteur)[2]一文所強調由讀者衍生「文本」意義的論述相符合:「文本」對評論者或讀者都比作者重要。

羅蘭·巴特重視「文本」可在他各種論述中讀到,特別是《S/Z》內所強調的可讀性與可寫性文本。「可寫性」令人想到從「評論」、解碼轉為「書寫」、創作的微妙處:從另外一個角度看,化為「可寫性文本」的「原來文本」於此彷彿是一個更「前面」的一個「文本」,即使不是由後至的「評論者兼創作者」所「作」,但它所擔任的正是關鍵的「前」「文本」角色;若是同一「作者」,這「前」「文本」的「原始」身份更有可能是其接近「起點」的「親筆手稿」,也就是作品文本的「源起」。

## 貳

(a)我們在另一位理論家郎松(Gustave Lanson, 1857-1934)的論述中看到的正是更往「文本」前面一些的一個目標:手稿。郎松於二十世紀初即以文學史方法評論文學,他的影響一直延續到今日。他所建立的文學史觀與其他學者不同,這是一種具歷史意義的科學或者應稱之為理性(raisonnable)文學史,視理論與方法具同等重要性,而且還是評論研究中最重要角色之論述。開啟了這一類特殊評論視野並帶來驚人發展與演變的人,正是郎松。他有一篇較少引起注意的文章裡,明顯地特別重視「源始」批評的程度。在〈保羅和維吉尼之手稿〉(Un manuscrit de Paul et Virginie)[3]一文中郎松

---

[2] 此文原刊於 Mantéia 1968,後收入巴特文集《語言之微響》(Le Bruissement de la langue)Seuil, Paris,1984,頁 61-67。

[3] "Un manuscrit de Paul et Virginie"一文於 1908 年刊於《Revue du Mois》期刊,1930 年收入 Champion 出版社出版之《文學歷史研究》(Etudes d'histoire littéraire)一書。

指出：在這一類批評方法裡，最重要的，並不是針對「起點」作批評，而是要對「草稿、初樣和手稿來作分析」。這些資料之所以如此重要，是因為「我們可以根據它們而將藝術家的全部努力加以解碼釋謎，我們可以追踪他所做過的各種執著的嘗試、他的尋索、他的遲疑、他緩慢的摸索等等各項行動當中的創意與發現」。

郎松甚至更進一步地仔細描繪手稿的具體外觀、深入至觀看墨水的品質，並且還能夠指出某位作家那種可與福樓拜的艱辛刻苦、工作繁重相提並論的那副模樣：「我尤其想指出此種苦工的程度以及他工作時的目標與表現。從這個觀察中，我們可以看到作家的天份和品味以及藝術家的氣質性格與顧忌不安。」

郎松並於文末提到類似鄧納（Hippolyte Taine, 1828-1893）──以「民族、環境、時代」三元論作為「唯科學主義決定論的文學批評」理論家──尋找「方向」的觀點，一個具決定性的因素；而且，假如最終定型的作品即定本之面目或特色（caractères）早就已在「起點」的地方出現過，或是後來再加上去，他認為，那表示它正標明「這是一種具有思考、考慮並且充滿活力的自發性觀點」。

除此之外，我們可以在郎松的「文學史方法論」中，觀察到他的研究步驟特別強調的有三點：一、做目錄：是為了要蒐集齊所有要研究的作品或作家的已知文章，以及有關他們的、前人已做過的研究；二、可能的淵源之研究：唯一能完全釐清一部作品產生起源的方法並把它真正的獨創性凸顯出來；三、研究保存的手稿，及一篇作品因不同版本而產生的連續情況，這是一個確切可靠的方法，可以找出思想的形成過程或深入了解某種風格的秘密；而這些正是「發生論文學批評」所關注的目標。

（b）此種探尋「起點」至「草稿」、「初樣」和「手稿」的文學批評方法，在長期執教於英國牛津大學的郎松一位高徒儒樂

（Gustave Rudler）之論述中，我們看到更嚴密的說明，不但是針對文學評論或文學考證的發行版本，還更指向起源的文學評論，尤其是《文學考證與文學歷史之技術方法》[4]一書中：「在將文學作品送去印刷之前，它會經過許多不同階段：從作品的第一個想法之出現直至最後完成變成定本時。發生校勘（或考證）學旨在揭示作品源出的心靈精神工作，並從中找出規律」。除此之外，我們還可以觀察到「作家的心理機制」與「精神靈智的活動以及其活躍創作時正在進行的模樣」，換句話說，那是將一個「已固定結構」的簡單描繪，轉化成「具生命力的觀點」。

　　（c）我們還必須在此提到另一個比「手稿」、「草稿」更接近「起點」的概念，那就是「前文本」（Avant-Texte）。1972 年，白樂敏—諾埃（Jean Bellemin-Noël）於巴黎拉胡斯出版社出版的《文本與前文本》（Le Texte et l' Avant -Texte）[5]將發生論研究導向一個更令研究者深感興趣的全新方向。他這一份本是研究米羅茲（Milosz）「草稿」的理論入門導讀本，竟然為「前文本」一詞帶來了無限「生機」與「商機」，引起專家學者們不斷的熱烈討論和研究。1977 年《文學》（Littérature）雜誌 12 月號的專論為「文本起源」、其中的一篇論文〈重現手稿、呈現草稿、創造前文本〉再次探討這個研究對象，他特別指出「手稿」、「草稿」與「前文本」三者之間的差異與不同的重要性：「手稿」其實只能是一種再重現或複製，而「草稿」當然是尚未完成之「文本」，但「草稿」的重要性是在於它「能夠」引領研究者、評論者或讀者清楚地看到「作者之意圖」，那正是一篇文學作品在走向「最完美狀態」之前的演變模樣。

---

[4]　"Techniques de la critique et l'histoire littéraires", Oxford, 1923; Slatkine, 1979.

[5]　"Le Texte et l'Avant-Texte", 巴黎，Larousse 出版社，1972。

　　至於「前文本」，他認為「在將『它』從『草稿』之中提取出來所作的研究論述之外，其實，任何地方都找不到『前文本』的存在痕跡的」；因此，在這種狀態下，我們只看到「草稿」和「研究（者）」，但看不到「作者」：「草稿」是幫助文學作品「起草用」的全部資料，由文學的歷史學者來記錄繕寫與描繪展示，旨在重建這篇作品的史前史，不論此歷史學者採取的是形式上或是內容上的觀點都一樣；而一篇「前文本」的定義則是一篇走在「文本」之前的某種東西之重建，由一位研究者以特殊方法再建，利用具決定性意義的已知情況，建立成閱讀的後連續對象。

　　我們可以從這些論述中看到「前文本」所包含的範圍特別寬廣，它的模樣更是曚曨模糊、游移不定、脆弱易碎、不易捉摸、若隱若現或若有似無，在一篇作品「繁複眾多」、「千變萬化」的「可能狀態」或「萬種風華」之前伸展自己如花綻放。自從白樂敏－諾埃的《文本及前文本》面世之後，大家將「前文本」視為「資料」的「整體」：筆記、記錄、便條、短箋、批注、計畫、方案、提綱、故事梗概、設想、進程、草圖、草樣、草稿、謄清的稿子、校對修改過後的初校樣貌等等；這千百種各異面貌的所謂「資料」實際上就「置放」於文本的前面，從那時起就成為大家爭相重視、關注和研究的重要對象。

　　（d）在探討文本起源或發生學的批評方法時，德珮－惹磊笛（Raymonde Debray-Genette）曾提出一個非常特別的見解和問題：到底「發生學」是否即「詩學」的輔助物或助手而已，甚至，它也是所有評論研究方法的助手？或者，難道真有一個「手稿的特定詩學」、一個正好「與文本詩學相反且對立的書寫之特殊詩學」？[6]

---

[6]　刊於 1977 年 12 月之《文學》雜誌（*Littérature*），亦於《發生論文學批評論集》（*Essais de critique génétique*），Flammarion 出版，巴黎 1979；以及《作

　　每當我們閱讀一位作家的草稿時，應該會不禁問道：這是「文本」已決定了的最後樣貌嗎？也就是說，這篇作品的「限度」？或者是，這是此「文本」已經抵達的完美狀態「精緻」境界？還是，此「文本」是某一計畫的執行完成、即是不可改變的「定局」？

　　德珮－惹磊笛認為，談到起源發生學，應該不要往「進展」這個術語詞彙去想，而是往「差異」才對，換句話說，「最先要去除掉的，是對最終文本即定本的盲目崇拜」。根據對還活在世上的文學家所做過的調查研究，我們看到的是，文學創作會有許多令人意想不到的資料收穫。那麼應該如何進行閱讀呢？她建議該「從閱讀一個字作為開始，一直到將手稿每一頁的兩面都加以整理、分類，事實上，我們的『注意』是具有選擇性的……因為光是閱讀還不夠，必須要知道我們『想』閱讀的東西」；要知道，有些手稿是無法做到正確和完整的抄寫程度，比如說，像福樓拜的草稿就是如此，因此需要加以選擇。進行研究某一主題時，必須注意和根據的，應該是以書寫的踪跡記錄為主，而不是只觀察作者的生平事跡，因為書寫痕跡的草稿會包含大量的心理、文化、社交、社會等相關資訊，並且具有豐富的啟示功能；我們會看到草稿內常出現相關資料的「重寫」或「再寫」。以福樓拜和普魯斯特為例，他們經常會再次抄寫充滿文獻、資料等的著作頁面、片段或篇章，換句話說，發生論研究者在此狀況之下考察的有如是作家們的「搬移（資料）現象」，或是「（文獻）調位奇觀」。

　　在論及發生學與詩學之間的關係時，德珮－惹磊笛強調的是，發生學絕對不會「消滅」詩學，只是會削弱最終文本即定本可能賦予的那種「確定」，比它能證實的更常發生。草稿的「詩學」在面對著「變化體系」時顯得更「敏感」，它能使到變化體系組織化起

---

品中之福樓拜》（*Flaubert à l'oeuvre*）內，Flammarion 出版，1980。

來，更會指出「任意隨興」演變至「結構」之間的那條通道、作家與作家之間的各種差異、甚至是同一位作家在不同作品之間所呈現出來的差別。

（a）與文本發生學和發生論文學批評有關連的時間、階段、程序、事情以及各項細節非常多，例如：不同次數和不知次數的塗改草稿、在手稿上所畫的檻子形貌或塗繪之物及其類型學、從草稿即可進行的心理分析、自前文本至草稿至手稿至發行、出版前、出版時與出版後可能修改的種種探索等等。正如前文所提，二十世紀出現的文學批評理論和方法非常多，形式主義、心理分析、社會學、詩學等不同的理論之後，七〇年代末「發生論文學批評」才以嶄新的面貌現身在法國文學研究領域內並引發一股新興潮流。

事實上，在這一名詞正式出現之前，研究者和學者對這一方面的探討和論述已非常多，文評者都認為，郎松早於二十世紀初即已清楚闡述相關觀念，那正是最早的「發生論文學批評」觀念；但大部分學者則以為，應該以 1979 年此名詞的建定才是這一理論真正開始的時刻。

巴黎 Flammarion 出版社於 1979 年出版一部書，封面書名為《發生論文學批評論集》（*Essais de critique génétique*），從這一刻起，La critique génétique 才真正地正式列席於眾多文學批評理論行列之中。此書前後有兩篇重要文字：前面的第一篇是阿哈貢（Louis Aragon, 1897-1982）的文章，解釋他之所以將其親筆手稿捐贈「國家科學研究中心」（CNRS）的原因；後面另一篇是由艾路易（Louis Hay）所寫的跋，標題為〈發生論文學批評：起源及前景〉（ "La critique génétique: origine et perspectives" ），清楚地將此一理論做了不同層

次和各種角度的闡述。此外，組成這一本書的，是五篇最具代表性和典範性的發生論文學批評研究範本：德珮——惹聶笛研究福樓拜、白樂敏——諾埃探討梵樂希、桂瑪爾（Claudine Quémar）和白涵（Bernard Brun）研究普魯斯特、以及探討左拉的密特朗（Henri Mitterand）。此書面世之後，不但為文學研究開啟了一個全新的廣闊視野，同時也引領大部分的文學批評品味，不論是所謂科學性批評或學院式批評，越來越多著作走向「源起」的探究。

　　（b）成為二十世紀七〇年代之後一個新的文學批評理論與方法焦點，「發生論文學批評」是將研究對象轉向文學作品或文學文本的草稿、親筆手稿、連續出版的不同版本狀況等等，特別重視文本或文學作品的最初始狀態、及其後續演變和發展，換句話說，即是注重探尋與挖掘文學的「原始秘密」，也就是全部所有能與可能「照亮」文學作品的種種歷史文獻、資料，鉅細靡遺。

　　然而，如此重要且非常「沉重」的工作，要進行得「完美無缺」應該是很不容易甚至是不可能的；同時，「發生論文學批評」特別選擇了「現代手稿」作為最重要的研究對象，由於此對象複雜繁富，因而突顯出此批評方法在理論上的新奇多姿；儘管它多少也承襲了當時盛行的結構主義有關文本的思考模式和分析方法，但基本上，它與結構主義剛好完全相反的卻是：在發生學理論中，文本是從結構主義的「柵欄」、「圍牆」與「固定」、「靜止」裡走出來，從那「唯一」、「獨特」與不變的「極其強勢」裡走出來，因此，正如前文曾提到的，「文本」在還是「游移不定」的整體「前文本」之時、在作品繁複的可能狀態前，絕對能如花綻放開展自己。

　　在無需任何大師即能自自然然誕生於法國文學研究領域中，「發生論文學批評」開啟了觀察文學的新層次、角度，也創建另一種投注文學的全新目光。

　　因此，我們看到「手稿」是帶著一種動力、一種文本「變化」和「發展」的動力之痕跡。以「手稿」作為最主要的研究對象，不禁令人想起兩個非常特別的例子：一是浪漫主義著名文學家沙多伯利楊（Chateaubriand, 1768-1848），出生於聖─馬羅（Saint-Malo），度過「憂鬱」的童年和少年時期，於 1791 年二十三歲時前往美洲旅行，雖然後來回國，也擔任過大使和外交部部長等職位，但他多次和多處旅遊的經驗讓他的作品非常受到讀者崇拜，他的傑作就是他一生熱烈的、深富感情的日誌，成為整本《墓外隨筆》（*Mémoires d'outre-tombe*）的手稿。他臨終前床邊就擱著裝住那應該是「可能的來世」之唯一徵兆的箱子、藏著《墓外隨筆》手稿的著名箱子[7]。第二例是雨果（Victor Hugo, 1802-1885），在經歷流放的種種折磨時，他幾乎是以強迫性的念頭來扛著自己的「手稿旅行箱」顛沛流離；到了晚年，決定將他未曾發表的手稿全部鎖入一個鐵製櫥櫃中，並謹慎地上了鎖。

　　（c）面對文學大師如此珍貴的親筆手稿，應該採取何種態度來安排，往往是一個非常難以處理或解決的問題。文學家的子孫後代會重視、珍視、尊重、珍藏嗎？會將它捐贈給圖書館、研究機構、研究中心、博物館嗎？會想到讓文學家的「作品迷」、讀者、觀眾或

---

[7]　筆者十二歲時就讀於西貢中法中學的法國中學課程，當時的法國文學老師 Mr. Carré 教了許多詩歌、文稿和小說節錄。一幅紀厚迭（Girodet）所畫的沙多伯利楊（Chateaubriand）畫像從此深印筆者腦中心底：右手掌置於胸前、眼神向右望向遠方，他是否還在他的異國旅遊境域中？有點夢幻、有點浪漫、有點「他鄉」。二十世紀八〇年代初第一次踏上他的故鄉 Saint-Malo 時，筆者特地到他的故居前，佇立良久，心中翻騰著多少年前還是小少女時代的「迷戀」情懷，追念與想像在 Saint-Malo 城牆上與冀堡（Combourg）古堡中度過童年的他是何等憂鬱的他。
拙著《文學社會學》（桂冠，台北，1989）第一章第四節特別對沙多伯利楊在法國文學史和文學批評史上的重要性作了詳細的闡述和分析（頁 18-19）。

有心的研究者有機會欣賞或「利用」嗎？答案當然是因人而異，例如：戰事爆發、強烈地震、洪水淹沒的各種天災人禍、家族的無知無能無力、道德倫理方面的考慮判斷、不同利益的誘惑，或甚至只是一個「簡單」的完全「忘記」自己家中、族中有如此重要的「文學手稿」，儘管當時或後來有許多研究者正到處尋覓這些文學家的「親筆手稿」以追尋其不同層面的學問、閱歷甚至是其最原始的祕密。

相反的，我們也看到有些不同的例子：還在世的作家未去世前即已答應、簽約或更甚的將自己所有或部份手寫的文字書寫以「商業」方式「留在」文學研究領域內，或留給世人，在他們去世之後。柯希雍（Almuth Grésillon）認為越來越多的作家，不論是留贈或出借，即存放保管他們的手稿於某一保管機構或研究機構當他們還活著時，例如阿哈貢贈給 CNRS，或如霍布格里耶（Alain Robbe-Grillet）存放於 IMEC；而德國人甚至利用此種機會創造了新詞彙：「Vorlaß」意指逝世之前即已留贈，另一字「Nachlaß」則指作家在他去世之後將全部手稿留存下來；此外，二十多年來，已經有不少關於手稿或發生論文學批評的研究已經完成而且出版，比如說，CNRS 出版社出版的《文本與手稿》（*Textes et Manuscrits*）叢書，Genesis 雜誌上的專論（巴拉斯 Jean-Michel Place，1992 年，巴黎），或 1993 年巴黎 Hachette-CNRS 聯合出版由艾路易主編的《文學家之手稿》（*Les manuscrits des écrivains*），柯希雍於 1994 年由巴黎 PUF 出版的綜論《發生論分析方法元素——解析現代手稿》（*Eléments de critique génétique・Lire les manuscrits modernes*），2000 年巴黎 Nathan 出版社出版德・畢亞齊（Pierre-Marc de Biasi）的入門引介《文本發生學》（*La génétique des textes*），以及艾路易的《作家的文學》（*La littérature des écrivains*）於 2002 年由巴黎 José Corti 出版社出版[8]。

---

8　請參閱柯希雍（Almuth Grésillon）所著《應用與實踐・發生學進路》（La mise en oeuvre・Itinéraires génétiques），CNRS Editions，巴黎，2008，p.21。

　　（d）由於此理論誕生至今（雖已進入 21 世紀）尚屬「青年時代」，即使有不少研究者對「發生論文學批評」興趣濃厚，但在研究過程中不免會有摸索、探路、討論、爭辯、筆戰、論戰等狀況發生，尤其是自二十世紀最後幾年已踏入電子時代全球村的新環境，當然就會有完全不同意見或論述的對立。

　　二十世紀初已有發生論或文本源起的觀念、一直延續至 1979 年在法國正式誕生的「發生論文學批評」，我們觀察到已有許多豐碩的成果呈現在文學研究領域和大家面前，以不同的考察角度、針對不同的文學家、探討不同的文體手稿、蒐集到不同的前文本、草稿、手稿或相關資料，甚至是研究完全不同的「文本」，讓關心這個研究理論與方法的讀者、學者、研究者可以深入其內並更了解其間的特殊及其奧妙、色彩。

　　由艾路易負責領導的國家科學研究中心（CNRS）內之「文本與手稿」系列著作中，1980 年即已出版專研究福樓拜的《作品內的福樓拜》（*Flaubert à l'oeuvre*）[9]，德珮－惹聶笛的緒言對福樓拜作了非常詳細的分析，並闡明書中的主要內容：CNRS 中「現代手稿之歷史與分析中心」（Centre d'Histoire et d'Analyse des Manuscrits modernes） 共七位法國與外國研究者的一研究小組，將存放於法國國家圖書館內全部的福樓拜手稿，進行了細緻的研究分析。

　　以福樓拜手稿的數量之多，是他已出版的作品容量十倍以上，印刷的一頁通常是他手寫的十頁，後來又動手修正塗改多次，開創了可稱之為「手工業寫作」的活兒，常抱怨工作量太多，每天都在迷宮也似的手稿堆中建構他的作品，永不停止地將「作家的他」提交討論：一本書是什麼？什麼是一個人物？一本小說又是啥？如何

---

[9] “*Flaubert à l'oeuvre*”，Flammarion，巴黎，1980。

結束一篇小說？我們可以寫「歷史」或只能記載「歷史」？在象徵體系和象徵性的歷史之間，哪一種調解是必要的？德珮－惹聶笛認為一位創作者於寫作時經常對自己提出如此多的問題，正式揭示了一個為書寫可能遇到的事情而狂熱無比的靈魂、精神，是創造了福樓拜的「福樓拜」。因此，在這一片寬廣充滿各種可能性的研究領域裡，福樓拜的前文本並不像別人的只是一個簡單的寫作實驗室，因為，此書的論文努力將既複雜又變化多端的整體、一方面確定其位置另一方面對準文本進行分析，其中顯示出來的並不是一個「新」福樓拜，而是另外一個福樓拜，在其小說文本中不斷詢問到底哪種知識學問可以建構可以解構。

如此瘋狂工作辛勤寫作的福樓拜在「發生論文學批評」的研究中成果最為明顯、豐碩。1988 年巴朗出版社（Editions Balland）出版了總共 999 頁的福樓拜之《寫作記事本》（Carnets de travail），根據編輯德·畢亞齊的序言，指出此書之出版意在將新近出現的一種分析方法——文本發生學——之前景加以闡釋，嚴格地說，那並不是一個文學批評的新學派，而是一個擁有技術的具科學性方法（手稿之分析）及其解釋清楚的計畫意圖（作品的起源）；已印刷出版的作品之最終文本幾乎非常罕見的是一個「工作」的成果，換句話說，應該是日積月累的一個變化，創作者需花費許多時間來蒐尋資料、調查、編整、及無數次的塗改修正，等等；而這一部《寫作記事本》，正是福樓拜所留下來的全部資料，從 1851 年至 1880 年，每日工作十個小時至十二小時的「寶藏」，對許多有心研究福樓拜的分析者，尤其是應用「發生論文學批評」的研究者來說助益頗大[10]。

此外，柯希雍的《應用與實踐·發生學進路》內亦有許多文學家的手稿，並以「發生論文學批評」方法分析了福樓拜、左拉、普

---

[10] "*Carnets de travail*"，德·畢亞齊編，巴朗出版社，1988，頁 7。

魯斯特、蘇貝維耶（Supervielle）和龐日（Ponge）的作品[11]。在德・畢亞齊的《文本發生學》中，也有對應用「發生論文學批評」方法所做出來的研究成果介紹得非常詳細[12]。

## 肆

　　在二十世紀空前蓬勃的文學批評理論的園地裡，本文探討的是 1979 年才正式出現的「發生論文學批評」，一種追尋文學作品和文本最原始最初早起源——前文本、草稿、手稿、定本以及中間過程的各種記事、日記、便條、計畫、念頭、資料——的研究分析方法。

　　正由於每一份「起源」或「手稿」都有自己特別的歷史和故事，令人驚奇，因此，從根源至印刷文本面世之間是這個理論所要致力探究的對象。為了避免「文本發生學」與「發生論文學批評」這兩個名詞產生混淆，我們想在此再次解釋二者之間的差異。

　　2005 年出版《文本發生學》（*La Génétique des Textes*）的德・畢亞齊在另一本《文學分析批評方法導論》（*Introduction aux Méthodes Critiques pour l'analyse littéraire*）有一篇〈發生論文學批評〉文章，其中有幾行特別說明這點差別：

> 文本發生學（具體地考察手稿、解碼辨讀手稿）和發生論文學批評（研究詮釋闡明解碼辨讀的成果）的目標，是採用探索以尋找文學作品創作時祕密的方法來重建『誕生狀態中文本』之歷史。透過令文學文本誕生的過程而使其獨特性顯現出來並容易了解，這就是這個批評方法的意圖，在文學批評

---

[11] 柯希雍《應用與實踐・發生學進路》，頁 99-241。
[12] 《文本發生學》（*La génétique des textes*），汪秀華譯，天津：天津人民出版社，2005 年 5 月第 1 版，頁 87。

論述領域中，它的地位有些特殊，並顯示盡可能地與所有其他鑽研文本的方法合作[13]。

以手稿作為研究對象自然會遇到許多困難，例如古代文學作品的手稿不易尋獲，許多作家的手稿無法覓著，戲劇、劇本手稿的整理困難程度，尤其自電腦、電子時代開始之後，大部分創作者都以電腦作為書寫工具，即使留存底稿，出現的也非作者親筆手稿而是生硬冷酷的機器文字，何況網路文學流行以來，網路作家的數量難以計算，許多研究者面對這種狀況和現象，都認為「發生論文學批評」方法正面臨不知何去何從的局面。

柯希雍在她的《應用與實踐・發生學進路》一書中對〈二十一世紀文學生成〉（"La Production littéraire au XXI siècle"）的現象認為，電腦上出現的文本似乎已經完成，沒有手稿，沒有草稿，但那並不等於說「發生論文學批評」會走上「死路」，假若寫作者願意將自己從「念頭」一開始時即將全部相關資料存檔，那會比傳統的前文本在許多不同狀況之下的存檔以及草稿手稿的保存等等要可靠安全得多。此外，電子科技千變萬化，全部的功能下一秒鐘也許又再增加、改變，因此，應該可以說，二十一世紀的書寫，將以電腦來解決[14]。

2010 年 9 月 2 日至 9 月 9 日，ITEM 於 Cerisy-la-Salle 舉辦一次研討會。由於未曾報名登記，又因距離巴黎稍遠，最少必須搭乘火車方能到達；巴黎和法國的大眾運輸交通已因法國總統薩科奇「堅決」主張將退休年齡由原來的 60 歲延至 62 歲而「堅決」於 9 月 7 日開始怠工罷工、示威遊行長達一個月之久。筆者當時雖在巴黎，卻因種種原因未能參與。

有關發生論文學批評的會議曾於 1987 年和 1998 年舉辦過兩次，這一次 2010 年的研討會由德・畢亞齊和艾雪貝—比耶洛（Anne

---

[13] 《文學分析批評方法導論》，Bordas 出版社出版，巴黎，1990，頁 5-6。
[14] 請參閱柯希雍《應用與實踐・發生學進路》，頁 283-294。

Herschberg-Pierrot）籌辦，會議名稱為「文本與形式發生學：作品一如進程」，主要擴展國際上對此理論／方法的研究成果，尤其是與下列各方面有關的論述：進程與發生論術語理論；工作手稿與創作資料檔案的保藏、開發、增值與出版；文學、藝術、科學的資料匯編；世界與此相關的製圖術或繪圖法等。

　　除此之外，在台灣對「文本起源」產生興趣的研究者雖然很少，但近十數年來，大家對作者「手稿」比以前重視多了，在一些圖書館、資料室、作家親筆手稿儲存在紀念室或展覽館、詩刊、雜誌、報紙副刊上，我們也會更多次看到出現的次數及質和量的多與進步。

　　2010 年 11 月 17 日，台灣大學圖書館、台灣大學出版中心與行人文化實驗室合辦的「王文興手稿集：《家變》與《背海的人》」發表會暨座談會，於台灣大學總圖書館五樓特藏展覽區舉行。

　　我們可以從這個發表會暨座談會裡看到「作家親筆手稿」受到重視、珍視與研究的程度：王文興手稿集完整收錄小說《家變》與《背海的人》原始手稿，並以數位光碟形式收錄王文興抄正稿與完整誦讀光碟，並附有研究集《開始的開始》，收錄五篇論文與一篇訪談，特別邀請了台灣、奧地利、德國與法國學者，針對王文興先生及其手稿進行相關主題研究並撰文討論：其中，德·畢亞齊和范華（Walter Fanta）分別介紹法國與德國關於手稿保存、研究的傳統與成果；桑德琳·馬爾尚（Sandrine Marchand）將手稿視為作者的異質空間來討論王文興的創作；易鵬聚焦《家變》作品中的標點符號，討論手稿中的「附屬」現象；馮鐵（Raoul David Findeisen）則提出關於未來《家變》編訂本之思考意見。除此之外，德·畢亞齊與馬爾尚針對王文興手稿所作的精彩對談也收錄於研究集內。

　　這部《王文興手稿集》的原始手稿是台灣首部以手稿形式出版的文學作品，具有高度的收藏價值，為讀者提供一個深入閱讀王文興的全新角度。我們想在此強調的是，「文本發生學」與「發生論文

學批評」所重視的、所專注的研究對象與方法、尤其是「原始祕密」都在此出現，因為其中手稿回歸一筆一畫的最初模樣，忠實呈現創作過程中作者的每一次猶豫、刪改、還原手稿背面潦草的註記、試寫、甚至像福樓拜那樣，作者與自己的對話與詰問；同時，這手稿集也讓我們看到它開啟了無法想像的無限可能：因為，《家變》原來曾經也考慮過以「出走的父親」與「四人之家」來命名；而且，鋤草歌旁邊註記著「Reconsider」、「或唱萬里長城萬里長」等的字眼或句子。從這裡我們可以體會到「現代手稿」的珍貴及對「發生論文學批評」所帶來的種種可能性。

　　同時，台北長春路國賓電影院於 2011 年 4 月 9 日至 5 月 26 日上映「他們在島嶼寫作」六部「文學大師系列電影」：《逍遙遊》、《如霧起時》、《化城再來人》、《尋找背海的人》、《朝向一首詩的完成》、《兩地》；其中，《尋找背海的人》裏正是王文興書寫創作的許多「發生」細節資料與「原始祕密」，我們「看到」這位作家每天只寫作兩小時 35 個字的過程，在他自己的「固定牢房」內如何敲擊塗抹撕扯散落一地的「手稿」之畫面，座談會上、示範教學、解析、朗讀、發聲、甚至是日常生活的各種面貌，讓讀者、觀眾、研究者、評論者在鑽研這位重要文學家時比以前能擁有更多的層次角度探索其更深的「源起」祕密，從最初的意念直至完成的創作過程。同樣的助益更明顯地在《化城再來人》中周夢蝶清晰、真摯、執著、專情那大半輩子不斷的堅持裡，我們含著欲流的淚欣賞又觀察我們敬愛又令人心疼的絕頂詩人在那樣子的歲月裡創作書寫，專注、淡泊、甘醇、充滿禪味，令進行發生論文學批評理論與方法研究的人真不知該如何感謝他，讓我們可以那麼清楚地「讀」懂他，雖不一定透，可那份「感人」無法說清。

　　一如我們於 2011 年 3 月中旬於巴黎尋著的 *GENESIS 30*（2010年 10 月出版），厚厚重重的整本內，除了有二十多位知名學者如 Louis

Hay、Henri Mitterand、Pierre-Marc de Biasi、Antoine Compagnon、
Philippe Hamon、Daniel Ferrer 等，從許多不同的角度和層面來探討
「發生論文學批評」的深度和廣度及其因社會演變而引起的可能發
展之外，最令我們最興奮最想流淚的，竟然是一份從未在任何刊物
出現過或出版過的羅蘭・巴特真實手稿，二十頁整的他的親筆手稿，
標著「Phrase」標題之下還有稍小一些的 Modernité 一題。根據書中
馬諦（Eric Marty）撰寫的文章所說明的，這應該是巴特於 1975 年
春天發表演講時的手寫稿[15]。「Phrase」是巴特論述中常探討的主題，
例如《批評新論集》、《S/Z》、《文本的快感》等，文中所論對「發生
論文學批評」研究者是一片廣大園地可以耕耘，尤其此篇是以前未
曾見過的手稿文本。而另外一部 *Génétique matérielle，génétique
virtuelle*（2009 年出版）內容是：因各種緣故，例如：年代久遠、手
稿遺失不見蹤跡、扔棄草稿的習慣、以及二十世紀末至今十幾年來
電腦電子科技的驚人發展等，應該如何以發生論文學批評方法來進
行、深入探討無資料檔案的文本之重要研究。

　　此外，我們還看到白靈的《五行詩及其手稿》詩集也於 2010 年
12 月在台北由秀威資訊科技出版；詩集內附有非常多首詩在創作過
程當中的白靈親筆手稿或殘稿。根據白靈的自序〈五行究竟〉內最
後一段的說明是：

> 本詩集除了收入 101 首五行詩作外，還包括若干手稿殘稿──
> 最多十餘次易稿改稿的過程，一方面保留了當初創作殘留的痕
> 跡，也欲說明改稿對創作者的必要性、偶然性、和趣味性。

　　雖然作者強調和著重的並不是針對「文本發生學」或「發生論
文學批評」的研究，但畢竟這是一冊「有意」將創作過程當中的「手

---

[15] 請參考 *GENESIS 30*，Paris，PUPS，2010，p.237-238。巴特手稿則見
　　p.243-283，共 20 頁。

寫稿」或「殘稿」以複印方式置列於以印刷方式的機器字作品之前或之後或旁邊，對有心以白靈作為「發生學」研究對象的評論者應該有非常大的助益，也可鼓勵在台灣的創作者與研究者嘗試這一新的研究方向、視野與評論方法。

根據 2011 年 3 月 2 日的法新社舊金山路透電報導，蘋果公司執行長賈伯斯（Steve Jobs）雖自 1 月底請病假至今，但今天，這位消瘦卻精神奕奕的矽谷傳奇人物仍以其招牌牛仔褲和高領衫意外現身於鎂光燈前，在台上激昂地介紹蘋果（Apple）最新款的 iPad2 之超薄機身外貌、驚人速度與智慧功能等特色。隨後於美國時間 3 月 11 日在全美上市、並於美國時間 3 月 26 日在全球 26 個國家同步登場，科技界的分析師將 2011 年稱為「平板電腦之年」。

而在台灣，iPad2 於 2011 年 5 月 27 日正式登台開賣時，本地蘋果迷居然能徹夜守候，於 5 月 25 日早上即已開始卡位，冒雨在燦坤內湖旗艦店前排隊，其他各地專櫃亦如此，縱使刮風下雨、天候不佳，人潮中出現不知多少年輕人、銀髮族、甚至推著嬰兒車的少婦，首批 15,000 台沒多久就已被搶購一空。

賈伯斯更於 2011 年 6 月 6 日抱病主持全球開發商大會（WWDC 2011 featuring），發表雲端服務 iCloud、行動裝置作業系統 iOS5、麥金塔作業系統 Mac OS X Lion 最新的三款產品。他告訴全球的蘋果迷：「所有裝置保持同步，令我為之瘋狂，我們將把用戶的數位人生，全都移到雲端。」消瘦虛弱的他談起 iCloud 時神采奕奕：「它是蘋果下一個偉大願景。」因為 iCloud 可以將用戶的文字、文件、照片、音樂、行事曆等個人資料做「雲端」儲存，各種軟體等檔案也會儲存至遠端的網路伺服器，系統會自動把檔案同步更新到使用者所有的蘋果裝置上，從 iPhone、iPad 到 iPod Touch，只要連上網路，使用者自可輕鬆存取，如在「雲端」iCloud 其名所示。

　　賈伯斯在與病魔纏鬥七年之後，於美西時間 2011 年 10 月 5 日與世長辭。這位被譽為「因為有他，世界變得更美好」的「改變世界的第三顆蘋果」雖已墜落，但全球蘋果迷對他的追思悼念，及被暱稱為「賈伯斯紀念機」的 iPhone 4S 手機於 10 月 14 日在美、加、英、法、德、澳洲與日本開賣後熱銷四百萬支即可看出風靡全球的程度；其中更新超過二百項新功能更令多少人的日常生活、寫作習慣、儲存資訊、傳送文字、著作檔案、郵件、簡訊、臉書，以至大大小小各式各樣與文學作品、種種創作相關的動作與習慣都可能全部改變。

　　我們更於 2011 年 9 月 13 日，特地飛到巴黎拜訪德・畢亞齊，就發生論文學批評與文本發生學自 1979 年正式奠立之初至今的演變、最近的活動以及在目前無限可能的電子時代「可能」遇到的問題、困難和解決方法等，進行非常愉快的交流和討論。9 月 14 日，桑德琳教授也來了，我們三人對此領域的未來發展，在巴黎一如台北，尤其近年來在台灣的研究者與學者對作家手稿越來越重視，都抱著最美好的期待與冀望。

　　目前全球的電子科技簡直是「分新秒異」，功能更是遠遠超過我們的想像力，往往令人驚訝不已；也許，將有一天，在不久的未來，如何在電腦和網路上進行「發生論文學批評」的複雜步驟去分析研究文學作品或文本，如何探索追尋文學作品的原始秘密，將會由其最新產品最新技術最新功能告訴我們。

# 第二節

## 追尋作品原始祕密——試探文本發生學 及發生論文學批評理論／方法

### 壹

進入二十世紀之後,文學批評理論／方法發展蓬勃,從許多完全不同的角度或領域,進行徹底深入的探討研究,或自語言學、文獻學,或自歷史學、社會學、或自發生學等,形成一幅百花齊放的美麗畫面。

大部分的讀者應該都會有如下的相同經驗:閱讀一部優美傑出的文學作品(或更廣義的一部文化作品、藝術作品等等)時,總會沉醉其中,對那位可以完成如此絕佳作品的作者,他的天分、他的精緻、他的細密、他的圓融、他的無懈可擊,加以讚嘆、佩服,或喜愛、著迷。

然而,關於作者,羅蘭・巴特曾於 1968 年寫過一篇題為〈作者之死〉(La Mort de l'Auteur)[1]的文章,鄭重其事地宣告「作者走入死亡」,後來卻又在《文本之快感》(Le Plaisir du texte)[2]中指出,

---

[1] 此文原刊於 *Mantéia*,後收入文集 *Le Bruissement de la langue*,Paris,Seuil 出版社,1984,p.61-67。

[2] R. Barthes,*Le Plaisir du texte*,Paris,Seuil 出版社,1973。

實際上，讀者是需要「作者的形象」（或畫像、臉龐）的，因為只有如此才能重新使文本成形、使文本具有形體，並可以避免喋喋不休的廢話。而另外一位著名學者傅柯（Michel Foucault, 1926-1984）亦曾經指出「作者是什麼？」（或「什麼是作者」？）[3]嘗試從哲學角度尋找文本與作者之間的關係。

　　在進行探究文本（或作品）與其作者之間的關係時，我們往往會對隱藏於文本「內裡」或作品「最深密處」產生濃厚興趣和好奇心：文本是在什麼樣的狀況下書寫？作者一開始動筆時文本就已經是這個樣貌嗎？若不是，這中間又曾有過多少種「花樣」出現？乾淨？清潔？整齊？眉清目秀？大花臉？眉目不清？只有文字？加上隨手隨興用心畫或亂畫的圖？東倒西歪看不清楚的「草」字？塗得幾乎讀不出認不來的黑團？它又是經過多少種不同樣貌、不同途徑、才能以最後出版社印製發行的「定貌」呈現？而作者呢？一篇作品（一首詩、一篇散文、一本小說、一齣戲劇、一篇雜文、一篇隨筆或者更廣義的樂曲、繪畫、雕塑、戲劇、電影等等）是要經過作者心靈深處起伏多久、隱／現或明／滅多少回，在腦袋內數不盡的迂迴線路中轉折過多少萬次、苦苦思考良久、寫不出第二句、找不到更精采的情節、製造不出更吸引人更不可思議的高潮，看起來龍似乎畫的差不多了，卻發現「它」的眼睛不知該安置何處，甚至於覺得整首詩、整套已完成的文本只不過是連篇嘮叨、囉嗦，無聊透頂的文字拼湊堆積？他有蒐集尋找相關資料嗎？又是在何種情況之中、哪一絲靈感晃閃之下，是什麼動機、哪種推動力、什麼時間、哪類環境氛圍，可以促動他一改再改、從「初本」改成「二本」、從「二本」改成「三本」、從「三本」改成「無數本」……，總共修訂多少次才出現的最後「定本」？

---

[3] M. Foucault, "Qu'est-ce qu'un auteur?", *Bulletin de la Société française de philosophie t.63*, 1963, No.3, pp.73-104.

這種從外表無法看得見的精神心智神秘活動過程，作者／作品、人／文本之間的巧妙／不巧妙之起始直至完美／不完美之終結，當然包含中間複雜的進／出、往／來全部細節之原貌，換句話說，即作品／文本的起源開端、中間所留下的各種「痕跡」，最重要的就是作者各類手稿：草稿、修訂稿、改寫稿、手寫本、手抄本、原稿被收藏、被保留、不同時代、不同年代、被理解過、被詮釋過、被稱讚過、被批判過，最初和最終的形式面貌、中間的許多變化，也就是作品最深層的原始祕密，正是文本發生學與發生論文學批評理論／方法所欲探究到底的研究工作。

# 貳

對作者／作品誕生源起及之前之後的過程細節原貌感到興趣和存有好奇心的讀者，當然自古以來就非常多，然而，為之形成理論、使之系統化、視之為重要學問進行深入透徹研究和應用的歷史其實並不太長。

La Critique Génétique（發生論文學批評）最早出現於 1979 年由 Flammarion 出版社出版的一本書，封面上的書名為：*Essais de critique génétique*（《發生論文學批評論集》），艾路易（Louis Hay）並為此寫了一篇跋，介紹此理論的源起及探討其未來發展：〈發生論文學批評：起源及前景〉，從此為文學研究開啟了一個新理論／方法、一個新視野、一個新場域。

1979 年至今 2009 年正好三十年整，與其他文學理論／方法比起來也許還很年輕，但在這段時間之內曾作過的各種探索、嘗試、實驗、實踐和其成果以及曾引起過的眾多爭論、筆戰，發展到今日已成為法國文學批評領域中一個「重要」的文學理論／方法。

在《應用與實踐‧發生學進路》(*La Mise en oeuvre . Itinéraires génétiques*)一書中,於談及「發生論文學批評理論／方法」的起源、發展及其今日地位時,柯希雍明確地指出,1960／1970 年代之間,在一場「古代手稿／現代手稿」之辯的論戰當中,此理論即於那時在法國誕生。一部分學者認為「它」應該是接近文獻學的,但另一部分的人則以為「它」其實就是一個當時正紅的結構主義[4]。

從前文的論述中,我們看到在「發生論文學批評」的工作裡,最重要的角色有三:一是創作寫出手稿的人即作者／文學家;二是文學手稿珍貴資料的保管人;三是要探尋「作者／手稿」原始祕密的研究員。表面上看起來他們分屬三種不同類型或領域,但我們發現實際上許多資料保管人本身也從事研究,或將之加以出版,例如1936 年,Rouen 的圖書館館員 Gabrielle Leleu 就於巴黎 Conard 出版社出版了 *Madame Bovary, ébauches et fragments inédits recueillis d'après les manuscrits*;甚至有些保管人或研究員本人也同時是文學家。因此,這三者之間的界限不一定是那麼清楚明顯。此外,研究員的身分也包含許多種:單純的個別研究員、某些研究機構的研究員、一些教師同時也是研究員、一些教授、學者、一些研究生,或是他們之中形成的工作小組,致力於某位文學家的書寫和作品原始祕密之探索。

由於是「原始祕密」,其中最受關注的當然就是「手稿」,尤其是作者一篇作品的最初「親筆手稿」,經過無數次修改掙扎之後,才決定面世的「親筆草稿」。從這些「手稿」中,研究者可以經過仔細觀察、細膩分析,了解文學家最早時候的「意念」、「意動」,嘗試開始第一個字、第一行、第一頁、第一部分,猶豫了一些時候,或許猶豫很長一段時間,想放棄又捨不得,再嘗試繼續,寫得更好

---

[4] 見 *La Mise en oeuvre. Itinéraires génétiques*, Paris, CNRS Editions, 2008, P.21-22.

時的快樂高興，寫得更糟時的沮喪懊惱；再試幾行、再試一頁、再試一部分，直至終於大功告成。這其間在草稿上每一絲字跡、筆跡、塗抹修改，都可以洩露作者與作品之間自始至終的最原始祕密：動機、動力、過程、完成。

在面對作者親筆手稿時的研究者，其興奮和激動可想而知，尤其是要進行「發生論文學批評」的研究者。不過，關於文學家手稿的尋獲、保存，大部分法國學者認為十八世紀以前的資料都是比較難看得到的，通常稱之為「古代文稿」；十八世紀以後，尤其是自十九世紀下半葉至今日，作家捐贈給圖書館、研究機構、私人收藏，或是保管人保存的、圖書館珍藏的、研究員蒐集到的等等，匯集成一個當代文學創作的龐大資料寶庫，這就是「現代手稿」的誕生；今日的「文本發生學」和「發生論文學批評」致力於對這確定對象進行具歷史性的研究。根據德‧畢亞齊（Pierre-Marc de Biasi）的看法，自二十世紀初，收藏在圖書館和可以自由使用的文學手稿整體，是一個尚未經過大量開發和勘查的具體且豐富之場域。[5]

參

作者與手稿之間的原始關係，或更明確地說，「手稿」以及更早的「前文本」所能洩露出來的「祕密」，應該是原作者於最初時無法想像的。筆者在此試以尹玲詩集《髮或背叛之河》[6]中兩首詩的創作及其修改和演變例子來稍作探討（請見附錄）：

一、48 頁的〈近乎〉、49 頁的〈永別或再見的兩難抉擇〉、50 頁的〈完美結局〉。

---

[5] Pierre-Marc de Biasi, *Introduction aux Méthodes Critiques pour l'analyse littéraire*, Paris, Bordas, 1990, p.8.

[6] 尹玲，《髮或背叛之河》，臺北，唐山出版社，2007。

二、51 和 52 兩頁的〈吃菜〉，53、54 和 55 三頁的〈點菜〉。

　　從所附的〈近乎〉、〈永別或再見的兩難抉擇〉和〈完美結局〉三詩看來，三個詩題彼此之間幾乎完全沒有任何關聯：〈近乎〉兩個字的意義似乎很難讓人聯想到〈永別或再見的兩難抉擇〉；在詩內容的對比之下，〈近乎〉與〈永別或再見的兩難抉擇〉的詩句有許多相似或意思接近的句子：頭五句幾乎一樣，〈近〉詩 6、7、8 句於〈永〉詩中變成 7、8、9、10 句，原來三句成了四句；〈近〉詩第 9 句在〈永〉詩中變成第 6 句。第二節中的變化多些，頭三句的意思在二詩中差不多，除了〈近〉詩第一句的「我的王啊」在〈永〉詩中變成「請告訴我」、「為何」改到〔可是〕後面，而〈近〉詩第二節的 4、5 兩句在〈永〉詩中不見了，6、7、8、9 四句在〈永〉詩中化為八句：4、5、6、7、8、9、10、11 句，並且最後還加上一節兩句。

　　讀者在讀〈近〉詩時，也許只感受到「我」的「病痛」，無奈之下向「你」訴說，因為「心」已「獻給你」，同時「從未忍心捨你離去／半分半秒」；在讀〈永〉詩時才讀到二節第 8 句「永別」二字和最後一行「再見」二字，可能是因此才將題目改為〈永別或再見的兩難抉擇〉。然而在〈完美結局〉中，全詩的改動更多更大，雖然有些詩句的意思相近，但中間加多或減少字數，詩句或往前移或往後挪，或例如：〈近〉詩 3、4、5 句在〈永〉詩中也是 3、4、5 句，但在〈完〉詩中已變成第二節的 1、2、3、4 句，原來的「本世紀初」改成「二十一世紀才剛開始呼吸」，原來的「無悔地」變成「毫無怨悔地」再換成「全心全意」等。詩的篇幅也是以〈完〉詩的 25 句最長，〈永〉詩 23 句，〈近〉詩 18 句。〈永〉詩中短的最後兩句於〈完〉詩中卻化為第四節的七句，而且，最早於〈近〉詩中似乎只是因「恐懼永別」而「肝腸」「近乎寸斷」，到了〈永〉詩是祈求「還能向你說聲／再見」，但在〈完〉詩裡卻添加「雙眸」、

「凝視」、「呢喃」、「最後一聲再會」等曖昧字眼,詩題因此而改為「完美結局」;最早的「恐懼」,中間的「祈求」,最後的「完美」,只是因為這幾個字的更改嗎?

在詩集第 7 頁自序〈髮析〉中,尹玲對這三首詩的寫作稍微作了說明:「〈近乎〉(在捷運上的直筆草稿)、〈永別或再見的兩難抉擇〉(稍作修改)、〈完美結局〉是同一首詩的漸次變化,是在頭痛與心痛劇烈時的悲微祈求。」;同一個想表達或描繪或敘述的感受、想法,在不同的時間或空間裡可以有此等差距,可以想見作者精神與心靈活動時的種種變化。

另外兩首詩〈吃菜〉和〈點菜〉之間的差異更大。〈吃菜〉是很早以前寫好的,但猶豫了很久之後才發表。〈點菜〉是在〈吃菜〉發表之後,覺得不怎麼好,加以修改並且增加了許多地點才完成。我們看到〈吃菜〉中大部分是寫真的可以吃的「菜」,不同國家、不同城市、不同地點可能會吃的或較喜歡吃的「菜」,例如:德國菜、廣東菜、比利時菜、韓國菜、西班牙菜、阿拉伯菜、法國菜、越南菜、希臘菜、中國菜等等;然而在〈點菜〉一詩中,不但篇幅變長了許多,而且在前面還加上 A、B、C、D、……V,同時我們發現原來在〈吃菜〉中可以「吃」的「菜」,在〈點菜〉裡大部分都已轉化成歷史、政治、戰爭、社會永烙心頭、拭抹不去的傷痛和重建不來、永恆存在的廢墟,例如在柏林點的是「風情特新」「舊韻猶存」的「東西德菜」,在紐倫堡則是「尚可辨認卻仍難解」的「猶太菜」;在金邊點「萬世不朽」的「空城哀嚎菜」,在板門店點「加味特殊」的「煙硝戰火泡菜」,在格拉那達點「薰陶過數世紀」的「阿拉伯菜」,在洛杉磯橙縣小西貢點「光榮撤退」的「越南和平菜」,在華盛頓 DC 點「領導英明」的「伊拉克烽煙菜」,在西貢要點「影響深遠」的「中國菜法國菜美國菜」,在順化點「沉入香河」的「無數冤魂天燈菜」,在河內則點「世世難忘」的「地雷菜戰鬥菜轟炸菜」。

　　〈點菜〉中的英文字母標的是要寫的國家之法文字第一個字母，點的菜幾乎都是令人驚懼的恐怖過去，讀起來令人感動哀傷的程度比〈吃菜〉要深濃許多。從〈吃菜〉到〈點菜〉這中間的修改變動也是深刻地呈現作者於思考、追尋更美好的意義和詩句之際的心靈狀態，一如尹玲於〈髮析〉中所說的：「〈吃菜〉、〈點菜〉則是任何地方都可能有的美好和哀傷，每人愛點和愛吃的菜都有不同角度的理解和選擇」[7]。

　　除了《髮或背叛之河》詩集中的這兩個例子之外，還有一首描寫碧潭的詩也希望能在此處稍作分析和說明：

　　此詩原本以「兩端」作為標題，因詩中內容即以描繪新店碧潭四十年前及今天的差別為主，此差別不但是碧潭本身外貌風情的改變，還有「你」「我」「當年」與「今日」的「青春」與「悵惘」的「層層疊疊」，以「吊橋」的「兩端」比喻「時間」、「空間」、「景」、「物」、「人」、世間萬物「兩端」的種種變化。完稿後又有些擔心讀者可能難以理解「兩端」兩字的意涵，遂改成「眼前日落水面正飄蕩的」，意思淺白易懂之外，又帶著些許飄渺、恍惚氛圍的味道，並且更能強調「此刻」的「當下」；另一方面，詩中第一節第二行的「最新舞姿」改成「最絕舞姿」；第五節第三行的「四十年歲月」改成「四十年」、第四行的「綿綿層疊」改成「層層疊疊」；第六節第二行「當下時空的此刻吟唱」改成「當下此刻的時空吟唱」。修改之後，詩句似乎稍為更好一些，但十個字的標題唸起來在感覺上好像太冗長了些，又缺少「兩端」二字的含蓄、豐富與富哲理。

---

[7]　《髮或背叛之河》，頁 8。

當然，我們在此列出來的是已經幾乎「定稿」的「詩」，最早的「草稿」並未列出，因此，在追尋作品原始祕密方面可能還是欠缺了許多。

選擇此三例作為說明對「發生論文學批評」或「文本發生學」的理解雖然有些許幫助，只是附在這裡的七首詩有五首是以印刷完整的機器字體面目出現，另外兩首雖然是以手寫稿呈現，但還是無法完全感受到作者活生生的呼吸和痛苦，更無法看到作者在第一次草稿的手寫本中，如何塗改如何修飾如何猶豫如何掙扎如何痛下決心如何勉強決定才能成為第二次手稿，之後又經過多少轉折多少矛盾成為第三次、第四次、第五次的種種「痕跡」，這些「痕跡」所流露出來的「生命」，才是「親筆草稿」所跳躍的作者自己，也才是文本發生的真正面貌或作品真正的原始祕密。

# 肆

筆者於 1995 年曾於巴黎第八大學追隨幾位老師上「發生論文學批評」的課，對當時的學者、研究者如此執著、如此專注地進行此類研究感到非常驚訝與敬佩。一次課堂中，R. Debray-Genette 特地讓同學們看福樓拜和普魯斯特的手稿，並指出其中差異，可從其手寫本看出二人的個性。筆者那時也在社會科學高等學院聽德希達的課，印象最深的一次是他講述電腦、電子資訊科技在美國的發達、進步情況，但同時也分析了這種科技的優點及可能帶來的各種壞處。除此之外，1996 年 1 月 8 日，法國前總統密特朗逝世。有關他生平事蹟的一本書，在他去世之前即已傳聞可以在網路上下載；後來果然如此，書尚未上市就已有不少人因此而預先閱讀過。1995、1996 年在法國使用電腦的人還非常少，反而在台灣已有部分作家以電腦來從事創作和傳送作品。因此，一次上課時曾請教老師，以前

的許多文學家都可能有留下親筆寫的前文本、草稿、修訂稿、手寫稿、定稿，但二十世紀末之後，若大部分作家均以電腦寫稿，那麼「發生論文學批評理論／方法」在手稿方面的研究是否就無法如以前有那麼好的成果？老師當時的回答是：若無手稿，的確很難。

目前在台灣，無論任何行業，似乎不使用電腦的人不太多。一次筆者於台北上課、在班上提到這個理論與方法的應用時，一位學生認為即使她使用電腦，也可以保留「原稿」及「修訂稿」在電腦「資料夾」中，也等於是「手稿」，但筆者認為這個想法不太「合理」，電腦出現的字或印出來的字無論是哪一種字體或字形都是「機器字」，也許作家風格、特色可以清楚呈現，但「機器字」已經不是親筆寫出來的「手稿」，作者的「靈魂」可能不那麼明顯，而中間修改或塗改的「痕跡」更無法顯現。「閱讀」一張或一部「機器字」的作品，對作者／文學家活動、跳躍、呼吸在其中的「生命」，讀者應該會覺得比他的親筆筆跡感覺冷了許多。此外，字的樣貌、字體的悅目與否、寫作時的各種習慣、塗改修飾時的乾淨整潔與否，有始有終一氣呵成或要潤飾千百遍，自第一頁至最後一頁「存活」著的文學作者，對比之下相信在電腦或網路上出現的他及其作品，無論多「逼真」，也只是「虛擬」的「非真」罷了。

## 伍

原本希望能在 1996 年進行的探索，拖了一個「世紀」，直至今日仍未能完成。從 1995 年到現在已過了十四、十五年的時光，「文本發生學」與「發生論文學批評理論／方法」在這段時間內有更豐碩的成果，其中產生、出現的問題和現象就更繁多且複雜，尤其電子網路的「分新秒異」驚人發展早已遠遠超過當時所能想像或預料的「境界」。在面對科技每日「異樣」的狀況下，「發生論」文學批

評研究者自然也能尋出進行「無手稿」（比如十八世紀之前法國文學家的手稿較少，或戲劇、舞台方面的手稿）或電子網路鋪天蓋地、「機器字」已幾乎淹滅親筆手稿的研究方法。

筆者於 2008 年底 2009 年初再次特地蒐尋這一方面的書籍資料，其中 Almuth Grésillon 於 2008 年剛出版的 *La mise en oeuvre . Itinéraires génétiques*（共 311 頁）[8]的書中最後一節即提到「如何走向無手稿的發生論文學批評研究？」

在已經進入二十一世紀的此時，發生論文學批評或文本發生學要進行的已非過去數世紀的文學書寫研究，而是要自問身處電腦或電子網路時代，是否還可以繼續此類研究？以往十八世紀之前的作家親筆手稿較為缺少、或難找得到，但電子書寫能帶來的手寫草稿，似乎比舊時更困難，因為在電子時代的電子環境裡，還有多少人會願意以「手」書寫而不在鍵盤上叮噹幾下就立刻出現「作者」所要的一切？因此，「手稿」在電子社會中幾乎已面臨「不存在」的境況。

當電腦螢幕上出現上下左右前後翻來覆去一頁又一頁滿滿的光滑亮麗的「文字」，每一篇看起來都像已完成的文本，「醞釀」、「產生」、「修改」過程的任何「痕跡」都完全看不見；另一方面，小小的一部機器，或簡單的一個螢幕，可以容納的東西、資料、文本、書寫、作品等等，數量之大令人訝異，而且可以同時傳播至天涯海角，眾多讀者的數量也是難以計算。然而，網路上也會出現另一情況，讀者或非讀者通常會加入意見或一起參與，使得文本的「作者」已非一人，而是數人或許多人共同「書寫」，帶有混雜的特色，是「許多手」完成的作品，並且具有揮發性、易逝、易消失，「作品」

---

8　見 Almuth Gresillon, *La Mise en oeuvre. Itinéraires génétiques*, Paris, CNRS Editions, 2008.

被重視的程度也許少些，電腦除了可以存檔和傳播迅速之外，它也具有分析和研究功能。此類新出版文本被稱為：電子源版本。

　　A. Grésillon 認為即使電腦已如此普遍，甚至已經進駐文學家的工作室，但作家工作坊內的「手稿」並未消失。她根據的是目前仍可以在一些圖書館或研究機構取得許多作者的手稿，例如：Hélène Cixous、Alain Robbe-Grillet、Bernard Noël、Roland Barthes、Julien Gracq……等等，因此，研究者還是可以應用「發生論文學批評理論／方法」來進行探索。此外，在法國的文學家大約可分成三類：

一、從未使用或接觸過電腦，大部分是年紀較大的作家，通常他們會將其手稿託付圖書館或給另外一人以建立保存檔案。

二、大多數的作家則會也用電腦，也用手寫創作書寫。

三、第三類則只以電腦寫作，但直至目前她未曾遇見過「完全拒絕」手寫的作家。因此，「未來」才應該會有年輕的作家選擇只用電腦不用手寫。

　　倘若使用電腦寫作的文學家越來越多，電子檔案可能會有何種樣貌？如何選擇並決定可以重建文本的源頭？Grésillon 認為可以如自己所要的利用印刷裝置每一次發展一個新的「書寫場域」，每一新版本都於頁腳注明日期，讓存檔近乎自動化，比以前傳統的「前」文本許多不同狀況下保留的手稿存檔要可靠和安全多了。

## 陸

　　在沒有手寫本或手稿的情況之下，當然免不了有人會懷疑文本發生學與發生論文學批評之研究已走至盡頭，然而，正如文學發展途徑上經常會出現的事情不是可以完全預料一樣，當某些現象產生時，隨著當時的各種狀況，應該還是能找到可以應變的方法；因此，當大家對「發生論文獻檔案」加以重新定義並有共識的今天，無手

稿的發生論文學批評絕非不可能進行。何況，直至今天，大概也無人敢說他已知道電子科技繁複多樣變化的全部功能及未來可能展現的奇特樣貌，因此，在文學研究長途跋涉的路上，隨時可能出現的意外事件和令人驚奇的偶然變化，隨著電子科技不可思議的進展，研究者的細心聰慧，文學家作品「起源」的未來新奇轉變，以及種種我們此刻尚無法預先知道的原因、元素，一切應該都是有可能的，文本發生學應該會有更燦爛的研究成果，發生論文學批評方法也會發展出更新穎複雜的境域視野。

**附錄：**

# 近乎

我的腦　　的確已於上世紀末
任由賴以他**特別的**方式剖析詮釋
然而我的心　　鮮紅跳動的心
卻是本世紀初　　即**無悔地**
完整無缺的獻給你
無論是最早**略淒**的台北初秋
或雨雪紛飛的巴黎深冬
甚至稍後花草**凋謝**的南越仲春
從未忍心捨你離去　　**半分半秒**


可是　　**我的王啊**　　為何
為何偏在此不太正常的梅雨季節
五月**豔陽**那過份熾烈的懷抱內
未曾間斷的煎熬重新回眸
以昔日數十倍的魔力再次彈奏
令我的腦疼痛近乎崩裂
　我的心絞扭近乎停跳
　我的肝腸因恐懼永別
　　　　近乎寸斷

# 永別或再見的兩難抉擇

我的腦　的確已於上一世紀末
**無奈地任由他以其特殊方式剖析詮釋**
然而我的心　那顆鮮紅跳動的心
卻是本世紀初**即毫無怨梅地**
完整無缺的**全心獻與你**
從未忍心捨你離去　**縱只半分半釐**
無論是最早**台北初秋的悲淒中**
或**巴黎寒冬紛飛的雨雪下**
甚至稍後
花草**早已凋謝的南越暮春薄霧裡**

可是**為何　請告訴我**
只不過是今年的梅雨季節有此失常
五月艷陽**稍嫌過分熾熱**
我的腦竟然疼痛近乎錯亂迸裂
我的心也已揪絞近乎窒息停跳
你是否願意為我
即使
即使你已決定與我永別
為我將那莫名的恐懼暫置他處
讓我最少還能保留
肝腸尚末寸斷的原貌

還能向你說聲
再見？

# 完美結局

的確　我曾經那麼無奈地
在二十世紀結束前夕
任由他以其獨特方式剖析
我的腦

然而　二十一世紀才剛開始呼吸
我卻已全心全意獻向你
那顆跳躍且完整的
我的心
如此親暱緊密
無論是在台北初秋若有似無的哀愁下
　　　巴黎寒冬紛飛雨雪的凜冽中
　　　或南越暮春花草早謝的薄霧裡

也只不過　只不過是
梅雨落在不該傾注之處
豔陽濃情迸在過早的五月之初
劇痛已非形容我被詮釋過的腦之詞
而擁有我鮮活紅潤之心的你
又何忍揪絞令它幾近停跳？

可否告訴我
縱使永訣　你還是會願意
於此最末一刻
趁你雙眸
也許尚未完全淡褪的凝視之下
讓我仍然保有未碎之心
與你呢喃最後一聲再會？

# 吃菜

在德國紐倫堡**吃德國菜**
在　　科隆吃所謂廣東菜
　　　　在比利時布魯塞爾**吃比利時菜**
　　　　　在　　安維爾**吃比德混合菜**

在中國**杭州吃杭州菜**
在　　**寧波吃特鹹菜**

　　　　　在韓國漢城**吃韓國菜**
　　　　　　在　　板門店**吃戰爭**泡菜

在西班牙馬德里**吃西班牙菜**
在　　　格拉那達**吃**阿拉伯菜

　　　　　在美國洛杉磯橙縣**吃越南菜**
　　　　　　在　　華盛頓 DC **吃世界菜**

在法國巴黎**中心吃法國菜**
在　　**巴黎邊緣吃摩洛哥菜**越南菜

　　　　　在希臘雅典**吃希臘菜**
　　　　　　在　　奧林比亞**吃健康菜**

在香港這**頭吃經典典雅**英國菜
在九龍那頭**吃特別**傳統中國菜

在荷蘭阿姆斯特丹**吃還可以的**香港菜
在　　　鹿特丹**吃道地**的印尼菜


　　　在英國倫敦**吃**最勁的**香港菜**
　　　在　　**他處吃正港的印度菜**

在義大利羅馬**吃義大利菜配上廢墟**
在　　　威尼斯**吃水聲浪漫的情調菜**


　　　在日本福岡**吃日本菜**
　　　在　　**荷蘭村吃法國菜**

在澳門**正中心吃葡萄牙菜**
在　　**非中心吃邊界菜**


　　　在葡萄牙里斯本**吃**葡萄牙菜
　　　在　　**玻都吃加上玻都酒的菜**

在敘利亞阿列普**吃民間的敘利亞菜**
在　　　**大馬士革吃異國情調的義大利菜**


　　　在台灣台北**吃**日本菜美國菜
　　　在　　台南高雄**吃台灣菜**

在捷克布拉格**市區吃捷克菜**
在　　**布拉格郊區吃黎巴嫩菜**


　　　在越南西貢**吃**中國菜法國菜美國菜
　　　在　　河內**吃俄國菜越南菜轟炸菜**

# 點菜

A　在德國柏林該點風情特新舊韻猶存的東西德菜
　　在紐倫堡則點尚可辨認卻仍難解的猶太菜

　　　　　在英國倫敦要點最勁的有模有型香港菜印度菜
　　在　　劍橋就點帶不走一片雲彩的悄悄再別菜

B　在比利時布魯塞爾請點特鮮的最正白酒燜淡菜
　　在　　安維爾嘛可點特奇的荷比盧德聯姻菜
C　在東埔寨金邊非點不可那道萬世不朽的空城哀嚎菜
　　在　　吳哥窟須點面世之後永難謝絕的奇蹟幻滅菜

　　在中國北京必點遠離原跡早已現代化的北京烤鴨
　　在　　上海能點外灘依舊浦西新天地的唯我浦東菜

　　在韓國漢城應點非他莫屬的正統大韓國菜
　　在　　板門店定點加味特殊的煙硝戰火炮菜

E　在西班牙馬德里不妨點番紅花燜西班牙海鮮飯
　　在　　格拉那達是否點薰陶過數世紀的阿拉伯菜

　　在美國洛杉磯橙縣小西貢肯定點「光榮撤退」的越南
　　　　　「和平」菜
　　在　　華盛頓 DC 不如點領導英明正在進行的伊拉克
　　「烽煙」菜

F　在法國巴黎當然要點米其林三星級廚師的獨尊法國菜
　　在　　馬賽可知會點摩洛哥阿爾及利亞越南等等殖民菜

G　　在希臘雅典**須點歷史文化藝術哲學特優的**雅典希臘菜
　　　在　　　**奧林比亞須點永不屈服的**奧林比亞精神特健菜

H　　在荷蘭阿姆斯特丹**特愛點獨特唯一的**梵谷天才菜
　　　在　　　**海牙**鹿特丹**最想點似仍相識的**曾經印尼菜


　　　在香港這端是否該點紳士風味一本正經的經典英國菜
　　　在九龍那頭只能去點只好如此民間專愛的傳統中國菜

I　　在義大利羅馬**必點祖傳廢墟不勝喘噓的**義大利菜
　　　在　　　**威尼斯就點馬可波羅水聲輕盪的**浪漫夢幻菜

J　　在日本**東京可別忘點天皇獨鍾的**巴黎銀塔特級血鴨
　　　在　　**京都切記要點漫漫歲月蘊成永恆的**頂級長安菜

M　　在澳門**氹仔這邊要點世界著名形色各異的**卡西奴葡萄牙菜
　　　在　　　**氹仔他處則點泛漾幾絲蒼白的**無奈邊界菜


　　　在摩納哥請點葛麗絲・凱莉那道絕美王妃的冷艷菜
　　　在蒙地卡羅應點卡西諾世界奢貴僅有的華麗菜

P　　在葡萄牙**里斯本試點歷盡滄桑的**正宗葡萄牙菜
　　　在　　　**薄都則品嘗薄都酒淡淡哀愁的**極美香醇

S　　在瑞士**琉森可點山水舒適美景無限菜**
　　　在　　　**日內瓦則點日內瓦湖上愜意盪漾菜**


　　　在敘利亞**阿列寶須點貧困仍占優勢的**民間實質菜
　　　在　　　**茇迷爾換點迷倒眾生的**海市蜃樓沙漠虛無菜

T　　在台灣台北淡水可點通俗大眾的日本菜美國菜
　　在　　台南高雄該點精緻獨愛的台灣菜非中菜

　　在捷克布拉格應點情調脫俗的中古捷克菜或法國菜
　　在　　非布拉格須點情深意濃的猶太菜蘇聯菜

V　　在越南西貢記住要點一直存在影響深遠的中國菜法國菜
　　美國菜
　　在　　順化可要燃點活埋在戰亂深淵沉入香河的無數冤
　　魂天燈菜
　　在　　河內毋忘多點永烙心頭世世難忘的地雷菜戰鬥菜
　　轟炸菜

## 〈兩　端〉

尹玲

微風裡依偎潭岸的斜斜水柱
正為夕陽恣意噴灑奔放的最新舞姿

吊橋的那一端
當年曾晃漾你我相纏的青春

吊橋的這一端
今日卻徘徊悽寂伶仃的悵惘

潭水仍若那時優雅翠碧
漾舟邈然出世瀟灑如昔

幻化不在的是早已隨着
二十世紀遠逝的四十年歲月
以及你我之間煎熬了四十年歲月
珍藏心底渾邃記憶的綿綿層疊

然而　　眼前日落水面正飄蕩的
只有二十一世紀當下時空的此刻吟唱

　　　　　　　──寫於碧潭吊橋，2010年6月

〈眼前日落水面正飄蕩的〉

尹玲

微風裡依偎潭岸的斜斜水柱
正與夕陽恣意噴灑奔放的最絕舞姿

吊橋的那一端
當年曾晃漾你我相纏的青春

吊橋的這一端
今日卻徘徊悽寂伶仃的悵惘

潭水仍若那時优雅翠碧
漾舟邈然出世瀟灑如昔

幻化不在的是早已隨着
二十世紀遠逝的四十年歲月
以及你我之間煎熬了四十年
珍藏心底深邃記憶的層層疊疊

然而　眼前日落水面正飄蕩的
只有二十一世紀當下**此刻的時空吟唱**

—寫於碧潭吊橋，2010年6月—

# 第三節

## 文學社會學在法國之起源及發展

　　文學社會學於五〇年代後期開始在歐美成為備受注意的一門學科，並在一些大學中設有相關課程，最近十數年更是蔚為風氣。

　　從十九世紀初斯達勒夫人在〈論文學〉一文中首次強調文學與社會之間互相影響、依賴的關係之後，十九世紀中葉，鄧納就從這概念得出「民族、環境、時代」的三元論。二十世紀初，郎松則以文學史方法來探討這種互動關係。五〇年代，波爾多大學有一群研究者在艾斯噶比的領導下從另外一個角度：傳播學、大眾傳播，來考察文學事實在社會中所呈現的各種面貌和層次。呂西安‧高德曼則以文學現象和經濟基礎的關係作出令人耳目一新的假設，開闢了以「發生學結構主義」闡釋文學社會學的新道路。

## 壹

　　一般文學社會學的研究者都承認這門學科的始祖是法國十八世紀末十九世紀初的作家及評論家斯達勒夫人（Mme de Staël, 1766-1817）。這位在十五歲時就已為孟德斯鳩（Montesquieu, 1689-1755）的《法意》（*L'Esprit des Lois*）寫概要，二十二歲時寫盧梭（Jean-Jacques Rousseau, 1712-1778）研究的女作家於 1800 年出版了《從文學與社會制度的關係論文學》（*De la littérature considérée dans ses rapports avec les institutions sociales*）。在這部當時被認為是創時代的文學批評著作的引言中，她寫道：「我打算研究宗教、風俗、法律對文學有什麼影響，以及文學對宗教、風俗和法律又有什麼影響……。我覺得人們沒有充分地分析過道德和政治的因子如何改變了文學的精神」[1]。鄭重地指出了文學和社會的關係，把文學和社會這兩個概念正式地結合在一起並作有系統的研究的，在文學批評史上她是第一人。而實際上，這種研究方法就是沿襲孟德斯鳩研究法律的方法。孟德斯鳩的《法意》正是要闡明法律和社會的關係，深受孟德斯鳩影響的斯達勒夫人把它擴大、應用到文學上。一如孟德斯鳩，她強調：「……在北方（文學）人喜歡的意象和南方人所愛提到的意象之間，氣候是它們差別的主要原因之一。」[2]她用社會背景和政治制度來解釋上古文學和近代文學的區別，與各國文學之間的關係及其異同得失。斯達勒夫人及其德國友人中間[3]產生並隨即發展起來的兩個重要基本概念：時代精神（Zeitgeist）和民族精神（Volksgeist）正是斯達勒夫人文學研究理論的精神骨幹，它解釋了文學在時間和空間上因人類社會的變遷及因其特點而顯現出來的多樣性。

## 貳

斯達勒夫人的創見和這兩個基本概念是後來十九世紀中葉以後法國文學批評界泰斗意保利德·鄧納（Hippolyte Taine, 1828-1893）的文學理論之前奏。1870 年出版的《智慧論》（*De l'Intelligence*）是這位哲學家、也是歷史學家的文學批評家凝聚二十多年的心血結

---

[1] 見斯達勒夫人《論文學》之〈引言〉第一節。
[2] 引自《法國文學》（十九世紀），Collection Littéraire，Lagarde & Michard，Bordas，1969，頁 14。
[3] 斯達勒夫人曾分別於 1803 年和 1807 年到德國旅行，並將她對德國的認識寫成《德意志論》（*De l'Allemagne*）。

晶。在這部哲學著作中，他以人類當作試驗品，用許多材料把心理
學當成科學來進行實驗。他最後所得的結論是：人類只有感覺和衝
動，除了這些，其他一切都是虛偽的。鄧納從這唯科學主義決定論
的觀點出發，以至於他的文學批評方法也落入這種實驗方法的模
式。由於他認為人只有感覺和衝動，因此人的一切行動都會受到一
定的限制，文學家自然也不會例外；因而，鄧納論定說文學家的作
品便是在這些某種限制下所產生的必然結果。他發現決定文學家的
特點、文學創作或文學現象的限制因子有三個：種族、環境和時代。
這三個因子實際上就是以斯達勒夫人的兩個基本概念發展衍生出來
的。「種族，是在人出生時即已帶來的天賦和遺傳的特點。」環境是
氣候和社會組織的作用。時代則牽涉到歷史變遷：光是時間的差別
就會使伏爾泰的悲劇絕不可能像高乃依（Corneille）的悲劇[4]。文學
作品就是因文學家的主要才能受到這三種因子的影響而產生的。鄧
納並以他的博士論文《拉・封登及其寓言詩》（*La Fontaine et ses
Fables*）[5]中的拉・封登為例：拉・封登表現的是高盧精神（民族），
他是香檳省人（環境），活在路易十四的時代（時代）；因此他的主
要才能是詩意想像力，是一種「忘記真實世界的能力及活在理想世
界中的能力」。因此，「拉・封登不須脫離高盧性格就超越了它」[6]。
鄧納這種以實證方法把作家詩人分類，寫下他們的自然歷史，在當
時是一種創見。十九世紀正是科學開始發達的時期，唯科學主義理
論極易滿足法國人那種科學高於一切的心理。然而，鄧納只注意促
使天才產生的因子，卻忽略了天才的本身。十七世紀有多少法國人？
在香檳省的法國人又有多少，為什麼只有拉・封登一人才能寫出傳
誦不朽的寓言詩來？顯然地，鄧納的理論無法解釋這一點。如果單

---

[4]　同註2，頁399。
[5]　此為1860年再訂版之書名。原名為《拉・封登及其寓言詩概論》（*Essai sur
La Fontaine et ses Fables*）。
[6]　同註4。

以機械的「民族、環境和時代」三大因素就可以闡明解釋各式各樣
錯綜複雜的文學現象，未免把文學過份地簡化，並且把人類的心靈
和精神縮減至單純的生理學層面。

　　因此，即使鄧納的文學理論和他的其他著作如《現代法國的起
源》（Les Origines de la France Contemporaine）和《藝術哲學》（La
philosophie de l'art）在法國文學批評史、文學史和哲學史上都曾被
視為極重要的巨著，但他過份簡略粗糙的三元論無法闡釋藝術作品
的特殊性、文學家內在心靈的豐富性、文學事實的繁複層面及現實
與文學彼此之間所引起的影響作用。

　　半個世紀之後，郎松（Gustave Lanson, 1857-1934）對此曾加
以譏諷：「對詩才的分析和對糖類的分析，除了分析這個詞外，毫
無共同之處」[7]。郎松的文學史方法，隨著時間的流逝，幾乎已成
為文學研究的唯一「方法」。它主要是把批評判斷建立在與歷史事
實一樣客觀的「事實」之上；因此，必須在開始時就先蒐集好資料
上無可爭議的材料（後至的新發現當然不在內），且以此構成所有
研究者的共同成果。他堅持要作的主要步驟是：一、蒐集要研究對
象──作品或作家──之所有著名文章及一切有關他們的已有研
究著作；二、淵源之研究：此研究是唯一可以完整地釐清作品的整
個產生過程並把它真正的獨創性呈現出來；三、研究所保存的手寫
本及不同版本的情況，這是可以找出某種思想之形成及其發展過
程，或深入了解某種風格的秘密之可靠方法[8]。

---

[7]　見郎松的《文學史方法》（Méthodes de l'histoire littéraire）發表於《法國研究》
　　（Etudes Françaises），1925 年 1 月，第一冊，頁 23。
[8]　見《法國文學》（二十世紀），頁 668。

在郎松的文學史方法中，他同時強調整體（ensembles），團體（groupes）與個人（individus）這三種角色，他認為閱讀的群眾是隱藏的、不顯現出來的；而寫作的個人則與之相反，是顯現的，因之，他所夢想要寫的「法國文學史」是一幅國家文學生命圖，是閱讀的隱藏的讀者之文化和活動歷史，同時也是那寫作的顯現的個人之文化和活動歷史[9]。

但他這個計畫被許多作家、批評家和文學教師們指責為過份低估美學創作中一些神秘問題的重要性，他只好犧牲了文化生命和閱讀群眾的歷史性及社會性之研究，而只實現他計畫中的一部分，再度求援於實證主義方法，專門探討「個人的獨創性，意謂那無可比擬和無法估量的特別現象」[10]。

如此一來，郎松無異於把文學史跟社會學硬生生的完全分開。

## 肆

雖然涂爾幹（Emile Durkheim 1858-1917）是被公認的社會學奠基始祖，但以社會學批評方法來從事文學批評的研究者不倚賴涂氏之學說，主要原因在於涂爾幹曾經批判過文學研究的組織和目的性，在《社會分工論》（*La division du travail social*, 1893）的導言中，他寫道：「從前的上流社會人物，在我們看來只不過是以文學作為消遣的人，我們不承認業餘文學愛好者的任何道德價值」[11]。涂爾幹把道德事實引入社會事實，他所視為獨立於個人意識之外的

[9] 見郎松《法國外省文學生命史研究計畫》（*Programme d'étude sur l'histoire provinciale de la vie littéraire en France*）
[10] 同註7。
[11] 見涂爾幹《社會分工論》（*La Division du travail social*），PUF，Paris，1973，第九版，頁5。

社會事實，但他自己並不研究文學。然而，如果因此而認為實證主義研究方法在文學研究中完全無用則是錯誤的想法，二十世紀五〇年代出現之文學社會學「波爾多學派」即是顯明的例子[12]。

縱使鄧納曾為郎松嘲諷且一向被譏為把精神層面簡化成生理學的實證主義唯物論者，但他學說的基本精神一直被保存了下來。自鄧納而後，文學作家或文學批評家多少都會重視外在環境、即社會環境對文學活動所具的決定性影響。許多研究者把文學作品具揭示性的事實視如一個社會現象來加以發掘、詮釋和研究。

在法國，以實證社會學在其他學科中所使用的如社會調查、統計技術等方法來研究文學事實的學者中，以羅貝爾·艾斯噶比（Robert Escarpit, 1918-2000）最為著名。

艾斯噶比於二次世界大戰後在法國西南部波爾多大學從事教學和研究工作。他認為一般人稱以他為首的文學社會學研究學派為「波爾多學派」是不確切的，那毋寧是一個工作小組[13]。這個小組之所以形成，是因為五〇年代裡有不少教文學的青年教師對陳舊教材和傳統的文學教學法及研究法非常不滿；他們極力反對一再地把授課內容侷限在重複或評介他人觀點的教學方式中，以及只從作者生平和作品本身、從概念到概念式的、對文學進行思辨的研究方法。因此，這些教師或研究者開始運用各種不同的方法來研究文學作品；或是從語言學的角度，或是採用結構主義的分析方法，或求助於文學理論，而艾斯噶比則試圖從傳播（communication，亦有交流、溝通之意），特別是大眾傳播（communication de masse）也就是傳播學的角度來全面考察社會中的文學現象[14]。

---

[12] 見下文艾斯噶比之研究理論。
[13] 見艾斯噶比編纂之《文學性與社會性》（Le littéraire et le social），Flammarion 1970，前言，頁 5。
[14] 同註 13。

　　1958 年，艾斯噶比在法國大學出版社出版了法國當代第一部以
《文學社會學》（ *Sociologie de la littérature* ）為標題的專著，列入「我
知道什麼？」（Que sais-je？）叢書[15]。從書中目錄即可得知艾斯噶比
對文學研究法所採取的角度和關注方向。全書分四部分，共八章：

　　一、原則與方法：1.為什麼要建立一門文學社會學？2.如何著
　　　　手研究文學事實？

　　二、生產：3.時代中的作家；4.社會中的作家。

　　三、傳播：5.發表行為；6.發行圈子。

　　四、消費：7.作品與讀者；8.閱讀與生活。

　　正如艾氏在《文學社會學》一書開頭所指出的，「任何文學事
實都須有作家、書籍和讀者，或者說得更普通些，要有創作者、作
品和大眾。於是產生了一種交流圈，透過一部極其複雜、兼具藝術、
技術和商業特點的傳送器，把身份明確（甚至往往是享有盛名的）
的一些人和一個多少是匿名的（但有限的）集體結合在一起。」[16]。
他所致力研究的正是這三種角色在文學事實中，經過交流之後所產
生的錯綜複雜的關係，即是說，他注重的是「文學事實」的研究而
非文學作品的研究。

　　從「文學事實」這個名詞令我們想到涂爾幹的「社會事實」，很
明顯的，艾斯噶比試圖從社會學這個角度來探討具體的文學現象，
如創作生產、出版發行、消費閱讀等。六〇年代初，波爾多大學文
學院更成立了「文學事實的社會學研究中心」（Centre de Sociologie

---

[15]　筆者於 1986 年底 1987 年初著手翻譯此書，譯成未及出版，即發現大陸安
　　徽文藝出版社已將此書譯本發行，由王美華、于沛合譯，出版日期為 1987
　　年 9 月。于沛另將此書及「文學性與社會性」之一部份編譯成書，合在一
　　起交浙江人民出版社於 1987 年 8 月出版，書名亦題為「文學社會學」。臺
　　北南方叢書出版社於 1988 年 2 月將此書改以繁體字出版，書名改為「文藝
　　社會學」。

[16]　《文學社會學》，PUF，Paris，第七版，1986，頁 3。

des Faits Littéraires）並於 1965 年正式併入「文學和大眾藝術技術研究所」（Institut de Littérature et de Techniques Artistiques de Masse，簡稱 ILTAM），是「國家科學研究中心」（Centre National de la Recherche Scientifique）的合作單位，主要的研究方向是各種形式的傳播，特別是大眾傳播；包括對報界、書籍、戲劇、電影、廣播、電視、公共關係，當然連文學社會學在內的研究和教學[17]。

至於「中心」的研究方法主要有兩種：歷史的方法和社會調查方法。

## 一、歷史的方法有三個步驟

1. 建立卡片系統，將作家和作品的有關資料轉變成數據，以統計技術方法來考察文學的創作生產及創作時之歷史背景。
2. 精心整理檔案、信函、報紙、書籍目錄、出版說明等及有關資料，以研究各個時代的閱讀情形及其發展。
3. 清查整理有關之文獻資料，研究不同時代的文學現象之物質條件，並對一向被忽視的俗文學和流動書販現象加以探討。

## 二、社會調查方法

1. 運用深入查詢和集中訪問的方法來當作密集式的調查。
2. 提問法調查。
3. 深入調查某一文化團體以了解其內部情況，如學習研討會，企業圖書館等。
4. 分析過去及當代文學作品和報紙的內容。

---

[17] 《文學性與社會性》，法文原文版，頁 6、7。

從 ILTAM 已出版之研究論文文集成果來看，他們的研究課題大致可分為九類：

一、融合社會學方法和文學批評方法來研究文學社會現象。

二、研究波爾多市的書籍發行和傳播情形。

三、分析研究波爾多市讀者的社會心理。

四、用文學社會學方法來研究歷史上的文學現象。

五、研究智力結構和文化水準不同的讀者之閱讀行為。

六、對工廠企業中不同層次的工作人員，尤其注意工人的閱讀情況之調查研究。

七、文學社會學和宗教社會學之研究。

八、研究作品中的社會內容和各種社會制度問題。

九、編纂國際比較文學研究會所委託的《國際文學術語辭典》。[18]

由上面所列的課題，可見 ILTAM 的研究內容包羅萬象，其研究的深入，所應用的學術理論和觀點的多樣化幾已觸及文學和藝術社會學的每一層面。艾斯噶比的可貴之處在於：雖然他肯定並強調傳統社會學實證主義的社會調查方法和統計技術，但也不排斥其他的理論和方法，統計資料固然可以反映出文學事實的概貌，但如何解釋這些資料，則有賴於其他的客觀和主觀材料。

大部分的文學批評家、文學理論家、美學家和社會學家在研究文學和社會關係時都將文學理解成抽象的概念，艾斯噶比則把文學看成是一種社會化的交際和傳播過程，以書籍作為其外在形式；他以社會發展、社會制度和社會矛盾衝突為出發點，把社會學和文學藝術有機地結合在一起，再發掘出前人所未見的文藝社會學全新課題：如文學出版行為、文學傳播問題，讀者接受情況等，並提出他個人獨到的理論觀點，正是艾斯噶比在文學社會學這門新學科中的貢獻。

---

[18] 見《文學社會學》王美華、于沛譯本，頁 4-7。

　　然而，這並不表示艾斯噶比的理論和方法沒有缺點。相反的，正如任何文學研究理論和方法，艾斯噶比的觀點也只是從一個先入為主的角度來看文學現象而未能考察其全貌和整體。他的研究非常具有科學性，但其缺點也正在於他過分重視文學社會學的「純科學化」，偏重實證主義的社會學方法而失之偏頗[19]。艾斯噶比有意在文學社會學的研究上開拓另一片園地，極力擺脫原有的傳統美學和文藝學的方法，卻又沒有提出一個強而有力的方法論基礎，其理論架構因而顯得薄弱動搖；再者，因過份強調社會調查和統計數據，把文學當成「事實」或「現象」來處理，他的研究著作便缺乏理論思辨的深度，對作家這個創作主體的自主性、創造性和其內在精神的神秘性和豐富性，對文學作品這個創作客體的文學生命本身、哲學思維、精神層面、美學魅力等方面都缺少論述。因之，艾斯噶比的文學社會學研究在某方面雖具有啟迪作用，卻是屬於一種等待再進一步和更深入的發掘、探索、思考和補充的綱領而不是一個總結。

# 伍

　　在艾斯噶比以社會學實證方法研究文學事實的同時，另一些以馬克思主義理論為基礎的研究者亦分別從各種不同的角度，以他們建立的學說理論來進行文學社會學研究；而呂西安・高德曼（Lucien Goldmann, 1913-1970）即是在這個領域中被公認為非常特別的一位先驅者。

---

[19] 呂西安・高德曼在 1964 年一篇發表於討論會的文章中，曾明確地指出文學社會學研究有兩大潮流：一是他列為完全對立於一切歷史觀點的實證主義，指的就是艾斯噶比和席伯曼（Alphons Silbermann）；另一派就是他主張的拒絕把社會學和歷史分開的發生論結構主義。見高德曼〈文學社會學中的發生論結構主義〉（Structuralisme génétique en Sociologie de la Littérature），收入《發生論結構主義》（Le Structuralisme Génétique），Editions Gonthier，Paris，1977，頁 17。

呂西安・高德曼出生於羅馬尼亞首都布加勒斯特（Bucarest），卻分別在羅馬尼亞、維也納和蘇黎士求學，之後避難到巴黎；對盧卡奇（György Lukács, 1885-1971）早期的著作有非常透徹的認識。他自認是盧卡奇的弟子，對盧卡奇十分推崇[20]，尤其認為後者的《小說理論》（La Théorie du Roman）是一部經典之作[21]。由於上述這些淵源，高德曼得以制定一套新的研讀文學作品的方法，他起初稱之為「文學的辯證社會學」（Sociologie dialectique de la littérature），後來又正名為「發生論結構主義」（Structuralisme génétique）。

　　高德曼認為「社會學方法基本原則之一是必須為嚴格的一元論，並肯定任何非歷史的社會學都不會是實證的，同樣地，任何歷史研究都須是社會學的才會是科學和實證……因此，在其基本結構和其具體現實中去研究人類事實（faits humains），就必須要有一個同時是社會學和歷史論的方法。」[22]。這段說明解釋了他的學說為何以「發生論結構主義」命之。對他來說，這是指思考文學作品跟主宰作品產生的社會經濟背景之間的關係。他的調查研究是一系列相關的全體性（totalités）以漸近和辯證方式進行的融合歸併。他的《隱藏的上帝》（Le Dieu caché）一書中即曾描繪過這個概念的輪廓：

> 一個意念、一部作品，只有在它融入一個生命、一個行為的整體之中時才擁有它真正的意義。再者，通常，讓人了解一

---

[20] 在高德曼所著的《精神結構與文化創作》（Structures mentales et Création culturelle，Union Générale d'Editions 1970）一書的扉頁上，他寫著：「獻給喬治・盧卡奇，自本世紀初起，他即以導師風範開創了至今現代思想還在其上運轉的道路。」

[21] 見高德曼《論小說社會學》（Pour une Sociologie du roman），Gallimard，Paris，1964，頁 21、22。

[22] 同註 19。

部作品的行為並不來自作者，而是來自一個社會團體（作者可以不屬於這社會團體）[23]。

除了這個融入全體性的概念之外，高德曼也要求一種能使整體中各個部分互相了解的「連貫性」（cohérence）：

一部文學作品之中有一個概念體系的內部連貫性……這種連貫性構成各部分可以互相了解的全體性，尤其是從整體的結構去了解的時候。[24]。

讀者在研讀一部作品時，又如何從這全體性的歸併和這內在連貫性來讀懂作品的整體？高德曼認為需要兩道手續：「理解」（compréhension）和「解釋」（explication）。任何一部作品都會有一些內在和簡單的意涵結構（structure significative），由為數有限的元素組成，能讓讀者看懂文章；「理解」的階段即是要掌握住其中一個可以藉之讓我們建立起跟文章整體關係的意涵結構。要建立這關係的原因，是因為它能使這結構令文章整體的全體性顯露出來：「理解」因而是處於「文本的內在」（immanente au texte）。至於「解釋」，則是把作品與作品之外的現實建立起關係，它永遠都必須參照一個「包含且超越那被研究的結構」之結構。對作品起源的解釋並不在於建立作品內容和集體意識內容二者之間的關係，而是「經由詮釋性閱讀得來的意涵結構」跟「團體或社會階段集體意識構成的心理結構」這二者的關係：作品在其結構越接近嚴密的一致時就越完美。經過如此「理解」和「解釋」的作品並不是集體意識的單純反映，而是作品構成這集體意識[25]。

---

[23] 見《隱藏的上帝》（Le Dieu Caché），Gallimard，Paris，1959，頁 16、17。
[24] 《辯證法研究》（Recherches dialectiques），Gallimard，Paris，1959，頁 50。
[25] 見《文學批評》（La Critique），Roger Fayolle 著，Armard Colin，Paris，1978，

　　既然作品不是集體意識的「反映」，如何解釋作品所表達出來的意識？高德曼試圖建立一個「功能的連接」（Liaison fonctionnelle）以使作品與社會團體的集體意識之「結構對應關係」（homologie structurale）能顯現出來。高德曼認為「具代表性的偉大作家是指那些能表達出一個社會階級的『可能意識之極限』（maximum de conscience possible）的『世界觀』（vision du monde）的作家。」[26]。在此他為他認為最主要的概念下了定義：「可能意識之極限」和「世界觀」。對高德曼而言，文學、藝術、哲學，甚至是宗教教規，基本上都是語言，是人與人、與神，或與其想像的讀者溝通的方法。這些語言是專為表達和溝通某些特定內容而使用的；高德曼假設這些特定內容就是他所謂的「世界觀」[27]。

　　在作家有意識的意圖與他體現其世界觀的形式之間可能會有差距，此差距亦曾為盧卡奇所強調。一個「內在的美學分析」會釐清「作品的客觀意義」，隨後而至的批評家會把作品和它「那時代的經濟、社會和文化的因素建立起關係來」。基本的準則就在於「美學價值」；美學價值越大，方法就運作得越好，作品越容易讓人了解，也就越能體現「現在構成當中且在社會團體意識中才剛顯現出來」的宇宙觀，而且，批評者也就越不需要去研究作者的生平和意圖[28]。

　　高德曼於 1961 年元月應比利時布魯塞爾自由大學社會學研究所之邀，成立了一個文學社會學研究小組並致力於小說研究，與他早期研究哲學社會學（如《人文科學與哲學》，《辯證法研究》等）或他在《隱藏的上帝》中專門研究法國十七世紀古典悲劇文學社會

---

頁 198、199。

[26] 見《人文科學與哲學》（*Sciences humaines et philosophie*），Gonthier，Paris，1952，頁 60。

[27] 同註 23，頁 347、348。

[28] 《隱藏的上帝》第二部分。

學是完全不同的方向，而且，他第一個要研究的是馬爾侯（André Malraux, 1901-1976）的小說，是現代而非古典時期的作品[29]。

這些研究的成果收在《論小說社會學》（*Pour une Sociologie du roman*）一書中。他再次確定「文化創作的真正主體是社會團體而非孤立的個體」，當然他也承認說「個別的創作者是團體的一分子」。他強調，並不一定要身為社會學家才能宣稱本身就是一部社會編年史的小說反映它那個時代的社會。因此，與其在社會真相與小說內容之間尋找一致性，高德曼卻在社會環境結構和小說形式這二者之間看到了這同一性。也就是說，在小說這種文學形式跟人與物和其他人的日常關係之間，存在著一種對應關係（homologie）。因此，在一個「為了市場的生產社會」中，使用價值會在交換價值之前消失，質會在量之前消失，使用價值只不過是一個晦暗行為，一如小說世界中真正價值的晦暗行為一樣。高德曼在此假定經濟制度和文學形式之間是有直接關係的，而古典小說結構和自由經濟結構是對應的，並且，像馬克思曾分析過的，小說形式的歷史和「物化」（réification）結構的歷史也是對應的。一部小說的真正價值，並不是由批評家或讀者來評估，而是在小說中以含蓄、不明顯的方式組成的小說世界整體的價值。每一部小說的價值都是特定的，而且每本小說的價值都不會一樣[30]。

高德曼並沒有再擴展他在文學作品上的調查研究，也沒有對文學語言和社會結構之間的關係作更詳盡的論述。他在《論小說社會學》中的說法似乎較《隱藏的上帝》缺少說服力；他似乎只求助於概括性的概念，比如說「人」應是如此，「小說」應是那般，諸如此類從純理想主義思辯得來的概念，而並未把階級或類型加以區分

---

[29] 《論小說社會學》頁 21。他另一部分的研究是有關「新小說」的探討。

[30] 同上，頁 21 至頁 57。

批判，也因此顯得他太忽視了文學作品的特性。杜布羅斯基（Serge Doubrovsky）在他的〈為何要新批評？〉（Pourquoi la nouvelle critique？）中曾指出，高德曼認為「每一個大作家都是意識型態販子」，並且，批評就是要剝掉所有使文學作品有價值的東西，好讓世界觀赤裸的呈現出來，「那麼，為什麼還要辛苦地閱讀艱深累贅的作品，一部歷史和政治經濟學的書不是容易讀得多嗎？」[31]

　　高德曼的理論和方法難免也有漏洞和缺點，但他在文學社會學上的貢獻是值得尊敬和肯定的，他在布魯塞爾大學社會學研究所領導的研究小組專門從事這方面的研究，而且成果顯然非常可觀。而他個人在論及文學現象和經濟基礎的關係時，有一些假設令人耳目一新，他大膽而富獨創性的理論在法國社會學批評方法中因此而顯得是首要的。正如杜維紐（Jean Duvignaud）在一篇論〈高德曼和世界觀〉（Goldmann et la vision du monde）的文章中所說的結語：

> 對高德曼而言，文學社會學並不只是一種描述，或是把明確或象徵的術語轉換成另一種論述（discours）、抽象的論述，而是一種艱苦的研究，以對抗這永遠不可捉摸的新生事物之差異……。[32]

　　文學社會學自萌芽至今已近二百年。自本世紀五〇年代起，這門學科在歐美相當受到重視，在許多大學中更開設相關課程或成立研究中心，專門從事文學社會學的探討。以上所論只不過是一百多年來眾說紛紜的學說中之一小部分，並且只限於法國文學社會學批評，未能及於其他國家之研究理論。即使只談法國，也還有許多著名的理論、學說，因限於篇幅，未能在本文中論及；例如亞圖塞的

---

[31] 同註 25，頁 200。

[32] 見《高德曼與文學社會學》紀念專輯（*Lucien Goldmann et la Sociologie de la littérature*），Editions de l'Université de Bruxelles，1975，頁 62。

文學與意識型態說，沙特的存在主義心理分析說，巴特的符號學和語言社會化論，拉岡的語言學和心理分析，還有晚近的社會批判學派等，都是具有影響力的學說派別，將另著文加以探討。

# 第四節

## 文學創作的社會特性——高德曼理論之分析

### 壹

　　呂西安・高德曼（Lucien Goldmann, 1913-1970）出生於羅馬尼亞首都布加勒斯特（Bucarest）。在布加勒斯特大學獲得法學學士學位之後，他到奧國維也納研讀了一年的哲學，復於 1934 年在巴黎大學法學院分別取得公法與政治經濟高等研究二種文憑，並在巴黎大學文學院（即索爾本 Sorbonne）獲得文學學士學位。隨後，他到日內瓦追隨瑞士著名的結構主義心理學家、認識論家和教育家，尚・畢亞傑（Jean Piaget 1896-1980）[1]，作了將近二年的研究。高氏

---

[1]　畢亞傑於 1896 年在瑞士紐沙岱（Neuchâtel）出生，為瑞士著名的認識論家、心理學家和教育家。他在哲學和心理學上的研究促使他從概念的個體發生和科學主體的歷史作為出發點，再重新探討「認識」的構成經過。透過智慧發展心理學（其著作有：《兒童智慧的誕生》（*La Naissance de l'intelligence chez l'enfant*，1936）；《兒童對數目認知的起源》（*La Genèse du nombre chez l'enfant*，1941）；《兒童對象徵概念的形成》（*La Formation du symbole chez l'enfant*，1945）；等），畢亞傑分析知識的相繼結構並闡明構造的原則，他認為這構造是朝向永遠是更抽象和更普遍的概念化。有關「認識」的基礎，如他在《發生學認識論》（*L'Epistémologie génétique*，1970）所創設的，是建立在一個概念之上，這概念使行動變成是思想之先的階段，且使思想本身成為在每個人的個別歷史之中由行動漸進的內在化構成的一個過程。畢氏於 1980 年在日內瓦去世。

重回巴黎後，在法國國家科學中心研究，並於 1956 年在索爾本通過他的文學博士論文。自 1958 年起，他任巴黎高等實踐學校（Ecole Pratique des Hautes Etudes）第六組的研究主任，並教授文學社會學和哲學等課程。1961 年元月，高德曼應比利時布魯塞爾自由大學社會學研究所之邀，在此成立一個文學社會學中心，領導一研究小組，專門從事文學社會學研究，直至 1970 年去世為止。

高德曼在青年時代的求學過程使他對盧卡奇（György Lukács, 1885-1971）[2]的早期著作有非常透徹的認識，盧氏於 1920 年出版的《小說理論》（*La Théorie du roman*）深深地影響到高德曼的文學社會學研究；而康德、黑格爾、馬克思、恩格斯、海德格等人的著述、思想，以及畢亞傑的認識論對高德曼理論體系的制訂都有相當大的影響。

多數的研究者都同意，基本上高德曼是一位馬克思主義者，他所有的研究著作都是折返馬克思本人的馬克思主義的證明，那意爾（Sami Naïr）認為高德曼不但折返馬克思的理論，而且還折返匯集了一世紀以來的評論、發展和教條仍未使之竭盡的馬克思方法論；在這個理論——方法的層次上，高德曼的著作建構在馬克思主義概念的骨架上，並加上兩個具決定性的學說影響：（一）盧卡奇早期的理論，這是直接深植在馬克思的意識領域之內的；（二）高德曼的思想範圍很廣泛，其成果也呈多樣性，其中，畢亞傑理論的影響不小[3]。

---

[2]  盧卡奇是匈牙利哲學家，1885 年生於布達佩斯（Budapest），受黑格爾的影響很深，他對馬克思是以一種人文的觀點來解釋（《歷史和階級意識》〔*Histoire et conscience de classe*〕，1923）並致力於從馬克思主義出發來重新探討美學且終生興趣絲毫不減，其著作有《心靈與形式》（*l'Âme et les formes*, 1911）;《小說理論》（*la Théorie du roman*）;《歷史小說》（*le Roman Historique*）;《巴爾扎克與法國寫實主義》（*Balzac et le réalisme français*）等，1971 年卒於布達佩斯。

[3]  見那意爾撰〈文化創作中的形式與主題〉（Forme et sujet dans la création

　　早自 1947 年起，高德曼便制訂了一個公設，建立一套研究文學的方法。他自己說，這是藉著盧卡奇早期著作的傳播、藉著對辯證法的了解和畢亞傑的心理學及認識論的研究而設定的，這是一種研究文化作品、特別是文學作品的新方法[4]，它是科學的、實證的，也就是辯證的；它所開啟的道路引至一個知識的科學和實證的社會學，最後達到對一般人文現實的辯證研究[5]。他這個「文學的辯證社會學」（Sociologie dialectique de la littérature），後來正式命名為「發生論結構主義」（structuralisme génétique）的研究方法，自 1947 年制定後，他便以這方法來進行他所有的研究，直至 1970 年去世，始終未改變過。

## 貳

　　高德曼的「文學的辯證社會學」或「發生論結構主義」，是從一個與實證社會學方法不同甚至是完全相反的前提之下出發的，特別強調社會學與歷史觀密不可分的一元論。高德曼在解釋他的「發生論結構主義」時，說明它是建立在五個最重要的前提之上：

　　一、社會生活和文學創作之間的基本關係與其內容無關，而只與精神結構（structures mentales）有關，是一種我們可以稱之為「範疇」（catégories）的東西。這些範疇同時組織了某一社會團體的經驗意識和作家創造的想像世界。

---

culturelle），收入《發生論結構主義》（*Le Structuralisme Génétique*），Denoël/Gonthier 出版，Paris，1977，頁 39-40。

[4]　見〈惹內的戲劇──社會學研究評論〉（Le Théâtre de Genet, Essai d'étude Sociologique）收入《文學社會學──新近的研究與討論》（*Sociologie de la littérature-Recherches récentes et discussions*），布魯塞爾大學出版社，布魯塞爾，1973，頁 9。

[5]　見《精神結構與文化創作》（*Structures mentales et création culturelle*），Editions Anthropos，Paris 1970，序言，頁 10-11。

二、用較抽象的字眼來說，精神結構就是具含義的範疇結構
（strustures catégorielles significatives），它不是個人現
象，而是社會現象；因為一個單獨的個人，陷於太過簡單
有限的經驗，不足以創造出精神結構來。詳細地說，精神
結構是一群為數眾多的個人聯合活動的結果：他們處身於
相類似的狀況中，構成一個有特長的社會團體，曾經長久
且密集地經歷過整體的問題，並且為此努力尋找具意義的
解決辦法。

三、在對研究者最有利的情況下，我們會發現社會團體經驗意
識的結構與決定作品世界的結構之間，會構成一種嚴密的
對應關係，但通常也是一種單純的具意義關係。有時候，
完全異質甚至對立的內容，在結構上也可能是對應的。

四、以這樣一個社會學的角度來看，文學創作中第一流的作品
不但可以被研究，其成果與研究中等作品同樣的好，甚至
於，在這個研究方法下，第一流的作品更顯得特別容易的
研究。此外，構成作品的一致性、美學特徵和文學性質的，
就是支持這一類文學社會學的範疇結構。

五、支配著集體意識，並且在藝術家想像世界中被轉換的範疇
結構，既非有意識，也非無意識；在某些方面來說，它跟
支配著肌肉或神經結構的運作和決定我們的運動、舉動特
性的無意識過程是同一類型的，所以，它既不是有意識
的，也不是被壓抑的。

　　說明這五個前提之後，高德曼結論說，唯有結構主義的社會學
也就是「發生論結構主義」的研究方法才能闡明這些結構和了解文
學作品[6]。

---

[6]　同註4，頁 10-11。

## 參

　　從上述高德曼的闡說中，我們可以看到，高德曼的「發生論結構主義」或文學的辯證社會學，就像任何一種思想、精神的社會學一樣，非常重視社會生活對文學創作的影響；這正是辯證唯物論的基本公設，而且它還特別強調經濟因素和社會階級之間關係的重要性。然而，卻有許多作家或哲學家不但不把精神價值與社會和經濟的偶然關係連繫起來，反而降低或忽視這個關係；他們反對馬克思主義中的這一個意識型態，認為它基本上是屬於政治的，專門用來滿足那些沒有文化的大眾的物質需求，而且還拒精神價值於門外。高德曼特別反對這一種偏見，他強調真正的精神價值不但不會與經濟和社會現實分開，相反地，精神價值就是支撐在這個現實之上，試著為這現實引入最多的人類相互關係和共同事體。高德曼強調，確定經濟和社會因素對文學創作的影響並不是一個已定的教條，而只是一種假設，只有在事實能證實之下，它才有效[7]；可以說，高德曼的理論基本，就是思考文學作品與主宰著作品產生的社會經濟背景之間的關係。

　　高德曼一直強調他的研究是科學的、實證的，但他認為，許多時候，人們都誤以為辯證唯物論就是鄧納的唯科學實證主義決定論，企圖以作家的傳記和作家生活的社會環境來解釋一部作品[8]。他不否認作家的傳記相當重要，它可以提供給文學史家許多訊息、資料和解釋，但文學史家必須謹慎地在不同類別的情況加以檢查

---

[7]　見〈辯證唯物論與文學史〉（Matérialisme dialectique et Histoire de la littérature 1947）收入《辯證法研究》（*Recherchcs Dialectiques*），Gallimard 出版社，Paris，1959，頁 45-46。

[8]　同上，頁 46。

審視這些資料，而且，如果是一份比較深入的研究，作家的傳記就只能視如部分和次要的因素而已。至於生活環境，這當然是一個複雜的因素，很多時候，作家的思想會被他有立即接觸的環境所影響，這種影響可能是多重的：拒絕或反抗的適應，即反應；或者是在這個環境中，與來自其他地方的人的思想相遇之後的一個綜合[9]。然而，了解作家的傳記和環境，在文學社會學的角度上，對一位唯物論歷史學家來說，這只是他工作的一部分而已，過分強調其重要性則會流於把文學現象中多重複雜的個人縮減為一個機械、簡化的貧瘠圖式；因為，在尋找一部文學作品和寫作時代的社會階級之間的關係之前，我們必須先在作品本身的意義中去了解它，並且要在美學層面來評判它，作品畢竟是作家所創造的一個世界，一個有生物和事物的具體世界，作家藉著作品來與我們談話。承認作家在了解一部作品過程中的重要性並不等於說作家本人會比任何人都了解他作品的意義和價值；雖然作家所能給予的註解，不論是一些證據、證詞、他的談話，他的信函等等，都是讓我們了解作品的最佳途徑，但高德曼認為這仍然只是一個假設，在某些情形之下，它是正確的，但它並不是放諸四海皆準的真理，它缺乏普遍性和必然性，因此，過份高估作者在了解作品行為中的重要性，可能會構成像前面強調作家傳記和社會環境的重要那樣危險的簡化[10]，因為，「通常，讓人了解一部作品的行為並不是作者的行為，而是一個社會團體的行為（作者可以不屬於這個社會團體）」[11]。

---

[9] 同上，頁 47。

[10] 同上，頁 48-49。

[11] 見《隱藏的上帝》（*Le Dieu caché*），頁 17。

# 肆

「發生論結構主義」的基本概念範疇有：

## 一、世界觀，全體性，精神結構，意涵結構，結構緊密性

　　高德曼所強調的是文學現象的社會特性：不論是從理解作品或是解釋作品的層面都如此。他認為，對歷史唯物論來說，文學創作研究中的基本要素是在於：文學和哲學，在不同的層面上，都是一個「世界觀的表達」，而「世界觀不是個人事實，是社會事實」[12]。高德曼同時還以為，任何作品，任何行動，以及所有的人的狀況（situation），都必須從它們的起源來被了解，這些起源的前提條件不單只是一個集體主體，而是許多集體主體的面對、抗衡（affrontement）。通常，行動的結果，絕少會與這些團體所憧憬的完全一致[13]。

　　既然文學（和哲學）是作家的「世界觀的表達」，為何一個世界觀又不是個人事實而是社會事實？因為世界觀是「對現實整體的一個既嚴密連貫又統一的觀點」；而我們知道，個人的思想方式和感受方式，因必須屈服在無數的影響之下，不但要忍受最多變、最不同的環境的行動，還要忍受生理（最廣義的）構造的影響；在這樣的情況下，除極少數的例外，絕少有人能夠自始至終保持一樣的嚴密和統一；也許，他的思想和感受方式可以非常接近某種一致性，但永遠無法達到完全一致的程度。這麼說，並不表示世界觀是一個形上和抽象的實體，而只是要表明，世界觀不是那個永遠都在

---

[12]　同註 7，頁 46。

[13]　見《盧卡奇與海德格》（*Lukács et Heidegger*），Denoël/Gonthier，Paris，1973，頁 121。

變化之中的個人觀點，而是一群人的思想體系，這一群人是生活在同一的經濟和社會條件之中的人，也就是某些社會階級。作家或哲學家透過語言，把這個他們能思考或感受至其最終結果的世界觀，在其概念或感覺的層面上表達出來。世界觀所表達的社會階級，世界觀本身能得以在其間發展的社會環境，不一定是作家或哲學家的社會階級或社會環境[14]。

因此，高德曼對世界觀這個概念的了解，並不像一般人或傳統方式那樣，把它與有意識的、堅決不可動搖的世界概念同化；高德曼在許多不同的著作中反覆強調這是一種理解（vue）和感受（sentie）某一現實的方式，或是支配著作品實現的思想體系。在一部文學作品中，與一般人所想的剛好相反，作者的意圖沒有想像的那麼重要，高德曼認為，具決定性作用的，是作品所獲得的客觀意義，而這個客觀意義，是獨立於作者意圖之外，甚至有時會違反作者原來的意願。文學和哲學是對世界的觀點的表達方式，它不是個人現象，而是屬於一個社會團體或社會階級的社會事實，是一個對現實整體和眾多個人思想的結構緊密和協調一致的觀點。

表達世界觀的「文學」和「哲學」是文化創作的兩種形式，宗教和藝術同樣也是文化創作的另外兩種形式。發生論結構主義拒絕一切把歷史和社會學分開的行動，在文化領域內，它也不接受把「支配創作行為的基本法則」和「社會經濟生活中支配人們日常行為的基本法則」分割開來的行為。闡明這些基本法則是社會學的任務之一。高德曼承認，在最普遍的法則裡，也會有一些特定的法則，是特別的社會團體的行為專有的；但最重要的是，要先制訂行為的普遍法則，以了解文化創作，尤其是文學創作在社會生活的整體中，具有何種特別的地位[15]。

---

[14] 見《辯證法研究》，頁 46-47。

[15] 見《發生論結構主義》，頁 20。

　　高德曼曾多次說明發生論結構主義是從一個假設來作為出發點[16]；這個假設認為任何的人類行為都是一種嘗試，企圖為一特定狀況賦予「具意義的答案」，並且因而傾向於在行動的主體和這狀況所造成的客體——環境——之間，創造出一種平衡來。當主體的精神結構與外在世界之間的平衡達到某一種狀況時，人的行為可以在這狀況中改變世界；在這範圍內，這個平衡化的傾向永遠都會保持著不固定和暫時的特性。然後，這個平衡就一直不斷地以這種辯證方式延續、重複下去，也就是說，在那狀況中，原本令人滿意的平衡會因改變而變成不足，因而再產生另一個新的平衡化的傾向；這個新的平衡化傾向又在不久之後成為過去，而為更新的平衡傾向所取代。因此，人文現實有如一個雙面的程序：

1. 解構舊有的結構；
2. 結構足以創造平衡的新的全體性，這個平衡能滿足社會團體所制訂的新要求[17]。

　　高德曼的研究就是如此一系列相關的全體性，以漸進和辯證方式進行的一種融合歸併。高德曼在《隱藏的上帝》一書中曾描繪過融入全體性概念的輪廓：

> 一個意念、一部作品，只有在它融入一個生命、一個行為的整體之中時，才擁有它真正的意義。再者，通常，讓人了解作品的行為不是作者的，而是一個社會團體的行為（作者可以不屬於這團體），尤其是，當作品是重要的偉大著作時，就是一個社會階級的行為。[18]

---

[16] 如《論小說社會學》（*Pour une sociologie du roman*），葛俐瑪出版社，Paris，1964，頁338；《發生論結構主義》，頁19-21及在其他篇章中。

[17] 見《論小說社會學》，頁338。

[18] 見《隱藏的上帝》，頁16-17。

在這樣一個理論基礎之上，應用到文化創作領域中，發生論結構主義的觀點和方法也是從一個假設開始，它假設有一種特性，適用於所有的人類行為，並且了解文化行為的特權性質；這個特權特性並不是對文化批評家而言，而是指對容納行為發展的社會本身來說，這些我們稱之為文化行為的都具有特權性質。高德曼認為，這個假設的特性就是一切辯證思維的出發點，人類行為是具有意義的，或者至少是傾向於具意義的。一個人在行動時，都會面臨一種狀況：有一些問題待他解決。他會經由行為來改變世界，也就是為解決這些問題而取得的具意義的答案，會試著將思想、感情和行為的「具意義又緊密一致的結構」找出來。而文化創作，在它付諸行動、實現的範圍內，是特別領域中（哲學、文學、藝術、宗教等）一個幾乎是緊密一致和具意義的結構，因為在實現的過程當中，文化創作會盡量接近一個目的，這個目的是某一社會團體的所有成員都試圖向之走去的共同目的[19]。

這個具意義又緊密一致的結構，高德曼稱之為「意涵結構」（structure significative），是一切文化創作實質的價值基礎。這個意涵結構的概念，不但要有一個全體性內各部分的一致性和各部分之間相互關係的一致性，也同時包含了從靜態觀點轉為動態觀點、起源跟功能合一，使我們必須為解構再做一個補充的結構過程。因此，除了融入全體性的概念之外，高德曼也要求一種能使整體中各個部分互相了解的「結構緊密性」（cohérence）：

> 在一部文學著作中，有一個概念體系的內部結構緊密性，就如一個有生命的生物整體的內部結構緊密性；這個緊密性構成了各部分可以互相了解的全體性，尤其是從整體的結構去了解的時候。[20]

---

[19] 見《發生論結構主義》，頁 20-21。
[20] 見《辯證法研究》，頁 50。

　　人文事實，或更確切的說，文學、哲學、藝術作品的研究與物理、化學等自然科學甚或人文科學中某些領域，如語言學等的研究都不相同；其基本的差別乃在於人文事實中的「內在目的」，也就是說，在研究時，我們要把人文事實「具意義」的「結構」概念加以詳細說明。有價值的文學、藝術作品，其特徵是它們都有一個「內在的結構緊密性」（cohérence interne），還有一整體的不同要素之間的必然關係。最偉大最重要的作品中，這必然關係存在於內容和形式之間，我們無法在整體之外來研究作品內的某幾個要素，因為這個整體不但界定了全部要素的性質和客體意義，同時，對總意涵結構而言，也讓我們能理解到每一要素的「必然性」；這一切，都是使研究者走向正確方向的導引[21]。

　　因為意涵結構是文化創作實質的價值基礎，因此，所有的人都試圖創造意涵結構；一個社會團體中，每位成員都企圖創造出同樣的意涵結構，某些特權團體（比如：文學、哲學等）的所有成員也試圖創造相同的意涵結構，高德曼稱之為「世界觀」。「世界觀」不是個人事實而是社會事實，高德曼認為研究一個個人的意識特別困難，因為個人有他單一而又特別複雜的特性。個人總是隸屬某一社會團體的，這隸屬性會在他的思想、感情和行為上反映出來。通常，每一個個人都會隸屬於眾多的社會團體，因此，個人的思想、感情和行為便會在整體中構成一個缺少一致性的混合體。相反地，如果從個人轉到團體，而且團體人數夠多的話，這時，原先因每一個個人隸屬多種不同社會團體而產生的個別差異便消失了，儘管這些團體彼此全不相同。在方法論上，分析一個集體意識永遠會比分析個人意識容易得多，因為構成個人意識的要素中，有許多是意義完全不同，甚至是互相對立或矛盾的[22]。

---

[21] 見〈文化歷史中的意涵結構概念〉（Le concept de structure significative en historie de la culture），收入《辯證法研究》，頁 107。

[22] 參閱《發生論結構主義》，頁 22。

如此強調社會團體和集體意識的重要性，是否意味著否定文學或哲學創作中個人的作用？高達曼的答覆是否定的；他以為，這個人的作用，正如一切的現實，都是辯證的，研究者必須盡力「如實地」去了解它。我們不能否認，也沒有人想否認文學、哲學作品是作者的作品，但是，每部作品都有自己的邏輯，有一個概念體系的內部結構緊密性，因為，它們不是任性、隨意寫出來的創作。照高德曼的說法，文學作品跟這個世界一樣，有其結構緊密性，也有其內在邏輯性，我們總是以某種角度、某種觀點來看、來了解這世界；作家也就是被他自己的世界觀所支配，決定他創作時所採取的角度[23]。

這個被作家創造的世界，應該以真實世界為藍本而抄襲，或只是想像中的世界？這牽涉到長久以來在文學研究中最常被爭論的問題之一：藝術創作，是否應該單純的為藝術而藝術，或是應以服務人生為目的的入世藝術？關於這一點，高德曼提出他辯證唯物論的看法，他認為這兩種完全相反的立場都徹底的錯誤；這只是一體的兩面，因為兩者都包含一個與辯證美學絕對相反的錯誤，那就是把形式與內容分開。這兩個觀點，一個只重形式，一個只重內容，而高德曼是堅決地反對這一點的。理由有二：第一，說藝術存在於形式之上，而這形式又是獨立於內容之外，這是不對的；或者說，藝術過於接近真實生活和社會衝突時會失去他的嚴格性和純粹性，這也不對。第二，以某種學說或某種概念規範，再透過作品的內容來評判一部文學作品的價值也同樣是錯誤的作法[24]。

許多時候，辯證唯物論的批評者自以為是「真正美學價值」的捍衛者而高呼為藝術而藝術；而辯證唯物論的擁護者則以為藝術該對人生有所服務，會有意或無意地要求思想家和藝術家屈服在日常行動的需要和波折之下，結果，往往因此而使哲學和藝術淪為不折不扣的宣

---

[23] 參見《辯證法研究》，頁 55-56。
[24] 同上，頁 55。

傳活動或工具。然而，我們都知道，藝術家不會照抄現實，也不教導真理，他只創造一些「生物和事物」，構成一個廣大又統一的世界。作家的世界觀決定他所採取的角度，但這完全不含有教導和宣傳的概念意圖，因為概念意圖就是抽象化，會摧毀所創造的生物和事物的生存及其真實性；高德曼認為概念意圖可以成為一篇傑出的神學論著或哲學評論，卻必然是一幅糟透的畫或一篇差勁的文學作品。他舉例說，布爾喬亞的藝術，是要創造一個具有某種風貌、某種結構的藝術，而不是建議保護現有社會秩序的藝術；同樣的，無產階級藝術，也是透過一位革命工人的眼睛來看無產階級創作的藝術，絕不是想證明社會主義或共產主義是否正確。表達的「形式」有二：「意象的表達」和「意義的表達」；第一種創造意象，對它來說，只有事物才是重要的；第二種創造意義，它只認識事物的關係，概念和價值。這個看法承襲自盧卡奇。盧氏的藝術觀念指出作品「內容」的重要性，高德曼自己也接受同樣的觀念，並且認為評判一部作品的藝術價值，是要根據它所創造的世界是否具有豐富性與一致性，以及是否具有最合適的創造和表達方式[25]。換句話說，高德曼非常重視內容與形式之間的相符合。與許多人的指責恰好相反，高德曼從未主張把內容和形式分開，不因形式而忽視內容，或因內容而忽視形式；對他來說，沒有區分開來的內容和形式，而只有意念（內容）及它表現方法（形式）的表達的統一性，這一點，就是高德曼所稱的世界觀：

> 如果感情、思想和人的行為都是一種表達（Expression）的話，那麼，必須在表達的整體內，區辨出形式（Formes）所要表達的特殊和有特權的團體來；這些形式，在行為、概念和想像的層面上，構成一種結構緊密和合適的表達，它表現了一個世界觀。[26]

---

[25] 同上，頁 56-57。
[26] 見《人文科學與哲學》（Sciences humaines et philosophie）Gonthier 出版社，Paris，1966，頁 135。

## 二、理解,解釋,結構的對應關係,相關全體性,研究客體的界定,可能意識之極限

　　高德曼的研究是一系列的相關全體性之歸併結合;這些全體性起先是部分的、不完全的,但卻以漸進和辯證的方式慢慢的結成一體。進行結合的過程建立在兩個基礎的程序上:理解和解釋;換句話說,對一部文學作品做科學性的研究時,必須同時在「理解」和「解釋」這兩個層面上進行。

　　高德曼在各種不同的場合及許多篇文章內,無數次的強調過:一部文學作品的美學價值完全是在於作品構成的想像世界,它代表了一種非概念性之超越,在極端的豐富性和嚴格的緊密一致性這種對立之下的超越。這一點是承襲康德、黑格爾和馬克思的傳統思想而來的,但高德曼與前人不同的看法是:偉大藝術作品的統一性或結構緊密性並不是個人的創作,而是由下列三者所轉化製作的:一、有特權的社會團體之集體經驗,二、人與人之間的關係,三、人與大自然之間的關係;同時,這些社會團體的意識和活動都是趨向於人類的總理想而活躍的。事實上,這些也就是我們在前面解釋過的,高德曼稱之為「世界觀」,表現在作品中的事物。

　　要研讀一部文學作品,研究者必須先「理解」它。在理解(compréhension,高德曼有時會用 interprétation 一詞)的層面上,研究者必須在完全不超越「文本」(texte)範圍的情形下,在「純粹是內在的層次」上,來闡明「作品的結構」及「作品中與此結構相對立的因素」:

　　　　在理解和形式的層面上,重要的是研究者必須嚴格地遵循書
　　　　面寫成的文本;他不可以添加任何東西,須重視文本的完整

性；在研究進行當中，他須弄清楚量的程度，以免在同一程度上有其他的假設，特別是，他要避免任何會導致以一篇自己製作或想像的文字來替代原來那篇確實的文本的舉動。對我來說，導致這種失真歪曲最常用的概念，是象徵的概念——也是文學作品科學研究中最可爭議的概念[27]。

　　高德曼在此強調的，就是「理解」作品，必須是嚴格地在文本的內在，把作品中簡單和內在的意涵結構顯現出來；這個意涵結構，是由為數有限的元素所組成，能使讀者看懂文章的整體。在一篇文學作品中，我們很可能會發現好幾個意涵結構，但研究者必須要掌握其中一個：可以讓他在這意涵結構與文章整體之間建立起關係的那一個；因為這個關係可以使這一意涵結構把文章整體的全體性凸顯出來。在理解作品之前，研究者也不可以區分文章的主要元素和次要元素，否則會曲解了真正的意涵結構；特別要避免把不存在於文章之內的元素引入理解的過程中，或者使用了不恰當的象徵性閱讀，給文章加上另一個不同的意義。此外，高德曼也特別加以說明：「理解並不像一般人所以為的，是一個感情或直覺的進程（processus），而是一個嚴格的理性進程，是『對意涵結構的基本構成關係之描述』。一如所有的理性進程，這個描述也會因研究者與研究對象之間的感情關係（譬如好感、反感或情感同化等）或偶發的直覺而變得有利或不利，但無論如何，都無損於這描述的理性特徵。」[28]

　　至於在「解釋」的層面上，高德曼認為，以社會學的層次來說，首要的就是「在作品的外邊」，研究「形成作品世界觀的因素」、「構成作品中所創造世界的結構緊密性之規則」以及「作品豐富性的要素之發生起源」。這個起源發生學之研究也可以包括作家意識的心

[27] 見〈高德曼答畢卡和戴二位先生〉（Réponse de Lucien Goldmann à MM. Picard et Daix），收入《文學社會學——新近的研究與討論》，頁 226。
[28] 見《發生論結構主義》，頁 33。

理中介，因為正是這中介物聯繫了集體結構和文學作品[29]。換句話說，解釋作品即是把作品與作品之外的現實（réalité）之間的關係連接起來；高德曼說，在人文科學裡，「解釋」的構成，也是由於甲意涵結構進到另一個較大的乙意涵結構的置入行動，而甲意涵結構本身正是乙意涵結構許多構成要素中的一個[30]。

因此，要嚴肅的研究任何文學結構或社會結構，必須先將理解和解釋定位在兩個不同的層次上：理解的層次是所選擇的對象之結構層次；至於解釋層次則簡單普通得多，是對立即直接的包含結構（structure englobante）的描述層次，而且，我們還須先變換研究對象才能解釋這結構。理解和解釋雖然分屬兩個不同的層次，但高德曼認為，在人文科學中，這兩者不但不互相排斥，甚至也不是互相補充的理性進程，而應該是同一且唯一的過程，只不過是參照不同的坐標而已。從發生論的角度來說，任何對某一結構所作的理解層次的描述，都會構成一種解釋：解釋此結構的眾多「部分結構」（反過來說，就是這些「部分結構」聚集起來組合成此結構），而且還要以另一個描述來補充──對包含結構（或總結構）所作的具解釋性之描述[31]。

在文學社會學中，理解和解釋的關係是很重要的一環；同樣重要的，依高德曼的說法，還有兩點：

一、相關全體性（totalité relative）的選擇或稱為包含結構（總結構）的選擇；因為文學作品就是置入這些包含結構裡面。
二、客體（對象）界定（découpage de l'objet）的研究。

包含結構或總結構的選擇：由上述的論述中，我們可以理解到，發生論結構主義的基本論點之一，就是任何意涵結構都可以有效的置入為數眾多的包含結構之中，而且研究工作也只在這被研

---

[29] 同註 27，頁 225-226。
[30] 同註 28。
[31] 見《發生論結構主義》，頁 33-34。

究的結構置入另一個更大的包含結構時才變得可以解釋。在文學研究中，如何選擇文學作品中最佳、最具解釋價值的包含結構？高德曼的研究指出，有三個包含結構是經常在文學作品研究中被用到的：

1. 文學史。
2. 作者的傳記。
3. 與被研究的作品有關聯的社會團體。

　　高德曼認為傳統的文學研究方法都有缺點，並且無數次強調唯有從社會學的觀點去研究文學作品才是可行之途，其中，又以發生論結構主義為唯一有效的方法。高德曼認為文學史不能構成一個「自主」的意涵結構；這只不過是學院派學者一廂情願的想法：認為可以用以前作品的影響或是對以前作品的反應，來解釋一部文學作品的起源。高德曼舉例說，笛卡兒（René Descartes, 1596-1650）的著作，巴斯噶的《思想集》，或高乃依（Pierre Corneille, 1606-1684）或是拉辛（Jean Racine, 1639-1699）[32]的某些劇作，它們誠然可以構成一些意涵結構，但是，笛卡兒和巴斯噶的作品，高乃伊和拉辛的劇作，是單純的一些自主結構的總數（sommes），卻不是包含結構。我們試著把他們分開，與另外的作家組合，譬如，把十七世紀的笛卡兒和十八世紀的康德（Immanuel Kant, 1724-1804），或十七世紀的高乃依和二十世紀的高羅岱爾（Paul Claudel, 1868-1955）[33]結合在一起的話，就連單純的結構總數都談不上。

　　至於「以作者生平為包含結構」以及「以制成世界觀的社會團體為包含結構」的這兩種「置入」，如果是真正有效地去做的話，

---

[32] 高乃依和拉辛均為法國十七世紀著名之古典悲劇作家。高乃依著名的劇作有：*Le Cid*、*Horace*、*Cinna*，拉辛的則有 *Andromaque*、*Britannicus*、*Phèdre* 等。

[33] 高羅岱爾，法國十九世紀末二十世紀上半葉之詩人，劇作家和外交家。1893年至 1935 年間，曾先後出任中國和漢堡領事，里約和哥本哈根的全權公使，以及東京、華盛頓和布魯塞爾的大使。

高德曼認為它們都會置入真正的結構中，並且很有可能達到研究作品的實際意義的。不過，高德曼的基本論點是偏向社會團體這一方面，因此，他承認以一位文學史家的觀點，在作者傳記——包括心理分析在內——與制成世界觀的社會團體這兩種解釋之間，他只取後者，理由是：

一、在為文學作一個科學的分析層次上，以個人作為包含結構的「置入」不但非常困難，甚至於無法實現。一位心理分析家在分析一位病人時，他需要相當長的時間、大量的傳記性「口頭資料」以及豐富的想像。心理分析家，運用心理分析方法來解釋一位他從不認識的作家所寫之作品，他所憑藉的只有作品和一些二手證據，試問，這種文學研究又能具有什麼價值？

二、心理分析或傳記的解釋法，在大部分時候，並不建立在作品的整體上，而只在作品中一個或數個具有傳記意義的元素上而已。

三、這與第二點是一體兩面：上述元素的傳記意義把這些元素定位在任何個人的任何心理症狀層面上，不論是正常人或病人，都完全不考慮到被分析的作品那特殊的文學（或藝術、哲學）特性，這種特性不是附加，而是根本就存在於作品的整體緊密性之中[34]。

既然對文化事實所作的研究，不論是在理解層面或是解釋層面，都不是研究一個人的一生或一個病理學狀況，那麼，研究者所能做的，就是選擇第三種結構：社會結構和歷史結構——以社會團體為包含結構的觀點，高德曼認為，只有從這觀點出發，才能使研究具有實證性、科學性。

---

[34] 見《發生論結構主義》，頁 36。

　　客體的界定：在發生論結構主義的研究中，客體的界定無疑是很重要的。如何確定要研究的客體？如何界定這客體的範圍？關於這個問題，前有馬克思，後有韋伯，都曾經特別強調過在研究客體的界定與研究結果（最嚴格最客觀的研究）之間的關係是密不可分的，換句話說，客體的界定會影響到研究的成果。因此，研究者必須具備一種批判精神，自研究工作一開始時即運作，直至他要研究的客體確定為止，以防止「假客體」（pseudo-objets）的介入，影響到研究的結果和價值。高德曼認為，研究者可以從集體意識和前人研究已製作好的客體開始，事實上，大部分的研究工作也是如此，但研究者不能忽略的是，這些製訂好的客體只是一個假設，而且在先天上即被懷疑的假設，研究者須時刻提醒自己這一點，以期能界定和確定真正的研究客體。

　　為了要有效地做到這一點，唯一的準則是要有一個「意義」（sens或 signification）的概念。高德曼以為：一切的人文現實都是由意涵結構化的過程所組成的，研究者必須從這一個意念出發才可能使研究工作有所結果。因此，在這意念下所作的客體界定，應該具有兩點特徵：

1. 要理解資料的意義之可能性，這些資料數量多，而且直至界定客體時，仍未被掌握住，應視之如存疑的問題。
2. 如果研究有足夠的進展的話，它應該顯現出：
   (a) 被研究客體的元素之「全體性」；
   (b) 使這些元素結合和對立的「關係」。

　　能達到這種理想，客體的劃分才算有效。只是，一般研究者都無法獲得這些結果，即使研究者的批判精神強、運作夠，也常會無奈地發現在他的研究領域裡，存有許多無法理解和解釋的事實。在這種情形下，研究者須在修正其客體界定之前，先決定是否在原有的基礎上繼續其研究工作以及工作時間的長短。高德曼認為這個最後決定是志願性的，而且多少有冒險的成分在內；不過，如果是一

個不足的研究，研究者會立刻分辨出來，而且它也會很快地被迫結束，因為它是從一個錯誤的基礎出發，而錯誤的基礎，無論如何，是不能以理解和解釋的方式來攫住現實、掌握現實的[35]，就更遑論人文現實或文化現實了。

一部經過如此「理解」和「解釋」的文學作品，並不是社會團體集體意識的單純反映。高德曼拒絕「反映」這個意象。在一篇答辯艾斯伯（Elsberg）和鍾斯（Jones）的文章中，他曾指出人們指責他是「反映論」（théorie du reflet）的擁護者及忽視集體意識作為中介物的說法是毫無根據的。在他所有的研究著作中，他一直不斷地批評和否定反映論，並重複強調研究者必須以真正的辯證方法，來認清中介物──集體意識各種多重又複雜的面貌，並重視集體意識那積極且充滿活動力的特性。在經濟和社會結構及文學結構之間，要靠集體意識作中介物把二者的關係聯繫起來；另一方面，這中介物即集體意識本身是具有概念和意識型態的性質的。事實上，雖然概念化和意識型態性質對這個集體意識──中介物非常重要，但仍只是中介物的一面而已，同時，這個純意識型態的面，必須存在於那社會團體最常被研究到的哲學和意識型態中，而不是在政治信念裡和作家的態度及行動中[36]。內容社會學會在作品中看到集體意識的反映，但結構主義社會學則與之相反，會看到集體意識最重要的構成要素之一。

作品不是集體意識的反映，相反地，是作品本身構成了這集體意識。作為研究者，我們又如何解釋作品所表達出來的意識？高德曼試圖建立一個「功能聯繫」（liaison fonctionnelle），以使作品結構與社會團體的集體意識結構的「結構對應關係」（homologie

---

[35] 見《發生論結構主義》，頁 37-38。
[36] 見〈高德曼覆艾斯伯與鍾斯二位先生〉，收入《文學社會學──新近的研究與討論》，頁 211-212。

structurale）能夠顯現出來。發生論結構主義的基本假設是文學創作的集體特性，它正是來自於作品世界的結構與社會團體的精神結構是對應的概念，或是與這些結構有一種可理解的關係。高德曼建立的方法論，不但要了解文學作品的意涵結構（這意涵結構本身已呈現一個確切的「歷史—社會狀況」），還要了解文學作品在社會的形成中，是如何的置入社會的「包含和外在的結構」裡。研究者要確定這個「置入」是以什麼樣的過程進行、實現，否則研究工作將只停留在第一層次的意義上，也就是內在的意義，而不能再往上提升。換句話說，從認識論的角度來探討：是什麼建立了「結構對應關係」這個概念？

　　首先，每部文學作品都會表達一種世界觀，這世界觀再推延到一個更大的結構，研究者先把世界觀和此結構的關係建立起來。要認知這些結構，須透過「理解」作品和「解釋」作品兩道手續。「理解」是因認識結構的內在規則而產生的；在採取辯證的觀點後，將此結構置入歷史——社會的全體性之時，「解釋」就會發生。高德曼以為，文學作品的「結構對應關係」是不能建立在作品的「內容」與社會團體的思想「內容」之間的，因為那樣會使作品的「形式」如同被擱置一旁，而高德曼一直都極力反對把文學作品的「內容」與「形式」分開。事實上，高氏想探討的是，作品的意識內容——「訊息」（message）——與社會團體直接但不必是真正的意識內容之間的機械巧合；他並且還認為文學作品隸屬於理性「產品」的範圍更甚於美學創作的範圍，由於作品的世界充滿虛構和想像。因此，高德曼是在「形式」的層面上，對結構對應關係的建立採取辯證的觀點，這個「形式」，是意涵結構內容的一種既具體又敏感的表達[37]。

---

[37] 參閱那意爾的〈文化創作中的形式與主體〉，收入《發生論結構主義》，頁44。

　　此外，在說明「結構對應關係」的同時，高德曼也為他認為是最主要的概念下了定義：「世界觀」和「可能意識之極限」（le maximum de conscience possible），他認為「具代表性的偉大作家是指那些能表達社會階級的『可能意識極限』的『世界觀』者」[38]。關於「世界觀」，我們在前面已論述了不少，在《隱藏的上帝》一書中，他對此也有所說明；文學、藝術、哲學，甚至是宗教教規，對高氏而言，基本上都是語言，是人與人、人與神、或作家與其想像的讀者溝通的方法。這些語言是專為表達和溝通某些特定內容而使用的；高德曼假設這些特定內容就是他所謂的「世界觀」[39]。至於「可能意識」（conscience possible）或「可能意識之極限」的概念，在高德曼於 1965 年發表的〈可能意識概念對溝通的重要性〉（L'Importance du concept de conscience possible pour la communication）一文中[40]，說明這個讓他「掙扎」了二十年的概念，是譯自德國馬克思主義文學的一個名詞：Zugerechte Bewusstein；照字面上來看，可以譯成「為研究者、社會學家、經濟學家所參照的、某一社會團體的『被估量的意識』（conscience calculée）」。高德曼以馬克思的《聖家》（或《神聖家庭》〔La Sainte Famille〕）為例，其中有一段，馬氏解釋說，他所參照的概念，並不是要知道某個無產者或甚至所有的無產者想什麼，而是無產階級的意識是什麼。這就是「真實」意識與「可能」意識之間最大的差別[41]。

　　通常，在溝通的過程當中，我們所接收的，只是人們想傳達的一部分而已，甚至於這一部分的意義也與原先的有所不同；因此，「真實」意識與「可能」意識的概念在近代的社會學中便顯得特別重要。

---

[38] 見《人文科學與哲學》，頁 60。
[39] 見《隱藏的上帝》，頁 16-17。
[40] 此文收入《現代社會中的文化創作》，Denoël/Gonthier 出版，1971 年，Paris，頁 7 至 24。
[41] 同註 40，頁 8。

　　在高德曼的個人研究經驗中，他認為哲學、文學和藝術作品對社會學有特別的價值，因為它們非常接近這些社會團體（哲學、文學……）的可能意識之極限；這些團體的精神、思想和行為都會朝向一個總的世界觀。這些作品不但對研究工作有特別的價值，對人類來說也是如此，因為作品符合社會中基本團體之所趨、符合他們所能達到、能理解的意識之極限。反過來說，研究這些作品正是藉以認識一個團體的意識結構、團體的意識以及與現實相符一致之最高限度[42]。

　　高德曼認為，文學作品都具有四個特質：一致性、豐富性、世界性和非概念性。這四者可分成兩組：一致性與非概念性的概念是相連的，而豐富性與世界性則互不相干。第一組是文學——與其他的創作形式相對立的文學——特性的基礎。一致性在此不是理性和概念的系統，而是善感的精神結構，或是感性層面的結構，這一點是文學作品與論文或哲學論述之間最顯著的差別。第二組概念則是確定「偉大作品」和次要作品的區分：豐富性是在於種類的繁多和創作性中；世界性則與多樣性是一體的兩面，它意味著這些精神類型的藝術組合是具體的，而不是抽象的。高德曼不斷強調偉大作品或「具可能世界特性的意涵結構永不可能為一個個人所制成。」[43]因此，文化創作的主體是集體主體，也就是一個社會團體。然而，在經驗上，具可能世界特性的意涵結構是被個人——作者——所創造的。關於創作主體的問題，高德曼認為有三個在基本態度上完全不同的解答：

　　一、經驗論、理性主義和現象學論認為是個人。

　　二、浪漫派思想則把個人縮減至單純的副現象，認為集體才是唯一真實和真正的主體。

---

[42] 同註 40，頁 22-23。
[43] 見《精神結構與文化創作》，頁 13。

三、辯證思想：既承認集體是真實的主體，又不忘記這集體正
　　是「個人人際」關係的一個錯綜複雜的網，並且指出此網
　　的結構以及個人在網中的特殊地位。因此，身為文學辯證
　　社會學家，高德曼認為個人在這思想和行動的創作過程
　　中，是最後主體，或至少是直接主體；而辯證觀點也是最
　　佳的觀點[44]。

# 伍

　　高德曼的理論和方法，和許多其他的理論一樣，難免也有些漏
洞和缺點。我們並不太贊同他過分強調文化創作中的集體特性重於
個人特性這一論點（雖然他也常答辯他並不忽視個人，但上文的分
析證明他重視的是社會團體的集體意識）。在文學活動中，文學創
作特別是藝術創作中個人──作者的角色雖不宜過於高估，但同樣
的也不應加以低估或貶抑；而前人的經驗和影響同樣在文化創作中
也應佔有相當的地位。此外，以馬克思主義者自居的高德曼在他的
研究中以不是很辯證的方式來解釋文學結構和社會階級精神結構
的「結構對應關係」，經濟條件在此似乎顯得不重要，而且這「對
應關係」是否指的是「相似點」，高德曼沒有更進一步的解釋；這
難免會使人懷疑他參考的只是字面上而非實質上的馬克思主義。他
在《論小說社會學》中，並未將階級或類型加以區分批判，而只滿
足於從純理想主義思辯得來的、概括性的概念：「人」應是如此，「小
說」應是那般等等，顯得他太忽視文學作品的特性而缺少了說服
力。杜布羅斯基（Serge Doubrovsky）在他的《為何要新批評？》
（*Pourquoi la nouvelle critique？*）中曾指出，高德曼認為「每一位

---

[44] 見《論小說社會學》，頁 339。

大作家都是意識型態販子」，批評就是剝掉使文學作品有價值的東西，好讓世界觀赤裸裸的呈現出來，「那麼，為什麼還要辛辛苦苦地閱讀艱深累贅的作品，一部歷史和政治經濟學的書不是容易讀得多嗎？」[45]

　　儘管有這些缺點，我們仍然肯定高德曼在文學社會學領域中的特出地位以及他創訂的「發生論結構主義」的貢獻。高德曼的早逝無疑地是文學社會學研究無可彌補的損失；他的獨創性和重要性早已被確定，其影響力的深遠可從《隱藏的上帝》被視為文學社會學的經典之作可見一斑。

---

[45] 見《文學批評》，頁 200。

# 第五節

## 發生論結構主義詩篇分析方法
## 及其在中國詩歌上的實踐

## 壹、前言

　　「發生論結構主義」是呂西安・高德曼[1]所創立的文學理論和研究方法；從原來的命名「文學的辯證社會學」也許更能清楚高德曼最初的意圖。事實上，自 1947 年起至 1970 年去世止，高德曼的理想和目標就是發展出一套能用來分析文學創作——或意義更廣的文化創作——的辯證方法，它必須是科學的、實證的、也就是辯證的；它所開啟的道路，不但可以引至一種知識的科學和實證的社會學，同時也可以達到對一種範圍更大的、遠超出文學領域的、也就是一般人文現實的辯證研究[2]。

---

[1] 本文的重點放在高德曼「發生論結構主義」研究方法中與詩歌分析較有關連之部分以及在中國詩歌上之實踐，因此，除高氏理論思想背景比較詳細外，其理論中之概念範疇，本文只論述幾個與此相關者而不及全部。有關高德曼的生平及其理論體系，在拙著《文學社會學》第五章〈文學的辯證社會學〉中有較完整和詳盡的評介，可參閱臺北：桂冠圖書公司出版，1989年，頁 73 至頁 136。

[2] 見高德曼著《精神結構與文化創作》(*Structures mentales et création culturelle*，Union Générale d'Etudes 出版，Paris，1970) 序言，頁 11。

　　高德曼出生於羅馬尼亞首都布加勒斯特（Bucarest），是一位猶太教牧師的兒子。1933 年大學畢業離開羅馬尼亞後，曾先後在維也納、巴黎、日內瓦等地繼續其學業和研究。在瑞士期間，高德曼未經介紹亦未事先知會即往見畢亞傑（Jean Piaget, 1896-1980），並毛遂自薦擔任後者的助理[3]，作了將近二年的研究；另外，他於偶然間讀到盧卡奇年青時的著作，特別是 1923 年的《歷史與階級意識》（*Histoire et conscience de classe*）一書，尤其是關於「物化」的探討，使他震撼折服[4]。雖然高德曼的理論源自許多不同的思想傳統，但其中，他以人文觀點來解釋馬克思主義、並致力於從馬克思主義出發來探討美學的這種角度和觀點，受到盧卡奇這位最早使馬克思主義的文學批評在理論上變得更為細緻周密的哲學家的影響最深；另一方面，畢亞傑關於人類心靈的發展與結構的理論以及「結構化」的理論，對高德曼終生志業、思想、理論的形式，思想視野的擴大和多元運用上都起了極大的啟發作用和深遠影響。可以說，高德曼的「發生論結構主義」方法以及他的全部思想，其主要根源即來自青年盧卡奇的馬克思主義和畢亞傑的學說。

## 貳、「發生論結構主義」方法形成之思想背景

　　事實上，高德曼是否一位馬克思主義者，一直是受到質疑的。雖然他一生始終堅持自己是馬克思主義者，但他對 1846 年以前青年馬克思作品的認同，遠遠超過成熟馬克思時期的《資本論》和《剩餘價值論》；此外，他對社會結構和社會關係的看法和討論，也因

---

[3]　見畢亞傑撰〈淺論高德曼〉（Bref témoignage），收入《呂西安・高德曼與文學社會學》紀念專輯（*Lucien Goldmann et la sociologie de la littérature*）布魯塞爾大學出版，1975，頁 53-55。

[4]　見高德曼著，《康德哲學中的人類社群和宇宙》（*La communauté humaine et l'univers chez Kant*），PUF 出版，Paris，1948，頁 22。

含糊不清而遭人抨擊。高德曼一向反對布爾喬亞思想的人文、社會
科學,他認為無論是在表現或研究上,它只能表現社會生活的片面
和表面,只能研究某些隔離的社會現象而已;相反的,社會學角度
的理論和方法才能深入、辯證思想才能夠研究社會生活的整體:

> 沒落的布爾喬亞思想是不能與或多或少深入人類現實的社
> 會學理論相並存的。……辯證思想強調的是社會生活的整體
> 特徵。它肯定社會生活的物質面與其精神面是無法分割開
> 來的。[5]

可以說,終其一生,高德曼所要建立的,正是這樣一種能夠說
明部分與整體的相互關係的分析方法、一種辯證統一的理論。在高
德曼的許多著作中,他始終持這種整體性或全體性(totalité)的概
念,這個概念涵蓋社會的結構和歷史等等許多不同的面向,是高德
曼理論中最主要的一個特徵。「整體性」的概念最初由黑格爾提出,
經過盧卡奇的修正後,在高德曼的思想中扮演一個最重要而且持續
的角色。盧卡奇以整體性作為其主要範疇的《歷史和階級意識》中
的馬克思主義傾向,不但為高德曼所承繼,而且他的論述與盧氏在
《歷史與階級意識》中所論亦非常相似:

> 在馬克思的想想中,辯證的方法目的在於把社會當成一個整
> 體來理解。至於布爾喬亞思想,關心的是那些從研究隔離的
> 現象過程中產生出來的事物,或者是那些從各種學科的分工
> 過程中與專業切割中產生出來的事物。[6]

---

[5] 見高德曼著《人文科學與哲學》(*Sciences Humaines et philosophie*,Editions
Gonthier 出版,Paris,1966)中之〈人文科學方法論〉(La Méthode en Sciences
humaines),頁 81-83。
[6] 盧卡奇《歷史與階級意識》英譯本,頁 27-28。

　　這一點說明了高德曼對青年盧卡奇著作的崇拜，除在自己作品中經常引用盧卡奇的論述或觀點之外，對盧氏於 1920 年出版之《小說理論》( *La Théorie du roman* )，更稱之為經典之作[7]，深深地影響到後來高德曼對文學社會學、特別是小說研究的方法和方向；他甚至尊盧卡奇為導師而以其弟子自居[8]。正因為高德曼在思想上受盧卡奇影響至深，因此，堅持從純唯物論角度詮譯思想生活或美學的正統馬克思主義者對盧卡奇的許多抨擊責難，同樣也發生在高德曼身上。傳統馬克思主義者主張，或他們認為馬克思主張，思想產物的形式和內容是直接由社會關係的形式和性質所造成，甚至於以為藝術和文學就是要「反映」社會生活，研究者應該在文學藝術和社會之間建立起關係來。然而事實上，馬克思在討論希臘藝術時，曾經承認說，在某些時期，藝術的花果茂密，跟整個社會的發展是不成比例的，也因此，跟它們的物質基礎及其骨架構造完全不成比例。馬克思也提到了把歷史唯物主義應用到藝術領域上所遇到的重大困難之一，那就是有關希臘史詩某些美學形式永久化的問題，這些形式能夠在目睹它們出現的物質基礎消失之後仍然繼續存活下去：

> 理解希臘藝術和史詩與社會發展的某些形式有關聯並不難；困難的是在於希臘藝術和史詩至今還使我們獲得藝術享受的愉悅，從某些方面來說，它們構成了規範，成為我們無法達到的一種典範。[9]

---

[7]　見高德曼《論小說社會學》( *Pour une Sociologie du roman* )，Gallimard 出版，Paris，1964，頁 21-22。

[8]　高德曼在其所著之《精神結構與文化創作》一書的扉頁上寫著：「獻給喬治・盧卡奇，自本世紀初起，他即以導師風範開創了至今現代思想還在其上運轉的道路。」

[9]　馬克思《政治經濟學批判導言》( L'Introduction générale à la critique de l'économie politique，1857，Editions Sociales，p.175 )。此處引自《文學批評》( La Critique )，Roger Fayolle，Paris，1978，p.195。

　　而為了克服這種困難，馬克思相當「唯心」的引用一節詩來提到人類「歷史的童年」的「迷人」來解釋這些審美形式的持續性和構成典範的原因[10]。

　　從這裡我們可以知道，其實在馬克思作品中有部分文獻是說明了文學藝術和社會之間並不只存在單純的反映關係而已，一個技術簡單的社會亦有創造出高度精緻藝術的可能。有關馬克思美學課題的複雜性和多義性，為盧卡奇和高德曼發展開來，但並不曾被所有的馬克思主義者所理解，特別是在盧卡奇和高德曼出版他們早期著作的年代；因此，他們受到某些馬克思主義者的抨擊是不難理解的。

　　另一方面，高德曼除了認為自己是馬克思主義者之外，同時也是一位社會學家，他對文學或文化的研究都是以社會學的角度切入的；這一點與布爾喬亞文評家之間的分歧更大。對馬克思主義者和社會學家而言，文學、藝術作品的演進過程，也就是思想是如何受到影響和決定的問題，是極其重要的一個課題，因為他們認為文學作品是一種社會產物，應該被視為社會產物來研究；文學、藝術是社會過程的一個部分，因此，理解文學、藝術必須同時理解整個社會過程；關於這一點，有些人認為只需研究跟文學生產直接有關的社會過程就足夠；另有一些人則認為必須探討整個社會體系，把文學放進社會脈絡和歷史脈絡中來理解才能夠釐清整個文學、文化或思想產物是如何受到社會結構與過程的影響及其影響的程度。高德曼即屬於後者。而這個文學藝術作品的演進過程問題，相反的，對布爾喬亞文評家來說，根本不具任何意義，他們認為文學作品出現的過程並不是文學研究者所要研究的課題。這個分歧點使高德曼同時受到第一種馬克思主義者和布爾喬亞文學評論家的攻擊。

---

[10] Roger Fayolle 認為馬克思引用的這一節詩，與其說是一種真正的解釋，倒不如說更像是盧梭式的一個夢。見《文學批評》(La Critiqne，Armand Colin 出版，Paris，1978，頁 196。

　　雖然高德曼受到盧卡奇的影響至深，在他早期的著作中引用盧氏許多論述，但這並不等於說，如一些對盧卡奇和高德曼沒有好感的評論者所以為的，高德曼是盧卡奇的弟子，他的理論只不過是盧卡奇理論的翻版而已。事實上，高德曼雖然極力讚揚青年盧卡奇的作品，但對盧氏在後期完成的作品都表示反對；在高德曼的評價中，1933 年以前，青年盧卡奇的作品才是有意義和有價值的，特別是 1923 年出版的《歷史與階級意識》，書中有關「物化」（réification）的討論，是評價最高的部分；高德曼思想的形成與發展過程中，這部書扮演了一個決定性的重要角色，它為高德曼提供了一個起點，高德曼從這背景上開始發展出他自己的理論立場。然而，我們也注意到，盧卡奇對高德曼的影響，在高德曼討論十七世紀的文學和哲學（拉辛、巴斯噶）著作中，顯得非常清楚和直接；但在他探討二十世紀現代文學的著作中，尤其是他在 1960 年以後出版的作品裡，這種影響顯然不再那麼明顯。

　　根據瑪麗・伊凡絲（Mary Evans）的分析，1960 年以後，高德曼作品中愈來愈明顯的，是高德曼對他和盧卡奇之間的差異所做的明顯界定。她認為他們之間有三個相異之處：

　　第一，對社會階級這一詞彙的用法，雖然二人都是從馬克思主義角度來理解這個詞彙，認為一個社會階級是由一個特定團體跟生產工具的關係之性質來決定，但二人之間的差別是在於：盧卡奇傾向於滿意社會階級這個概念，而高德曼則認為它還需要更進一步的複雜界定，因此他在社會階級之中又區分出團體（groupes）和結社（associations）兩種不同的分界。

　　第二，對於社會科學或人文科學上的真理標準這個問題，二人所抱持的看法各有不同，盧卡奇認為無產階級革命能夠解決這個問題，經由無產階級的勝利和社會主義社會的建立，就能達到社會科學中的客觀性；高德曼則堅持認為，社會研究對於社會生活的事件

絕對不僅止於毫無批評的省察，社會研究者必須發揮高度的自覺，除了對一個社會或一個社會制度抱持著批判的態度外，這個批判態度本身的基礎也應該被毫無保留的檢視。

第三，盧卡奇給予文學的寫實主義這個範疇最高的美學價值，他以為每一部文學作品都有它自己的「世界觀」，足以透視到資本主義內部必然存在的矛盾；能夠徹底表現這些矛盾的，就是最偉大的文學作品；高德曼則認為最高的美學標準是連貫性（cohérence）和統一性（unité），至於作品能描寫或反映社會現實到什麼程度，則是次要的考慮[11]。

正如我們在前言中提過的，高德曼的思想理論雖然源自許多不同的背景傳統，但對他影響最大的，一是盧卡奇，一是畢亞傑。高德曼最初為他所一手發展用來研究文學與哲學的方法命名為「文學的辯證社會學」，但後來受到畢亞傑發生學認識論和結構理論的影響，正名為「發生論結構主義」。為了將社會的文化創作概念化以作為一種有效的社會學美學必要條件，高德曼一方面從盧卡奇思想中汲取了一些宏觀分析範疇，如整體性、世界觀、形式、超個人主體、可能意識－客觀可能性等，然後再將這些範疇放置於從畢亞傑學說中借用的一系列實証的和人類學的範疇之中，如意涵結構（即具有意義的結構）、功能、結構、解構、平衡等概念。換言之，高德曼在進行文化創作研究時，是在適當的範圍中，用畢亞傑的發生學認識論來組構盧卡奇式的範疇；他的意圖在於將盧卡奇用於哲學上、僅止於描述性的方法，轉變成具有高度功能性而非意識形態工具的方法論原型。高德曼自己在一篇題為〈文化史中的意涵結構概念〉（Le concept de structure significative en histoire de la culture）的論文中指出，高德曼方法中最基本的範疇之一「意涵結構」的概念，正是從畢亞傑《發生學認識論研究》（Etudes d'épistémologie génétique）的第二卷〈邏輯與平衡〉

---

[11] 見《高德曼的文學社會學》，廖仁義譯自 Mary Evans 著 Lucien Goldmann: An Introduction，桂冠，臺北，1990，頁 30-34。

（Logique et équilibre）中發展出來的，這個概念所提供的功能性和實証性，是激發過高德曼的盧卡奇學說中沒有發現過的[12]。

## 參、「發生論結構主義」方法重要概念範疇闡析

　　高德曼在他許多著作中經常強調，唯有結構主義社會學方法，也就是他所創設的「發生論結構主義」，才是唯一有效的文學或文化研究方法。在 1970 年出版的《精神結構與文化創作》（*Structures mentales et création culturelle*）一書的序言中，高德曼指出他在二十年中出版的每一部書，所做的研究，其出發點都是從對文化創作、特別是文學作品的傳統研究方法的質疑而開始[13]，他認為傳統的文學研究方法根本就是徹底封閉通往文學事實本質之路，他對傳記方法、語言學結構主義方法、心理分析方法、主題方法、甚至於實證社會學方法都曾一一加以批判，特別是對在大學院校使用最多的傳記方法抨擊最為強烈，卻唯獨認同現象學方法，他認為在某些特別情況中，這種方法的研究者可以不必求助於作品之外的事實，光是對作品的內在了解，便足以找出該作品的意涵結構之重要元素，或在作品的整體中闡明這個結構[14]。這個意涵結構正是高德曼研究方法中最重要的範疇。

　　高德曼自己在解釋他的「發生論結構主義」時，除了特別強調社會學與歷史觀密不可分的一元論之外，並說明它是建立在五個最重要的前提之上：

　　1. 社會生活和文學創作之間的基本關係與作品的內容無關，而只與「精神結構」（structures mentales）有關，我們也可以稱之

---

[12] 此文收入《辯證法研究》（*Recherches dialectiques*），Gallimard 出版社，Paris，1959，頁 107-117。

[13] 見《精神結構與文化創作》序言，頁 10-11。

[14] 見《精神結構與文化創作》序言，頁 12-17。

為「範疇」（catégories）；這些範疇既形塑某一社會團體的經驗意識，也同時形塑了作家所創造的想像世界。

2. 精神結構就是有意義的範疇結構（structures catégorielles significatives），是許多個人在經歷過一連串事件和問題、並努力尋求具意義的解決方法的聯合活動結果，因此，精神結構不是個人的現象，而是社會的現象。

3. 社會團體經驗意識（思想的結構）與作品世界結構之間的關係，會有一種嚴密的對應性，但也只是一種單純而有意義的關係。因此，一個想像的世界可以在它的結構上，跟一個特定社會群體的經驗維持嚴密的對應關係，或最少，在一種有意義的方式下與這個經驗發生關聯。因而，雖然在文學創作與社會歷史現實之間存在著密切的關係，但它跟最豐富的創造想像力之充分發揮並不一定會有衝突或矛盾之處。

4. 從以上的觀點來看，最偉大的文學作品會比一般作品還要適合這個研究方法的分析。

5. 主導著集體意識並且被轉移到作家創造的想像世界之中的範疇結構，既不是有意識的，也不是無意識的，而是無關於意識的。因此，要發現這些結構，研究作家的意識或無意識心理學是無法做到的，只有透過「發生論結構主義」從起源開始的研究方法，才能闡明這些結構和了解文學作品[15]。

從上述這五個前提的說明裡，我們可以發現，在這個研究方法中，意涵結構是理解和解釋文學文本的假設工具。「理解」（compréhension，高德曼有時亦會用 interprétation 一詞）和「解釋」（或「說明」explication）是高德曼模式中在「科學地」、「實證地」研究一部文學作品時必須做到的兩個基礎程序。在《隱藏的上帝》一書的序言中，高德曼說：

---

[15] 見《文學社會學──新近研究與討論》（*Sociologie de la littérature – Recherches recentes et discussions*）布魯塞爾大學出版社，布魯塞爾，1973，頁 10-11。

> 本書的中心思想，是認為人文事實永遠都由一些總意涵結構
> 所組成，這些結構具有實踐、理論和情感三種性質，它們只
> 能在一種接受某些價值的實踐觀點上才能被以實證方法來
> 研究，也就是說才能被「解釋」和「理解」。[16]

　　因此，要研讀一部文學作品、研究者必須先「理解」它。進行
「理解」時，研究者必須在完全不超越「文本」（texte）範圍的情
形之下，在「純粹是內在的層次上」，來闡明「作品的結構」及「作
品中與此結構相對立的因素」，他說：

> 在理解和形式的層面上，重要的是研究者必須嚴格地遵循書
> 面寫成的文本；他不可以添加任何東西，須重視文本的完整
> 性；在研究進行當中，他須弄清楚量的程度，以免在同一程
> 度上有其他的假設，特別是，他要避免任何會導致以一篇自
> 己製作或想像的文字來代替原來的文本的舉動。對我來說，
> 導致這種失真歪曲最常用的概念，是象徵的概念──也是文
> 學作品科學研究中最可爭議的概念。[17]

　　對高德曼而言，「理解」作品就是在文本的內在把作品中簡單
和內在的意涵結構顯現出來，它是由為數有限的元素所組成，能使
讀者讀懂作品的整體。一篇作品中可能有好幾個意涵結構，研究者
須掌握其中一個，可以讓他在這意涵結構與文章整體之間建立起關
係，這個關係可以使這個意涵結構把文章整體的全體性凸顯出來。
此外，理解並不是一個感情或直覺的進程（processus），而是一個
理性進程，是「對意涵結構的基本構成關係之描述」[18]。

---

[16] 見《隱藏的上帝》（*Le Dieu caché*），Gallimard 出版，Paris，1959，頁 7。
[17] 見〈高德曼答畢卡和戴二位先生〉（Réponse de Lucien Goldmann à MM. Picard et Daix），收入《文學社會學──新近研究與討論》，頁 226。
[18] 見《發生論結構主義》，頁 33。

　　「理解」是在文本內在闡明作品的意涵結構，「解釋」則是「在作品的外邊」，研究「形成作品世界觀的因素」、「構成作品中所創造的世界其結構緊密性之規則」以及研究「作品豐富性的要素之發生起源」，換句話說，解釋作品即是把作品與作品之外的現實（réalité）之間的關係連接起來；高德曼認為在人文科學裡，「解釋」是甲意涵結構置入另一個更廣大的乙意涵結構的行動，而甲意涵結構本身正是乙意涵結構許多構成要素中的一個[19]。另外一點值得注意的是，高德曼認為在人文科學研究中，理解和解釋非但不互相排斥，也不是兩個不同的互補性進程或思想步驟，相反的，它們是同一個進程同一個步驟，在進行過程中針對不同的視角、參照不同的坐標而已。理解是為了要顯現所研究主題的內在意涵結構，解釋則是要把這個被理解的結構當成一種能夠發揮功能的構成元素，置入另一個直接面對的包含結構之中，這個包含結構（structure englobante）能使研究對象的起源變得更容易理解。同時，我們也可以將這包含結構當成理解研究的一個對象，這時，解釋就變成理解，而且，理解性的研究必須使自己跟一個更廣大的新結構發生關係[20]。簡單地說，「理解」指的是對組成一個文本系統的關係之內在描述，而「解釋」則是將「理解」顯現出來的意涵結構置入一個更寬廣的結構（精神範疇的超個人主體的模式）之中的發生過程。從發生論的角度來說，任何對某一結構所作的理解層次的描述，都會構成一種解釋──解釋此一結構的眾多「部分結構」（或細微結構）（我們可以反過來說，就是這些部分結構聚集起來組成此一結構），而且還要以另一個描述──對包含結構（或總結構）所作的解釋性描述──來作為補充[21]。

---

[19] 同註 18。

[20] 同註 18。

[21] 見《發生論結構主義》，頁 34。

　　透過「理解」和「解釋」這兩個基本活動，研究者可以進行將各個分散並逐步互相包容的整體（或整體性 totalité）歸併合一。高德曼的研究，事實上並非像有些論者所指責的那樣，是通過解釋作品與社會－經濟狀況之間的一種簡單的對應結構來進行，而是透過把一系列的相關的整體以漸進和辯証的方式進行融合歸併。高德曼在《隱藏的上帝》一書中曾描繪過融入整體性概念的輪廓：

> 一個意念、或一部作品，只有當它與一種生活、一種行為的整體歸併合一的時候，才具有真正的意義。此外，通常，讓人了解作品的行為並不是作者的、而是一個社會團體的行為（作者可以不屬於這個團體）；尤其是，當作品是一部重要的偉大著作時，那行為就是一個社會階級的行為[22]。

　　高德曼在許多著作中多次說明，「發生論結構主義」是從下列這個假設作為其出發點，他以為所有的人類行為都是一種嘗試，企圖為一特定狀況賦予「有意義的解答」，因而傾向於在行動的主體和這狀況造成的客體－環境－之間，創造出一種平衡來。當主體的精神結構與外在世界之間的平衡達到某一種狀況時，人的行為可在這狀況中改變世界；但這個平衡化的傾向永遠都保持著不固定和暫時的特性。這個平衡因而就會一直不斷地以這種辯証方式延續、重複下去；在那狀況中原本令人滿意的平衡會因改變而變成不足，因此會再產生另一個新的平衡化傾向；這個新的平衡化傾向又在不久之後成為過去而為更新的平衡傾向所取代。高德曼因此而認為人文現實是一個雙面程序：一、解構舊有的結構；二、結構足以創造平衡的新的整體性[23]。而人在經由行動來改變世界、為解決問題而取

---

[22] 見《隱藏的上帝》，Gallimard 出版，Paris，1959，頁 16。

[23] 見《論小說社會學》（*Pour une Sociologie du roman*），Gallimard 出版社，Paris，1964，頁 338。

得有意義的答案之時，會嘗試將思想、感情和行為的「有意義而又連貫一致的結構」找出來。轉換到文化創作上，這個有意義的結構就是文化創作實質的價值基礎。因此，高德曼認為，這個意涵結構的概念，不但要有一個整體性內各部分的一致性、及各部分之間相互關係的一致性，也同時包含從靜態觀點轉為動態觀點、起源跟功能合一，使我們必須為解構再做一個補充的結構過程。因而，除了融入整體性的概念之外，高德曼還要求一種能使整體中各個部分互相了解的「緊密性」（或稱連貫性、相關性 cohérence）：

> 在一部文學作品中，有一個概念體系的內部連貫性……這連貫性構成了各部分可互相了解的整體，尤其是從總體結構去了解的時候。[24]

　　另一方面，高德曼認為，在文學研究中，其基本要素是在於：文學和哲學，在不同的層面上，都是一個「世界觀的表達」，而「世界觀」是「對現實整體的一個既嚴密連貫又一致的觀點」[25]。高德曼在研究巴斯噶（Blaise Pascal, 1623-1662）的《思想錄》（*Les Pensées*）和哈辛（Jean Racine, 1639-1699）的悲劇時，曾指出說：

> 何謂「世界觀」？我們曾在別處說過：它不是一個直接的經驗事實，而相反的，是一個用以理解個人實際表達他們的觀念所不可或缺的概念性方法。甚至於在一個經驗的層面上，當我們超越一個個別作家的觀念或作品時（按：即把它們當成一個整體的部分來研究），便能看到世界觀的重要性與真實性。[26]

---

[24] 見《辯證法研究》，頁 50。
[25] 見《辯證法研究》，頁 46。
[26] 見《隱藏的上帝》，頁 24。

　　因此，高德曼理論中的世界觀並不是永遠都在變化之中的個人觀點，而是一群人的思想體系，他們生活在同一的經濟和社會條件之中，也就是某一社會階級。作家透過語言，把他們能思考或感受至其最終結果的世界觀，在其概念或感覺層面上表達出來。高德曼在許多不同的著作中，多次反覆強調世界觀是一種理解（vue）和感受（sentie）某一現實的方式，或是主導著作品實現的思想體系。而在一般的情況下，個人的思想方式和感受方式會屈服在無數的影響——如多變的環境、生理等等——之下，絕少有人（除少數的例外）能自始至終保持一致的嚴密統一。因此，對高德曼而言，「世界觀不是個人事實，而是社會事實」[27]，是一個對現實整體和眾多個人思想的結構緊密、協調一致的觀點。

## 肆、「發生論結構主義」詩歌分析模式

　　高德曼的「發生論結構主義」研究方法，最早是應用到分析哲學（巴斯噶的《思想錄》）和哈辛的古典悲劇上。事實上，自1946年至1960年，高德曼許多著作中最主要的課題，就是探討這個悲劇思想的起源。雖然他在這一方面的研究相當成功，尤其是在文學社會學的領域內，他的著述以其大膽和創新的特點佔有相當重要的地位；但是，他這種從社會學角度分析文化的方法同時也引來許多嚴苛的批評，有些人認為按高德曼的說法，任何大作家都只是意識形態販子，為了揭示作者的世界觀，文學批評的努力就是從作品中去掉一切使其具有價值的東西。也有些論者指出，能夠適用於這個研究方法的題材是極為有限的，雖然高德曼在分析哈辛的悲劇時做得不錯，甚至似乎是特地為這類題材設計的，但他在處理其他文學

---

[27] 同註25。

或文化作品（高德曼曾作過現代小說、新小說和現代戲劇的研究）時，卻是不正確的。尤其他對二十世紀馬爾侯（André Malreaux, 1901-1976）小說的分析遭致最多抨擊[28]。高德曼對這些批評非常在意，為了証實他的研究不但適用於廣泛的悲劇領域或龐大的小說總體，同時也適用於細緻的形式研究，因此，他生前最後的工作就致力於分析詩歌──文學類中精簡細緻的文體；他以「發生論結構主義」方法分析了聖─瓊・貝爾斯（Saint-John Perse, 1887-1975）的幾首詩──〈贊歌〉（Eloges）──和波特萊爾（Charles Baudelaire, 1821-1867）的〈貓〉（Les Chats）。

我們不準備在此詳述高德曼對這幾首詩所做的全部分析過程細節，但為了使本文第三部分：應用高德曼研究方法到中國詩歌的實踐上更清楚易讀和不致引起混淆，我們認為必須將高德曼在分析詩歌時與他在分析古典悲劇、哲學作品或小說不同之處作一些說明；事實上，這幾項說明也是高德曼自己因詩歌這種與其他種類截然不同的文體在進行上受到限制而提出來的。

高德曼承認「發生論結構主義」方法應用到詩歌分析上的可行性，有兩點是相當有可能的：

第一點：就如在散文作品和一般社會事實的研究中一樣，在此我們也必須先尋找、釐清詩中的總意涵結構，而詩中局部的（或部分的）或是更嚴格更細小的形式結構便是建立在這個總結構之上；並且，也正是在這個總結構的基礎之上，才能找出這些形式結構來加以研究。

第二點：就詩而論，一些非語義結構（比如：句法結構、語言結構、組合結構等）很可能就是特別重要、具有決定性作用的東西。

不過，這種研究方法的基本原則是不能從細節或某些元素開始，而必須從一部作品的綜合和整體模式、也就是統一一致的總結

---

[28] 引自《文學批評》（*La Critique*），頁 200。

構來著手；因此，「很可能需要整本詩集或數部詩集才能找到其一致性，這一點，與研究戲劇或小說的技術顯然存在著差異。此外，高德曼認為，即使詩集具有基本的一致性，也會因為每一首詩本身就構成一個自主的元素、比一部小說的一章或一齣劇中的一場更具獨立性，這一特點會為研究者增加許多困難。因此，在深入研究詩集的總結構之前，對每一首詩的語義結構加以釐清還是可行及有用的。但這樣的進行方法似乎又很難運用到其他的文類上，因而，高德曼認為詩歌的分析還只是局部性的一種分析。

此外，「發生論結構主義」分析方法以下列三項為其前提，是研究者所要注意的：

一、闡明被研究作品的總語義結構；此結構之概念形成建構了人與人、以及人與宇宙之間相互關係一個總體系的綱要。

二、研究者須以社會學的角度和觀點來研究這一結構在某些特定社會團體的集體意識之起源。

三、在整體的部分結構和更小的形式結構中，研究者將此一總語義結構延伸到研究工作所容許的每一個層面上。

雖然列出三項要求，但高德曼自己認為在詩歌分析研究上，第二點和第三點是比較難以做到的。基於社會學角度的考察必須關涉到作家的整體作品才能進行、並且需要長達數年的時間方可完成的種種原因，上述的第二點要求，在進行對「一首詩」的分析上，自然無法做到。至於第三點，要在研究的每一個層次上，將總語義結構擴展到由部分結構和形式結構組成的集合體中，在詩歌的分析上也是不可行的。因此，高德曼結論說，以「發生論結構主義」方法分析一首詩所能做到的，是闡明其總語義結構和數個語義和句法的部分結構[29]。

---

[29] 有關高德曼對以「發生論結構主義」方法分析詩歌的說明，請參閱他對聖—瓊·貝爾斯〈贊歌Ⅲ〉的分析文章。見《文學社會學——新近的研究與討論》頁 53-55。

　　我們在下文所作的實踐，也是以高德曼在分析詩歌時，對他自己建立的「發生論結構主義」文學研究方法作過調整和修正之後的模式來進行的。我們的研究對象分別是（宋代）東坡詞、現代詩人洛夫的〈清明〉[30]和向明的〈門外的樹〉。

## 伍、「發生論結構主義」方法在中國詩歌上之實踐

　　以西方理論應用到中國文學研究上，有不少成功的例子，如高友工、梅祖麟、紀秋郎、程抱一、張漢良、鄭樹森、周英雄等多位學者應用結構主義分析《文心雕龍》、唐詩、唐傳奇、現代詩或現代小說（見《結構主義的理論與實踐》，黎明出版），葉嘉瑩從西方詮釋學和接受美學的理論對中國的詞和詞學進行反思和探討（《中國詞學的現代觀》，大安出版社），或東大出版的《比較文學叢書》中，以記號詩學、現象學、讀者反應理論等應用到中國文學分析上，呂正惠從對盧卡奇理論的理解再運用到評論當代中國政治小說上（《小說與社會》，聯經出版）等。

　　在經過對「發生論結構主義」方法的詳細評析之後，我們願意在此進行一項嘗試，運用高德曼的詩歌分析方法來剖析中國的詩詞。由於高德曼本人所做的詩歌研究處於起步階段，因此，我們的下列三個分析也是本著實驗的精神來進行，希望能在眾多的詩歌研究方法中探出一條新的通路，其成效則尚有待評估。

---

[30] 我們曾以「發生論結構主義」研究方法分析過東坡詞和洛夫〈清明〉詩，分別見於拙著《文學社會學》第六章頁 149-184 和《臺灣詩學季刊》第五期（1993 年 12 月）頁 104-112。此處為了使本文讀者便於閱讀以及跟向明〈門外的樹〉的分析作一比較起見，我們認為有必要將此二研究作一簡略但重點式的說明並補充原文不足之處。

## 一、東坡詞分析

首先，我們第一個要分析的對象是東坡詞中的意涵結構及其世界觀。

我們從東坡作品中發現有幾個他特別常用的名詞：「月」、「風」、「酒」和「夢」；我們將之歸成兩組：月和風，酒和夢。這是兩組分屬兩個不同世界的事物：「月／風」是「真實世界」，即真實人生的世界或「現實」；「酒／夢」是「創造世界」或「想像世界」，是詩人創造的、或想像的，或透過想像力創造的世界。真實世界是他本人因時空的限制而存在和立足的地方，創造世界則是不受時空限制但只存在於其想像或所創作文學作品之中的世界。這兩組事物在東坡詞中出現時是代表一種基本的矛盾、內心的掙扎，作品中最明顯的結構也是這個二元性結構：

| 月　風 | 人 | 酒　夢 |
|---|---|---|
| 真實世界 | | 想像世界 |
| 現實 | | 非——現實 |
| 此處 | | 他處（美、永恆、無限） |

這二元性基本上就具有矛盾的特性：第一組是被人類的社會和眼前的時間所框限住的世界，是「此處」；第二組則是由一切不在「此處」的事物所構成之「他處」，由「美」、「永恆」、「無限」所實現，而且只有當我們拒絕「此處」時才會發現「他處」。

人生在世，註定要被現實所框限、永遠無法掙脫現實所加予的種種限制，尤其是時間和空間。我們只能存在於這個時間裡，處在這一個地點，無法在同一個時間內又到另外一個時空去；可是人往

往又會不斷的想投身向另一個並不實際存在的想像時空「他處」，甚至會因想像力過於豐富、所創造的世界過於完美而認定「此處」之「現實」是有缺陷、是不堪的。然而無論如何不滿，我們仍會被一股超越自己的力量釘牢在此時空，無奈的留在「此處」，偏偏「他處」雖不具體存在，卻又實際存活在我們的想像之中，誘惑著我們掙脫「此處」而投往「他處」，這兩股力量是同等量的，人便因置身於這兩股力量的衝突點而不得不尋找另一種力量來平衡自己：文學家所憑藉的便是文學作品中自己創造出來的想像世界，這世界通常是以現實中所無的「美」、「永恆」和「無限」所建構的。這個想像世界因其美好而使人拒絕認同現實，但人也因同時被困在現實之中而無法與之同化。最後，人在中間，被兩股同等的力量在兩旁不斷往相反方向拉扯。因無法逃脫這種拉扯撕裂，人會思考如何超越這一膠著的困境。東坡詞中表現出來的是藉著中介物「酒」來進入「夢」鄉，以達到脫離現實中「一溪風月」（西江月）的「此處」投入「他處」的企圖或願望。

然而，即使中介物可供憑藉，從「此處」往「他處」的路畢竟不通：我們真實的存活在「此處」，「此處」的現實存在使「他處」變成不可能；但另一方面，不真實存在的「他處」又無時不在引誘著，這種想像的存在又使「此處」變成不可能。詩人置身於這種永無休止的拉鋸戰中，就必須在這不斷出新狀況的現實中找尋一個有意義的解答，當詩人能夠在他與環境之間創造出一種平衡來時，他就可以在這平衡的狀況中改變現實。而這個平衡狀況，這個有意義的解答，表現在文學作品中就是作者的「世界觀」。

我們以東坡下列四闋詞為例，就可以從中看出東坡詞的二元性意涵結構。這兩個元素為作者交錯使用，互相層疊。詞中「此處」「他處」的交疊出現，也說明東坡時時會因現實狀況的困境而興起

脫離「此處」，嚮往「他處」的傾向，或是流露出追求與「永恆」
或「無限」相契合的心願：

## （一）永遇樂

彭城 夜宿 燕子樓， 夢盼盼 因作此詞
此處 銜接句 此處，亦為他處，歷史 他處，歷史，永恆 此處

明月如霜，好風如水，清景 無限。
此處，景 此處，景 此處 他處，無限

曲港跳魚，圓荷瀉露，寂寞無人見。
此處，景 此處，景 明為此處，實為他處，無限

紞如三鼓，鏗然一葉，黯然夢雲 驚斷。
此處 此處 他處 此處

夜茫茫，重尋無處，覺來小園行遍。
此處，景 他處，無限 此處

天涯倦客，山中歸路， 望斷 故園 心眼。
此處，人 此處，又是他處 此處 他處 此處

燕子樓空， 佳人何在， 空鎖 樓中燕
明為此處，實為他處，歷史，無限 他處，人 銜接語 此處

古 今 如夢，何曾夢覺， 但有 舊歡 新怨。
他處 此處 他處 他處 銜接語 他處 此處

異時對， 黃樓夜景， 為余浩嘆。
他處，歷史 他處，歷史，永恆 他處，歷史，永恆，無限

## （二）念奴嬌

赤壁 　　懷古
此處，景　他處，歷史，永恆

大江東去，浪淘盡，千古風流人物。
此處，景　　衝接句　　他處，人，歷史，永恆

故壘西邊，人道是，三國周郎赤壁。
此處，景　　衝接句　　他處，人，歷史，永恆

亂石崩雲，驚濤裂岸，捲起千堆雪。
此處，景　　此處，景　　此處，景

江山如畫，一時多少豪傑。
此處，景　　他處，人，歷史，永恆


遙想 　公瑾當年，　　　　　小喬初嫁了，　　　雄姿英發，
衝接句　他處，人，歷史，永恆　他處，人，歷史，永恆　他處，人，歷史，
　　　　　　　　　　　　　　　　　　　　　　　　　永恆

羽扇綸巾談笑間，　　檣櫓灰飛煙滅。
他處，人，歷史，永恆　他處，景，歷史，永恆

故國神遊，　　　　　多情應笑，　我早生華髮。
他處，景，歷史，無限　他處，人　　此處，人


人間 　如夢，　一樽 　還酹 　江月。
此處　　他處　　中介物　衝接語　此處，景，無限

## （三）臨江仙

夜歸臨皋，
此處

夜飲 東坡 醒　　復　　　醉， 歸來 彷彿三更， 家童鼻息已雷鳴。
此處　此處　此處　銜接語　他處　此處　他處（因醉）　此處，困境

敲門都不應，倚仗　聽　　　江聲
此處，困境　　　此處　　銜接語　他處，無限

長恨此身 非我有，　　　　何時　忘卻營營？ 夜闌風靜縠紋平。
此處　　明為此處，實為他處 銜接語 他處　　　　明為此處，實為他處

小舟，　　從此　　逝　　江海寄餘生。
此處　　　銜接語　他處　他處，無限

## （四）定風波

三月七日，沙湖道中遇雨，　雨具先去，　同行皆狼狽，
此處　　　　此處，困境　　　此處　　　　此處

余獨不覺。　已而遂晴，　　　故作此。
他處　　　　明為此處，實為他處

莫聽 穿林打葉聲，何妨吟嘯且徐行。　竹杖芒鞋
他處　此處困境　　明為此處，實為他處　此處，困境

輕勝馬，　誰怕？　一蓑煙雨 任平生。
他處　　　他處　　此處困境　他處，無限

料峭春風　吹　　酒　　醒，　微冷，　山頭斜照卻相迎。
此處　　衙接語　他處　此處　此處　他處，美，無限
回首向來蕭瑟處，　也無風雨也無晴。
此處，困境　　他處，無限

從這四首詞的分析當中，我們發現作者在處理現實中的困境、
祈求在個人與環境之間取得平衡時，總會以追求與「永恆」（甚至
自己也要成為「永恆」）或「無限」遇合的方式來完成。在這個他
創造的世界裡，他改變了現實中的困窘，終於可以超越現實的挫折
阻逆而獲得心理上的怡然自得。如〈定風波〉中，東坡以「莫聽穿
林打葉聲」開始，而以「也無風雨也無晴」結束，是作者企圖在文
學創作中，將人被困鎖在現實逆境中的悲劇情境超脫至與「無限」
——包括大自然的「無限」和人生的「無限」——相結合而改變現
實世界的一種表現，這就是他在文學作品中所表達的「世界觀」。
事實上，他這個終其一生連貫一致的「世界觀」，曾改變他實際人
生旅途中種種橫逆和挫折苦難。

葉嘉瑩在論蘇軾時經常會強調他的「通觀」、「曠觀」和「史觀」：

> 通過蘇東坡的這麼多首詩和詞，我們也可以找到他的一個基本
> 的修養之所在，那就是……一種通觀。
> ……經過了那麼多的挫折苦難才完成了自己。在蘇東坡的天性之
> 中有幾點值得注意的：一個是他的曠觀，一個是他的史觀……[31]。

「通觀」、「曠觀」與「史觀」正是我們分析當中所強調的：在
不斷發生狀況的現實與環境之間尋求一種平衡，並進而在這平衡中
改變現實，以追求「無限」（曠）和「永恆」（史）來超越現實所加
諸於他的各種困境。

---

[31] 見《蘇軾》，大安出版社，臺北，民 77 年，頁 133 及頁 54。

## 二、洛夫〈清明〉詩分析

〈清明——西貢詩抄〉　洛夫

我們委實不便說什麼，在四月的臉上
有淚燦爛如花
草地上，蒲公英是一個放風箏的孩子
雲就這麼吊著他走

雲吊著孩子
飛機吊著炸彈
孩子與炸彈都是不能對之發脾氣的事物

我們委實不便說什麼的事物
清明節
大家都已習慣這麼一種遊戲
不是哭
而是泣

## （一）總意涵結構

　　洛夫這一首〈清明〉寫於 1967 年 3 月。全詩共分三節：第一節四行，第二節三行，第三節五行。

　　只有十二行的一首詩，但卻涵蓋了對人世間兩種截然不同的價值的評判。此詩的總意涵結構建立在「純美／淒悲」完全對立氛圍上，它是從下列這個意念而來的：人與人世的價值在於「純美」，但這個「純美」在遭到摧殘之後轉為「淒悲」，不幸的是「淒悲」

也是人與人世的另外一種價值。此詩正是由「純美／淒悲」這兩種
對立情調的結合而衍生出面對浴在戰火裡飽受戰爭殘酷摧毀（淒
悲）下一座美麗城市西貢及其善良人民（純美）的哀憫和無奈。這
個意念貫徹全詩，出現在詩中許多元素上。

我們先從第一節開始分析：

```
「淒悲」元素　／　「純美」元素
　　　　四月　／　臉
　　　　淚　／　花
　　　　雲　／　孩子
```

1. 四月（五日）的清明節（在第三節中點明的時節）讓人想到
   掃墓、逝去的親人、或是暮春、傷春這一類較令人傷感的事
   物；臉使人聯想到美好的容顏、好看的臉等意象。

2. 但在這張臉上，卻掛著悲傷的淚；這些淚，偏又「燦爛」「如
   花」。除了鮮明強烈對比之外，並與上一句緊緊相扣。

3. 草地，在春末是綠油油的綠草如茵。蒲公英，開在春月，嬌嫩、
   脆弱一如孩子。風箏，是孩子的最愛，隨之翱翔的風箏是童年
   最美的事。但烽火之下，風箏斷了線，隨風（何嘗不是烽？）
   飄散粉碎，一如蒲公英，而蒲公英正是那放風箏的孩子。

4. 雲霞、朝雲、彩雲，本來是美麗的，但詩中的雲是吊著孩子
   的雲，是戰雲，悲傷的雲。孩子本是人類的希望，是至寶，
   是人世間的至真、至純、至美，如今被戰雲吊走，若僥倖活
   著，是悲慘的孤兒；若不幸死去，則成冤鬼。

第二節的三行，用字及結構更令人觸目驚心：

```
　　雲　／　孩子
炸彈　／　飛機
炸彈　／　孩子
```

1. 重覆上一句的悲淒的雲／純美的孩子。
2. 孩子眼中的飛機是美的、新奇、好玩，但這美的飛機卻吊著最恐怖的炸彈，讓人受傷甚至死亡的炸彈。
3. 偏偏孩子與炸彈並列，似乎是同等的「事物」，因為我們同樣「都是不能對之發脾氣」的。第二節是全詩中把「純美／淒悲」這總意涵結構發揮得淋漓盡致的地方，而全詩最具張力的正是這第三句：孩子純美如天使、炸彈猙獰如惡魔，我們不忍對孩子發脾氣也不敢對炸彈發脾氣，深恐炸彈引爆，將人世最寶貴的價值——孩子炸傷炸死，人類的希望和價值全化烏有。

第三節的五行，意涵結構以下列方式呈現：

清明節　　／
　　哭　　／　　遊戲
　　泣　　／

　　遊戲令人想到童年、歡笑、美好的時光，但這裡的遊戲卻在「清明節」進行，清明節是令人「哭」「泣」的季節，這個遊戲是前面說過的：戰爭的遊戲、死亡的遊戲、雲吊著孩子陪伴吊著炸彈的飛機的遊戲，更糟的是「大家都已習慣這麼一種遊戲」，戰爭成為「習慣」甚至是「遊戲」、「哭」「泣」的就不只有在清明節這一天了。可悲的是，戰爭的陰影、死亡的威脅也是人在人世的另一種面相和價值。「孩子／炸彈」、「純美／淒悲」、「生／死」是人類被註定的糾纏和無奈，也是洛夫在〈石室之死亡〉中「驀然回首／遠處站著一個望墳而哭的嬰兒」詩句所要表達的「死後而生、生不離死，或生在死亡的陰影之下」的「世界觀」[32]。

―――――――――――――――――
[32] 見葉維廉〈洛夫論〉，收入《詩魔的蛻變》洛夫詩作評論集，臺北，詩之華

## （二）部分結構

接下來我們必須把詩中的部分結構——闡明，明確指出它們在詩中所起的作用。

一、1.「我們委實不便說什麼」是一個含蓄的「淒悲」元素。能說原是一件開心的事，此處卻「不便」說，因為，第一，在當時政治情況下，許多事情——包括言論、說話是受到限制的；第二、戰爭本來就殘酷，我們能說什麼？第三、「我們」是走過戰爭從外地來的人，更「不便」說話了。

　　2.「有淚燦爛如花」：花開燦爛、美極的畫面，而淚則悲極才下；淚「燦爛」如花益增「美者更美，悲者更悲」的效果；「如」是明喻。

　　3.「草地上，蒲公英是一個放風箏的孩子」是一個含蓄的「純美」元素。如果沒有戰爭，春天風和日麗的下午，孩子在草地上放風箏或蒲公英在風中飛揚都是賞心悅目的景色，何況，此處用了一個肯定的「是」，蒲公英「是」放風箏的孩子。

　　4.「雲就這麼吊著他走」：「就這麼」表達「無奈」、「殘忍」之意，「吊」更增加「殘忍」的程度：他＝蒲公英＝孩子，一個孩子在砲火中被雲吊著走，不但殘忍，而且觸目驚心。

總意涵結構與部分結構在此節中以錯綜交疊相對應的組合方式來呈現。

二、1.「雲吊著孩子」，上一句的「淒悲」重現，「淒悲」相疊，效果擴大，尤其從八個字變成五個字，上一句的「他」此句肯定為「孩子」，濃縮、肯定的句子比上一句具有更強的力量。

出版社，民 80 年，頁 19。

2. 「飛機吊著炸彈」與「雲吊著孩子」並排，隱含「雲吊著孩子」，就如「飛機吊著炸彈」，1 句「純美」，2 句「淒悲」卻用同一動詞「吊」，產生又美又悲、真假難辨的效果。

3. 這一句是全詩中最長的一句，產生數種效果：

  a. 非常無奈。

  b. 「雲吊著孩子」、「飛機吊著炸彈」的日子似乎更長了，不知何時才能結束。

  c. 至美（孩子）／至悲（炸彈）交疊，令人手足無措，造成最強的悲劇張力，全詩的「淒悲」以此句達到最高點。

    不論從總意涵結構或部分結構的層次來分析，這節可說是全詩最能呈現「純美／淒悲」這對立二元性的地方。

三、1. 這一句是第一節 1 句和二節 3 句的結合句子，同時強調前半的「淒悲」和後半的「無奈」；而且句子似通非通，加強了「委實不便」的說服力。

2. 「清時節」：點明時節，說明標題及第一節的場景，增加 1 句的「淒悲」效果。

3. 呼應著題目，同時暗指詩中的每一件事、物都是一種大家早已習慣的遊戲，加強「淒悲」。

4. 此二句強調「遊戲」「淒悲」的特質，並遙遙與前面「有淚燦爛如花」相呼應，「淒悲」一層一層鋪展，如鏡子對照後鏡中的影像，不斷的擴散下去，鏡中，正是淒悲的淚燦爛如花綻放，二元對立結構緊緊環扣。

    此外，全詩的形式也是加重「淒悲／純美」效果的元素之一：第二節第一句重複第一節的最後一句，三節 1 句重複一節 1 句和二節 3 句，使全詩的環鏈緊密相連，誦讀時自然會增加其音樂性，而且淒美和無奈會經由聲音的反覆重複而擴張伸展。

## 三、向明〈門外的樹〉分析

〈門外的樹〉

爭吵得非常擾人的
門外那些永遠長不高的
不知名的樹
三三兩兩的
一個集團，一方組織似的
當風過後
爭吵得確實擾人

也許是在談論著風的顏色
風的存在風的分量風的種種
一陣風在它們中間穿梭而過
它們手裡卻一個也沒有
掌握著風

這也不算什麼
倒是那種莫名的力量
卻把它們吹得前仰後撲的
看不出它們一丁點
該成為一株堂堂的樹的
屬性

## （一）總意涵結構

　　向明的這一首〈門外的樹〉選自他的詩集《青春的臉》。全詩共分三節：第一節七行，第二節五行，第三節六行。

　　經過閱讀和理解之後，我們認為這一首詩的境域是建立在下列這個意念之基礎上：大自然中的「風過樹偃」的樹一如人世間或社會上一些沒有主見、沒有定力的人，總是人云亦云、隨風轉向。因此，大自然的價值一如人的價值便取決於：在「外在的動態空間」和「內在的靜態自主」這兩者之間，如何採取主／客的姿態、立場和掌握主動／被動的優勢轉換，保有美／醜形象、以確定人在社會（如樹在大自然中）的重要性和存在價值。

　　雖然全詩的總意涵結構是建立在「外在動態空間／內在靜態自主」這樣的一個主要架構上，但是在分析的過程當中，我們發現它其實還可以衍生出許多具有雙重特性、不但互相對立而且還互相滲透、互相解構再建構的矛盾元素結構，如：「動／靜」、「主（重要）／客（無名、貶抑）」、「變動／不動」、「主動／被動」、「正面／負面」、「安靜／喧嚷」「虛有／實存」「隱藏／顯現」等，貫穿全詩。

　　首先我們先分析第一節的頭七行：

　　從詩句來看，作著要詠的似乎是題目上也標明的「樹」，但實際上，詩中的真正主角是「風」。七行之中，寫樹的有六行，寫風只有短短四字一行「當風過後」，可是這輕描淡寫的簡單動詞「過」，卻引起樹「擾人」的「爭吵」。「主／客」位置結構在此就已互相解構再建構：表面上的主是實際上的客，詩中的客卻又反客為主，主動帶起風潮。

　　1. 第一句雖然是「樹」的形容句子，但事實上它是重複第七句的，它擔負開場白的任務（同時也具有與第七句環扣的作

用）：每次「風過」，樹就會「爭吵擾人」，在此，一方面是「動／靜」（風／樹）的對立，但同時又是「安靜／喧嚷」（風／樹）的矛盾。（至於是什麼樹、為什麼吵、怎麼吵、吵什麼，則由第二行至第六行的詩句解釋）。

2. 這些樹是「長不高的」：相對於其他會隨時間「變化」而「長得高」的「樹」（或是第三節第五行的「堂堂的樹」）而言，它們是「沒有長進」、甚至是「不動」的——變動／不動（動／靜）。

3. 它們是「不知名的」：在有名有姓、重要的堂堂的樹之相較下，它們是無名小卒；或即使有名姓，也是無人知曉的——形雖「顯現」，實際是「隱藏」（無名）。

4. 因為「長不高」、「不知名」，所以必須「三三兩兩」聚在一起壯膽。「三三兩兩」明顯帶貶意，特別是與獨立的風或屹立的堂堂的樹相比的話——正面／負面（風／樹）。

5. 「三三兩兩」在一起，看起來好像是「一個集團」「一方組織」，但事實上，只「似」而不是——實存／虛有。

6. 因而，每當風過，樹就爭吵——主動／被動。

7. 這些爭吵「確實」擾人：緊扣回第一句，證實並加強；加深「非常擾人」中的厭惡之意——安靜／喧嚷或正面／負面。

第二行的五行詩中，以「虛／實」、「實／虛」的結構最為明顯突出：一方面解釋第一節中樹爭吵的內容（雖實而虛），另一方面則對樹「長不高」、「不知名」、「三三兩兩」等負面特性以「虛而實」的技巧手法予以強調。

1. 樹在「爭吵」什麼呢？「也許」是在「談論」著「風的顏色」：「談論」是「實存」的事，但「也許」兩字又把它「虛有化」了，「也許」凸顯這些樹的完全不具重要性，它們爭吵談論什麼事都無關緊要，因為無人在意，無人傾聽。「也許」、「談論」在此就是實而虛、虛卻實的一個結構。

2. 它們談論著「風的存在」、「分量」、「種種」（還有前一句的顏色），卻沒有風的「聲音」，因此：

  a. 與「喧嚷」爭吵的樹相比，風是「安靜」的。

  b. 但事實上，風吹過是有其「聲音」的，可是喧鬧、膚淺的樹並不注意去聽，而只管表面的「顏色」、「存在」、「分量」等問題，以致於風過之後，誰也不知風說了什麼，誰也掌握不住風。風的「種種」顯現卻虛有，風的「聲音」隱藏但實存。風雖虛而實，樹雖實而虛（完全掌握不到風）。

3. 一陣風實實在在在它們中間（實）穿梭而過（虛）：風「主動」且「變動」，樹「被動」又「不動」，風擦身而過也抓不住。

4. 「它們手裡」（實），「卻一個也沒有」（虛）：「三三兩兩」、「一個集團」、「一方組織」「似的」樹（因無任何作為、不起任何作用，故雖「實存」卻形同虛有），卻沒有一個掌握住明明來了又走了的風——風因抓不住、看不見、摸不著、甚至聽不到其聲音而有如「虛有」，可是它又同時是「實存」的，因為它「穿梭而過」，更重要的是第三節第二行與第三行的「力量」。

5. 「掌握」——實而虛，掌是實的，沒有握住，故又是虛的；「著風」——虛卻實，掌握不住的風，卻又的的確確存在。

　　第三行的六行一方面是「風過」的實證，另一方面也是「樹」醜態出盡、原形畢露的實證；在此，總意涵結構「外在動態空間／內在靜態自主」的意義呈現得最完整、表達得最清楚，同時，「虛／實」、「主動／被動」、「正面／負面」、「隱藏／顯現」等結構元素也呈最飽滿的狀態：

1. 「這也不算什麼」：接上一節「一個也沒有／掌握著風」之意，語氣輕描淡寫、用字口語淺白，輕飄飄的句子卻擔負凸顯後面五句全詩最主要意思的責任；這一句越是輕淡，越能

襯托風來的「莫名力量」和使樹「前仰後撲」的威力之猛；
看似「虛」卻是「實」的句子。

2. 看不見、掌握不住的風（虛）反而（「倒」）具有「莫名的力量」（實）：虛實同源，並且是第一句「實」的實證。

3. 樹的全部負面特性完全表露無遺，是全詩最能表現作者主要意旨和總意涵結構的一句：風是外在空間動態的力量，並且主動帶動「風潮」，變動且主動；而樹在此情況下未能把持「內在自主」，反而被動的處於屈從地位，隨風搖擺，前仰後撲。正因此句為總意涵結構最明顯之詩句，才有後面三句對樹的批判。

4. 風吹即舞的「樹」，自然是「無一丁點」（堂堂的樹的屬性），此句乃針對上一句「樹」顯現出來的負面形象所作的判語，「外在運轉／內在自主」的結構是隱含的，而且也是從相反的角度、另一個層面來建立發揮；因是否定句，故表面上是虛的，卻又暗含肯定另一面的實，即第 5 句。

5. 此句是「內在自主」結構理想的體現，內在自主應該是「堂堂」的，與前面所有描寫「門外的樹」的特性是剛好相反的。這一句與上一句的虛／實結構正好又是互相瓦解再互相建構的例子，第 4 句表面上是虛有的，但又暗含著肯定另一面的實；而此句「該成為一株堂堂的樹的」看起來似是實存，實際上卻是完全虛有，因「門外的樹」「看不出它們一丁點」……。此外，這一句與第一節中多句對樹特性的描寫正好前後遙遙呼應：它們無一丁點「堂堂」屬性，所以它們只是一些「永遠長不高」、「不知名」、「三三兩兩」瞎混的樹。

6. 此句只有兩個字「屬性」，是全詩最短的一句，卻又是全詩最重要的意思所在：有什麼樣的「屬性」，就會成為什麼樣的樹，也是對「外在變化／內在自主」這樣一個結構或屬性

的要求和冀望。兩個字而另起一行正是要特別強調其重要性，同時也凸顯「門外的樹」無堂堂屬性、隨風而倒的可恥、可憐與可悲。

另外有一點要注意的是：標題為「門外的樹」，顯然還有一個「門內的？」；如果是門內的樹，必然是「一株堂堂的樹」，其「屬性」是與「門外的樹」完全相反的，也因此門外的樹永遠也只能待在門外，未得其門而入、無法或未能「入門」的；但由於第一節第一行和第七行兩次提到「擾人」，因而很明顯的，「門外的樹」擾的是「門內的人」；不管是樹是風，只不過是門內一雙眼睛的舞台人物，而樹是這一幕戲的丑角，完全沒有自我，聽從風的號令作出各種可笑動作。風雖是詩句中的主角，但實際上，全詩真正的主角是門內那雙眼睛，不必露面，不需作聲，批判的眼神無論從旁觀看或從高處俯看，都可以觀察入微、主控全局。這門內的樹（或人）才是整首詩總意涵結構中「外在變動／內在自主」理想的實現者或是想像中的實現者。

## （二）部分結構

詩中有一些比較小的元素或結構，包含在總意涵結構之中，其作用是為強化總結構而使詩的意義更為明顯；以此詩為例，它們多為加強總結構中某一組元素特性，尤其是凸顯樹的負面特性，再通過「外在變動／內在自主」這個總意涵結構呈現出來的世界觀，來判定它在宇宙間的存在價值。

我們先看第一節：

1. 第一句的「非常」二字：增加「爭吵擾人」的程度——樹的負面形象。樹的負面形象越鮮明，門內的？正面形象就會越突出，以達到對「自主」、「自我」這種境界的間接說明。

2. 「門外」：表示樹只能在「門外」嚷嚷罷了，無法「入門」。
「永遠」：不但此時長不高，而且「永遠」也長不高；無論外界如何變化，它們永遠沒有定力、沒有自我。除負面意思之外，兼具判刑意味。

5. 「似的」：「集團」、「組織」都暗含「理性」、「系統」、「制度」等較正面的意思，但「似的」二字全部將之解構，更證明第 4 句「三三兩兩」的真實性：三五成群、隨聚隨散、無組織、無制度、散漫無章。

7. 「確實」：7 句呼應第 1 句，「確實」比「非常」更具肯定性和真實性，更能顯出爭吵擾人的可厭程度。樹的負面形象之關鍵全在於「風過樹吵」，換言之，就是喪失「自我」。「確實」二字也間接確定了詩中意涵結構的意義。

二、1. 第二節第 1 句的「也許」：前面我們分析過，「也許」二字在總結構中扮演「虛」的角色，同時也凸顯樹的不被重視：「也許」談論風的顏色，「也許」別的；其「不確定性」卻「確定」了樹的負面價值。

2. 基本上是 1 句的延續、是「談論」的補語。此二句中對風的描寫：「顏色」、「存在」、「份量」、「種種」，實質的正面價值肯定與第一節對風的形容恰成對比。凸顯風的存在價值，隱含批判樹的負面價值。

3. 「在它們中間」：強化樹的無能。風並非「從旁」、「偷偷」「溜過」，而是「在它們中間」堂而皇之「穿梭而過」。

4. 「卻一個也」：「三三兩兩」眾多的樹，「卻一個也沒有」掌握著風，比「它們手裡沒有掌握著風」的負面力量增強數倍。

三、2. 「倒是」那種「莫名」：被風吹得「前仰後撲」、「爭吵談論」不休的樹，對這股力量感到「莫名」，凸顯樹的「無知」。「倒

是」推翻前面一句和第二節的意思，也就間接強化後面這幾
句的力量，彰顯樹的無骨氣

4. 「看不出」：諷刺味濃，比用「完全沒有」更能明確和明顯
寫出樹的外表和內在如何的不相符，看起來粗壯的樹，卻是
「看不出」「風吹就倒」：增加樹的負面價值。

5. 「該」：作為一株樹，原該「堂堂」屹立風中；而「門外的
樹」卻全「不該」成為隨風扭擺的小丑；「該」字強化「門
外的樹」「不該」的事實。

經過上文的分析，我們可以看到詩中許多看似普通的字彙事實
上都有自己的角色，總意涵結構的掌握使我們能讀懂一篇作品，而
細微的部分結構卻使我們能夠更深入理解詩句與詩句間或詞與詞
間的緊密性和連貫性。

在〈門外的樹〉中，樹和風的演出角色是對立的。詩中，寫樹
所用的筆墨要比風多些，樹是眾多的（三三兩兩、集團、組織）、
有形的、形象清楚鮮明（爭吵、擾人、長不高、前仰後撲）；而風
是單獨的（一陣風、風）無形的、形象不十分清楚的（顏色？存在？
分量？種種？只有力量才是確定的），可是特性和形象完全相反的
樹和風在詩中的角色卻是與其外表剛好對調過來：風是動的、變動
且主動，樹則是靜（在此指靜止之意）的、不動且被動；但在這種
形樣中，動和靜以及其它對比）都有一種矛盾和弔詭藏身其內。說
風是動的，因為它「吹」過；樹是靜的，因為它們站著等風吹；可
是風吹過之後，風就變成「靜」的，而原本靜的樹則變成「爭吵」、
「擾人」、「談論」不休、「前仰後撲」的「動」；在「安靜／喧嚷」、
「顯現／隱藏」中亦是如此：風有微風、和煦的風、安靜的風，但
發起威來的風就成了狂風、暴風、兇猛的風、喧嚷的風；安靜時它
可能是隱藏的，喧鬧時則是顯現的。至於樹，平時是安靜的，起風
時是喧嚷的；平時是屹立顯現的，在大風中卻又全然隱藏自己，完

全聽從風向風潮的號令指揮。其他如「主／客」、「主動／被動」、「變動／不動」或「虛有／實存」等對立結構的情況亦莫不如此。

然而，樹和風也只不過是詩中舞台上的角色罷了，實際上，正如我們在前面指出過的，隱在門內的眼睛、也就是作者，才是全詩的真實主角，他主控全局，真正能夠面對外在不斷變動風向的世界而仍主動主導「內在自主」，確定自己「該」與「不該」的分際，塑造明確的自我形象，肯定自己在社會上的屬性、重要性和存在價值。

除此之外，有一點必須注意的，那就是上述分析得到的這些對立結構，事實上是從「外在動態空間／內在靜態自主」這樣一個基本的意念和意涵結構所延伸出來的；外在動態空間是我們身處的社會、環境，不同的風吹往不同的方向，時時變換更迭，如何在這樣一個不斷變動的空間裡把持住內在的自主，掌握著風而不是在風向中迷失、也不隨風撲仰是此詩透過總意涵結構和許多部分結構企圖表達出來的世界觀。

大陸詩評家李元洛在一篇評向明詩的文章中談到這首〈門外的樹〉，認為是「他（向明）嘲諷那些沒有定力的前撲後仰的樹，也表現了詩人的自我形象……特別是五十年代至六十年代，晦澀虛無之風勁吹，惡性西化成了時髦的傳染病，不少作者隨風而偃，患了嚴重的流行感冒……。」[33]

將此詩範圍限在詩壇內固然有其時代背景的歷史因素，但我們以為向明此詩（一如他大部分的詩）社會意義甚大，應將範圍擴大到整個社會層面，社會批判意味更濃，其意義和價值也許會更大些。

透過上面三個不同作家和作品的分析，我們以為，高德曼的「發生論結構主義」詩歌分析方法雖然有其可行性，但事實上仍有許多

[33] 見李元洛〈屹立于時間的風中——論臺灣詩人向明的詩〉，刊於《芙蓉》期刊，1988 年第 3 期，湖南文藝出版社出版，頁 123，124。

侷限性；由於研究者專注於闡明詩中的意涵結構和部分結構，反而忽略了其他層次上面的美學分析。正如每一種文學研究方法，高德曼在開始時是為了分析法國十七世紀的古典悲劇而設計了這樣一套方法，因此他在研究哈辛的悲劇時可以作得相當出色，但應用到詩歌分析上則顯不足。以向明詩的分析來看，如我們在前面指出的，向明的詩社會意義甚濃，如果能夠再加上社會學角度的探討，也許可以使這篇分析更豐富更完整些。但若要作社會學觀點的剖析勢必要對向明詩集（多本）中的每一首詩都予以分析之後才能進行（這又回到高德曼說明中的第二點），而這些是我們這篇論文寫作時間和篇幅都未能容許的。

## 陸、結論

正如我們在前文中曾指出的，高德曼的理論和方法曾遭受過許多不同立場的批評，高德曼口口聲聲堅持自己是社會學家和馬克思主義者、卻又終生企圖在文學批評領域佔有一席之地的種種活動和著作，被一些批評者認為是「無禮的冒犯」和「愚蠢的胡言亂語」[34]，另一端則是在馬克思主義陣營內認為高德曼是一個尚欠完備的理論家，嚴厲攻擊他的解析方法和架構。另外還有一些批評是指責高德曼的方法似乎不太重視作家個人的背景和才華，貶低文學家、藝術家個人的獨特貢獻，並且忽視了社會因素與個人因素之間的互動在文學作品或藝術作品創造過程中的影響。大部分的論者都公認他在分析哈辛悲劇時的確處理得非常細膩，但在現代文學作品分析上卻處處無法自圓其說。

---

[34] 此為勞倫斯（D. H. Lawence）的觀點。引自伊凡絲著（廖仁義譯）《高德曼的文學社會學》頁139。

　　事實上高德曼並不完全否認作家個人的重要性，他多次指出，作者的介入只是間接的，而且並不提供某種必要性，並不是只有作者介入才能說明白作品的產生，作者的傳記、藝術家的意圖背景固然有助於欣賞和理解他們的作品，但研究者也可能因過於注意這些資料而忽略了其他更重要更切題的材料。此外，高德曼既是一位馬克思主義的社會學家，同時又是一位文學批評者，想要同時討好兩種類型的批評家和兩種迥異其趣的知識傳統的確不太容易。至於對哈辛作品分析得當，主要是因為他的方法是為了這個研究而特地量身定做，套用到其他的作家和作品分析上，無法適用是可以想像的。我們以為，高德曼的理論和研究方法正如他的著述最大的優點和貢獻是在其大膽和創新上，他的成功和局限性也歸因於其獨創性。馬庫塞（Herbert Marcuse, 1898-1979）在一篇紀念高德曼的文章中指出說：

> 曾經有人批評《隱藏的上帝》，說它太過於表現社會學的想像，說高德曼太過於自由發揮等等，我要改寫阿多諾（Theodor W. Adorno）關於心理分析的一段話來回答這些批評：唯有它誇張表現出來的部分才是真實的。因為，就是這些極端的論點，我們才能看清一件作品暗藏的衝擊與面向。[35]。

　　而對高德曼思想和方法論有莫大影響的畢亞傑也推崇說，高德曼在歷史上的地位是一位「象徵思想的一個新形式之發明者或發現者，……他指出了一種象徵主義的存在，這象徵主義呈現的是一些集體但特定（在社會階級或次階級之間）的衝突，……。即使我們在其中看到的盧卡奇的某些影響，但高德曼已因此而建構了一個事實和理論體系，其重要性在思想社會學和認識論上是舉足輕重的。」[36]

---

[35] 同上書，頁 156。
[36] 同註 3，頁 54，55。

　　也許正由於他的大膽創新、自由發揮才使他能制定出一套全新和具獨創性的完整理論體系和方法，為當年還相當貧瘠的文學社會學批評領域和後來的人提供了一個新的視野和起點。

# 第六節

## 文本社會學──「社會批評」學派理論評析

## 壹、前言

自斯達勒夫人（Mme de Staël, 1766-1817）於 1800 年出版《從文學與社會制度的關係論文學》而被視為開啟「文學社會學」這門學科之後，經過鄧納（Hippolyte Taine, 1828-1893）的唯科學主義決定論，郎松（Gustave Lanson, 1857-1934）的文學史方法論，馬克思主義者高德曼（Lucien Goldmann, 1913-1970）的發生論結構主義等許多理論和流派[1]的充實而使這個領域日益多采。艾斯噶比（Robert Escarpit, 1918-2000）在其著作《文學性與社會性》（*Le Littéraire et le social*）一書中，曾為文學社會學研究分成四類：

一、從文學性出發，運用社會學方法以達到社會化的文學性，如韋勒克（René Wellek）、盧卡奇（György Lukács）、高德曼及霍格特（Richard Hoggart）等人的研究。

二、從文學出發，但卻運用一種同步分析文學性和社會性的辯證方法，將文學性定位於社會性之中；薩特（Jean-Paul

---

[1] 拙著《文學社會學》（桂冠圖書公司，臺北，1989）中曾就文學社會學的起源及其發展加以探討和分析評論。請參閱書中第一章至第五章。

Sartre）的《什麼是文學》（*Qu'est ce que la littérature?*）
可視為此觀點之典型代表。

三、建立在藝術社會學或傳播心理學之上，從社會性出發，把
文學資料加入之後再回到社會性，如美國學者巴尼特（J.
H. Barnett）和伯里遜（B. Berelson）的研究。另外一派是
以現代語言學來理解文學資料，以巴特（Roland Barthes）[2]的
研究成果最為顯著。

四、從社會性出發，經由某些途徑以達到文學性，如「波爾多
學派」[3]。

　　除了上述專家學者之外，在此書出版（1970）之後，還有許多
其他研究者不同的聲音，雖然也可以將之歸入這四類之中，不過卻
都分別為文學社會學這塊園地貢獻新的觀點或提供新的視野，如作
者社會學、閱讀社會學、接受美學、社會批評（Sociocritique）學
派或文本社會學（Sociologie du texte）等。本文擬單就社會批評或
文本社會學的理論基礎、特點、貢獻及缺點等方面作一深入的闡述
和評析。

## 貳、杜謝的「社會批評」

　　顧名思義，文本社會學是一門從社會學的角度、觀點或運用社
會學方法來分析、研究文本的學科。不過這一派最早是由杜謝
（Claude Duchet）以「社會批評」（Sociocritique）[4]一詞命名，強

---

[2]　關於巴特的論述，筆者曾分別就其「文學社會學」、「自傳觀與文學觀」、「文
學批評觀」等方面撰文分析；見《思與言》第 29 卷第 3 期（1991 年 9 月）
頁 77-117；第 30 卷第 3 期（1992 年 9 月）頁 187-218；及第 31 卷第 2 期
（1993 年 6 月）頁 219-246；現收入本書第三章「羅蘭・巴特論著評析」。

[3]　《文學性與社會性》，p.39-40。

[4]　四川文藝出版社於 1992 年 1 月出版的《法國文學評論史》（根據法國阿爾

調以「文本」作為其研究對象；隨後另一學者齊馬（Pierre V. Zima）在《社會批評教程》（*Manuel de Sociocritique*）一書中，才以「文本社會學」作為「社會批評」的同義詞[5]。

杜謝為法國巴黎第八大學的法國文學教授，是法國「社會批評」學派的創始者。基本上，「社會批評」是一種嚴密的唯物主義思考、是小說書寫（écriture romanesque）領域的一個文學批評觀點和方法。杜謝自己曾說明「社會批評」的目的，是想「努力地為一個唯物主義批評定位，並發展馬克思主義研究」，並且同意另一學者法約爾（費優）（Roger Fayolle）的看法：文學的馬克思主義進路並不是「文學和美學的許多觀點之一，而是文學和美學的另一的觀點」[6]。

在題為〈論社會批評或一篇開頭詞之變奏〉（Pour une sociocritique ou variations sur un incipit）的文章中，杜謝更清楚地闡明「社會批評」的目的如下：確定「生產和消費的社會文化結構在作品中所佔據的位置」，確定「社會在文本中的地位，而非文本的社會地位」[7]。「社會批評」特別重視「文本的社會存在方式」，杜謝因而提出了「社會——文本」（Socio-texte）這一術語和概念，用來指文本借以幫助人們理解和體驗社會的方式。因此，對「社會批評」學派來說，文

---

芒・科蘭 Armand Collin 出版社 1978 年出版的法約爾（筆者音譯為費優）Roger Fayolle 所著《文學批評》*La Critique* 一書），譯者懷宁將此術語譯為「評論社會學」。筆者以為，既然杜謝在解釋此詞時強調「它首先致力於研究文本」（見 *Sociocritique* 一書 p.3）而另一研究者齊馬（Pierre V. Zima）在其著作《社會批評教程》（*Manual de Sociocritique*）中更直接說明「社會批評」與「文本社會學」為同義詞，故應該保留原文字面的意思即「社會批評」，或稱之為「文本社會學」較為妥當。

[5] 見《社會批評教程》，Picard 出版社，Paris，1985，p.9。
[6] 見杜謝《社會批評》（*Sociocritique*），Fernand Nathan 出版社，Paris，1979，p.5。
[7] 刊於《文學》（*Littérature*）雜誌，1971 年 2 月第一期，p.5-14。

本既不是陳述的結構，也不是一些主體，在抽象地個性化之後，又與社會實存割裂開來的結構化結果。

本著這一觀點，文本與一般稱之為「現實」者之間的關係，是被一種審慎又入微的態度去考察著；因此，究竟文本是否對（研究者借助於資料便可能可靠地了解的）社會現實說了真話並不是問題所在，重要的是要了解與文本自身有關的全部知識，以及將這些知識放置於現實中它應有的位置。舉例來說，「巴爾扎克的《人間喜劇》（*La Comédie Humaine*）中的巴黎，提供給我們的是一個經過某種文學形象處理過的巴黎，更甚於 1830 年時真實的巴黎，但是這個形象仍屬於真實的巴黎，因為真實的巴黎是由巴爾扎克為之寫作的讀者所體驗過的、並且由巴爾扎克在其文中選定的巴黎」。杜謝更進一步主張應自由運用借自語言學的「指稱對象」（référent）一詞來說明這一點，同時還要區分文本的指稱對象（例如《包法利夫人》一書中的巴黎）和指稱功能（référence）（即是從文本被選定、作為「一種為艾瑪所渴望的城市空間」的巴黎之指稱功能）；唯有如此，整一個社會縱面（épaisseur sociale）才能在文本本身的內部、以及文本與社會的歷史之間所建立的複雜關係中，完全呈現給文學批評者[8]。

1977 年 11 月法國巴黎第八大學與美國紐約大學聯合舉辦一場學術討論會。會中所提論文正是以「社會批評」為主題，大致上可以分成三類：

一、為「社會批評」提出一些理論和觀點；二、對某些特定文本所作的分析；三、探討文學與制度之間的中介和互動。會議結束後，杜謝將這十九篇論文編成集子，自己再寫一篇導讀，交由那當

---

[8] 引文出自杜謝《小說的社會性》（*La Socialité du roman*）一書的導言；此據法約爾（費優）的《文學批評》，p.224-225。

（Fernand Nathan）出版社於 1979 年出版，書名就定為《社會批評》（*Sociocritique*）。

在這篇導讀中，杜謝強調說：

> 「社會批評」首先致力於研究文本。在某方面來說，「社會批評」也採取一般形式批評對「文本」所定的概念，它甚至是這個「文本」內在的閱讀，絕對以文本作為優先的研究對象；但另一方面，「社會批評」與形式批評又有所不同，主要在於「社會批評」是以恢復形式主義文本的社會內容為其目的和策略。[9]

在解釋作品的社會性時，杜謝認為最重要的是文本中構成作品的東西，那是一種與世界的關係；「社會批評」的目的是要指出：任何藝術創作其實也同時是一種社會實踐，正是因此，任何意識形態的產生也是一種美學進程，而並非首先因為它傳遞某個預先形成、而後經由其它實踐在別處將之說出的陳述，或是因為它具現或反映了某個「現實」。「社會批評」要在美學的特性上，也就是文本的價值範疇內，來致力於理解作品在世界上的現存（Présence）；這個現存，「社會批評」稱之為作品的社會性[10]。

想要理解作品的社會性，必須要考慮和重視文學的概念，並且要視之如組成「社會——文本」分析研究中不可或缺的部分。另一方面，亦須重新為社會——歷史由外向內的研究定位。所謂社會——歷史由外向內的研究，指的就是文本的內在組織、文本的運行系統、其意義網、強度、還有匯集到文本之中各種異質性論述和知識等。總之，「社會批評」盡量避免重蹈「剩餘詩學」和「內容主義」的覆轍，因為前者只重凸顯社會性，而後者又完全無視於文本性。

---

[9] 見杜謝《社會批評》，p.3。
[10] 同上，p.3-4。

　　杜謝不否認「社會批評」也對屬於其他調查研究範圍諸如文學產生的條件、文學的閱讀或可讀性的狀況感興趣，因為研究者可以從作品本身尋出這些狀況或條件是如何的被記錄寫下。對「社會批評」學派而言，進行閱讀，幾乎就等於打開作品內部，在其中認出或是製造一個衝突的空間；在這個空間裡，創作計劃會遭遇到抗拒、會碰撞上一個已然存在的深度厚度、一些已然完成的束縛、一些社會──文化的符碼和模式、社會規範的要求、還有制度機構等。

　　至於在作品的內部和語言的內部，「社會批評」所要考察的是一些尚未釐清的東西、一些預設的、未說出或未想及的、沉默的；杜謝甚至提出「文本的社會無意識」這個假設；本著這個假設，意義的問題可以、而且必須在另一個觀點之下被提出來，那也就是在某個社會──歷史建構之中被稱作「文學」者其地位和功能的問題；「文學」這一個有意義的實踐，正是它為這社會──歷史建構貢獻出力量並賦予特性。如果在文本之中沒有什麼東西是經由社會的某一行動（產品的社會關係）所引起，當然也就沒有什麼東西是可以從這行動中直接被扣除。杜謝要強調的是，社會──經濟基礎，也就是符號利益產物以及書寫者的想像事物之間的中介具有決定性的重要特質；那就是符號體系的具體性──即符號化過程和意識形態的實在性兩者的確認，這個確認，先驗性的就擺脫了為因果性分等級的觀念[11]。

　　雖身為「社會批評」學派的創始者，杜謝對其他研究者的社會學方法之貢獻也相當重視，如作家和文學事實社會學、文化社會或知識社會學、閱讀或接受社會學、以及以分析合法化機構和程序為手段來定義其對象的中介社會學。

---

[11] 同上，p.4。

在這許多不同方向的研究者當中，杜謝以為「社會批評」學派應當特別感謝高德曼的研究工作，甚至於認為，假如沒有高德曼的研究，「社會批評」將無法自我確定特性。高德曼所創立的「發生論結構主義」（原本定為「文學的辯證社會學」，杜謝認為這名稱遠勝於前者）正是致力於研究作品及合併整體性（高德曼定為「解釋」層面），和內在結構也就是文本的縮影之具意義連貫性（高氏定為「理解」層面）這兩者之間的關係[12]。高德曼在其《精神結構與文化創作》（*Structures mentales et création culturelle*）一書中曾經如此告誡：「在詮釋和形式的層面上，重要的是研究者須嚴格地遵循書面寫成的文本；他不可以加添任何東西；須重視文本的整體性。」[13]由於「社會批評」「首先致力於研究文本」（見前文），因此杜謝推崇高德曼是第一位給予「社會批評」一種領導性原則的學者，這原則可以寫成下列公式：「文本，只有文本，並且是整個的文本」[14]。

「社會批評」重拾高德曼的野心，又以唯物主義和馬克思主義研究作為後盾，與其說它呈現出來的是一些研究成果，倒不如說還只是一個綱要，圍繞著三個主題：主體、制度和意識形態。

關於第一點，從「社會批評」的觀點來說，「主體」指的並不是作者（auteur），而是書寫的主體（sujet de l'écriture），是我們在討論階級主體時不能摒除的。文本主體介入生產過程——實踐的具體事件中，它會在社會和意識形態的劃分之中等待被指認；這些劃分既由想像力操作，也在想像力當中產生；正是這個想像力使文本主體如實地存在[15]。雖然杜謝對「主體」有這樣的體認，但在 1977 年的會議上，這個問題曾被提出來熱烈討論過，從阿爾圖塞（Louis

---

[12] 可參閱拙著《文學社會學》第五章對高德曼「發生論結構主義」理解的分析。
[13] 見高德曼《精神結構與文化創作》，Anthropos 出版社，Paris，1970，p.468。
[14] 杜謝《社會批評》，p.5。
[15] 同上，p.6。

Althusser, 1918-1990）的被質詢的個人，到拉岡（Jacques Lacan, 1901-1981）被符號體系「捕獲」的主體，還有杭斯基（Noam Chomsky, 1928）理想的世界發言人等，不過最後仍沒有一個肯定的結論。因此，對於這一點，杜謝認為「社會批評」目前有的還不是一個「主體」的理論而只是一個觀點，它必須先釐清一個尚模糊不明的身份問題，才能決定「主體」到底應該是社會，還是文本自己。

　　第二點，關於制度的分析研究，儘管曾為某些文化社會學家和文化歷史學家討論過，在許多中介理論中也曾出現過，但這個方向的思考仍還相當新。杜謝認為這個問題非常複雜，制度可以有三個不同的面向：一、是那些根據一般的規範、可接受性的符碼、形式的約束等用來制定（作為「文學文本」的）文本的東西。二、那些先驗地制約文本的東西（用一些自治化、合法化和整體化的術語來思考下列問題：如何、為何、因何會成為作家）。三、使文本制度化、驅逐它、取消它或使它處於社會邊緣的東西。在這一方面，「社會批評」必須依附在制度的壓力和制度的實踐所留在文本內的蹤跡──包括一些文化和學校模式或反模式──來進行制度分析。杜謝提到班傑明（Walter Benjamin, 1892-1940）一句發人深省的話：「在我們關心藝術作品面對制度的處境之前，必須先關心藝術作品在制度中的地位。」因此，杜謝認為，在討論制約文本的制度的同時，也許也應該思考文本在制度之中的標記，換句話說，就是思考文本作品的社會功能[16]。

　　至於第三點：意識形態的問題，經過反覆討論，杜謝個人以為：意識形態並不是德國式的宇宙觀，也不是法國式的世界觀，杜謝認為「意識形態不能縮減成一個視覺現象、一個倒轉過來、破裂、有距離的形象」；更重要的是，「『社會批評』絕不能縮減成一個意識

---

[16] 同上，p.6-7。

形態的閱讀」[17]。這個在「社會批評」學派中所不能避免的「意識形態，是社會性的一個向度，自分工中誕生出來，與權勢結構聯繫在一起，意識形態是任何論述（discours）的條件，但同時也是其產物」[18]。

## 參、齊馬的「文本社會學」

在杜謝之後，另外一位研究者齊馬在他的著作《社會批評教程》（*Manuel de Sociocritique*）中，為這門學科下了一個明確的定義：「社會批評」就是「文本社會學」（sociologie du texte）的同義詞，而「社會批評」為較多的人使用，主要是因為它比「文本社會學」要簡短[19]。

齊馬在序言中明白指出：「社會批評」是一種<u>文學批評</u>、對社會的批評之理論，與經驗論的文學社會學有所不同，因後者的<u>批評</u>層面已經削減甚至消失。齊馬自己想在書中闡述正走向一種文學文本社會學的「社會批評」。

在現有的文學社會學研究方法中，齊馬認為它們大部分都只對「作品」主題和「思想」有興趣，而文本社會學則不一樣，它關心的焦點是：社會問題和團體利益是如何在語義、句法和敘述的層面上顯示出來。這個焦點問題不單只和文學文本有關，它也關係到理論性的、意識形態的或其他性質文本的推論性語言結構。

身為批評社會學，文本社會學的工作是致力於為下列兩種情形定義：一是理論和意識形態之間的推論性之關係，二是理論和小說之間的推論性之關係。從這角度來看，文本社會學同時也是一個「論述（discours）的批評」，其興趣和義務是遠超過文學領域的。此外，

---

[17] 同上，P.7。
[18] 同上，P.7。
[19] 見《社會批評教程》，p.9。

在閱讀的範疇內，它要做的是：聯繫「文本結構及其生產條件」與「讀者各種不同的後設文本」之間的關係[20]。

某些經驗論的文學社會學方法總認為可以完全摒除價值判斷，文本社會學則與此相反，它不拒絕價值判斷，也不拒絕批評性的註解。對於一篇在一特定社會和語言情況中的文本，為了要去了解和解釋，文本社會學所付出的努力，通常都能達到作出評價的程度。所謂評價，並不必然是指出一篇文學作品是「好」或「壞」，而是揭示文本的意識形態，並從文本的批評層面把這些意識形態區分開來。齊馬以為，從這些角度來看，似乎「社會批評」一詞又比中性的「文本社會學」要更為恰當些[21]。

齊馬承認文本社會學與法蘭克福學派的批評理論（Kritische Theorie）非常接近；由阿多諾（Theodor W. Adorno, 1903-1969）、霍海默（Max Horkheimer, 1895-1973）和馬庫塞（Herbert Marcuse, 1898-1979）所發展出來的這個理論有一個被嚴格遵守的公設：「不同化」，拒絕與社會力量和現存政治力量同化。文本社會學則與「批評理論」之間有一個基本的不同點：前者不排斥美學和哲學的問題，但拒絕停留在後者傳統的推論性概念範圍中，因為來自康德、黑格爾和馬克思的哲學術語和文本社會學的對象並不相符合[22]。阿多諾在閒暇時會談論文學，但他本身並不是文學批評家而是哲學家，其他二人亦如此。

無疑地，齊馬的這一部教程是第一部有關「社會批評」的有系統的專著，他在其中嘗試闡述一種方法論的歷史，並且提供他自己作為實踐的文本分析技巧。全書分為兩大部分，每一部分又分三章。在第一部分裡，作者探討「方法論與模式」，即是基礎社會學

---

[20] 同上，p.10。
[21] 同上，p.10。
[22] 同上，p.10。

的一些概念：社會體系、制度、集體意識、分工、階級、意識形態、
交換價值、物化和異化、客觀性等。齊馬認為在一些情況之下，馬
克思似在統御著文學社會學，由某些理論家所實踐；但對他們來
說，文學作品只是用來當做例子，甚至於，他們有時還混淆了程序
和調查研究工作。關於後者，以艾斯噶比為首的「波爾多學派」在
波爾多市做了不少調查工作，前文提及的《文學性與社會性》正是
其成果之一。而與「波爾多學派」的「經驗論方法」相對立的是「辯
證論方法」，後者有許多著名的學者，如盧卡奇、高德曼、阿多諾、
馬舍黑（Pierre Macherey, 1938- ）等人，他們的輝煌成就，與前者
相較之下似乎取得了勝利。除此之外，齊馬也指出還有一種文類社
會學（Sociologie des genres littéraires），如德國學者柯勒（Erich
Köhler）在研究中把中世紀的史詩與貴族的集體利益聯繫起來，認
為後者對前者的發展有莫大的關係；同樣的，古典主義悲劇之所以
興起和蓬勃，路易十四朝廷的影響最大；而布爾喬亞階級的誕生和
提升，也造成了喜劇和小說大行其道[23]。另外，戲劇社會學家杜維
鈕（Jean Duvignaud, 1921-2007）則認為戲劇可以顯示一個時代的價
值危機，例如：文藝復興的犯罪主角象徵了那個時代的「病態集體
意識」。至於著名符號學家柯莉絲德娃（Julia Kristeva, 1941- ）的《詩
歌語言的革命》（*La Revolution du langage poétique*），雖然有部分論
述可以歸入「詩歌社會學」，不過齊馬認為並不是很具有代表性[24]。

在「教程」的第二部分中，齊馬除了闡釋他個人的「文本社會
學」之外，也取了卡繆的《局外人》（或譯《異鄉人》）、霍布格里
耶的《窺伺者》（*Le Voyeur*）和普魯斯特的《追憶似水年華》（*A la
recherche du temps perdu*）作為他實踐的例子，加以分析。

---

[23] 同上，p.48。
[24] 同上，p.68-84。

在齊馬的說明中，文本社會學指的是利用「某些現存的符號學概念的社會學向度」，把文本的「各種不同層次」「像既是語言結構又是社會結構那般」呈現出來。齊馬強調文本社會學不會採取理想主義和形而上學所指涉的傳統形式觀念（如盧卡奇的），它必須超越美學和哲學的論述範圍，所謂呈現文本不同層次有如語言結構和社會結構，指的更是語義和句法（敘述的）層次以及它們之間的辯證關係[25]。

為了補充文本機制（指語義和句法的）的社會學面向，齊馬建議應該視「社會範域」是一個「總的集體語言，由文學文本去汲取並轉換改變；在這些文本中，集體語言扮演著一個重要的角色」。因此，齊馬提出兩個原理——或可以說是公理：一、「社會價值幾乎不能獨立於語言之外而存在」；二、「詞彙、語音和句法等單位能夠顯示集體利益，並且可以變成社會的、經濟的和政治的抗爭籌碼」[26]。

在討論盧卡奇和高德曼的馬克思主義進路時，齊馬認為它們被導向下列這種結論：文本事件和社會事件之間有一個結構類同或結構同源（即對應關係）；而類同並不會一直保有直接和機械的特性，它可以成為間接，例如在高德曼的《隱藏的上帝》一書中，是藉由一個置入歷史性現實與拉辛的虛構宇宙之間的世界觀作為其結構同源。齊馬以為上述馬克思主義者所公設的類比雖然很有意思，但不是每一次都具有說服力，因為它們並不參照可以論證的經驗論關係。因此，要描述處在文學文本和其經驗論社會情境之間的關係，唯一的可能是：當文學和社會都出現在一個語言學角度之下。換句話說，文本社會學的起點是建立在探討：文學文本是如何在語言層次上對社會問題和歷史問題起反應。

---

[25] 同上，p.117。
[26] 同上，p.121。

　　為了解釋作為社會功能的語義和句法，齊馬舉例說，古典主義式的一個「完美」句子是具有一個社會功能的，就像浪漫主義和超現實主義，為了分解句子的結構、解除句法矛盾的言語所做的企圖一樣；在第一種（古典主義）情形中，那是在微小結構層次上，應用了「和諧整體性」的社會和美學規範；而在第二種（浪漫主義和超現實主義）情形中，是將個人及其特殊性都明顯地呈現出來[27]。

　　齊馬也提到巴特（Roland Barthes, 1915-1980）曾強調句法的文化和意識形態的功能，特別是句子的意群（syntagme）；巴氏在《文本的快樂》（*Le Plaisir du texte*）中指出：「句子是有階級性的：它包含有從屬、從屬關係、內部指導」[28]。阿多諾和霍海默比巴特更早堅持意群和系統的因果關係具有意識形態的特色。當巴特重複阿多諾對句法在一個記號學語境中的批評時，曾引用柯莉絲德娃一句話：「任何意識形態活動都是在妥協地完成的陳述（énoncé）之形式下呈現出來的。」我們可以把這一句話倒過來講：「任何完成的陳述都會有可能成為意識形態的危險」[29]。

　　重視句子的社會和意識形態功能的同時，我們也要記得，宏觀句法的或敘述的結構對文本社會學來說是更為重要，因為一個文學或理論文本的敘述結構會構成一個比較同質和獨立自主的世界；它模仿和再生產現實，並且經常以一種明顯或不明顯的方式，與這現實同化。敘述事件（比如歷史事件）的人總會認為他所說的與現實相符合，或它與現實是同一個的。齊馬認為每一個有關真實（le réel）的論述都只是一個可能的論述。陳述句子的主體可以把他的論述與真實同化為一，而另一方面，他也可以探索他表達出來的利益、他

---

[27] 同上，p.119。
[28] 見巴特（Roland Barthes）著《文本的快樂》（*Le Plaisir du texte*），Seuil 出版社，Paris，1973，p.80。
[29] 同註28。

論述底下深藏的社會價值和他論述的語義基礎。論述的語義和敘述句法之間的關係，一向是文學批評偏好的對象。齊馬也指出，雖然現代的理論家尚未有系統地發展能稱之為「社會記號學」的學科，但他以為格雷馬斯（Algirdas Julien Greimas, 1917-1992）的結構語義學（Sémantique structurale）和普立耶多（L. J. Prieto），柯莉絲德娃和艾柯（Umberto Eco, 1932-）等人的理論都能為社會學家提供一些概念，用以描述文學和社會之間的關係，並為推論層次的意識形態下定義。而文本社會學自己，在此情境下，應該嘗試做下列兩件事情：

一、為各種具有社會學特性的記號學概念與概念之間建立起一個系統關係。

二、為某些社會學理論發展它們在社會語言學和記號學方面的向度，尤其是法蘭克福學派的「批評理論」，因為其成員對語言問題都特別敏感[30]。

正因為社會價值不能獨立於語言之外，而且詞彙、語音和句法能顯示集體的利益，因此，我們才會在語言層次上表現社會衝突，在各種不同的詞彙中，（比如說：基督教的、馬克思主義的、法西斯的等等）表達「特別社會利益」意識形態的論述，而且總是那麼自然，像是不言而喻。事實上，意識形態論述本身並不自我批判，而且能使「理論對話」和「經驗查核」變成不可能；它與政治權力相結合，並構成「一切獨裁和極權的語言」的特徵。齊馬認為我們可以在文本中描述作品的意識形態，首先須明確指出作者及其社會團體所生活過的文本的「社會語言狀況」，然後找出作品所「吸收」過的不同論述，齊馬在分析穆西（Musil）的作品《無才之人》（L'Homme sans qualités）時指出，書中容納許多競賽和滑稽模仿的意識形態論述正是這個原因；敘述者的論述帶有「所有的文化價

---

[30] 見《社會批評教程》，p.120-121。

值的雙重性」的特性，而這些文化價值則來自自由主義的危機，這也解釋了為何書中的書寫是一種非傳統的書寫，比較像一篇未完成的論文[31]。而在卡繆《局外人》，籠罩全書的冷漠突顯了「意識形態論述的無效」，以檢察官的論述最為明顯。至於在普魯斯特的《追憶似水年華》的分析中，齊馬為我們指出如何在小說所批評的語言中，去探討「整個文本的結構」的方法，齊馬以為書中之所以突顯「休閒階級」的對話，是與敘述者的自戀癖相關連的[32]。

齊馬在《社會批評教程》最後一章第六章中闡述接受美學和閱讀社會學，而沒有為「文本社會學」作出具建設性的結論；因此，全書雖厚達 252 頁，但只有第四章和第五章才是真正討論到「社會批評」或「文本社會學」，與他實際的作品（文本）分析來作為其理論原理的實踐；其他部分則偏向闡明文學社會學領域中各種不同支派的理論或方法。

## 肆、結語

綜觀以上所作的分析，不論「社會批評」或「文本社會學」，不論杜謝或齊馬，都一致強調「文本」在這一學派中的絕對重要性，是其優先的研究對象。這個處於創作的社會學（如高德曼的研究）和閱讀的社會學（如艾斯噶比的研究成果）之間的文學批評進路，融匯了六〇和七〇年代的形式批評思考與社會學觀點的文學評論。它為我們指引了一種小說的閱讀方式，這方式要比從前只重視內容──即注重以文本來解釋文本之外為人所知的現實──或只注意文本中的時態、語式和語態的關係的「敘述方面的技術分析」更豐富。

---

[31] 同上，p.139。
[32] 同上，參閱第四章第五節與第六章齊馬對卡繆和普魯斯特作品的分析。

　　雖然齊馬在分析普魯斯特作品時有意避重就輕，迴避了回答一個任何文學社會學都會碰到的問題：「書寫」對話與口頭對話到底有何差別？齊馬似乎有把《追憶似水年華》縮減成一部以文字書寫來批評上流社會言語的書之嫌，這一點不但不具說服力，甚至令人覺得濫用了「社會批評」這名詞。對話與書寫之間的對立事實上並無法闡明《追憶似水年華》的結構。齊馬這個草率的結論，與他在解釋「文本社會學」的理論綱要、目的和原理時那種喧嘩相較，就顯得貧乏而令人失望。

　　不過，平心而論，就像法約爾（費優）所說的，「社會批評」最重要的貢獻之一，是它拒絕了在文本自身來考慮文本的可能性，它適時地告誡我們，並沒有「純粹的文本」[33]。不論任何文本，都無法與將它限定在一種指稱功能系統中被人閱讀的條件分開；而這個指稱功能永遠都在變化著：因此，同是拉辛（Jean Racine, 1639-1699）的悲劇，但在 1660 年和在 1960 年已不再是「同一個文本」。將閱讀視為一種純粹個人的發現更只是一種妄想，因為「從來沒有任何人是一部作品的第一位讀者，甚至包括作品的作者在內，而且，讀者從來都不是單獨一人」[34]。從這觀點來看，「社會批評」不但研究文本，而且也重視「前文本」，也就是文本之前的情況；它把前文本當作一種掩而不露的文本、一直存在於發表的文本之中。這種思考問題的態度和方向，正如法約爾（費優）所讚揚的：「比起某些基礎的馬克思主義讀物，是會更準確且更細膩地考慮到各種意識形態、特別是處於統治地位的意識形態（但不只此一種）在文本中出現（通常是矛盾地出現）的方式」[35]；而且也為文學批評開啟一種新的視野，豐富了文學社會學的領域。

---

[33] 法約爾（費優）《文學批評》，p.225。
[34] 見杜謝《小說的社會性》導言。
[35] 同註 33。

# 第七節

## 論詩歌的社會性——兼論其社會功能

　　文學與社會的互動關係是複雜而多樣的，也是自古以來無數文學家、文學評論家、哲學家、美學家、文藝理論家所深切關注、亟欲理解和闡釋的重要課題。

　　社會早在文學產生之前即已存在，無論如何，文學無法脫離社會單獨生存，文學家無可避免地要生活在社會裡，為它所制約、限制和影響；同樣地，文學家也一直努力去反映各種不同的社會表達、解釋，甚至嘗試透過文學來改變社會的一些弊病、風氣、或是改造社會。在許多文學作品中，我們看到社會鮮明生動地存活其間，我們因而了解不同時代不同民族各種不同的社會樣態；而在作品完成後，文學更需要社會，因為只寫給自己看，沒有讀者、沒有被閱讀、被接受的作品，很難讓人承認它是文學。

　　如此密不可分的文學社會關係，一直讓古今中外的文論家深深思考。是社會影響文學還是文學改變社會？文學到底有什麼樣的社會功能？文學是否應該具有社會功能？社會變遷又如何改變和影響文學的潮流和發展？有關文學社會互動關係的思想，很早即已散見於古代中外各種文藝理論、美學、哲學的論述中。一般的文學理論都以為，在各種文體中，以小說和戲劇包含和呈現的社會性最為明顯和強烈，散文次之，而詩歌，因其獨特的文學形式，篇幅和語言精緻的要求，批評者通常都會將注意力集中在詩的藝術性而少關

注到其社會性。但事實上，在中國傳統的文學批評中，由於詩歌一直以來都是中國文學的主流，因此，詩歌所受到的文學社會互動的關注佔有相當重要的地位。在《論語・陽貨第十七》中，孔子非常明白地指出詩三百的社會功能：「子曰：『小子何莫學夫詩？詩可以興，可以觀，可以羣，可以怨。邇之事父，遠之事君；多識於鳥獸草木之名。』」荀子在〈樂論〉中談過樂的教育作用：「樂者，聖人之所樂也，而可以善民心，其感人深，其移風易俗，故先王導之以禮樂而民和睦。」同時還提及雅樂和邪音之別；同樣的論點也出現在《毛詩・序》中：「先王以是經夫婦，成孝敬，厚人倫，美教化，移風俗」又說：「至於王道衰，禮義廢，政教失，國異政，家殊俗，而變風、變雅作矣。」《禮記》中〈樂記〉討論這音樂與政治的關係：「情動於中，故形於聲，聲成文，謂之音。是故治世之音安以樂，其政和；亂世之音怨以怒，其政乖；亡國之音哀以思，其民困。聲音之道，與政通矣。」也論及音樂能促使人民歸於正道的作用和影響。《毛詩・序》直接採用這些觀點來論詩與政治的關係及詩的社會功用：「情發於聲，聲成文謂之音。治世之音安以樂，其政和；亂世之音怨以怒，其政乖；亡國之音哀以思，其民困。」以及「故正得失，動天地，感鬼神莫近於詩。」

　　從這些引文中，我們可以得知，在中國古代藝術文學論中已非常注意到文學與社會之間的影響，一方面說明詩、樂的感化、教育和改變社會風俗的特別功用之外，一方面也闡明詩、樂與時代的關係，突顯詩、樂與社會的互動關係：在不同的歷史、時代、社會背景之下，詩、樂會有不同的表達；相反的、政治、禮儀、風俗也會直接或間接地影響到藝術文學的創作。在我國古代文學理論和文學批評的巨著如劉勰的《文心雕龍》中，亦有文學社會關係的討論。劉勰生長於駢儷聲律初盛時代，文學發展趨向追求形式雕琢之美，相對的就缺少了人生社會的內容。劉勰一方面主張文質並重，更一

方面認為文學發展中的種種變化，諸如文質的變遷、作風的轉變等，作家本身的才性固然是決定的因素之一，但最主要的還是由於外在的社會環境所影響。他在〈時序〉篇中談到政治、宗教、學術、風俗等因素對文學具有決定性的影響力，在〈物色〉篇中還指出氣候時令與山川風景等這些自然環境對作家的創作動機、作家個性與作品風格的形成都有不可忽視的力量。此外，鍾嶸在《詩品》中進一步地指出個人境遇和特有的生活環境對於作家個性的塑造、成就的高低和作品的風格等都具有很大的影響力。至唐代，杜甫經由個人生活實踐而創作的現實主義詩歌；白居易主張利用文學來改良社會人羣，傳達民意，抨擊腐敗政治，強調文學的教育的社會功能，譏評六朝文學為「嘲風雪弄花草」而特別推崇杜甫的「朱門酒肉臭，路有凍死骨」。以上這些論點，都是特別強調詩歌（文學）的社會性及其社會功能。

　　台灣四十多年來，在詩歌方面的努力和發展是令人感動和欣慰的。不過，我們也曾經歷過詩歌與社會脫節的階段。早期因整個大環境的影響，許多詩人在創作時不能暢所欲言，只好改以晦澀難懂或是造作雕琢全無內容的面貌出現，曾令讀者不知所云，望而生畏，譏為夢囈。所幸這種情形隨著時代社會的進步而改善了許多；最近十年來教人看不懂的詩固然還有，當然難免也有些因過於強調社會性而疏忽了藝術性，但整體而言，大部分的詩都是關切社會、關心世界、關懷全體人類以及我們所居住的地球，而又能夠同時在注意到社會性之外也講求詩歌的純粹性和藝術性：表達的技巧、詞彙的創新、意境的突破、意象的變化更新等等；在形式和內容兩方面都有相當不錯的新意和表現。

　　因此，詩歌如果過分追求藝術性而缺少社會性，作品固然精美巧妙，但很可能會因脫離社會而顯得過度空靈飄渺，缺乏「人」味；不過，如果太專注於社會性的關照，反過來疏忽了藝術性，也同樣

的令人覺得乏味，不願閱讀，寧可翻查資料記載或時事報導更詳盡真實些。最理想最高境界的詩藝，應該是在關懷社會，關心人生的同時，也能兼顧到詩歌的藝術美。

## 第三章

# 羅蘭・巴特論著評析

# 第一節

## 羅蘭·巴特文學社會學論述評析[1]

## 壹、羅蘭·巴特：複性的文化工作者

大部分的文化研究工作者都會承認，評析羅蘭·巴特（Roland Barthes, 1915-1980）的著作並不是容易的事，不僅是因為巴特的文學活動多采多姿、千變萬化，我們很難把他定位在某一個領域之內，也因為他沒有一個或數個固定的理論、派別，總是不斷轉移，而他的著作可說是卷帙浩繁，主題也隨時改變，更因為巴特在他自己的作品中，大半都會附帶著某種程度的解釋，讓研究者在評述他時，總感覺或是無法對他有一個全盤的了解，或是多少在重複他的話而了無新意。巴特本人的文學活動集中體現了各種文學研究態度與方式的交互作用。正如惹內特（Gérard Genette, 1930- ）所分析的：巴特的作品在外表上看起來是非常多樣的，不論是他的研究對象（文學、服飾、電影、繪畫、廣告、音樂、社會新聞等等）或是研究方法及意識形態均如此。

的確，從巴特的第一部著作《書寫的零度》（*Le Degré Zéro de l'écriture*）開始到 1964 年的《批評文集》（*Essais Critiques*）之間，

---

[1]　此為 Discours 一詞的中譯。此詞亦有「話語」、「言談」、「敘述形構」等不同的翻譯。

他所呈現出來的多變多樣令人驚訝,《書寫的零度》還帶著濃厚的薩特、馬克思主義色彩,探討文學的社會地位和作家在歷史中的責任,《批評文集》卻已是研究文學和社會生活的語言及結構的結構主義者,這中間還經歷過《米什雷畫像》(*Michelet par lui-même*)一書的巴什萊爾(*Gaston Bachelard*)實體論心理分析;他加入《通俗戲刻》(*Théâtre Populaire*)雜誌時,極力引進布萊希特(Berthold Brecht)的戲劇及其理論,而被視為一名不妥協的馬克思主義者,同時又特立獨行地為「新小說」辯解,詮釋霍布格里耶的《橡皮》(*Les Gommes*)和《窺視者》(*Le Voyeur*),令人以為他是新小說理論家和霍布格里耶的正式發言人;1956 年的《神話學》(*Mythologies*)則諷刺現代社會生活中的小資產階級意識形態,儼然是馬克思主義色彩一種新的「日常生活批判」;1960 年完成、1963 年收入《論拉辛》(*Sur Racine*)一書而引起與畢卡爾(Raymond Picard, 1917- )之間那場著名論戰的分析拉辛戲劇長文,則似乎又回到弗洛伊德式的心理分析上去[2]。我們看到巴特在短短的十一年時間之內吸收且應用了當時主導整個文壇和學術界的重要學說流派,從存在主義一直到結構主義,同時還賦予它們新的內涵和意義。到他後期轉向符號學或文本理論的著作,諸如《時裝體系》(*Système de la Mode*)、《S/Z》、《符號帝國》(*L'Empire des Signes*)、《羅蘭‧巴特論羅蘭‧巴特》(*Roland Barthes par Roland Barthes*)、《戀人絮語》(*Fragments d'un Discours Amoureux*)、《描像器》(*La Chambre Claire*)等,就更清楚地呈現他在文學和文學批評中所開啟的新風格或文體,或如他所說的,一種「書寫」(Ecriture,文本中有時亦譯為「寫作」)類型以及新的質疑態度和研究角度及方法。

---

[2] 見惹內特(Gérard Genette),《修辭格 I》(*Figures I*),Seuil 出版社,Paris,1966,頁 185、186。

　　然而，不論是哪一個時期（存在主義、馬克思主義、心理分析、結構主義、符號學、文本論）的巴特，我們在檢視他的作品時，會發現它們都有一個共同點：那就是巴特的中心關懷是社會，是呈現於社會中的眾多面相，文學與人類生活其他方面的各種聯繫，是文學藝術——擴大來說是文化，包括精緻文化和大眾文化——與社會之間的關係，其象徵及其意義。

　　因此，當法國名記者尚謝爾（Jacques Chancel, 1928- ）於 1975年 2 月 17 日在電台訪問巴特時，雖表示要定義巴特這個人實在不容易，但仍然如此向聽眾介紹他：

> 您是社會學家、作家、教授、文學評論家、符號學家，還要加上說，您有上百萬個要思考要進行的事情……。[3]

　　巴特自己也曾多次表示，他實際上一直都在社會學的範圍之內。在 1956 至 1963 年之間，他曾在國家科學研究中心研究社會學，當時研究的是服飾社會學，或更正確地說，是服飾的社會符號學，後來的成果就是《時裝體系》一書的出版；1962 年，他在高等研究實踐學校開了一門新課：「符號、象徵和表象的社會學」（Sociologie de Signes, Symboles et Représentations），他說：

> 我想做的是符號學（所以有「符號」和「象徵」），但我又不願意離開社會學，（所以有「集體表象」，這是涂爾幹社會學的術語）。[4]

　　正因為巴特與文學社會學的關係密切如此，許多研究者在論巴特時，都不忘指出這一點，如美國學者庫茲韋爾（Edith Kurzweil）

---

[3] 法國無線電臺第 K1159 號錄音帶。此據葛爾威（Louis-Jean Calvet）的《羅蘭・巴特》（*Roland Barthes*）Flammarion 出版社，Paris，1990，頁 250。
[4] 見 *Tel Quel* 期刊第 47 期，1971 年，p.96-97。原為巴特為電視臺錄製的訪問，整理成文字題為〈答覆〉。

說巴特不但是「存在主義者、馬克思主義者、結構主義者,語言學
家、文本批評論者,而且他還把社會學和文學批評結合起來」[5]。
另一美國學者羅伯特‧休斯(Robert Scholes)亦指出:「毫無疑問,
他是文學結構主義者中最注重社會學的一個人。例如,他在現代法
國人的衣著、家具、食品、以及日常生活的許多其他方面,都發現
了積極發揮著作用的編碼活動」[6]。另外,於 1958 年以《文學社會
學》(*Sociologie de la Littérature*)一書為這一類研究正名的法國學
者艾斯噶比(Robert Escarpit),更肯定巴特在文學社會學領域中的
地位。他在《文學性與社會性》(*Le Littéraire et le Social*)一書中,
對已有的文學社會學研究進行分析時,認為可以分成四個不同的角
度和方向,並列舉每一種研究的代表研究者,巴特是其中之一:

一、從文學性出發,運用社會學方法達到一種社會化的文學
　　性;如:韋勒克(Rene Wellek)、盧卡奇(György Lukács)、
　　高德曼(Lucien Goldmann)、及霍格特(Richard Hoggart)
　　四人的研究。
二、是以薩特(Jean-Paul Sartre)為典型代表的觀點,特別是
　　他的《什麼是文學?》(*Qu'est-ce que la littérature?*),雖
　　和第一類一樣從文學性出發,但卻都是運用一種同步分析
　　文學性和社會性的辯證方法,將文學性置於社會性之中。
三、以美國學者巴尼特(J. H. Barnett)和伯里遜(B. Berelson)
　　的研究工作為典型,這是建立在一種藝術社會學或是傳播
　　心理社會學之上,從社會性出發,包容進文學資料之後,

---

[5]　見尹大貽譯,庫茲韋爾《結構主義時代──從萊維‧斯特勞斯到福科》,上
　　海譯文出版社,1988,頁 162。
[6]　見劉豫譯,《文學結構主義》(原著為 *Structuralism in Literature*),三聯書店
　　出版,北京,1988,頁 235。

又重新回到社會性的研究態度。由於對文學資料的理解方式有多種，在現代語言學索緒爾派的語言學家中，艾斯噶比特別推崇巴特的研究成果，認為巴特的所有著作都是和文學社會學直接有關，特別是 1953 年出版的《書寫的零度》以及 1964 年的《批評文集》。

四、第四種態度是從社會性出發，經由尚未十分確定的途徑以達到文學性。[7]

　　而由艾斯噶比所領導的波爾多研究小組，在他們文學社會學的研究中，也有不少研究者是以巴特的理論或研究方法作為他們研究工作的出發點[8]。

　　本文之所以不採取結構主義或符號學的角度而選擇巴特的文學社會學論述作為研究對象，也是基於同樣的認知上。誠如艾斯噶比所指出的，在巴特的著作中，以《書寫的零度》和《批評文集》最能突顯巴特的文學社會學論述[9]；因此，我們將以這二部作品作為本文的主要探討對象，其他作品則為論證的輔助資料。

---

[7] 《文學性與社會性》，Flammarion 出版，Paris，1970，頁 38-40。

[8] 同上書，頁 8。

[9] 巴特的《文本的快感》討論文本，讀者、作者、批評家之間的關係，但因此書出版於 1973 年，比《文學性與社會性》晚三年，故艾斯噶比在書中未提及。事實上，我們以為，巴特大部分的作品都有不同程度的文學社會學論述。

# 貳、羅蘭·巴特的文學社會學論述

## 一、文學語言的歷史情境

巴特的文學社會觀，在他的第一部著作《書寫的零度》中即已很清楚地提出論述。巴特在答覆狄波多（Jean Thibaudeau）的訪問中告訴後者說，他是在結核病療養期間（1943～1945 年）為療養院的期刊寫了幾篇有關卡繆的《異鄉人》（*L'Etranger*）[10]的文章，從這得到「白色」書寫的概念，這也就是「書寫的零度」的概念。根據巴特自己的話，1945 年至 1946 年期間，他閱讀馬克思和薩特著作並受到他們的影響，因此嘗試「介入」文學形式，並把薩特主義的介入觀馬克思化，使它有一個馬克思式的解釋，這也是《書寫的零度》中相當明顯的企圖。他寫這本書是想「證明文學語言必介入政治與歷史」[11]。他在書中闡述書寫的歷史，認為長久以來，書寫一直是資產階級的專利，直到十九世界才因資本主義的發展而打破這種資產階級唯我獨尊的局面：

> 正是從這時候開始，書寫變得多樣化起來。從此以後每一種書寫，精雕細琢的，民眾主義的，中性的，口語的，都需要一種最初的行動，根據這行動，作家接受或摒棄他的資產階級條件。[12]

巴特論述「書寫」和歷史之間的關係，他肯定有一種形式性的現實存在著，它獨立於語言和風格（Style）（或譯為文體）之外；巴特並企圖指出形式的這個第三維面帶有一種附加的悲劇性，使作

---

[10] 譯為《局外人》更能表達書中人物那種完全不介入的狀態，也更符合巴特「白色書寫」的概念。唯因此地習慣譯作《異鄉人》，故仍保留此譯名。

[11] *Tel Quel*，No.47，p91-92。

[12] 《書寫的零度》，Seuil 出版社，Paris，1972 年版，頁 45。

家與其社會產生聯繫。巴特以埃貝爾（Jacques Hébert, 1757-1794，
法國大革命時代一政治家，《杜歇納神父》編輯）在編每一期的《杜
歇納神父》（*Père Duchêne*）時總要用上一些「見鬼」和「媽的」
的字眼為例，來說明書寫和環境的密切關係。他認為這些粗俗字眼
事實上並不意指（signifier）什麼，但卻表示（signaler）著某種思
想，它蘊含著當時的整個革命情勢。這種書寫的例子讓我們看到，
它的作用已不再只是交流或表達，而是將一種語言之外的東西強加
於讀者，而這個語言外之物，它既是歷史，也是我們在歷史之中所
採取的立場[13]。因此，對巴特來說，一切書寫均含有記憶，就像埃
貝爾的粗話一樣，它們指示著一種社會風尚，一種與社會的關係。
即使是最簡單的小說語言，就像卡繆的《異鄉人》，也都以間接的
方式，來表達文學與世界的關係。文學必須表示某種東西，這某種
東西有異於文學的內容及其個別形式，那就是文學自身的界域，也
正是文學之所以被稱為文學的因素。巴特在此說明了文學語言的歷
史條件，指出一切語言都為人們歸之於它的意義所限，而且，語言
是存在於一種特定的文化之中的，因而總是蘊含著對社會現實的種
種假定。他指出，文學表現得最為明顯的地方，正是在「歷史」被
排斥之處；因此，要探索文學語言的歷史是可行的，但這種歷史不
是語言的歷史，也不是風格的歷史，而只是文學符號（signes de la
littérature）的歷史，這種形式的歷史會很清晰地顯現它與深層「歷
史」的聯繫，但這種聯繫的形式是會隨著「歷史」本身而改變；我
們不必求助於直接的決定論，即可以感受呈現在書寫之中的「歷
史」。對巴特來說，歷史與意指性主體（sujet signifiant）深處的展
開是不可分的，正是由於這個意指性主體，歷史才可解釋。他說：

---

[13]　同上書，頁 7。

歷史使作家面臨著必須在語言的若干種道德之間作一選擇：歷史迫使作家要根據他所無法掌握的諸可能因素來意指（signifier）文學。[14]

巴特分析了古典時期以降的文學；他認為從十七世紀到十九世紀的法國文學，由於資產階級意識形態的統一而產生了一種獨特的古典寫作方式，其特徵主要是對再現性語言功能的信任，這類書寫指示著一個熟悉的、秩序井然、可理解的世界，由於它蘊含著普遍性和理解性，所以它也是政治性的；而且因為人的意識尚未分裂，故形式也不可能分裂。直到1850年左右，作家不再是普遍性的見證而成為一種不幸意識，即是作家不再假定作品本身具有普遍意義，而認為必須把寫作只看作寫作，就是自覺地與文學及其有關意義和秩序鬥爭而成為一種不幸的意識時，他的第一件事便是選擇形式：他或是繼承或是拒絕過去時代的書寫。因此巴特認為，從福樓拜（Flaubert）至今日，整個文學已成為一種語言的問題。書寫在經歷過所有漸進的固化階段之後——從早先夏多布里昂（Chateaubriand）時，書寫是一種自戀、自己看自己那樣的目光的對象，到福樓拜時因勞動價值觀而成為制作、手法的對象，最後到馬拉美（Mallarmé）因致力於語言的破壞而成為謀殺的對象，書寫終於達到它最後一個變體：「不在」（absence）。巴特稱這種「不在」（或缺席）的書寫為中性的書寫，也即是書寫的零度，比如卡繆、白朗壽（Maurice Blanchot）或蓋洛爾（Jean Cayrol）等人的書寫，或是葛諾（Raymond Queneau）的口頭語言書寫等均是[15]。

---

[14] 同上書，頁8。
[15] 同上書，頁10。

## 二、書寫本身及其歷史維面

正因為巴特曾斷言「文學語言必介入政治和歷史」，書寫的意義因而不僅僅是政治內容或者是作家公開的政治承諾（介入）問題，而且也是作品介入文化的文學世界秩序的問題。和薩特一樣，巴特也認為作家的社會影響和政治影響可以使社會革命化。他早年所受的馬克思主義影響，一旦與諸如卡繆在《異鄉人》中使用的「白色書寫」結合之後，便成為「書寫的激情」的最後表現，它不但瓦解資產階級意識，同時也使書寫不但含有意義（signifier），而且也要表明（signaler），甚至客觀的寫作形式與風格也會帶有其語言所具有的寓意[16]。

對巴特來說，一部文學作品，不論它是一種結構（structure）或是結構化行動（structuration）形成的結果，總一定是以語言制成；也就因而承繼了語言符號的雙重作用：意指和表明。作家必須作一選擇，以使語言適用於他的社會；但無論何種選擇，其原初必是意識形態式的，因而作品便必然地要在歷史之中錨定。然而，這種歷史維面的明顯事實，卻以一種不可避免的形式機制現象出現。由於文學語言本身的結構，它不能迴避歷史，就如巴特在《書寫的零度》中提出的「書寫」概念，文學作品不能意指什麼而不同時表明什麼，作家在他作品中納入被他的社會命運所要求的迫切需要，就像埃貝爾的《杜歇納神父》例子。如此一來，書寫也就是作品的歷史本質。即使在《書寫的零度》出版後 13 年，1966 年，巴特出席高德曼在比利時布魯塞爾自由大學社會研究所所舉辦的「文學與社會」學術會議時，仍然認為：

---

[16] 同上書，頁 10。

　　文學信息的形式本身是與歷史和社會有著某種關係，但這種關係是個別的、特定的，並不必然涵蓋其內容的歷史和社會學。[17]

　　巴特在許多場合解釋書寫這個概念，它是一種在觀念表達上很複雜的意識形式，其方式既是被動、又是主動的、既是社會性、又是非社會性，而且既呈現個人生活、又不是呈現個人生活的。在討論語言結構和風格與文學及書寫之間的關係時，巴特認為語言結構是在文學以內，而風格則幾乎是在文學以外：意象、敘述方式、詞彙等都是產生自作家的自身和過去經歷，並漸漸成為藝術的規律。風格是作家的「事物」（chose），他的光彩榮耀，也是他的囚牢。風格是作家的孤獨。風格雖和社會無涉，卻是透明地向社會顯現，它是一種個人的封閉的過程，卻絕不是一種選擇或對文學進行反省之後的結果。風格雖產生自作家神秘的內心深處，是文學慣習的私人部分，卻又延伸到作家的控制之外[18]，而在語言結構和風格之間，存在著另一種現實，那就是書寫。唯有在書寫這個形式上，作家才能明顯地將其個性顯示出來，因為，他正是在書寫這裡介入文學的。巴特以為語言結構和風格都先於一切語言問題，那是時代和生物性個人的自然產物；可是書寫不一樣，書寫只在語法規範和風格穩恆等因素的確立之外才能真正形成，進而變成一套完整記號，那是人的行為的選擇，對某種善的肯定，由此使作家介入一種幸或不幸的表現和交流之中。並使其語言形式和他人的廣泛歷史聯繫起來。因此，巴特說：

　　　　語言結構和風格都是盲目的力量，書寫則是一種歷史性協同
　　　　行為（un acte de solidarité historique）。語言結構與風格都是
　　　　對象；書寫則是一種功能：它是創作與社會之間的聯繫，它

---

[17] 見巴特《語言的微響》（*Le Bruissement de la langue*），Seuil 出版社，Paris，1984，頁 137。
[18] 《書寫的零度》，頁 12。

是被其社會目標所轉變了的文學語言，它是束縛在人的意圖中之形式，因而也是與歷史重大危機聯繫在一起的形式。[19]

　　既然書寫是一種歷史性協同行為，是創作與社會之間的聯繫，與歷史息息相關，為何有些作家分處不同時代卻有著相同的書寫，而同一時期的作家，又有彼此迥異的書寫呢？巴特對這一點的解釋是：即使被語言現象和風格變化所分開，例如梅里美（Mérimée, 1803-1870）和費尼龍（François Fénelon, 1651-1715），但他們二人都運用著具有相同意圖性的語言，不論對形式或內容，都表示了相同的觀念，他們接受相同的規約秩序，可以說在他們身上發生了相同的技巧反應，雖然二人相距一個半世紀之遙，卻以同樣姿態運用同一工具，儘管表面有些差異，但運用的情況和方式都是一樣的；換句話說，那就是他們具有相同的書寫。與此相反的，如果兩人具有根本上就不同的寫作，儘管他們運用著同一歷史階段的語言，也會在格調、敘述方式、目的、寓意和語言的自然性等方面都會顯得截然不同，巴特以梅里美和羅特蒙（Lautréamont, 1846-1870）、馬拉美（Stéphane Mallarmé, 1842-1898）和塞林（Louis-Ferdinand Céline, 1894-1961）、紀德（André Gide, 1869-1951）和葛諾（Raymond Queneau, 1903-1976）、高羅岱（Claudel Simon, 1913-2005）和卡繆（Albert Camus, 1913-1960）這幾對幾乎是同時代的一對對作家為例，認為他們儘管有共同的時代和語言結構，但這些在完全對立的書寫之前已然無關緊要；而且，正是他們書寫的對立本身作了區分彼此的明確根據。因此，巴特以為書寫是一種含混的現實，一方面，它是由於作家面臨他所處的社會、由於他與社會接觸才產生的；但另一方面，書寫又以一種悲劇性的逆轉，使作家從這種社會目的性，返回到他創作行為的工具性根源。正如前面所說，古典書寫的

---

[19] 同上書，頁 14。

統一性延續維持了數世紀之久未曾改變，但現代書寫的多樣性，自百年以來，卻已明顯的在文學活動中擴增到了無以復加的程度，法文書寫的這種分裂現象，正是由於整個歷史的重大危機才應運而生的[20]。

要剖析書寫的歷史維面，我們可以從分析十九世紀法國文學的兩大特徵得到最清楚的說明。巴特認為十九世紀是法國小說和歷史突飛猛進、也是彼此關係最密切的時期。當時的小說中，凡敘述時態一定用簡單過去時（passé simple），而人物，總是以第三人稱敘述。

關於第一個特徵：簡單過去時，這個時態在法語口語中已消失，它是敘事體（Récit）的標誌，標誌著一種藝術，是純文學「禮儀」的組成部分，但不再有表時態的作用。依照巴特的解釋，這種簡單過去會使動詞無形中成為一個因果鏈系的一部分，由於它在時間性和因果性之間維持著一種含混性，所以可以引起一種事件開展的進程（déroulement），也就是敘事的可理解性。基於這種特性，它因而是構造世界的理想工具，是有關宇宙演化、神話、歷史和小說的虛構時間，背後永遠隱藏有一位造物主或敘事者。它表現一種秩序，一種欣快感，呈現的世界清楚明朗而熟悉，時時刻刻為一位創造者所聚集保持，現實也因它而變得既不神祕也不荒謬。簡單過去時的秩序形象，構成了作家與社會之間眾多的形式規約（pactes formels）之一，以證實作家的正確和社會的安詳公正。這樣一種時態在小說中自然有其用途，但又令人不能容忍，因為它是一種明顯的謊言。它描繪出來的，是一種「似真性」的場域，建立一個可信的連續性內容，但其虛幻性卻暴露無遺。巴特指出它和資產階級社會的普遍意義神話有關，而小說，這是這種社會的特定產物。因此，

---

[20] 同上書，頁 14-17。

巴特認為在資產階級勝利的年代裡，小說文類蓬勃發展並不是偶然的事情；因為資產階級社會發現，要表達其絕對價值，只有小說才有它所需要的形式材料，用以制作一個資產階級社會獨有的普遍意義的神話，而簡單過去時這個敘述時態，作為能夠完全合乎邏輯聯繫整個故事情節和過程工具，正好可以把實際社會中的錯綜複雜完全去除，表現成一個完善、安定和諧的十全十美世界。

　　至於第二個特點：第三人稱，也有這種模稜含混的功能。一般來說，在小說中，「我」是旁觀者、目擊者，而「他」是演員；第三人稱就像敘事時態一樣，標明和完成小說事實（fait romanesque）；沒有第三人稱，就無法產生小說，或就會有摧毀小說的意願。第三人稱跟簡單過去時一樣，專供小說藝術調遣，並為消費者提供一種可信的虛構性之保證，卻又同時不斷地顯露出其虛假性。因此，這個小說性的、傳奇性的「他」，用來意指小說中人的狀況，但其存在的真實性已簡化至最低程度。這是一個最好的方法，既能傳遞人造的虛假價值，強加一種威信於其上，而仍然維持其可信性。巴特對這種雙重作用作了一個絕妙的說明：

　　　它（小說書寫）的任務是安裝面具，並且同時將其指明出來。[21]

　　與第三人稱相比之下，第一人稱「我」，就沒有那麼含混不清，但也因此較不具小說性。巴特認為，第三人稱是社會與作者之間一種可理解性契約的記號，但它也是作家以他希望的方式來建立世界的主要手段。因此，它不僅是一種文學經驗，而且還是聯繫創作與歷史或創作與存在的人類行為。巴特指出第三人稱永遠是作為某種程度的「個人否定性」來表達的，就其實現一種更富文學性和更欠缺存在性的狀態而言，無疑的，「他」是勝過「我」的。我們在巴

---

[21]　同上書，頁28。

特 1975 年出版的自傳《羅蘭‧巴特論羅蘭‧巴特》可以看到類似的情形。這位曾宣告〈作者之死〉（La Mort de l'Auteur）[22]的作者，在書中一連串的「諺語」（maximes）形式之中，「我」經常以「他」的面具出現，好像是主詞代名詞的移位就足以抹殺「我」的在場似的。巴特並且不忘在書前事先提醒讀者說，要把書中所說的一切，看成是由一位小說人物所陳述[23]，正好也為他在〈訪問記〉（即對狄波多的〈答覆〉）中所說的：「一切自傳都是一部不敢說出名字的小說」[24]作一註腳。

在十九世紀的書寫悲劇中，巴特指明說第三人稱是其最固執的記號之一，因為在歷史的壓力之下，文學根本就與消費它的社會完全脫節。1850 年是一個分水嶺，我們看到巴爾扎克世界中所呈現的歷史激烈複雜，卻是首尾一致、安全確實，代表了秩序的勝利；而在福樓拜世界中，我們感受到的是一種藝術，為了逃避良心的譴責，猛烈地攻擊規約性，甚至企圖將其摧毀。第一位以第一人稱寫小說的是普魯斯特（Marcel Proust, 1871-1922），他的作品展現了朝向文學所作的漫長且緩慢的努力。尋求探索一種不可能的文學，巴特以為那正是現代主義的開始[25]。

從以上的分析，我們可以看到小說可以把生命變成命運，把記憶變成有用的行為，把一段時延變成有方向有意義的時間，但是這些轉變只有在社會的注視下才能完成。在小說符號表現出來的意圖裡，我們認識了藝術嚴肅性把作家和社會聯繫起來的契約關係。而小說中的簡單過去時和第三人稱，正是作家用以揭示他所戴面具的必然姿態；其模稜含混性的根源，就是書寫。書寫，在最初時是自

---

[22] 原刊於 *Mantéia*，1968 年。現收入《語言的微響》頁 61-67。
[23] 見《羅蘭‧巴特論羅蘭‧巴特》（*Roland Barthes par Roland Barthes*），Seuil 出版社，「千古名家」叢書，Paris，1975。
[24] 見 *Tel Quel*，No.47，p.89。
[25] 《書寫的零度》，頁 31。

由的，可是，巴特認為，它「最終會成為把作家與歷史連結在一起的鍊索，而歷史本身也是被束縛住的：社會給作家刻上了明確的藝術標記，以便更牢靠地引他進入他自己的異化之中」[26]。書寫把作家與歷史聯繫在一起，而對書寫本身在歷史中的演變，巴特的看法是，書寫的轉變是一有一種歷史性節奏的，但這節奏只能在一個可能性整體內部才會實現，它必須遵守文學的定律：

> 轉變的進程與其說是在演變（évolution）的層次上，不如說是在轉移（translation）的層次上：可以說是因為可能性的轉變連續衰竭，歷史便被召來調整這些轉變的節奏，而不是轉變的形式本身；也許是有某種文學信息結構的內生變異使之如此，類似於支配著時尚改變的那種變異。[27]

## 三、書寫的零度之一：白色書寫

繼資產階級社會特有的書寫之後，工業革命、資本主義的誕生，都帶動了意識形態的多樣化，這一切自然都會質疑文學真正的本質；書寫也相繼嘗試各種不同的轉變以因應「歷史」各時期的變動。有的書寫是一種託辭（alibi），有的則是一種失敗。最先出現的是由「藝匠—作家」（écrivain–artisan）提出的「勞動—書寫」（écriture–travail）：戈蒂埃（Théophile Gautier, 1811-1872）、福樓拜、梵樂希（Paul Valéry, 1871-1945）、紀德（André Gide, 1869-1951）等人「構成了一種法國文學的手工業行會，在這裡，形式的勞動成為團體的標記和財產」[28]。接著有失敗受挫的政治性書寫，巴特稱

---

[26] 《書寫的零度》，頁 32。
[27] 《語言的微響》，頁 138。
[28] 《書寫的零度》，頁 47。

之為「警察化書寫」（écritrue policière），還有標記一個宣言的知識性書寫：

> 採取一種書寫（或更明確地說，接受一種書寫）即是省卻了選擇的一切前提；即是視該選擇的理由為理所當然。[29]

巴特認為這種知識性書寫只能構成一種他所謂的副文學（para-littérature）而已。至於共產主義作家，他們是第一個也是唯一還支持使用資產階級書寫的群體，因為「無產階級藝術準則不可能與小資產階級的藝術準則不同，還因為社會主義式的現實主義之必然導致一種規約性的書寫」，而且也因為他們認為這是「被看成是比它的實際過程具有較小的危險性」[30]的一種書寫。

在形式漫無秩序、語言字詞混亂、純文學威脅著一切不是純然建立在社會言語（parole sociale）基礎上的語言、語言面臨解體而導致書寫的沉默之時，馬拉美明確地表達了歷史的這一脆弱時刻，他在稀疏的字詞周圍創造一片空白，在這片空白裡，言語掙脫了它的社會性和受責難的和諧，不再像過去那樣充份發聲。巴特稱馬拉美的這種空白有如一種謀殺，這種藝術具有與自殺相同的結構。但是這並不等於文學就再無退路，文學仍可到達樂土之門，即是無文學的世界之門，這就有待作家們來證實了[31]。

在眾多企圖掙脫文學規約的努力之中，巴特認為我們可以有一個解決方法，那就是創造一種「白色」書寫，一種擺脫特殊語言秩序中一切束縛的寫作，它是一種中性的書寫，即是零度的書寫：

---

[29] 同上書，頁 20。
[30] 同上書，頁 53。
[31] 同上書，頁 55。

> 中性的書寫產生得較晚，是在現實主義之後才由卡繆一類作
> 家發明出來，與其說是一種逃避的美學，不如說是由於對一
> 種最終純潔的書寫之研究。[32]

可以說，只有在制作一種擺脫所有意識形態決定性的語言之時，作家才可以實現文學的完整實存。因此，白色書寫被定義為一種透明的語言，「自願失去對典雅或藻麗風格的一切依賴，因為這二者會重新把時間因素引入書寫，而時間即是由歷史導出、為歷史所持有的一種力量」[33]，而白色書寫正是文學性那種不表時態的形式。事實上，意識形態是一部作品的歷史錨定之特徵，不僅在內容層次上如此，在形式的層次上更是如此。所以，書寫若能置身於「歷史」之外，它才能抽象化，才能實現一個完全的文學本體論定義；換句話說，文學理想只能存在於書寫的零度上，「零度」意指語言中沒有任何特徵；就和法文動詞裡的直陳式，是介於虛擬式和命令式之間的零度語式一樣，是一種「無語式」（amodale）的形式；而零度書寫在根本上就是一種直陳式書寫，或者說，是無語式書寫，它就像新聞式的書寫，可以置身於各種呼喊和判決之中而自己絲毫不介入其中，是由它們（呼喊和判決）的「不在」（absence）所構成：

> 但是這種「不在」是完全的，它不包含任何隱蔽處或任何秘
> 密。我們可以說這是一種無動於衷的書寫，或者是一種純潔
> 清白的書寫。這指的是透過依賴一種同樣遠離真實語言和文
> 學語言的「鹼性」語言來超越文學。這種透明的言語首先由

---

[32] 同上書，頁 49。
[33] 同上書，頁 57。

卡繆在《異鄉人》一書中運用，它完成了一種「不在」的風格，這幾乎是一種理想的風格的「不在」。[34]

白色書寫因而是一種「不在」的「零度」語言，傳統的文學技巧都帶有社會目的的特性，與之相比，零度書寫自然就是純潔的書寫；書寫簡化歸結為否定的形式，語言的社會性或神話性都被摒除，代之以形式的中性和無活動力的狀態，思想因此仍能保持其全部職責，不必承擔不屬於它的歷史中那些形式的附帶約束。由此可見，語言的零度屬性是唯一可以擺脫「歷史」重負的文學語言，白色書寫因而以它的現代文學歷史特性，為文學性建立起普遍的定義來。

在眾多現代小說中，巴特認為卡繆《異鄉人》是企圖達到那種中性的、非感情化、完全無動於衷的書寫境界之典範例子。書中男主角對周遭一切事物包括母親死亡所表現出來的是「不介入」的態度，薩特把卡繆的「白色書寫」看作是拒絕承諾（介入）使命，巴特則認為它是按照歷史規律地介入了另一個層次，因為嚴肅的文學必須對自身、對文化那種使世界秩序化的規約加以質疑，其根本的潛力也正表現於此。然而，也「沒有哪一種書寫是永遠革命的」（《書寫的零度》，頁 55），因為對語言和對文學規約的每一次反叛，最終都會成為一種新的文學方式。

如果寫作真的是中性，語言不是一種討厭的、難以制服的行為，而且能達到純方程式狀態，面對人的空白存在時，它僅只有一種代數性內涵的話，那時文學就可望被征服，人的問題可以敞開，作家會永遠是一個誠實的人。不幸的是，巴特認為再沒有什麼比白色書寫更不可靠更不忠實的了，因為，在原先的「自由」之處，規律性正漸漸形成，一套僵硬凝固的形式越來越扼封論述的最初清新性；因此，達到經典水準的作家，於是又成為他原初創造的模仿者，

---

[34] 同上書，頁 56。

社會從他的書寫中制訂出一套方式，並且使他成為他自己一手創造的形式神話的囚徒[35]。

## 四、零度之二：文學語言的社會化

要掙脫文學語言慣習，除卡繆《異鄉人》那種全然的透明性（transparence totale）書寫，代表作家「不介入」的極致之外，巴特認為還有另一個解決方法，那就是「文學語言的社會化」，另一種書寫零度；而葛諾（Raymond Queneau, 1903-1976），就是把文學語言社會化實現到最高程度的作家。

巴特在分析書寫和言語（parole）關係的歷史時，認為百餘年來的作家，並未了解到我們並不是只有一種、而是有若干種不同的說法語方式。十九世紀的作家，如巴爾扎克、蘇伊（Eugène Süe, 1804-1857）、莫尼埃（Henri Monnier, 1799-1877），雨果（Victor Hugo, 1802-1885）等人，他們雖然也喜歡在小說中運用一些在發音和詞彙上脫離規範的不規則形式，譬如小偷的黑話、農民的土話、德國的俚語、看門人的特有語言等。但是當時這種社會語言事實上只是附著於基本語言之上的一種裝飾，以增加其戲劇性、趣味性而已，並不曾真正的涉及說這一類話的人，情感因素的作用是其原因。直到普魯斯特出現之後，作家才真正的把某些人物與語言完全混合為一體，以具有明顯特性、濃度和色彩的言語來彰顯他們所創造的人物。巴特在比較巴爾扎克和普魯斯特的人物時指出，前者的人物往往被輕易地簡化為社會力量的各種關係，後者的人物則凝聚在一種特殊語言的濃密之中，也只有在這層次上，我們才能看到書中人物的全部歷史情境，諸如其職業、社會階級、成就、出身和生物學特

---

[35] 同上書，頁 57。

點等。作家開始在書中採用人們實際說著的語言，把語言看作是包容了整個社會內容的基本對象，不再當它是一種裝飾性的描繪。

正因為如此，書寫以人們的實際語言作為作家的思考場所；文學成為一種傳達清晰訊息的行為，不再是一種驕傲或避難處。然而，巴特以為，建立在社會言語之上的文學語言，是永遠擺脫不掉限制住它的描述性質。因為，在社會實際狀況中，語言的普遍性是一種聽覺現象，而不是口頭表達現象。因此，重建藉著想像而模仿出來的口頭語言，事實上最終只會揭示社會矛盾的內容。因為，書寫代表作家進入他所描繪的狀況之中，而描繪又永遠是「表達」的問題，因而文學還是文學，文學不曾被超越。對一位作家來說，對實際語言的理解乃是最具有人性的文學行動。整個現代文學都夢想能達到一種與社會語言的自然性相結合的文學語言。可是，巴特指出，即使描繪模仿得再成功，終歸也只是一些複製品而已。[36]

在現代文學中，葛諾是一位把文學語言成功地社會化到極致的作家，其作品證明了書寫論述是有可能在各方面都受到口頭語言的影響的。巴特認為，在葛諾的小說中，他的文學語言之社會化能夠同時涉及每一層面：不論是拼寫法或是詞彙，以及不很引人注意但卻更重要的敘述方式等各方面。葛諾的這種書寫，顯然不是在文學之外而是在文學之內，因為在社會中永遠會有一部分人在閱讀、消費他的書寫；但這種書寫並不具有普遍性，只能說是一種經驗，或一種消遣。儘管如此，巴特認為說，至少，這還是第一次，在法國文學裡出現這種情形：書寫並不就是文學；在葛諾的例子裡，文學為形式所排斥：它變成只是一個類別（catégorie）而已；文學在葛諾的小說中變成反諷 ironie），語言在此構成一種深刻的經驗。也許

---

[36] 同上書，頁58、59。

應該說，葛諾的文學語言社會化使文學公然地被導向一個問題：語言的問題。這種現象讓我們看到：

> ……一種新人道主義的可能領域具體呈現出來：作家語言與
> 人類語言的相互協調，取代了現代文學長久以來對語言的懷
> 疑態度。只有當作家的詩作自由存在於語言情境內部，這語
> 言情境的局限是社會的局限，而不是一種規約或公眾的限制
> 時，作家才可以說自己充份地完全介入；否則的話，介入永
> 遠都是虛有其名而已，……正因為沒有任何思想是無言語
> 的，所以形式就是文學責任最初和最後的要求，也因為社會
> 紛亂多爭，必然的、而且也必然被導引的語言，會為作家建
> 構一個分裂的情境。[37]

在這樣一個語言分裂、書寫擴增的情境裡，作家被迫要作選擇。處身於現代如此一個處處充滿新穎特徵的世界，如果作家仍然使用過去那種雖華美卻已死亡的語言去報導描寫它，他一定會感受到一種悲劇性的差異，來自他身處的歷史地位和他所能掌握的語言，「所見」與「所為」之間的差異。資產階級社會已成過去，現在的平民世界在他眼前形成一個真真正正的自然，而且這個自然在說著話，在發展著一種活生生的語言，作家卻被它排除在其外。巴特認為書寫的悲劇就是因此而產生，因為有自覺的作家應該會起來反抗這些祖傳的、強而有力的記號；這些記號來自陌生的過去，卻把文學——作為儀式規約的文學——強加於他。書寫變成一種僵局，也是社會本身的僵局。對作家來說，尋求書寫的無風格或口語風格，零度或口語度數，就是預期一個絕對齊一均質的社會狀況；巴特明白指出，在平民世界具體而非神秘或有名無實的普遍性之

---

[37] 同上書，頁 61。

外，是不會有普遍性的語言的。和整個現代藝術一樣，文學書寫同時具有歷史的異化和歷史的夢想：

> 作為一種必然性，文學書寫證明了語言的分裂，而語言的分裂和階級的分裂又是不可分的；而作為一種自由，文學書寫就是這個分裂的良知，也是希望超越這種分裂的努力。文學書寫雖不斷為自己的孤獨感到歉疚，卻仍然渴望一個不再是疏離紛亂的語言至福境界。[38]

葛諾正是企圖超越這種分裂而致力於把現實中實際的社會口語記寫成文學語言的作家。

## 五、社會化語言書寫範例分析

為了清楚地闡釋作家與語言之間的抗爭和口頭語言書寫之特性，巴特寫了一篇精彩的文章：〈薩西與文學〉（Zazie et la littérature）[39]，詳細分析葛諾文學語言的社會化度數。巴特認為葛諾那種令人叫絕的文學書寫，和跟文學的直接搏鬥，在一部題為《薩西在地下鐵上》（Zazie dans le métro）[40]的小說裡表現得最為淋漓盡致。

---

[38] 同上書，頁 64、65。

[39] 收錄於〈批評文集〉，頁 125-131。

[40] 筆者於 1976 至 1977 年間曾將此書譯成中文，先在「青年戰士報」連載，後來由源成文化圖書供應社於 1977 年 8 月 15 日出版，唯書名被出版社改為《文明謀殺了她》，與原書名相差甚遠，且完全背離原作者的反諷寓意，但當時筆者力爭無效。書中描寫一位十二、十三歲的外省女孩，在巴黎兩天一夜之間所發生的許多光怪陸離的事情。小說最特別的一點是傳統文學技巧與反傳統的「安置／落空」（即一面用傳統技巧，一面又立刻攻擊瓦解）結合書寫形式，以及小說中俚語──也就是社會的實際語言之使用。他在小說中讓他許多不同的人物說著不同的特別的語言。葛諾把書中文學語言社會化到了極致的程度。

當然，葛諾並不是第一位與文學抗爭的作家，但他的特點是在於與文學作了一場短兵相接的肉搏戰。巴特以為葛諾的作品都能「緊緊切合」文學神話；他意象鮮活地比喻葛諾文學書寫之迷人有如一座廢墟：

> 書寫形式的莊重結構依然挺立，但卻已被蟲蛀得千瘡百孔；在這樣的一個有節制的破壞裡，某種新穎但曖昧含混的東西醞釀形成，那是對形式價值懸而未決的判斷，就如廢墟的美一樣。[41]

但是巴特並不認為葛諾在採取這一種書寫時是懷有報復心理的，因為，嚴格地說，葛諾的小說並不屬於諷刺嘲弄那一類作品。

在《薩西在地下鐵上》中，文學與破壞文學的敵人竟然能夠同起同坐，這種現象在書中很顯著，最為特殊，也最令人訝異。從文學結構的角度來看，巴特以為《薩西》是一部「構築完美」的小說，我們可以從書中找到評論界最樂於清點和讚美的所有「優點」：它的結構屬古典類型，因這是一段在有限時間之內（一次地鐵罷工）發生的故事；時延（durée）屬史詩類型：它是一段路線，一系列的車站；它有主觀性（故事是以葛諾的觀點來敘述）；人物的分配均勻（主角、配角和跑龍套）；社會情境和背景完全一致（巴黎）；敘述進程的變化和平衡（有敘述有對話）等。可以說，從斯湯達（Stendhal, 1783-1842）到左拉（Emile Zola, 1840-1902）之間法國小說所有的技巧全部集中於此[42]。這一點使《薩西》一書具有一種「熟悉性」，它在 1959 年出版能風行一時是不足為奇的，因為它的讀者不一定會以保持距離的方式來讀它。

---

41 《批評文集》，頁 125。
42 同上註。

　　然而，巴特指出說，在這樣一部看起來結構完美小說裡，葛諾卻在每一次當傳統小說的要素凝成（像液體漸漸變稠）之後又立刻把它拋開讓小說的「安全性」置於一種「落空」或「解體」（「欺騙」，「失望」déception）之下：文學的本質因此而不斷地變質，就像牛奶分解敗壞一樣。一切事物在此都具有雙面性，那正是「落空」的基本主題，也是葛諾特有的主題。小說中的每一事件都從未被否定過，可是它永遠都是才一安排發生便立即加以否認，它永遠都是被「均分」的，就有如月亮神祕地具有兩個互相對抗的面。葛諾的高明之處在於：這些「落空」之處，也正是使傳統修辭學發揚光大之處。舉例說，在思想層面的修辭上，雙重性形式在書中不勝枚舉：反用法（書名本身就是一例，因為薩西從未搭上地下鐵），不明確性（到底是先賢祠還是里昂火車站，榮民院或惠伊營房，聖教堂或商業法庭？）相反角色的混淆（「癩土」既是色狼也是警察），年齡的混淆（薩西「老了」），而性別的混淆更加倍增添了謎樣色彩，因為主角賈碧岩本身的性別倒錯並不是很明確，但口誤最後又卻是事實（麥思苓〔女〕最後變成麥塞爾〔男〕），否定的定義（「不是街角那一家的咖啡館」），同語反複（「被其他警察抓上車的警察」），嘲諷（「小女孩虐待大人」）等等。所有這些修辭格未被挑明，但充滿在故事情節的脈絡中，產生了一種驚人的解構作用。結構的修辭以滑稽模仿（parodie）姿態如猛火般攻擊文學的褶襇。所有書寫類型都被葛諾用上：史詩、荷馬、拉丁、中世紀、心理學、敘事體；在語法時態方面也如此，那是傳奇神話最偏愛的時態：史詩般的現在時和傳統小說的簡單過去時。這些例子證明葛諾小說中的滑稽模仿在此的表現是「輕微」的，只稍稍掠過，「只是一片人們在文學衰老的表皮上刮下的鱗片而已」[43]。

---

[43] 同上書，頁127。

　　《薩西》一書中對文學最具挑釁性的是葛諾的「發音拼字寫法」，把口語以記寫的方式將其發音拼寫出，比如 skeuttadittaleur（正常語法是 ce que tu as dit tout à l'heure），巴特認為它的出現只是為了確保某種怪誕效果；可是它是的的確確入侵且攻下了綴字法禮俗的神聖圍牆，而我們知道，這禮俗的社會性起源即是社會階級的界域。葛諾在此一個新的、冒失的、自然的，也就是說不純正不合規範的字，取代了原來「誇張地穿著正字法長袍」的字。這一點表明了「書寫的法蘭西特性受到懷疑，高貴的法國語文，法蘭西的溫柔說話方式突然之間解體成一連串無國籍的字彙，以致於偉大的法國文學在一聲爆炸巨響過後，只剩下一堆碎片。」[44]

　　此外，巴特也指出（事實上，《薩西》一書的讀者都很清楚而且津津樂道）葛諾一個引人注意的新嘲諷手法，是主角小女孩薩西以蠻橫的口氣說出「拿破崙個屁」（Napoléon mon cul），這樣一個結句（clausule）令圍繞她的大人深感痛苦、不安；還有鸚鵡常常重複的一句話：「你胡扯，你胡扯，你就只會胡扯」也多少是屬於同類的「洩氣」技巧。但小說中被「洩氣」的，不是「整個」語言；葛諾在書中把目標語言和後設語言區分得很清楚，完全符合符號邏輯最嚴格最權威的定義。目標語言是建基在行動之中的語言，使事物「產生作用」，是第一及物語言，薩西就活在這種語言裡，只要她一說話，就是與真實的及物接觸：比如，薩西「要」她的可樂、她的牛仔褲、她的地下鐵，全是以命令方式或表達願望方式的語氣說出，因此她的語言便可以掩飾嘲諷。而後設語言則是一種多餘的、不動的、說教式和了無意義的語言。目標語言的命令和表達願望的主要語式是直陳式，是為了要「再現」真實實際的「動作零度」，而不是為了要改變或修飾這真實，這也是葛諾企圖要在小說中努力

---

[44] 同上註。

做到的，將社會中的語言如實的重現小說之中。至於後設語言，巴特認為它能在論述（discours）的周圍發展出一種補充的、倫理的、或是哀怨的、情感或權威的意義出來，而這也正是文學的本質。[45]

對葛諾來說，文學是言語（parole）的一個類別，因此也是「存在」的一個類別，它與整個人類有關。誠然，小說中有一大部分是語言專家的文字遊戲，但我們看到的是，並不是寫小說的人在說這些言語，而是計程車司機、妖媚的男舞者、酒吧老闆、修鞋匠、街上聚集的人群，這整個「真實」的世界把他們的真實言語沉浸在偉大的文學形式裡，透過文學的帶領去體驗他們的關係和目的；因此，一種語言的實存遠比一個真正的社會性還佔強勢。在葛諾的眼裡，並不是「民眾」擁有語言的烏托邦文學性，而是薩西，一個不真實的、神奇的、浮士德式的創造人物，因為她是一個孩童和成熟的超凡結合，是前面還口口聲聲說「我還年輕，我在成人的世界之外」，後面又立即接著說「我活了好久好久了」的矛盾結合，她的天真純潔並沒有清新性，是一種脆弱的童真，一種隸屬於小說後設語言的價值而已[46]。

書中的嘲諷是否會損及這部小說的嚴肅性？巴特分析說，書裡的嘲諷「掏空」嚴肅，但嚴肅又「包含」了嘲諷，兩者之間，沒有誰贏得了誰，《薩西》是一部兩難推理的真正見證作品，它使嚴肅和嘲諷背對背，永遠無法打敗對方。這一點解釋了批評界對這部小說的分歧意見：有人認為這是一部非常嚴肅的作品，有人卻認為這個看法非常可笑，因為小說本身毫無價值，第三種意見則覺得它既不嚴肅也不滑稽，而是根本「沒有看懂」。巴特認為這正是這部作品的目的，它呈現語言那種無可掌握的荒謬本質來摧毀一切有關於

---

[45] 同上書，頁 128。
[46] 同上書，頁 129。

它的對話。巴特比喻作者葛諾和嚴肅以及嚴肅之嘲諷三者之間的關係，就像是剪刀石頭布一樣，總是永遠有一個會追抓另一個；這是一切口語辯證的典範[47]。

在這樣一部與文學規約激烈格鬥的作品裡，最能突顯葛諾的現代性、即是與傳統文學書寫不同的，巴特認為應該是下面這個特點：

> 他的文學不是一種「擁有」或「盈實」的文學，他知道我們不能以「財產」的名義便置身外面來「認清真相」，而必須整個投入我們所要證明的「空虛」裡……而文學就是「不可能的語式」本身，因為只有文學自己才能講它的「空」，而在說出之時，它又重建了一個「盈滿」。葛諾以他的方式置身於這個矛盾的中心點，這矛盾正可用來定義我們今日的文學：他接受文學的面具，但又同時以手指明它。這是一件非常難做的事情，是令人羨慕的，但也許因為成功了，所以在《薩西》一書中才有這個最後而且珍貴的反常現象：一部顯明奪目的滑稽劇，卻又能以純淨化以一切的挑釁性。可以說，葛諾在為文學進行心理分析時，也同時分析了他自己的心理：葛諾的作品蘊含了文學一個相當可怕的心理意象（imago）。[48]

## 六、文學、書寫、文本‧閱讀性和寫作性

從上面的分析，我們看到葛諾在《薩西在地下鐵上》中創造了一個具雙重性的客體，適用於兩種閱讀。作品本身是一個完美的結構，繼承了古典主義三一律（時間、地點、行動的一致）的技巧，

---

[47] 同上。
[48] 同上書，頁 131。

因此讀者可以從這樣一個角度去讀它。但另一方面，小說中的另一些因子使小說本身也是這種技巧的解體，拒絕繼承傳統的手法；特別的是，這解構是來自其內部，也就是巴特說的「安置／落空」，葛諾自己指出正在建構中的客體。因此，葛諾是一個新原型（prototype），與大革命前舊制度下的作家剛好相反，他代表了另一類型作家，在他們創造他們的客體之同時也注視著它，文學的歷史在這個接合點周圍又接合上：被製造的客體也成為被注視的客體這樣的一個時刻。從這分析也可以看到後來成為巴特思想中重要的一點，那就是文學可以相信有一段它可以不必思考文學本質的時間，今日的文學具有一種雙重性：

> 文學開始感到自己是雙重的：它既是客體也同時是注視這客體的目光，是言語，也是這言語的言語，是目標文學也是後設文學。[49]

巴特以為，法國大革命後，言語就不再是作家的獨有專利。在〈最後的快樂作家〉（Le Dernier des écrivains heureux）一文中，巴特指出作家、作品與「歷史」之間關係密切，而伏爾泰之所以是一個快樂的作家，那是因為他生逢其時。伏爾泰作品中那種「抨擊小冊子」（pamphlet）文體的特徵，正是與十八世紀法國作家的處境直接有關聯。那個時代正好處於資產階級提升、蒙昧主義後退和國家進步的交叉點上，作家因而有幸與「歷史」發展的方向同時前進。正是這一點解釋了伏爾泰那種輕率的諷刺在二十世紀是行不通的：

> 種族歧視的罪大惡極，由國家組織而成，人們用意識型態的辯解來掩飾它們，這一切會將今日的作家引至比寫抨擊小冊

---

[49] 同上書，頁 106。

子更遠的做法，要求他一種哲學思考而不只是諷刺，要求他作解釋而不只是引起驚訝。[50]

因此，語言被他人佔用和有其他目的、特別是政治目的語言，其作用便產生了二元性。第一類人是作家（écrivain），對他們而言，寫作行動是不及物的，寫作只通向他自己。第二類則視寫作行動為及物，對他們來說，寫作是一種方法、一種手段，用以走向他物，他們是書寫者（écrivant）。前者的言語是一種姿態、一種表演、一種表現，而後者可經由其他事物證明自己。但是巴特認為我們永遠不可能只在這一邊或只在那一邊，因為我們「寫作」，但我們也寫「某些東西」，因此，巴特稱之為「書寫者—作家」（écrivain-écrivaint）：

> 總而言之，我們的時代誕生了一種混合類型：書寫者——作家。它的作用無法不自相矛盾：它既挑釁也同時將其消除。……在整個社會的範圍內，這新集團具有一種「補充」功能：知識份子的書寫像一種非語言的矛盾記號那般運作，這種書寫可以使社會活在無體系（無制度）的傳達交流美夢中：寫作而無須撰寫，傳達純粹的思想而無須產生任何多餘訊息，這就是書寫者——作家為社會實現的原型。[51]

然而，即使作家一直企圖與文學規約抗爭，擺脫一切歷史的包袱，已有意識形態束縛和固定僵化的書寫形式以達到理想的零度書寫，但是，不論是卡繆的白色書寫或葛諾的語言社會化書寫，巴特都承認沒有哪一種書寫可以是永遠「革命」的，而葛諾也只是一個特殊的、個別的例子，不可能成為像資產階級社會中那種普遍性神話（見上文）。

---

[50] 同上書，頁 95。
[51] 同上書，頁 153、154。

　　1973 年 3 月 13 日廣播電台播放的訪問中，那鐸（Maurice
Nadeau, 1911-2011）與巴特討論〈文學往何處去〉的問題，但巴特
認為這個問題似是而非，根本不能成立，勉強要回答的話，只能說
「走向死亡」。然而，「文學」一詞是十八世紀末才出現的字，與從
前所稱的純文學（belles lettres）不同，因此，要談「文學」，便應
該將它放回它的背景裡去，在一個社會性背景中，才不致於產生
歧異：

> 這是非常重要的，因為文學不是一個沒有時間性之物，一個沒
> 有時間性的價值，而是一整體在一特定社會中的實踐和價值。[52]

　　巴特所理解的文學並不是一系列作品，而正是這種在社會中的
寫作實踐蹤跡。他於 1977 年 1 月 7 日在法蘭西學院「文學符號學」
講座上所發表的著名《就職講演》中，就概述了他自己的基本文學
觀點，他說：

> 唯一可做的選擇仍然是——如果我可以這樣說的話——用
> 語言來弄虛做假和對語言弄虛做假，這種有益的弄虛做假，
> 這種躲躲閃閃，這種美妙的詭計使我們得以在權勢之外來理
> 解語言，在語言永久革命的光輝燦爛中來理解語言。我把這
> 種弄虛做假（Tricherie）稱作文學。
>
> 我所理解的文學並不是一組或一系列的作品，甚至不是一個
> 交流或教育的一部分，而是一種實踐的蹤跡的複雜字形記錄：
> 我指的是寫作的實踐，因此，對於文學，我要關心的是文本，
> 也就是構成作品的能指之織體（Tissu des signifiants）。[53]

---

[52] 見《論文學》，巴特訪問記，格勒諾布大學出版社，Grenoble，1980，頁 8-9。
[53] 《就職講演》（Leçon），Seuil 出版社，Paris，1978，頁 16。

　　巴特曾在許多不同場合或文章中強調說，他只有在「有待核實」的情況下才接受「文學」一詞，他比較喜歡用「書寫」（écriture）或「文本」（texte），因為文學是存在於一個語言的世界裡，而語言是多種、紛歧的。文學性語言是一種特別的語言，因為在社會現實中，還有許多其他語言，甚至有一些直至今日仍然是脫離文學的語言。因此，與其他真實語言比起來，文學性語言的位置是遠離中心點的，但它也是超驗的，它既是一個構成部分，也是所有語言的綜合[54]。而且，文學的本質，假設它存在的話，它也只能存於一種很普遍的形式機制之中。作品的形成，作品所帶來的訊息，都無法不為「歷史」和社會文化情境所決定：

> 因此，毫無疑問的是有一個偉大的文學「形式」，它涵蓋了我們所知道的有關人類的一切。這個（人類學的）形式當然也容納了內容，各種習俗和輔助形式（「類別」），它們會因不同的歷史和社會而彼此迥然不同。[55]

　　在這樣的歷史、社會中，個人一旦出生，他便立即進入一個早在他之前就已存在的意指性結構，他必須同化，才能像一個「主體」那樣進入語言、文明和文化的世界。在這個世界裡，「作家給予社會一種公開的藝術，它的準則為一切人所知；而作為回報，社會可接受這個作家」[56]；「作家是一位公眾實驗家」（《批評文集》，頁 10）。可是，寫作對巴特來說，是無法在沒有「緘默」的情況下進行的：

---

[54] 《論文學》，頁 9-10。
[55] 《批評文集》，頁 266。
[56] 《書寫的零度》，頁 48。

> 寫作是某種方式「如死人那樣緘默」，是變成一個連「最後
> 辯解」都拒絕他的人；寫作，是自頭一刻起即將此最後辯解
> 都獻給了他人。[57]

　　這也是「作者之死」的一種詮釋。因為一部作品或一個文本的
「意義」是不能夠自己產生的；作者所能做的，永遠只是生產「意
義」的根據，也就是形式，然後由世界去填滿它（《批評文集》，頁
9）。所以，對巴特而言，文學作品本身即具有多重意義，也因此沒
有任何歷史能使它枯竭：

> 一部作品之所以「永恆」，並不因為它把一個獨一無二的意
> 義強加於不同人身上，而是因為它對同一個人提供許多不同
> 的意義，……作品向人建議，人則支配它。[58]

　　在《S/Z》一書中，巴特就區分了閱讀性（讀者性，可讀性）
（lisible）和寫作性（作者性，可寫性）（scriptible）的文本。可寫
性文本為讀者呈現豐富的內涵，提供複性的意義：「文本越具複性，
越不會在我閱讀之前就已完成」[59]，也就越具有可寫性，因為是我，
一位讀者，在閱讀當中重寫這些文本；相反的，可讀性文本就不會
有這種可以重新再寫的可能，它們停留在一個意義之內不會變動，
那是死亡的文本，古典時期的作品；這也是現代書寫與古典書寫的
分別。而這個「文本」的概念，導致巴特後來對文學概念的轉變，
注意到現代文學那種徹底的變化，並且視文學如一種「記號過程」
（Sémiosis）來探討，而不再是從前那樣視如「模仿」（Mimésis）
或「科學」（Mathésis）了。

---

[57] 《批評文集》，頁 9。
[58] 《批評與真實》（*Critique et Vérité*），Seuil 出版社，Paris，1966，頁 51，52。
[59] 《S/Z》，Seuil 出版社，Paris，1970，頁 16。

## 參、羅蘭‧巴特：可寫性的文本

　　1980 年 2 月 25 日，巴特參加一個包括有密特朗、郎格（Jack Lang，1939-，時任法國文化部長）及數位知識份子在內的午餐聚會之後，步行返回法蘭西學院，於學院前穿越馬路時被一輛卡車撞倒，送醫住院一個月，3 月 26 日逝世[60]。綜觀巴特至去世前的文化活動，我們不難發現他不僅變化多端，而且也是一位矛盾重重的人；要評估這樣一位人物，往往令人難以下筆。因此，對巴特的評價便有許多不同的看法，有些彼此之間甚至完全相反。

　　根據美國結構主義文學理論家卡勒爾說法，巴特在法國以外的地區有很高的聲望，特別是在美國的文學批評界有很大的影響力：

> 在法國以外，巴特似乎是繼薩特之後的法蘭西知識份子的領袖人物，他的著作被翻譯成各種文字，並獲有廣大的讀者群。批評界的一位對手維恩‧布茲稱他為「一個也許是今日對美國文學批評界影響最大的人物」，但他的讀者群卻遠遠超出了文學批評家的範圍。巴特是一位國際性人物，一位現代思想大師。[61]

　　另外一位也是美國文學理論家的蘇珊‧桑塔格（Susan Sontag, 1933-2004）在〈寫作本身：論羅蘭‧巴特〉一文中，對巴特也相當推崇。她在文章一開頭就說：

---

[60] 見萵爾威《羅蘭‧巴特》，頁 294-295。
[61] 見方謙譯，卡勒爾（J. Culler）著《羅蘭‧巴特》，三聯書店出版，北京，1988，頁 1-2。

教師、文學家、道德家、文化哲學家、急進觀念的鑒賞家、
多才多藝的自傳家……；在二次大戰後從法國湧現的所有思
想的大師中，…羅蘭‧巴特是將使其著作永世長存的一位。[62]

　　與上述二位學者持同樣看法的人當然不在少數，但也有部分人
對巴特猛烈攻擊。1965 年，畢卡爾，一位著名的大學教授，拉辛
研究專家，發表了《新批評還是新騙術？》（*Nouvelle critique ou
nouvelle imposture? Pauvert,1965*）反對巴特論拉辛時所用的精神分
析學表述，引發了一場古典作家和現代作家之間的大論戰，也讓巴
特後來出版《批評與真實》（*Critique et vérité*）來答覆畢卡爾並提
出他的結構主義「文學科學觀」。另外，博米耶（René Pommier,
1933-）自 1978 年寫了《解碼夠了！》（*Assez décodé!*）之後，又於
1987 年出版《羅蘭‧巴特，厭透了！》（*Roland Barthes, Ras le bol!*）
及 1988 年的《羅蘭‧巴特的〈論拉辛〉》（*Le "Sur Racine" de Roland
Bathes*），極力詆毀巴特，自認有足夠的證據可以證明《論拉辛》
是「人類愚蠢巔峰之一」，因為這位「直至今日大部分評論家仍公
認的『大師』」的書中文章絕頂的笨，不連貫，不嚴謹，非常荒謬。

　　我們當然不同意博米耶的說法。無可否認的，巴特的文字言論
曾經影響無數學子及從事文化工作者。雖然在他去世之後人們不再
那麼狂熱，但他的著作仍然暢銷，討論他的學術會議或論文仍在舉
辦或出版。1990 年 9 月，葛爾威出版了一部非常詳盡《羅蘭‧巴
特》[63]傳記；1990 年 11 月 22 日至 24 日在法國西南部波城（Pau）
大學舉辦了一個羅蘭‧巴特專題學術研討會：「十年之後的巴特：
一種論述的現況」，有來自世界各國的專家學者出席，熱烈討論；
有關巴特的研究文章繼續不斷出現。這一切都證明巴特的影響力至
今仍然強大。

---

[62] 見李幼蒸譯，《符號學原理》，三聯書店，北京，1988，頁 182。
[63] 筆者曾撰文評介此書。見 1990 年 11 月 30 日聯合報聯合副刊。

　　從《書寫的零度》開始到最後一部《描像器》，巴特展現出來
的是豐富多采、風格獨特、不落窠臼，極具獨創性的文人風範。他
在《羅蘭・巴特論羅蘭・巴特》一書中說過：「他常常用到一種哲
學，大概叫做多元論（Pluralisme）。……我們必須解除對抗和範例，
要同時多元化意義和性愛：意義將會增多、擴散，而性愛則不再受
限於任何類型……。」[64]巴特正是這樣一位多元化的文士，也就是
我們前面所說的「複性」。他繼承了蒙田的傳統，是出色的隨筆散
文家，他也是獨特的文學社會學家，典型的結構主義者、符號學
的推動者、文本論的奠基和提倡者、傑出的作家和批評家。著名
符號學家克莉絲蒂娃（Julia Kristeva）在〈如何對文學說話〉
（Comment Parler à la littérature）一文中推崇「巴特是現代文學研
究的先驅和奠基者，他使文學實踐存於主體和歷史的交叉點上；把
這一實踐當作社會構架中意識形態分裂的徵兆來加以研究，在『文
本』範圍內，他以符號學方式來探索那種象徵性控制這一分裂的準
確機制。」[65]

　　也許，在經過前面對巴特寫作、研究活動的分析論述之後，我
們難免會懷疑：巴特吸收且運用了各家各派的理論學說，到底有那
一些是他自己個人的？我們認為，巴特的過人之處，就是在於擅長
擷取各家之長，再透過他自己獨特的分析觀點和方式，應用到範圍
極廣的各種不同類型或領域的研究上去。朱弗（Vincent Jouve）在
《巴特論文學》（La Littérature selon Barthes）中說：

　　　　巴特的天才就是在於把許多不同甚至相反的批評思想結合
　　　　成一個充滿活力而且極富變化的體系。把形式主義和布萊希
　　　　特的疏離效果理論、心理分析和結構主義結合在一起，應用

---

[64] 《羅蘭・巴特論羅蘭・巴特》，頁 73。
[65] *Tel Quel*，No.47，p.27-28。

語言學的嚴謹來為文本的享樂理論辯解，這一切都需要細膩的分析和非常特殊的綜合能力才辦得到。[66]

葛爾威在論巴特的優點時也有同樣的看法：

他最大的才華是他的攝取能力，能將周遭的理論變成支持他直覺的支柱。……巴特一直不斷地使別人的理論屈從於他的心境和本能。[67]

因此，我們認為，巴特不能算是一位理論家，但由於他這種特殊的研究角度、態度和方法，倒是對社會學、語言學、符號學、結構主義和文本分析等領域都有不少的貢獻，其中最大的貢獻是將文學引進人文科學，建立了他的文學科學觀；他也教給我們知道，日常生活中多少平凡不過的事物都是符號學中的符號，而且充滿社會意義。

卜吉林（Olivier Burgelin）在巴特去世之後曾感嘆說：「他的死所造成的空虛出乎想像的巨大，一個獨特的、敏感的聲音突然靜默，世界變得完全平凡乏味。」[68]但事實上，巴特的聲音並未停止，因為，他仍透過他的著作在說話。我們同意葛爾威的看法：巴特是一種觀點、一種聲音、一種文體、一種直覺[69]，但我們更認為他是一個深具獨創性、清新的可寫性文本，一個創造性文本，讀者閱讀他的作品時，除了享受閱讀的快樂之外，並同時能參與創作、重寫他的文本；正如他所說的，「永恆」的文本是能為同一個人提供許多不同意義的文本。

---

[66] 《羅蘭‧巴特論文學》，子夜出版社，Paris，1986，頁105。
[67] 葛爾威著，《羅蘭‧巴特》，頁314。
[68] 同上書，頁315。
[69] 同上書，頁312、314。

# 第二節

## 羅蘭・巴特自傳觀與文學觀析論

## 壹、前言

　　二十世紀下半葉的法國文學理論出現空前蓬勃的百家爭鳴局面。五〇年代的法國，在第二次世界大戰的創傷逐漸癒合之際，學術界對文學、文學批評和理論等問題提出嚴肅的質疑而重新加以關注和思考。許多在大學裡教授文學課程的教師、學者，紛紛對傳統的文學教學法、使用多年的老舊教材和各種陳腔濫調的文學研究法表示不滿。單從作者生平作傳記式的探討、從作品本身進行概念式的思辨或印象式的解說、以及不斷重複或評介他人觀點的教學只是了無新意、毫無創造性的窠臼[1]。因此，以各種新角度、新理論探討文學的研究陸續誕生：實體論心理分析法，如：巴什拉（Gaston Bachelard, 1884-1962），雷蒙（Marcel Raymond, 1897-1981）；主題批評法：卜烈（Georges Poulet, 1902-1991），李察爾（Jean-Pierre Richard, 1922- ）；心理批評法：莫洪（Charles Mauron, 1899-1966），費南迪茲（Dominique Fernandez, 1929- ）；文學社會學：艾斯噶比（Robert

---

[1]　見艾斯噶比（Robert Escarpit）總纂之《文學性與社會性》（*Le Litttéraire et le social*）一書之〈前言〉，Flammarion 出版，1970，p.5。巴特自己在《就職演說》中對此亦曾加以抨擊。請參閱本文。

Escarpit, 1918-2000）；發生論結構主義方法：高德曼（Lucien Goldmann, 1913-1970）[2]；結構主義馬克思主義論：阿杜塞（Louis Althusser, 1918-1990）；存在主義心理分析法：薩特（Jean-Paul Sartre, 1905-1980）；文體學：巴利（Charles Bally, 1865-1947），卜律諾（Charles Bruneau, 1883-1969）；符號分析學：柯莉絲德娃（Julia Kristeva, 1941-）；結構主義語言精神分析學：拉剛（Jacques Lacan, 1901-1981）；社會批評論：杜謝（Claude Duchet）等。

在學派林立、名家競起的局面中，羅蘭・巴特卻是一位不斷換化自己面貌的文學評論者。我們很難把他定位在任何領域內，因為終其一生，他沒有一個或數個固定的理論，總是隨其研究興趣或研究對象的改變而轉移；從最早的存在主義、馬克思主義，經過社會學、語言學、心理分析論、結構主義，到後期轉向符號學，並建構他的文本理論，同時由於他經常以片段的隨筆方式寫作而被視為獨樹一幟的隨筆作家。因此，研究巴特的文化工作者，常會因自己的研究主題而將他定位在不同的派別之中。

然而，無論在任何領域，巴特首先是一位文化研究者。綜觀其一生著作，他所關懷的總不離社會中整體的文化（精緻一如通俗）及社會與文化之間的各種可能關係[3]；其中，文學更是眾多文化面相中他最關注的研究焦點。而巴特對自己的評述《羅蘭・巴特論羅蘭・巴特》一書更是所有自傳中風格最獨特的一部。筆者擬就最能突顯巴特的自傳觀和文學觀的兩本著作：《羅蘭・巴特論羅蘭・巴特》和在法蘭西學院發表的《就職演說》作為本文主要的探討對象，巴特其他的著作則作為論證的輔助資料；原因是巴特的著作千變萬

---

[2] 有關艾斯噶比的文學社會學和高德曼的發生論結構主義，可參閱拙著《文學社會學》一書對此二人的理論所作的分析和評論。桂冠出版公司，臺北，1989。

[3] 有關巴特對文學與社會之間關係的研究論述，請參閱拙著「羅蘭・巴特文學社會學論述評析」，刊於《思與言》季刊第 29 卷第 3 期，頁 77-117。臺北，1991 年 9 月。

化、卷帙浩繁，研究的領域既多且廣；我們認為縮小探討範圍，對研究主題將能有更深入透徹的解析和評判。

## 貳、《羅蘭·巴特論羅蘭·巴特》或自我透視畫像

### 一、自傳：一部匿名小說

早在 1968 年，巴特即已宣告「作者走入死亡」[4]，但他本人卻在生前接受 Seuil 出版社的邀請，反常而弔詭地為「千古名家」（Ecrivains de toujours）叢書寫了一本《羅蘭·巴特論羅蘭·巴特》（*Roland Barthes par Roland Barthes*）[5]的書，這是當時唯一還在世自己寫自己傳記的作家，於 1975 年出版。

這部自傳與一般傳統的自傳最大的不同之處，一是作者並非全以第一人稱出現，他時而以「我」，時而以「他」（第三人稱），甚至亦有以「您」（vous）（第二人稱敬體）的面貌出場；二是全書均以巴特偏愛的「片段」（fragments）形式完成，是「諺語」（maxime）式的一種隨筆，巴特的許多著作（如《神話學》*Mythologies*，《戀人絮語》*Fragments d'un discours amoureux*，《文本的快感》*Plaisir du texte* 等等）也是用這種形式、或是「文體」寫成。多數評論巴特的研究者也曾因

---

[4] 巴特於 1968 年寫了一篇題為〈作者之死〉的文章，強烈質疑傳統的文學理念。此文原刊於 Manteia，後收入文集《語言的微響》（*Le Bruissement de la langue*），Seuil 出版社，Paris，1984，pp.61-67。

[5] 亦有譯作《羅蘭·巴特自述》或《羅蘭·巴特自評》的，但筆者以為應譯成《羅蘭·巴特論羅蘭·巴特》方能表達巴特的意圖及其自傳觀。請參閱本節之分析述評。

這一點而同意巴特是繼蒙田（Michel de Montaigne, 1533-1592）之後最好的隨筆作家。[6]

以傳統對自傳的理解去閱讀《羅蘭‧巴特論羅蘭‧巴特》，讀者一定會大失所望，而且也很難接受這一部「自傳」。一般的自傳寫法，作者免不了會描寫自己一生經歷、重要事件，敘述一個生命是如何的存活過，甚至有時也會洩露一些個人隱私或某些內幕；但重要的，是一個人的「傳記」在被「同一個」人所寫；而在巴特的《羅蘭‧巴特論羅蘭‧巴特》裡，卻是「我」在寫「我」，「我」在寫「他」，「他」在寫「他」或寫「我」，是作者在寫作者，或是在寫另外一個人，或是巴特在寫一本叫做《羅蘭‧巴特論羅蘭‧巴特》的書。書中所呈現的，是一段段附有標題的文字，談的也許是他自己，他對文學的批評、對語言的見解，對符號學、文本的解釋，對大眾輿論（Doxa）和反論（弔詭 Paradoxa）的看法，也或許是某一天，他做了一件什麼事，促使他思考了一些什麼問題；但更多的，可能就是他對「自傳」的理解和做法。它既是「自傳」，也是討論自傳的自傳，是自傳的批評，更是一本新文體的創作。因此，可以說，《羅蘭‧巴特論羅蘭‧巴特》實際上就是巴特自己的「自傳觀」一個最具體的實踐文本。

一翻開《羅蘭‧巴特論羅蘭‧巴特》，讀者必定會為扉頁上黑底白字的巴特親筆字跡所吸引：

> 這一切應被視為由一位小說人物所敘述。

同樣的意思曾在答覆狄波多（Jean Thibaudeau, 1935-）的〈訪問記〉中披露過。巴特自己後來在〈訪問記〉全文之前加上一段說明，其中幾句是：

---

[6] 例如賓斯馬伊亞（Réda Bensmaia）著的《隨筆作家巴特》（*Barthes à l'Essai*）一書即是以此為探討對象的專著，Gunter Narrverlag 出版，Tubingen，1986。

這些答覆（即〈訪問記〉）是重新再寫的——這並不等於說這是書寫，因為，由於這是自傳，「我」（以及其一連串過去時態的動詞）在此應被看成有如這個正在說話的人，就是曾活過那一段日子（在同一個地方）的人。因此，請記住，那位跟我一樣同是生於 1915 年 11 月 12 日的人，將會連續不斷地變成第一位完全是「想像」的人；因而，在陳述行動的單純作用下，不言而喻地，必須將以下所說的話，重新加上一些適用於任何<u>逼真地</u>注有出處的陳述句所用的引號：因為，任何自傳都是一部不敢說出名字的小說。[7]

這段說明和扉頁上的話重複提醒讀者必須將被訪者所說的話，或「自傳」內作者所寫的，全視作一部小說中一位小說人物所敘述的故事而已。「小說」當然大部分是虛構的、想像的，因此也是有距離的，無論是小說與作者或是與讀者之間，作者與讀者之間，小說人物與作者和小說人物與讀者之間均如此。對巴特來說，「自傳」（我們暫且以此稱之，雖然非巴特本意）中的「我」，事實上只是帶著戲劇臉譜的舞台面具，在那背後甚至是沒有「人」的。巴特在書中多次重複「想像」、「間距」、「距離」、「間離效果」、「舞台」、「面具」等詞，強調書中所言只不過是想像虛構事物罷了。而且，他認為，再沒有什麼比對自己的評論更純粹的想像事物，這本隨筆自傳，便是一部沒有專有名詞的小說：

這一切應被視為由一位——或應該說數位——小說人物所敘述。因為想像事物——這個小說中不可免的原料，這個令自己談論自己的人迷路的凸角堡迷宮，是由幾個面具（戲劇的舞台面具）負責的，它們依據舞台深度而列成梯隊（雖然

---

[7]　見 *Tel Quel*，No.47，1971，p.89。

如此，卻是無人在面具後面）。此書並不選擇什麼，它輪番運轉，它以單純想像事物和批評通道不時地交替運作，但這些通道本身永遠只是一些反應的結果而已：再也沒有什麼比（對自己的）批評更純粹的想像事物了。因此，歸根結柢，這本書的內容是完完全全幻想的。在隨筆的論述（discours）中，這個並不參照任何虛構創造物的第三人稱、它的闖入標示了文體改造之必要性：讓隨筆被承認幾乎是一部小說吧：一部沒有專有名詞的小說。[8]

這個第三人稱「他」的闖入，除了改變文體之外，「他」和「我」在文中扮演的是什麼角色呢？「他」是作者自己嗎？還是「我」？誰是敘述者？誰又是被敘述者？「他」與「我」有主客體之分麼？如「他」是「我」，「我」又是誰？

事實上，《羅蘭‧巴特論羅蘭‧巴特》最弔詭的地方，莫過於封面上的書名，是每一位讀者在看到這本書時就立即感覺到的，它的排列如下：

roland

BARTHES

par roland barthes

這種小寫與大寫混合起來的名字寫法是不可思議的。這裡重複兩次的 RB 之間事實上有一段距離，但並非敘述者與被敘述者之間的距離（因為只用「RB」「自述」亦足以表示二者之間的距離），而是書及其作者（缺席的？）之間的；因為第二個 RB 彷彿猶豫在一條界線之上，不知道該往前或往後劃分；這個距離也就是書名和寫作者名字之間的距離。讀者不禁會產生一些疑問：到底第二行大

---

[8] 《羅蘭‧巴特論羅蘭‧巴特》，p.123、124。

寫的 BARTHES 才是書名，還是三行字合起來才是書名？第一行小寫的 roland 和第三行的 roland barthes 是人名呢？或只是普通名詞？是 RB（巴特）在論自己呢，還是 RB 在論一個叫做 RB 的人，或甚至是，文評家 RB 在寫一部叫做《RB par RB》的書？《RB par RB》，到底這是書名的一部分呢？或是作者的名字？兩者都是或兩者都不是？

　　在第一情形下，由於名字的重複而弔詭地使這本書變成匿名，使這本書沒有作者；但第二種情形也同樣弔詭，名字的重複在此變成一種意外的巧合；書是被一個同名的人所寫，換言之，這本傳記的作者，有著與被他敘述其一生的人同樣的名，同樣的姓。

　　這些疑問令人產生一種模糊的不安，同樣的感覺還來自於頭幾頁的編排：一翻開書，扉頁是 RB 親筆的黑底白色字跡，第一頁幾乎是空白的，除了右下角的謝詞外，第二頁是一張 RB 母親在沙灘上散步的照片，第三頁與之相對的又是同樣排列法的書名，第四頁是 RB 的故鄉白園納（Bayonne）城的照片，第五頁才開始有文字，開頭的幾行是：

> 作為開始，這裡有幾張照片，他們是作者在結束本書時獻給他自己的快樂。

而在書的最後一頁（p.182）上他寫著兩個日期：

> 1973 年 8 月 6 日～1974 年 9 月 3 日

一般的情形下，這應該是指此書開始寫作和結束的日期，但我們注意到書的最後一段竟然是：

> 這一個 8 月 6 日，在鄉間，是一個美好日子的早晨：太陽、暖和、花朵、寧靜、平和、光輝……。

交替、交錯、交織、結束、開始、起頭、結尾、死亡、誕生，書的開始是在巴特結束書的寫作之時，而書的結尾又是他開始動筆的第一天，整本書便在這種距離、對立、交錯，永無休止似的循環中（是否就是巴特所說的「無中心的圓」？──請見下文）開始至結束。作者既是寫者，也是讀者，寫一個叫做 RB 的人，寫一本叫做《RB par RB》的書；他同時閱讀他自己，閱讀他所論的 RB，閱讀他所論的《RB par RB》。讀者既讀 RB，也讀 RB 所寫的 RB，更讀 RB 所寫的《RB par RB》；讀者同時又是作者，不斷解構書中各片段，再為其建構新的意涵，正如 RB 在《批評文集》中說的：一部作品或一個文本的「意義」是不能夠自己產生的；作者所能做的，永遠只是生產「意義」的根據，也就是形式，然後由世界（意指讀者）去填滿它[9]。

## 二、間離效果：「他──您──我」

上述書名排列方式的弔詭和許多對立事物的交錯迫使讀者採取以一種保持距離的閱讀法；來自布萊希特戲劇理論的間離效果正是巴特在本書及許多論著中的一個重要概念。除了不時強調書中內容純屬虛構之外，巴特在許多片段裡都對這一本書加以解釋或批判。他以為，寫這樣一本「主體談論他自己」的書，恐怕會有許多與真實現實相離的地方，比如說，自己談論自己，如何能避免心理主義或自命不凡、自負的心態？其次，以片段方式敘述，更難免會流於格言形式，或盡用狂妄自大、浮誇的詞句[10]。

---

[9] 《批評文集》（*Essais Critiques*），Seuil 出版社，Paris，1964，p.9。
[10] 《RB 論 RB》，p.155。

在一般的作品中，作者的思想見解——無論作者如何客觀，即使如福樓拜的《包法利夫人》亦然——總會在無意中流露其間，更何況是一部「自傳」，自己談自己的書？因此，保持距離是必要的，最好的辦法也許就是巴特所說的：自己拒斥自己的觀點，自己與自己，寫者與被寫者之間保持一段距離。在一段標題為〈「我」的書〉的文字中，巴特寫道：

> 他的「觀點」（思想、見解）與現代性、甚至與人們稱之為前衛的都有一些關聯（主題、歷史、性、語言）；但他拒斥著他的觀點：他的「我」，理性的固化，總是不斷地加以拒斥。儘管這本書表面上看來是由一系列的「觀點」所寫成，但這本書並不是他的思想的書；它是一本「我」的書，一本我拒斥我自己的觀點的書，；這是一本具退卻性的書（它後退，但同時，也許也在保持距離）[11]。

就是這個拒斥、後退、保持距離的概念產生了這本書；距離使我能寫我的閱讀，我的閱讀正是他寫的有關他的閱讀；距離使到一模一樣的東西重複著，可以同時在最近和最遠的地方進行；最近是我的現在，最遠是我的過去。然而，RB 對此亦提出質疑：

> 我的現在有什麼權利去談論我的過去？我的現在有一個欄杆隔開我的過去嗎？什麼「恩典」可以說明我？只有流逝的時間的恩典，或是在我路上碰到的一個理由？。[12]

除開現在與過去之間毫無柵欄，以至於令「我論我」陷入困境之外，「某某論自己」這個叢書的題目無疑地具有一種分析性的意

---

[11] 同上書，p.123。
[12] 同上書，p.124。

義：我論我；但真的能談論我嗎？以什麼樣的方式？什麼樣的角
度？什麼樣的我論什麼樣的我？像我站在鏡子前看到鏡中反映出
來的我嗎？然而，鏡中反映的也不過是想像的事物罷了，因為：

> 鏡子的光線如何向我反射、對我起反應？在這個衍射區之外
> ──這衍射區是我唯一可以投注目光的地方，不過，卻永遠
> 無法驅逐它，而它即將要談論我──有一個現實，還有一個
> 象徵體系。從現實到另外一個、到轉移、到讀者，我完全沒
> 有責任（我的想像就夠我忙了）[13]。

我在這件事情之中不能負起任何責任，如何談論一個原本即虛
幻和想像之物：鏡子的反射？更甚的是，巴特認為這本書全是由一
些他所不知道的東西所造成的，那就是無意識和意識形態；而這一
些，原只能由別人的聲音說出來的。巴特將自己置於舞台──即文
字──之上：

> 像那樣，透過我的符號體系和思想體系，因為我是其盲點（屬
> 於我自己的，是我的想像，我的幻覺：也就是此書的由來）。
> 談到心理分析和政治批判，我只能像歐菲（Orphée）那樣去
> 處理：從不回頭，從不去看它們，表明它們（或是如此之少。
> 我的詮釋在想像的馳騁之中，還能添加什麼？）（pp.155-156）

對巴特而言，說明自己、註解自己無疑是一件頂乏味的事，也
許只有一個解決辦法，那就是重寫自己，而且是現在的我。但是，
當我把一個陳述行動（énonciation）加入書籍、主題、回憶和文本
之中時，我自己永遠都不知道，到底我在說的是我的過去還是我的

---

[13] 同上書，p.156。

現在（p.145），因此，「自傳」在巴特的眼裡，就像是一個雜湊起
來的補綴物品，而且是偏執妄想的，只停留在表面上而已：

> 我就這樣將一個拼湊起來的補綴品、一個以小方格縫綴而成
> 的狂想覆蓋布、扔到寫作的作品上，扔到已經過去的生命
> 上，不必深入，我留在表層上，因為這次談的是「我」……
> 深度是屬於別人的。[14]。

　　無論是想像、幻覺或是拼湊，有一點可以肯定的是，這絕不是
一本「懺悔錄」，並不是說它不夠真誠，巴特解釋說，而是因為我
們今天的知識，一定會與昨天的不一樣；這知識可以歸結為：我所
寫有關我的東西，永遠不是最後一個字；在「歷史」、「意識形態」、
「無意識」等這些迫切需求的眼中，我越是真誠誠懇，我就越能被
解釋說明，而從前的作者認為，只要屈服於唯一的法則──真實性
──之下即可。

> 我所寫的文章（文本）開啟向這些不同的將來，它們會一篇
> 一篇的自行分開，沒有哪一篇能夠領導或超越另外一篇，而
> 這一篇也只不過是再增加的一篇而已……論文本的文本，但
> 它永遠都不能闡明什麼。[15]

　　巴特在此所說的「寫有關我的東西」絕不是指「我」的每天流
水帳作息報告。在一段題為〈作息時間表〉的片段中，巴特開始描
述：「假期中，我七點鐘起來、我下樓、開門，替自己泡了茶，為
等在院子裡的鳥弄點麵包屑，我梳洗，撣去工作桌上的灰塵，清理
煙灰缸，剪下一枝玫瑰，聽七點半的新聞。八點，輪到我母親下樓，

---

[14] 同上書，p.145。
[15] 同上書，p.124。

我和她一起吃早餐，兩個水煮蛋，一片烤麵包和不放糖的黑咖啡；八點十五分……。」（p.84）一直寫到深夜上床看書為止，但巴特接在後面說：

> ……這一切都毫無意義。而且，不僅您標示了您的階級隸屬，您還更把這種標示變成懺悔錄文學，它毫無價值，早已不被接受：您在幻想著任命您是『作家』，或更糟的，您自個兒任命自己。（p.85）

在這一段文字裡，巴特表達的不僅是抨擊傳統的、或是大部分人所以為的「傳記」或是「文學」那種毫無意義、價值的第一人稱流水帳敘述，而且在同一片段中，聲音更從第一人稱轉為敬體的第二人稱。正如張漢良在〈匿名的自傳作者羅蘭‧巴特／沈復〉一文所指出的，聲音的轉換是《RB 論 RB》的特色，其「功用之一是將中心從結構中泯除，把永遠現存的自我從自傳中消滅。」[16]

這個「您」不時會在「我」和「他」之間出現，帶著一種嘲弄性的批判口吻，就如上文所引的〈時間作息表〉。這三種不同的人稱代名詞在〈孤獨的想像事物〉片段中，對其各異的功能作用表達得最為明顯清楚：

> 直到目前，他一直都持續地在一個大體系（馬克思，薩特，布萊希特，符號學，文本論）的監護之下作研究。今天，他覺得他能毫無掩飾地多寫些；沒有任何東西支持他，除了還是一些過去的語言面（因為要談論就必須要有別的文本作為支柱）。他說這些並沒有自命不凡，那是可以伴著一些獨立的宣告的，而且也沒有造作的憂愁，人們用來招認孤獨的那種；而是向他自己解釋今天所覺得的不安全感，也許更甚的

---

是，一種向微不足道的事情退離的模糊痛苦……

——您在此做的是謙虛的聲明；因此您並沒有脫離想像，而且是最糟的想像：心理學的。……的確，您在後退。

——但，正說著，我逃脫了……（凸角堡繼續著）」[17]。

在這一大段文字裡面，「他」是被巴特說的巴特，「我」是一個沒有名字，現在正在寫作的人「我」，「您」是嘲弄的批判者，三者輪番出現使原來只描繪「他」的畫像，由於「您」而變成一幅自畫像（我）。三者之間，「您」是「他」的觀者，卻是「我」的寫者，同時又是 RB 看 RB 的眼光，以及正在寫作的「我」。「您」在此既是「他」，也是「我」，是在轉變成第一人稱動作中的第三人稱，而這也是一個反省和自我剖析的自反性動作。

書中，從「他」到「我」，從未完成過去時態到現在時態；但巴特並不是很規律也不是平行的如此使用它們，有時候「他」以現在時態，有時「我」又在過去時態。「您」在文中也不時以兩種不同的時態出場，扮演它特別的角色。

巴特曾分析書寫主體的「演變」，它是隨著它所論述的作者之意願漸進地演變的；但巴特指出他所談的作者並不是「起感應的客體」，而是引領我去談他的東西：在它的允許之下，我才能影響我自己：我所說的有關他的話迫使我想到關於我（或不想）（p.110）。因此，「他」在書中並不是一個不在場的缺席者，而是被揭開、被指認的我。「您」則是一個置身一旁冷眼觀看舞台（包括他自己在內）演出，偶爾冒出來嘲笑別人的「我」。

巴特在分析這三個人稱代名詞時指出：文中，「我」動員了想像，「您」和「他」則動員了妄想狂；但一切可以隨著讀者的閱讀而有如波紋閃光的反射那樣翻身回頭的。巴特以為，在「我（moi

---

[17]　《RB 論 RB》，p.106。

受格）我（je 主格）」中，主格的我可能不是受格的我，因為主格我把受格我以一種荒誕滑稽的方式擊碎了，「我可以對我說『您』，像薩德（Sade）曾做的，為了要把我體內那個書寫（écriture）的工人、製造者、生產者，從作品的主體（作者）那兒鬆解開來；另一方面，『不談論自己』的意思可以是：我是那個不談論他的人；而討論自己時用『他』，意思可以是：我談自己有如一點死亡，在一層妄想的誇張薄霧之中……。」（p.171）

巴特在另一片段中敘述說，有一位美國學生誤將主觀性和自戀癖混為一談，也許他以為主觀性就是談自己，而談自己都會說好話。巴特認為他之所以有這種誤解，是受了「主觀性／客觀性」這一對詞語之害。然而，巴特以為他自己的書中並沒有主觀性，主觀性可以回到螺線的另外一處，它已被解構、分裂、放逐、無所憑依；那麼，「主觀在別處，既然『我』不再是『自己』，為何不談論『我』？」[18]

## 三、無中心的圓：多元性自傳

在巴特如此反覆解剖、批判這本「自傳」之後，我們看到，在這本《RB 論 RB》中，巴特的「畫像」是由許許多多斷裂的例詞（paradigmes）和標題繪製而成，就如巴特自己形容的，是一種補綴品。與其說它是一本書，毋寧說是一份摘要、一個引得、推論型的引得，屬於文學批評和批評理論的引得。每一片段的標題照字母順序編排依次出場，而這些範例全應用到自己身上，這個自己又正可能變成文本（texte）本身；於是這個文本與寫作的自己便合而為一，一個生命的存在可以由此轉變成為一個書寫；也可以說，一個書寫由此轉變為一個生命的存在。

---

[18] 同上書，p.171。

　　這一幅巴特的畫像，由於是巴特親手所繪，所以不是別人畫的巴特的畫像，但它也不是一幅自畫像，因為巴特並沒有照著鏡中的自己如實描繪，相反地，它有如經由一種透視法，巴特將巴特切割成多面體，多層面，再以多重角度一一審視，不間斷地反省自己，冷靜地、不煽情不濫情地描繪自己，並且還批評自己畫像的程序。馬漢（Louis Marin, 1931-1992）在論此書的特性時，為這種透視法創了一個新詞「自我透視像」（autoptyque）來分析如此「複性」多元的一幅畫像[19]。

　　正因為要自我透視，文中的「我」便不時的變化為「他」或「您」。巴特曾指出，一般來說，「我」是旁觀者、目擊者，而「他」是演員，沒有第三人稱，就無法產生小說[20]；而我們知道，「自傳」正是巴特的「一部沒有專有名詞的小說」，或是「不敢說出名字的小說」（見上文）。前述引文中，我們看到，敘述者與被敘述者就像是舞台上的戲劇面具，不斷以「我」、「他」、「您」的身段，輪流出場；或者應該像巴特所強調的，這本書最重要（巴特用了 vital，亦有「與生命有關」、「生死攸關」之義）的努力，是將想像事物搬上舞台，而「搬上舞台」對巴特的意義是「將舞台布景的撐架分段放置，分配角色，制訂層次等級，為舞台上的腳燈造一個不明確的欄杆」。因此，重要的是應依據想像事物的度數來對待它，我們從書中的片段可以得到它的若干度數，不過，困難的是，這些度數就像酒精度或痛苦度那樣難以為它們編號[21]。

---

[19] Louis Marin，〈《RB 論 RB》或中性自傳〉，見 *Critique* 期刊第 423-424 期，p.734-743。

[20] 見《書寫的零度》（*Degré Zéro de l'écriture*），Seuil 出版社，Paris，1972 年版，p.29。

[21] 《RB 論 RB》，p.109。

在這場把想像搬上舞台演出當中，由於舞台腳燈的欄杆不明確，「我」將會是一名觀眾，但也是舞台人物之一，帶著面具。在台上的演出者（我是其中之一）就是巴特這本「小說」中的眾多形象（figures）。想像事物依照深度而分級列隊，而這本書又是一個「用以維持生命」（vital）的工作，它使人活著，這個幾乎與身體在一起的、非常接近的生活就置身於那些想像演出、場景分配、角色調度、層次建立等等之上，這一切，可以總括為「在疏遠的間距之中」，因而「我」才寫了《RB 論 RB》。

可是這個「我」為什麼又必須戴上「他」的面具？巴特經常提到的間離效果（distanciation）概念是得自於布萊希特的戲劇理論，因此，雖然談論的是自己，卻要說「他」，那是因為：

> 我談自己有如一點死亡，在一層妄想的誇張之薄霧中，或甚至於：我是以布萊希特的演員方式談自己，他必須與其飾演人物保持距離：「指出」他而不是體現他，並由他去承擔，就像彈指那樣一個輕微的刺激，其作用是使他的名字脫離他的姓、使形象（image）離其支柱、使想像離其鏡子，（布萊希德建議演員要把他們扮演的角色全想成第三人稱）[22]。

我們在上文曾指出，《RB 論 RB》的另一特點就是他的隨筆文體。事實上，《RB 論 RB》並不是巴特第一部以片段形式寫成的書。他自己說，早在 1942 年的第一篇文章便是以片段完成，因為「不連貫不一致總比變形的整齊秩序要好」。從此以後，他再也沒有間斷過寫短篇幅的文字（p.97）。在一篇畢宏（Normand Biron）的專訪中，巴特回答為何偏愛片段式寫作時，承認原先是為了反對學校文化所重視的論說文書寫類型而採取的一種策略。此外，巴特

---

[22] 同上書，p.171。

個人對片段的不連續性和簡短扼要的表達方式特別欣賞，尤其對日本俳句[23]的簡潔美學有偏好。因此在寫《文本的快感》(*Plaisir du texte*)和《RB 論 RB》時都採用了同樣的形式。巴特認為論說文總強迫必須有一個終結意義，因此我們往往要去建構一個意義、一個道理來做結論，以使我們在文中所論的能具有一個意義。而巴特自己是主張把意義偏離中心、免除意義的，甚至還要擊退它或銷毀它[24]。

《RB 論 RB》全書即以這種中斷了又重新開始的堆疊方式完成。片段的安排還是有一個順序的，可是這順序從何而來？根據什麼？巴特承認他自己已無法記得；但他以為如此一個依照字母排列的順序會抹滅一切，銷毀任何根源。因此，有時候，字母順序會提醒我們無秩序中的秩序；但基於同樣道理，有時也必須打掉這字母順序（p.151）。因而，在閱讀時，讀者可以任意的由任何一頁任何一段切入，完全與全文的連貫性無關。每一片段本身是一個開始，也是一個完結，雖然依字母順序編排，但段與段之間絲毫無連續性，也沒有時間上的順序。作者固然可以在寫作時享受到一個如此多元多向的樂趣，讀者在閱讀時亦未嘗沒有得到同樣的快感。這種切分方式的堆疊也許正是自我剖析、自我透視的一種方法規則。巴特就在談到以片段方式書寫時，指出這一個沒有中心的圓，也就是他的「意義偏離中心論」：

> 以片段書寫：片段是圓圈周圍的小石塊：我把自己散開成圓圈，我整個小宇宙化為碎片，而在中心的，又是什麼？[25]。

---

[23] 民 81 年 3 月 13 日聯合報副刊上有一篇柏谷寫的〈小說的極限和極限小說〉討論羅蘭・巴特的作品和日本俳句的「短」。

[24] 見 *Revue d'Esthétique*，No.2，Sartre/Barthes 專號，p.106。

[25] 《RB 論 RB》，p.96。

　　傳統的觀念認為任何的圓或任何的結構都應有一個中心，一個顯現的定點或固定的根源，這個觀念若表現在自傳中，中心點便是一個可以辨認的人物，被敘述者或敘述者自己。然而在巴特的自傳中，「我」並不是一個固定的定點，它不時幻化成「他」或「您」，游走於各種面具紛陳的舞台上，讓人不易辨認。因此，傳統的觀念就是巴特經常大力抨擊的「大眾觀點」或「輿論」（Doxa），而巴特這個沒有中心的圓就是與 Doxa 相反的「反論」（或「弔詭」paradoxa）。巴特認為再沒有比 Doxa 更糟糕的東西，完全不能以內容而只能以形成來定義它，偏偏這個形式很糟，因為是經由「不斷重複」才能造成大眾流行觀點，這種重複是一種死的重複，不來自任何人身上，或應該說，它來自「死人」身上。為了抗拒這種不能忍受的大眾意見，巴特建議假設一個弔詭、反論，但是這個弔詭慢慢會膠著，它自己也凝固成一個新的大眾觀點，因此，必須再往前走向另一個新的弔詭[26]。

　　巴特這個觀點亦曾用在文學的分析上，作家不斷在反省、革新、力求突破，追求一種自由的「白色書寫」；可是在原先的「自由」之處，漸漸有一套僵硬規律在形成，於是創新的作家又成為他一手創造的形式神話的囚徒[27]。一模一樣的進程：輿論──反論──輿論。

　　巴特這個「自傳」便是以這些反常的 paradoxa 之片段構築成文本，內容虛構、形式弔詭、角色混亂、身分迷失、完全失去名姓、生平和故事的作者、寫者和被寫者，演員和觀眾，自由進出表演舞台（文字）上。巴特這一幅非自畫像的自我透視像也是一部理論──批評性、知識性、文學性的小說，套巴特自己的話，它屬於「並非

---

[26] 同上書，p.75。
[27] 見《書寫的零度》，p.57。亦請參閱拙著〈羅蘭・巴特文學社會學論述評析〉一文對此之分析。

寫實、卻是正確的小說」（p.108）。讀者在閱讀《RB 論 RB》時所感受到的「距離」印象新奇而微妙；這篇文本，沒有重點，沒有中心，沒有起點也沒有結尾，它是一個圓，也可以說，每一片段都可以是起點或結尾、或中心：或如我們在本章開始時指出的，這本書的頭一行敘述的是寫作結束時之事，書末最後一段又是全書開始寫作時發生的事情。這樣一篇文本，與它的作者、寫者、主題、作用、它所帶來的欲望和快感等，都是時近時遠，既近又遠，同時具有既存在又不存在，身在其中又保持疏離的多重效果。這一幅畫像，這一本小說，由「數位」小說人物所寫所敘述，任由讀者自由進入或躍出，其意義正是巴特常用的一個詞：「複性」（Pluriel）；不論巴特是否同意，這正是一部多元性的「自傳」。

## 參、文學：科學，模擬，記號過程

### 一、作者的死亡到書寫的誕生

　　巴特去世後[28]，法國二十世紀繼薩特之後最具獨創性和影響力的思想家米榭・傅柯（Michel Foucault, 1926-1984）在法蘭西學院一次院會中，以感人的語氣敘述二人之間的情誼，並極力讚揚巴特的成就：

---

[28] 巴特於 1980 年 2 月 25 日下午約三點四十五分，在法蘭西學院門前，欲穿越馬路時為一輛貨車撞倒。一個月後，於 3 月 26 日午後一時四十分逝世，醫生以為車禍並非死亡主因，而是巴特年輕時患的肺病所致。但巴特多位友人認為其母去世對巴特的打擊才是不可忽視的原因。此據葛爾威（Louis-Jean Calvet）著之《羅蘭・巴特》一書，Flammarion 出版，Paris，1990，p.295 及 p.300。

數年前，當我向各位建議接納他成為各位的同事時，他在公認的光芒中，二十多年來努力不懈的工作，其獨創性和重要性讓我不必提及我對他的友誼以支持我的要求。[29]

……

當各位投票給他的時候，各位已認識他了。各位知道自己所選的是一位罕見的人物，在智慧和創作雙方面都能保持平衡。各位選的是一位具有了解事物，就如事物本身的反論能力，再以前所未見的清新來創造它們的人。各位很清楚自己選的是一位偉大的作家，我要說的是單純的作家和一位令人讚嘆的教授，對聽他講課的人來說，他的教學不是在上課，而是在經歷一種經驗。[30]

　　儘管傅柯和巴特二人之間曾不相往來達十年之久，但在巴特前往見傅柯並請其推薦至法蘭西學院講學時，傅柯不計前嫌地予以幫助。1976 年，巴特終於以一票之險，得以在法蘭西學院開設「文學符號學」（Sémiologie littéraire）講座。這一點，對巴特來說是非常重要的。長久以來，他因只有學士學位、又未曾考取大學教師學銜（agrégation），一直被拒在大學和學院之外而深感痛苦；進入學院於巴特是具有「平反」的意義的[31]。

　　巴特那篇發表於 1977 年 1 月 7 日，在法蘭西學院「文學符號學」講座上的著名《就職演說》（Leçon），內容在於探討文學教學、文學理念、文學本身的出路以及文學符號學的要旨。對巴特而言，文學與書寫和文本這三者之間是可以劃上等號的：

---

[29] 見法蘭西學院 1979-1980 年報，p.61。
[30] 同註 29。
[31] 見葛爾威著，《巴特》，pp.255-256。

　　我因而可以不加區別地使用文學、書寫或文本。[32]

　　有關「書寫」的概念，早在巴特的第一部著作《書寫的零度》（*Degré Zéro de l'écriture*）中即已開始建立，他將之定義為「文學語言的意識形態性和社會性的應用」：

> 書寫是一種功能：它是創作與社會之間的關係，它是因社會用途而被改變的文學語言。[33]

　　後來在《薩德，傅立葉，羅尤拉》（*Sade, Fourier, Loyola*）一書中，書寫又變成主要意識形態論述的倒錯，它不再被理解為作家向社會應盡的義務，而是一種文化解放後的行動：

> 一篇文本的社會作用……既不能以大眾利益也不能以社會經濟反映的程度來衡量……而應以一種強力來衡量它；這種強力讓它超出社會、意識形態、哲理所委身的法律而使它們能在一個美好的歷史運動中協調一致，這個超出部分的名字叫做文學。[34]

　　無論書寫的定義是第一種還是第二種，巴特對書寫的一個重要概念是：「書寫是各種聲音和各種起源的滅絕」[35]，因而書寫的誕生是在作者走入死亡之時。

　　巴特的〈作者之死〉是他最著名且最具影響力的評論文章之一。在這篇論文裡，巴特強烈質疑傳統的文學理念。巴爾扎克在其小說《薩拉辛》（*Sarrasine*）中，有一段文字描述喬扮女裝的歌手

---

[32] 見《就職演說》（*Leçon*），Seuil 出版社，Paris，1978，p.17。

[33] 見《書寫的零度》，p.14。

[34] 見《薩德，傅立葉，羅尤拉》（Sade, Fourier, Loyola），Seuil 出版社，Paris，1971，p.16。

[35] 見《語言的微響》，p.61。

之女性特徵、情緒。巴特認為這一段文字的本源是難以查尋的，到底是誰在說這些話？是小說的主角薩拉辛嗎？是因個人經驗而對女性有所了解的巴爾扎克本人？是作者巴爾札克運用了一些「文學」概念來描寫女性？是敘述者？是作者？作者——巴爾扎克，還是男人——巴爾扎克？是一般的常識智慧？是小說的心理學？是浪漫主義？還是布爾喬亞階級？巴特認為正是這種種本源的交匯才形成了「書寫」[36]，可是，他又說：

> 我們永遠都無法知道；原因是：書寫是各種聲音和各種起源的滅絕[37]。

對巴特來說，書寫是一個不及物的動詞。當一件事情被敘述，不及物就是它的目的，而並非為了對現實直接起作用。換言之，到最後，除了象徵的運用，它已置身於一切功能之外，這個時候，這種脫離就會自動產生：聲音失去起源，作者走進他自己的死亡，<u>書寫才真正開始</u>。從語言學的立場來看，作者不是別人，正是寫作的那個人；就像「我」，一定不可能是在說「我」的那個人之外的人。因此，語言需要的是一個「主詞」，而不是一個「人」。在為這個主詞定義的陳述句子之外的地方，這主詞事實上是空的，但它卻足以「支撐」著語言，把語言用盡。為了建立作者已死的新概念，巴特引述了馬拉美、梵樂希和普魯斯特等人的創作理念來烘襯他的論點。他以為書寫只是不斷地提出意義，又不斷地加以銷毀，它所追尋的是如何有系統地「廢除意義」。因此，我們必須推翻神話，以便還給「書寫」它自己的未來：讀者的誕生必須以作者的死亡作為代價[38]。

---

[36] 對巴爾扎克的《薩拉辛》，巴特在《S/Z》（Seuil 出版社，Paris，1970）一書中有非常詳盡的閱讀實踐和細膩的解讀分析。本文所引的這一段分析在《S/Z》，p.178。

[37] 同註 35。

[38] 《語言的微響》，p.63 及 p.67。

巴特在此的「書寫」概念：作者死、讀者生，和廢除意義等觀點，我們都曾一一在《羅蘭‧巴特論羅蘭‧巴特》的分析（見上文第二章）中探討過，巴特的自傳正好為他這些概念作一註腳。

## 二、文學的三種力量

法蘭西學院的教學是完全自由的，因此，學院對巴特而言是一所「權勢之外」的學府。然而，越是自由，就「越需要探討在什麼條件下，按照甚麼程序，論述（discours）可以擺脫任何的攫取意志」。[39]這種探討是巴特開設「文學符號學」講座最深刻的教學構想。

巴特指出，權勢是無所不在的，它不但是一種典型的政治現象，也是一種意識形態現象，無孔不入，在社會交流的各種精巧機構中：國家、階級、集團、時尚、輿論、演出、遊樂、運動、新聞、甚至是家庭、學校、教會及企圖對抗權勢的解放運動中。權勢到處存在是因它寄寓於語言（language），或更精確地說，於語言結構（langue）之中[40]，語言是一種立法（législation），語言結構是法規（code）。一般情形下，我們看不到存在於語言結構中的權勢，因為我們忘了任何語言都是一種分類現象，而分類就必然具有壓制性：秩序同時意味著分配和威脅；而語言因其結構本身而含有不可避免的異化關係。說話（parler）或論述（discourir）絕非溝通交流，而是奴役、使人屈服。換言之，所有的語言結構都是一種普遍化的支配力量（p.13）。

由於權勢寄寓其中，語言勢必為權勢服務，最後語言結構中的奴役力量必然會與權勢結合。巴特認為唯一可以逃避這兩種力量的選擇是文學：

---

[39] 《就職演說》，p.10。
[40] 同上書，p.12。

用語言來弄虛做假和對語言弄虛做假，這種有益的弄虛做假（tricherie），這種躲躲閃閃，這種輝煌的欺騙使我們得以在權勢之外去理解語言，在語言永久革命的光輝燦爛中理解語言，我願把這種弄虛做假稱之為文學。[41]

然而巴特所理解的「文學」與傳統的文學理解迥異，他並「不把文學理解為一組或一套作品，甚至也不理解為交往或教學的一部分；而是理解成有關一種實踐踪跡（traces d'une pratique）的複雜字形記錄：就是寫作的實踐。因此，對文學來說，我主要關心的是文本（texte），也就是構成作品的能指織體（tissue des signifiants）」（p.16）。

巴特指出文本是語言的外顯部分，而且，正是在語言內部而使語言被抗拒或偏離正軌。因此，在巴特的文學觀裡，文本事實上是與文學或書寫是同義的；而文學中的自由力量則取決於作家對語言所作的改變（p.17）。

在文學的各種力量中，巴特特別提出三種來加以討論：一是科學（Mathésis），二是模仿（或摹擬 Mimésis），三是記號過程（Sémiosis）。

## （一）從科學到文學

文學與科學的關係可以先從兩者的特徵談起，巴特認為文學具有科學的所有次要（不能下定義）的特徵：

一、兩者的內容一樣：任何一門科學科目都曾被文學論述過，作品的世界是一個完整的世界，各種知識在此都擁有一席之地。

---

[41] 同上書，p.16。

二、兩者均是有系統有方法的：會因派別和時期的不同而有不
　　同的研究方法。

三、兩者均有自己的道德觀：服從於某種絕對的精神下。

四、兩者都是論述，但構成語言則以不同方法取得。

對科學而言，語言只是一種工具，越透明越中性越好；但對文
學來說，語言不再是社會的、情欲的或詩意的「現實」之便利工具，
或是一種豪華裝飾品。現實存在於語言之先，語言只負補充性質的
責任來表達現實；語言是文學的生命，甚至是它的世界，整個文學
都容納在書寫的行動之中。此外，文學一直都是科學，舉凡人文科
學所發現的一切：如社會學、心理學、精神病學、語言學等，文
學早就知道；唯一的差別在於：文學沒有「說」出來，它只「寫」
出來[42]。

此外，由於科學是概略性的，而生命又是精微的，文學的重要
性在於可以調整這兩者之間的差距。文學聚集的知識既不全面，也
非確定不變。文學從不說它知道什麼，只說它聽說過什麼，或說它
知道有關的什麼，即是有關人的一切。巴特認為，按照科學論述來
說，知識是一種陳述（énoncé），但在書寫之中，它是一種陳述行
為（énonciation），因此，寫作使知識成為一種歡樂（fête）[43]。

## （二）文學的再現力

對於文學的第二種力量：模仿，也就是文學的再現能力，巴特
的看法是：文學是絕對現實性的（就知識而言），現實是文學中欲
望的對象，然而現實總是無法再現，我們只能求助於文學史作為現

---

[42] 見《語言的微響》所收之〈從科學至文學〉，pp.13-20。
[43] 《就職演說》，p.20。

實的再現。巴特抨擊說，如果文學史滿足於將各種流派串連在一起，卻又不指出其間的重大差別的話，文學史就不是正當的。因為，正是這種差別揭示了書寫的預言觀：改變語言（p.23）。任何一位作家想要獨力反對語言權勢幾乎是不可能的事，他或是轉移，或是固執己見，但兩者都是一種遊戲方法。巴特在此以齊克果和尼采為例來表明語言的不可能領域：一位不斷使用假名寫作，另一位則在他寫作生涯結束時，達到了戲劇化的極限（p.28）。

## （三）作為記號過程的文學

文學的第三種力量是符號學力量，這種力量並不用來消除記號，而是擺弄記號，將記號置於一種已拔除制動器和安全栓的語言機器裡，換句話說，即是在奴性語言的內部建立起各種各樣真正的同形異質體（p.28）。

巴特將符號學定義為記號的科學，是通過運作性的概念從語言學中產生的。語言結構與論述之間的區別，只有在它被當作一種暫時的運作程序時才會出現，這種區別就是某種要「離棄」的東西（p.31）。1968 年 5 月學潮之後，權勢本身分化擴展，人們到處都看到解放的呼聲：社會解放、文化解放、藝術、性……等等，它們都以權勢論述形式來表達；但是巴特以為，人們雖然使從前被粉碎的東西重新出現，卻不知道他們也同時粉碎了其他的東西（p.34）。

巴特的符號學給予「語境論」以新的重要性，對巴特來說，文學無論是創作還是閱讀，都是從文化中不停地抽取引文；在非文學世界之中，文學就成了無法穩定的符指過程。文學批評的任務已不再是尋找作品的意義或結構模式，而是探討在閱讀當中，作品本身

是如何被剝開每一層所指來變成新的能指，變成一個複式的表意系統[44]。

關於文學作品的意義，巴特在《S/Z》中區分了可讀性（lisible）和可寫性（scriptible）兩種文本。可讀性文本的意義單一，是死亡的文本；可寫性的文本則意義豐富多元，因此，越是適合多元化分析的作品就越是理想的好作品[45]，因為，讀者可以在閱讀當中重寫這些文本，給予更多的不同的意義。

## 肆、結語

巴特在那鐸（Maurice Nadeau, 1911- ）一次以〈文學往何處去?〉為主題的訪問錄中（1973 年 3 月 13 日廣播電台播放），認為要回答這個問題，只能勉強說「走向滅亡」；而在《就職演說》中，要論及人們對文學力量的運用已遭改變時，卻有一段發人深省且頗富說服力的話。巴特認為，自解放運動以來（指第二次世界大戰時期之 Libération），有關法國大作家的神話，也就是有關最高價值的神聖託管者之神話已解體消散，兩次大戰之間最後一批大師的逝世也使這些神話瀕臨終結，一批新型人物登場。但巴特不知道該如何稱呼他們：作家？或知識份子？書寫者？總之，從前文學的統治局面已經消失，作家再也不能耀武揚威。此外，1968 年 5 月學潮也暴露了教學的危機，舊的傳統價值已不再被傳承、不再流通、不再引人注意。文學被非神聖化，學校再也無力保護文學，或強制使它成為人類的潛在楷模。儘管如此，巴特還是揭示了一個新境域：

---

[44] 見趙毅衡著，《文學符號學》，中國文聯出版公司，北京，1990，p.252。
[45] 《S/Z》，Seuil 出版社，Paris，1970，p.16。

這並不是說文學已被消滅，而是說文學<u>不再被守護</u>。因此，
這正是走向文學的時候，文學符號學應該是這樣一種旅程，
它使我們踏上一處因無人繼承而成為自由的土地。在那兒，
天使和魔鬼都不再保護它；我們的目光不無任性地、可以落
在古老而美好的事物上，它們的所指（signifié）是抽象的、
過時的。這是一個既頹廢又具預言性的時代、一個溫和的啟
示性的時代，是一個含有最大歡悅的歷史時代。[46]

經由以上對《羅蘭‧巴特論羅蘭‧巴特》和《就職演說》的論
述分析，我們不難從中得到一個結論：儘管巴特的著作具有多樣多
變的面貌，但在這兼容並蓄的外表下，卻是一種堅定不變的思想，
就是惹內特（Gérard Genette）所說的：「巴特是具有原則的開向現
代思想差異最大的各種潮流」[47]，或像巴特自己承認的：

我常夢想不同的批評語言或是一個「參數方程」的批評能和
平共處，它可以隨著向它接觸的作品的語言而作調整。[48]

巴特的「自傳」，正是其理想的具體實踐文本，它是多元的，
一如他其他許多著作；而他的文學是具啟示性的，開向更多的可寫
性文本。

---

[46] 《就職演說》，p.41。
[47] G. Genette，*Figures I*，Seuil 出版社，Paris，1966，p.186。
[48] 《批評文集》，p.272。

# 第三節

## 羅蘭‧巴特文學批評觀析論

## 壹、前言

　　在法國，甚至在歐美的文學評論領域裡，羅蘭‧巴特是一個具有深遠影響力的名字。不論贊成他或反對，喜歡他或厭惡，我們都無法否認他是二十世紀法國思想界和學術界最重要的人物之一。

　　巴特的興趣廣泛，研究主題隨時改變，完成著作可說是卷帙浩繁、多樣多姿。巴特之所以會不斷變換觀點立場，是因為只要他提出某一想法，當這種想法形成觀念表達出來後，就足以使他不再感到興趣；但是這種不斷地改變並不是由於輕佻浮躁，而是因為，正如托鐸洛夫（Tzvetan Todorov, 1939- ）所說的，他對於思想、見解在不同的時間裡所持的不同態度；作為如此的一位公眾作家，巴特所操心的是如何為一個思想尋找到最好的表達方式，雖然這並不一定能夠讓他自覺地接受它[1]。也因此，巴特隸屬於許多當代的主要流派，但同時也不屬於任何派別；我們可以在巴特的著作中，看到他所研究的對象包羅萬象（戲劇、電影、廣告、時裝、社會新聞、

---

[1]　見托鐸洛夫著，《文學批評的批評》（*Critique de la critique*），Seuil 出版社，Paris，1984，p.76-77。

文學：古典的、現在的、傳奇性的、等等），流露其間的企圖亦是
多樣的：在《書寫的零度》中，他思考的是風格、書寫和語言的概
念以及歷史與社會的關係，這是索緒爾（Ferdinand de Saussure,
1857-1913）和薩特（Jean-Paul Sartre）的延續；《米舍萊自述》
（*Michelet par lui-même*）則借自巴什拉（Gaston Bachelard）的實
體論心理分析法來解碼米舍萊態度的一個主題；《論拉辛》（*Sur
Racine*）中以心理分析的語言來作一種既是結構式又是分析法的研
究；《批評論集》（*Essais critiques*）中有布萊希特的疏離效果，也
有〈文學，今日〉那樣的結構主義文章；還有其他有關符號學、結
構主義分析、文本論、道德觀念等不同的主題著作。要了解巴特如
此多變的真正原因，我們可以從《羅蘭・巴特論羅蘭・巴特》一書
中找到相當可靠的解答。

## 貳、從書寫的零度到文本的快樂

　　雖然巴特在他這本自傳[2]中不斷提醒讀者應視之如一部小說，
並極力企圖以「他」這第三人稱來掩飾「我」的真正面目，但我們
仍能從字裡行間得到許多珍貴的秘密和招供。在標題為〈孤獨的想
像〉的片段中，巴特說：

> 直到現在，他一直連續不斷地在一個宏大的體系守護（教導）
> 下作研究（馬克斯、薩特、布萊希特、符號學、文本）。今天，
> 他覺得他坦白寫得較多；沒有任何支持他之物，除了還是過
> 去的語言面（因為，要說話，就必須要靠其他文本支撐）[3]。

---

[2] 可參閱筆者所著〈羅蘭・巴特自傳觀與文學觀析論〉一文，刊於《思與言》
　　第三十卷第三期，臺北，1992 年 9 月，頁 187-218。
[3] 見《羅蘭・巴特論羅蘭・巴特》（*Roland Barthes par Roland Barthes*），Seuil

另外，在題為〈階段〉的片段中，巴特列了一個表，標明他在每一個階段的守護（受教）體系[4]：

| 文際 | 類屬 | 著作 |
|---|---|---|
| （紀德） | （渴望寫作） | |
| 薩特 | 社會的 | 書寫的零度 |
| 馬克思 | 神話學 | 戲劇評論 |
| 布萊希特 | | 神話學 |
| | | |
| 索緒爾 | 符號學 | 符號學要義 |
| | | 時尚體系 |
| 蘇萊爾 | | S／Z |
| 柯莉絲德娃 | 文本性 | 薩德、傅立葉、羅尤拉 |
| 德希達 | | 記號帝國 |
| 拉岡 | | |
| | | 文本的快樂 |
| （尼采） | 道德觀念 | 羅蘭‧巴特論羅蘭‧巴特 |

巴特對這一個表做出七點說明：

一、「文際」欄並不必然就是影響場域，不如視之為一種修辭格、隱喻、思想－辭彙等的音樂；是汽笛一般的能指。

二、在此表中的道德觀念應理解成道德的反義，是視語言如人體的思想。

三、起先是介入（神話學的），繼之是假想（符號學的）然後是分裂、片段、句子。

四、在時期與時期之間，自然會有部分重疊之處，也有重複、類似、殘存的地方；通常是雜誌上的文章最常出現這些情形。

---

出版社，Paris，1975，p.106。
[4] 同上書，p.148

五、每一個階段都是反應性的：作者是因環繞著他或他自己的
　　論述（discours）而作出反應。

六、舊的去，新的來，反常倒錯一來，神經官能就走，這指的
　　是在政治和道德的頑念之後，繼之而來的是一種反常狂樂
　　為之解結的科學狂熱。

七、時間、作品劃分成演變發展的各階段──即使只是想像的
　　──可以使人容易作知識層面的溝通：人家想被理解[5]
　　（「人家」在此指巴特自己）。

　　根據這些「供詞」，我們可以為巴特的思想、理論之形成和發
展過程作較詳盡的分析；而這個分析對下文將要探討的文學批評觀
來說是不可或缺的。

　　從上表所列得知，巴特真正受到「教導」而開始寫作的第一個
「體系」是薩特和馬克斯的思想體系。受到此二人的影響，巴特最
早做的是「社會神話」的研究。在他第一本著作《書寫的零度》中，
他極力想證明文學語言是必然會介入政治和歷史的。因此，他從探
討書寫的歷史著手，發現長久以來書寫只是資產階級的專利，直到
十九世紀因資本主義的發展才有所改觀：

> 這時，書寫才開始繁多起來。自此以後，每一種書寫，不論是
> 精雕細琢的、民眾主義的、中性的、口語的，都需要一種最初
> 行動，作家經由此行動來接受或摒棄他的資產階級身分[6]。

　　巴特認為書寫可以直接洩露作家對問題的態度或採取的行
動，因為書寫產生自作家的反省，是他對有關書寫形式的社會慣習
和他所接受的選擇的一種思考。巴特在眾多企圖掙脫文學規約的努
力之中，採取了兩種他認為可以作為解決方法的書寫：一是「零度

---

[5]　同註4。
[6]　《書寫的零度》，P.45。

書寫」，也就是「白色」書寫，中性，全然透明，代表作家完全不介入的極致，像卡繆在《異鄉人》一書中所使用的書寫；另外一種是「口語書寫」，也就是「文學語言社會化」，像雷蒙‧葛諾所使用的書寫，特別是在《薩西在地下鐵上》（*Zazie dans le métro*）[7]一書中更是發揮得淋漓盡致。葛諾是現代作家中把文學語言社會化實現到最高程度的作家[8]。

在《書寫的零度》中，巴特探討各種不同的書寫，還有風格和語言的概念。不過，在這一時期裡，巴特對語言學的了解並不是很透徹，他對文學的許多思考是來自薩特的「介入」概念。儘管如此，從他強烈的探討語言的意願，從他不再把語言視為一種「溝通系統」而認為是「信號」的論述，我們已可預見他未來的研究方向，那就是他後來在許多不同領域中所做的工作；分析記號和解譯代碼。

巴特在《米舍萊自述》（1954 年出版）一書中一開始即告訴讀者，這本書既沒有米舍萊思想的歷史，也沒有他一生的歷史，更沒有用此來解釋彼或反過來，像一般評論著作那樣。巴特雖也承認米舍萊的作品已然是一段歷史的產物，像任何評論的對象，但巴特認為首先必須找出一個「存在」（而非一個生命）的結構來，一個主題，或更恰當些，是一個編織著縈繞於心的感情、意念、慾望等的網，是這個網使米舍萊這個人物調和一致，而巴特要做的，就是描繪這一致性，而不是在歷史或在傳記中去尋找這一致性的根源[9]。他所採用的方法，是列舉了這位著名史學家的各種主題，在從米舍萊豐富多彩的著作中摘出大量簡短的片段，使之互相配合。

---

[7] 筆者曾經將此書譯成中文，於 1977 年 8 月由源成文化圖書供應社在臺北出版，書名為出版社改為「文明謀殺了她」。

[8] 關於《書寫的零度》所探討的主題以及卡繆的「白色書寫」和葛諾的「口語書寫」，筆者曾在〈羅蘭‧巴特文學社會學論述評析〉一文中有非常詳盡的分析。此文刊於《思與言》第二十九卷第三期，臺北，1991 年 9 月，頁 77-117。

[9] 見《米舍萊自述》（*Michelet par lui-mene*），Sueil 出版社，Paris，此據 1988 年版，p.5。

此外，在 1957 年出版的《神話學》中，巴特有感於我們日常生活中充滿了「迷思」（神話）（mythes）：從摔角、脫方舞、汽車，到廣告、旅遊事業等，幾乎淹沒我們；一旦把它們從產生了它們的現實中孤立出來，它們所隱藏的意識形態濫用問題立即會浮現。巴特嘗試著如何使現實和人類、描述和解釋、物體和知識得到調解；他以一種反諷的方式把這許多不同的例子、這些每日到纏著我們日常生活的多重複雜的符號集中起來，一一來為它們解碼。巴特從思考現代「神話」的機械開始研究，為資產階級作了一個普通符號學的入門概論。他認為「神話學家」與世界的關係是屬於「挖苦嘲諷性質」的，因此他要揭穿這些神話（迷思）的虛假表象，透過他們把箭頭瞄準神話的製造者[10]。書末的論著〈今日神話〉一文理論化了他的研究工作，他提出「意識形態的符號學」這個綱領的構想，這一點開啟他在第二個階段中的研究主題：符號學，而另一位大師著名的語言學家索緒爾，是這第二階段的教導者。

事實上，巴特之所以加入這一新興學科並不是偶然的。有一段相當長的時間裡，他經常寫專欄評論和序言，而成為符號學家就是在這將近十年的日子裡慢慢才確定下來。這時期寫的文章，都收入《論拉辛》和《批評論集》中。名字列於第一階段中的布萊希特，是巴特最欣賞的戲劇家。經常出現在巴特文章中的疏離效果、距離、間距等概念，即是受到布萊希特的影響。巴特在為「大眾戲劇」（Théâtre populaire）期刊定期撰文時，向法國大眾特別介紹布萊希特，這使巴特的思考常很自然地傾向戲劇，而且也使他對戲劇符號和視人物如符號的觀點更具獨創性。他把布萊希特的演員與拉辛的傳統演員作比較，由於強調間離效果，前者的演員只負責表演，讓

[10] 見《神話學》（*Mythologies*）中的〈今日神話〉（Le mythe,aujourd'hui），Seuil 出版社，Paris，1957，p.193-247。

人看戲但不賦予角色任何意義，後者則「認為他的角色務必使心理學和語言學產生聯繫，一心一意要以字詞來詮釋思想」[11]。

巴特把這種戲劇經驗應用到文學批評上，因而揭露了一般的閱讀即心理學的閱讀是有極大的壞處，因為它所尋找的作品的「意義」，是由於一個「個人」（指作者）的現存才能保證的「意義」，而巴特認為「一部作品或一篇文章的意義是不能單獨地產生；作者永遠只能生產意義的假定，或是形式而已，然後由世界去為這些假定或形式填上意義」[12]。

巴特對他所研究的作家，不論古典或現代，從未視如作者一般來探討；他感興趣的只是他們所發射出來的一整體的符號，作者只不過是發射者而已；在這整體符號中，可經由分析而列出修辭格和功能，而巴特則描述他們之間的組合；這就是結構分析的步驟和方法。巴特曾分別在《交流》（*Communications*）第四期和第八期發表了〈符號學要義〉（Eléments de sémiologie, 1964）和〈敘事結構分析導論〉（Introduction à l'analyse structurale des récits）兩篇文章，對符號學和結構分析都有非常詳細的解釋和明確的定義。

巴特與畢卡爾（Raymond Picard，研究拉辛專家）引爆的一場新舊批評論戰發生在他寫結構分析方法論之前，但卻是引領他走向文本論時期的關鍵因素之一。畢卡爾對巴特的《論拉辛》展開猛烈的抨擊，寫了一篇〈新批評還是新騙術？〉（Nouvelle Critique ou nouvelle imposture?）；是由於巴特認為文學批評並不是要發掘「真實」而只是要解碼作品的象徵價值，批評家應該是一個完全主觀的人，並且可以全然自由地詮釋：「我們可以講任何事」[13]。這些論點使學院派的畢卡爾譏諷為「獨斷的意識形態印象派」，因為巴特不承認批評家

---

[11]　《論拉辛》（*Sur Racine*），Seuil 出版社，Paris，1963，p.128。
[12]　《批評論集》（*Essais Critiques*），Seuil 出版社，Paris，1964，p.9。
[13]　《論拉辛》，p.66。

的客觀性,而只承認批評家唯一的一個義務,就是「宣布他的閱讀系統」;此外,巴特在撰寫《符號學要義》之前對批評方法的猶豫不定亦是被攻擊的重點。對於這一點,巴特承認他對組合語言的特別注意完全是一種個人的因素,可能源自於他總是抱著理解一齣戲的態度去理解論述(discours),於他,這是一種樂趣[14];而另外一種與閱讀和文本新概念有關的樂趣亦在此時隨著第三個階段開始。

第三階段的守護人有四位之多:蘇萊爾、柯莉絲德娃、德希達和拉岡。在《S/Z》一書中,巴特提到跟閱讀和文本有關的兩種文本之區分:一是「可讀性文本」(或讀者性文本),另一則是「可寫性文本」(作者性文本)。可寫性文本是豐富多義的:「文本越是複性,它就越不會在我閱讀之前已完成」[15],因為正是讀者自己在閱讀當中重寫這些文本。相反地,可讀性文本就沒有這種重寫的可能,它們停留在一個意義之內,不再變動,那些是死亡的文本,古典時期的文本。除了這個理論之外,在《S/Z》,在 1971 年出版的《薩德,傅立葉,羅尤拉》、甚至於更晚的《羅蘭‧巴特論羅蘭‧巴特》中,巴特所使用的分析方法並不單只把一篇文章的潛在結構闡明出來,而是以更積極的方式,在解構一個訊息之後,再根據一個新的結構來重新構成這訊息,而這重建工作是在閱讀本身當中進行。巴特對文本的新概念也導致他後來對文學概念的轉變,注意到現代文學中徹底的變化以及「今日的我們無能為力再生產寫實主義文學」[16],並且視文學如一種「記號過程」(Sémiosis),而不再是「模依」(Mimésis)或是「科學」(Mathésis)。這個記號過程是「不可能的語言」的一種冒險行程,它歸結成一個字:texte(文本);文學「再現」一個已完成的世界,而文本則象徵語言的無極:無知

---

[14] 見巴特的訪問〈答覆〉,刊於 *Tel Quel* 期刊第 47 期,1971,p.99。
[15] 見《S/Z》,Seuil 出版社,Paris,1970,p.16。
[16] 《羅蘭‧巴特論羅蘭‧巴特》,p.123。

識，無理性，無智慧[17]，因此，「把文本變成一個快樂的對象，如其他的一樣」[18]也就成為必要和努力的方向了。

## 參、文學批評：一個論述的論述

　　從以上的分析，我們可以清楚的看到巴特思想和理論的轉變過程，其中有許多是巴特文學批評的基本概念和觀點，尤其是有關「批評」與「真實」的問題，他曾在多次不同的場合中都討論過；回答畢卡爾的抨擊時（見《批評與真實》），並不純然針對畢卡爾有關拉辛的意見，而是闡明文學批評的一些相關問題。其次，巴特對閱讀的新實踐以及從閱讀當中所獲得的快樂或狂喜（jouissance，或譯極樂）亦與他的「可寫性文本」概念有密切的關聯，或應該說，正是可寫性文本給予閱讀者那種閱讀的快樂或極樂。第三點，從巴特討論可讀性／可寫性文本的概念而付諸實踐的《S/Z》一書，是他對可寫性文本從理論到實踐的一個最佳範本，也是巴特文學批評的實例。因此，欲探討巴特文學批評觀的特點，我們應該對這三個關聯的問題釐清，作更深入的分析和闡釋。

　　在真正進入《批評與真實》、《S/Z》和《文本的快樂》這三本書的解析之前，我們必須先了解巴特對「文學批評」的解釋和看法。

　　巴特認為在法國有兩種文學批評，一種是學院派文學批評（簡稱「學院批評」），另一種是解釋性的文學批評（簡稱「詮釋批評」）。學院批評使用的方法是承襲自郎松的實證主義方法，顯得死氣沉沉；相對之下，詮釋批評因代表人物分屬許多不同流派而顯得生氣勃勃，多采多姿：薩特、巴什拉、高德曼，卜列（Georges Poulet）、史達羅賓斯基（Jean Starobinski）、韋柏（J. P. Weber）、紀哈（R.

---

[17] 同註 16。
[18] 《文本的快樂》（*Plaisir du texte*），Seuil 出版社，Paris，1973，p.93。

Girard）、李察爾（J. P. Richard）等人都是詮釋批評中自成一家的文學批評者，他們每人的立論出發點容或不同，但彼此之間卻有一個共同點，那就是他們的文學批評方法多少會與當代的主要思想體系有關，並且是有意識地去選擇其歸屬：存在主義，或馬克思主義，心理分析或現象學；因此，詮釋批評亦被稱為「意識形態批評」，以有別於學院批評之完全拒絕任何意識形態而自稱只運用「客觀性的方法」[19]。

雖然這兩種批評似乎水火不相容，但巴特仍承認實證主義自有其優點，甚至是它的嚴苛亦不無好處。沒有人能夠否認郎松所主張的博學的用處，考證歷史的益處、仔細分析文學中各「境況」（circonstances）的助益，或是學院批評重視的起源問題等[20]，不論他所採取的哲學立場是哪一種。巴特甚至以為，這兩種批評可以互相承認和互相合作。實證批評最重視的「事實」（faits），批評家可以先行發掘建立，再由詮釋批評自由地詮釋它們，或正確地說，由於參照了一種表明的思想體系而使這些「事實」有所「意指」[21]。

然而這種和平共存共事的想法在現實中並不容易實現（雖然在大學裡也有承認詮釋批評的人，因為有部分新批評的著作是博士論文），表面上看來是由於一個很簡單的差異：學院批評是方法，而詮釋批評是哲學。但事實上，巴特認為真正的原因是兩股「意識形態」的對峙抗衡。

實證主義雖是一種科學方法，實際上是一種意識形態，特別是當它用來啟發文學批評時，其意識形態的本質就會顯現出來，巴特認為最少有兩點可以證明，對此，他特別作了一個詳細的分析：

---

[19] 見《批評論集》，p.246。
[20] 筆者在拙著《文學社會學》（桂冠圖書公司，臺北，1989）一書中對實證主義批評及郎松的文學批評方法均有詳盡的析論。請參閱書中第二、三、四章。
[21] 見《批評論集》，p.247。

　　第一點，當實證主義有意地把研究自限在作品的「境況」——即使指的是內部的狀況——中時，它已隱含一種對文學存有偏見的思想；拒絕質疑文學的本質，等於承認這本質是永恆或是天生自然的，也就是認為文學是當然的、不言而喻的。然而，甚麼是文學？人們為何要寫作？甲的寫作動機和乙是一樣的嗎？實證主義從來不曾對此提出疑問，顯然因為它已預設了答案。一般的傳統想法認為作家寫作只是為了表達，文學的本質則在於對感受和狂熱的「翻譯」（表達，traduction）而已，這正是實證主義的觀點。然而，一旦我們觸及人類的意向性時，便發現實證主義的心理學顯然不足，原因並不在於它是初步的、簡陋的，同時也因為他遵奉的是一種完全過時的決定論哲學。歷史讓我們知道，文學並沒有一種永恆的、超越時間的本質，在文學的名字之下，有許多關於形式、功能、法規、理智等差距甚大的變異，而這些，正是應該由歷史學家來告訴我們這其間的相對性；缺少了這相對性，它就無法解釋「事實」。如果文學批評迴避解釋為何拉辛要寫作，也就等於禁止自己去發現為何拉辛在某個時候再也沒有寫。巴特以為，文學問題中最微不足道的，即使是軼聞，也可能握有一把開啟某一時代心理背景的鑰匙；而這個背景並不是我們這些批評者的背景[22]。

　　第二點，學院派批評的意識形態顯現之處，是在於所謂的類比公設。這一派的批評工作主要是研究「根源」，也就是把研究的作品與「他物」攀上關係；「他物」是一個文學的「他處」：它可能是另一部作品，以前的作品，可能是作者生平中的某個情境，或者是作者真正感受且在作品中「表達」（學院批評總是脫離不了「表達」一詞）出來的「狂熱、激情」（passion）[23]。研究作品與他物攀上的這個關係永遠都是類比性的，它的確切意思是：「寫作，就是再

---

[22] 同上書，p.248。
[23] 同註22。

造、複製、模仿、得到啟發等」；如果作品和原型之間稍有差異，則將之歸功於「天才」。這種觀念會使一個最嚴峻的理性主義者轉變成一個輕信造化的心理學家。巴特願意支持下面這種說法：文學作品的起點正是在於，或文學作品正是開始於它把原型變形之處；巴什拉曾指出說，詩學的想像力並不在於使意象「成形」（former），恰好相反，是在於使意象「變形」（déformer）；在心理學這個解釋類比最好的領域中，「否認」的現象也與「一致」的現象同等重要；一般都認為寫出來的「狂熱」必須出自於一個存活過的狂熱；但是，有時候，一個慾望、一股狂熱，一種失望挫折都很可能產生出剛好是相反的「重現」（描述）；真實的動機也會在違背它的托詞中倒置過來：一部作品很可能是補償不愉快的現實生活的一個幻覺。學院批評在這一點上也許就不能自圓其說：由於過於注重文學細節的生成原因，學院派可能因而疏忽了具有功能的「意義」，也就是他們所強調的文學的「真實」[24]。巴特指出，作者與其作品之間的關係，不應該是點畫法的那種，只是把許多分成小部分、不連貫的相似處點加上去；相反的，它應該是一種「整個」作者和「整個」作品之間的關係，一個「許多關係的關係」，一個絕非類比而是「同源同系的相契[25]」。

傳統的批評承襲自聖德‧博夫（Charles-Augustin Sainte-Beuve, 1804-1869）、鄧納（Hippolyte Taine, 1828-1893）和郎松的實證主義和唯科學主義決定論的觀點，與二次大戰後因社會變遷和轉型而蓬勃興起的「新批評」難免有許多意識形態上的差距。郎松的著作、方法和精神，特別是因他本身也是大學教授，追隨者不計其數，五十多年來控制了整個學院派批評。至於「新批評」，在一篇題為〈什

---

[24] 同上書，p.249。
[25] 同上書，p.250。

麼是文學批評？〉（Qu'est-ce que la critique?）的文章中，巴特指出自戰後十五年間，法國文學批評蓬勃發展，形成一種百花齊放的局面，活躍在四大「哲學」體系之內：以薩特為代表的存在主義，研究波特萊爾、福樓拜、普魯斯特等作家，成績卓著，特別是有關惹內（Jean Genet, 1910-1986）的研究，更是令人激賞。其次是馬克思主義，文學批評一向貧瘠的馬克思主義，出現了高德曼的「發生論結構主義」[26]。雖然高德曼師承盧卡奇，但巴特認為高氏的批評方法，在從社會政治歷史作為起點的眾多方法中，是最靈活最具獨創性者之一。第三是心理分析法，分成兩派，一是弗洛伊德心理分析法，最好的研究者是拉辛和馬拉美的專家莫洪（Charles Mauron, 1899-1966）另有一派是實體論心理分析法；創始人是巴什拉，著名的研究者非常多，如卜列、史達羅賓斯基、李察爾等人都是，是法國文學批評成績最豐的派別。最後是結構主義，也有人將之納入形式主義之中；在法國，自李維史陀（Claude Lévi-Strauss, 1908-2009）開啟了社會科學和哲學思考的結構主義後，已成為一種風潮。雖然批評論著尚未多見（指 1963 年時），但已可以預見由索緒爾建立和雅克慎（Roman Jakobson, 1896-1982）擴廣的語言學結構主義模式的深遠影響力[27]。

　　既然各種不同派別的意識形態能在同一時間內爭鳴，因此，意識形態的選擇就不是文學批評的本質，而「真實」也就不是它的必然後果。巴特認為，文學批評，並不是以「真實」原則之名義來說話，而應該是別的東西。他反對把作品視如「物體」，處於質詢它的人之心靈和歷史之外；面對著文學作品，批評者更無權置身於它之外。那麼，文學批評到底是什麼？巴特說：

---

[26] 拙著《文學社會學》第五章對高德曼的「發生論結構主義」有相當完整的闡述評析。

[27] 見《批評論集》，pp.252-253。

> 任何批評都是對作品的批評和對自己的批評……批評絕不
> 是一桌的成果或是一大冊的判決，基本上它是一種活動，即
> 一系列知識行動，深深介入實現它們（知識行動）的人之歷
> 史和主觀的存在之中，也即是要承擔接受它們[28]

文學和文學批評的對象是截然不同的：「世界存在而作家說
話，那就是文學」[29]，但文學批評的對象並不是這個「世界」，而
是一種論述（discours）是另一個人的論述，因此：

> 批評是一個論述的論述；這是第二個語言，或「後設語言」。
> 對第一個語言進行評論。這使批評活動必須注意到兩種關
> 係：「批評語言」和「被研究的作者之語言」之間的關係，
> 以及這個對象語言與世界之間的關係。[30]

既然批評只是一個後設語言，它的任務便不是去發掘「真實」，
而是要找出其「有效性」（validité）。語言自己本身沒有真或假的問
題，而只是有效無效的問題；有效的話，表示它構成了一個嚴密一
致的記號系統。我們可以說批評的任務是純然形式的：不是要在被
研究的作品或作家裡面去「發掘」一些「隱藏」、「深沉」、「秘密」
的東西；既然那些東西到此時仍未被發現，難道我們的眼光會比我
們的祖先更敏銳嗎？批評只要「調解、配合」批評家自己時代的語
言（無論是存在主義或心理分析或其他體系）和被研究作家那時代
的語言。巴特認為批評的「證據」與「真實」無關，因為文學批評
的論述（discours）只不過是一種同語反覆：「拉辛就是拉辛」；「普
魯斯特就是普魯斯特」；因此，假如真有批評的「證據」的話，那

---

[28] 同上書，pp.254-255。
[29] 同上書，p.255。
[30] 同上註。

全要看天賦和能力，並不是去「發掘」被研究作品，相反地，是要盡可能完整地以自己的語言來「覆蓋」它[31]。

關於被研究作品的「意義」問題，巴特認為作品從不會完全無意義，但也從未意義彰顯過，那是一種「懸空」的意義。文學批評的目的並不是解碼作品的意義，而是重建這個意義的制訂規則和約束；文學作品是一個非常特別的語意系統，它的目的是將意義賦予世上，而非「某一個意義」。文學只是一個語言，一個記號系統；它的本質不在信息內，而是在這「系統」裡。因此，文學批評並不是要重建作品的信息，而是重建它的系統，就如語言學家不必解碼一句話的意義，而只建立使這個意義得以傳達的形式結構。

對巴特來說，只有在承認文學批評只是一種語言的情況下，它才能同時既客觀又主觀，既具歷史性又具現存性，既極權又是寬容的，看起來似矛盾但同時也確實，因批評家所使用的語言是他的時代，是知識、思想、精神情感到達某種成熟度之下才產生的，它是具歷史性的，是因而它是一種「必要」；批評者在選擇這個必要的語言時，是放入了他的選擇、快樂、抗拒和縈繞心頭的頑念在內的。只有如此，批評著作之內才可能有兩種歷史和兩種主觀性在進行著對話，一是作者自己的，一是批評家的。但這個對話卻是完全被放逐向現時，而從未向著過去：因此，巴特結論說，文學批評並不是向過去的真實「致敬」，或是向「另一人」的真實致敬；文學批評是一種建構，建構我們時代的可理解性[32]。

---

[31] 同上書，p.256

[32] 同上書，p.257。

## 肆、走向可寫性文本的愉悅

從上述的分析我們可以大致了解巴特對文學批評的概念，他重視「意義」而排斥「真實」。

巴特完全拒絕接受「真實」而只考慮到「意義」，這一點與史比諾沙（Baruch de Spinoza, 1632-1677）的觀點相似。巴特說不要解碼所研究作品的意義而只要重建這意義的制作規則和限制，又斷言文學的目的是把「意義」放到世界中，「意義」而不是「某種意義」（見上文）；他把開放與多義性的文學現代主張輸入文學批評之中，使批評家也如現代派的文學創作者一樣，成為意義的發明者。巴特對文學的定義在於文學的兩個特性之上：一是「不及物性」，一是「意義」的多元性。

巴特多次強調文學的不及物性，除《語言的微響》（Le Bruissement de la langue）中收錄的〈寫作，是不及物動詞嗎？〉之外，在一篇題為〈卡夫卡的回答〉的文章中，他也寫到：

> 文學行動是沒有原因也沒有目的，正因為它是喪失一切必然結果的……這是一個絕對不及物的行動。[33]

在討論〈作家與寫者〉之間的差異時，巴特認為「對作家而言，寫作是一個不及物的動詞」[34]，作家與寫者不同的地方，在於寫作對「寫者」來說是一個及物動詞，寫作是一種方法、一種手段，用以走向他物；而作家的寫作只通向他自己；這個不及物性奠定了作家與寫者的區別與對立。一般人常誤以為寫作是一種手段，是一種

---

[33] 同上書，p.140。
[34] 同上書，p.149。

工具或載體，用以達到某一種隱密的目的，是一種行動的方法，或更甚的，只是語言的外在「服飾」罷了。巴特指出說，這種寫作，寫「有關」其他事物的人是不能稱為「作家」（écrivain）的，他們以及物的方式為了某一目的而寫，並想要讀者從他們的作品走到作品之外的世界去，他們只能被稱為「寫者」（écrivant）。與之相反的另一類寫作者，他們的主要興趣完全在於生產「書寫」，而不在於引領讀者「穿過」他們的作品來到另一個世界，他們是「作家」（écrivain），他們的場域「就在書寫本身，這並不是為藝術而藝術的美學所設想出來的那種純粹的『形式』，而是更為激進，認為這是唯一為從事寫作的人而開放的空間」[35]。前者只是一般的作家，寫的是某種東西；後者才是真正的作家，他們寫作不是為了把我們帶向他們的作品之外，而是為了把我們的注意轉向「書寫」本身，只有「書寫」而已。

　　由於「作家」專注在「書寫」之上，而書寫又是「各種聲音和各種起源的滅絕」[36]，因此，書寫誕生之時，正是作者走入死亡之際[37]。對巴特來說，一部作品的「意義」並不是作者賦予它的，也不是它自己產生的，作者能做的，只是生產「意義」的根據，然後由世界去填滿它[38]。因此，「一部作品之所以『永恆不朽』，並不是因為它把獨一無二的意義強加於不同的人身上，而是因為它對同一個人提供許多不同的意義。」[39]意義的多元性正是巴特對文學定義的第二個特性。

[35] 見《語言的微響》中〈寫作是不及物動詞嗎？〉一文，Seuil 出版社，Paris，1984，p.61。
[36] 同上書，見〈作者之死亡〉一文，p.61。
[37] 同上註。
[38] 見《批評論集》，p.9。
[39] 見《批評與真實》（*Critique et Vérité*），Seuil 出版社，Paris，1966，pp.51-52。

　　意義的多元性、含糊性或歧義性，詮釋的永無止境、千變萬化，是現代的一個共同點，令人難以尋出正確的路線。這一個特性正是形成巴特「可讀性文本」（texte lisible）和「可寫性文本」（texte scriptible），以及「作品」（oeuvre）和「文本」（texte）之間對立的基本概念。我們發現，在這兩組詞中，都是第二個術語比第一個重要而有價值；對巴特而言，「文本」是可寫性的，而「作品」只有可讀性，因為，就如「可寫性文本」一樣，「文本」是多元的：

> 文本是多元性的。這並不只是意味著它有數種意義，而是它自己完成了意義的多元，一種無法縮減的多元。[40]

　　一篇在別人眼中也許是不重要的作品，於巴特卻可能成為「傑出」的文本；例如：巴爾扎克的《薩拉辛》本是一篇篇幅不長的短篇小說，巴特卻能以結構分析的方法，逐字逐句的去研究，寫成一部 270 頁的著作：《S/Z》。因此，把某篇作品視為一個文本，意味著應該對它停止一般通常的評價，推翻原有的分類方法，包括在重要文學與次要文學、體裁、藝術類別等等各方面的區分。就是在這一部《S/Z》中，巴特提出應將文學分成兩大類：一類是賦予讀者一種角色、功能，讓他發揮，作出貢獻；而另一類則是使讀者「只剩下一點點自由，要嘛就接受文本，要嘛就拒絕文本」[41]，而成為無事可做的多餘物，他只是一個純粹被動的消費者而已。第一類是作家的文學，要求我們自覺地去閱讀它，意識到寫作與閱讀之間的相互關係，讓我們也能參與共同著作的樂趣；而在第二類的讀者的文學中，我們只能以屈從的態度去閱讀它；作品中能指（Signifiant）和所指（Signifié）之間的路程不但清晰確定，而且也是必須如此

---

[40] 見《語言的微響》中〈從作品到文本〉一文，p.73。
[41] 見《S/Z》，p.10。

和眾所週知的，不像在第一類文學中，能指可以自由發揮作用，不要求提及所指。

　　把「現代」的概念輸入文學批評中，在巴特的《批評與真實》一書中更是突出、明顯，他在書中除了答覆畢卡爾的抨擊之外（見上文），主要還是闡述詩學、文學批評與閱讀之間不同的本質，為結構主義作了有力的辯護。對巴特來說，閱讀是認識作品的過程，忠實的讀者在閱讀時就只是一字不漏的照單全收、重複作品原文，但批評則不是如此被動的解碼作品的意義，而是積極地為文本創造出意義來。好的作品便是一篇可寫性文本，不會只有單一的意義。因此，正如上述，文學就是建立在文學語言「意義多元性」的基礎之上。

　　由於巴特的研究對象（文學、文化）與別人不同，因此他是結構主義陣營中第一個把語言看成否定性的人，對他來說，文學就是語言過程那種特有的否定性的一個經驗和證明：

　　　　作家就是對他來說語言成為一個問題的人，他體驗著它的深度，而不是體驗它的工具性或美感。[42]

　　讀者、作家、批評家不同的角色在此被提出來探討。巴特認為「雖然我們不知道讀者如何對一本書說話，但批評家本人則必須產生一種特殊的『語調』；而這種語調歸根結柢只能是肯定的」[43]；批評家「公開冒險試圖把一種精確的意義給予一部作品」，「批評家就是那種不能產生小說中的『他』的人，但他也不可能把『我』拋回純粹的私生活中去。就是說，他不能放棄寫作。這是一種『我』的失語症，雖然他的語言中的其餘部分仍是完整的，但卻以無限的

---

[42] 見《批評與真實》，p.46。
[43] 同上書，p.78。

曲折性為標誌，這種曲折性（正如在失語症中一樣）是某一特殊記號因經常阻塞而強加於語言之上。」[44]。在這樣一個情況之下，批評家彷彿在通過一種絕對是同音異義的過程，從他那混濁不清的「我」開始，再移向某一他人的書寫，然後又回到這同一個「我」來，它在此過程中變成了語言：批評家「面對著……他自己的語言」，「在文學批評中必定與主體對立的不是對象，而是對象的屬性[45]。」

從文本的意義到文本的快樂，正是由於在閱讀過程當中可寫性文本所給予讀者的。巴特的文學理想境界具有一種倫理性，它產生自他在欲望和閱讀、欲望和寫作之間所建立的聯繫之上，他認為，他自己的寫作比任何東西都更是欲望的產物。我們經常在他的著作中看到「快樂」、「極樂」、「喜悅」、「欣喜」等字眼出現，它們具有一種力量，有感官的誘惑而又富有破壞性。巴特的許多作品都呈現著快樂的面面觀，他從自己所研究的每件事物中收集一種快樂的型式，把思想實踐比作情欲行為，把心靈的生命稱作欲望，並極力維護「欲望的多樣性」。

在《文本的快樂》一書中，巴特描述閱讀可寫性文本所得到的快樂。他把《S/Z》中的可讀性和可寫性之間的區別轉換成兩種快樂之間的非對稱對立：快樂（歡悅 plaisir）和狂喜（極樂 jouissance）。有時，快樂一詞用來指一切種類閱讀的快樂：

> 一方面，每當我必須指稱文本的極度豐富性時，我需要一個一般的詞：快樂……而另一方面，每當我需要將歡快、充盈、滿足（當文化自由進入時的一種充實感）和狂喜所特有的震

---

[44] 同上書，p.56 及 p.17。
[45] 同上書，p.69。

動、瓦解、甚至是失落來作區別時，我又需要一種特別的「快
樂」，「整個快樂」的簡單部分。[46]

在另外一段，巴特是如此區分快樂的文本和狂喜的文本：

快樂的文本：是那種使人快樂、充實、令人愜意；是來自文
化並和文化沒有決裂的文本，是與愉悅的閱讀有關的文本。
而狂喜的文本是：它給予讀者一種失落感，擾動（或許已達
某種令人煩厭的程度）和騷亂讀者歷史的、文化的、心理的
假定，破壞他的趣味、價值觀和記憶等的一致性，使讀者與
語言的關係產生危機。[47]
……

因此，這兩種快樂的不同似乎是在於：快樂是來自直接的閱
讀過程，而狂喜則來自被中止或打斷的感覺。裸體比留有衣
縫隱約之處更不令人覺得性感：「外衣裂開的地方不正是身
體最性感的部分嗎？……正如精神分析學所指出的那樣，正
是那種斷續性，肌膚在兩塊衣片之間那種斷續的閃現，才是
最富性感的。[48]

　　這本小書雖然有多處指涉身體上性的快樂，但它也是一本關於
閱讀和文本的理論性著作。巴特在書中的描述並不是連續性的，正
如他許多著作一樣，是諸片斷的一個總匯，但是讀者自可視之如一
種連續性的理論活動。

---

[46] 《文本的快樂》（*Le Plaisir du Texte*），Seuil 出版社，Paris，1973，p.34。
[47] 同上書，pp.25-26。
[48] 同上書，p.19。

## 伍、結語

　　巴特是現代文學研究的先驅和奠基者。他著作中的多樣性、多重性和流動性，可以防止舊的論述趨向飽和性，柯莉絲德娃認為像巴特那樣的知識，在某種意義上已是一種書寫、一種文本了[49]。

　　的確，從上面所作的分析和論述來看，我們不難發現這段話並非溢美之辭。從《書寫的零度》到《文本的快樂》，巴特所表現出來的多元性一如他所讚揚的「可寫性文本」那樣，充滿令人驚喜之處。此外，在討論批評家的職責時，巴特強調批評的職責不是去發現一部作品的潛在意義或是過去的真理，而是要為我們自己的時代建構可理解性（見本文第三章）。所謂「建構我們時代的可理解性」，指的即是發展、處理過去和現在眾多現象的一個理智架構。巴特常常向習常意見、大眾意見即他所說的 Doxa 挑戰並提出自己的新概念和新觀點，在文學活動上也如此。因此，他對文學批評持著與眾不同的看法，他對閱讀、文本和結構分析——他自己的文學批評實踐——所採取的新角度詮釋也為我們讀者帶來一種愉悅，並為文學批評開啟另一種視野。

---

[49] 〈如何對文學說話？〉，Tel Quel，No:47，p.28。

# 第四節

## 《S/Z》：從可讀性走向可寫性
### ——羅蘭・巴特及其語碼解讀法

### 壹

　　要如何為羅蘭・巴特定位，一直是論述巴特者的難題。美國專治當代法國文學思想的著名結構主義理論家喬納森・卡勒爾，對這位矛盾重重的人物有幾行非常生動而貼切的形容：

> 巴特是一位善於播種的思想家，但當幼苗長出來以後，他都企圖拔掉它們。當他的構想正逐步得以實現之時，這些構想又都離他而去，不再與他相干了。……然而，巴特吸引我們之處卻正在于他富有刺激力，而且很難把那種使我們沉浸于其作品中的東西，與他永遠企圖採取新構想的觀點以及跟日常觀念斷絕的那種傾向分開……[1]

　　正由於巴特興趣廣泛，隨時可以改變原本專注的研究主題，而且一旦提出某一想法觀念之後，興趣又轉移他處，拒絕受鉗制，永無休止的變動；但這種改變的目的並不在於改正錯誤，也不是由於浮躁輕

---

[1]　見《羅蘭・巴特》，卡勒爾著，方謙譯，三聯書店，北京，1988，頁 5。

佻，而是為了避開過去，以及表達他在不同的時間裡對於一些思想或見解所抱持的不同態度。托鐸洛夫在《文學批評的批評》中指出，身為公眾作家的巴特，他所關心的，是如何為某一個思想，尋找到它最好的表達方式，雖然，這也許並不一定能夠讓他自覺地接受它[2]。

　　巴特在生前即接受 Seuil 出版社的邀請，為「千古名家」（Ecrivains de toujours）叢書寫了一本自傳，於 1975 年出版，書名為《羅蘭‧巴特論羅蘭‧巴特》，是當時唯一還在世，自己為自己寫傳記的作家。在這部以巴特所偏愛的「片段」（fragments）和「謬語」（maxime）形式完成的隨筆「自傳」，巴特完全顛覆傳統傳記的寫法，為我們提供一種全新的書寫：作者並非全以第一人稱出現，時而以「我」、時而以「他」（第三人稱）或以「你」（tu）（第二人稱）甚至以「您」（vous）（第二人稱敬體）出現，因而在閱讀的過程當中，讀者看到的是「我」在寫「我」，「我」在寫「他」，「他」在寫「他」或是寫「我」，作者在寫作者，也是在寫另外一個人，或甚至是巴特在寫一部題為《羅蘭‧巴特論羅蘭‧巴特》的書；它既是一部「自傳」，也是一部討論自傳的自傳，是對自傳的批評，也是一部新文體的文學創作。書中談論的，除了某天做某事、思考某些問題之外，也有他對文學的批評，對語言、文本、符號學的解釋，對大眾輿論（Doxa）和悖論（Paradoxa）的看法，更多的是對「自傳」的理解和作法。由於他一貫的作風，書中難免出現許多巴特自己嘲笑自己以往言行的段落，這種幽默的自嘲對一般讀者而言自然具有相當大的誘惑力。卡勒爾認為巴特對他先前作品所賦予的表面上的非神祕化，其實就是一種再神秘化，一種巧妙而時髦的遁詞，或許有助於創造一種巴特的神話，甚至可被解讀為一種自我炫耀的方式[3]。

---

[2] 見托鐸洛夫著，《文學批評的批評》（*Critique de la critique*），Seuil 出版社，Paris，1984，頁 76-77。

[3] 同註 1，頁 9。

　　除了是「一位公眾實驗家」[4]，如他在談到一般作家時所說的話之外，巴特的名字出現在許多不同的文化領域中，而且都是以先鋒或領袖的姿態；卡勒爾認為在法國以外，巴特似乎是繼薩特之後的法蘭西知識分子的領袖人物，並引用維恩・布茲稱巴特為「一個也許是今日對美國文學批評界影響最大的人物」的話，來突顯巴特是一位國際性現代思想大師的重要地位[5]。由於他一生追求「主題和變化的藝術」[6]，終其一生，他因興趣和研究對象的不斷改變而無法被定位在某一領域內，從早期的存在主義、馬克思主義、社會學、語言學、心理分析論、結構主義，到後期的符號學、文本論等，研究巴特的研究者，便常因自己的專攻主題而將他列入不同的派別或領域之中。

## 貳

　　巴特正是「作者已死」這一概念的始作俑者，他也因此而聞名於世。1968 年，巴特發表一篇題為〈作者之死〉的文章[7]，強烈質疑傳統的文學理念。巴特對書寫的一個重要概念是：「書寫是各種聲音和各種起源的滅絕」，因此，書寫誕生之時，正是作者走入死亡之際，換句話說，讀者的誕生必須以作者的死亡作為代價[8]。巴特將傳統的文學研究和批評思想中的作者形象的中心地位連根除去；相對於以作者為中心，關心於發掘、發現作者所想所思的文學

---

[4]　見《批評文集》（*Essais Critiques*），Seuil 出版社，Paris，1964，頁 10，全句原文意為：「作家是一位公眾實驗家：他改變他所重新著手的，固執而且不忠實；他只知道一種藝術：就是主題和變化的藝術」。

[5]　同註 1，頁 1-2。

[6]　同註 4。

[7]　此文原刊於 *Mantéia*，1968，頁 61-67，後收入巴特文集《語言的微響》（*Le Bruissement de la langue*），Seuil 出版社，Paris，1984，頁 61-67。

[8]　同註 7，頁 63 及頁 67。

批評，巴特提倡應以讀者為中心，應賦予讀者一種富創造性作用的、積極的、開展的文學。

事實上，巴特從第一部著作《書寫的零度》開始，即因受到各種不同的思想影響而經常改變他的研究對象。在他的《自傳》中，一段題為〈孤獨的想像〉標題之下，他招供了他在文化研究上所得成就的來源秘密：

> 直到現在，他一直連續不斷地在一個宏大的體系守護（教導）下作研究（馬克思、薩特、布萊希特、符號學、文本）。[9]

在另一段題為〈階段〉的文字中，巴特列了一個表，標明他在每一不同階段的受教體系[10]：

| 著作 | 類屬 | 文際 |
|------|------|------|
| | （渴望寫作） | （紀德） |
| 書寫的零度<br>戲劇評論<br>神話學 | 社會的神話學 | 薩特<br>馬克思<br>布萊希特 |
| 符號學要義<br>時尚體系 | 符號學 | 索緒爾 |
| S／Z<br>薩德・傅立葉・羅尤拉<br>符號帝國 | 文本性 | 蘇萊爾<br>柯莉絲德娃<br>德希達<br>拉岡 |
| 文本的快感<br>巴特論巴特 | 道德觀念 | （尼采） |

---

[9] 見《羅蘭・巴特論羅蘭・巴特》，Seuil 出版社，Paris，1975，頁 106。
[10] 同註 9，頁 148。

可以說，柯莉絲德娃使另一個巴特誕生了。她於 1965 年聖誕節從保加利亞抵達巴黎，去上巴特的課。在課堂上，她發表了一篇對六〇年代後期結構主義聚合體的變化具有決定性的報告，她引進直至當時在法國從未聽聞的俄國後形式主義者巴赫汀（Mikhail Bakhtine）的作品，譯成法文，為結構主義方法打開一個缺口，從文本的封閉中走出來，拓寬文學文本的可理解性。她說：「巴赫汀的方法值得注意，因他把文學文本，不論是哈伯雷（Rabelais）或是杜斯妥也夫斯基（Dostoievski）的，視如文本本身內部一個聲音的多種發音。」[11]

這篇報告開啟了巴特的新視野，他非常專心的傾聽，並且立刻地改變他的研究方向。他原來在《符號學要義》（*Eléments de sémiologie*）和《批評與真理》主張的唯科學主義野心已消失。柯莉絲德娃對巴特能與學生交流發出讚美，說：「對我來說，巴特扮演一個非常重要的角色，這是我所知道的，唯一有能力去讀別人的東西的人，對一位教授而言，這是很了不起的，因一般情況是，教授們只讀他們自己的東西」[12]。

柯莉絲德娃所建立的「互文性」（intertextualté）概念深深影響巴特，他於 1970 年出版的《S/Z》一書，是他在巴黎「高等實踐學校」1968 和 1969 兩年之中研究班討論課的成果[13]，而其衝擊動力就是來自 1966 年柯莉絲德娃在課堂上的那篇報告。

《S/Z》一書是巴特一個非常重要的轉折點，巴特開始解構他自己的觀念柵欄，讓他的文學直覺有更大的自由，巴特突然出現在一個眾人始料未及的地方：在方法的論述之後，他開始轉向敏感心

---

[11] 此據杜斯（François Dosse）的《結構主義史》（*Histoire du Structuralisme*）Editions La Decouverte，Paris，1992，第二冊，頁 71-72。

[12] 同註 11，頁 74。

[13] 在《S/Z》的第 7 頁上，巴特也註明了這一點，Seuil 出版社，Paris，1970。

弦的書寫、表達、開啟意義的永無止境和無法圍困的特性；意義，正是巴特在《S/Z》一書中關注的焦點。

在《S/Z》一書的開頭，巴特即已對他們視此為幻覺幻象的東西保持距離。在〈敘事作品結構分析導論〉（Introduction à l'analyse structurale des récits）一文中，他曾說：「世界上敘事作品之多，不計其數」[14]，而在《S/Z》的開場白裡他寫道：「據說，由於他們的禁欲主義，某些佛教徒能漸漸在一粒豆中看到整一風景，這正是第一批敘事作品分析家所希望做的：在單獨一個結構中看到世界上所有的敘事作品（那麼多，現在的，過去的）。他們認為，我們將每個敘事作品中抽取它的模型，然後根據這些模型，我們建立一個巨大的敘事結構。（為了達到檢驗的目的），我們將把它用於現在的任何故事（敘事作品）──一件令人筋疲力盡的任務……最終也是一件不受歡迎的任務，因為文本會因此失去了它的獨特性。」[15]

把世上所有的敘事作品簡約「在單獨一個結構之中」，不只這個「結構主義」的野心太大了，而且它還會因這具爭議性的看法使名譽受損，因為這個西西弗式的工作，最後一定會走向否定文本之間的一切差異。

在 1967 年一次訪問中，巴特對訪問者貝盧（Raymond Bellour）重提柯莉絲德娃「互文性」的概念，甚至用了她的話，說：「對文學，我們可以談的，不再是互主體性，而是互文性」[16]，那時他尚未出版

---

[14] 此文最早於 1966 年發表於《交流》（*Communications*）第八期上，後收入《敘事體詩學》文集（另有 Wolfgang Kayser、Wayne C. Booth 和 Philippe Hamon 等人的文章），Seuil 出版社，Paris，1977，頁 7-57。

[15] 《S/Z》，頁 9。

[16] 見貝盧的訪談記，見《法國文學》（*Les Lettres Françaises*）雜誌，1967 年 3

《S/Z》。第二次的訪談中，1970年時，他又對貝盧透露說，他有意在
《S/Z》一書中不提他的「債主」的名字，是為了更能表示是整個作品
該被引到：「我去掉我『債主』的名字（拉岡、柯莉絲德娃、蘇萊爾、
德希達、德勒茲、謝爾，還有其他）」[17]，巴特列舉的這些名字，正是
上文提到的自傳中，他在圖表內所列出來的名字。這些在他周圍的人，
終於讓巴特開始著手進行研究能指（signifiant）內部，或是在他所稱
之為「沒有小說的傳奇」（le romanesque sans le roman）[18]之內書寫。

　　《S/Z》是巴特對巴爾札克（Balzac）寫於1830年的一篇僅30
頁長，題為《薩哈辛納》（Sarrasine）的短篇小說，所作的長達215
頁的研究。這是巴特第一次以微觀分析的角度和方法作為實踐。以
這短篇故事作為基礎，他創造了五個符碼（codes），以進入巴爾札
克書寫內在眾議性的最深層裡去，巴特更換了他感知的層面以及感
知的對象，在一個書寫／閱讀不斷的對峙之中，亦步亦趨地跟隨著
文本而走。巴特企圖以《S/Z》這一篇分析來實現他這一個新的「書
寫／閱讀」形式，而這一點應該是互文性概念所帶來的一個結果。
在這裡，我們又看到了柯莉絲德娃對他的影響，柯莉絲德娃對互文
性這個重要概念的說明是：「每一部文本的形成，宛如用引文段落
鑲嵌而成的拼花圖一般，每一部文本都是吸收轉化了其他文本而
成。互文性的概念逐漸取代了主體互涉（intersubjectivité）的概念」[19]。
柯氏以結構過程（structuration）代替結構（structure）。巴特在1970
年5月20日對貝盧說過：「要找出柯莉絲德娃所說的生產性（生產
能力 productivité）。」

---

月2日，頁13。
[17] 貝盧訪談記，見《法國文學》，1970年5月20日，後收入《音粒》（*Le Grain de la voix*），Seuil出版社，Paris，1981，頁78。
[18] 見《S/Z》，頁11。
[19] 柯莉絲德娃，《符號學》頁146，此處引自（美）高納森、卡勒著（盛寧譯）《結構主義詩學》，中國社會學出版社，1991，頁209。

　　互文性和生產性在《S/Z》中為巴特加以強化，有更細膩的闡釋。閱讀一部作品，必須與其他文本相聯繫，或對照才行。因此：

> 閱讀文本的這個「我」，已經是由其他各種文本、各種無限的，或更確切地說，由業已失去的符碼（它們的本源已失蹤）組成的多元複合體……，主觀能動性通常會被認為是我在處理文本時所具有的充分潛力；然而這個虛假的充分潛力只不過是構成「我」的所有符碼的尾塵而已，使到最後，我的主觀能動性具有了一切陳規舊習的共性。[20]

　　至於生產性，巴爾札克的文本在此提供了一個範例。巴特在永遠開放著的「書寫／閱讀」的開展之中掌握住了具生產性的前景。這篇文本在巴特的分析之下呈現幅射狀，而且在他所訂立的五個符碼之中完全解體，這正是巴特所憧憬的無限制的書寫意願。巴特認為「文本是永遠不會停頓終止的。郎松一派的人把文本終止在作者和起源上，互文性則將作者匿名，並對文本有無窮無盡的想像構思」[21]；而且這種書寫與任何因果關係系統的探索均無關，因為這反而可能會導致對文本封閉性的解釋，一種具決定性的終結詮釋。

　　因此，傳統中認定的「主動／作者」、「被動／讀者」的關係，事實上，巴特認為是可以修正和扭轉過來的，只要讀者對一個可寫性文本進行重寫工作即可。「可寫性／可讀性」正是《S/Z》一書中最重要的概念，「可寫性」文本也是「生產性」文本的另外一種註解，即是一個保有數種可能聲音／途徑的、具有眾義性的文本：

---

[20] 《S/Z》，頁 16-17。
[21] 1970 年 11 月至 1971 年五月 FR3 電視臺的《Océaniques》節目中，1988 年 2 月 8 日重播。

可寫性文本並不是一件物品，我們在書店中難以找到的。何況，它的模型既是生產性的（而不再是呈現性），它會摧毀一切批評；偏偏批評又是生產性的，因而會與可寫性文本的模型混淆……可寫性文本，是我們正在書寫……可寫性，是無需小說的傳奇，無詩篇的詩作，無論述的論文、無文體的書寫、無產品的生產、無結構的結構過程[22]。

　　在談到如何評定一個文本的價值時，巴特強調它必須連接到一種實踐之上，即是「書寫」的實踐；有一些是我們還可以再書寫的，另外也有不能再寫的；能夠接受讓我再去書寫、想望、前進，有如我世界中的一種力量的文本，那就是評價時所尋找的價值。文學工作就是要使讀者變成不再是消費者而是文本的生產者；然而文學教育制度之下的文學是把文本的製造者和使用者、作者和讀者無情地區隔開來，讀者只能陷入一種無所事事之中，無法享受「能指」的魅力和書寫的快感，而只能在接受或拒絕文本之間被迫作一抉擇，閱讀最後變成是一種徵求意見似的舉動。這種只可以被閱讀而不能被書寫的，就是可讀性。巴特把古典作品都叫作可讀性文本[23]，即是已不再具有生產性的文本，死亡的文本。

　　在理想的可寫性文本中，其網路是多重、複雜的，並且彼此之間相互作用，任何一個都不能超越其它任何一個；換句話說，這個文本是一些能指（signifiant）的整座星系，而不是所指（signifié）的結構，它沒有一個啟始處，它是可以換方向的，我們可以從多處入口進入，沒有任何一個可以宣稱它是主要的入口。一篇具眾義性的文本，我們是不可能在其中找到敘事結構、敘事作品的文法或邏輯。對於像巴特這一類致力於建立多義性、複性的人來說，閱讀本

---

22　《S/Z》，頁 11。
23　《S/Z》，頁 10。

身也必須是複性的，即是說進入文本的入口是沒有順序的，我們可以從任何入口進出、滑行[24]，巴特所示範的《S/Z》即是具備了這種閱讀特性：一方面我們可以從任何一頁開始，另一方面巴特在一篇短短 30 頁文本的基礎上，盡情享受再書寫的快感，「生產」了 215 頁的分析文字。

# 肆

巴特在《S/Z》一書中所採取的「閱讀」方法是橫穿整篇文本，將其分成 561 個意義單位或詞彙層（lexie）（也可以叫做「閱讀單位」）。所謂閱讀單位，即是在閱讀時能夠從文本中單獨抽出來，而其功能和效果與前後相鄰者都不相同的、最小的語言單位。它可以是一個單詞、也可能是一串簡短的語句。這些閱讀或意義單位的層次，也就成為讀者接觸文本的基本層次；在這一層次上，語言單元被劃分、加以整理、歸類，然後再上昇到高一層次，被賦予各種不同的功能。

巴特故意不根據事件或情節來對文本作明顯的結構分割或將故事分成句子和段落。他的用意即是要強調說，閱讀過程是線狀的，從左到右，穿過文本，而且需要我們走出文本，並走向它所描述的那個世界的編碼活動。巴特引述《薩拉辛納》的一個標題（書名）、一行字、幾句話，然後再繼續引述之前，先探討這個詞彙層或這個閱讀單位的各種語義；而且還不時的離開正題，去討論一個具體的詞彙層，或詞彙層系列所引出的一些更一般性的含義。書中的許多離題話是詩學理論中的傑出評論，在《S/Z》中有 93 次的離

---

[24] 《S/Z》，頁 12、22。

題話，其中 10 次出現在實際的分析之前。這種方法使批評者可以從容地表現自己，盡情地重新書寫文本。

巴特在文本中辨認出五種代碼，代碼是由它們的類屬性決定，把同一類的成分組合在一起，也同時由它們的解釋功能決定；因此，根據讀者選擇的角度以及文本的性質，確定的代碼數可以各不相同，巴特所提出的五種代碼分別是：

一、闡釋代碼（code herméneutique 或譯謎語代碼，疑問代碼）：包括回答邏輯、謎語和解釋、懸疑和突變（以 HER 代表）。巴特以巴爾札克小說的書名《Sarrasine》為例，此字會引起一些疑問：這是什麼？一個普通名詞？還是專有名詞？物還是人？男還是女？等等。

二、行動代碼（code proaïrétique 或 code des actions et des comportements，行動代碼，動作代碼）主宰讀者對情節的架構，根據這個代碼，我們可以考察故事的所有行動，行動具有橫向組合性質，它們始於一點，終於另一點。在故事中，它們環環相扣，互相交錯（以 ACT 為代表）。這兩種代碼都是小說的組成部分，都可以放在情節結構的範疇中考慮。

三、內涵代碼（Les Sèmes 或 signifiés de connotation 意胚代碼）；這些代碼是小說的主題，它們環繞一個具體的專有名稱組織自己，並且因此構成一個「人物」，為讀者提供模式，使其能夠收集與人物有關且能發展人物性格的各種語意特徵（以 SEM 代表）。

四、象徵代碼（Le champ symbolique 象徵區域）：引導從文本中找出象徵讀義和主題的推論。主題就是一個或一些概念，作品就是環繞這概念組織起來的（以 SYM 代表）。上述這兩種代碼分別屬於人物形象領域和主題領域，雖然

如此，關於主題闡釋並不只限於逐一列出象徵閱讀所仿的模式。

五、文化代碼（codes culturels ou de références 參照代碼）：由文本所指的文化背景構成。巴特將一個文本所使用的整個知識和價值系統聚在一起，有點像格言、箴言、科學「真理」，構成人類「現實」的各種陳規理解；它們的基本功能是要讓各種逼真性的參照模式發揮作用，使虛構契合實體化。

上述的五種代碼之中，有三個避開了時間的束縛：內涵代碼、文化代碼和象徵代碼；另外兩個：闡釋代碼和行動代碼則包含了時間的不可逆轉性。另一方面，這些代碼的使用還依據一個並不具科學性的原則被分成不同的等級，那原則是「品味」（goût）。據杜斯與也同是著名符號學家結構主義者的布列蒙（Claude Brémond）的訪談中，後者曾說：「有一些是好的代碼，一些是壞的」[25]。巴特則將比較不重要的事物列入行動代碼，與之相對的是負責實證性的象徵代碼，涵蓋能引起巴特直覺興趣的一切。因此在《S/Z》中對巴爾札克文本的分析裡，我們看到象徵代碼被置於頂端，隸屬於巴特所嚮往的純粹的能指、非邏輯、或文本多義化的能力、佔盡優勢的地位。

巴爾札克的小說是處於法國王朝復辟時代（1814-1830），作者在作品中大肆攻擊布爾喬亞階級只因靠擁有黃金而成了暴發戶，但他們曖昧的出身沒有正統貴族尊貴，因為缺少真正的絷根、擁有土地的根。另外一點，小說焦點集中在一個人物身上：贊碧妮拉（Zambinella），在童年即被去勢的歌唱家，薩拉辛納這位雕塑家自以為愛上的是一位完美的女性，最後被贊碧妮拉的貴族保護人殺

---

[25] 同註 11，頁 78。

死。巴特在象徵代碼層次上所做的移位，為這個故事的兩個部分之間明確的劃下一條平行線：對暴發戶的譏諷，只因擁金而從「烏有」至暴發；另一邊則是男閹，他本身象徵的是：本來並不是女人的一個女性的「烏有」。

　　巴特在分析的過程當中借用了許多心理分析，特別是拉岡的論述；和柯莉絲德娃及德希達一樣，拉岡對巴特分析方法也是最具有影響力的人之一。從巴特對書名的字母分析工作可以闡明。S／Z 說明了整個意義符號的微妙作用，開展在 S 和 Z 不可能的關係之上。巴特指出說根據法國的人名研究來說，我們在念 Sarrasine 時，期待的是 Sarrazine，然而 Z 在此卻是「*一個毀形的字母……它切開、劃橫線、它劃一道道條紋；從巴爾札克的觀點來看，這個 Z（就在 Balzac 的名字當中）是一個異常的字母*」[26]。除此之外，Z 也是 Zambinella 名字的第一個字母，我們知道他被閹割，「*以致於因這一個置於他名字中心、於他身體中間的綴字法上的錯誤，Sarrasine 接受 Zambinella 的 Z 依照他真實的狀態，即是殘缺的傷口。而且，S 和 Z 是書寫符號（圖表）上處於顛倒的位置：從鏡子的另一邊來看的話，這其實是同一個字母。Sarrasine 在審視 Zambinella 時看到自己的去勢*」[27]。

# 伍

　　美國女批評家芭芭拉‧約翰森的著名論文《批評差異》中指出，巴特在《S/Z》中把自己陷入自我矛盾之中，因為他把《薩拉辛納》這篇小說看成是「閹割」造成的悲劇，那是因為他從薩拉辛納這位

---

[26] 《S/Z》，頁 113。

[27] 同註 26。

主人公的角度來看問題，是「依賴能指的線性」。他想在文本中尋找多元性、多重性，但結果只做到把文本打碎，卻沒有讓它保持破碎，因此，約翰森認為巴特只是個「反構主義者」（anticonstructionist），還不夠資格做解構主義者（déconstructionist）[28]。

　　儘管有一些不同的批評或看法，巴特在「重新書寫」《薩拉辛納》時，應該是真正體驗到他在建立他的詮釋時的快感，他以分解文本來追求代碼的做法，使他能進行細密的分析和解讀；他關心文本的「多重性」，拒絕尋找一種全面的統一性結構，反過來去探討每一細節是如何的在起作用，每一細節又與那些代碼相關。巴特原來是貶低古典的可讀性文本，巴爾札克正是這一類文本的典型，然而巴特卻又在分析《薩拉辛納》的過程當中，賦予這原本只屬可讀性的作品一種全新的、引人入勝、複雜的可寫性。這部《S/Z》為我們提供了一種如何從可讀性走向可寫性的文本解讀和分析方法。

[28] 引自趙毅衡著《文學符號學》，中國文聯出版公司，北京 1990，頁 260-261。

# 第五節

## 羅蘭‧巴特兩種「零度書寫」之一：
## 雷蒙‧葛諾及《薩伊在地鐵上》

## 壹、全方位創作生涯

　　雷蒙‧葛諾是一位多才多藝的文藝工作者，他同時是詩人、小說家、翻譯家、畫家、電影工作者、歌曲歌詞作者、文學活動者。他出生於 1903 年 2 月 21 日法國西北部的海港阿佛爾（Le Havre）。他的父親奧古斯德‧葛諾（Auguste Queneau）是都赫連人，母親約瑟芬‧奧古斯汀‧茱莉‧米妞（Joséphine Augustine Julie Mignot）諾曼第人，二人從事服飾縫紉用品業。雷蒙‧葛諾曾以其雙親及商店作為他小說《生命的週日》（Le Dimanche de la vie）中的人物和背景。葛諾於 1914 年受洗和初領聖體；他在阿佛爾中學唸書，初時成績平平，後來痛改前非，終於因成績優異而獲得哲學科目的「優異獎」。1920 年通過高中畢業會考。從 10 歲起，葛諾已開始大量寫作，據他自己說，13 歲那年寫了二十來篇小說。

　　1920 年，葛諾前往巴黎，在巴黎大學攻讀哲學學士學位。這段日子，他和雙親住在巴黎郊區艾比涅‧溯‧奧日（Epinay-sur-Orge）；初抵巴黎，他沉迷於打彈子和電影之中。這些往事在小說《最後的

日子》（*Les Derniers Jours*）中被描述過。1923 年至 1925 年間，葛諾考取四張哲學證書後，獲得文學士學位，開始找工作。

　　1924 年，葛諾經由巴黎大學同窗皮耶‧那維爾（Pierre Naville）的引介，加入「超現實主義派」，並為《超現實主義革命》雜誌撰稿，不過這項撰稿活動於次年因服役問題而告中斷。1925 年 10 月至 1927 年 2 月這 16 個月期間，他在朱阿夫（Zouaves：法國輕步兵，原由阿爾及利亞人組成，1841 年起全由法國人組成）團中服兵役，先是在阿爾及利亞，後來轉至摩洛哥，此機緣使他得以參與里弗（Rif）戰役，後來他在小說《歐迪勒》（*Odile*）一書中詳述其間過程。這段期間，他也以函授方式修完商業和商用英語課程。

　　1928 年返回巴黎後，葛諾任銀行職員；並與當時在沙都街（Rue du Château）的一群詩人、文學家、畫家來往密切，其中有裴外（Jacques Prévert）、唐吉（Yves Tanguy）、杜阿每（Marcel Duhamel）等人。他也擔任一美國富翁的法文教師。同年 8 月，葛諾娶了超現實主義領袖之一的布列東（André Breton）第一任妻子之妹珍寧妮‧康（Janine Kahn）為妻。1929 年，他與布列東絕交，因某些私人原因而非關學說上的意見不同。

　　1930 年，葛諾突然對文學狂興趣濃厚，開始一項龐大的研究工作，但這項成果卻找不到出版社願意出版，他後來就全用到小說《李蒙的孩子們》（*Les Enfants du Limon*）一書中。1931 年至 1933 年，他為蘇瓦令（Boris Souvarine）主辦的《社會評論》（*La Critique Sociale*）雜誌撰稿。1932 年 7 月至 11 月間，葛諾前往希臘旅行，完成了他第一部小說《危困重重》（*Le Chiendent*）的大部分篇章。後來透過一位文藝經紀人推薦給伽利瑪出版社（Gallimard），後者接受並予以出版；自此以後，他很有規律的每年出版一本書。同一年，他成為「新俄羅斯俱樂部」會員。其子尚‧馬利（Jean-Marie）

於 1934 年誕生。1933 年至 1939 年，葛諾在巴黎高等研究實踐學院追隨郭日瓦（Kojéve）和卜艾克（Ch. Puech）修習宗教科學課程。

1936 年起，他遷至內伊（Neuilly），住在此地直至 1976 年去世。伽利瑪為他出版小說《最後的日子》。他為《不妥協者》（*L'Intransigeant*）報每日撰寫〈你認識巴黎嗎？〉（Connaissez-vous Paris?）專欄直至 1938 年。1937 年，他的詩集《橡樹與狗》（*Chêne et chien*）交由德諾埃（Denoel）出版社出版，伽利瑪則出版他的小說《歐迪勒》。1938 年，他成為伽利瑪出版社審稿委員會的英文審稿委員，並與伯洛松（Georges Pelorson）和米勒（Henry Miller）等人創辦《意願》（*Volonté*）雜誌。至於有關文學狂的研究，他技巧的以此作為素材完成了小說《李蒙的孩子們》，終於為伽利瑪所接受而予以出版，同時還獲得這一年的龔古爾獎。

1939 年，小說《酷冬》（*Un Rude hiver*）出版；葛諾被動員，並於 1940 年 7 月 20 日被遣返，他隨即至巴黎在伽利瑪復職。1941 年出版《混沌的日子》（*Les Temps Mêlés*），同時出任伽利瑪出版社的祕書長。1942 年出版《我的朋友彼耶侯》（*Pierrot mon ami*），1944 年則是《遠離雷伊》（*Loin de Rueil*）。葛諾的文學活動越來越多，擴張至所有的領域，他到國外演講，也從事電台、電影和繪畫的工作，積極參與聖‧日爾曼底醋（Saint- Germain-des-Prés）的文學活動。1945 年，與《七星百科全書》第一次簽約，葛諾負責的是《科學史》。1947 年，《風格的鑄鍊》（*Exercices de style*）和他以莎莉‧馬拉（Sally Mara）筆名發表的《人們總是對女人太好》（*On est toujours trop bon avec les femmes*）相繼出版。《風格的鑄鍊》大受歡迎，1949 年，伊夫‧羅伯（Yves Robert）將其中的幾種鑄鍊方式搬上舞台；另一方面，著名女歌手葛利歌（Juliette Gréco）則唱紅了葛諾的一首詩〈如妳以為〉（Si tu t'imagines），由哥士馬（Joseph Kosma）譜曲。葛諾同時也舉辦了個人的水粉畫和水彩畫展。

1950 年，他與羅朗・伯第（Roland Petit）到美國去，為達瑪茲（Jean-Michel Damase）的芭蕾舞劇〈鑽石嚼嚙者〉（La Croqueuse de diamants）寫歌。這一年，他出版了三本書，詩集《小小創世說》（*Petite cosmogonie Portative*），評論集《棒子、數字與字母》（*Bâtons, chiffres et lettres*），和小說《莎莉・馬拉的日記》（*Journal intime de Sally Mara*）。同一時期，他加入由賈利（Alfred Jarry）創設的不通學主團（Collège de Pataphysique）；1951 年，成為龔古爾學院院士，1952 年，幽默協會會員，同時也是法國數學學會會員，出版時將多本詩集合併之後名為《如妳以為》的詩集和小說《生命的週日》。1956 年，他分別到墨西哥和蘇聯旅行；同年，《七星百科全書》第一冊出版，那是《文學史》第一卷。

1959 年，《薩伊在地鐵上》出版，風靡了廣大閱讀群眾並獲得「黑色幽默獎」，余瑟諾（Olivier Hussenot）立刻改編搬上舞台。1960 年，著名導演馬盧（Louis Malle）也根據此書拍了一部電影，一場為期一旬的葛諾研討會在瑟利西（Cerisy）舉行，這次研討會倒促成了「潛力文學作坊」（Oulipo）的設立。「風格的鑄鍊」成為國外經常被搬上舞台演出的劇碼，《遠離雷伊》也曾被改編成歌舞劇，《生命的週日》則拍成電影。自 1958 年至 1976 年間，葛諾陸續出版多本詩集，如 1958 年的《玩曼陀林的小狗》（*Le Chien à la mandoline*）《苯乙烯之歌》（*Le Chant du styrène*）《十四行詩》（*Sonnets*），1961 年的《億兆詩篇》（*Cent Mille Milliards de poèmes*），1967 年的《眾所周知》（*Courir les rues*），1968 年的《偵察戰場》（*Battre la campagne*），1969 年的《破浪》（*Fendre les flots*），1975 年的《基本道德》（*Morale élémentaire*）；小說有 1965 年的《藍色小花》（*Les Fleurs bleues,*）和 1968 年的《伊卡爾的飛躍》（*Le Vol d'Icare*）等。

1972 年，葛諾的妻子去世，他哀痛異常，終於在 1976 年 10 月 25 日隨之而去。

## 貳、瓦解傳統的小說寫作

　　《薩伊在地鐵上》的故事非常簡單，薩伊（Zazie），一個小女孩，從鄉下到巴黎來待了兩天，住在她舅舅賈碧岩的家裡。賈碧岩身材魁梧，他的職業是晚上在夜總會裡男扮女裝穿芭蕾舞衣跳天鵝湖，薩伊很想坐巴黎的地下鐵，但不巧那幾天正好罷工，於是她只好在巴黎市到處去逛，有時單獨一人，結果碰上許多奇奇怪怪、不愉快的人和事；有時則由賈碧岩、計程車司機查理、寡婦穆艾葛和怪里怪氣的屠蓋庸陪著。還有溫柔的麥思苓和鸚鵡拉威杜，這隻鳥有一句愛說的口頭禪：「胡扯，胡扯，你就只會胡扯」。在書出版之後，這句「鳥語」倒變成了坊間流行的話語。

　　書中的巴黎充滿撲朔迷離、真假難辨的人物和景象：以書名來說，薩伊在巴黎因地鐵罷工而始終未能搭乘，作者卻以「薩伊在地鐵上」命名，男主角賈碧岩本是男人，卻扮女人表演舞蹈；薩伊，一個年齡不明確的小女孩，在書的結尾處卻「變老了」；她遇到的「瘋子」或「屠蓋庸」，到底是真警察假色狼，還是一個真色狼假警察？溫柔的女子麥思苓（賈碧岩的「妻子」）最後偏又以男性的名字馬歇爾出現；而巴黎市內許多名聞世界的名勝古蹟，並沒有一直在它們原來的位置，書中人物看到的，可能是先賢祠，也可能是里昂車站，或是殘老軍人院，或是什麼別的。除了人物語言的真實性之外，這種不確實性為小說增加了不少吸引力。

　　書中有許多地方無法確切地依照原文譯成中文，除了中文和法文在基本上句法語法結構的差異之外，作者葛諾在小說中大量使用俚語，並極力忠實地、如實地描摹生活中的實際語言，依說話人的職業、身分、社會階級、地位、國籍、種族以及在說話時的發音、語氣、腔調、音節的消減或增加等等不同情況而製造出許多有音無

字的字，字本身毫無意義，只有在讀出聲或說出來才能了解其意義，或才具有意義；作者甚至只把整句話的每一音取出拼成一個字，自己創造的字。由於中國語言文字是單音字，無法將這些音節增減或一句話縮成一個自創的字等特色像原文那樣表達出來。例如：全書的第一個字：「Doukipudonktan」，原本是一句話，應該寫成「D'où qui pue donc tant？」才對，或是次頁上賈碧岩對矮傢伙說的（「你剛才說的」）「Skeutadittaleur」，原應寫成「Ce que tu as dit tout à l'heure」等例子。類似的寫法以及一些屬於語音上的文字遊戲佔了書中不少篇幅，是中文難以做到完全照譯的部分。

書中值得注意之處，除了語言文字的顛覆之外，在手法上更是運用了許多特別的技巧，作者企圖瓦解傳統的小說寫作，尤其是在形式上，最高明的地方乃在於以古典小說所要求的三一律來解構三一律，一面運用傳統文學技巧但一面又立刻攻擊瓦解它的書寫形式來完成。《薩伊在地鐵上》是文學社會學研究中一個非常典型的例子，羅蘭‧巴特在《批評文集》中有一篇文章〈薩伊與文學〉（Zazie et la littérature），詳細而精彩地分析了葛諾文學語言的社會化度數。葛諾是一位把文學語言成功地社會化到極致的作家；而「文學語言社會化」，正是巴特在《書寫的零度》中提出的兩種零度書寫之一（另外一種是卡繆《異鄉人》那種全然透明、「不介入」的「白色書寫」）。

## 參、擅長解構與嘲諷手法

事實上，自第一部小說《危困重重》開始，葛諾即已非常注意並致力於將古典風格轉換成口語法語，其目的是在於將現代法語從書寫的制約中釋放出來。他的努力在《薩伊在地鐵上》一書中達到成功的顛峰，把小說的文學語言口語化（即社會化）實現到最高的程度。

　　巴特認為葛諾在這部小說中的文學書寫之美有如廢墟，一方面它仍保有傳統書寫形式的莊重結構外表，但實際上內裡卻已被蟲蛀得千瘡百孔。它是一部「構築完美」的小說，結構屬古典類型：這是一段在有限時間之內（一次地鐵罷工）發生的故事；時延（durée）屬史詩類型：一段路線、一系列的車站；它有客觀性（故事是以作者葛諾的觀點來敘述）；人物分配均勻（主角、配角和跑龍套）；社會情境和背景完全一致（巴黎）；敘述進程的變化和平衡（有敘述有對話）；這些都是法國小說中最常使用的技巧，這一點使《薩伊》一書具有「熟悉性」，讀者不必以保持距離方式來讀它，因此，1959年出版後能立刻風行一時是毫不足為奇。

　　如此一部結構完美、熟悉、安全的小說，葛諾卻能使這些傳統文學書寫的要素在凝成之際即立刻予以「解體」，一切事物在此都具有雙面性，那正是「解體」的基本主題，也是葛諾特有的主題。作者高明之處在於：「解體」之時，也正是傳統修辭學發揚光大之處。在思想層面的修辭上，雙面性形式在書中不勝枚舉，例如：反用法（書名《薩伊在地鐵上》即是一例，因為薩伊從未搭上地鐵）；不明確（到底是先賢祠還是里昂火車站，殘老軍人院或雷伊營房，聖教堂或商業法庭？）相反角色的混淆（「癟土」既是色狼也是警察），年齡的混淆（小女孩薩伊「老了」）；性別的混淆更加增添了謎般的色彩，主角賈碧岩的性別倒錯不是很明確，而口誤最後卻又是事實（麥思苓（女）最後變成馬歇爾（男））；否定的定義（「不是街角那一家的咖啡館」；同語反複（「被其他警察抓上車的警察」）；嘲諷（「小女孩虐待大人」）等等。所有這些修辭格未被挑明，但卻充滿在故事情節的脈絡中，產生了一種驚人的解構作用。書中對傳統文學書寫最具挑釁性的是葛諾的「發音拼字寫法」，把口語以記寫的方式將其發音拼寫出來，葛諾在此以一個新的、冒失的、自然的，即不純正不合規範的字，取代原來「誇張地穿著正字法長袍」的字。

　　巴特也指出葛諾一個引人注意的新嘲諷手法：小女孩薩伊以蠻橫口氣說「拿破崙個屁」，這樣的結句（Clausule）令周圍的大人痛苦不安；還有鸚鵡常重複的一句話「胡扯，胡扯，你就只會胡扯」也是屬於同類的「洩氣」技巧。葛諾在書中把目標語言和後設語言區分得很清楚。目標語言是建基在行動之中的語言，使事物「產生作用」，是第一及物語言，薩伊就活在這種語言裡，比如，她「要」她的可樂、她的牛仔裝，她的地下鐵，僅是以命令方式或祈願式的語氣說出，因此她的語言可以掩飾嘲諷。而後設語言則是一種多餘的、不動的、說教式的、了無意義的語言。目標語言的命令和新兵的主要語式是直陳式，是為了要「再現」真實實際的「動作零度」，而不是為了要改變或修飾這真實，這也是葛諾企圖要在小說中努力做到的，將社會中的語言如實的重現在小說之中。

　　至於書中的嘲諷是否會損及這部小說的嚴肅性？巴特認為書裡的嘲諷固然「掏空」嚴肅，但嚴肅又「包含」了嘲諷，兩者之間，誰也贏不了誰。這一點解釋了批評界對這部小說的分歧意見：有人認為這是一部非常嚴肅的作品，有人卻認為這看法實在可笑，因為小說本身毫無價值；第三種意見則覺得它既不嚴肅也不滑稽，而是根本「沒有看懂」。巴特以為這正是這部作品的目的，它呈現語言那種無可掌握的荒謬本質來摧毀一切有關於它的對話，作者葛諾的嚴肅以及嚴肅和嘲諷三者之間的關係，有如剪刀石頭布一樣，永遠會有一個抓到另外一個；這是一切口語辯證的典範。

# 「發生論結構主義」研究方法之實踐

## 第一部　女性詩人作品文本剖析

# 第一節

## 繫與不繫之間——析林泠〈不繫之舟〉

### 壹

莊子〈列禦寇〉：「汎若不繫之舟，虛而遨遊者也。」

賈誼〈鵬鳥賦〉：「泛乎若不繫之舟」。

蘇軾〈自題金山畫像〉：「心似已灰之木，身如不繫之舟。問汝平生功業，黃州惠州儋州。」

### 貳

林泠[1]在她〈紫色與紫色的〉一詩中有下列數句：

那延伸於牆外的牽牛花

像我的詩篇一樣，野生而不羈

---

[1] 林泠，本名胡雲裳，廣東開平人，一九三八年生於四川江津，童年在西安和南京度過，來臺後在基隆和臺北就學，入國立臺灣大學化學系，一九五八年畢業後赴美，獲維吉尼亞大學（University of Virginia）博士學位。林泠為五〇年代著名女詩人，以婉約優美的抒情詩歌飲譽詩壇，著有《林泠詩集》（臺北洪範書店，民國七十一年五月初版，七十九年七月四版）。本文分析之〈不繫之舟〉收於此詩集中（第一首），為林泠最有名的作品。

……

在氾濫的無定河邊，水流泠泠……

此詩中「野生不羈」和「水流泠泠」幾乎就是林泠詩風格、形體和音調最恰如其分的詮釋和形容，那不但是她對自己作品、對自己詩藝的自覺，同時也是大多數論者共同的看法[2]。

# 參

在林泠許多優美動人的詩作中，〈不繫之舟〉應是她最為膾炙人口的一篇。這首完成於 1955 年的作品，十七歲的作者呈現的，不僅是年少輕狂的夢想，更表達了不喜束縛、不耐羈絆的個性和意志，以及詩人對「自我」、對「人生」的一種追求。這個夢想、這種追求建構在全詩最主要的意涵結構「有／無」之上，作者以「虛實」交替的手法表現，使得詩中的「舟」不斷擺盪在「繫／不繫」之間，讓全詩充滿一種撲朔迷離、虛實難定的幻象之美；詩人在這想像的場景之中，不停的作出「確定」隨即「否定」卻又立刻「肯定」的各種話語，充份地流露出少女（少年）嚮往自由、飄泊流浪的浪漫情懷，同時也展現人類本能的渴望、追求安定這兩者之間的矛盾衝突。本文擬從探討作品的意涵結構[3]來分析〈不繫之舟〉，希望能在眾多不同的讀詩方法中，提供另一角度的詮釋[4]。

---

[2] 如楊牧為《林泠詩集》所寫之長序〈林泠的詩〉（見《林泠詩集》序文頁十七），藍菱〈詩的和聲──《林泠詩集》讀後感〉（前引書頁 190、191、192）等。

[3] 本文所用之「意涵結構」（Structure significative）一詞係根據高德曼（Lucien Goldmann, 1913-1970）所制訂的「發生論結構主義」（Structuralisme génétique）中的一個基本概念，是文化創作一個緊密一致且具意義的結構。在一篇文學作品中，除了一個總的意涵結構外，還有一些部分的、比較小的結構，高德曼稱之為微小結構或部分結構，或形式結構。請參閱拙著《文學社會學》（桂冠，臺北，1989 年）第五章〈文學的辯證社會學──高德

# 肆

本文所欲分析的文本〈不繫之舟〉全詩如下：

沒有甚麼使我停留
————除了目的
縱然岸旁有玫瑰，有綠蔭，有寧靜的港灣
我是不繫之舟

也許有一天
太空的遨遊使我疲倦
在一個五月燃著火焰的黃昏
我醒了
　　海也醒了
人間與我又重新有了關聯
我將悄悄自無涯返回有涯，然後
再悄悄離去

啊，也許有一天————
意志是我，不繫之舟是我
縱然沒有智慧
沒有繩索和帆桅

---

曼的「發生論結構主義」〉。

4　除「註 2」中所提到的楊牧和藍菱的文章外，蕭蕭也寫過〈林泠的〈不繫之舟〉〉（刊於中央日報〈讀書週刊〉233 期，民 86 年 3 月 5 日第 21 版），還有楊鴻銘的〈林泠〈不繫之舟〉析評〉（國文天地十二卷十一期，民 86 年 4 月號，頁 93-97），唐捐的〈縱一葦之所如——讀林泠的〈不繫之舟〉〉（國文天地十三卷二期，民 86 年 7 月號，頁 60-63）以及楊宗翰的〈刺人的黃昏——林泠〈不繫之舟〉的一種讀法〉（國文天地十三卷二期，民 86 年 7 月號，頁 64-66）等，都企圖從不同的角度解讀此詩。

　　這首〈不繫之舟〉錄自《林泠詩集》（洪範，台北，民國 79
年 7 月 4 版，頁 3-5），全詩分三節，第一節四行，第二節八行，第
三節四行。

　　此詩最明顯、最突出的，是貫穿全詩的二元對立之意涵結構：
「有／無」、「實／虛」、「確定／否定（或不定）」、「繫／不繫」。

　　首先，以標題「不繫之舟」來說，「舟」固然有「不繫」而航
行水上之時，但「舟」也有「繫」於港灣、泊於碼頭之日；因此，
「不繫」的「確定」語氣與「舟」本身可「繫」可「不繫」的本質
之間產生了一種懸疑：「舟」為何「不繫」？「不繫」之「舟」是
什麼樣的「舟」？若以羅蘭・巴特（Roland Barthes, 1915-1980）的
語碼解讀法[5]來讀〈不繫之舟〉，這四個字的題目蘊涵了豐富無比的
意義；它既是文化語碼（見本文第一段，「不繫之舟」一詞有深厚
的文化背景，即莊子、賈誼、蘇軾等人的文句或詩句），也是產生
懸疑的疑問語碼，更是指涉明顯的內涵語碼，象徵意義濃厚的象徵
語碼以及行動不歇的行動語碼。事實上，「不繫之舟」在此詩中並
不單指「不繫」之「舟」，而是在「不繫」與「繫」之間不斷掙扎，
甚至有時產生困惑、疑慮，表面上「不繫」，其實仍「有繫」的小
舟。這個「繫／不繫」的對立結構出現在許多元素之中，貫徹全詩，
除了詩中文字和音節本身的優美之外，這種對立還為此詩帶來虛實
難辨、意義多重的豐富性，而錯綜的歧義更為讀者提供了在閱讀的
同時也參與書寫的愉悅和快感[6]。

---

[5]　羅蘭・巴特在其著作《S/Z》一書中提出語碼解讀法的「閱讀」方法，他認
　　為在文本中可辨認出的代碼有五種：闡釋語碼（或疑問語碼，謎語語碼 code
　　herméneutique），行動語碼（code proaïrétique 或 code des actions et des
　　comportements），內涵語碼（Les sèmes 或 signifiés de connotation），象徵語
　　碼（le champ symbolique ），文化語碼（codes culturels ou de références ）。

[6]　「可寫性／可讀性」是《S/Z》一書中最重要的概念。筆者在〈《S/Z》：從
　　可讀性走向可寫性〉（第三屆現代詩學術會議論文集，頁 233-249，國立彰
　　化師範大學國文學系出版，民 86 年 5 月）一文中曾對此概念作詳細的闡述。

在第一節的四句中,「繫／不繫」的矛盾不斷出現:

1. 「沒有什麼使我停留」:「沒有什麼」→無／「使我停留」→有,「沒有什麼」應是「不繫」,而「使我停留」卻是「有繫」。

2. 「除了目的」:「除了」→不繫,「目的」→繫;這一句使人不禁追問:什麼是「我」的「目的」?「目的」是哪裡?是第二節的第二句「太空」的「遨遊」嗎?或是「太空」裡的什麼?

3. 在這一句中,作者用「縱然」二字來意圖強調「不繫」,可是流露出來的剛好相反;此句給人的感覺是作者注意到花草港灣,而且並不是視而不見,簡直是留心觀察,知道此處的花是玫瑰,樹有樹蔭,同時還有「寧靜」的「港灣」,若無心「繫」於港灣,如何知其「寧靜」?顯然「有繫」,是作者心底渴望(?)可以停泊的「寧靜港灣」;此外,此句不但是第一節最長的句子,也是全詩最長的,作者一口氣列出「可以」「使我停留」的一些元素,然後用「縱然」二字完全推翻,可是「縱然」並不是「確定」的語氣,只是一個「假設」之詞,因此,這一句應可視為洩露作者心底秘密的關鍵句,同時也是第二節中「疲倦」之後,「人間與我又重新有了關聯」的「人間」之伏筆。「縱然」→不繫,「玫瑰、綠蔭、港灣」→繫。

4. 「我是不繫之舟」:此句的語氣是「肯定」的,是作者「想」做到的境界;然而,事實上,這一句置於前三句之後,加上後面二節每一節都有「也許」二字,因此,這個「不繫」其實還是未確定的,一方面因為作者知道有一些使人願意停留繫泊的地方,另一方面,第二節和第三節的詩句證明這一句只是作者想像之中希望能做到的「不繫」而已,而那個「不繫」是存在於「也許有一天」目前未知的時間裡。表面上的「我是不繫之舟」,實際上在目前來說仍是「有繫」的。

第二節的八句，對立和矛盾更是明顯：

1. 「也許」：根本不確定，不存在。

   「有一天」：表示直至目前未有。

   這個不存在不但指涉第二節中的所有情事，當然也包括第一節所說的一切甚至第三節（第三節再重複一次「也許有一天」！）

2. 「太空的遨遊使我疲倦」：這一句讓我們想到第一節的「沒有甚麼使我停留／除了目的」，「太空的遨遊」就是這個「目的」嗎？是它「使我停留」嗎？如果是「目的」就應該一直「停留」下去，為何在第七句中說「返回」（「有涯」）？如果是「遨遊」，尤其是「不繫」之「舟」的「遨遊」應該是逍遙自在，如何會產生「疲倦」？遨遊不等於疲倦，遨遊和疲倦是無法令人聯想到一起的兩種事物，為何作者會放置在同一句之中？莫非心中仍偶然記起那「寧靜的港灣」，那「綠蔭」和那「玫瑰」？距離的拉長使滿心嚮往的「太空遨遊」也變得無趣，而當初一心想擺脫的「有涯」正以「燃著火焰」似的絢麗和熱情從心中升起，變得可愛，讓人清「醒」，催促「我」歸去？

3. 「在一個五月燃著火焰的黃昏」：前一句說明空間，這一句說明時間，作者從「不繫」回歸到「繫」的時空背景。選擇「五月」的「黃昏」，想必是有某種原因，這個「黃昏」還「燃著火焰」呢！是「返回」的好時刻吧？！或是與什麼人相約的時間？

4. 「我醒了」：醒了才想到「返回」，才想到「繫」；那麼「醒」之前，是處在什麼樣的狀態呢？睡？意識不清？

5. 「海也醒了」：海也和人一樣一起醒來。海因「舟」而醒，「舟」終於從「太空」「返回」了。

6. 「人間與我又重新有了關聯」:「有」、「重新」、「關聯」都是「繫」,「重新」表示本來就「有繫」。

7. 「我將悄悄自無涯返回有涯,然後」:「無涯/有涯」→「不繫/有繫」,為何要悄悄?介意別人知曉?

8. 「再悄悄離去」:「返回/離去」,「繫/不繫」,在此二者之間擺盪。

第三節中的四句,同樣的元素亦出現其間:

1. 「啊,也許有一天」;再次重複「也許」和「有一天」,證明目前未是(不繫之舟)。

2. 「意志是我,不繫之舟是我」:「意志」=「不繫之舟」嗎?是「意志」要成為「不繫之舟」?

3. 「縱然沒有智慧」:再次重複縱然,但此次與前次的意義與作用不同。「沒有智慧」在此指「不繫」。

4. 「沒有繩索與帆桅」:「繩索」和「帆桅」是「繫」,而「沒有」表示「不繫」。與上一句對照,「智慧」=繩索和帆桅嗎?

第一節中,讀者可能會誤以為作者是「不繫之舟」(「我是不繫之舟」:肯定,自信),在第三節中才知道不是(「也許有一天/不繫之舟是我」:不確定)。

# 伍

全詩在「繫/不繫」之間,「有/無」和「實/虛」之間徘徊往返,在嚮往無拘無束的自由和人類本能求定的意念之間擺盪,決定了「不繫」,卻又在「疲倦」時重回「人間」的「有繫」。從「有涯」到「無涯」,再從「無涯」返回「有涯」,然後又再離去。

# 第二節

## 女性自我意識：主體／幻象／鏡像／主體
## ——剖析蓉子〈我的粧鏡是一隻弓背的貓〉一詩

### 壹

西蒙・德・波娃（Simone de Beauvoir, 1908-1986）於 1949 年出版的《第二性》（*Le deuxième sexe*）討論長久以來從生物學、精神分析法、歷史唯物論等觀點對女性的看法。她認為在歷史上，女性都被貶為男性的物件，女性只是男性的「另一身」，否定女性自己有本身主觀性及對本身行為負責的權利；女性所扮演的角色，幾乎全是父權制所指定、派給。她同時也指出女性在此被分配到的身份、地位中，遭遇到的各種困難、痛苦[1]。德・波娃的女性主義論述對後來的許多理論深具啟發性。1968 年 5 月學運發生後，其最具體和深遠的影響力，一是許多新的西方文學理論興起，二是新的觀念開始受到肯定。

新法國女性主義正是學運之後開始盛行的理論，特別注意到男性主體是如何將女性置於其等級秩序的負面角色之上，將女性與一

---

[1] 參考 Simone de Beauvoir，*Le Deuxième Sexe*，Paris，Editions Gallimard，1949 年初版、1976 年版。

切「非男性」範疇相連繫，以保證自己所謂的核心地位和權力。艾蓮妮‧西蘇（Hèlène Cixous）於分析此種父權制思想時，曾列出相當於男性／女性隱藏之二元對立：

> 她在哪裡？
> 積極／消極
> 太陽／月亮
> 文化／自然
> 白晝／黑夜
> 父親／母親
> 腦／心
> 理智／敏感
> 理解／感覺
> 形式　凸形　台階　進展　種子　發展
> 內容　凹形　基地──支撐台階、容器
> 男性
> 女性

　　構成菲勒斯中心系統的此二元性對立，明顯地帶有價值評判，每一組都被分析為一個等級：正面／負面評價清楚，永遠可以追溯作為基本的典型；「女性」一直被視為負面、消極、無力的那一方，父權之下，男性一定是勝利者。西蘇的理論可歸納為解放此種語言中心的意識形態，推翻其與菲勒斯中心主義之合力壓迫，以及令女性長久以來保持沉默的父權制二元性系統；要確立女性為生命之源、權力及能量，發展新女性化語言：「女性文本必具極大的顛覆性」[2]。

---

[2]　參考 Toril Moi 著，陳潔詩譯，《性別／文本政治：女性主義文學理論》第二部分第六節〈埃萊娜‧西佐斯：幻想的烏托邦〉，板橋：駱駝出版社，1995年，頁 93-118。

# 貳

在台灣，女性學開始於 1980 年代中期，女性意識亦僅於八〇年代末期才被大力推動。因此，台灣的女性文本是否具有「極大的顛覆性」，不但易引起懷疑和好奇，同時也是值得研究和探討的課題。

小說方面，早期郭良蕙的《心鎖》和後來李昂的《殺夫》可能是較易令讀者想到的具顛覆性文本。至於詩方面，傳統中——無論是古典詩或現代詩——對女性作者／女性文本／女性角色理想化的美定為溫柔婉約，且長久以來幾乎成為此領域之標準的狀況之下，進入女性作者現代詩文本來探索內涵的女性意識，相信不僅可以發現其中尚未被大量研究挖掘的特質，更能為台灣現代詩壇女性書寫建構真實的面貌。

自女性意識被大力推動之後，創造新女性化語言，改造意象，由過去長久的被動變成主動，傳統的委婉轉為剛強；尤其值得注意的是，主題方面，不但遠遠超過前輩女性詩人所寫的範圍，有些甚至亦越出男性詩人所習慣的以為和想法，突破大部分詩作作者所使用的題材。隨著女性學的興起和整個社會的改變，九〇年代開始之後，現代詩女性文本中出現許多描寫女性身體經驗如月經、懷孕、生產等事，尤其是男女肉體的接觸、感官的歡愉等，更是在以前的女性書寫詩中不可能以直接、赤裸的手法來表達的主題。

阿翁作品〈肉體〉[3]一詩，描述的是歡愉的男女主角，但令人耳目一新的，是詩中那種快樂的、解放的、無憂無慮的、完全沒有傳統中女性顧忌的「女性意識」：「儘將冬日纏綿在床上／將長長的愛戀做心願／變做做一對共生的懶蛇／彎入的線條／怎麼摸了幾

---

[3] 收入《光黃莽》，作者自印，臺北，1991 年 9 月，頁 41-42。

千百次／仍然新鮮」。女主角甚至寧願「沉淪」，讓「天地」、「父母」或「家國」離棄亦無所謂：「爽而脆的肉體／使我日夕沉酣／如果／這就是沉淪的意義／且讓天地從此離棄我們／父母或者家國──／我們是沉重時代的仙人／輕輕昇到天上去」。在詩的第三段中，作者更是將細節毫無遮掩的加以敘述：「爽滑的肉體／你帶著光澤／在清晨閃一閃又將我嵌進來／無間的／接觸／說修了幾千幾萬年的福／才一吋一吋地／縮短著你與我的差距／暈眩的／碰撞／彼此扶住　滾動　清涼／凝止／摸娑著／天帝的喃喃咀咒」。整首詩完全是歡樂情調，作者坦蕩地描述自己的感覺、經驗，絲毫不受社會傳統觀念的影響。

　　以語言的聲調音效創造全新的語言、全新的意象，以身體器官各種現象作為題材，或描述女性的經驗，或抨擊傳統父權社會對女性的各種控制，來表達全新的女性意識：主動、剛強、顛覆、解構。例如江文瑜的〈妳要驚異與精液〉[4]：「身為女人的妳對做愛總是無比驚異／率將鼓舞歡送衝鋒陷陣的兵隊精液／在暗潮洶湧的陰道浮沉驚溢／千萬支膨脹盛開的雞毛撐矗立勁屹……」，「每日用妳喉嚨尖聲喃喃的頸藝／冥想創造精液／求驚」。全詩均以ㄐㄧㄥ　ㄧˋ作為每一行詩最後二字的諧音文字增加語音的趣味，並以女性的主動性強調效果，因此，不論是在題材上或表達手法上，都具有顛覆性，同時也達到作者瓦解父權制男女關係的目的。

　　從上文所引之〈肉體〉與〈妳要驚異與精液〉二詩來看，〈肉體〉中作者完全解放式的自由書寫、描述自身快樂情境，與〈妳要

---

4　收入《男人的乳頭》，臺北：元尊文化，1998 年，頁 25。

驚異與精液〉中用帶挑釁意味的語言文字直接、主動抨擊父權性愛，的確令閱讀者感受到全新的閱讀樂趣，以及明顯清楚的「女性意識」。由於此二詩分別於 1991 年和 1998 年出版，因此，讀者必然會尋問，在女性學尚未在台灣興起和發展之前，女性作者詩中的女性意識是否也如此清晰；更重要的一點是，上述二詩的作者即論述者所呈現於詩中的「主體」相當明確，無論是〈肉體〉的「我」或是〈妳要驚異與精液〉的「妳」，表現出來的都是強烈的「自我」，在早期的現代詩文本中，女性作者是否也會如此呈現「自我」的「主體」，當然，可能是以另外一種方式進行？

在許多傑出女性詩人的文本中，我們發現有不少明顯呈現「自我」的詩作，例如林泠的〈不繫之舟〉:「沒有什麼使我停留／──除了目的／縱然岸旁有玫瑰，有綠蔭，有寧靜的港灣／我是不繫之舟」[5]，詩中的「我」，不受任何事物束縛，即使是世人所追求的美好事物:「玫瑰」、「綠蔭」和「港灣」，她所表達的是「完全自由」的女性意識:「不繫」，與一般人傳統的想法正好相反。又如敻虹的〈我已經走向你了〉一詩，有更清楚和更成熟的體現:「你立在對岸的華燈之下／眾弦俱寂，而欲涉過這圓形池／涉過這面寫著睡蓮的藍玻璃／我是唯一的高音」；詩的最後兩句再重複一次:「眾弦俱寂／我是唯一的高音」[6]，「我」在詩中不但是「高音」，而且還是「唯一的高音」，更特別的是在「眾弦俱寂」的境況之中，如此清醒、特出、高貴、掌握全局的魄力，比起傳統中悲歡命運的女性意識，當然是值得讚歎和注意的。

這兩首創作於五〇年代和六〇年代初的詩，使用的寫作手法自然與九〇年代的完全不同。楊牧認為「意象和譬喻的完整，象徵的

---

5　見《林泠詩集》，臺北，洪範書店，1998 年 3 版，頁 22-23。
6　見張默、蕭蕭編《新詩三百首》，臺北:九歌出版社，1995 年 9 月，頁 551-552。

圓融，是林泠詩最令人讚歎的特色之一」[7]，而且「婉約優柔和純真矜持頗能代表大部分林泠詩的風格和體裁」[8]。至於敻虹，「年輕時代的敻虹寫了許多意象輕巧、意蘊深遠的作品，〈我已經走向你了〉、〈水紋〉都屬於這一時期的作品，余光中曾指出這兩首詩的意象都很高明，而且善於收篇。如〈我已經走向你了〉的末段，是聽覺意象，以武斷的對照取勝」[9]。意象輕巧完整、象徵深遠圓融、婉約悠柔、純真矜持，是這兩首詩的優點和特色，任何人都會接受和承認，然而我們要特別指出的，即使作者「年輕」，風格「婉約」，其文本所呈現出來的「自我」和「主體」的「女性意識」，其堅持、強烈和明顯，並不會比前文所舉之九〇年代例子遜色；坦蕩、直接、赤裸與含蓄、間接、矜持這兩種相反的表達手法，當然會賦予讀者完全不同的閱讀樂趣。因此，創作進行的方法固然會因時代、世代、社會、環境、民族的不同而有所差異，但是創作者個人的個別因素和其個人整體背景也是其表現特色的影響元素之一。

## 肆

為了能更進一步探討女性詩人文本中的意識與意涵，我們擬於此舉「元老級的女詩人蓉子」[10]〈我的粧鏡是一隻弓背的貓〉一詩作為詳細的分析對象。此詩文本如下：

---

[7] 同註 5，楊牧〈林泠的詩〉序文，頁 14。
[8] 同註 7，頁 4。
[9] 同註 6，〈鑑評〉，頁 557。
[10] 此句引用李元貞〈從「性別敘事」的觀點論臺灣現代女詩人作品中「我」之敘事方式〉，收入《近、現代中國文學與文化變遷》，臺北：學生書局，1996 年 12 月，頁 408。

我的粧鏡是一隻弓背的貓
不住地變換它底眼瞳
致令我的形像變異如水流

一隻弓背的貓　一隻無語的貓
一隻寂寞的貓　我底粧鏡
睜圓驚異的眼是一鏡不醒的夢
波動在其間的是
時間？　是光輝？　是憂愁？

我的粧鏡是一隻命運的貓
如限制的臉容　鎖我的豐美於
它底單調　我的靜淑
於它底粗糙　步態遂倦慵了
慵困如長夏！

捨棄它有韻律的步履　在此困居
我的粧鏡是一隻蹲居的貓
我的貓是一迷離的夢　無光　無影
也從未正確的反映我形像。

　　此詩在林煥彰的〈欣賞蓉子的詩〉中，被認為是「其結構的緊密、節奏的飄逸、意象的完美，與乎其意境之深邃來說，在在都顯示為其不可多得的傑作」[11]。然而林煥彰在此文中認定此詩是「作者在臨照鏡子時，對於流逝的時光，無法挽留的青春，引起的一陣喟嘆」[12]，並且於文末有下列一段文字：「這首詩雖然只是以女性

---

[11] 見林煥彰，〈欣賞蓉子的詩〉，原載《臺塑月刊》，1972 年，後收入蕭蕭主編《永遠的青鳥》，臺北：文史哲出版社，1995 年 4 月，頁 380。

[12] 同註 11，頁 383。

對於年華之消失而體悟出生命的真諦，但在男性來說，有很多對於
其命運、前途不懂得改變、創造，只一昧的迷戀著他目前的小有成
就，甚至於被其自我優越的心理作祟作蒙蔽的，不也同樣可以女性
之過份寵愛粧鏡的自我毀棄來相提嗎？」[13]。林煥彰以詩作的作者
「靈活地描述她日夜臨照的粧鏡」[14]而肯定「粧鏡」＝女性臨照＝
過份寵愛之物，因而害怕「年華之消失」、「自我毀棄」等，但在同
一段文字內，提到男性時，卻以「目前的小有成就」、「自我優越的
心理」來描述，很明顯的區分出男／女性在日常生活以及對生命意
義完全相反的作法和結果。文中另有一行說明「『我的粧鏡是一隻命
運的貓』，至此，作者已更明確的把女性的一生都浪擲於面對粧鏡的
作為指示出來」[15]，更明指女性虛耗一生的行為就因粧鏡一物。

　　周伯乃在〈蓉子的「我的粧鏡是一隻弓背的貓」〉則指出「『那面
粧鏡』又是用來反射人生的歲月、光輝、和憂愁的種種內在情緒的變
化」[16]並比較深入去說明「時間」、「光輝」、「憂愁」的可能指涉；對
於詩中的最後三行，周伯乃認為「這可能是暗示一個生存在現代工
業社會裡的人，有諸多真實的自我被扼殺的悲劇性，所以詩人嘆息著
粧鏡從未正確地反映她的形象」[17]。比較重要的是，周伯乃接著提到
「在此機械工業日夜爭吵的動亂的世紀裡，自我能不被完全扼殺，多
少已經存有一點僥倖了。而如果能夠完全現示自我，認知自我的，似
乎是杳杳無幾的」[18]。周伯乃清楚的感受此篇女性作者的女性書寫中
所欲展現的「自我」，以詩作寫成的日期[19]以及周伯乃此文的刊登日

---

[13] 同註 12。
[14] 同註 13，頁 381。
[15] 同註 12。
[16] 見周伯乃，〈蓉子的〈我的粧鏡是一隻弓背的貓〉〉，原載於《新文藝》第
142 期，1968 年 1 月，收入《永遠的青鳥》，頁 364。
[17] 同註 16，頁 365。
[18] 同註 16，頁 365-366。
[19] 據蓉子自己對我們所作的說法，約寫成於 1966（民國 55）年。

期（1968 年 1 月）而言，是那個時代令人注意的書寫和分析。只可惜的是，「蓉子的詩和胡品清以及其他女詩人的作品一樣，總是帶著濃重的女性的典雅與溫淑」[20]除了是周伯乃對蓉子的詩及女詩人作品的確定之外，也是長久以來一般評論認為是女性詩人應該有的風格。

鍾玲在評論這首詩時，特別指出蓉子「巧妙地運用了鏡子意象，而貓又是最常被比作女性的動物。」蓉子把「這兩個限制自我發現，製造幻象的象徵，扭轉為反省自覺的象徵，反映出女性的困境，最後觸及反省過程中，尋求自我的問題」[21]。鍾玲於〈都市女性與大地之母──論蓉子的詩歌〉一文中清楚說明「鏡／貓」不但「製造幻象」，並且「限制自我發展」，並宣示了蓉子於「反省過程」「尋求自我」的問題，同時也在另一段文字中認為蓉子「詩中常出現反省及自覺意識」[22]這一點在林綠後來的〈女性意識與女性自覺──論蓉子的詩〉中也有提到：「蓉子察覺到了女性所受到的諸多限制，時時思索反省，於是寫下了〈我的粧鏡是一隻弓背的貓〉此類女性自覺意識強烈的詩」[23]。鍾玲與林綠二位評論者文中所提及的幻象，自我、自覺意識等問題，正是我們下文從此詩中所要探討和分析的元素。

## 伍

從這首詩的標題「我的粧鏡是一隻弓背的貓」來看，除了「我的」表示主有形容詞外，「粧鏡」和「貓」是此句的名詞，同時也

---

[20] 同註 16，頁 366。

[21] 見鍾玲，〈都市女性與大地之母──論蓉子的詩歌〉，原載《中外文學》第 17 卷第 3 期，1988 年 8 月 1 日，收入《永遠的青鳥》，頁 97。

[22] 同註 21，頁 96。

[23] 見林綠，〈女性意識與女性自覺──論蓉子的詩〉，選自《羅門、蓉子文學世界學術研討會論文集》，收入《永遠的青鳥》，頁 117。

的確是使人聯想到女性的用物和動物。波特萊爾在《惡之華》(*Les Fleurs du Mal*) 中即有三首〈貓〉[24]，以頁 61、62 的那首最能容易看出貓和女性的比擬，我們將此詩譯成中文如下：

> 來！我美麗的貓，到我熱戀的心上；
>> 收起你腳上的利爪，
> 並讓我沉入你漂亮的眸中，
>> 揉合著金屬和瑪瑙。
>
> 當我的手指悠閒地撫摸
>> 你的頭和有彈性的背，
> 當我手掌愉悅地陶醉
>> 於輕觸你荷電的身軀，
> 我就看見精神上我的女人。她的眼神，
>> 像你，可愛的動物，
> 深邃而冷漠，銳利如魚叉，
>
>> 而且，從腳至頭，
> 一種微妙氣質，一股危險幽香
>> 漾溢於她褐色軀體四周。

從撫摸貓的軀體直接轉至「她」的軀體，以貓的眼睛明比「她」的眼神，貓也和「她」一樣帶有神祕性，讓人難以捉摸。在此詩中，貓即女性的比喻非常清楚。

「粧鏡」一詞除了令人想到女性攬鏡自照之外，更讓我們想到法國精神分析學理論中，拉岡的「鏡像階段」(Le Stade du Miroir)：嬰兒與大人同時出現於鏡前，但尚未能區分鏡像與己身，以及自己

---

[24] 見波特萊爾，《惡之華》(*Les Fleurs du Mal et autres poèmes*)，Paris，Garnier-Flammarion，1964 年，頁 61、75、89，三首〈貓〉。

的鏡像和大人的鏡像；稍後才會區別鏡像與自己的身體，最後才察覺出影像是「自己的」。這鏡像階段雖然展開主體形成的前景，卻並未使主體出現，嬰兒於此時所找到的自己，只是一個幻象或想像。他須從想像界（l'imaginaire）進入象徵界（le symbolique），也就是說從想像的主體過渡向真實的主體[25]。從拉岡的鏡像我們也想到法國女性主義評論家伊蕊格萊（Luce Irigaray）的父權反思，在《另一女性之反射鏡》（*Speculum, de l'autre femme*）中，她認為女性提供一個沉默的地方，讓父權制思想家豎立他的論述性架構；事實上是男性以其父權體制的角度、觀點來建構女性，使女性成為父權制的鏡像；當女性一起發言時，「女性話語」會出現，然而一旦有男性在場便立即消失。因此，女性的主體喪失，只能依照男性的標準而存在，抑壓自己以映照男性的偉大傑出，成為男性的鏡子，也就是父權制鏡像[26]。

經過上文對「粧鏡」和「貓」的解讀，我們將以「發生論結構主義」詩歌分析方法[27]進行整首詩的探討，釐清全詩的意涵結構。

〈我的粧鏡是一隻弓背的貓〉共分四節，第一節三行，第二節五行，第三節五行，第四節四行。

正如前面所言，詩中出現的主要角色，除「粧鏡」和「貓」之外，還有「我」，因此，「我」在詩中扮演的，到底是真的「自我」？是「主體」嗎？或只是每當「我」坐於鏡前才出現於鏡中的「幻象」？或甚

---

[25] 參考〈雅克・拉康〉，收入《結構的時代──結構主義論析》，中和：谷風出版社，1986 年 12 月，頁 102-121。

[26] 參考 Luce Irigaray, "Speculum, de l'autre femme", Paris, Les Editions de Minuit, 1974。

[27] 「發生論結構主義」（structuralisme génétique）是呂西安・高德曼（Lucien Goldmann, 1913-1970）所建立的一套研究方法。請參閱拙著《文學社會學》第五章〈文學的辯證社會學──高德曼的「發生論結構主義」〉，臺北：桂冠圖書公司，1989 年，頁 73-136，有詳盡的闡述和分析。筆者曾以此方法剖析東坡詞以及洛夫、向明、林泠、羈魂（香港詩人）、淡瑩（新加坡詩人）等詩人的作品。

至只是父權制下的「鏡像」？或如柯莉絲德娃（Julia Kristeva）所說的，置身於「男性」價值的建構中，成了問題的「女性主體」？[28]

在詳細的閱讀和細膩的分析之下，我們尋覓出此詩最主要的意涵結構為「實／虛」，或更精準的說，是建立在「主體／幻象」「主體／鏡像」之上，作者在全詩的發展中，企圖在「幻象」裡尋找「自我」的「主體」，最終是在父權制社會中，女性遭受的困境令此「主體」更傾向於一「幻象」，或只是一「鏡像」，一個男性價值建構下的「女性主體」，詩中的許多部分（微小）結構更襯出總意涵結構的明顯。全詩文本的分析如下：

第一節有三行：

第一行：

「我的」：主有形容詞，指明「粧鏡」是屬於「我」的。「我」在此出現以顯示詩中主人翁。

「粧鏡」：突顯詩中主人翁用以自照的用物，同時亦表達主人翁「我」能出現的空間只在「鏡」中，換句話說，只是「鏡」中的「幻影」或「幻象」，因此，「粧鏡」是一個使詩中「主體」同時成為「幻象」的重要媒介。

「是」：明顯清楚的比喻，並且是「肯定」的「等同」。

「一隻」：部分結構，說明「貓」的數量。

「弓背」：貓的姿態。貓何時會弓背？形容貓並不是溫馴地、服貼地靜躺、靜坐、靜睡，而是在動態當中，並且是心中起伏、洶湧時的動態。此元素標示「我」臨照「粧鏡」時的所見所感：並非平靜的心情，並非只為看見「鏡外」的「我」、為之粧扮而已。

---

28 見克里斯多娃，〈婦女的時間〉，收入張京媛主編《當代女性主義文學批評》，北京：北京大學出版社，1992 年 1 月，頁 351。

「貓」：貓於此詩中具有多重意義：（一）等同「粧鏡」，（二）令人聯想到「女性」，（三）貓於詩中的樣貌、姿態、各種不同的心境、動作等都表達「我」不同的「困境」，因而衍生出將「主體」化為「幻象」的「動力」。

第二行：

「不住地」：加強上述「動力」的持續、長久、永不停止。

「變換」：重要的動詞，加上前面「不住地」三字，更強調了「眼瞳」不得不變、並且「變換」「迅速」的實情；同時預先說明下一句「我的形象變異」的重要原因。

「眼瞳」：貓的「眼瞳」一向予人「神秘」之感，或如上文所引波特萊爾「揉合著金屬和瑪瑙的漂亮眸子」。「神祕而美麗的眼瞳多變」，在這一節詩中（或全詩亦如此）「眼瞳」是「它的」、即是「貓的」，而「貓」等同「粧鏡」，「粧鏡」又是詩中「我」唯一能出現的「空間」，因此，「變換眼瞳」令人想到此「空間」的「變換」，「空間變換」會讓我有較多「活動」的機會嗎？此句引起讀者的想像。第三行描述此「變換」產生的結果。

第三行：

「致令」：指出貓眼瞳不住變換的結果。

「我的形象」：正是此詩最主要的元素，「主體」或「自我」重視的就是「形象」，「我的形象」顯現出來的，是我所要我所願的嗎？在這一句裡並沒有說清楚，但卻讓讀者知道，由於上一行「貓眼變換」，引起「我的形象」也「變異」了。「形象」同時也是「鏡中」「幻影」。

「變異」：一如上一句的「變換」，「變異」是此詩的重要動詞，明確地告訴讀者，因「貓眼變換」，「我的形象」也無法不「變異」，「異」字比「換」更清楚地說明「異樣」，不是正常應該有的「形象」。

「如水流」：「如」為比喻詞，「水流」呼應上一句的「不住地」，從「水流」的速度可以想見「不住地」的速度，同時也讓讀者想像「我的形象」「變異」之快。

整首詩以第一節三行的詩句最重要，總意涵結構「主體／幻象」隨著「我」、「粧鏡」、「形象」、「變異」而表達得清楚透徹：「主體」並不能自由的出現，必須透過「粧鏡」才能看得見，但透過「粧鏡」所映照出來的只是一個幻影或幻象，因為，只要「主體」不在「鏡前」，只要「主體」沒有「粧鏡」，「主體」的「形象」就無法顯現；更嚴重的是，「主體」的「形象」會因「粧鏡」的「變換」而跟著「變異」，完全無法抵抗其影響。從這一點，讀者可以看出「粧鏡」是作者書寫時生存的社會；父權制社會裡，女性的「形象」只是隨時受到影響而「變換」成男性要求的「鏡像」罷了。後面三節的詩句是對這總意涵結構作更細的描繪。

第二節有五行：

第一行：對「貓」作更詳細的描寫和形容：重複「貓」是「弓背」的，再加上「無語的」，兩種不同的樣子。

第二行：「寂寞的」，第三種樣子。「貓」即「粧鏡」，「粧鏡」即「我」的「空間」，「弓背的」也許還可以看出「貓」「不安」的心情，但「無語」和「寂寞」則可想見「貓」的「無可奈何」，一如在第一節中所言，「貓」的不同狀態都暗示「我」不同的「困境」：「我」的「空間」是要「我」「無語」、令「我」「寂寞」。

第三行：第一節中提及「眼瞳」，於此句的「變換」是「睜圓」動詞，為何「睜圓」？因為「驚異」。然而，原本「睜圓」應該是「清醒」時才會做的動作，在這一句中所看到的卻是「不醒」的「夢」，這種完全相反、矛盾衝突的詞語更能突顯「我」的痛苦：「我」要的是「醒」，但被要求的是「不醒」，再加上「夢」這個名詞所指的也只是睡覺時所「看到」、在現實中完全「不存在」的事物，因

此也只是「幻象」而已。即使「睜圓驚異的眼」，看到的、擁有的，也只不過是觸不到、摸不著的「幻象」。「貓眼」（也是「粧鏡」）此處用「一鏡的」，是直接劃等號之外，更能讓讀者感受到「眼睛如鏡」，映現眼中一如映現鏡中的「幻象」，眼睛閤上，稍離鏡前，一切都不存在的意涵結構。

第四行：由於是眼、是鏡，因此，縱使是「不醒的夢」，也能看到有物「波動」於「其間」；此為部分結構，藉以說明「主體」所見到的與其原來希望擁有的是否一致，或正好相反。

第五行：「時間」，如果是「自己的時間」、「自由的時間」，應該是「我」想要有的。「光輝」，如果是「自我的光輝」、不是襯映男性的光輝，應該也是「我」希望有的。然而，如果不是「我」想擁有的「時間」和「光輝」，它給「我」的，是否傳統中大部分女性都要忍受的「憂愁」？這一句的三個名詞都以問號作結，可以想見作者的焦慮、疑惑，擔憂，並加強女性於其「空間」中多重的不安和困惑。

第三節有五行：

第一行：再重複一次「粧鏡」是「貓」，此處的「貓」加上了「命運的」形容詞。長久以來，女性對於被壓抑的「自我」無法按照自己意願做事過日子或單純的做「我」時，都會用「命運」一詞來一輩子忍受下去。故「命運的貓」所要表達的正是在父權制社會裡女性全因「命運」而遭受到的剝奪、控制，換言之，原本的「主體」完全成為「鏡像」，依照男性所強求的那種「鏡像」。

第二行：「限制的」正是父權制的框限，「粧鏡」即「貓」即此「限制的臉容」，也等於「狹小的空間」，下一句即用「鎖」這個強烈的動詞，「我的豐美」原本是「主體」認知的詞彙，也就是作者的「自我」意識，然而因「粧鏡」的「限制」而被「鎖」住，無法

呈現，無法發揮，此句及後面三句是控訴父權制社會中女性受到壓抑的狀況。「主體」成為「鏡像」。

第三行：「它的單調」是「限制的臉容」的「單調」，此可恨的「單調」卻「鎖」住「我的豐美」這個優點，並將我另一優點「我的靜淑」「鎖」「於它底粗糙」。這幾句的語氣全是控訴的語氣，然而我們於此卻碰到作者在寫自己的美好時，第一次用「豐美」這一個比較豐富、厚實、寬廣的詞彙，第二次卻用了「靜淑」這兩個字，此詞彙是傳統社會中父權制觀念下的女性特點和優點，其實就是男性價值建構下的「女性主體」，因而難免於「自覺意識」裡摻入了父權制的觀念，不知不覺中成為「鏡像」。

第四行：「粗糙」即指控「粧鏡」或「貓」或「限制的臉容」，貶意比上一句的「單調」強烈許多，並且給人一種直接的、毫不掩飾、毫無懼怕的感覺。由於「空間」即「環境」如此「單調」「粗糙」，「鎖」住「我」的全部優點，因此才有這一行的第二句出現：「步態遂倦慵了」。這一句的主詞到底是「貓」還是「我」，作者並沒有明示；由於整節的第一句用了「命運的貓」，因此「貓」的「步態倦慵」彷彿是合理的解釋；但是第二句「如限制的臉容」是用「如」字比喻「命運的貓」，並接著指控它「單調」「粗糙」，因此「步態倦慵」的主詞又彷彿是「我的豐美」和「我的靜淑」中的「我」。模稜兩可的寫法正好賦予讀者理解的自由。若認為主詞是「貓」，那是因為它「單調」和「粗糙」才會「步態倦慵」；若認為主詞是「我」，這一句正可突顯出「我的優點」「我的才能」全被「單調」「粗糙」「鎖」住，我的「步態」「遂」「倦慵」「了」，是傳統社會中「女性」被「框鎖」之下，真正的「主體」不得不成為「鏡像」的結果。「遂」和「了」兩字為部分結構，加強總意涵結構的變化和因果關係。

第五行：再出現一次「慵」字，與「困」字合在一起。「慵困」的無奈和厭煩比「倦慵」更具強度。「慵」字在文學中似乎也常和「女性」有關聯：「嬌慵」、「慵懶」、「慵散」，但這幾組形容詞比較偏向「嬌態」，而此詩中用的「倦慵」和「慵困」卻是表達「苦悶」這一面。「長夏」令人想到烈日、悶熱、窒息、侷促，「長」字更加強其令人難耐的程度，句中用一「如」字，使「慵困」的難以忍受等同長長的炎悶的夏日。「如」是部分結構，句尾的「驚嘆號」也是，都是同時增加「慵困」和「長夏」的令人煩悶。

這第三節的詩句清楚表達「女性」的「自我意識」，同時指控父權社會對女性才能的種種限制，令女性的「步態」無法瀟灑自在如她所願、如她所能以及對「女性」身處於男性建構的價值觀念下，如何從「自我」的「主體」轉化為「鏡像」的深切體認。

第四節有四行：

第一行：「捨棄」、「有韻律」、「步履」正是上一節指控「單調」「粗糙」之後的直接後果，「有韻律的步履」比「步態遂倦慵了」更清楚的說明自己的才華，而「捨棄」二字又比「遂」「了」二字更能表達心內的痛苦以及父權限制下「女性」必須「做」的「事情」。此句出現的「它」與後半句及下一句的內容對照，應該是「貓」；然而，一如上一節中第二句「如限制的臉容」的「如」字，「如」可以是接連第一句的直接比喻，也可以是無關的「比如」「限制的臉容」的意思，因此，第三節中的「它」可以是「貓」的，也可以是「臉容的」，「步態」可以是「貓」的，也可以是「我」的。引申到這第四節的第一行，「它」可以是「貓」的，也可以是「我」的，「在此困居」同樣也是可以同時指「貓」和「我」；這一行的「捨棄」和「困居」，就是明顯的受到壓抑的「女性」，不得不做（無法選擇）的動作；它正好明確地讓我們看到有「才能」的「女性」，

如何「捨棄」真正的「主體」，完全「困居」，變成虛有的「幻象」或被指定、分派的「鏡像」。

　　第二行：因上一行的「困居」，這一行清楚地說出「蹲居的貓」，「蹲居」雖比「困居」在「困」的程度上要輕些，然而比我們所知道的「靈巧的」、「敏捷的」、「詭譎的」、「善變的」、「神秘的」、「精銳的」貓恰恰相反；而且這隻原本是「弓背的」、後來變成「無語的」、「寂寞的」、「命運的」、最後成為「蹲居的」貓，從最早還稍有「動作」，最後全然「靜止的」貓，它的改變比任何語言文字都更實在地告訴讀者「主體／幻象／鏡像」一層一層的變化，這種變化是必然的，無可避免的進程。

　　第三行：由於上述的進程，因此這隻貓只是「一迷離的夢」：「迷離」是模糊不明、無法辨認，「夢」更是只出現於睡覺時無法摸觸之物，完全是「幻」象。從第二節第三行「不醒的夢」進展到最後一節第三行「迷離的夢」，使原來彷彿還可瞧見有物「波動其間」的情況，變成「無光」「無影」，也就是說，完全瞧不見任何物體波動，成為絕對的「幻象」。

　　第四行：「從未」指出殘酷的事實；「正確的」指所見全係「不正確」，是「虛假」嗎？或是「浮幻」？「反映」是有進行的「動作」，「我」「形象」指「主體」的「真正面貌」、「真正的自我」、「真實的我」。這最後一行在前面多行的描述、控訴之後，非常直率地告訴讀者「女性」在真實的現實中，所遭受到的確確實實的待遇。因此，這一行詩所表達的，除貫穿全詩的總意涵結構「主體／幻象」、「主體／鏡像」之外，更清楚地傳出作者心中無奈的吶喊、沉重的苦悶以及十分直接的指控。「也」字在此句中是部分結構，加強父權社會對「女性」造成「鏡像」的巨大力量。

# 陸

　　從上文的全詩分析中，我們可以清楚地看到此詩以「鏡／貓」作為媒介，再將「我」引入詩中。「我」的「自我意識」非常強烈，而這「自我意識」是明顯的「女性意識」，並且是受到限制、壓抑的父權社會中的「女性意識」。詩中有許多詞彙和語氣直接對此種現象加以指控，流露出作者的痛苦和無奈。「粧鏡」所映照全為「幻象」、「貓」從稍動轉為「靜止」、而「我」則從「形象變異」到「從未正確反映」，這種種進展讓原本「自我意識」明顯的「自我」或「主體」，經由「粧鏡」的「映照」而成為「似實實虛」的「幻象」，再加上「單調」「粗糙」的價值建構下，「主體」最終變成「捨棄」「有韻律的步履」的父權制「鏡像」而已。全詩即建立在「主體／幻象」、「主體／鏡像」的總意涵結構。同時也藉由文字明確地表達急欲掙扎擺脫此「鎖」而未得的無可奈何。小的部分結構則用來增加此意涵結構的程度和力量。此詩正是呈現上文提及之拉岡和伊蕊格萊理論的一篇文學文本。

　　從此詩中提及二次的「我的形象」，令人想起蓉子另外一首詩〈為什麼向我索取形象〉：

> 為什麼向我索取形象？
> 　為在你的華晃上，
> 鑲嵌上一顆紅寶石？
> 　為在你生命的新頁上，
> 又寫上幾行？
> 為什麼向我索取形象？
> 　如果你有那份真，

　　我已經鐫刻在你心上；

　　　若沒有——

　　我恥於裝飾你的衣裳。

　　為什麼向我索取形像？

　　　歡笑是我的容貌

　　　寂寞是我的影子

　　　白雲是我的蹤跡

　　更不必留下別的形像！

　　　　　　　　　　　　　　　一九五〇年十一月

　　在這一首詩中，蓉子更直接的質問「你」「為什麼向我索取形象」，並且揭發「你」可能是為了要在其「華冕上鑲嵌上一顆紅寶石」，為了在其「生命的新頁上又寫上幾行」，坦白說明「我恥於裝飾你的衣裳」。這些詩句指控「你」在父權制社會中對「我」的「索取」，強迫「我」為「你」裝飾、增加偉大光采的光芒，並於詩末表明「我」是「白雲」，「不必留下別的形像」，鮮明的「女性意識」，堅強的「自我主體」，更拒絕成為父權制所要求的「鏡像」形像，正如李元貞所說的，此詩「刻劃出父權制鏡像之外女人可能的形像，已露出女人獨立自主的能力」[29]。如此飛揚的「女性自主意識」，出現在 1950 年的詩作中，不知是否可視為「具顛覆性的文本」？

　　西蒙‧德‧波娃於 1966 年訪問日本時一次演講中，曾指出弗吉尼亞‧伍爾芙《自己的房間》小書寫得極妙：「這個房間是一種現實同時也是一種象徵。要想能夠寫作，要想能夠取得一點什麼成就，你首先必須屬於你自己，而不屬於任何別人」[30]。我們完

---

[29] 同註 10，頁 409。

[30] 見德‧波娃，〈婦女與創造力〉，收入張京媛主編《當代女性主義文學批評》，北京：北京大學出版社，1992 年 1 月，頁 143。

全同意這種說法，自己屬於自己，有自己的空間，自己的時間，不必扮演任何別人的「幻象」或「鏡像」，在每一個領域中不斷努力，認同在不同階段裡的自我，一如李元貞在〈亮麗的深秋〉中的詩句：

> 大膽地認同深秋的亮麗吧
> 五十歲停經的女人正想快樂地慶祝
> 不再流血的身體是一種年齡的恩賜！[31]

並且擁有完全的自由，可以自由的遨遊，可以自在的「旅行」，如尹玲的〈雲在旅行〉：

> 雲不需要飛機
> 也不需要翅膀
> 更不需要雙足
> 雲能天天逍遙自在
> 雲　到處旅行[32]

正如西蘇所說的：「飛翔是婦女的姿勢──用語言飛翔，也讓語言飛翔」[33]，唯有清楚的「女性自我意識」，自己完全屬於自己，自在地飛翔，體認「自我主體」，堅決拒絕成為父權制或任何一人的「幻象」與「鏡像」，女性書寫才能取得更高的成就，女性文本才具有長久以來缺乏的「極大的顛覆性」。

---

[31] 見李元貞，〈亮麗的深秋〉，收入江文瑜編《詩在女鯨躍身擊浪時》，臺北：書林出版有限公司，1998 年 11 月，頁 22。

[32] 見尹玲，〈雲在旅行〉，刊於《臺灣詩學季刊》第 24 期，臺北，1998 年 9 月，頁 81。

[33] 見西蘇，〈美杜莎的笑聲〉，收入張京媛主編《當代女性主義文學批評》，頁 203。

# 第三節

## 眾弦俱寂裡之唯一高音
### ——剖析敻虹〈我已經走向你了〉一詩

## 壹、前言

在台灣現代詩女性詩人群中，敻虹的詩才於 1961 年即已被大家所公認。瘂弦在《六十年代詩選》中選入了敻虹八首詩：〈蝶蛹〉、〈逝〉、〈滑冰人〉、〈海底的燃燒〉、〈黑色之聯想〉、〈白鳥是初〉、〈我已經走向你了〉、〈不題〉，除了在評〈不題〉時指出敻虹的詩以「簡潔的效果取勝，且常常展示一派莊嚴靜穆的氣氛」之外，並於結語中預測「敻虹未來的世界是遼闊的，由於她燦爛的詩才，我們深信她必能成為繆司最鍾愛的女兒」。[1] 敻虹隨後在詩壇上的創作發展果然一如瘂弦所測，而且他這句「繆司最鍾愛的女兒」，從 1961 年元月之後，不但成為聯想到敻虹的最恰當和最美麗之句子，也同時是大家喜歡用來讚美女性詩人的最佳形容。[2]

---

[1] 見《六十年代詩選》，高雄：大業出版社，1961 年，頁 184。
[2] 張默〈處處在在，化為微波——敻虹的詩生活探微〉一文對此句有詳細的說明，見《聯合文學》第 13 卷 8 期（1997 年 6 月），頁 157。

　　張默在不同的文章中對敻虹的詩色都曾特別加以勾勒，例如《剪成碧玉葉層層》中提到：「她的詩用語恬淡，調子輕柔，詩思敏捷，意象玄奇，往往在不經意間，達至抒情境界的極致。」[3]而在〈處處在在，化為微波──敻虹的詩生活探微〉一文中，更是讚揚「在台灣的現代女詩人群中，敻虹的聲音是尖拔的，清脆的，悠遠的，甚至更是獨一無二的」；「……敻虹在詩創作上所展現的某些難以言說的華彩」；「……作者情感的鋪陳，文字輕輕的轉折、騰躍與停佇，以及詩人捕捉天籟的功夫，確然都是一等一的。」[4]

　　女性學者和詩人鍾玲則將敻虹的詩風分為兩期：1968 年以前，《金蛹》中的詩作以愛情為主題，採用的是婉約柔和的語調；1971 年後，詩風趨向寫實及智性，文字的風格力求淺白，意象也比較精簡[5]；我們也該注意到，鍾玲將敻虹列入第五章〈五十年代清越的女高音〉，並特別讚美敻虹的詩富有音律節奏之美。余光中亦曾指出〈我已經走向你了〉和〈水紋〉二詩的意象高明，善於收篇，更強調〈我已經走向你了〉的末段是聽覺意象，以武斷的對照取勝，特別是句末的「移」、「你」、「你」、「寂」四字押韻，其聲低抑，到「高音」二字，全用響亮的陰平，對照鮮明。[6]

　　在上述讚美敻虹詩作各方面不同的優點和特色的引言中，雖然也有特別指出音律聽覺層面的，但似乎沒有強調〈我已經走向你了〉一詩中「我」的「自我意識」。筆者於 1999 年 7 月發表的〈女性自我意識：主體／幻象／鏡像／主體〉一文中曾經指出：「在許多傑出女性詩人的文本中，我們發現有不少明顯呈現『自我』的詩作，……又如敻虹的〈我已經走向你了〉一詩，有更清楚和更成熟

[3]　見張默《剪成碧玉葉層層》，臺北：爾雅出版社，1981 年，頁 75。
[4]　同註 2，頁 156、159。
[5]　見鍾玲《現代中國繆司》，臺北：聯經出版事業公司，1989 年，頁 167－168。
[6]　見張默、蕭蕭編《新詩三百首》，臺北：九歌出版社，1995 年 9 月，頁 557。

的體現：……『我』在詩中不但是『高音』，而且還是『唯一的高音』，更特別的是在『眾弦俱寂』的境況之中，如此清醒、特出、高貴、掌握全局的魄力，比起傳統中悲歡命運的女性意識，當然是值得讚歎和注意的。」[7]在五〇年代完成的詩作裡，不論作者有意或無意，能夠如此完美地呈現強烈的「自我意識」，尤其是出自一位大家公認其風格「恬淡」、「輕柔」、「婉約」、「柔和」的女性作者之筆，我們認為應該更進一步往此詩作深層所欲展現的主體自我去分析探討。因此，本文將應用高德曼「發生論結構主義」的詩歌分析方法[8]，希望能在這一層面對敻虹〈我已經走向你了〉一詩作更細和更深的闡釋和剖析。

## 貳、「發生論結構主義」詩歌分析方法基本概念

筆者自 1993 年至今，曾應用高德曼「發生論結構主義」詩歌分析方法剖析過洛夫、向明、林泠、羈魂、淡瑩、蓉子的現代詩作品。為了讓本文讀者對此分析法有一個大致上的了解，筆者認為應該對此理論的基本概念稍作說明。

高德曼為羅馬尼亞人，於布加斯勒大學取得法學士學位之後，到維也納研讀一年的哲學，又於 1934 年在巴黎大學法學院獲公法和政治經濟高等研究二文憑，並於文學院取得文學學士學位。高德曼曾至瑞士日內瓦追隨畢亞傑（Jean Piaget, 1896-1980）作二

---

[7] 見何金蘭，〈女性自我意識：主體／幻象／鏡像／主體〉，發表於「兩岸女性詩歌學術研討會」中國詩歌藝術學會主辦，臺北，1999 年 7 月 4 日，論文抽印本頁 5。

[8] 有關「發生論結構主義」的理論，請參閱拙著《文學社會學》，臺北：桂冠圖書出版公司，1989 年，第 5 章，〈文學的辯證社會學——高德曼的「發生論結構主義」〉，頁 73-136。筆者曾以此方法剖析過東坡詞，以及洛夫、向明、林泠、羈魂、淡瑩、蓉子的現代詩作品。

年的研究，後來於 1956 年獲巴黎大學文學博士學位。1958 年起，任巴黎高等實踐學院（Ecole Pratique des Hautes Etudes）第六組主任，講授文學社會學與哲學。1961 年，應比利時布魯塞爾自由大學社會學研究所之邀，成立大學社會學研究小組。

「發生論結構主義」，制定於 1947 年，原來叫做「文學的辯證社會學」，後來因受到畢亞傑的影響，故而改名。高德曼認為每一部文學或文化作品都具有一個意涵結構，是一切文化創作實質的價值基礎。除了總的意涵結構之外，還有一些小的結構，稱之為部分結構或微小結構。各結構能互相了解的原因，是因其中具有「結構緊密性」的元素。

此方法應用到詩的分析上時，第一點必須先尋找釐清作品中的總意涵結構，再進而探尋其部分結構或更細小的形式結構。

我們將以高德曼的「發生論結構主義」詩歌分析方法進行剖析夐虹的〈我已經走向你了〉一詩，探討此詩之總意涵結構及其部分結構。

## 參、剖析〈我已經走向你了〉

> 你立在對岸的華燈之下
> 眾弦俱寂，而欲涉過這圓形池
> 涉過這面寫著睡蓮的藍玻璃
> 我是唯一的高音
> 唯一的，我是雕塑的手
> 　　　　雕塑不朽的憂愁
> 那活在微笑中的，不朽的憂愁
> 眾弦俱寂，地球儀只能往東西轉
> 我求著，在永恆光滑的紙葉上

　　求今日和明日相遇的一點

　　而燈暈不移，我走向你

　　我已經走向你了

　　眾弦俱寂

　　我是唯一的高音

　　敻虹這一首〈我已經走向你了〉共分三節，第一節四句，第二節六句，第三節四句。

　　正如《新詩三百首》中敻虹詩〈鑑評〉所論的：「年輕時代的敻虹寫了許多意象輕巧，意蘊深遠的作品，〈我已經走向你了〉、〈水紋〉都屬於這一時期的作品。」[9]大部分詩評者對〈我已經走向你了〉都會同意這個評語。然而我們在細讀之後，除了「意象輕巧，意蘊深遠」之外，令人感受更強烈和特別的，卻是全詩在溫婉之中所流露的堅強「自我意識」，而建構整首詩的總意涵結構，正是出現多次的「我」和「你」的「主」「客」意識，這個重要的「主」「客」意識舖展出詩中不斷編織的「意願／意志／進行／完成」系列動作，換言之，「意願／意志」在此等同「毅力」，「進行／完成」等同「成功」。「主」、「客」於詩中的結構並不意味「優」、「劣」，而只是強調「我」的「主體」意識或「自我」意識，不畏任何艱難，堅定地執行其心目中希望能完成的一項意願：「走向你」，而且最終是「我已經走向你了」，完美的成功呈現於世人眼前。

　　這個「意願／進行／完成」的意念貫徹全詩，同時一再出現於詩中的許多元素之上，我們先探討第一節的四行詩句：

　　你　立　對岸　華燈　之下

　　眾弦　俱　寂　欲　涉過　圓形　池

　　　　涉過　寫著　睡蓮　藍玻璃
　　　　我　是　唯一　高音

　　在這四句詩中，「我」和「你」是隔著一個「圓形池」的，這個池是否即第三句的「藍玻璃」？這「藍玻璃」之上寫著的「睡蓮」是為了要表露外象和內在的雙重美感嗎？單是「池」的「圓形」與「玻璃」的「藍」色即已呈現形狀的「圓融」和色澤的「溫潤」，在這「形」「色」俱美之上再添加出污泥而不染的「蓮」，更強調形色之外非肉眼所能見到的「德」之亮，「睡」字在此並非只為指出「蓮」的類別，它同時還具備了妝點「蓮」的「慵懶」姿態，加深「眾弦俱寂」的「時刻」，以及「你」在「華燈之下」的強烈對比。

　　從這幾個人稱代名詞、現場存在的各式事物、顏色、姿態、狀況，即已描繪出夜色之下的某種可能；但是最能具體勾勒出整個「意願／進行／完成」這意涵結構的，是這四行詩中的幾個動詞：

　　　（你）　立
　　　　欲　涉
　　　　涉　寫
　　　（我）　是

　　「你」是「立」（在對岸的華燈之下），而「我」則「是」「唯一的高音」，「立」只是點出「你」在場景當中所採取的一個樣子（及所在地點），但「是」卻非常確定「自己」即「我」的身分和意識。「欲」指出「意願」，「涉」則是強調中間道路的不容易克服，並且在同一節中重複兩次「涉」，可見「涉」在這一節甚至是在全詩中的重要性：必須進行和完成的一個困難動作。此外，第二行的「涉」置於「欲」之後，但第三行的「涉」則置於句首，給人一種原本「欲」「涉」過，現「正」「涉過」或「已」「涉過」的了解；而且，「欲」

「涉過」這個動詞之前的「你」在第一句，之後的「我」在第四句，雖然未點明此動詞的「主詞」是哪一個而會產生誤以為是「你」的可能，然第二句的句首是「眾弦俱寂」四字置於「欲涉」前面，因此，「我」「是唯一的高音」才正是接應此四字意思之句，同時也呼應了第三句的「涉過」：因為我是唯一的高音，才能涉過這面寫著睡蓮的藍玻璃。

前文所提之「中間道路的不容易克服」主要是來自第一句「你」所在之處的明示：「對岸」，即使只是「圓形池」，「對岸」也是「可望而不可即」；雖是「咫尺」，卻是「天涯」。如何從此岸到達「對岸」，正是要「涉過」雖小卻闊的「池」才行；而這「涉過」並非易行，請聽，面對此「池」，「眾弦俱寂」，唯有「我」方能「涉過」，因「我是唯一的高音」。

第一句的「華燈」二字或「華燈之下」四字，也是指明未「涉」之前的「距離」：如何能讓遠在「對岸」且同時立於燦爛「華燈之下」的「你」聽到「我」的聲音？「眾弦」均因現實形勢的艱難而「俱寂」，只有「我」不畏艱巨，才能超越一切：「我」是這場景中的「高音」，而且，是「唯一的」，再無另一個。「意願／進行／完成」系列行動在第一節中以絕美的姿勢達到終點，尤其是最後一句所傳遞的那種自信、肯定、毫無畏懼的精神，不但是此節的重要詩句，同時也是全詩的最高音。

第二節有六句：

第一句連續第一節末句的其中三個字：「唯一的」，這三個字再一次強調「我」的自我肯定和自信；再加上第一句的後半又用「我是」非常確定的明指，「雕塑的手」則是「創造者」的自我確認；全句予人濃厚的自我意識，且是「唯一的」雕塑的手，絕不可能與他人混淆或魚目混珠。第二句說明「創造者」所創造之作品：「憂愁」，並且知道自己的雕塑是「不朽」的，能永久流傳存在的創

造品。第三句將此作品加上細膩的說明：它不但「不朽」，並且還是存活在「微笑」之中的。「微笑」與「憂愁」正好是強烈的對比，作者於此句還用了一個很特別的動詞「活」來強調此「憂愁」之所以「不朽」，是因它只「活」在「微笑」裡，不似他人的憂愁，只活於「淚水」之中。「微笑」也同時流露出「創造者」的氣質和特性：不是「哈哈大笑」，不是難過的「苦笑」，不是奸詐的「奸笑」，不是令人害怕的「冷笑」，都不是，而是最能體現創造者風範的「微微的笑」，帶著包容、寬廣、親切，就讓「憂愁」存活下來，只存活在美好的「微笑」之中。這前三句的自我意識、創作的意願、進行的雕塑、完成的作品都是在意識明確的狀態下所做的，而且確信「我是」「唯一的」「雕塑的手」，正好與第一節末句「我是唯一的高音」互相呼應，環環相扣，加強「自我」的認識與定位，每個細節的部分結構都將此意涵的元素深化和強化，塑造了此「高音」或此「雕塑的手」最完美的內外形象。

這個完美在第四行前半句「眾弦俱寂」的第二次出現時更顯得明確突出，換句話說，正因「眾弦俱寂」，更能證明「我」「是」「唯一的」（高音或雕塑的手）這個不能撼動的位置。後半句詩人提出另一樣事物：地球儀，並強調「地球儀只能往東西轉」，這後半句在此具有數項作用：(1)說明「地球儀」的功能，(2)擔任開啟「意願」之鑰，(3)因只能「往東西轉」，使作者的「意願」在後面第五和第六句的「進行」過程中有「完成」的可能性。

第五句也分成前半和後半兩層意義：前半句出現「求」這個字，似乎與前面自信滿滿的我「是」這一動詞互相矛盾、衝突，因為「求」必須求向他人，他人在這狀況中成為「主」，與「我」「是」時的「我」主體在這第五句內變成「主」「客」不分。然而，我們在前文中提到的「主」「客」，是建立「我」和「你」這兩個人稱代名詞之上，而在第五句的「求」動詞前後，並未出現「你」，也未出現任何另

外一個人稱主詞，那麼，「我求著」是向誰「求」？「求」何事？為何「求」？從第四、五和六句的排列上看，「我」似乎在向「地球儀」「求」著：「求今日和明日相遇的一點」，至於為何要「求」，並未作任何說明，反倒在第五句後半點出「相遇的一點」希望之處：「在永恆光滑的紙葉上」。「永恆」和「光滑」除了是地球儀「紙葉」的形容之外，它同時也暗示了「我」和「你」的「長久」和「幸福」「日子」，即是「今日」和「明日」「相遇」的那「一點」。因此第二節的後三句承續前三句的「唯一的」手，能將「憂愁」雕塑成「不朽」並且令之活於完全對比的「微笑」之中的「雕塑的手」，在「眾弦俱寂」的時刻裡，祈求字面上看起來是「地球儀」，事實上是「手」所相信的「神祇」，或甚至是「手」自己正是將地球儀「轉」動的主宰，決定「今日」和「明日」的「一點」，在「永恆」「光滑」的「紙葉」之上。「意願／完成」意涵結構在第二節透過「求」這個動詞但實際上仍然是「手」在推動的「進行」過程，因此這一節全部六句的重要性將會因第三節的最終結果或成果而完全的顯現出來。

第三節共有四句：

第一句的前半「而燈暈不移」五字，輕輕地將場景牽回第一節的第一句：「你立在對岸的華燈之下」；顯然的，「你」在第三節中仍然是「立在對岸的華燈之下」，「而燈暈不移」也刻劃了原來的一切依舊保持原來的樣子，絲毫沒有變動。不過，「我」和「你」的「主」「客」關係以及「主動」「被動」立場於此句的後半很清晰地以「走」這個動詞與「向」這個方位標示說得清楚明白。我們看到在第二節第五和第六句的「求」這個帶著須仰仗他人的象徵動詞，在第三節第一句裡，即已轉變成自我意識明確並且自我決定動作和方向的堅定動詞「走」。這個動詞在第二句中透過「部分意涵結構」「已經」二字，更凸顯其確定和已經「進行」且已「完成」的「意願」；「我已經走向你了」；事實上，這一句也正是第二節第

六句的「今日和明日相遇的一點」。「我走向你」等於「相遇的點」在「永恆光滑的紙葉上」，是否「永久幸福」？在「已經」的語氣和詞意之下，應該是「我」所期待和可以決定的「未來」吧！

第三節第三句是「眾弦俱寂」在全詩中第三次出現，「寂」為入聲，發聲短而急促，似乎更能強調「眾弦」之「寂」，「俱」字則加深「眾弦」之「完全」無用；而且，由於「眾弦俱寂」在此已是第三次現身，「我」的獨特、清越、高亢、尊貴，是宇宙間唯一的聲音的這種特質更會因此而清晰明確無比。第四句亦即全詩的最後一句：「我是唯一的高音」，已於第一節第四行出現過一次，這裡再次與「眾弦俱寂」自置於最高點俯視整個場景，的確充分地呈現了「自我」的清楚意識和成熟狀態，正如曾於〈女性自我意識：主體／幻象／鏡像／主體〉一文中所強調的：「『我』在詩中不但是『高音』，而且還是『唯一的高音』，更特別的是在『眾弦俱寂』的境況之中，如此清醒、特出、高貴、掌握全局的魄力，比起傳統中悲歡命運的女性意識，當然是值得讚歎和注意的。」[10]

## 肆、結語

夐虹本名胡梅子，1940 年 12 月 1 日出生於台東。她於十三歲時開始寫第一首詩，十五歲唸高一時（1955）真正大量寫作。[11]她早期的詩作以愛情為主要題材，1971 年以後則拓寬至許多層面，例如鄉土情懷、家庭溫情、環保、傷逝及後來學佛以後的佛家哲理。

本文之所以選擇夐虹的〈我已經走向你了〉作為分析的對象，正如前文提及多次的，是由於此篇完成於五〇年代的詩作中，竟然

---

[10] 同註 7。
[11] 同註 2，頁 163。

呈現一種少見的非常強烈和特出的「自我意識」。這份自我意識貫徹全詩，它所表現出來的那種自我肯定、堅定、確定，經由三節詩每一節都出現一次的「眾弦俱寂」，以及第一節和第三節出現兩次的「我是唯一的高音」更顯得自信十足，不但自我了解透澈，對整個局面場景的理解和掌控更是觀察入微和收放自如。尤其難得的是，這一首詩是寫一個在戀愛中的「自我」，以寫作年代的社會背景來看，若作者於創作時有意如此表達，固然是難以想像；但若此為作者於無意之中所流露的自我意識，其清晰和成熟更是令人驚訝。整首詩建立在一個「意願／進行／完成」的意涵結構之上，總的和部分微小結構均呈現如此一個進展，並且一節比一節更能令讀者感受到作者自我意識的完整和透澈，完全沒有受到社會意識和時代保守觀念的影響而作絲毫改變。

我們曾經剖析過蓉子的〈我的粧鏡是一隻弓背的貓〉、林泠的〈不繫之舟〉及淡瑩的〈髮上歲月〉，也曾十分訝異於當時環境之下女性詩人能夠在她們的創作之中，清楚呈現她們明確的自我意識，完全了解她們自己的意願和行為並堅定地進行一切所須動作。

在眾多的文本當中，敻虹的這首〈我已經走向你了〉還是自我意識展現得最令人動容的一篇，其主題、其語言、詞彙、意象、技巧、音韻、流暢清晰、意蘊深遠、透澈透明、細緻傳神，一一繪編出當年時空背景之下罕見的成果，正是眾弦俱寂裡的唯一高音。

# 第四節

## 屈服抑或抗拒？
## ——剖析淡瑩〈髮上歲月〉一詩

### 壹

　　淡瑩為東南亞地區著名詩人之一，也是目前新加坡最重要的華文女性詩人[1]。六十年代初，淡瑩於國立台灣大學外文系就讀，曾與王潤華、林綠、翱翱、陳慧樺、黃德偉等人創辦「星座詩刊」，之後亦在台灣詩刊、報刊上發表許多作品，因此，淡瑩的名字亦排入台灣女詩人的行列之中，獲得相當大的重視。

　　淡瑩已出版四本詩集：《千萬遍陽關》（星座詩社，台北，1966），《單人道》（星座詩社，台北，1968），《太極詩譜》（教育出版社，新加坡，1979）和《髮上歲月》（七洋出版社，新加坡，1993）。

　　淡瑩早期的詩作，多數偏向婉約的風格，以抒發內心世界的真實情懷，甚至被認為是「自我抒情式」的詩人[2]。不過，在婉約之中

---

[1] 淡瑩原名劉寶珍，廣東梅縣人，1943 年生於霹靂縣江沙。高中畢業後赴臺就讀於國立臺灣大學外文系。1966 年獲學士學位。翌年赴美深造，獲威斯康辛大學碩士學位。目前為新加坡國立大學華語研究中心講師。

[2] 見徐舒虹〈試論淡瑩、王潤華的詩〉，刊於《臺灣詩學季刊》第 24 期，1998年 9 月，頁 139。

又有較多較廣的不同題材入詩，甚或企圖邁向豪放陽剛之氣。大部分的評論都非常讚賞淡瑩經由中國古典詩詞意境、意象或典雅辭彙轉化為現代詩的功力，尤其是《太極詩譜》中以太極拳四十招式寫成的《太極篇》，以楚霸王項羽和虞姬的史實與傳說寫就的〈楚霸王〉、〈虞姬〉、〈烏騅〉三篇，以及用十五個詞牌名完成的《懷古十五首》。鍾玲對淡瑩的這項特點曾予以特別推崇：「在台灣女詩人中，淡瑩是熔鑄古典詩詞語及境界，著力最深者，涉及面也最廣」[3]，並在另一段中與其他女詩人作一比較，而得到的結論是：「在台灣女詩人之中，對古典世界及意境之再造，以淡瑩著力最深，對古典詞語之熔鑄，以淡瑩的功力最厚，成就最大。方娥真也善於再創古典意境，熔鑄詩詞語，但她寫作詩的時期太短，不似淡瑩由六十年代一直探索至八十年代。藍菱七十年代的作品也回歸古典，但她的辭藻不如淡瑩典雅。葉翠蘋、翔翎皆能化古典詩詞語入現代詩中，不著痕跡，但她們又以婉約風格為主，不似淡瑩作多方面嘗試」[4]。

正因淡瑩具有多方面的才氣，「作多方面的嘗試」，她在《太極詩譜》中的〈楚霸王〉就是表現與婉約淡雅風格恰恰相反的陽剛雄渾，最受矚目。作者於第一節詩中用了「最后自火中提煉出／一個霸氣磅礡的／名字」來讓這位最具傳奇性的主角出場，全篇正是充滿「霸氣磅礡」的氣勢，令人訝異於作品多呈柔婉情調的女性作者竟然能豪氣萬丈來寫一位英雄人物。李元洛即曾以同一詩集中的〈傘內‧傘外〉來與〈楚霸王〉一起分析，認為「〈楚霸王〉一詩本身就極具霸氣、其意象、語言、節奏以及氣氛等等，都是以陽剛為其基調和底色，毫不嫵媚與纖弱，如果不署名，實在看不出它是出自女性的手筆，真可謂不讓鬚眉」[5]。然而，在談到〈傘內‧傘外〉時，

---

[3] 見鍾玲，〈古典的瑰麗——論淡瑩的詩〉，頁 53。
[4] 同註 3，頁 55。
[5] 見李元洛，〈亦秀亦豪的詩筆——讀新加坡詩人淡瑩〈楚霸王〉與〈傘內‧傘外〉〉，原刊於《名作欣賞》，1987 年，第 39 期，中國山西省北岳文藝出

李元洛作了非常明晰的比較:「她可以使用陽剛的偏鋒為楚霸王雕塑
一座詩的銅像(⋯⋯),但婉約和清雅,到底是她的當行本色。我讀
她的〈傘內·傘外〉,驚訝於這位女詩人能『豪』更能『秀』,或者
說,能『秀』亦能『豪』。〈傘內·傘外〉這首詩,和〈楚霸王〉的
情調風格完全不同,後者是金戈鐵馬的英雄豪氣,前者是花前月下
的兒女柔情,後者是烈火狂飆中,前者是人約黃昏後」[6]。

　　這首將剛性美的美學發揮到淋漓盡致的〈楚霸王〉是否可以將
女性作者的性別特色完全消除?經過仔細的閱讀,我們發現詩中有
兩個意象在全詩的陽剛氣中顯得十分陰性:第一個是「他的臉／如
初秋之花」,第二個是「江上的粼光／是數不盡的鏡台」(《太極詩
譜》,頁43)。英雄的臉以「初秋之花」來形容,並且還「一片一片
墜下」如「鏡台」的「江上粼光」,使這一節詩突然變得非常的女性
化,而作者的性別也似乎在這一節中不經意的洩露出來。鍾玲於〈古
典的瑰麗──論淡瑩的詩〉中亦指出此點:「然而以女性之社會背
景與文學素養,試筆陽剛風格,總有控制不住,流露女性特色之處,
如『初秋之花』、『鏡台』等意象,就不類戰場英雄的形象,更適合
於描寫美人了」[7]。當然,這兩個意象並無損於全詩的豪雄陽剛風格,
我們只想藉此說明女性意識於無意之間亦可能流露於文本中。

<h1 style="text-align:center">貳</h1>

　　《太極詩譜》於1979年出版,經歷了十四年的人生經驗後,
淡瑩才再出版《髮上歲月》(1993)。此詩集與「歲月」的關係密不
可分,呈現的正是詩人隨著歲月進入中年以後的心情和人生觀。

---

　　版社,頁31。後收入淡瑩《髮上歲月》,頁231。
[6]　同註5。
[7]　同註3,頁55。

　　與早期淡瑩溫婉典雅的風格比較的話,《髮上歲月》展現的多
為恬淡樸實、豁達灑脫。洛夫於〈那人都在燈火闌珊處(代序)
──讀淡瑩詩集《髮上歲月》〉中指出:「淡瑩晚近的詩,情感直露,
不失其真,與人與事,坦然以對,不失其誠,這與她早年的溫婉含
蓄已大異其趣」[8]。由於歲月流逝,青絲結霜,詩人書寫的題材當
然也會與以前的不全相同。洛夫將此集中的作品歸納為兩大主題:
「一是時間的壓力所引發的對生命無常的驚悸和沉思」,「一是那種
『春蠶到死絲方盡,蠟炬成灰淚始乾』悱惻纏綿的戀情」[9],他並
且認為,讀者很難從寫以王潤華(淡瑩的夫婿)為對象的情詩的淡
瑩,聯想到寫〈楚霸王〉的淡瑩,「由豪雄陽剛、飛揚跋扈的〈楚
霸王〉一躍而到委婉幽邃、暗示兩性關係相當強烈的〈崖的片斷(之
一,之二)〉以及〈回首〉、〈雪融〉等篇,這未嘗不可視為淡瑩的
『女性回歸』」[10]。

　　在前文中,我們指出〈楚霸王〉一詩內亦有兩個意象明顯的流
露作者的女性特色,因此,到底是否只有情詩才能視為「女性回歸」
的體現內容,或者,它亦可以在因時間壓力所引發的驚悸和沉思中
誕生的情思,同時在兩者之間產生了「女性回歸」的特點?

　　《髮上歲月》共分六輯:(一)椎心,(二)髮上歲月,(三)
出發前,(四)崖的片斷,(五)舞女花,(六)從握掌想起。第二
輯《髮上歲月》中的作品,大部分「都流露出『時不我予』的傷逝
之情」[11]。我們特地選了此輯中第一首〈髮上歲月〉作為分析對象,
一方面希望能釐清此詩的意涵結構,另一方面亦想在進行分析中,
尋找因時間流逝引起的驚悸和情思裡出現的「女性回歸」。

---

[8] 見淡瑩《髮上歲月》,七洋出版社,新加坡,1993年,頁6。
[9] 同註8,頁3-4。
[10] 同註8,頁4。
[11] 同註10。

　　此詩集以「髮上歲月」為名，可以想見在作者心目中的重要地位。我們將應用呂西安・高德曼的「發生論結構主義」詩歌分析方法來剖析此詩[12]，闡明其總意涵結構與部分結構。

〈髮上歲月〉全詩文本如下：

　　染髮心情和落日心情
　　莫不與歲月相關
　　前者尤為複雜
　　太陽，無可抉擇
　　必須依時墜落
　　頭髮，可染，可不染
　　跟歲月抗衡，染
　　不染乃認命的詮釋

　　當夕陽回光返照
　　全力向天邊浮雲
　　噴吐一口美麗的鮮血
　　胸懷，最是悵恨難遣

　　一頭水亮青絲，轉瞬
　　被輕霜白雪覆蓋，情懷
　　又該是怎樣的呢？
　　是不是心惊之後

---

12 請參考拙著《文學社會學》第五章〈文學的辯證社會學──高德曼的「發生論結構主義」〉，臺北：桂冠圖書公司，1989年，頁73-136。

是心悸？心悸之後
是心痛年華似水
倏傯舍我遠去？

所以中年以後
除非落髮，卻絕塵緣
否則怎敢以斑駁的容貌
迎接你炯炯的眼神
縱使你仍多情寵惜
我又豈能朝暮忍受
攬鏡時的哀憐和怔忡？

再三耽延，反覆思量
最後決定一覺醒來
將滿頭斑斑歲月
染成飛揚的青春
蒙騙天下所有的菱鏡
日，落抑或不落
從此與我無關

【後記】：據說頭髮一經染色，髮質即變，且產生其他副作
用，故遲遲不敢冒險。然跟我同齡之閨友，多擁有一頭烏黑
水亮染過的青絲，不勝羨慕。猶疑良久，終於決定以染髮劑
換回短暫的青春。

　　全詩共分五節，第一節八行，第二節四行，第三節七行，第四
節七行，第五節七行，總共三十三行，並附後記一段。
　　正如前文中所強調的，《髮上歲月》中的作品是作者進入中年
之後，對「歲月無情」所帶來的震憾以及面臨之後引起的反應和抉

擇。如何作出最好的抉擇呢？站在永不停止流逝的「歲月」之前，應該怎樣去面對它？屈服於它的威力或是抗拒它的侵襲？全詩文本正是建立在「屈服／抗拒」的總意涵結構之上，部分結構也是加強此意涵結構的元素；附加的後記更強調了「屈服／抗拒」對立的二元結構。以下為對全詩每一行詩句所作之分析。

第一節共八行：

第一行：「染髮」是因歲月使髮色變白了，要重染回原有顏色，因此「染髮」是「抗拒」歲月的行動。「落日」則是無可「抗拒」的自然現象，人（或萬物）必須「屈服」於將落的太陽，不論願不願意。「心情」為部分結構，將「抗拒」和「屈服」加以細描，「和」亦為部分結構，將此二種完全相反的元素連在一起，以說明第二句的意義。

第二行：是全詩的關鍵句：最重要的名詞也即是關鍵詞「歲月」出現，「莫不與」和「相關」亦為重要部分結構，清楚指明前一句的「抗拒」或「屈服」均和「歲月」有密不可分的關係。以下的詩句才是分析和說明第一句的兩種心情。

第三行：「前者」指「染髮」，意即「抗拒」歲月。髮白原本是自然的象徵，意欲改變其顏色，不但動作「複雜」，「心情」更是「複雜」，「尤為」在此強調其複雜性，為部分結構。

第四行：指明「太陽」為人必須「屈服」之物，「無可抉擇」加強「屈服」的必要性。

第五行：「必須」強調說明「屈服」之必要，「依時」指「歲月」進行中的時刻，「墜落」乃「依時」出現的狀況。此句與上一句指出在歲月之前，無可抗拒，無可抉擇。

第六行：然而，「頭髮」與「太陽」不同的地方是：或是「抗拒」歲月→「可染」，或是「屈服」歲月→「可不染」，此句與後面二句是總意涵結構呈現明顯之處：「抗拒／屈服」。

第七行：「染」即是「跟歲月抗衡」，也就是「抗拒」到底。

第八行：「不染」即「屈服」於歲月，「認命」於此含「屈服」之意，「詮釋」美化了「屈服」涵義。

第二節有四行：

第一行：此節寫全詩第一句的「落日心情」，這第一行描繪「落日」景色，「迴光返照」隱含「無可抗拒」，「無法挽回」之意。

第二行：「全力」明指「夕陽」，實指「歲月」所用之力。「天邊浮雲」是「夕陽」的對象，而現實生活中，「人」才是「歲月」的對象。「向」為部分結構，指明所「向」目標。

第三行：「噴吐」動詞明顯洩露「落日心情」，特別是在前一句的「全力」之後。「鮮血」意象原本恐怖可怕，此處用「美麗」形容，造成一種強烈的「反諷」效果。「一口」為部分結構，一方面指明鮮血的「量」，另一方面也突顯只需「一口」即能造出最強的功能，就是必須「屈服」的力量。

第四行：「落日心情」即此句的「悵恨難遣」，被迫「屈服」之後的心理寫照。「胸懷」指「悵恨」堆積之處，「最是」形容其「難遣」之強猛；均為部分結構。

第三節共七行：

第一行：第二節寫「落日心情」，第三節轉寫「髮白心情」。第一行寫詩人頭髮本來樣貌：「青絲」的顏色和質地都是最美的，「水亮」更加強其光澤和亮麗程度，「一頭」予讀者「青絲」濃密模樣，這一切全都是在「屈服」或「抗拒」之前的面貌。句末「轉瞬」二字寫出「歲月」之迅速和不可預測，亦為第二句加強速度。

第二行：「覆蓋」動詞本來就令人不舒服，何況是「被輕霜白雪」？「輕」與「白」二字原本予人「柔」「美」的樣態和顏色，然而此處「輕」的是「霜」，「白」的是「雪」，均為冰冷寒酷之物，因此「輕霜白雪」構成「反諷」，並且用來形容「歲月」之殘酷：

如何「抗拒」此「霜」和「雪」？句末的「情懷」即是由此霜雪引伸出來。

第三行：「又該是怎樣的呢？」：作者站立在來勢迅速的「霜雪」（即「歲月」）之前，引發的思考問題，因此，此句為部分結構。

第四行：「心驚」是作者見到白髮之後的第一個心情反應，「是不是」則說明在「歲月」的壓力之下，「還有其他」比「心驚」更沈重的心情。因此，「心驚」在此表明了「屈服」之意，「屈服」於以「霜雪」面貌出現的「歲月」之下。「是不是」則是部分結構，說明「屈服」之後心情的複雜狀態。

第五行：「心悸」是第二種心情，比「心驚」更深的痛，接在心驚之後，並以「是」和「？」兩個部分結構表示作者懷疑「痛」不止於此，因之再緊接連接句「心悸之後」以陳述第三種真正的心情。

第六行：「心痛」才是「歲月」流逝之後的真正感覺。為何「心痛」？「心痛」什麼？原來果真是因「似水」的「年華」（捨我遠去）。「心痛」是「屈服」，「年華似水」為其理由之部分，亦為部分結構。

第七行：「遠去」亦是理由之部分，然而「捨我」才是「心痛」主因，同時又以「倥傯」二字形容「遠去」的速度。我們看到第三行、第五行和第七行均以「？」呈現，此部分結構表達作者對於突然顯現的歲月蹤跡所感到的震驚，思索因此可能帶來的各種情況並引發後面二節的反應與抉擇。

第四節共有七行：

第一行：因為三節的各種心情反應引起了此節的推論：作者認定唯一可以「無懼」面對「歲月」的情況是：「中年以後」做第二行的事情；「所以」是所得結論，為部分結構，「中年以後」亦為部分結構，指明時間階段。

第二行：「落髮」和「卻絕塵緣」是一種既不「屈服」也不「抗拒」「歲月」的作法，無髮無塵，自然也就無緣。然而作者於句首加上「除非」二字，又完全推翻此種做法的可能性。此部分結構解釋後面五句的為難和怔忡。

第三行：「否則」「怎敢」二個部分結構，一是回應前一句的「除非」，一是顯示「歲月」令作者恐懼的程度。「斑駁的容貌」正是「歲月」帶來給「中年以後」的成果，因而此句明顯的完全是「屈服」的姿態，無法面對「歲月」，特別是還要加上第四行的動作：「迎接」「你炯炯的眼神」。

第四行：「屈服」的原因就是因「你的眼神」「仍」「炯炯」而我的「容貌」「已」「斑駁」，才引出上一句的「怎敢」和此句的「迎接」。

第五行：「縱使」加強「屈服」的程度。「多情寵惜」原是「中年以後」所得到的，如今「中年以後」，「你仍」如前；「你仍多情寵惜」說明作者「我」所受對象的熱情專注。「縱使」如此「我」又豈能？

第六行：非常清楚表達「歲月」所加予「我」的壓力。「又豈能」明示「不可能性」，「朝暮」指時間的連續性，永不停息性，「忍受」指「歲月」所迫之事（即第七行）。

第七行：「哀憐」和「怔忡」正是對著「歲月」時最深最沉的心情反應，「攬鏡時」也就是「面對面」，完全無法避開、無法漠視的時刻。句末的「？」加強上一句與此句的「屈服」狀態。

第五節共有七行：

第一行：由於第四節中完全「屈服」於「歲月」的心理引致這一行的「思量」，此「思量」「反覆」不已，而且「再三耽延」，非常傳神的表達「歲月」帶來給作者的深思熟慮、思考再三及複雜又矛盾的內心世界。難道願意一輩子「屈服」嗎？又如何「迎接」「你的眼神」？「思量」清楚之後，作者終於作出抉擇。

　　第二行：「最後」是上一句「反覆思量」之後所帶來的結果，即是「決定」於「一覺醒來」時抗拒「歲月」。「一覺醒來」除了可以指明時間之外，亦可以作為「清醒」的意思。此句清楚說明作者於「屈服／抗拒」之間長久的矛盾、掙扎、思考之後所作的「決定」和「抉擇」，也即是從前二節的「屈服」改成完全的「抗拒」。

　　第三行：「抗拒」的行動是：「將」「滿頭」「斑斑歲月」去「染」；「歲月」是關鍵詞，「斑斑」是中年以後的模樣，「滿頭」則是無視於「斑斑歲月」的數量，甚至還帶有「挑釁」的意味，向「歲月」下戰帖。

　　第四行：戰勝「歲月」的「戰果」：「斑斑歲月」全被消滅，取而代之的是「飛揚的青春」，唯一的方法是「染」。因此，全詩以這一行的「抗拒」意味最明顯，行動最俐落，成果最輝煌。「青春」是很久以前的階段，此處用「飛揚」來形容，更能想見作者勝利的驕傲模樣：神采「飛揚」？

　　第五行：此亦為戰果：「飛揚的青春」可以「蒙騙」「天下」「所有的」「菱鏡」，「菱鏡」不是只有一面，而是很多，全天下所有的全包在內，映照出來的，再也沒有絲毫「歲月」，只有「飛揚的青春」。這一行亦是「抗拒」的意涵結構；「蒙騙菱鏡」，「天下所有的」為部分結構：強調戰果的龐大。

　　第六行：由於「抗拒」戰勝「歲月」，因此，「日落」或「不落」，已經無甚重要。此句呼應全詩的第一句，「染髮心情和落日心情」，原本與「歲月」相關的兩種心情，如今因髮已染，歲月已除，故剩下的日，與我不再相干，完全的表達勝利心情。

　　第七行：「從此與我無關」說明前一句的「日」與「我」在髮染之後的關係。原本引起同樣傷感的「髮白」和「落日」，今因「髮黑」，「落日」再也不具任何影響力。此句一方面呼應全詩的第一、第二句，另一方面，也展示向「歲月」「抗拒」後所得之全面勝利。

# 肆

經過上文的分析，我們發現全詩的每一行都建立在「屈服／抗拒」歲月的總意涵結構之上，許多小的部分結構也是為補充、說明各種數量，威力、狀況、情形、變化等而使用。詩人應步入中年之後驚髮而產生的許多思考：如何面對「歲月」？如何思考人生？最後終於採取「染髮」的抉擇來擊敗「歲月」所加的沉重壓力，並且獲得勝利：飛揚的青春仍然存在，生命的光采依然亮麗。

在這樣一首「剖陳個人心靈隱祕，叩響情感之弦，而又涉及人生哲理思考的詩」[13]裡，「女性特色」呈現之處到底如何？在何處？由於「歲月」並不單只影響到女性，而是對任何「人」都具有強大壓力；「染髮」亦不是只有女性才會採取的「抗拒」歲月行動，尤其是目前，大部分的男性亦以「染髮」對抗「歲月」。因而，情理交融探討人生哲理，面對「時不我予」狀況下採取抉擇的作品，應該是以「人」和「生命」作為思考基點，那麼，女性作者在這樣一首詩中又是如何現身？尤其是淡瑩這一位寫過〈楚霸王〉雄渾陽剛風格作品的詩人！

在〈髮上歲月〉一詩中，第一節於開頭兩句即已提綱挈領地將染髮和落日兩種心情與「歲月」相提並論，對落日必須「屈服」，而對頭髮則可在「屈服」與「抗拒」兩種態度之中作一選擇。因此，這一節明顯地是作者從歲月無情的流逝，看到太陽無聲地西下，轉而想到髮上覆蓋的霜雪，感受到未來的時日無多，才作出的議論。這種對人生的思考在男性作者筆下，應該也有相類似的表達，比較

---

[13] 同註8，頁3，此段為洛夫認為《髮上歲月》詩集中「最能使讀者內心引起震撼的」詩而論的。

看不出女性特色，如真要嚴格尋找的話，也許只有末句「認命」二字，較具女性意識。

第二節先寫落日情形和心情，鮮血以「美麗」二字形容，當然具有「反諷」的效果，但也是較具女性意識的寫法。鄭愁予「美麗的錯誤」讓讀者悵惘不已，此處「美麗的鮮血」則讓詩人「悵恨難遣」，威力顯然大多了。第三節寫髮白之後的心驚、心悸和心痛，對「年華似水／倏傯捨我遠去」的深切感受，這種髮白心情對女性或男性都應該是差不多的。不過，這一節的第一句以「水亮青絲」形容原來的烏髮，霜和雪又用「輕」和「白」形容，這兩處正是女性作者現身的句子，也表達了傳統上對頭髮的描寫手法。

第四節整節是全詩女性特色最濃的詩句。若單獨看第一第二句，也許還不太容易見到作者性別，但因此二句與後面五句意思貫連，故呈現出來的是傳統的愛情觀與傳統的文學愛情。作者用了「怎敢以斑駁的容貌」「迎接你炯炯的眼神」來表達對另一人的深情，然而「縱使你仍多情寵惜」，也無法忍受「攬鏡時的哀憐和怔忡」，這裡使用的「寵惜」、「攬鏡」、「哀憐」等詞彙，與前二句一樣，都是女性意識特濃的常用字眼。蘇軾曾以「多情應笑我早生華髮，人生如夢，一尊還酹江月」來感嘆白髮早生和如夢人生，但感嘆中仍有洒脫之氣。女性能夠如此的恐怕不多；不過，二十世紀末的男性可能也很少能如此。

正因為「一是個人難以忍受顧影自憐的悲哀和怔忡，一是難以面對心上人熱情寵惜專注凝眸的眼神」[14]，經過「再三耽延，反覆思量」之後，詩人終於在染與不染之間採取「將滿頭斑斑歲月」，「染成飛揚的青春」「抗拒」「歲月」。這第五節中，以「飛揚的青春」和「菱鏡」是最富女性特色的用語和用品。

---

[14] 見黃壽延（即王一桃）〈嚴峻的人生和斷然的抉擇〉，刊於大公報，香港，1994 年 8 月 17 日。

詩末有一則後記：「據說頭髮一經染色，髮質即變，且產生其他副作用，故遲遲不敢冒險。然跟我同齡之閨友，多擁有一頭烏黑水亮染過的青絲，不勝羨慕。猶疑良久，終於決定以染髮劑換回短暫的青春」，後記中的「閨友」、「一頭烏黑水亮染過的青絲」和「青春」是女性詞語（當然青少年也可以用「青春」），其他則與一般人（男性／女性）的想法和心情大致一樣。

# 伍

淡瑩這一首〈髮上歲月〉表現的是人入中年驚髮之後對人生的思考和複雜的心情，在染與不染之間猶疑許久才作了決定，這也和在人生的路途上遇見必須於「屈服」和「抗拒」之間作一抉擇一樣。《髮上歲月》中還有一首〈黑與白〉，其中有「在你的十指挑挑撥弄下／千絲萬縷、長短不一的煩惱／經過一個半小時／終於回返最初本色」的詩句，寫詩人的丈夫為她染髮的情形。這一點與〈髮上歲月〉中第四節的意思相同，都是在愛情的滋潤下為心上人採取了染髮的行動。淡瑩與王潤華的鶼鰈情深也使原可成為探討人生的哲理詩添加女性特色的柔婉情調。站立在「歲月」面前，詩人選了「抗拒」到底的抉擇，〈髮上歲月〉的飛揚青春是戰利品，在〈黑與白〉中，詩的最後三句「何必耿耿於懷／烏黑與雪白之間／截然不同的詮釋？」更為「抗拒」勝利增添完美的色彩。

# 第五節

## 宿命網罟？解構顛覆？──試析尹玲書寫

## 壹、前言

　　戰爭在「萬物」的歷史上永無缺席之日，於文學史上更是如此。不同的時代自有不同的悲歡離合，然而戰爭帶來的永遠是悲離多於歡合；快樂肯定永逝，但痛楚確切永存。除了真實（真的真實嗎？）的新聞報導、歷史記錄、口頭傳述、經過整理的紀錄片、影片之外，當然也有許多相隔一段時間之後關於某場戰爭的電影攝製、電視連續劇的製作播映，或是以真正的演員於舞台上以戲劇方式呈現演出；只是，真正能夠留存久遠的，除了遭受戰爭殘害者腦內心底無法抹滅之永恆記憶外，應該是文學作品裡有關戰爭之各種描述、書寫。出現於古今中外散文、小說、戲劇的戰爭非常多，由於篇幅不受限制，作者似乎比較容易發揮；至於詩歌，因篇幅輕薄短小，無論古典詩或現代詩，於不多不長的行數中刻劃戰爭的萬種面貌，自然較為困難。此外，描寫一場遠方的、古代的、已發生了的、甚至是至今還在醞釀、籌劃、還在想像當中、尚未爆發的戰爭，筆下的觸感、悲痛也許會深刻、哀傷，然而，相較之下，親自將自身被戰火紋燒過的傷痕──重新觀察審視重活一遍再以筆端細述，那種特別殘酷的痛楚，相信是語言和文字都難以形容。

　　曾以「戰火紋身」[1]詩句比喻遭受烽煙蹂躪的尹玲，自十六歲起於越南西貢、堤岸的華文報章副刊上正式發表作品，無論是散文、詩或小說都帶有非常濃厚被硝煙摧殘的味道。1969 年尹玲離越赴台，於國立臺灣大學求學期間的作品也充滿戰火砲彈的痛苦。1975 年 4 月 30 日南越淪陷後，尹玲曾有十年整整完全拒絕寫作、未寫過任何一字，直至 1986 年底 1987 年初才再恢復創作，但以詩作為主，內容亦以越戰為主要題材，其中還有部分是飄離流盪的感觸哀傷。最近三、四年的創作都出現了類似「情詩」的身體解構之作，與大部分以女性情慾或女性主義的「身體」書寫完全不同。本文擬從尹玲早期無法自我解脫的戰火紋身「宿命」意味進入，尋找時代、政治、文化各種影響深遠的原因之後，再探討近年來以「顛覆」手法抒解病痛的另類書寫，希望能從其經歷、其作品文字、語言、風格了解其間的部分大時代背景、海外華人淒楚心境、殖民糾葛各種苦痛，直至雙關遊戲文字諒解生命甚或冀望淡化或遺忘哀傷情境之間的演變之心路歷程。

## 貳、身分認同／文化認同

　　出生於南越西貢南邊七十五公里名叫美拖小城的尹玲，在當時整個大環境特殊的情勢中，自幼即同時接受中國、越南與法國三種語言、文字、文化和教育的薰陶。

　　由於越南的地理位置和歷史因素，自西元前數百年即已接受中國政治、文字、語言、思潮、宗教、文化的深遠影響。因故鄉戰亂、飢荒、天災人禍而被迫流落他鄉的中國人，面對的就是在不是祖國的某塊土地上，如何去作身分認同及文化認同的艱困適應和痛苦選擇。

---

[1]　見尹玲，〈巴比倫淒迷的星空下〉，收入《當夜綻放如花》詩集，臺北：自費出版，1994 年 6 月 4 日初版，頁 45-46。

中國語言、中國文字、中國文化，是尹玲的父親自始至終的堅持。虛歲才九歲即被迫遠離家鄉終生漂泊的他，在家中與妻子和子女永遠只以他故鄉廣東大埔客家話交談，從未使用過任何另外一種語言，儘管大家都還會說國語、粵語、潮州話、越語等。越語，是她母親的一半母語，另一半是廣東梅縣客家話。母親大部分時候都以越語和丈夫及子女交談。尹玲和弟弟妹妹們，在家中跟父親說話，自然地會用大埔話，跟母親則又自然地使用越語[2]。小學時期，她與校內師長使用國語，與同學則國語越語並用；初中時她離家單獨到西貢法語學校中法中學就讀，在校內與法國師長使用法語，與廣東師長使用粵語，與浙江師長使用國語，與越南師長使用越語，與同學們大多以粵語交談，間中夾雜了國語、法語和越語，有時也會拋出幾句潮州話、廈門話甚至海南話。這種混雜使用方言、當地語言和多種不同語言的情形，在海外華人社會中特別明顯、常見。

然而生活在異鄉的華人，即使他在當地出生長大，他的當地語言造詣再深、發音再正確、用詞再標準，仍不太容易被當地人視為「同胞」；當地人常以一個不甚美麗的稱呼，用越語叫華人「船」，意指坐「船」自中國逃來此地求生的「那些傢伙」，或以潮州話「叔」來叫華人，但發音歪斜不正，前面還加上「那幾個」（叔），不知他們心中腦裡賦予此詞何種意義，但語氣藐視之極。

尹玲自小聽到這些叫法就已非常反感、難過，而對中國女性他們又有另外一種叫法。生活在南越的大部分中國女性都愛穿著古老的廣東大襟衫上衣，領子和斜襟有點像旗袍的剪裁和扣法，長褲則以與上衣同一布料所做的寬褲管普通長褲；因氣候炎熱故通常是輕軟單薄的衣料，微風吹拂之下有點飄飄的感覺。越南人管這些女性

---

2　與尹玲家庭相關之資料，可參閱尹玲〈尋找真正的自己〉，刊於《婦研縱橫》第七十八期，2006 年 4 月。

（因是中國人）叫「嬸」，但卻是以越南語發廣州音，他們叫「嬸」而不明其意義，故亦以輕視語氣如叫「那幾個婆娘」般的音腔不客氣地呼叫。

至於為何「叔」是歪了音的潮州話，「嬸」是變了調但尚可辨認的廣州話，成為道道地地的越南話，可能就得追溯到最早時期華人流落異鄉歷史的最初幾頁了。

身份認同在此種稱呼之先已非易事，更何況呼叫人的那種態度更令被呼叫者難堪，形成了一個緊緊的桎梏牢籠那般，無法掙脫自己、什麼也不是的身份標誌。即令像尹玲出生於南越、自幼呼吸南越空氣、吃有名的美拖粘米、喝湄公河水長大，也不曉得自己該是安南妹還是中國嬸，或是既非此亦非彼，最後落個是混血的安南中國非妹非嬸，且背負著一輩子寄人籬下、屈居他鄉的漂流痛楚。

既然此鄉非我鄉，文化之多種亦成一大問題。「多元」文化是堂皇的學術名詞，但存活其間的華人大部分認同文化而掙扎一段時間之後向現實屈服。

在經常至家中與她父親喝茶、吃飯、聊天的親戚朋友當中，以客家人居多。由於都是第一代的離鄉者，他們以家鄉客語交談，然而他們的子女則幾乎都講越語，即使偶爾加插幾個客家話語單字，也是帶著濃重的越語腔調，變成一個句子裡頭有四分之三的越語，四分之一或更少的越腔客語斷續單字。無論這些孩子是否曾上過華語小學，在家裡只習慣越語對白，甚至在學校內也會以越語交談或回答老師的問話。久而久之，大家都以為那樣才是正常的狀況，反而父母子女之間只說自己原來的家鄉話不講當地話，被認為是一件不可思議的奇怪事情。

這種現象其實與客居異鄉的委屈心理有很大的關係，尤其是在非首都的小城、鄉鎮。縱使小城鎮裡也分客家幫、廣東幫、福建幫，每一幫的幫民也會偶爾聚會，婚宴、喪事、籌備或解決幫內學校的

某些事情、為幫內孩童設想某些福利、為幫民籌組可以互助的相濟會，或是今天必須到誰誰誰的家裡，看是否能「標會」；或只是為了喝幾杯、飲功夫茶、抬槓、聊天、鬥嘴等等。然而，即使如此，大的男人肯定講家鄉話，女人和孩子們依舊永遠越語對白。於是又是一幅語言交錯或是各說各話的局面。

在這種情況之下，傳承原有文化或接納不同文化總會遇到較大的阻礙：或是抗拒傳承中國文化，或是抗拒接納越南文化。有的家庭明顯地以越南語言、風俗、習慣、文化作為日常生活的重要依據，有的家庭則連最簡單的基礎越語也不會，甚至不願學習，完全活在傳統的中國文化裡，這種情況在南越首都西貢的唐人區堤岸特別容易看到。中國意識較強的華人會選擇讓孩子進入華文學校讀書、訂閱華文報紙、觀賞香港與台灣拍攝製作的華語（國語與粵語、時裝與古裝）電影、家中可能會出現各類華文書籍（來自大陸、香港與台灣），包括種種主題、文類，大人閱讀或兒童閱讀的都有。大部分的家庭則可能採取順其自然的態度和作法：孩子願意讀漢文，就讓他進華文學校；若孩子覺得太難，就讓他念越語學校；富裕人家的孩子則會選擇法語學校或英語學校，家庭生活也以家中每一份子的習慣為主，或中或越，或中越混雜，或中越法或中越英為其主調。

以尹玲為例，小學階段她就讀於美拖客幫崇正學校，先學文字，接著又學注音符號拼音，全以國語為主，儘管老師們的發音不是帶著客家腔就是越南腔。外祖母是純越南人，父親是客家人，母親是一半客家一半越南，家中語言自是一半客語一半越語。由於住家附近有一座印度廟，四周也住了不少印度人，飲食方面已受到他們的影響，尤其父親有一段長時間向印度人訂購羊奶，每日清晨送來。小學五年級開始非常喜歡看印度電影，幾乎每部片子都是特別曼妙的印度歌舞和浪漫動人的愛情故事。五年級時也開始接觸香港古裝粵劇電影，因此日常生活中不免加入些不同的色彩。

　　初中時期她父親選擇位於西貢和堤岸中間阮豸街四號的中法中學，除了因學校距離住宿之處只需十至十五分鐘的步行時間之外，還因中法中學雖以全部法國境內初中課程為主，即法語讀本、文法、文學、歷史、地理、數學、代數、幾何、化學、物理、書法全以法語為授課語言，法文教材課本文字，但外語共有三種：英、中、越；她的父親以校內有中國文學課為其主要考量。直至數十年之後，她才曉得中法中學是 1975 年之前法國境內及境外唯一一所有四種語文教學的法國中學。

　　中法中學的校址剛好是在區隔越南與法國色彩濃厚的西貢與唐人區堤岸的正中間：共和大道與阮豸街轉角之處，校園相當寬大幽美，帶著法國情調的學校建築古色古香。學校董事長王爵榮博士每週都會跟全校學生講一次話，常會偏向禮節儀態方面，尤其是飯桌上的法國禮儀。尹玲和同學們十三、十四歲開始去嘗試較不昂貴的所謂法國菜，學習如何正確使用刀叉湯匙，優美地喝酒喝湯喝咖啡等等姿態。

　　正因為學校處在亦越亦漢亦法的關鍵地帶，學習的課程也包含了法、漢、英、越，故校園內的風氣氛圍活潑浪漫許多，高年級的男生還學西洋劍，比唐人區內的知用、崇正、穗城、福建、鳴遠或甚至是在西貢的廣肇的「唐味」少很多，更不必談到當時在西貢的純越南學校（如：嘉隆女中學、黎貴敦中學）的純「越味」，或純法語學校（如：盧梭中學、Couvent des Oiseaux）等絕無唐味的「洋味」。文化的吸收也因此特色而三、四種多元交融。每天一早到學校去之後，會在運動操場上立正升旗，唱起三個國家的國歌：「馬賽曲」（Allons enfants de la patrie……）、「中華民國國歌」（三民主義，吾黨所宗……）、「越南共合國國歌」（Nay cong dan oi ! Quoc gia den ngay giai phong……）。法文課上，有一位 Madame Loup 教這些半大不小的學生唱許多法國兒歌民謠，後來買到唱片之後，更是迷

Edith Piaf、Dalida、Francoise Hardy、Sylvie Vartan、Yves Montand、Luis Mariano、Aznavour、Enrico Macias、Richard Anthony 等等歌星；中文歌是自小就聽，無論是早期的周璇、白光、吳鶯音、李香蘭、白虹、張露、黃河，或後來的姚莉、姚敏、顧媚、潘迪華、潘秀瓊、葛蘭；粵劇的紅線女、馬師曾、新馬師曾、芳豔芬、任劍輝、白雪仙、何非凡、羅劍郎、鳳凰女、余麗珍、梁醒波、李寶瑩等，更不必說到越南歌曲裡早期、中期、晚期的許多音樂家、作曲作詞家歌手……都是她自幼至今仍癡迷不已的對象：Pham Duy、Duong Thieu Tuoc、Pham Dinh Chuong、Y Van、Lam Phuong、Van Phung、Hoang Trong、Trinh Cong Son、Thai Thanh、Thanh Thuy、Khanh Ly、Hoang Oanh、Thanh Lan、Duy Khanh 等等。

在類似上述的情況下，身份認同／文化認同變成不太容易：什麼身份？何種身份？總是無法說得很清楚。至於文化呢，老是移過來移過去、挪上去挪下來，最後是：好像每一種都認同，又好像每一種都不認同。

## 參、糾紛／糾纏／糾葛

也許正是因為多種語言、文字、繪畫、音樂、歌曲、電影、飲食、文化的混融，讓東南亞一帶的居民常會從這一種文化很自然地、完全沒有任何困難地跳躍進另外一種去，或一直不斷處在「翻譯」的狀態當中。

尹玲自幼除了常愛在不同的語言之間譯來譯去之外，也特別喜歡將看到的中文唸出越南語的漢越音，將越南文讀出中文的國語發音、粵語發音或客語發音，尤其是到處都看得到的招牌、廣告、報紙、書籍等。讀了法文之後，法語也加入翻譯與被翻譯的行列當中。「翻譯」，具有多層不同意涵的翻譯，似乎成了生命中永不缺席的行動。

　　這種不同文化之間的遊蕩或不同思維的尋索雖然具有相當大的樂趣，不過在某種程度上卻已接近「糾紛」似的煩惱。所謂「糾紛」，並不意指現實中的爭執、雜亂、紛擾，而是每一種語言、文字、文化、思維都有它獨到之處，往往能夠在其最細緻最關鍵的地方讓另外一種無法進入「翻譯」，因而構成一片宛若「牽連不清」的「交錯」局面。

　　不甘示弱意欲解決此種「糾紛」的「翻譯者」會從這個陷阱墜落越來越是難分難解的糾結纏繞：民族性、家族本源、教育的學習、文化的薰陶、社會環境的習慣養成，各種錯綜因素交織成無法梳理的「糾纏」，如何判斷這種詮釋這種理解是對是錯，優於或劣於那種分析那種評定？處身於分不清或已模糊的自己原來面貌，長期飄泊在多種文化的「融和」（好聽的）或「混亂」（真實的）纏擾不休的「局勢」當中，「翻譯者」最終才發現，各種糾紛、「糾纏不清」的事件，只是讓原本以為簡單快樂的語言、文化旅遊演變成複雜難解、找不到入口也覓不著出口、既非局外人更非局內人，不知自己身在何處、自己是哪一民族？祖籍？國籍？何國人？何鄉人？文化呢？特色呢？是一種永難定位的終身「糾葛」。尹玲於〈在永恆的翻譯國度裡〉，對身處異鄉、終生飄泊、永恆翻譯、無法界定的一生運命有透徹的析解：

1

在別人以 E-mail 以金錢縱橫天下的時空
你依然堅持以不太健康的身體
飛行萬里繼續你不停的飄離
去看不知是真有或實無的界域
在既是異鄉又非他鄉的某處
淒迷孤單地度過所謂除夕

雨雪紛飛下你凝視一切和空無

華文旗幟飄滿花都

鐵塔曼妙的身軀在寒夜裡

亮起她生命中首次的紅燈華服

你依然到諾曼第 JREMAUVILLE 小小村莊

隱身在伊莉莎白典型的諾曼第小屋

品嘗你無力擺脫的宿命飄泊

反覆唱遍你終生負荷的無家名曲

## 2

二○○四年元月譯妥的西默農一書

是你自幼即開始的翻譯生涯第幾部？

你答不出來

正如你永遠回答不了

你到底是哪一國哪一鄉人

你的專長在哪一個領域

你歸屬哪一所哪一系

你是創作者嗎？還是學者？

　是研究者呢？評論者？

　是旅行者吧？飄流者？

是一無所有的絕對虛無者？

抑或只是

　　只是無邊無際時空內

　　　無始無終的翻譯者？

## 3

的確　翻譯是你從小注定的

一生運命

　　　　　自此國翻成彼國
　　　　自故鄉翻成那鄉
　　　　或是　從殖民變成外邦
　　　　從實有化為虛幻

　　　　或是　一出生即已永恆

# 肆、殖民／非殖民／後殖民

　　這種難以理解難以處理的終身「糾葛」在長期從未停止過的戰火底下更是陷入「外人」漠視無視的永無止盡苦痛之中。

　　法國近百年的殖民早已讓南越「上流社會」或自以為高人一等的「上流」人，甚至大部分的小老百姓在言談舉止之間都會刻意或不知不覺地流露一兩個法語詞彙字眼、法國人慣用的某種姿勢或姿態；出入場所、喜愛的飲食餐館、首飾服飾、髮型裝扮、美容化妝、皮包皮鞋皮帶、打火機、音樂、電影、繪畫、藝術，莫不都是巴黎前一兩天才剛上市流行的「模範」。原本日常生活語言中夾雜一些漢語，例如吃的「波菜」，越語叫「bo xoi」，沙煲叫「sa bau」，叉燒叫「xa xieu」，麻將叫「mat chuoc」（為何「麻」成為入聲？耳朵聽不清楚吧？！而廣東話稱「麻將」為「麻雀」，故「chuoc」為入聲）用的是廣東發音（當然全是歪了不正的「發音」），「薄餅」則用「bo bia」，是福建廈門話發音還是潮州話發音，歪曲得不像「話」的音也只有當地人才聽得懂意思。然而法國殖民之後日常越語增添許多已變成越語的法語，例如：火車站叫「ga」，即法文的「gare」，壁板叫「pa-no」，即法文的「panneau」，外國女性叫「dam」即法語的「dame」，女士「ba dam」事實上是法語的「madame」，先生「mo -

su」，是法語的 monsieur，奶油、牛油叫「bo」是法語的「beurre」，因此酪梨也就叫成「trai bo」即「奶油果」，水泥叫「xi - mang」是法文的「ciment」，醫生叫「doc - to」是法語的「docteur」等等。法國麵包幾乎是所有越南人都愛吃的麵包，在越南多形多色的早餐大小點心之中，法國麵包夾越南精肉團片做成的三明治永遠扮演著極重要的角色，對著你微笑的牛頭「起司」更是大人小孩都愛的法國「香味」。

儘管法國於 1954 年奠邊府戰役大敗撤離越南，結束殖民者身份階級，但被殖民過的影子或陰影或色彩從未褪色淡去，尤其可從文字的改變更可看出法國意識或文化影響之深。

越南原本沒有文字，故漢字在一千多年之中是越南全國所使用的官方與民間文字。後來因漢字無法將純越語的音寫出來，越南知識份子、文學家、學者們創作了「喃字」，將兩、三個漢字組合成一個字以求能將純越語「寫」出，例如：「歪」、「口歪」、「南年」、「五南」、「至旦」等字。喃字出現的時間約於西元十至十一世紀。同一意義的字可能會有好幾種不同的寫法，因造字的人都認為自己造的才是音義具備的字。十三、十四世紀以後，才漸漸有較多的人使用。喃字文學盛行時期已是十八、十九世紀。然而，法國傳教士羅德（Alexandre de Rhodes）創造了拉丁話的越南字，二十九個字母六個聲調符號就將原來學習困難重重的漢字與喃字簡化到不能再簡的境界[3]。為了便於「薰陶」、「領導」和「統治」，殖民後的法國領導者開始將漢字和喃字在課程和課本中去除，讓全民學習最容易最輕鬆的拉丁化越文，將它叫成「國語」。只需兩、三天即全部學會的文字，自然就輕而易舉地征服了全民，直至今日。

---

[3] 有關越南喃字源起、演變及拉丁化文字「國語」之影響，可參考拙著〈漢字對越南喃字源起與演變之影響〉，收入《開創》（第二屆淡江大學全球姊妹校漢語文化學術會議論文集），臺北：臺灣學生書局，2005 年 11 月，頁 187-199。

在成長過程中，有些越南同學、朋友或認識的人都在尹玲面前表達過不喜中國的「侵略」，反而感恩法國的意識或態度，認為法國給自己國家帶來西方文明和現代文化，才能趕得上時代。

西貢堤岸的街道名字也可看出不同的影響。直至 1975 年，堤岸地區有三條街的名字是令中國人印象深刻的，一是孔子大道，一是孟子街，一是莊子街。遠東日報報社就在孔子大道上。離越前曾在遠東副刊發表過不少作品的尹玲，每次到報社出納組領稿費時，肯定會到對面的餐廳去美食一番。

在西貢的許多街道，一直到 1975 年，大家還是喜歡叫其早期的法文名字，例如黎利大道，住在西貢的大部分人還是寧願稱之為 Bonnard 大道，而最具法國色彩的自由街則稱為 Catinat 街。有事沒事總愛到 Catinat 去逛一下，到全賣法國食品的那家商店購買剛從法國運到的數十種乳酪、火腿、香料、佐料、鮮奶油、各類食材以及每日新鮮美味的熟食。到 Brodard 去喝一杯咖啡、吃好吃的冰淇淋；再往前走，到 Maxim's 享受浪漫的夜總會氛圍；或往回走，在 Hotel Continental 的花園或法國餐廳「嘆」一次夢幻情調的燭光美酒佳餚。再繼續走一小段，就是紅教堂和郵電信局，完全法國傳來的宗教和建築，聖誕節與洋曆除夕，整條 Catinat 街擠滿紅男綠女，盡情盡興揮灑他們難以掌握無法預測的青春與歡笑。

阮惠大道的一頭是西貢河邊的白藤碼頭，另一頭則是西貢市政府，也是完完全全法國特色的精緻建築。農曆年底除夕前幾天，整條阮惠大道都是最新鮮最繽紛最熱鬧的花市、花攤花販與購花人賞花者構成美妙的年節氣氛。尹玲於 1965 年至 1969 年在宗室帖街 16 號的 COTECO 法國技術商業公司上班期間，總愛在中午休息或下班後於公司左邊轉角這條阮惠大道晃來晃去，除了許多昂貴物品的商店外，安全島上還有一座一座好看的小亭，專賣新進照相機及各種器材、底片或其他一般小店難以找到的貨品。再往 Bonnard 大

道方向走去，轉角之處即是有名的舶來品長廊，當時叫「Tax 行」，模仿巴黎一些有名的不露天的有頂長廊，專賣名貴的化妝品、首飾、服裝、絲巾、領帶、西裝、衣料、皮帶、皮包、皮鞋等，還有最新的外國唱片。只要巴黎一開始流行的任何東西，此地肯定很快就找得到。尹玲當時除了常買法國最新歌曲的唱片外，也曾在此處買過至今仍保存的精美小菱鏡和銀製小花瓶，伴隨著她飄流越南境外。

　　法國的殖民味道洋溢所有的空間，眼睛看到的、耳朵聽到的、手指碰觸到的、嘴巴吃到喝到的、鼻子嗅聞到的，甚至是呼出吸入的空氣。

　　美國於 1965 年正式介入越戰；在這之前，美國文化其實早已進入越南而且流行起來。正式介入之後更是如火如荼，美式酒吧興起，滿街都是從 PX 不知如何傳出來的各種貨品、物品、食品、用品擺得到處都是，叫做露天市場。LUX、Camay、Dove 等牌子的香皂和梳洗用品、收音機、照相機、底片、衛生紙、各式罐頭食物水果、穿的、用的、從頭到腳，都非常容易買得到，當然只要有錢。於是另外一種殖民形態越來越明顯，除了打仗需要美國極大的援助幫忙外、語言文字、日常生活所需、意識形態、遠離越南、各類建築、逃難解救，全都「美」化起來。以前常聽到的「高人一等」的 un、deux、trois、quatre……此刻已換成是 one、two、three、four……儘管聲腔依然是越式的。

　　殖民？非殖民？後殖民？[4]中國、法國、美國的文化色彩在那個年代於南越處處可見[5]。1973 年美國因境內反戰，而在整個越南

----

[4]　關於「殖民？非殖民？後殖民？」及 Bonnard 大道的種種糾葛，尹玲於〈色彩〉（刊於《臺灣詩學》論壇三號，民 95 年 9 月，頁 74。）詩中亦有無奈的陳述。

[5]　尹玲〈讀看不見的明天——重構另類六零年代〉中（卯）段：「我們哀傷地看甘迺迪在電視上倒下／聆聽越戰隨著美軍歡欣的從八方升起／我們習慣幾天一場政變／卻懶得記住新領導人的名姓／美國是我們的主　法國是我

戰場上又陷入無法自我解脫的苦戰困境中，美國總統尼克森終於決定撤軍，然而美國已成為主宰南越老百姓日常生活的影子之一，並且戰爭期間所留下來的各種後遺症影響至今，例如當時所灑的橙色落葉劑（尹玲詩中稱之為「橙色的雨」）使越南婦女產下無數畸形嬰兒、土地嚴重受害、毒素汙染空氣、植物、農作物、流水，甚至直至今日[6]。

　　戰爭雖於 1975 年 4 月 30 日結束，然而真正的痛苦從未斷過。尹玲書寫中的直接控訴、哭、喊更說明時代及戰亂陰影下老百姓的無可奈何及宿命哀傷：從家鄉中國逃至北越，因北越 1954 年赤化又逃至南越，南越的煙硝摧毀一切。「家」在戰火之下已被焚成或化為「虛無」，無處可覓。飄離漂泊無家可棲的悲痛曾於 1976 年至 1986 年整整十年完全拒絕回憶和寫作的尹玲又再似火般焚燒於其

們的神／Paris 的學潮揭啟南越的嘉年華會／我們終於能夠和 Paris 學生一樣／興高采烈示威遊行／扛著我們獨有的戰地鐘聲」，（辰）段：「飲畸情的可口可樂／嚼雜味的青白箭口香糖／跟不知名的美兵／學一口爛英語／買人們從 PX 偷來　擺滿／露天市場地上的／一臺美國手提收音機／偷偷摘取被禁聽的域外空氣／一卷美國柯達／追捕迅速逸逝的眼眸　嫩稚而滄桑／一塊美國香皂／洗去一身彈孔／漂成「美」白身軀／一瓶美國洗髮精／寄望烏黑髮色變金　眼珠化藍／還有罐頭　還有衛生紙／進去的和出來的都染有異國色彩／偶爾也買到一絲美式呼吸／做一場美式性愛／來一次美式婚姻／只要一紙證書」，（巳）段：「我們隨貓王又搖又滾／將披頭四掛在耳上嘴邊／迷戀亞蘭德倫的俊酷／痴想丹妮芙冰霜冷艷／愛蕭芳芳的雅要陳寶珠的帥／不許林黛的現代勝過樂蒂的古典／解碼費里尼的八又二分之一／辯證叔本華的悲劇哲學／質疑尼采的上帝是否真的已死／一再探試沙特和卡謬／到底誰才存在真主／能給我們一個不必早死的存在」及（午）段：「我們操著粵語　越語　法語／美語　英語　國語／知不知哪一國哪一地的語／誰的聲音大　誰／就是我們的主子／我們是宿命的終生異鄉人／額上紋著判無歸屬的黑章／在邊緣地帶無終止地飄蕩」等詩句都是非常哀傷、沉痛地描繪刻畫中、法、美文化是如何深刻的烙印在南越小老百姓的日常生活中，尤其（辰）段越戰正濃期間美國「文化」的影響。

[6] 有關越戰時期橙色落葉劑的毒害及其恐怖後遺症，在尹玲的詩作中均有沉重地提及、譴責和控訴，如〈橙色的雨仍自高空飄落〉（收入《當夜綻放如花》臺北：自印，1994 年 6 月 4 日，頁 41-44。）、〈困〉，收入《一隻白鴿飛過》臺北：九歌出版社，1997 年 5 月 31 日，頁 60-64。

心底、奔馳翻騰於許多詩句間[7];在一連串六篇尋找無踪無跡之「家」及可棲之處的文字中更能看見其沉痛[8]。

## 伍、身體解構／文字顛覆

即使「虛／實」與不確定性以及飄泊哀傷在尹玲的生命及書寫中長久以來扮演了非常重要的角色,然而近三、四年來有些詩篇卻以另外一種面貌出現,例如〈醫療〉、〈關於心事〉、〈死就若斯〉、〈完美結局〉[9]等。詩中文字、詞彙、內容、意涵都「宛若」「情詩」,原本早期沉重的時代歷史包袱與痛楚不再出現。這些「表面」情詩的作品事實上全是以多重雙關的文字形成句式,書寫疾病折磨下的健康及醫療時的真實情況,因此從不同的角度剖析即可成為完全寫實的詩作。雙關雙重意義的寫法所呈現的,除帶有文字遊戲的味道之外,其實更重要的是與一般身體書寫著重肉體情慾色彩完全不同,此處刻畫的是將身體的病痛設法解構、以顛覆手法將其痛苦減至最輕以求長期受到煎熬的難解宿命可以有一個抒解的出口,以寬容的心看待世間千狀萬情。

自幼即承受無時無刻都在四週的戰火及死亡威脅之下,睡眠本已困難的尹玲,於 1968 年戊申春節因南越政府大意相信越共所提

---

7 見〈野草恣意長著〉(《一隻白鴿飛過》,頁 41-44),〈追尋名叫西貢的都市〉(頁 50-51)、〈彷彿前生〉(頁 56-59)、〈特定藥劑〉(《中外文學》第三十一卷,第九期,總 369,民 92 年 2 月)、〈透視——寫鏡〉(《自由時報》副刊,1998 年 7 月 9 日)、〈離境〉、〈讓歲月凝視〉、〈提醒〉、〈企圖〉,均收入《震來虩虩》學院詩人群年度詩集 2002-2003,唐捐主編,臺北萬卷樓,2004 年 9 月初版,頁 39-42,45-48,53,60;〈宿命網罟〉,刊於《臺灣詩學》論壇五號,民 96 年 9 月出版,頁 96。

8 六篇文字均刊於《自由時報》副刊之「何處某處」系列:〈漂流心河〉(2007.9.24)、〈永逝恆永〉(2007.10.1)、〈塵世非屬〉(2007.10.8)、〈某種瞬間〉(2007.10.15)、〈幻影明鏡〉(2007.10.22)、〈虛實之間〉(2007.10.29)。

9 〈醫療〉和〈完美結局〉二詩附於文末。

之停火協議，而於年初一夜年初二凌晨兩點遭受越共全力猛烈突擊蹂躪整個南越、敵人已在家門口，子彈斜斜射過整扇鐵門、將白牆射成幾個洞口，某一夜，子彈甚至射至三樓，掉在三樓房間的床上；從戊申春節年初一深夜開始，提醒自己不能睡著以免敵人進攻的意識已成為無法掙脫的桎梏，日以繼夜緊緊糾纏直至今日。尹玲於〈千年之醒〉[10]一詩中如此寫道：

> 越戰未正式　　正式開打的那一瞬間
> 未曾道別　　祂即離你遠去
> 且飄渺向不知哪個場域
> 你看不見摸不著找不到
> 也許是某種特殊永恆境界
> 祂　　　再也不願稍現蹤跡
>
> 也許　　　也許祂憐憫你
> 一位十二、三歲的小姑娘
> 如何卻已將不知是哪兩方
> 正玩得濃情蜜意的槍火砲彈
> 用盡一輩子的心和血
> 精雕成永不褪去的記憶
> 細琢至每夜才一闔眼立即看見
> 籠罩宇宙的全幅不滅場景
> 色彩絢爛如幻　　轟天雷聲響似真
> 依然蜜意濃情　　永不缺席
>
> 既然記憶已成永駐
> 不如就讓祂助你一揮之力

---

[10] 刊於《乾坤詩刊》，臺北，2006 年。

> 夢　是絕對不敢再回到你身邊了
> 真真可免去你重溫烽煙之苦
>
> 那麼　　且好好享受這一場他人所無
> 既空前復絕後的
> 千年之醒

　　整首詩以簡單明瞭淺白易懂的詩句語法敘述一件事情，然而這件看似無啥複雜的故事卻已成為主角「千年」的「惡夢」，甚至連「惡夢」都不是，因為「夢　是絕對不敢再回到你身邊了」。詩中的「祂」即「你」尋找盼等了數十年仍「看不見摸不著找不到」的「睡神」，「祂」真的「飄渺」到「某種特殊永恆的境界」去了嗎？或只是讓「你」「可免去重溫烽煙之苦」？詩的第二節描寫悲慘殘酷的戰火在「你」還只是「十二、三歲的小姑娘」時即已侵襲，並「精雕細琢」成「永不褪去的記憶」和「籠罩宇宙的不滅場景」，卻在第三節和第四節中用帶著「遊戲」意味調侃自己的痛苦，而且還以「好好享受」「空前絕後」「他人所無」的「千年之醒」來作為徹底反諷的無奈話語。余欣蓓於分析此詩時曾指出「千年之醒」是「具有神話意味的題名做為貫穿文本的命題」，「千年」「誇飾突顯的是恍如隔世的況味」[11]，明確點出此標題的特殊意義，但「千年」也更明顯表達「你」承受了數十年的「醒」那種無法言說欲訴無門「綿長恆遠」「永無絕期」「天長地久」的苦痛和無可奈何[12]。

---

[11] 見余欣蓓，《從戰火紋身到鏡中之花──尹玲書寫析論》淡江大學中國文學系碩士論文，民96年6月，頁100-102。此論文對尹玲書寫有非常精闢細緻之論析。

[12] 曾求助於西醫中醫無數，最後幾乎都是兩秒鐘就有一張藥方：安眠藥；甚至有一位醫師門診不知多少次之後，建議「無眠者」「自費」住院一宿（現金新臺幣5000元），頭頂和手腳各關節接滿電線之後電腦（？）「觀察」。數週後再回診醫師已不見蹤影，靠另一位非「睡眠障礙」科醫師「檢閱」一張有四圈圈單子後結論：「無眠者」「整夜」未曾「睡」過一秒鐘，再開一張「不同的安眠藥」藥方。

　　這種「解構」身體病痛和「顛覆」長期苦楚的雙關文字在〈死就若斯〉更是以半認真半戲謔又寫實又解構的技巧和手法書寫心臟病和徹底失眠的煎熬，最終以詰問「你」的方式探討「我」的「未來」。

〈死就若斯〉：

就是在最後緊急的那一秒
我決定將命交給你
生命性命運命宿命
於全是你特殊味道的那張床上
承受你賦予的難忘烙印之際
我對你唱　我的心裡只有你沒有他
在你哈哈哈哈的歡愉笑聲之下

你的柔情的確偶爾撫順我心底的痛
相聚雖然短暫
卻是我全身各種需要的重要宣洩出口
唯有如何對付輾轉反側
這個近四十載我完全無力擺脫的
難解糾葛
你竟然不假思索絕情批下：
「死就若斯！
每夜與他共尋好夢去吧！」

死就若斯！　啊啊！
你呀！
你是否真心希望
至少我還能自我解放
抑或只欲我就此長眠

予我生命性命

無法抗拒之

運命宿命？

全詩共分三節：第一節描述「我」在心臟病危急時獲得「你」的醫學手術救回，正因看著小螢幕上心房「承受你賦予的難忘烙印」，「我」竟然對「你」唱起「情歌」「我的心裡只有你沒有他」，逗得「你」和手術室的全體人員哈哈大笑的狀況。頭四句的曖昧語氣很可能令讀者誤以為「你」「我」之間是有某種「情」，甚至第四、第五二句帶有「情色」意味在內，尤其加上第六句的「加強」。

第二節是「我」「你」相聚的細節：「柔情」、「撫順」、「心底的痛」、「各種需要的重要宣洩出口」、「四十載無力擺脫的難解糾葛」、「每夜與他共尋好夢」，幾乎都與情人之間的感情發展一樣：相見、無奈分手、某種無法解決的困難，以致「你」在氣憤之下要「我」去「死」，甚至與另一人共尋好夢。第三節：正因「死就若斯」，「你」要「我」真的死，是為了「解放」「我」，或要「我」「長眠」，這是我「將命交給你」、包括「生命性命運命宿命」之後「你」所決定的嗎？讓我「生命性命」都「無法抗拒」的「運命宿命」？

若只照詩句「字面」理解，的確是不太容易明白作者意欲表達的真正意思。詩中的「你」是醫師，「我」是「病人」（心臟病和無眠症），在解救了「心」的問題之後，是否可以幫忙除去危害了「我」四十年的「惡魔」（不眠）呢？但「你」的反應居然是「死就若斯」，意即「死就是那樣子啦」，跟「死」去尋好夢，是否意指「墳墓」，不必再來與「你」相聚的情人氣話？

事實上「死就若斯」才是整首詩最重要的關鍵字眼，是安眠藥stilnox的音譯，同時也包含意譯，是音意（義）具全的翻譯，除了說明「你」（醫生）對「我」（病人）的幫助之外，也間接闡明病人

所患的病症，四十載難解的糾葛、作者忍受了數十年的折磨煎熬，最終仍然是無法解除，即使「柔情」「撫順我心底的痛」的「你」，也不過只會或只能「不假思索」「絕情」「批下」「死就若斯」。用了十數載的「死就若斯」已經失去藥效，原來吃一次即可稍微睡著的安眠藥，後來變成兩次最後要吃三次；在「死就若斯」之前的十幾種安眠藥早就不敢再用，若吃三次仍然無法睡上二、三小時的話，「黑夜」、「白夜」，「白天」、「黑天」都只是完全一樣的時光，流逝在等待「祂」的垂憐，讓受過傷的腦袋可以稍微休息，讓幾乎無法再撐下去的精神能稍微振作，讓已經累積了數十年的疲憊暫時再見，讓花樣年華時的烽火記憶不要堅持長駐，讓「夢」（最好是美好的夢）在隔離分別了那麼長的一段時間之後，還認得路回來找「我」，還認得當年烏絲長髮、今日蒼蒼白髮的昔日舊友。

此詩雖具遊戲意味，但同時也深刻表達出長期患病的沉痛，「千年」雖遠，但「死就若斯」也許更能說出長久無眠之後所追求所需要的「境界」。

這種有如「情詩」解構病痛的雙關文字在另外一首〈關於心事〉中有更細膩的手法：

> 你總擔心我心是否多變
> 　疑心我心移向他方
> 　憂心我心接受過多
> 　　別處別人別心種種別情
>
> 於是
> 你總要求幾月幾日幾時幾分
> 於某某路在你跟前
> 坦白交心透明相見
> 你皺眉凝目左審右察

側耳聚神前聞後聽
無論如何向你保證
你總不信我心依舊
鮮紅美麗完整如初
只單為你輕柔起舞
為你一人低聲沉吟

你總⋯⋯

關於心事
誓言是否完全無誓

　　此詩共分四節：第一節中的「你」既「擔心」「我心」「多變」，
又「疑心」「我心」「移向他方」，更「憂心」「我心」「接受」「別處
別人別心別情」，「你」有如愛情故事中害怕「我」變心的男主角，
四行詩中出現的「心」多達七次，充分表現「心」在此詩中的重要
地位，一如在所有戀愛中的關鍵角色。

　　第二節描述由於「你」的擔憂，要求與「我」某月某日何時何
地見面，並且必須「坦白交心透明相見」以化解「你」的疑慮，見
到之後還「皺眉」「凝目」「左審」「右察」，「側耳」「聚神」「前聞」
「後聽」，以了解到底「我」是否已「變心」，「移向他方」或「接
受別情」；而「我」為了讓「你」「安心」，一再保證「我心」「依舊」，
「鮮紅」「美麗」「完整」「如初」，而且強調「只單為你」「輕柔起
舞」，「低聲沉吟」，完全是一幅戀愛男女擔心感情變質會採取的行
動和語言。

　　第三節只有兩個字：「你總⋯⋯」，加強「你」在此事件中的多
重擔憂，疑神疑鬼的模樣。

第四節兩行：由於如何保證都不獲得信任，「我」只好無奈的感嘆：在感情世界裡，誓言是否永遠都起不了任何作用。

整首詩自第一字至最末一字全以愛情領域中的「心靈變化」作為敘述和刻畫的對象，是大部分戀愛故事「正常」的心理演變和反應、動作。文字簡單淺白，沒有任何一字艱深難懂，也正是「心事」在「你儂我儂」的兩人世界裡最自然的表現。然而此詩的特別之處正是在於「完全談情說愛」的「氛圍」之內，所使用的語言文字卻又同時描繪了「醫生病人」之間的「醫療場景」，醫生關心病人的病況，非常負責任的檢查態度，病人希望病痛不再所作的話語保證等等，與情人之間的關注、疑心、憂心、追蹤、檢視、保證、發誓等的情節完全一模一樣；因而「關於心事」的「心」「事」實際上要談的是「心臟」的「事情」，「心臟」隨時隨地可能血管阻塞、心肌梗塞、移位、縮小、腫大、心律不整、揪痛、緊繃、跳得快、跳得慢，或突然完全停止跳動。

以情詩面貌出現來解構身體病痛，最後兩句除了詢問愛情內的「誓言」之外，也同時詢問生命中「健康命運」的「誓言」應該如何「起誓」「叛誓」，「這個」「心事」與「那個」「心事」是否也有宿命的網罟，以致於「誓言完全無誓」？雙關意義的文字語言既表達「真正」的愛情可也刻畫「真實」的醫療場面。在長久的戰火悲痛宿命觀之後，這種解構是否將作者帶入另外一種全新的感受和視野？

## 陸、結語

透過對尹玲出生地點、成長過程、教育背景、文化薰陶，以及整個大時代的動動、環境社會的變遷，其中關連到的幾個關鍵問題之了解，例如：身份認同即文化認同因所處地區所帶來的困擾、艱難；多種語言、文字和文化之混融而產生的糾紛、糾纏和難解之糾

葛；因生長和成長環境受過多種不同殖民待遇而引起的好或壞的影響、衍生出後來的「殖民／非殖民／後殖民」錯綜複雜色彩和問題；另一方面，不曾停止過的烽煙蹂躪使越南小老百姓遭受到長期的各種煎熬：悲傷、苦痛、生離、死別，無法預知死神降臨時刻是最難承受的恐懼，由出生至死亡溢滿浸泡整個生命的是「不確定性」，童年、少年、青年、成年、中年、壯年、老年，有哪一個階段具「確定性」？確定快樂確定充滿希望確定看得見明天？戰爭爆發前、爆發時、爆發後，甚至已息時，所有一切都是虛無，存在的只有痛楚；我們看到尹玲詩作正是針對這種不具預測性的烽火特質作許多角度的探索檢視，對自己無法、無力逃脫擺脫的可悲命運，只有無奈地承擔。

　　近年來其作品出現的「情詩」類別似乎有意以全新手法「顛覆」以往的宿命觀。這些真假兼具的「宛若情詩」均採用極淺白的文字表達濃厚的雙關涵義：男女愛情世界及解構身體病痛的醫療領域。如何詮釋如何解讀，可能全看讀者所採取的是哪一個角度哪一種立場。羅蘭・巴特的「作者已死」觀念在這種場合正可發揮最大效果：歧義、多義、複義強的文本說明了此書寫之豐富性。

　　然而這些「解構顛覆」文本接連三、四年來不時的出現真能說明尹玲決心擱下或拋棄以前的長期哀傷，以嬉笑遊戲文字和態度正視受折磨之後所帶來的各種病痛、寬心諒解人世間各種悲哀、傷痛、焦慮、恐懼和不公？企圖在生命中尋找到開闊豁達以避免不斷在「心靈」和「肉體」的各種疼痛漩渦內滾動受絞，也可以同時在許多描寫身體肉體性慾情慾的詩作中，開拓另一道嶄新的美學意象道路、關懷生命中最微妙、最關鍵的生死瞬間、發展因戰爭因病痛因傷痕因陰影而悟出來的全新另類身體書寫。至於仍是「宿命網罟」嗎？或是雙關的「解構顛覆」？就全看閱讀觀看時所站立的角度、高度和深度了。

## 附錄 註九〈醫療〉和〈完美結局〉二詩文本

### 〈醫療〉

我多渴望
覓著如你一般的情郎
對　　　身高一八〇公分　體重六十八公斤
長相溫文　　　牙齒皮膚白皙乾淨
無不良嗜好　　醫術醫德特好

尤其雙眼
能以比絲舒軟比電神速
看透我眸中
百分之一秒內變幻萬般之風情

以及雙手
每次溫柔碰觸我仍講究的胸脯
啊　　如綿的手啊
就撫奏出音樂也似的鏗鏘起伏
聽聞我心房不合常規的跳痛
你那通靈雙耳
立即讀懂每一聲噗通所能孕育的全部涵意

直挺的鼻真是敏銳嗅覺
輕輕一聞
即能分析我瞬息萬變的情緒氣味
最不可少的是雙唇　　你線條誘人的雙唇

以千百種層次和角度的蜜
敷著我覆著我裏著我浸著我浴著我
在最寒冷最熾熱最難熬的每一時刻

聽著　　此生或來世　　我都願臣服於你
無論你是否正以 A 方式：愛護我
　　　　　或 B 方式：凌遲我
　　　　　或 C 方式：一面愛護一面凌遲
　　　　　或另外一種 DEFG
讓是我的我逐漸憔悴凋零枯謝
在你眼手耳鼻唇的不斷醫療之下


〈完美結局〉

的確　我曾經那麼無奈地
在二十世紀結束前夕
任由他以其獨特方式剖析
我的腦

然而　二十一世紀才剛開始呼吸
我卻已全心全意獻向你
那顆跳躍且完整的
我的心
如此親暱緊密
無論是在台北初秋若有似無的哀愁下
　　　　巴黎寒冬紛飛雨雪的凜冽中

　　　或南越暮春花草早謝的薄霧裡
也只不過　　只不過是

梅雨落在不該傾注之處
艷陽濃情迸在過早的五月之初
劇痛已非形容我被詮釋過的腦之詞
而擁有我鮮活紅潤之心的你
又何忍糾絞令它幾近停跳？

可否告訴我
縱使永訣　　你還是會願意
於此最末一刻
趁你雙眸
也許尚未完全淡褪的凝視之下
讓我仍然保有未碎之心
與你呢喃最後一聲再會？

# 「發生論結構主義」研究方法之實踐

## 第二部　男性詩人作品文本剖析

# 第一節

## 洛夫〈清明〉詩析論
## ──高德曼結構主義詩歌分析方法之應用

### 壹

　　高德曼是法國當代重要的文學理論和評論家之一，特別是在文學社會學領域內，他的成就最為卓著[1]。

　　高德曼出生於羅馬尼亞首都布加勒斯特（Bucarest），但大部分的時間都在羅馬尼亞境外渡過，他在布加勒斯特大學獲得法學學士學位之後，到維也納去研讀一年的哲學，又於 1934 年在巴黎大學法學院取得公法和政治經濟高等研究二種文憑，復於文學院獲得文學學士學位。隨後，高德曼到瑞士日內瓦追隨畢亞傑（Jean Piaget, 1896-1980）作二年的研究，再度返回巴黎後，在巴黎國家科學研究中心研究，於 1956 年獲得文學博士學位。1958 年起，擔任巴黎高等實踐學校（Ecole Pratique des Hautes Etudes）第六組研究主任，教授文學社會學與哲學。1961 年，高德曼受邀到布魯塞爾自由大學社會學研究所，成立大學社會學研究小組，致力於小說研究，晚

---

[1] 可參閱拙著《文學社會學》中第五章，專論高德曼及其「發生論結構主義」，臺北：桂冠圖書公司出版，1989 年，頁 73-136。

年亦嘗試詩歌分析，終其一生都孜孜不倦的為其所創立的「發生論
結構主義」做最堅忍的實踐者[2]。

## 貳

　　高德曼的「發生論結構主義」（Structuralisme génétique），原來
叫做「文學的辯證社會學」（Sociologie dialectique de la littérature），
後來受到畢亞傑《發生學認識論》（Epistémologie génétique）的影
響，因而改名，早自 1947 年起，高德曼便制定了一個公設，建立
一套研究文學的方法，特別強調社會學與歷史觀之密不可分，承認
重視社會生活對文學創作的影響，認為文學現象的社會特性重於個
人特性。作家在了解一部作品的過程中具有某種程度的重要性，但
不等於說作家本人會比其他人更了解其作品的意義和價值；作家所
能給予的註解：如證據、證詞、詼諧、信函等，雖是讀者藉以了解
作品的最佳途徑，但仍然只是一個假設，缺少普遍性和必然性；高
估作者在了解作品行為中的重要性，可能會構成像高估作者傳記和
社會環境的重要性那樣，危險的簡化了文學作品的詮釋。
　　「發生論結構主義」理論中有幾個基本概念，筆者認為有必要
先在此作一說明。

---

—*Le Dieu caché*, Paris, Gallimard, 1959.
—*Recherches dialectiques*, Paris, Gallimard, 1959.
—*Le concept de structure Sigmficative en histoire de la culture*, Paris, Gallimard, 1959.
—*Pour une sociologie du soman*, Paris, Gallimard, 1964.
—*Structures mentales et création culturelle*, Paris editions Anthropos, 1970.
—*Le Structuralisme génétique*, Paris, Denoël/Gonthier, 1977.
及多篇論文收入：
Sociologie de la littérature, Bruxelles Editions de l'université de Bruxelles, 1973.

## 一、世界觀

高德曼認為，文學和哲學，在不同的層面上，都是一個世界觀的表達，而「世界觀不是個人事實，是社會事實」；因為世界觀是人「對現實整體的一個既嚴密連貫又統一的觀點」。

## 二、意涵結構

高德曼假設人類的一切行動都是具有意義的，當人面臨一種狀況，會以行動來解決問題，因而取得具有意義的答案。我們常會試著將思想、感情和行為的「具意義又緊密一致的結構」找出來。而文化創作，在它付諸行動、實現的範圍內，是文化或文學領域內一個緊密一致且具意義的結構，高德曼稱之為意涵結構，是一切文化創作實質的價值基礎。

在一部文學作品中，除了一個總的意涵結構之外，還有一些部分的、比較小的結構，高德曼稱之為微小結構或部分結構，或形式結構。使各個部分能互相了解的，是「結構緊密性」[3]。

## 參

高德曼的「發生論結構主義」最初是用來分析巴斯卡的《思想集》和拉辛的悲劇，後來也研究過現代小說，新小說和現代戲劇等，不同觀點的評論家曾批評過高德曼自誇為「唯一有效研究重要著作的方法」，卻不能應用到詩歌上面，他因此而下定決心以此方法研

---

[3] 有關高德曼的「發生論結構主義」，見高氏所著 *Le Structuralisme génétique* 一書，Paris，Denoël/Gonthier，1977。

究詩歌，曾對貝爾士（Saint-John Perse, 1887-1975）和波特萊爾的詩下了一番功夫去分析，不過，他認為那只是一個開始，其中疏漏的地方還需要加以改進。高德曼在作了這些分析之後（1969）於第二年去世（1970），因此，對於應用「發生論結構主義」方法來分析詩歌的研究上，高德曼並未能繼續下去[4]。

高德曼認為他的「發生論結構主義」方法還是可以應用到詩的分析上；有兩點在分析之時要注意的是：

一、就像作散文作品或一般的社會事實的研究那樣，必須先尋找釐清作品中的總意涵結構，而作品中的部分結構或者是更細小的形式結構，正是建立在這個總結構之上；此外，我們要從這總結構出發去尋找出部分結構來加以研究。

二、在詩歌研究上，作品中一些非語義的結構（比如說：句法、語音、連接等等結構）很可能具有相當大的重要性和具決定性的特別分量。

不過，這個方法的基本原則是從一部作品的結構且是統一一致的結構來開始進行，而不像其他的方法是從作品的某些元素開始；因此，高德曼認為，以詩歌來說，可能會需要整本詩集或數本詩集才能找出其一致性，這一點與當初他創立「發生論結構主義」理論專為分析小說或戲劇的目的有很大的不同，因而分析詩歌的技術與分析其他兩類文體自然有別。此外，高德曼還認為，即使詩集具有基本的一致性，也會因為每一首詩本身就構成一個自主的元素而為研究者增加許多困難。因而，在深入詩集的總結構之前，研究者必須先對每一首詩的語義結構加以釐清，而這樣的方法又很難應用到其他的文類上。

除此之外，發生論結構主義的分析方法要求做到下列三項工作：

一、闡明被研究作品的總語義結構，其概念之形成建構了人與他人以及人與宇宙之間關係總體系的綱要。

---

[4] 這些分析收入 "Sociologie de la littérature", Bruxelles, 1973.

二、研究者須以社會學觀點、角度來研究這結構在某些特別社
　　會團體的集體意識之起源。
三、在整體的部分結構和更小的形式結構中，將這一總語義結
　　構延伸到研究工作所容許的每一個層面上。

　　雖然要求如此，但高德曼自己卻又認為第二點和第三點在作詩
歌分析時是行不通的，因為：社會學角度的研究一般只能在對作家
作整體作品的研究才能進行，而且需要長達數年的時間才能完成；
同樣的，要將研究延伸到每一層面，在詩歌的分析上也是不可行
的。最後，高德曼的結論是，分析一首詩歌所能做的，就是闡明其
總語義結構和數個語義和句法的部分結構（微小結構）即可[5]。

　　因此，筆者在下文所作的分析，也是以高德曼在分析詩歌時對
他自己的「發生論結構主義」方法調整過之後的模式來進行的。

# 肆

## 〈清明——西貢詩抄〉

洛夫

我們委實不便說什麼，在四月的臉上
有淚燦爛如花
草地上，蒲公英是一個放風箏的孩子
雲就這麼吊著他走

雲吊著孩子
飛機吊著炸彈
孩子與炸彈都是不能對之發脾氣的事物

---

[5] 同註4，p.53-55。

我們委實不便說什麼的事物
清明節
大家都已習慣這麼一種遊戲
不是哭
而是泣

## 一、總意涵結構

洛夫的這一首「清明」共分三節：第一節四行，第二節三行，第三節五行。

筆者以為，此詩的境域是建立在下列這個意念之上：人與人世的價值全在於「純美」，然而這個「純美」在遭到摧殘破壞後轉為「淒悲」，不幸的是，「淒悲」也是人與人世的另一種價值。因此，全詩就是由「純美／淒悲」這兩種完全對立的情調的結合而衍生出面對浴在戰火（淒悲）裡一座美麗的城市西貢（純美）的那種哀憫和無奈；「純美／淒悲」正是此時的總意涵結構。

這個意念不但貫徹全詩，而且也一再出現在詩中的許多元素上，以第一節的頭四行來說，代表「淒悲」的字眼總跟著「純美」：

淒悲／純美
四月／臉
淚　／花
雲　／孩子

四月讓人想到暮春、傷春、清明節等較感傷的事物，而臉又使人想到美好的容顏。悲傷的淚，卻又「燦爛」「如花」。草地，綠油油的，春末的綠草如茵。蒲公英，開在春月，嬌嫩、脆弱，一如孩

子，偏又是「一個放風箏的孩子」，風，可以是醺醉遊人的春風，可以是如水的好風，和煦的微風，但也可能是狂風、暴雨、甚至是「烽火連三月」（或是十月，十年？有誰知道）的烽；而風箏，孩子心嚮往之，隨之翱翔的風箏，童年最美的一件事；在綠草地上放風箏，在烽火之下成為斷了線的風箏，像蒲公英那樣，隨著風（烽火）飄散了，粉碎了，覆亡了；孩子，也是這朵蒲公英。雲在大部分的時候是美麗的；朝雲、彩雲、雲霞……，但詩中的雲吊著孩子，是黑雲、烏雲、戰雲，悲傷的雲；孩子呢，是至世間的至真、至純、至美，是全人類的希望，如今被雲吊著，吊到一個陌生的地方，不論是在人世或非人世；在人世，孩子成為孤兒；在非人世，孩子成小冤死鬼。淚花和戰雲，讓孩子在四月的臉上被抓吊走。

第二節的三行詩中，同樣的結構再次出現，而且比第一節中的更令人驚心：

> 雲 ／孩子
> 炸彈／飛機
> 炸彈／孩子

仍然是悲淒的雲，純美的孩子。第二行的飛機，在孩子眼中應該是新奇的、好玩的、飛得很高、造型迷人；炸彈是恐怖、可怕，使人想到受傷、死亡；偏偏第三行中孩子是跟炸彈並列，似乎是同等的「事物」，因為我們「都是不能對之發脾氣」的，全詩最具張力的就是這一句：孩子是天使一般的純真可愛，是人在人世最寶貴的價值，卻和摧毀人和人世的惡魔並排在一起；對孩子，我們不忍心發脾氣，深恐傷害到他；對炸彈，我們不敢發脾氣，深怕它一爆炸，傷害到孩子、傷害到人和全世界使有變無。第二節應該是整首詩中把「淒悲／純美」這個總意涵結構表現得最淋漓盡致的地方。

第三節中，這個對立二元性較不明顯，但也並不全然缺席；它的表現方式如下：

清明節／
哭　　／遊戲
泣　　／

遊戲原是快樂的，令人想到童年、孩子、美好時光、歡笑，但這裡出現的季節是清明節，不論有雨無雨都令人魂斷、令人「哭」甚至「泣」的時節，「泣」是比「哭」更哀痛的，因為「大家都已習慣這麼一種遊戲」，戰爭的遊戲，死亡的遊戲，炸彈炸孩子的遊戲，戰雲吊走孩子的遊戲，或有淚如花的遊戲，因此，清明節不是一天，不是四月五日，而是每一天，戰爭還存在的每一天，清明節已成一種「習慣」一種「遊戲」；人，在此因而變得全無尊嚴，然而，無可奈何的是：摧毀、破壞、戰爭的陰影、死亡的威脅卻同時也是人在人世的另一種面相，另一種價值。「孩子／炸彈」、「純美／淒悲」，「生／死」，不正是洛夫「石室之死亡」的名句「驀然回首／遠處站著一個望墳而笑的嬰兒」所要表達的「死而後生，生不離死，或生在死亡的陰影下」[6]的「世界觀」[7]嗎？

## 二、微小結構

在闡明詩中主要的總意涵結構之後，對詩中其他的部分結構（或微小結構，形式結構）也必須一一找出並確定它們在詩中的作用。

---

[6] 葉維廉〈洛夫論〉收入《詩魔的蛻變》洛夫詩作評論集，臺北：詩之華出版社，民國 80 年，頁 19。

[7] 此處用的是高德曼「世界觀」的意義；因這種世界觀是某一社會團體所共有而非某個人專有。

1. 第一節第一句：「我們委實不便說什麼」是一個含蓄、隱約的「淒悲」元素，我們看到戰火下淚流如花的苦難人們，但我們能說什麼？即使我們能說，我們也「不便」說：第一，在當時的政治情勢下，有許多事情是受到限制的，語言、言論是其中之一；第二，戰爭原是如此殘酷，再說只是徒增悲傷，那也是我們不便說的原因；第三，「我們」是從外地來的，自然是「不便」說什麼了，但「我們」也是從戰爭走過來的，傷心人對傷心人，就更不便說什麼了，此外，「說」原本可以是很愉快的一件事，此處卻「不便」說。

   第一節第三行：「草地上，蒲公英是一個放風箏的孩子」是一個含蓄的「純美」元素，放風箏的孩子在草地上是一幅美麗的畫面，蒲公英在風中飄也應該是風和日麗的下午令人愉悅的景色，假如沒有戰爭。詩中，蒲公英＝放風箏的孩子，這裡用了一個「是」字，肯定的連接。

   第一節第二句，「有淚燦爛如花」。「燦爛」是形容詞，花開燦爛，美極；這裡卻是淚如花燦爛，而淚是悲極才下，「燦爛」一詞就更能加深「美者更美，悲者更悲」的效果；這裡用了一個「如」字，是明喻。

   第一節第四句：「雲就這麼吊著他走」，「就這麼」表達一種「無奈」或是「很殘忍」的意思，後面緊跟著「吊」字，這動詞就更增加「殘忍」的程度，因為「吊」著「他」（孩子＝蒲公英），更甚的是，不但「吊」，而且「吊著他走」。一個孩子被戰雲吊在炮火中走，是何等觸目驚心的場面。

   第一節的第四句就以一種錯綜交疊的組合方式來呈現其與總意涵結構相對應的微小結構：
   第一句（1）淒悲（隱含「純美」，因有「四月的臉」），
   第二句（2）純美（燦爛，花），（又隱含淒悲＝淚），

第三句（3）純美（隱含淒悲，因孩子如蒲公英單薄脆弱），

第四句（4）淒悲（隱含純美，因有雲，有他＝孩子）。

2. 第二節第一句：「雲吊著孩子」，前一節最後一句的「淒悲」在此再度出現，從八個字變成五個字，少了三個字，但效果增加數倍，因為前一句是「吊著『他』走」，『他』看起來是蒲公英；而後一句是直接、清楚、確定是「孩子」，「吊著孩子」自然會比吊著蒲公英更教人不忍。

第二節第二句：「飛機吊著炸彈」與前一句的「雲吊著孩子」並排，暗藏一個隱喻：「雲吊著孩子」就像「飛機吊著炸彈」，但「雲」和「孩子」是「純美」的元素（雖然雲在此可能是戰雲），而「飛機」和「炸彈」則明顯的是「淒悲」的元素，兩句卻都用同一個動詞「吊」，產生一種真假難辨，不知誰美誰悲，或是又美又悲的效果，特別是「雲吊著孩子」這一句。

第二節第三句：「孩子與炸彈都是不能對之發脾氣的事物」，這一句明顯的特別長，不像一節一、三句那樣分成兩句，句子長帶來幾種效果：

① 非常之無奈；

② 「雲吊著孩子」、「飛機吊著炸彈」的日子特別長，似乎沒有結束的一天；

③ 至美（孩子）／至悲（炸彈）交疊，令人手足無措，不知如何是好，而這種交疊也造成最強的悲劇張力，全詩的「淒悲」以此句達到最高點。

因此，二節的三句雖然句子較少，卻是全詩最能展現「純美」／「淒悲」這二元對立的地方，不論從總意涵結構或是較細的微小結構層次來分析，都得到同樣的效果。

3. 第三節第一句：「我們委實不便說什麼的事物」，重複一節一句並加上二節三句「的事物」三字，同時強調前半的「淒悲」，後半的「無奈」，同時因為「不便說什麼的事物」句子似通非通，更增加了「委實不便」的可信度。

第三節第二句：「清明節」，點明時節，同時也說明了標題和第一節的場景；加重第一句的「淒悲」。

第三節第三句：「大家都已習慣這麼一種遊戲」，呼應著題目，一節第三句和二節的一、二句（遊戲：放風箏，雲吊孩子，飛機吊炸彈）（在清明節都要哭、泣），也同時暗指詩中每一件事、物都是一場遊戲，而且是大家已習慣的遊戲，加強「淒悲」的效果。

第三節第四和第五行：「不是哭」，「而是泣」，強調「遊戲」的特質：「淒悲」，並且遙遙與第一節第二行的「有淚燦爛如花」相呼應，「淒悲」一層一層的鋪展開來，像鏡子對著鏡子後映照的影子，一直不斷的擴散下去，鏡裡、淒悲的淚綻放如花燦爛，這二元對立緊緊環扣著。

此外，全詩經過選擇的形式也是加重「淒悲／純美」效果的元素之一，特別是加上聲音之後：

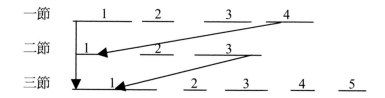

第二節第一句重複一節的最後一句，三節第一句重複一節一句和二節最後一句，使全詩的環鏈緊密相連，誦讀時音樂性加強，並且使聲音中的淒美和無奈經反覆重複而擴張。

　　本文只是一個初步的嘗試，希望能夠在詩歌分析的研究中提供一個不同的進路，因是初步，其中的疏漏、錯誤在所難免。也許必須經過多次摸索和嘗試，才有可能將此方法應用自如些。此外，文中有些地方乍看之下有點像傳統的詮釋方法，但細心的讀者會發現，高德曼的這個分析方法完全著重於尋找詩中的總意涵結構，並且從這總結構再出發以尋出細微結構，全部的分析只在釐清使詩歌的具有意義且令讀者讀懂全詩的結構，完全不及作者（洛夫）或其他與意涵結構無關的元素或因素，這一點是很明顯而且是很重要的一點，因為高德曼並不認為了解作者生平或寫作背景、年代會對分析詩歌的意涵結構有多大幫助，他甚至於完全不注意到作者而只重視如何找出意涵結構以及詩中的意涵結構為何這兩個問題。

# 第二節

## 「家鄉／異地」之「內／外」糾葛
### ——剖析向明〈樓外樓〉

## 壹

正如大部分評詩者與讀者所公認和讚美的，在台灣現代詩壇上，向明是一位非常特別的詩人，他不但熱愛寫詩，也編詩、評詩、研究詩，為詩所付出的愛心、精神和力量，數十年來始終如一。他創作以及待人處事的方法態度，溫文儒雅的樣貌舉止，更贏得「詩壇儒者」[1]的稱號。

在如此一位熱心愛詩者的筆下，呈現的詩作觸角遍及世間萬種層面，無論是寬的、廣的、大的或是窄的、狹的、小的，表面也許平淡，用詞可能平常，不詭譎、不賣弄、不矯揉、不造作、不投機、不取巧、不囉唆，不嘮叨然而其深度卻是一樣的不可思議，尤其是詩中最關鍵的那一句詩眼，往往是一針見血，出乎讀者意料之外，令人印象難忘。

---

[1] 張默、蕭蕭編《新詩三百首》對向明的「鑑評」中即有「向明素有詩壇儒者之稱」的評語，見《新詩三百首》，臺北：九歌出版社，1995 年，上冊，頁 378。

例如，以筆者曾分析過的向明那篇〈門外的樹〉來說，全詩也只不過是在描述「門外」那幾棵「樹」罷了，但字裡行間簡單素淡的文字和語氣之中，所迸發出來的那股力量卻是狠狠擊中社會上每一個不同的階層、喜愛「搖擺」或「東倒西歪」的「樹」，最關鍵的詩句就是「倒是那種莫名的力量／卻把他們吹得前仰後撲的／看不出他們一丁點／該成為一株堂堂的樹的／屬性」[2]。

此次筆者在向明眾多作品中選擇〈樓外樓〉作為剖析的對象，最重要的原因，除了此詩如此撼動人心，詩中「家鄉／異地」糾葛的意涵結構如此清楚明顯之外，還因為這種無法詮釋、無力言說的痛楚重重直擊我心。在太平歲月之中出生長大的人也許還可以從詩歌語言文字感受到那種悲哀，但「扭絞糾裂」的心底疼痛，可能只有「有幸」「具備」同等「際遇經驗」或「經歷條件」的人才能透徹理解。

# 貳

本文擬以呂西安‧高德曼於 1947 年所制定的「發生論結構主義」理論及研究方法進行〈樓外樓〉詩的剖析。

1989 年由台北桂冠出版社出版的拙著《文學社會學》[3]一書中，筆者以第五章第 63 頁（頁 73-136）的篇幅闡述高德曼生平及「發生論結構主義」自始自終的理論來源和制定經過並評析其理論之優缺得失；同時嘗試以此研究方法應用到中國古典詩詞的分析上，於第六章剖析東坡詞[4]。之後，1993 年 6 月文化大學主辦的「中國現代文

---

[2] 請參閱〈剖析〈門外的樹〉之意涵結構〉，刊於《臺灣詩學季刊》第十一期，1995 年 6 月，頁 139-146。

[3] 此專著全名為《文學社會學理論評析──兼論中國文學上的實踐》，簡稱《文學社會學》，臺北：桂冠圖書股份有限公司出版，1989 年 8 月初版。

[4] 見拙著《文學社會學》第六章，「文學社會學理論在中國文學的應用──以高德曼理論剖析東坡詞之世界觀」，頁 139-188。

學教學研討會」上，筆者開始試圖以此方法進行剖析現代詩，第一篇分析洛夫的〈清明〉[5]，發表於會議中，曾引發熱烈討論。隨後陸續以此理論探討向明〈門外的樹〉、林泠的〈不繫之舟〉[6]、蓉子的〈我的粧鏡是一隻弓背的貓〉[7]、敻虹的〈我已經走向你了〉[8]，還有淡瑩的〈髮上歲月〉[9]，以及香港羈魂的〈看山・雨中〉、〈鑿〉[10]和〈一切看來是那麼實在〉[11]。

　　最早以高德曼的理論和方法應用到中國詩歌（古典和現代）的分析上，最主要因素是希望能在眾多理論與方法之中，介紹並嘗試當時在台灣尚未有人注意到、尚未熟悉的「文學社會學」繁複理論和方法之一，尤其是九〇年代初期，台灣的高中、國中才剛開始現代詩的教學，特地引介此一新方法以觀看是否能稍微有些許的助益。1997 年以〈繫與不繫之間〉為篇名，分析林泠的〈不繫之舟〉，發表之後兩年，筆者擔任之現代詩教學班上有幾位同學，敘述他們高中班上的老師即以筆者於此文中的剖析為他們詮釋了〈不繫之舟〉。

---

[5] 〈洛夫〈清明〉詩析論——高德曼「發生論結構主義」方法之應用〉一文刊於《臺灣詩學季刊》第五期，1993 年 12 月，頁 104-112。

[6] 〈繫與不繫之間——剖析林泠的〈不繫之舟〉〉，臺北，淡江大學「第二屆東亞漢學國際學術會議」，1997 年 11 月 14 日及 15 日，刊於《臺灣詩學季刊》第二十二期，1998 年 3 月，頁 7-12。

[7] 〈女性自我意識：主體／幻象／鏡像／主體——剖析蓉子〈我的粧鏡是一隻弓背的貓〉一詩〉，中國詩歌藝術學會主辦「兩岸女性詩歌學術研討會」，1999 年 7 月 4 日，刊於《臺灣詩學季刊》第廿九期，1999 年 12 月，頁 144-161。

[8] 〈眾弦俱寂裡之唯一高音——剖析敻虹〈我已經走向你了〉一詩〉，收入《臺灣前行代詩家論》第六屆現代詩學研討會論文集，國立彰化師範大學國文系主編，臺北：萬卷樓出版，2003 年 11 月，頁 43-57。

[9] 〈屈服抑或抗拒？——剖析淡瑩〈髮上歲月〉一詩〉，淡江大學中文系主辦「中國女性書寫國際學術研討會」，1999 年 4 月 30 日-5 月 1 日，收入淡江大學中文系主編《中國女性書寫國際學術研討會論文集》，臺北：學生書局，1999 年 9 月出版，頁 1-18。

[10] 〈剖析香港詩人羈魂〈看山・雨中〉和〈鑿〉二詩〉，韓國江原大學校「第三屆東亞漢學國際學術會議」，1998 年 9 月 25 日及 26 日。

[11] 〈存活於「虛無」中之「實在」——剖析羈魂〈一切看來是那麼實在〉一詩〉，香港中文大學「香港文學國際研討會」，1999 年 4 月 15 日-17 日，收入《淡江人文社會學刊》第五期，臺北，民 89 年（2000 年）5 月，頁 1—15。

此外，筆者於研究所開的「文學社會學專題研究」課堂上也有部分同學希望能運用此方法來探討台灣現代詩或現代文學，為這塊小園地交出至少到目前為止的一份成績單，並還繼續在努力耕耘當中。

在進入〈樓外樓〉的剖析之前，為了讓本文的讀者能稍微了解高德曼的研究方法，儘管曾經在某幾篇論文中闡述過，仍願在此稍作說明。

高德曼於 1947 年即已建立一套研究文學的方法，是藉著盧卡奇早期著作的傳播、還有對辯證法的了解和對畢亞傑的心理學及認識論的研究而設定的。最早定名為「文學的辯證社會學」（Sociologie dialectique de la littérature），後來正式命名為「發生論結構主義」（Structuralisme Génétique）。自 1947 年至 1970 年高德曼去世時止，他始終以此研究方法進行他自己的所有研究，從未改變。

高德曼的理論特別強調社會學與歷史觀密不可分的關係，重視社會生活對文學創作的影響、思考文學作品與主宰著作品產生的社會背景之間的關係。他認為文學是作家「世界觀的表達」，是「對現實整體一個既嚴密，又連貫且統一的觀點」。身為行動主體的人類與所處之客體環境之間，大部分時候總會出現或產生某種無可奈何（例如向明於〈樓外樓〉中所表達的）、殘酷慘痛的困境，為了突破此狀況，主體肯定會以某行動來尋求一個「具意義的解答」，即是創造出一種平衡來，再從這個困境中改變世界。只是這種平衡化的傾向永遠具有不固定和暫時的特性，因為主體與客體之間的特殊狀況會不斷出現，「平衡化」也就不斷以此辯證方式重複延續下去。將此尋求應用到文學創作上，就成為文學辯證社會學；寫作者於創作中試著尋找「具意義的解答」或「具意義又緊密一致的結構」，這個結構即高德曼稱之為「意涵結構」的元素。

　　高德曼的研究著作大部分以戲劇和小說作為研究對象，例如
《隱藏的上帝》是以法國十七世紀巴斯噶的《思想集》和拉辛的悲
劇為主；《論小說社會學》（*Pour une sociologie du Roman*）則探討
法國二十世紀馬爾侯的小說。由於其他評論者批判高德曼的研究方
法只適合用於戲劇和小說，故高氏於去世前一年即 1969 年特地下
了一番功夫去分析貝爾士和波特萊爾的詩，不過他自己認為那只是
一個開始，其中尚有許多疏漏之處，需要改進，然而高氏於 1970
年逝世，故未能繼續其詩歌研究。

　　本文即是根據高德曼所作之詩歌分析方法來進行剖析向明之
〈樓外樓〉，首先理解詩歌文本，繼而解釋，從中闡析尋找全詩之總
意涵結構，隨後再從文本之中的每一個可能，釐出並確定所有部分
結構（即微小結構）的元素及其在詩中所扮演的角色、所起的作用。

## 肆

### 〈樓外樓〉

向明

不遠千里直奔
樓
　　外
樓
只為品嚐那久違的
西湖醋魚
東坡肉

我那被清淡高纖洗劫過久的胃
居然抗拒這精緻的美味

　　喂，師傅
　　給我來碗蚵仔麵線

　　師傅看了看我，又
　　看了看窗外平靜的西湖
　　恍然的說：
　　原來你們離家太久

## 一、總意涵結構

　　經過閱讀、理解與解釋，我們認為向明的〈樓外樓〉全詩的境域是建立在下列的意念之上：那是一種因「外在環境」——這其中牽涉到整個大時代的動盪與變化——的種種演變而形成並深遠影響到小老百姓（當然包括作者）的「內在心理」；這個影響深刻和深沉的程度足以讓大部分的可憐人民被迫離鄉，「故鄉」因而被迫烙印於記憶之中。數十年之後，終於，「外在環境」藉著時間、政治、局勢、觀念種種因素而不得不改變的狀況下，老百姓總算有幸重返「家園」；問題是思念了多年歲月的「家鄉」，久離之後再度投入它「溫暖」的懷中時，童年和少年時期的那種溫馨美好感覺竟然遍尋不著，置身「故土」卻有流落「異邦」的怪異感受：原本的「內」此刻偏像永遠搆不到的「外」；而反過來的那一方面，少年時代被迫「暫時」投宿、寄人籬下的「異地」，卻已不知從什麼時候開始，不知不覺、無知無覺或後知後覺的狀況之下，早已悄悄地自千里之「外」、遙遠的「外」、陌生的「外」、令人傷痛無比的「外」，彷彿已完全融入身體之「內」、精神之「內」、思想之「內」、心靈之「內」，變成穩穩的、無法掙脫的、不能不承認的、熟悉的不能沒有的、雖非根植卻

也已「差不多」的「內」。因此,當「內」變成「外」而「外」已變成「內」時,「家鄉」是「異地」而「異地」也早成為「家鄉」。

這種「內／外」長期糾葛的二元對立正是〈樓外樓〉於長久的精神心靈承受後所發出來的哀痛呼喊,表面平靜輕鬆,內裡沉重難承。全詩的總意涵結構正是由這種「內／外」的碰撞、掙扎、矛盾、衝突、不斷的上演、辯證、逃躲、又再次上演,無法解決、無法言說、無法中斷,更無法結束而形成。「內／外」來而去,去又來的結果,是「家鄉／異地」的辨認困難,最後終於完全陷入一種無法自救,也無法求救的複雜煎熬困境,彷彿整個地球再也無「家鄉」也無「異地」,甚至連日思夜想的「家鄉」美食,竟然會於突然之間化為一種「無法下嚥」、「遭到抗拒」的「食物」而已。

這種似是而非、卻又似非而是的難堪難纏難解已在漫長(真實與心理、具體和抽象)、彷彿無窮無盡的歲月當中演變成頑固堅韌無比的糾葛:你說我是「異鄉」嗎?我就有本事讓你不管是在有知有覺或是沒知沒覺或是半知半覺、完全抗拒或是心甘情願或是半願半不願的狀況之下,全部吸收我的一切,你現在的所謂「習慣」,是屬於在我領盤上的「習慣」,無論是衣、住、行、言語、意識、行動、思想、甚至是民以為天的「食」。而另一端則是,你說我是「故鄉」嗎?可悲可嘆的是可憐的你少小被迫不得不離家,心不甘情不願,戰亂烽火,連動盪都不足以形容的鋪天蓋地的災難,罩在每一個小老百姓的頭上、勒緊他們的喉頭、塞閉他們的鼻孔、掩蓋他們的耳朵,只剩下大概還稍微看得見的眼睛,勉強還走得動的雙足,雙手舉著不是你那個年紀該玩的槍枝,其他的東西,可能也沒什麼是珍貴的了,因為你連「故鄉」的泥土也來不及抓一把,就隨著不知總數是多少的人,擁著、擠著、推著、踏著、踩著、爬著,往還有一絲空氣的地方搶過去,往還有一小縫隙的地方滑進去,要比其他所有的人都要眼明腳快、醒目地衝上已經離岸但你腳程犀利

尚可的船，管它是大是小，管它已塞滿人，只要能載我遠離「此地」（「此地」總是「家鄉」吧！）、受傷慘重的「此地」，航向自由明亮，還有一絲希望的「他鄉」。哭啼、嚎叫、眼淚、鼻涕、撕心、裂肺、肝腸寸斷等等，是多軟弱的文字詞彙，無力描繪你那深不見底沉重的悲啊！「家鄉」、「故鄉」在來不及多瞧一眼時，便已化為多遙多遠、連夢中都見不到、不曉得是否真正「存在」的「某處」而已。歲月流逝、時光漂白、一切與此「某處」有關的，只剩下「依稀」、「彷彿」、「好像是」、「大概吧」、「可能呀」、「也許是」、「不太記得」、「恐怕」、「似乎」、「真的嗎？」、「不知道」。數十年的光陰裡，你與「某處」處在兩個完全隔絕的絕緣體內，你對「某處」的了解，除了幼時的記憶之外，就是「當時」能看得到的、聽得到的「報導」，當然也還可以加上你的「意願」「以為」和「想像」。你能接觸到的，只有「此處」的每日變化，從最早的艱苦奮鬥、到中期的處變不驚、至後來的經濟發展、繁榮現代、富裕建設，而「某處」的驚天動地，媲美天方夜譚那不可思議的千變萬化，又豈是隔著凶險萬分的海峽這端的你所能知悉理解？

　　數十年如數十世紀漫長逝去，你深埋心底的願望（你原不敢奢望能夠「實現」的）終於在某一天讓你真正地去實現，讓你將久違的「內」穩穩地擁入懷中，再次咀嚼聞名世界的美味佳肴。然而，你如何能預料得到，「內」已於不知何時成了非常飄渺的「外」，而原本陌生遙遠的「外」，竟然是你身處「內」地時唯一要求希望擁有的「外→內」。「內／外」糾葛不但明顯呈現，並將永生糾纏，無法解脫。

　　這種意念貫徹〈樓外樓〉全詩，從第一節的「不遠千里直奔」就可看出長久別離之後的焦急，為的只是「品嚐」多少年未碰過的兩道菜：西湖醋魚和東坡肉。然而，這種久離的「內」在第二節居然會變成被「抗拒」的「外」，不但「抗拒」，而且「完全拒絕」，

因為第三、第四兩句竟然是「我」置身在「內」的「家鄉」而要求一碗在「外」的「他鄉」食物：「蚵仔麵線」；明明知道是不可能的事情，卻向在「內」的師傅開口，這不正是「內／外」糾葛之下已忘記何處是家鄉，何處是異地，或是以為自己已經習慣的「食物」應該隨時隨地可得，或是真的已將「內」「外」「此處」「他處」完全混淆不清了？

第三節師傅簡單的一句「原來你們離家太久」卻道盡兩岸的沉重哀痛。「離家太久」難道只有把「西湖醋魚」和「東坡肉」換成「蚵仔麵線」而已嗎？不是的，嚴重的是「抗拒」「精緻」「美味」，原因是「清淡」「高纖」「洗劫」「過久」。作者是道了實情？讚美？諷刺？挖苦？窗外的西湖依然「平靜」，不能「平靜」的是浮沉「內／外」糾葛之間多少歲月的「心」啊！

## 二、微小結構

〈樓外樓〉一詩幾乎每一句都清楚呈現「內／外」糾葛的微小結構：

第一節：

第一行：「不遠千里直奔」充分表達「內」「外」之間的距離：「千里」；心焦：「不遠」、「直」、「奔」；每一個字都說明久別之後的急欲重見，從「外」衝回「內」。

第二行的「樓」與第四行的「樓」都比第三行的「外」高一格，除了點名是「樓」（非平地）之外，也間接說明是「高一等」的，也是第二節第二句「精緻」和「美味」的伏筆。

第三句的「外」在此表面上是「樓外樓」的餐廳名字，但作者的排序方向無形中顯現出「外」的意思來。「外」是「內／外」的「外」，同時也是高高在上的「外」，非能力所及的「外」，已在「習

慣」之外的「外」，不及己的「外」，無法無緣無能再擁之入懷的「他鄉」的「外」。

第五句：「只為」表達急於返「內」的原因，也是日久思念的「美味」所驅使。「品嚐」不但說明第六、第七句的菜名，令作者「直奔」之後所要做的事情，同時也告訴讀者這兩道菜的「高」和「貴」，必須「品嚐」而非「大吃」。「久違」顯示「外在環境」形成「內在心理」的不得不如此。如果不是數十年前的時代因素，作者會「久違」「樓外樓」的「西湖醋魚」和「東坡肉」嗎？會將身邊的「內」幻化成夢中的「外」嗎？

第六句和第七句標明「內」之所在，「樓外樓」的招牌菜，「西湖」的重要，此兩道菜的可貴「不遠千里直奔」的重要原因，也間接說明時代背景、人民心理、「內」「外」既清又不清的面貌。

第一節充滿由「外」奔向「內」的各種關鍵元素。

第二節：

第一句說明因身處「異地」太久而形成由「外」變「內」的原因和因素：「清淡」「高纖」說明「外」在漫長歲月之下所給予的「習慣」。「洗劫」帶著濃厚的「外」意味，是褒？是貶？是中性？是迫不得已？是無可奈何？「過久」則表達「時代」壓迫之下不得不的「時間之長」，「胃」原是自己或自己的，本來可以決定「內」或「外」吧！但被「洗劫過久」之後，你還能肯定你原本深愛的「內」地「美味」敵得過「外」鄉（又變成「內」）的料理嗎？

第二句：「居然」說明了「外在環境」影響「內在心理」的不可理解或不可思議的反應。

「抗拒」正是「內／外」糾葛使到「家鄉／異地」產生錯亂混淆的關鍵動詞。「不遠千里直奔」而來之後「居然」會「抗拒」？在正常的時代、環境、局勢之下可能會發生嗎？多嚴重多沉重的「內／外」效果啊！

　　「精緻」是對「內」食物的形容，「美味」是對「內」食物的感覺；然而，「抗拒」之後，這「精緻美味」還能守住原來的「內」之地位嗎？或是已由「內」變「外」的形成，而由第四句的「蚵仔麵線」取代？

　　第三句的「喂、師傅」扮演的是「內／外」糾葛之下說明「現實」的角色：第一點，他是處在「內」的「家鄉」地點；第二，他只能為客人烹調「內」的「西湖醋魚」和「東坡肉」而非「蚵仔麵線」；第三，他點明「家鄉」「西湖」的「平靜」，你「心湖洶湧」與他或西湖何干？第四，他找出「內／外」糾葛最重要的原因：「離家太久」。

　　第四句：說明「內」變「外」之後，「外」也變成了「內」；原本追求不易的「西湖醋魚」和「東坡肉」就在「我」所在的西湖「樓外樓」眼前桌上時，「我」所想的、所要的卻又是千里之「外」的「蚵仔麵線」，多諷刺又多酸苦的心理轉變！

　　第三節：

　　第一句的「看了看」與第二句的「看了看」將「我」和「西湖」並排，但「西湖」有「平靜」的形容詞，缺少形容詞的「我」，可想而知。

　　第三句的「恍然」再次說明師傅的重要：如非他「恍然」，誰能理解「我」為何如此矛盾怪異？

　　第四句的「原來」說明了師父理出原委的重要因素，而「離家太久」除了將全詩的關鍵原因釐清，但更重要的是，這四個字也將兩岸五十年的歷史糾葛和上億人民的心頭苦楚道盡；然而，釐清原因之後，〈樓外樓〉的作者可以將其間的各種痛處完全忘去嗎？或只是更加深心底已堆積了近兩萬個日夜的沉重而已？

# 伍

　　向明於 1987 年 8 月 18 日曾在《聯合報》副刊發表〈湘繡被面〉，當時兩岸尚未正式開放，因此詩中出現的沉痛詩句非常多：「好耐讀的一封家書呀／不著一字／摺起來不過盈尺／一接就把一顆浮起的心沉了下去／一接就把四十年睽違的歲月捧住」，或是「海隅雖美／終究是失土的浮根／久已呆滯的雙目／真須放縱在家鄉無垠的長空」，還有「路的盡頭仍然是海／海的面目，也仍／猙獰」，將 1987 年那個年代的無可奈何及累積了四十年的傷痛真實的表達出來。十四年之後，民國 90 年 8 月 29 日刊於《中國時報》副刊的〈樓外樓〉，已經是可以返回「家鄉」的時候，從尚未開放的痛苦無奈漫漫歲月到能來去自如的逍遙自在快樂時光，儘管〈樓外樓〉詞彙語氣淺白平淡輕鬆，然而我們讀到的、理解的、感受到的，卻仍是作者心頭千迴萬轉的千變萬化，其間的矛盾掙扎、辛酸悲苦，再多的文字語言也難以描述清楚。我們非常同意向陽在《九十年詩選》[12]166 頁「編者案語」中所說的：「既是『不遠千里直奔』，則屬異地，然異地又原本是家鄉，於是本詩演出了異地與家鄉的矛盾辯證。西湖醋魚和蚵仔麵線，一為西湖美味，一為台南料理，『被清淡高纖洗劫過久的胃』終究抗拒前者而選擇後者，日久者時間，日久他鄉（台灣）成故鄉，地遠者空間，地遠家鄉如異地，『離家太久』從而成為這種矛盾心情的詮釋。奇與趣俱成，有無奈，有宿命，也有認同與回歸的躊躇，但沒有答案，留給天地解決。」

　　向陽的結語正如我們在前文剖析中所指出的，〈樓外樓〉全詩建構在「家鄉／異地」的「內／外」「糾葛」的意涵結構上，既是「糾葛」，就永無解開之日。

---

[12] 見焦桐主編《九十年詩選》，臺北：臺灣詩學季刊雜誌社印行，民 91 年 5 月 5 日初版，〈編者案語〉中之向陽評語，頁 166。

# 第三節

## 從「無法透視／完美透明」之「異術／藝術」
## 傾聽「虛無／存在」樂章
## ——試析瘂弦〈如歌的行板〉一詩

### 壹

　　瘂弦詩歌及其書寫、文字與語言（包括言語）的音樂性，應該是台灣詩壇少數以此聞名的詩人之一，而且很可能是最特別的「樂章」創作者。

　　蕭蕭對瘂弦的詩曾如此讚揚：「瘂弦與鄭愁予的詩，同樣令人著迷，瘂弦勝在動人的音調，鄭愁予則善於運轉珠玉。瘂弦處理節奏，不落痕跡，而巧似天工，每首詩有每首詩不同的調子，頗能切合詩意之所需。」[1]瘂弦自己向來就非常重視詩語言的音樂性，他認為：「世界上傑出的詩作，中國的傳統詩，同一層次的內容，愈接近音樂的愈是最好的詩……音樂是高層次的部分，如果我們的現代詩在語言創新之外，也把握住音樂性，就可以逐步邁向成熟。至於如何尋找、創造

---

[1] 見蕭蕭〈詩的各種面貌〉，收入《燈下燈》詩評集，臺北：東大圖書公司，1980 年 4 月，頁 207-208。

現代詩的新節奏，也就是從前述的傳統語言、民間口語等處入手、琢磨，傾聽各種不同的語言，自然可以譜出現代的腔調」[2]。此外，葉珊於〈《深淵》後記〉中有幾段文字特別強調瘂弦詩中的音樂成分：「關於繪畫和音樂的比重的問題，我認為瘂弦詩中的音樂成份是濃於繪畫成份的。他的詩有一種基礎音色，控制了整部詩集的調子」，「瘂弦的音樂（奏的也許是二簧，也許是梵爾琳）背後有一種極廣闊深入的同情」，以及最重要的是後面這一段：「瘂弦所吸收的是他北方家鄉的點滴，三十年代中國文學的純樸，當代西洋小說的形象；這些光譜和他生活的特殊趣味結合在一起。他的詩是從血液裡流蕩出來的樂章」[3]。將瘂弦詩作中的來源、成份、組合、吸收過的養分、內涵、和最原始的「血液裡流蕩出來的」都細膩地加以分析。

「從血液裡流蕩出來的樂章」正是瘂弦「整個人」給予我們最大的震撼與感覺；不是只有經過思考、修改、潤飾、雕琢或不、加入或減少時候的語言、文字、書寫或「創作」，而是任何場合裡見到的瘂弦，無論是正呈現喜、怒、哀、樂的任何面容或存活心境，是詩人、是主編、是各類書寫的書寫者、是朋友、是親人、是情人、是丈夫、是父親、或只是一位男性，他的「真」、「親」和「音樂」就完完全全沒有經過掩飾或故意誇炫地從其舉手投足與日常話語自自然然流露出來。

這種「真」和「自然」及其「音樂性」在瘂弦的詩作中隨時都可以讓讀者感受得到，那一份「透」似乎是與生俱來的，不論是「一般之歌」、或是「夜曲」，「輕快小調」或「悲壯交響」，「正調」或「變奏」，以任何樂器甚至無樂器而是他本人的聲音所演奏或發聲的任何高、低、長、短、形式、內容的「樂曲」，都令聆聽者印象

---

[2] 見瘂弦《中國新詩研究》，臺北：洪範書店有限公司，1981 年 1 月，頁 17。
[3] 見瘂弦《瘂弦詩集》，臺北：洪範書店有限公司，民國 70 年 4 月，頁 320-321。

深刻永遠難忘[4]。那種獨特在〈如歌的行板〉中更是以最獨特的形式與聲音展現，特殊的動人音調令人著迷。面世之後，數十年來對海內、外多少華人或華文寫作者、尤其是現代詩創作者影響深遠。我們在此擬以高德曼（Lucien Goldmann, 1913-1970）的「發生論結構主義」（structuralisme génétique）嘗試進行剖析，希望能以這研究方法將〈如歌的行板〉闡釐出建構全詩的總意涵結構及其部分結構，探究隱藏其內的獨特元素[5]。

## 貳

　　「發生論結構主義」研究文學之理論方法，是高德曼在經過對盧卡奇早期著作的傳播與對辯證法的了解、以及對亦師亦友的畢亞傑之心理學與認識論的鑽研之後，於 1947 年制訂的，原本定名為「文學的辯證社會學」（Sociologie dialectique de la littérature），後來因盧、畢二師的影響而改為「發生論結構主義」。從高德曼的著作裡，我們可以發現自 1947 年建立此理論之後直至 1970 年去世為止，他一直都以這個研究方法進行他所有的研究，無論探討的是戲劇、小說或詩歌。

　　高德曼特別重視社會生活對文學創作的影響，尤其是文學作品與主宰著作品產生的社會兩者之間的關係，強調社會學與歷史觀密不可分；因此，作品是文學家的「世界觀」之表達，是作者「對現實整體一個既嚴密、又連貫且統一的觀點」。社會或客觀環境經常會為行動主體的人類帶來或製造、產生許多無可奈何的殘酷困境，

---

[4] 瘂弦的聲音之情與美，可聆聽瘂弦有聲書《弦外之音》，臺北：聯經出版公司，2006 年 5 月 11 日。

[5] 有關高德曼及其「發生論結構主義」制訂之詳細論述，可參閱拙著《文學社會學》第五章，臺北：桂冠圖書公司出版，1989 年，頁 73-136。

無論是天災、人禍或偶然事件，行動主體為了突破困境，肯定會以某一行動來改變世界，而這行動正是人類尋求「具意義的解答」所創造出來的平衡；但因「平衡化」永遠具有不固定和暫時的特性，主體與客體之間的「困境」也具有不斷出現的狀況，「平衡化」也就因此以辯證方式不斷重複延續。高德曼認為這種尋求平衡化應用到文學創作上時，就是他所制訂的「文學辯證社會學」或「具意義且又緊密一致的結構」，正是他稱為「意涵結構」的元素；評論者於分析一首詩歌所能做的，就是闡明其總意涵結構和句法、語音、連接等的部分結構或微小結構即可[6]。此外，研究者必須重視文本的完整性，切勿超越「文本」範圍或加入「文本」之外的文字或意思去「理解」它，釐清文本內要分析的作品由為數有限的元素組成之意涵結構，掌握其中最重要的一個，即讓讀者讀懂文本整體的結構，在理解與分析過程中，避免引入不存在於文本之內的元素，否則會產生別的意義，可能違背原本的意涵結構原意[7]。

參

我們會選擇此詩作為分析對象，除了因〈如歌的行板〉是瘂弦作品中標題與內容最具音樂性、以及前文所提及的「獨特」形式和音調之外，詩中呈現的那種「虛無／存在」更是令人於閱讀時心有戚戚焉，感觸和感慨特別深。在瘂弦的許多詩作裡，作者關懷小老百姓、低階層民眾貧瘠匱乏卻又無可奈何的「生活」那份真正的「心」，時時刻刻都在字裡行間撫慰著哀傷的人；而人世間其他不同階層的族群，何嘗沒有他們的悲痛或不幸？因此，「搜集不幸」

6　見 *Sociologie de la littérature* , Bruxelles , 1973 , p.53-55.
7　見 L. Goldmann *Le structuralisme génétique*", Paris , Denoël/Gonthnier, 1977, p.20-21. 及 "*Recherches dialectiques*", Paris, Gallimard, 1959, p.50.

在瘂弦的言語或論述裡經常出現，甚至認為「詩人的工作便在搜集不幸」這句話應該是可以成立的（見〈現代詩短札〉與「訪問記」）。然而，我們要注意的是，瘂弦對小人物命運的關注、對世上古、今、中、外「人」的各種遭遇、尤其處於逆境時所付出的同情憐憫並不只是流瀉於文字與書寫之間而已，那份「真」絕對不是「造字」能夠「造」出來，而是由於其出生、成長、經歷、生活環境以及種種因素所醞塑成的；我們認為最重要的原因應該是下列幾項：

一、1932 年 9 月 29 日出生於河南省南陽縣的瘂弦，於 1948 年 11 月 4 日跟隨學校離鄉，由河南到湖北再到湖南，從 16 歲開始就已不但離鄉，也同時遠離父母，數千里的顛沛流離，更於 1949 年 8 月在湖南零陵從軍，隨部隊先到廣州，再搭乘惠民輪來到台灣，編入陸軍任上等兵。這些經歷在離亂年代為 16、17 歲少年所帶來的絕對只有椎心的「痛楚」，只有否定一切，因為「生存」與「存在」縹緲如同「虛無」與「虛空」，一瞬間所有本來「存活」的人、事、物突然消失無蹤。茫茫大海上逃亡與逃難的陌生人推著擠著，哀傷對著哀傷、淚水混著淚水，命運並不在自己能掌控的手裡，在誰的手裡？只能問蒼天。在這種遭遇裡倖存的孩子或大人，憂鬱可能會跟著他一段時間，甚至永遠；沒有憂鬱的還有什麼？只有憂鬱啊！所以在他的〈憂鬱〉[8]裡，他所譜出的調子正是編自憂鬱的音符：

> 只有憂鬱沒有憂鬱
> 是的，尤其在春天
> 沒有憂鬱的
> 只有憂鬱

---

[8] 見《瘂弦詩集》，臺北：洪範書店，民 70 年 4 月，頁 15-18。

2010 年秋天，瘂弦返回家鄉，「除了與堂上親友共聚，最揪心的則是亟欲拜祭墓木已拱的亡母墳塋」。「在秋風冷冽裏，只見瘂弦在爺爺、奶奶、父親、母親的墳前，跪著磕頭，對著群聚的二、三十友人，瘂弦低聲喑啞地說：『讓我靜靜的和母親待一會兒吧』……只見風中白髮，久久無語的瘂弦手扶墓碑，無聲的淚打濕了墳前的秋草；十七歲少小辭親離家，一甲子後的蒼顏返鄉，在『立德，立言，立功』之外，長久倡言『立情』的瘂弦，又是情何以堪！」[9]。十六歲無意和無意識中訣別娘親的孩子在大雪原上半飢餓狀態下「飄」到台灣去，在「六十年之後，當瘂弦跟我細說這段蒼茫少年事的時候，他的眼淚簌簌流個不停。」[10]這種「不幸」與關懷、注意「不幸」，正是從瘂弦自身最早的遭遇經歷開始，影響了他大半生的處事、待人與創作時作品所流露出來的「極廣闊深入的同情」（葉珊語）以及有意或無意間若有似無之「虛無／存在」意識。

　　二、第二次大戰時，1905 年 6 月 21 日出生的沙特（Jean-Paul Sartre, 1905-1980）完成了他最重要的著作《存在與虛無》（*L'Être et le Néant*, 1943），問世之後，他立即成為「存在主義」之父，「存在主義」也成為戰後真正流行全球且最具影響力的思潮：無論哲學、文學、藝術、戲劇、電影、評論、學術、言談、書寫、日常生活、忙碌或無所事事時，全都染上或多或少的「存在主義」風采或色彩。

　　二十世紀 50、60、70 年代，在許多作者的作品裡，幾乎沒有不帶著「存在主義」的。瘂弦自己曾寫道：「當自己真實地感覺自己的不幸，緊緊的握住自己的不幸，於是便得到了存在。存在，竟

---

9 見潘郁琦〈青蒼猶吟粉鳳凰的生命歌者──記「海峽詩會──瘂弦原鄉行」〉，刊於《創世紀》詩雜誌 166 期，2011 年 3 月，春季號，頁 156。
10 見龍應臺《大江大海──一九四九》，臺北：天下雜誌股份有限公司，2009，頁 93。

也成為一種喜悅」[11]。他甚至於後頭再加強說:「這些話是存在主義作家們常常說的:『人不過孤獨地「生存」,在一個上帝已死的世界裡,沒有絲毫價值。人愈知自己就變得愈壞。他們所能做的就是活下去,接受最壞的生活。』」,以及「是以我喜歡諦聽那一切的崩潰之聲,那連同我自己也在內的崩潰之聲。」[12]

這些於 1960 年所寫的「現代詩短札」非常明顯地全是存在主義的「影子」和精髓,從這幾行「札記」也可看出當時瘂弦所受到的影響與信服,同時反應到或顯現在那個年代的台灣「現代詩」及瘂弦作品上的濃度與強度。

三、達達主義之後的超現實主義更是在布勒東(André Breton, 1896-1966)倡導之後影響了全世界的文學家、藝術家,對台灣現代詩更是產生了廣泛、深遠、和巨大的影響。瘂弦在提及布勒東時特別說:「很少人說安德烈‧布勒東(André Breton)是法國的重要詩人,甚至連好詩人也算不上。他的作品如迷歌囈語,令人不忍卒讀。但他倡導的超現實主義,卻影響全世界,成就了無數的詩人、作家和藝術家。這其間的微妙關係與價值判斷,要靠有遠見和歷史意識的評論家去衡量了。」[13]而在〈現代詩短札〉中,他曾如此比較和評論達達派和超現實派:「超現實派雖不同意達達派過於混亂的直陳,並主張潛意識進一步的分析與藝術的新安排,但二者實屬同一血緣,同一家系。超現實主義絕非達達主義的反動,而是它的延長和修正,……超現實派盟主、該派宣言起草人布勒東說:『去推翻載蘋果的車,去從正常存在底安全中攫取東西,而把它們放在

---

[11] 見瘂弦〈現代詩短札(一九六〇)〉,收入《記哈克詩想》,臺北:洪範書店,2010 年 9 月,頁 117。
[12] 同註 11,頁 18。
[13] 同註 11,見〈最早的與最好的——李金髮的聯想〉,頁 53。

它們以前（除非在夢中）從未放的地方。』」[14]瘂弦詩中的味道，正是布勒東這段話意思的呈現。

雖然大部分論者都認為瘂弦於 1958 年 1 月 29 日所寫的詩〈給超現實主義者——紀念與商禽在一起的日子〉是台灣詩壇最早提到「超現實主義」的詩人；但他在 1982 年 10 月發表的〈從西方到東方——我的詩路歷程〉中承認超現實主義對他的影響很大，並特別說明時代、政治、社會、文學、文化複雜互動關係之下的一個現實樣貌：「五十年代的言論沒有今天開放，想表示一點特別的意見，很難直截了當地說出來；超現實主義朦朧、象徵式的高度意象的語言，頗能適合我們，把一些對社會的意見、抗議，隱藏在象徵的枝葉後面，這也是當時我們樂於接受西方影響的重要因素。當然，我說喜歡超現實主義，並不是一成不變的接受，我曾提出『制約的超現實主義』，把超現實主義加以修正。事實上對超現實主義我仍然一往情深，但我認為超現實主義只能作為一種表現技巧而不能代表一切技巧。」[15]他並解釋事實上，為了糾正四十年代詩語言的口語化與內容過份偏向政治的毛病，台灣現代詩才會於五十年代接受超現實主義並深受影響；這些文字說明瘂弦體認的已有些許修正。

正因為瘂弦對超現實主義提出「制約」，因此，他的作品所流露出來的特別風貌，比五十、六十年代許多現代詩過份晦澀、標新立異、刻意求新求奇的「特色」清新、感人得多，同時詩中關懷、憐憫社會與小人物的「心」，讓我們感受到他時時刻刻都實實在在的「存活」在我們之間，絕非高高在上不聞不問民間疾苦的「詩人」或「知識份子」。簡政珍如此肯定瘂弦：「我們的印象中，瘂弦《深淵》裡「側面」那一卷的幾首人物速寫——〈水夫〉、〈上校〉、〈坤

---

[14] 同註 11，頁 127。
[15] 瘂弦，〈從西方到東方——我的詩路歷程〉，《創世紀》詩雜誌第 59 期，民國 71 年 10 月，頁 27-29。

伶〉、〈馬戲的小丑〉、〈棄婦〉、〈瘋婦〉等——大概是超現實時代，主張超現實的詩人留下來極少數有關現實的詩。瘂弦這幾首人物的書寫，其影響力可能超過他本人的想像。《深淵》是瘂弦唯一的一本詩集，這個『單一詩集』作者的名聲能支撐到二十一世紀，雖然主要原因是和作者大量主動或是被動參與文學活動有關，但幾首詩裡的人物側寫所展現的人性刻畫，使詩中的個相變成通相，使創作延展成特定時間之外的銘記，也有關鍵作用。」[16]

　　正是瘂弦詩中濃厚關注小人物的愛，使「個相變成通相」，令讀者於閱讀過程當中總會全心融入其內，感動感觸感慨。因此，儘管瘂弦對超現實主義一往情深，但經過他的修正，就如龍彼德所說的，「是取其長處，去其不足，並與中國的實際相結合。主要表現有二：一、將現代觀念安置在歷史背景之上，構成一種既真且謬的情境。……二、將民族精神滲透於異域題材之中，追求一種似是亦非的效果。……瘂弦在這首詩（註：〈巴黎〉）中，充分地發揮了超現實主義知覺感性化的長處，只作呈現，不發議論，一方面是給他所處的時代的一種刺傷、一種震驚；另一方面也以隱含的憤怒和抗議導向新生的願望和抉擇。……瘂弦表面上寫的是巴黎，實質上寫的是台北，是以異域題材表明他對現實的態度，其中包含著對都市化所帶來的負面影響的隱憂，那種似是亦非的效果、『一石二鳥』的感應，正是他修正超現實主義的成就。」[17]在這種種因素之下，瘂弦所主張與所體現的，並不是百分之百的「法國超現實主義者」，正如他不承認是「法國超現實主義在中國的傳人」。

　　四、除了存在主義與超現實主義之外，瘂弦對中國與西方許多與文學、文化、學術、哲學、思潮有關的書籍與寫作理論、技巧的

---

[16] 簡政珍，《臺灣現代詩美學》，臺北：揚智文化，2004，頁77。
[17] 見龍彼德，《瘂弦評傳》，臺北：三民書局，2006，頁143，頁146，頁149。

吸收，都會對其創作產生特別的效果與美感。例如小人物的造形樣貌，除上述簡政珍所強調的「超現實」與「現實」之外，瘂弦自己也曾說過：「在題材上我愛表現小人物的悲苦，和自我的嘲弄，以及使用一些戲劇的觀點和短篇小說的技巧。在『側面』這一輯篇裡，差不多都是寫現實人物的生活斷面。」[18]又或如關於詩的口語化，他也曾多次聲明：「我的詩，一般說來比較口語化，當然這與普通的語言是不同的。」[19]以及「從口語的基調上，把粗礪的日常口語提煉為具有表現力的文學語言，這比從文學出發要更鮮活。」和「詩的語言運用，可以打破常識的邏輯，卻不能打破聯想（象徵）的邏輯。語言文字是約定俗成的，它有可變的部分，也有不可變的部分；變動了不可變的，就影響了作品的傳達。」[20]

除此之外，瘂弦於創作期間所遇到的人、事、物，包括世界局勢的轉變、國內政治、政策、時局、社會、文學、藝術、文化的種種演變、改變、風行、傳播、接受、流行，因而帶來的刺激、激盪、靈感，反應到作品題材之選擇、語言文字的決定、風格的轉變等等；當然，瘂弦本身不變的「真」、「透」、和與生俱來的「音樂」血液，是其作品與眾不同的最大特色。

## 肆

本文擬剖析的瘂弦〈如歌的行板〉，全詩如下：

---

[18] 見范良訪問瘂弦的〈有那麼一個人〉，原刊民 60 年 12 月第四期《臺大青年》，後收入黎明文化事業公司出版的《瘂弦自選集》。

[19] 同註 17。

[20] 見瘂弦〈現代詩的省思〉，收入《中國新詩研究》，臺北：洪範書店，1981，頁 16-18。

溫柔<u>之必要</u>

肯定<u>之必要</u>

一點點酒和木樨花<u>之必要</u>

正正經經看一名女子走過<u>之必要</u>

君非海明威此一起碼認識<u>之必要</u>

歐戰，雨，加農砲，天氣與紅十字會<u>之必要</u>

散步<u>之必要</u>

溜狗<u>之必要</u>

薄荷茶<u>之必要</u>

每晚七點鐘自證券交易所彼端

草一般飄起來的謠言<u>之必要</u>。旋轉玻璃門

<u>之必要</u>。盤尼西林<u>之必要</u>。暗殺<u>之必要</u>。晚報<u>之必要</u>

穿法蘭絨長褲<u>之必要</u>。馬票<u>之必要</u>

姑母遺產繼承<u>之必要</u>

陽台、海、微笑<u>之必要</u>

懶洋洋<u>之必要</u>

而既被目為一條河總得繼續流下去的

世界老這樣總這樣：──

觀音在遠遠的山上

罌粟在罌粟的田裡

〈如歌的行板〉共分三節，第一節 10 行，第二節 6 行，第三節 4 行，共 20 行。

此詩與其他作品最大的不同，應該是「之必要」三字的不斷重複，大部分列於詩句的最後三個「音」，讓人朗誦起來時會增加特

別的韻律與節奏感，尤其是在「如歌的行板」完全「音樂術語」的
標題之下。然而「之必要」前面所列的各項「要求」或「非要求」、
「事件」或「非事件」、「態度」或「非態度」、「動作」或「非動作」、
「局勢」或「非局勢」、「氣候」或「非氣候」，帶給讀者的反而是
一種「可有可無」的感覺，作者展現在我們面前的這一幅「眾生相」，
是包含許多不同的社會階級之每日生活樣貌：有眼前的、外地的；
有國內的、國外的；有日常生活的、煙硝底下的；有文學的、非文
學的；有富裕時髦的、貧困無奈的；有玩樂的、有苦痛的；有慈悲
的、有邪惡的；彷彿這一切的一切，「有」或「沒有」也都無啥關
係；來了，也就來了，去嗎？也就去吧；活的，非常好，死了，也
無所謂；存在？好像是，虛無？也不假。那種「若有似無」的味道
洋溢全篇、充實每一個字的內在裡，使到「之必要」三個字的意義
成為一種十分突兀和反諷的語言、文字與音節；再加上「之必要」
前面的字數差異，例如：

　　第一行的 2 個字、

　　第二行的 2 個字、

　　第三行的 8 個字、

　　第四行的 11 個字、

　　第五行的 11 個字、

　　第六行的 13 個字與 3 個逗點（變成 16 個字格）

　　第七行的 2 個字

……等等，形成音樂性特別的旋律，將原本可能感到厭膩的重複反
而化為節拍的「必須」，「之必要」在詩中已屬「戲劇感」和「音樂
感」的「特殊排列」「之必要」，而非「無聊」的「聲音」或「容貌」
的不斷出現了。

　　在朗讀又朗讀無數次之後，我們認為〈如歌的行板〉是一首透
過作者瘂弦的「異術」與「藝術」創作而完成的、表面上看起來「完

美透明」、實際上卻「無法透視」、同時又令你不禁會一半喜樂一半哀愁地聆聽的「虛無／存在」並存且混合之「樂章」，這「虛無／存在」意念也正是建構了整首詩的「意涵結構」，也貫徹全詩的每一詩行。

## 一、總意涵結構

### 第一節：共十行

除第十行最末的「之必要」移到第二節的第一行之外，我們看到前面九行都以「之必要」結束。前文曾列出至第七行的「之必要」前的字數有 2 個字，而後面的三行則是：

第八行有 2 個字，

第九行有 3 個字，

第十行共有 13 個字，即使詩句的全意尚未完全表達出來，但卻於此停止，造成讀者急欲知道後半句內容的謎般吸引力；同時，十行長短不一致的詩句除形成音樂感的別緻效果之外，也消去呆板和僵硬的感覺。

以下為我們對此詩的解讀闡析：

### 1. 第一行：「溫柔之必要」

「溫柔」是一種態度：生活的態度、待人的態度、處世的態度、在人間的態度、對待自然與萬物的態度，也許，還有戰亂時代一切都「不確定」「不安全」時期「必要」的態度。〈如歌的行板〉寫於民國五十三年四月[21]，離 1948（民 37）、1949（民 38）已有 16、

---

[21] 見《瘂弦詩集》，臺北：洪範書店，民 70 年 4 月，頁 201。

17 年的時間，太平歲月裡也許本來就會「溫柔」較多，但「離亂」的場景與苦痛對曾經歷過的人來說，16、17 年還恍如昨日啊！何況金門砲戰未遠，每夜「你來我往」正熱，「韓戰」雖結束，「越戰」卻已從對抗法國殖民者轉向南北對峙十年整，而且還要升高、還要繼續直至「假和平、真解放」或更久。在如此一個「狀況」裡，「溫柔」的「存在」的確有其「必要」；然而，什麼都「不確定」的「縹緲」年代裡，「存在」也只如「虛無」的「存在」一般，看不見、摸不著、聞不到、連聽也完全無法聽見、更別說「嚐」其味道了。因此，「溫柔」「之必要」本來似乎是「虛無」「存在」，但此刻，「溫柔」或許「存在」，「之必要」卻已「虛無」去了；或者，上午「虛無／存在」，下午「存在／虛無」，甚至是，前一秒是如此，後一秒已是那般。

## 2. 第二行：「肯定之必要」

「肯定」比「溫柔」在心理或心靈上是更急迫和需要的狀態，在眼前的一切都「好像」「彷彿」「也許」「可能」「大概」的時候，「肯定」才能讓心安定些些，讓神不浮躁，讓所看到的世界真的「存在」，讓所呼吸的空氣不是「虛無」。只是，「肯定」「之必要」也如「溫柔」「之必要」，就是因為不能確定「肯定」的「存在」，才要呼喊「之必要」，呼喊聲中，「肯定」的「存在」也就不一定「存在」，「之必要」更只是一種「以為」或「認為」，其「存在」就比「肯定」更「虛無」；因而，兩者之「虛無／存在」實狀也只能視不同的時間而定：昨日／今日，剛才／此刻，存活／已逝，等等。

## 3. 第三行：「一點點酒和木樨花之必要」

第一行與第二行的「之必要」也許是「大眾」的，不分社會階層的，但第三行的「酒」和「花」可能是屬於某一族群吧：「酒」

不需多，「一點點」就好，「花」但要「木樨」的黃色、白色和香氣；是比特別窮困的人好一些的階級？是比一般民眾浪漫一些的寫作者？是正在想到家鄉的「酒」和「花」的人？是「一點點酒」和「木樨花」能讓自己活回過去的「心」？有了「酒」和「木樨花」創作時靈感有如泉湧？然而，加上「之必要」三字即表示一切都尚未有、尚未「存在」，是自知「存在」者所希望得到的「存在」或「虛無」，是彷彿活在「虛無」中者所奢望得到的「存在」而已。

### 4. 第四行：「正正經經看一名女子走過<u>之必要</u>」

　　第四行出現的主角是「女子」，而且只有「一名」而已，可以想見「之必要」所需要的或所要求的並不太多。在什麼情況之下會想到有「必要」「看」「一名女子」，而且是「正正經經」地「看」，不是光「看」她，還要「看」她「走過」？

　　「一名女子」是否表示不是「任何」女子？想「看」，也不是任何時間任何地方任何態度？因此，這是否意味著「看」這個動詞的主詞即使只有這麼一點點「渴望」，也不是很容易實現？那麼，「看一名女子走過」也只不過是還在「虛無」裡的所謂「願望」，想將它放入現實中著實「存在」的想當然耳「之必要」而已。

### 5. 第五行：「君非海明威此一起碼認識<u>之必要</u>」

　　前四行的場景是眼前的、國內的，第五行的男主角轉換成國外的名作家，但第一個字「君」卻又是將國外與國內場景聯繫在一起的關鍵字眼，增加了無限的「反諷」意味。海明威在此是《老人與海》嗎？還是《戰地春夢》？第六行似乎會給答案。只是，這一行裡的「君」好像走得太快、飛得太高了些，應該有「必要」具備最「起碼」的「認識」：「君」「非」「海明威」是「存在」的，但「認識」沒有，則是「虛無」的；而且，「君非海明威」也同時置之於

「虛無」,「沒有認識」的事實也同時是「存在」的,在此狀況下,「之必要」是「虛無」與「存在」也就同時產生。「起碼」二字與「非」是重要的微小結構,除加強「虛無」涵意外,「諷刺」的味道也更深透。

6. 第六行「歐戰,雨,加農砲,天氣與紅十字會之必要」

與前五行完全不同的是:

a.「之必要」前面有 13 個字,另再加 3 個逗點;

b.「歐戰」和「加農砲」是戰爭場面;

c.「雨」和「天氣」是指氣候狀況

d.「紅十字會」指戰爭、傷亡、救難、救護、救濟⋯⋯

由於主角眾多,場景複雜,故事多樣、因素多元:「加農砲」在「歐戰」裡是否「戰地春夢」裡的「戰地鐘聲」?戰爭音樂於此刻是否比前面四行甚至第五行都要悲壯慘烈?天氣陰鬱雨聲淒迷下傷亡救護是否更令人哀痛難忍?戰火遍布的時空裡,所有的「存在」只是「虛無」的「存活」,「半秒鐘的遲疑/瓦礫之上/死亡躺在高速砲的射程內」,「一眼便成千古」[22];同樣的「虛無/存在」,同樣的「完美透明」卻仍「無法透視」,瘂弦「異術/藝術」的樂章已從原來第一行的「溫柔」進展到第二行的「肯定」,再一行一行的變化成國外、歐美、繁複、細膩、或雄壯或悲淒、或宏觀或微觀的煙硝音符,發揮了最極致的「存在/虛無」的意涵與效果。

---

22 見尹玲〈血仍未凝〉,收入《當夜綻放如花》詩集,作者自印,臺北,1994年 6 月,頁 29。

### 7. 第七行：「散步之必要」

　　戰時音樂的痛苦哀傷之後，日常生活還是要過的，「散步」還是偶爾「必要」的，無論是小人物還是布爾喬亞階級，無論「散步」會否從「存在」在先化為「虛無」於後，或因「虛無」而以「之必要」令其「存在」。

### 8. 第八行：「溜狗之必要」

　　「溜狗」卻是二十世紀六〇年代布爾喬亞階級的「事情」吧，樂章是否帶有些些「溜狗」節奏的動感呢？我們發現第六行之後的詩句幾乎都是富裕人家的休閒畫面，尤其第八行與第九行。

### 9. 第九行：「薄荷茶之必要」

　　「薄荷茶」跟第三行的「酒」與「木樨花」相比，顯然「外國」與「西方」和「有錢」的味道濃重許多；貧窮和富裕在「存在主義」的浪潮之下，其實永遠都是一樣「虛無」的：每天同樣的工作、吃飯、睡覺、喝酒、賞花、散步、溜狗、薄荷茶；戰火今年在亞洲燃起，飢荒明年在口洲蔓延，都是一樣的，「存在」最終也只剩「虛無」而已。

### 10.第十行：「每晚七點鐘自證券交易所彼端」

　　第十行與其他各行差異最大的是只有半行，內容的意義也還沒有完整結束：音樂至此是否會出現非常特殊的音符？會否跳躍？會否發出與「虛無／存在」關係更密切的某些樂器聲響、某些靜默、某些遲疑、某些斷續、某些嗚咽、某些清澈、某些沉鬱、某些明朗，以表達第十行與第二節第一行未斷的關聯、或是於下一行才出現的「之必要」、或是「證券交易所」與「謠言」那種無

法切割的「連體」？或者是：如此「砍斷」的詩行或內容才更能
透徹地將「虛無」自「證券交易所」中飄升起來，一如「謠言」「草
一般飄起來」？誦讀這第十行時，「虛無／存在」宛如更沉重的一
個意涵，無法移開。

## 第二節：共六行

### 1. 第一行：「草一般飄起來的謠言之必要。旋轉玻璃門」

　　第二節的第一行是第一節第十行的後半，雖然補充了前一行的
意思，但假若我們只讀這第一行，甚實它也可以是一行獨立的句子，
而且所帶有的意象和音樂性及反諷比前面第一節的十行更豐富：

　　a.草一般：輕、不可信、不安全、不安……
　　b.飄起來：輕、隨風而去（逝）、無影無蹤、虛無、可視為「幾
　　　　　　　乎不存在」、反諷……
　　c.謠言：「存在／虛無」，但也「虛無／存在」、因為像「草」，
　　　　　　因為易「飄」，因為易「起」，因為易「逝」，反諷……
　　d.之必要：其實也無甚「必要」，因「存／無」同在。
　　e.旋轉玻璃門：「透明」美麗的「玻璃門」，「旋轉」的動作，在
　　　　　　　　　「交易所」或在「別處」都同樣易引起「旋轉」
　　　　　　　　　之後的各種「變化」之「可能性」，豐富兼反諷。
　　這一行的「名詞」、「動詞」、「形容詞」、「副詞」都具有能量充
足的動感，增加濃厚且複雜的音樂性，尤其是「飄」和「旋轉」兩
個「動詞」所能帶來的聯想更是無限，再加上這一行本是半句，可
進可退，又可附屬也可獨立，意涵更可因此而千變萬化；「虛無／存
在」的樂章也因而具體、生動、鮮活。

2. 第二行：「<u>之必要</u>。盤尼西林<u>之必要</u>。暗殺<u>之必要</u>。晚
　報<u>之必要</u>」

這一行出現了四次「之必要」，節奏緊湊之外，「之必要」的事
與物也與之前的完全不同：

　　a.「之必要」：是連續上一句的「旋轉玻璃門」。

　　b.「盤尼西林之必要」：與病痛、健康、氣候等有關。

　　c.「暗殺之必要」：與時局、世界局勢、政治有關。

　　d.「晚報之必要」：與資訊來源、關注時事、生活習慣等有關。

　　由於中間還加上三個「句點」，形成每一個「之必要」的句子
很短，又因全放在同一行裡，閱讀時會感受到一股強烈的不安，是
「謠言」所帶來的嗎？同時那力道之強也會令人神經緊繃：為何所
有的不好消息都在同一時間出現？局勢又會大亂嗎？再來一次逃
亡嗎？會有什麼災難嗎？音樂節奏急迫緊張嗎？因而增加「存在／
虛無」的感受吧？

3. 第三行：「穿法蘭絨長褲<u>之必要</u>。馬票<u>之必要</u>」

　　「穿法蘭絨長褲」又回復布爾喬亞階級的服裝時尚，「馬票」
也該屬於有錢人的玩意兒，因為「世界大戰」也不會怎麼樣，幾年
也就結束了，該時髦時得時髦，該玩一玩時就得玩一玩，「虛無」
嘛，那可是別人的財產，咱們有的，可是「存在」呢！

4. 第四行：「姑母遺產繼承<u>之必要</u>」

　　「遺產繼承」原本是一般大眾都可能會有的希望與心態，但此
行表達出來的卻是「姑母」的，加添了「之必要」的「需要」特質；
不過，「遺產繼承」的「存在」也不一定是百分之百，而「姑母」
的可能的機率還要再少一些，因此，我們認為此「之必要」本來是

「不存在」而「存在」的「希望」,「姑母遺產繼承」更使「不存在」轉向「虛無」,而且,有「遺產繼承」畢竟是富豪人家的事,小家小戶的反而是「存在/虛無」吧!

### 5. 第五行:「陽台、海、微笑之必要」

雖然「陽台、海、微笑」也可能屬於小人物的,但我們發現從第一節的第五行開始,幾乎所有的「之必要」都是富裕人家或西歐國外才有或要的,因此,「陽台」、「海」,讓讀者想到休閒、假期、豪宅、海濱、藍天、沙灘等非窮苦人家能擁有的空間與時間;而「微笑」雖然可能只是一個簡單的生理現象或心情愉快時的展露,但因為一連串的具體事、物,也難免讓我們想到是富人臉上的可能裝飾。若將「之必要」解析為貧困人家所期望等待的「陽台、海、微笑」,「存在/虛無」的意涵也就更清楚和透徹些。

### 6. 第六行:「懶洋洋之必要」

一如上一行,富裕休閒的意味很濃,尤其是在海邊度假的陽台上,只是「之必要」往往會將「存在」化為「虛無」,或反過來「虛無」立成「存在」於「虛無」中。

值得注意的是全詩總共 19 個「之必要」,前文我們曾闡析過,瘂弦於此詩內以音樂「如歌的行板」溫柔地、極富情感地編織一幅眾生相,「之必要」在「必要」的地點和時間確定出現響起,確保了整篇樂章的鏗鏘音節,其他的文字語言或短或長、有整齊一致的,也有不齊形式的,譜上悅耳曼妙的動聽音符,縱使有舒緩有悠閒、有緊張有刺激,有眼前有外地、有日常有戰時,但也都恰恰好增添了音樂節奏的動靜快慢、詩語的諧和多元。

## 第三節：共四行

### 1. 第一行：「而既被目為一條河總得繼續流下去的」

這一行 16 個字是全詩最長的詩句，不但最長，而且也開始了整首詩結構的變化：第三節四行裡不再出現「之必要」，而且前面兩節非常「存在主義」形式的寫法也換成十分哲理的人生觀與世界觀的抒發。人生中那麼多的「必要」，卻又是只能停在「之」「必要」的那一格，「之必要」也只不過是將「存在」的「希望」眼睜睜看著它化為「虛無」，而歲月、而時間、而生活，永遠都像「一條河」那樣沒有停止，流著、流著，而且「總得」「繼續」「流下去」，詩句中流露的是人世大眾的「無奈」：小人物、大人物、貧困、富豪，世間萬物，有誰可以不「繼續」「流下去」的嗎？無論你的「必要」是這樣或那樣。

### 2. 第二行：「世界老這樣總這樣：──」

第二行的「無可奈何」更沉重了些，因為「被目為」「一條河」的「世界」「老」「這樣」，而且「總」「這樣」，似乎從來未改變過；你沒有的永遠不會有，「虛無」永遠是「虛無」，尤其作者於「總這樣」之後加上「：──」的符號，表達了「老這樣」「總這樣」就是後兩行的那個「樣子」。

### 3. 第三行：「觀音在遠遠的山上」

「觀音」救人、救人之苦難、讓人遠離邪惡，然而詩裏的「老是」「在遠遠的山上」哪！祂看得見我們的急需嗎？聽得見我們的祈

求嗎？還是在遠遠的山上，也就等於雖「存在」也如同「虛無」，我們最終總是「無可奈何」呀！

4. 第四行：「罌粟在罌粟的田裡」

邪惡的「罌粟」偏偏就長在距離不遠的「田裡」，我們注意到上一行的「觀音」用了「遠遠」的「距離」和「山上」的「高度」，但這一行的「罌粟」卻只簡單地用了「罌粟」的「田裡」，作者意欲表達即使距離之近，雖然極盡其誘惑之吸引力，卻也不過是「虛無」的「存在」嗎？還是悲哀地認為「罌粟」就在我們面前，但「觀音」卻在「遠遠的山上」呢？

或者第三節的最後四行也可以闡析成：縱使「世界老這樣總這樣」，我們雖如「一條河總得繼續流下去」，但是不要忘了，罪惡的「罌粟」也只能長在它的「田裡」，而「觀音」雖「在遠遠的山上」，但祂是正道神道，永遠在觀察拯救人世，上、下、正、邪分明。

樂章至第三節以不同的音調節奏結束，讓讀者從前面兩節的繽紛繁富至此清明的閑靜休止，詩的意涵如音符流蕩綿遠，既無奈地承受上天安排的命運，卻也表露了與天地同生的達觀思想。

## 二、微小結構

### 第一節：共十行

1.&2. 第一行與第二行：「之必要」的「之」字加強「虛無／存在」意涵。

3. 第三行：除了「之」之外，還有「一點點」說明「酒」的量與「木樨」明點「花」別。

4. 第四行：「正正經經」說明「看」的態度或樣子，「一名」說明「女子」的數量，「走過」描述「女子」的動作，以及「之」。

5. 第五行：「一」標明「認識」的簡單，「起碼」是「認識」的最低程度要求，還有「之」。

6. 第六行：三個逗點和「與」加強「必要」的數量和類別，以及「之」。

7.8.9. 第七行、第八行、第九行：「之」。

10. 第十行：「每晚」指一天當中的時刻以及一年 365 天都會發生。「七點鐘」說明時間。「自」和「彼端」說明「證券交易所」的另一頭。

　第一節與第二節將一個句子分成兩半有助於內容的懸疑性和吸引力，也對音樂的進行增添一頓一停的節奏效果。

## 第二節：共六行

1. 第一行：「草一般」形容「謠言」的樣子，「起來」形容「飄」的姿態，和「之」。

2. 第二行：四個「之」。三個句點增加每一個「必要」的強度與力量。

3. 第三行：「穿」指「長褲」出現的樣子，「法蘭絨」說明「長褲」的質料。兩個「之」，一個句點加強兩個「必要」的力道。

4. 第四行：「姑母」說明遺產來處。一個「之」。

5. 第五行：兩個逗點，說明「必要」的希望之物的數量。一個「之」。

6. 第六行：「洋洋」，形容「懶」的模樣。一個「之」。

## 第三節：共四行

1. 第一行：「而既」加強「無奈」的感覺，「一條」說明「河」的數量，「總得」、「繼續」、「下去的」三者都增加「無奈」的程度和強度。
2. 第二行：「老」、「總」：強化「無奈」。
3. 第三行：「遠遠的」，說明「距離」，增加「無奈」。
4. 第四行：「罌粟的」，說明「近距離」，也增加「無奈」。

# 伍

〈如歌的行板〉正如我們於前文所說明的是一篇樂章，所譜的是「完美透明」的「虛無／存在」音符，然而在作者的「異術／藝術」之編織底下，讀者仍感覺到有一種「無法透視」的神祕；在瘂弦的詩中，我們看到一直並存的虛無／存在，一如正／邪、善／惡、簡／繁、偉大／渺小、絕望／入世、荒謬／堅持、無奈／調侃、接受／諷刺、迷惘／明朗、困惑／清醒、詼諧／揶揄、無意義／有必要、道德／罪惡、虛無之實在／生存之必要，最特別的是〈如歌的行板〉中，上文／下文可以視為「虛無／存在」，但也可視為「存在／虛無」，全看詮釋者採取的是從哪一個角度加以切入。

同時，我們也注意到，第一節與第二節之間的「切斷」與「分段」，除了能令音樂於此處產生跳躍之動感外，它所洋溢的「超現實主義」味道，正如第三節突然之間完全顛覆前面二節「之必要」的節奏一樣，是那麼樣子的「瘂弦式制約」，使到本來正進行中的鏗鏘、舒緩、急促、慵懶、無奈的音韻和旋律，於這一剎那間化為充滿戲劇性的活躍流動，尤其最後四行，從「無奈之必要」昇華至

「達觀之必要」，迸發出完全不同的動人轉折諧和音符，感性與智性的完美結合，令人不禁會問：「瘂」弦於〈如歌的行板〉中譜出之亮麗「如歌行板」，既「透明」又「朦朧」、既「存在」又「虛無」、既「現實」又「超現實」，這種「無法透視」的「完美透明」不正像「香奈兒」（Chanel）那種俐落優雅、黑白分明、或永遠清楚明瞭的菱格，卻也永遠透著一絲讓人著迷無法猜透的永恆神祕。

〈如歌的行板〉已經有許多學者、評論者探討過、分析過，各以不同的理論、方法、角度。瘂弦詩作語言、文字的甜美清新是大家公認的，但他的悲劇精神一方面來自他本來的關注現實與苦難以及少年時期的顛沛流離，另一方面也是存在主義的深遠影響。蕭蕭於〈瘂弦的情感世界〉一文中認為「瘂弦則臂擁現實的苦難，唇吻大地的傷痕，顯現投入現實泥沼的心意，而恆以短促而響亮的笛音陪伴時隱時躓的腳步」[23]；而張默在《中國當代十大詩人選集》為瘂弦所寫的讚辭應該是最為中肯的：

> 瘂弦的詩有其戲劇性，也有其思想性，有其鄉土性，也有其世界性，有其生之為生的詮釋，也有其死之為死的哲學，甜是他的語言，苦是他的精神，他是既矛盾又和諧的統一體。他透過美而獨特的意象，把詩轉化為一支溫柔而具震撼力的戀歌。[24]

瘂弦自己於《瘂弦詩集》的〈序〉中敘述寫詩的經過及後來的停筆，並於倒數第二段說：「像法國詩人梵樂希那樣休筆二十五年

---

[23] 見蕭蕭，〈瘂弦的情感世界〉，刊於《中外文學》第八卷第四期，1999 年 9 月，頁 141。

[24] 張默等主編，《中國當代十大詩人選集》，臺北：源成文化圖書供應社，民 66 年 7 月 15 日初版，頁 261。

後復出、震驚文壇的例子畢竟不多」[25]。我們在此以尹玲所譯的梵樂希〈水仙吟〉[26]請瘂弦評論，只是不知能否讓瘂弦也如梵樂希一樣，除了其他各種不同形態的「詩」之精彩書寫外，「睡火山」能再度爆發，為詩壇創作譜奏更美妙之音符，讓期待已久的「樂迷」傾聽多采動聽、「從血液裡流蕩出來的樂章」。

---

[25] 見瘂弦《瘂弦詩集》，頁 5。

[26] 刊於《臺灣詩學‧吹鼓吹詩論壇十號》「小人物‧詩」，2010 年 3 月出版，頁 193-195。

# 附錄：尹玲譯〈水仙吟〉

## 〈水仙吟〉

梵樂希（Paul Valéry, 1871-1945）作

尹玲 譯

啊！弟兄們！鬱愁的百合，我因俊逸而悒悒
為了在你們潔淨赤裸之中憐慕自己，
向著你，女神，女神，清泉之女神呀，
我來將我徒然的淚獻予純然之靜寂。

無限的靜謐聆聽我，靜謐裡我聆聽希望。
泉聲音轉，向我細讀夜闌；
我聽見銀草在聖潔暗影中滋長，
叛誓的月娘將她的明鏡升上
照澈光芒斂盡的清泉之隱秘。

而我！我全心投入這蘆葦叢間，
啊碧玉，我悒悒因我淒美的俊逸！
我再無所愛除此若幻泉水，
在水中我忘去歡笑與古代玫瑰。

我多憐憫你純潔卻宿命的光艷，
讓我如此溫柔環抱的清泉，
泉水中一片致命幽藍內我的雙眸

正汲取我戴上潤濕花冠的容顏！

噯！容顏虛幻而哭泣永恆！
透過蒼鬱林木和友愛手臂之間，
一道朦朧時辰的柔光存現，
半抹餘暉為我形塑赤裸情郎
就在這誘我的迷茫愁水邊上……
絕美的精靈，誘人卻冷冰。

這就是水中我如月如露的肉身，
啊！與我雙眸正相反的馴服溫順！
這就是我一雙銀臂姿態靜純！
我緩慢雙手在可愛的金光中倦怠
於召喚被林葉纏繞的俘囚，
我高呼幽冥眾神名號，回音悠盪！

再會了！那消逝於幽靜隱祕波紋間之倒影，
水仙……這名字就是一縷柔雅芳香
對一顆愛戀的心而言。且為幽魂摘下
灑向此空塋上的祭奠玫瑰花瓣。

願我的唇是摘下那瓣香吻的玫瑰
徐徐為那親愛的幽靈撫慰，
因為夜晚正已似遠又近的呢喃細語，
向浴滿濃影的淺眠花萼低訴
月娘卻和曼妙修長的香桃木嬉戲。

我愛慕你，於此香桃木下，啊，
晃漾的肉身哀怨地為孤單茁放
並對睡林裡的明鏡臨照自憐。
我已無法脫離你柔媚的儀容，
對青苔上的四肢虛幻時辰軟弱無比
一陣幽歡即令濃透薰風湧起。

永別了！水仙……逝去吧！此刻已黃昏。
隨著我心喟嘆我身軀如波動漾
向已被湮沒的蔚藍天際玉笛哀哀響起
牧鈴玎璫牛羊要回欄的絲絲惆悵。
然而致命的寒波之上孤星熒熒，
在淒涼夜霧緩緩形造墓塚之前，
請留存震散宿命之水寧靜的這一吻！

希望本身就足以粉碎這片清水晶瑩。
漣漪水波奪劫那放逐我的氣息
願我的氣息可吹響一管細笛
輕柔的弄笛者或能予我恩寵寬容！

請你消隱吧，心蕩神迷的女神！
而你，卑微孤獨的幽笛，且向月娘傾瀉
我們那姿態萬種的銀色淚雨。

# 第四節

## 存活於「虛無」中之「實在」
## ——剖析羈魂〈一切看起來是那麼實在〉一詩

## 壹、前言

　　七〇年代之前，一般人談及香港文學時，經常會以「文化沙漠」一詞表示輕視態度，幾乎完全無視於早期香港作家的耕耘[1]；即使到八〇年代以後，仍有人抱持此種說法。羈魂在〈一泓死水如何蕩漾歌聲〉一文中，對香港文學的存在提出下列見解：「直至八十年代的中後期，仍有不少人大聲疾呼，否定香港文學的存在；就是勉強承認香港也有文學，卻只作為『中國文學』的『附庸』，本身無

---

[1]　筆者於 1969 年離開出生及長大的越南南越，前往臺灣求學。1969 年之前，香港作家徐訏、徐速、趙滋蕃、黃思騁、張愛玲、南宮搏、劉以鬯、金庸、梁羽生、黃崖、曹聚仁、力匡、依達、胡菊人等之作品早已在南越廣受讀者歡迎，對南越從事創作的青年影響甚深。臺灣作家和現代詩人則於六〇年代中期開始才有較多的作品在書店出現，鄭愁予、洛夫、瘂弦、葉珊（楊牧）、葉維廉、林泠、余光中、周夢蝶、白先勇、王文興、陳映真、林海音、潘人木、張秀亞的影響也很大，尤其是現代詩。筆者個人於小學三年級時即已閱讀魯迅、老舍、茅盾、巴金、冰心、丁玲、沈從文、徐志摩、朱自清、許地山等作家之作品，為最早接受之影響。以「文化沙漠」稱香港文壇的說法，不知是否因早期香港作家多數均從中國南來，後來更產生了如註二中羈魂所說的「中國文學」的「附庸」之看法？

甚可觀。……到了今天九十年的中後期，香港文學縱或仍處於『邊緣』，卻已能毫無愧色地面對『中心』，建立起具有自家面貌的風格。」[2]

事實上，早期多數從中國因各種因素南來香港的作家，無論他們是短暫逗留或是長期居住，其作品不僅對香港土生土長的作家和香港文學的發展產生相當良好的作用，對東南亞年輕的一代，亦開啟了鼓勵和推動文藝創作的影響力[3]。六〇年代台灣文藝青年發展出來的現代文學，以及稍後余光中、鍾玲、施叔青等學者作家在香港居住期間散發的另一種力量亦為香港青年作家所吸收。由於本身地理位置、政治地位非常特殊，香港文學帶有的特性更引人注目。（1997年之前）英國殖民地的身份、又是東南亞國際性金融中心、商業經濟發達、言論著作自由，現代化特強的一個都市，因此香港在文化上一向是中西交匯、左右並存；文學作品種類繁多、題材廣闊，同時也是通俗文學盛行之地，尤其是報紙和雜誌上的雜文，小框框的形式，應是華文文化地區出現最多的地方。

香港於1997年回歸中國，故1982年之後的香港文學多數都纏結在「九七情結」上，反映在各種文類之中；再加上七年後的「六四」事件，除了以此事件為題材而創作之外，它對香港人引發的恐懼更與「九七情結」糾織在一起，成為許多作品中獨特的心理特寫。本文以香港詩人羈魂〈一切看來是那麼實在〉一詩作為分析對象，正是因為詩中所反映的當時港人心理：一切看來是那麼實在，然在仔細觀看時，彷彿又全歸虛無；「實在」存活於「虛無」之中，其實也正是「虛無」存活於「實在」之中。「實在」與「虛無」互相交錯，令人茫然。

---

[2]　見羈魂〈一泓死水如何蕩漾歌聲──從政治、經濟、社會因素方面看香港文學的獨特性〉，刊於《詩雙月刊》第三十六期，1997年10月1日出版，頁58。

[3]　見註1前段。

## 貳、「發生論結構主義」分析方法

本文特以呂西安‧高德曼所創立的文學理論「發生論結構主義」研究方法進行分析。此理論原本命名為「文學辯證社會學」，更能突顯高德曼最初的意圖。他的理想和目標就是建立一套辯證方法，能用來分析文學和文化創作，此方法必須是科學的、實證的、辯證的，它開啟的道路，不僅可以引至一種知識的科學和實證的社會學，同時也可以達到對超出文學領域的一般人文現實的辯證研究[4]。

高德曼認為所有的人類行為都是一種嘗試，企圖為一特定狀況賦予「有意義的解答」，因而傾向於在行動的主體和這狀況的客體即是環境之間，創造出一種平衡來。當主體精神結構與外在世界之間的平衡達到某一狀況時，人的行為可以在此狀況中改變世界；然而此平衡化的傾向永遠都保持著不固定和暫時的特性。因此，這個平衡就會一直不斷地以這種辯証方式延續和重複。高德曼認為人文現實是一個雙面程序：一、解構舊有的結構，二、結構足以創造平衡的新的整體性[5]。人經由行動來改變世界、為解決問題而取得有意義的答案時，會試著將思想、感情和行為的「有意義且連貫一致的結構」找出來，此即為「意涵結構」；轉換到文化創作上，這個意涵結構就是文化創作實質的價值基礎。

高德曼認為要研讀一篇文學作品，研究者必須在完全不超越「文本」範圍的情形下去「理解」它：「在理解和形式的層面上，

---

[4] 見高德曼《精神結構與文化創作》(*Structures mentales et création culturelle*)，Union Générale d'Editions 出版，巴黎，1970 年，序言，頁 11。

[5] 見高德曼《論小說社會學》(*Pour une Sociologie du roman*)，葛利瑪出版社，巴黎，1964，頁 338。

重要的是研究者必須嚴格地遵循書面寫成的文本；他不可以添加任何東西，須重視文本的完整性；⋯⋯特別是，他要避免任何會導致以一篇自己製作或想像的文字來替代原來那篇確實的文本的舉動」。[6]高德曼所強調的，就是必須嚴格地在文本的內在，把作品中簡單和內在的意涵結構顯現出來；此意涵結構是由為數有限的元素所組成，能使讀者看懂文本的整體。一篇作品中可能會有好幾個意涵結構，研究者必須掌握其中一個，可以讓他在此意涵結構與文本整體之間建立起關係的那一個；因為此關係可使這一意涵結構將文本的全體性凸顯出來，但研究者特別要避免把不存在於文本之內的元素引入理解的過程中，或使用不恰當的象徵性閱讀，給予文本另一個不同的意義。

　　高德曼的「發生論結構主義」研究方法，最早應用到分析巴斯噶的《思想錄》和哈辛的古典悲劇上[7]，研究相當成功。後來亦處理過現代小說、新小說和現代戲劇，效果減弱許多，尤其是他對馬爾侯小說的分析遭到抨擊。他生前最後的工作是致力於分析詩歌——文學中精簡細緻的文體；他進行了對聖—瓊・貝爾斯幾首〈贊歌〉（Eloges）和波特萊爾的〈貓〉的分析工作。

　　筆者將應用高德曼「發生論結構主義」詩歌分析方法，來研究羈魂〈一切看來是那麼實在〉一詩書面寫成的文本，即是將全詩每一行、每一句、每一詞中構成文本意涵結構的元素尋找出來，釐清、闡明架構整篇文本的總意涵結構與部分結構，嚴格地在文本的內在進行深入的分析，審視此文本在本研究方法爬梳之下的意義。

---

[6]　見論文集《文學社會學——新近的研究與討論》，頁 226。
[7]　巴斯噶為法國十七世紀著名的數學家、物理學家和哲學家。哈辛為法國十七世紀著名的古典悲劇作家。

## 參、剖析〈一切看來是那麼實在〉

羈魂本名胡國賢，1946 年生於香港，曾任《學苑》、《文社線》、《詩風》編輯，《詩雙月刊》[8]編委。

在香港一個以經濟掛帥、追逐名利的工商業社會，羈魂從 1964 年與人合著的詩散文集《戮象》出版之後至今未曾中斷過創作、評論和編輯方面的工作。他已經出版的作品有詩集《藍色獸》(1970)、《三面》(1976)、《折戟》(1978)、《趁風未起時》(1987)、《我恐怕黎明前便睡去》(1991)、詩選集《山仍匍匐》(1990)、散文小說集《寫馬經的詩》(1980)、《七葉樹》(與人合著，1991)、《胡言集》(1993)、以及評論集《每周一詩》(1995) 和《足跡・剪影・回聲》(1997) 等。

〈一切看來是那麼實在〉發表於《中國現代詩粹》(1995 年 4 月初版) 頁 61 至 62，創作日期是 1994 年 5 月 22 日初稿、28 日稿成，詩末並說明創作原因為「與數舊同事於某酒樓同觀電視節目《都市傳真》之《長於詩》後有感」。全詩文本如下：

> 一切看來是那麼實在
> 豐盛的茶杯厚重的菜盤以外
> 還有數張久違了的熟臉
> 十多年了
> 千里難得一聚的機緣
> 就此結連
> 彼岸偶爾暫駐的蹁躚，唉，
> 此城待發的徙移
> 一切還是那麼實實在在啊

---

擱

置

偌大圓桌如許頓逗的時空

不，不

夜未半席未虛猶有

跟前閃爍不定的熒幕

幽幽浮掠

另一段十多年過的滄桑

——模模糊糊你我竄闖

一街模糊的暮色

就這樣舖天蓋地撲來

九十年代的快門如何復攝

七十年代片片零碎了的光影？

一切原來怎也控握不住的吧

流動的線條縱可以再演重現

牢牢鑲箍的景色始終

勾掀不起

覺餘散聚無形

點滴曾經的觸動

一如

漸狼藉的杯盤間

看來是那麼實在的容顏背後

驀然泛湧的

剎那虛無

　　全詩共三十三行，沒有分段，一氣呵成，完全籠罩於一種世事滄桑、萬事流動、無法掌握的深深感觸中。

正如前文中所言，香港因長期在英國殖民的狀態之下，一方面是自由開放的都市，但另一面又因貼住中國，無論日常生活或精神文化、甚至經濟、政治，也與中國無法分開。因此，「九七情結」在八九年「六四」的陰影下，原本希望能脫離異族統治的心理，反而恐懼「九七」的日益接近。七〇年代以前從中國移居香港的大部分居民，本來亦只視香港為暫居之所；而在香港出生長大的本土居民，也因「九七」而不認為香港是一塊可以久居之地。1982 年至1997 年之間，能夠離開香港移居他處的香港人，自然早已離開，尤以「六四」事件之後更多。香港因這種種原因而予人「暫時」、「快速」、「只求擁有，不必長久」、「實際」、「實在」、「金錢至上」、「眼前」的印象，與此反義的詞彙及其意義彷彿不必追求。

「一切看來是那麼實在」的總意涵結構正是建立在「實在／虛無」之上。以此詩的標題來看，「實在／虛無」的意涵結構即已非常明顯：「一切是那麼實在」，可惜的是，那只是「看來」而已；因此，「看來」是「實在」的「實在」，實際上已入「虛無」。這個總意涵結構也突顯在第一句與最後一句的詩句上：

> 一切看來是那麼實在
>
> 剎那虛無

如此完全相反的感覺、感受和感觸更是令人落入完全「虛無」的悵惘：「看來」「實在」，「剎那」之間全屬「虛無」，那麼原來「實在」的感覺是真是幻？恐怕任誰均無法回答。

此總意涵結構在全詩之中十分清楚，以下為對每一行詩句及每一詞彙所代表之結構而進行之詳細分析：

第一行：「看來是那麼實在」，「一切」指全部所有眼前事物，構成「實在」的元素，然而因用了「看來」表示「不真切」之意，因此構成「虛無」元素，總意涵結構「實在／虛無」於此清晰呈現。

「是」為肯定動詞，明為加強句末的「實在」二字，實際上卻是加強句中「虛無」之意。「那麼」二字為此句的部分結構，強調句末之「實在」，但因「看來」反倒增加「虛無」的程度。

第二行：「茶杯」和「菜盤」均為實物，為「實在」元素，「豐盛」和「厚重」強調份量的形容詞更加重「實在」之意。「以外」二字為部分結構，說明下一句的「還有」「熟臉」的「實在」元素。

第三行：「還有」為部分結構，補充上一句實物之外的「實在」，「數張」說明「熟臉」的數量，亦是加強「實在」（熟臉）的部分結構，「熟臉」為此句的「實在」元素，特別因「熟」形容詞而增加「實在」的「實」之程度。中間加入的「久違」二字卻正好呈現「熟臉」的「實在」之中所存在的「虛無」。因此，此句的「實在／虛無」總意涵結構相當明顯。

第四行：「十多年了」既是「實在」的時間，卻因此「實在」的時間現在只存在於「過去」，因此也同時是「虛無」時間。四個字表達的是「實在／虛無」意涵結構。

第五行：此句的「千里」是「實在」元素，「難得」表達的是「虛無」之意，「一聚」因「久違」而「聚」，「一聚」後又「分」，因此「一聚」是既「實在」卻同時又包涵「虛無」的動詞，充滿「珍貴」、「珍惜」而又帶著「即將分離」的「悵惘」。「機緣」二字更是兼具「實在」與「虛無」的元素，有「機緣」即「實在」，無「機緣」即「虛無」。全句為「實在／虛無」交錯的意涵結構。

第六行：「就此」為部分結構，說明「一聚」「機緣」的結果。「結連」為「實在」元素，即「一聚」所得。

第七行：「彼岸」為「實在」存在之處，然而十分「遙遠」；「偶爾」、「暫駐」、「蹁躚」均為前文提及之香港予人的印象，同時也因「偶」、「暫」等詞成為「虛無」元素；「唉」為部分結構，加強前面「實在／虛無」意涵結構之力量。

第八行：「此城」與上一句的「彼岸」一樣「實在」，然而「此」與「彼」增加「距離」與「傷感」。「待發」和「徙移」同樣都是朝向「虛無」的「實在」，朝向未知的未來，「傷感」更深。「實在」與「虛無」交錯編織，加重「茫然」之感。

第九行：與第一句同，但此句多了一個「還」字，表達了懷疑中的肯定，即是「虛無」中的「實在」。句中也多了「實在」二字，寫成「實實在在」，意欲加強「實在」的「實在性」；句末的「啊」字為部分結構，驚歎「實在」的「實在性」。

第十行：全句只有「擱」一動詞，有物則「實」，無物則「虛」。單獨一字更加強「實／虛」同存的意涵和力量。

第十一行：全句只有「置」一動詞，作用與上一句之「擱」相同。

第十二行：「偌大」指「圓桌」「實在」的「大小」，但後半「如許」「頓逗」又突顯「虛無」的「時空」，「實在／虛無」相互交織，然更使前二句的「擱」和「置」兩動詞似乎只是擱置此「虛無」的「時空」於「偌大圓桌」上。

第十三行：此句以重複的否定詞「不，不」抗拒前一句的「虛無」，因此更能表達同時兼具「實在」與「虛無」特性的時空、人物、實物、心境，下一句即更能證明此情此景的詩句。

第十四行：「夜未半」中，「夜」為「實在」，「未」為「實在」而「半」是「虛無」；「席未虛」亦如此，「席」為「實在」，「未」為「實在」，而「虛」是「虛無」，在此實「實」又懼「虛」的狀況中，以「猶有」二字表露並加強希望「實在」實存的心理。

第十五行：「跟前」（眼前？）為可見的「實在」，然「閃爍不定」雖為「實在」可見，卻因「閃爍」且「不定」指明為隨時可逝的一種「虛無」；至於「熒幕」，因為可開可關，因而是「實在」兼「虛無」。全句為「實在／虛無」總意涵結構明顯的句子。

　　第十六行：「幽幽」予人似「實」而「虛」，為半「實」半「虛」的部分結構，形容「浮掠」動詞，「浮掠」亦是似「實」而「虛」，稍「現」即「逝」的「實／虛」並存結構。

　　第十七行：此句為「實在／虛無」總意涵結構：「另一段」為「實在」，「十多年」原來是「實在」，但因緊接著的「過」字兼具「實」「虛」，因而使原本存在的「實在」「十多年」，因已「過」而成為「虛無」。「滄桑」二字是眼前的「虛無」，過去的「實在」，除「實／虛」並存外，更加強「十多年」的「虛無」性。

　　第十八行：「──模模糊糊」強調「十多年」的特性：雖「實在」實「虛無」，刻畫「熒幕」上的畫面：熒幕畫面正「模模糊糊」呢？或所播的「蕪湖街」改為諧音的「模糊街」一詩的第一句[9]所帶來的「究竟實在抑或虛無」的感觸？1978年寫的詩，1994年化成影像在眼前閃爍，十多年前「你我竄闖」，如今你在「彼岸」，我在「此城」「待發」，就是這一句，將十多年前的「實在」呈現眼前，卻又同時宣告它已「虛無」。影片是「實在」的，但畫面是無論如何都掌握不住的「虛無」啊！「十多年」在哪裡？如何抓住？「十多年」來整個社會、整個世界的改變，也正是既「虛無」卻又是「實實在在」的「實在」著呢！此句以「眼前」加上「十多年前」，是最明顯的「實在／虛無」意涵結構。

　　第十九行：「一街模糊」：看似實，卻是虛；「暮色」似「實」實「虛」，因暮色到來，即將入夜，「白日」、「陽光」、「溫暖」即將全部消失，是恐懼即將來到的「九七」？「模糊」、「暮色」全為「實／虛」結構。「一街」為部分結構，加強「實／虛」的巨大和強度。

---

[9] 羈魂以「模糊」諧音寫蕪湖街的「模糊街」，詩第一句就是「模模糊糊你我竄闖」。寫「一切看來那麼實在」提到此句，據羈魂所言，因為舊同事敘舊時，電視節目〈都市傳真〉正介紹其於七十年代完成描述香港的「模糊街」。

第二十行：「就這樣」是部分結構，加強「暮色」的黑暗以及無法躲避的命運。「舖天蓋地」形容「暮色」來勢凶凶來臨的狀況。「撲」動詞更鮮活的刻畫「暮色」即將從頭罩下、無可逃避的姿態，並描繪了作者的懼怕。此句為「實在」。

第二十一行：「九十年代」：此時此刻，「實在」，「快門」是「實在」可握之物，然按下之後等同「虛無」，因此，作者接著問「如何」（虛無）「復攝」（實在），希望重拾「實在」的人，又能以何方法進行？

第二十二行：要重拾的是「七十年代」（「實在」，但此刻已是「虛無」），「片片」：曾經「實在」，此時「虛無」，「零碎」：曾「實」今「虛」，「了的」為部分結構，解釋舊日的「實在」已成今日的「虛無」；「光影」更是最能表達「虛無」之意，一切全都「零碎」消失無蹤。上一句與此句正是全詩最能呈現「實在」與「虛無」雖「實」實「虛」的總意涵結構句子。

第二十三行：在第一句和第九句「看來」「實在」的「一切」，在此句中完全成為「虛無」，「原來」是作者領悟到「虛無」的「實在性」，「怎也」是部分結構，強調「虛無」的「實在性」，「的吧」部分結構亦為加強「虛無」的存在；「控握」原本是「實在」，但加上「不住」則成完全相反的「虛無」，道出作者心中的無奈。全句為「實在」轉作「虛無」的意涵結構。

第二十四行：「流動」為看似「實在」的「虛無」，亦是前文提及的香港特性，「線條」亦因「流動」二字而雖「實」實「虛」，「縱可以」為部分結構，加強「流動線條」的「虛無」性，「再演」則因可再次同樣出現而表達其「不真實」、「不實在」，「重現」亦因「再演」二字而將「實在」完全「虛無化」。此句將已成「虛無」的「實在」強調其「虛無化」。

第二十五行：「牢牢」、「鑲箝」、「始終」詞彙堅強有力，均為「實在」，然而「景色」因時空的變換而「虛無」，因此將這「實在」化為「虛無」；「實／虛」並存。

第二十六行：「勾掀」為「實在」，加上「不起」則成「虛無」，化「實」為「虛」。

第二十七行：「覺餘」為「虛無」、「散」亦「虛無」、「聚」為「實在」，「無形」則全部「虛無」化。此句亦是化「實」為「虛」的結構。

第二十八行：「點滴」為「實在」，「曾經」為過去的「實在」、眼前的「虛無」，「觸動」在過去是「實在」，加上「曾經」則變成「虛無」，將過去的「實在」化為「虛無」。

第二十九行：「一如」：部分結構，將「實在」「虛無化」的實在，從前一句轉至下一句。從這部分結構可見此「實在」完全存活於「虛無」之中，全詩所欲表達的就是這一點。

第三十行：「漸」為部分結構，點明時間的消逝。「狼藉」將原本存在的「實在」加以「虛無化」；「杯盤」為「實在」，但因「狼藉」而成「虛無」；「間」：部分結構，指出「實」「虛」之間的場景。

第三十一行：「看來是那麼實在」就是如第一句和第九句，「實在」是表面的、「看來」的；「那麼」是部分結構，加強「虛無」化的「實在」，「容顏」為「實在」，然而「背後」則不一定，通常是「虛無化」了「實在」。全句為「實在／虛無」交錯的意涵結構。

第三十二行：「驀然」：部分結構，表達「虛無」來臨的時間和突然。「泛湧」：雖「虛」實「實」，「泛」為滿滿的狀況，「湧」突顯力量，「虛無」的力量。此句的確將上一句「看來」「實在」的「容顏」，全部化為下一句的「剎那虛無」，力量突然而強大。

第三十三行：「剎那虛無」：「剎那」雖短暫，然此短暫時間卻具備將前三十二句中所有的「實在」轉化為「虛無」的力量；特別是置於全詩最後一行，更特別增加了悲淒的作用。此最後三句正是

全詩以「實在／虛無」意涵結構建構最著力最明顯之處；與全詩第一句遙相呼應，更能將「實／虛」的悵惘、無奈透徹的表達出來。

## 肆、結語

從以上對全詩的深入分析，我們可以看到「實在／虛無」的總意涵結構將整首詩建構起來，出現在許多詩句和詞彙中間；此外，部分結構在不少地方扮演銜接的角色，將「實在／虛無」的程度加強，增加總意涵結構的力量。因此，全詩瀰漫的是一種似真卻幻，似「實」而「虛」的境況，詩中有的是現在／過去、時間流逝／控握不住、彼岸／此城（可悲的是在此城的亦是「待發徙移」）、閃爍不定／浮掠、復攝／光影、九十年代／七十年代、流動／重現、實在的容顏／剎那虛無、有形／無形。整首詩溢滿「不定」的「無奈」和「不安全感」，正是我們在前文中論述的香港人的「離港情結」。羈魂寫此詩於 1994 年 5 月底，當時正巧有數位他七十年代初出道任教時的舊同事自海外回來探親，於是十多位舊同事一起敘舊，為他們接風，也為羈魂餞行，因為羈魂於 1994 年 7 月舉家移民澳洲。當時「去去來來，正是九十年代初回歸前不少香港人（尤其知識分子、中產階級）的寫照。湊巧的是，那天香港電台電視部放映最後一輯〈都市傳真〉，介紹『香港詩人』詠述『香港』的詩，把我在七十年代末期一首詩〈模糊街〉化成影象播放。就在觥籌交錯之間，閃爍不定的熒幕影象，把相隔十多年的時空連接起來——詩是七十年代的詩，畫面卻是九十年代的；人是七十年代的人，場面卻是現在的。……『一切看來是那麼實在』，卻又彷彿『控握不住』！不知如何，就寫了這首移民前最後完成於香港的詩作。」[10]

---

[10] 筆者曾向羈魂請教〈都市傳真〉和〈長於詩〉的情形，羈魂作了此段說明，

　　羈魂在〈一泓死水如何蕩漾歌聲？〉中，指出香港文學一如香
港文化的獨特性是在於其「多元」性，「多元」不離「混雜」，但也
是「兼容並蓄」，「包容性」與「轉化力」，是香港文化一個最大特
徵[11]。黃維樑在〈香港文學與中國現代文學的關係〉一文中，肯定
「香港文學有不凡的成就。這個蕞爾小島，有才情並茂的詩人寫下
的傑作，有堪與唐宋名家相比的精美散文，有融匯中西、技巧新穎
的小說。」[12]。因此，我們相信，每個時代、每個社會都會發展出
不同的文學特色，香港文學中在數年前特別明顯的「九七情結」，
是當時大多數人的心理反映在作品內，羈魂此詩呈現的「實在／虛
無」結構正巧是一幅特寫。如今九七已過，新的世代裡香港文學應
該展現全新的風貌。我們期待二十一世紀的香港文學。

---

正好是筆者於分析時所得的意涵結構。

[11] 同註 2，頁 58。

[12] 見黃維樑《香港文學再探》，香港：香江出版有限公司，1996 年 11 月，頁
44。

# 第五節

## 從「虛／實相拒」到「虛／實同體」 ——試析管管〈春天的頭是什麼樣的頭 ——記花蓮之遊〉

### 壹

管管在《請坐月亮請坐》散文集所撰寫介紹自己的文字是：

> 管管，本名管運龍，中國人，山東人，膠縣人，青島人，台北人。寫詩三十年，寫散文二十年，畫畫十八年，喝酒三十一年，抽菸二十六年，罵人四十年，唱戲三十五年，看女人四十年七個月，迷信鬼怪三十三年，吃大蒜三十八年另七天，單戀二十九年零二十八天……[1]

認識管管或見過管管的人，一定會在閱讀這段文字時，感覺到他彷彿正站在你面前，以他帶著山東腔的國語，直率的、頑童似的、大聲的、用他特亮的嗓門在跟你談他自己。當然，2009 年的今天，管管的各種經驗、資歷、創作繪畫唱戲成就比起那個年代要更豐富

---

[1] 見管管散文集《請坐月亮請坐》封底作者簡介，臺北：九歌出版社，1979。

紮實、更多采多姿。我們之所以提出他的「自我簡介」並認為他「彷彿」就在眼前，主要是因為管管「書寫」之特別；大部分作者都曾經「自我簡介」過，但幾乎都有一「差不多」的模式或形式，很少有人像他如此介紹自己，而這種寫法和文字的「語氣」正好是管管給人的印象及其「真實」模樣，換了任何一種寫法，都肯定不是管管；換了任何一種其他講話方式，也肯定不是管管，那種幽默、坦直、率真，在書籍裡的文字和現實中的人生是一模一樣，令人印象深刻。

文即其人，人即其文的樣子，在管管的詩創作裡更為明顯；除了率真幽默之外，管管的許多詩歌作品呈現的幾乎就是鮮活的老頑童一幅畫像：童心、輕快、奇異不羈、率性、愛說啥就說啥、無拘無束、反抗所有既定規則、無所顧忌，尤其又帶著濃濃的山東腔調，那種特殊的味道是很難模仿甚至是無法模仿的。

管管獨特的獨語式詩歌語言因此而形成，似乎較難以高德曼的「發生論結構主義」方法來闡析；雖然如此，我們還是特地選了他〈春天的頭是什麼樣的頭——記花蓮之遊〉一詩來嘗試釐清建構全詩之總意涵結構及部分（微小）結構。

# 貳

在進入詩歌的文本分析之前，我們先為「發生論結構主義」稍作介紹。

呂西安・高德曼於 1947 年創訂其文學社會學理論「文學辯證社會學」，意欲建立一套科學的、實證的、同時又是辨證的、用來分析文學和文化創作的辨證方法。

由於所有的人類行為都是企圖為某一特定狀況尋找「有意義的解答」，通常會在行動主體與狀況客體之間創造出一種平衡，在此平衡中人的行為可以改變世界，但此平衡化傾向也會因此而保持不固

定和暫時的特性，不斷地以辨證方式延續和重複下去。人文現實也是如此，一方面解構原來的舊有結構，另一方面又結構出足以創造平衡的新整體性，像在現實中尋找可以改變世界的「有意義的解答」；這個能夠將思想、感情和行為轉換的「有意義且一致的結構」，高德曼稱之為「意涵結構」，在文化創作上就是文化創作實質的價值基礎[2]。

高德曼強調在進行研讀或分析一篇文學作品時，研究者必須非常重視文本的完整性，完全不超越「文本」範圍去「理解」它，嚴格地在文本內將要分析的文學作品中簡單且內在的意涵結構鏨現出來，它是由為數有限的元素組成，讓讀者讀懂文本的整體；同時，作品中可能會有好幾個意涵結構，研究者須掌握其中最重要的一個，可以與文本整體建立起關係的那一個，將文本的全體性突顯出來[3]，但須避免將不存在於文本之內的元素引入理解或分析過程，否則會使文本產生別的、不同的意義，違背了原來的意涵結構之主要意義。

## 參

本文擬剖析管管的詩作〈春天的頭是什麼樣的頭——記花蓮之遊〉如下：

> 春天的嘴是什麼樣的嘴
> 小燕子呢喃是春天的嘴
> 春天的飛是什麼樣的飛
> 翩翩蝴蝶是春天的飛
> 春天的臉是什麼樣的臉

---

[2] 見 L. Goldmann，*Le Structuralisme génétique*，Paris，Denoël/Gonthier，1977，p.20、21 及 *Recherches dialectiques*，Paris，Gallimard，1959，p.50。

[3] 見 *Réponse de L. Goldmann à MM. Picard et Daix* dans *Sociologies de la littérature*，p.226。

> 杏花李花是春天的臉
> 春天的手是什麼樣的手
> 垂垂楊柳是春天的手
>
> 春天的腳是什麼樣的腳
> 蒲公英就是春天腳
> 春天的眼是什麼樣的眼
> 溜冰的小河是春天的眼
> 春天的頭是什麼樣的頭
> 滿山杜鵑是春天的頭
> 還有鼻子呢
> 亂跑的蜜蜂是春天的鼻子[4]

我們之所以會選此詩做為分析對象,除了其輕快、活潑、青春、俏皮之特色外,還有因其歌謠似的文體,以及最重要的,是全詩沒有出現管管經常用的、最能表現其山東口語的「俺」、「吾」、「吾們」等字眼[5],希望能從此詩剖析出管管作品的特別「意涵結構」。

在這首〈春天的頭是什麼樣的頭——記花蓮之遊〉詩中,管管運用交錯的「虛/實」編織,最初是「虛/實相拒」進一步是「虛/實同在」,最後是「虛/實同體」一個既簡單又複雜的「意涵結構」,建構出全詩「虛/實」相映的童趣可愛畫面與「虛/實」難分的撲朔迷離效果。

也許在眾多古今中外的詩人作品中,我們都很容易找得到「虛/實」相間交織的「意涵結構」,然而,經過我們仔細咀嚼管管此

---

[4] 此詩原刊於《聯合報》副刊,2006 年 5 月 21 日,後被選入《2006 臺灣詩選》,臺北:二魚文化,2007,頁 101-102。

[5] 在管管另一首刊於民國 98 年 6 月 24 日《聯合報》副刊的〈窗前之楊柳〉,雖然同樣描寫春天,但最後一行「陪俺吃碗茶」就出現「俺」這個「管管標記」的字。

詩每一行每一句每一字每一細節之後，我們發現此詩中的「虛／實」是比許多「虛／實」更又虛又實、且虛且實、既虛又實、從虛化實的成為全詩既堅牢密透又浪漫瀟灑的「意涵結構」，並加上許多細微的部分結構來強化這亦虛亦實、密不可分的「虛／實」。

全詩分成兩節，第一節八行、第二節八行，共十六行。以下為我們對此詩的解讀闡析：

## 一、第一節，共八行

### （一）第一行：「春天的嘴是什麼樣的嘴」

1. 「春天」是「實」但「虛」的「季節」，我們都知道有「春天」，但我們看不見、摸不著、聞不到、聽不見「春天」的形、色、音；然而，透過氣候、氣溫、花開鳥鳴、河轉溪流就「感受」到春天的鳥語花香、春光明媚的模樣，這「感受」令「春天」化「虛」為「實」，化零為整。大部分的人大概都可以透過「春天」「本尊」以外的萬物來認識、認清「春天」「特色」，但卻不是「春天」「自己」的「特別」「容貌」。

2. 第一行同時出現兩次「嘴」字，「嘴」本具體「實象」，但第一個「嘴」是指「春天」本身的「嘴」，也即是「春天」「容貌」「臉龐」上的「嘴」，不是他人他物的「嘴」；「春天」貌「實」實「虛」，故「春天的嘴」實為「虛象」，必須透過某一「實象」才能知道其模樣。

   第二個「嘴」是作者想知道「春天的嘴」到底是長成「什麼樣」的「嘴」，在「春天」的「容顏」上是啥樣子的嘴型？大小？紅潤？巧笑倩兮？牙齒美如編貝？氣息芬芳醉人？嘴唇不厚不薄？聲音如鳥鳴囀？原「實」此「虛」。

　　這第一句扮演的功能更是此詩的一個重要角色，它是以「問」做為聲音和詩的情趣之開始；或應該說，此詩每兩句各成一組，第一句是發問角色，等待第二句的「答案」或「謎底」出現、解答、揭曉。

3. 第一行的「的」與「是什麼樣的」即部分結構，強化「虛／實」的「意涵結構」，尤其「什麼樣」令人更欲探求其「模樣」到底是「虛」抑「實」。

## （二）第二行：「小燕子呢喃是春天的嘴」

　　第二句正是第一句的「答案」與「謎底」。讀者本來還在猜想「春天的嘴」的模樣，原來「春天的嘴」是「小燕子呢喃」。「小燕子」是這個季節才會出現的鳥，靈巧活潑，早已增添「春」的「味道」，而「呢喃」二字更是旖旎纏綿，活繪了「燕子」和「春天」該有的動聽聲音。因此，緊隨在第一行之後的第二行不但解答了第一行的問話，同時更為春天的「活」帶來迷人的動感和音樂；而「春天的嘴是什麼樣的嘴」與「小燕子呢喃是春天的嘴」的一問一答緊緊相連更是悅耳易誦的歌謠文體，讓整個春天已經舞蹈歌唱飛翔起來。

　　此外，「小燕子」是「實象」，「呢喃」是「聲音」的「實象」，「春天的嘴」是「虛象」，此句以「實」喻「虛」，以「實」化「虛」，最後是「虛實同行」並且「虛實同體」的最佳實證。

## （三）第三行：「春天的飛是什麼樣的飛」

　　作者在問過「春天的嘴」之後，接著想知道的是「春天」的「飛」。我們發現作者注重和強調的是「動態」的「春」，與「秋」或「冬」的偏向「靜」剛好相反。正如前文所析，第一和第二行已讓「春天」歌舞飛翔起來，第三句正是注意到最具動感的「飛」，「飛」的狀態、

姿勢、逍遙、悠然、瀟灑正是「春季」和「飛」這動詞加在一起的最美姿態和滋味。

此句的「春天」是「虛象」、「飛」本是動作，可虛可實，第二個「飛」尚未知是「虛」或「實」；「的」與「是」、「什麼樣的」是部分結構，探求並加強「虛／實」的意涵結構。

## （四）第四行：「翩翩蝴蝶是春天的飛」

「翩翩」二字恰好形容了「飛」的輕快姿態，「蝴蝶」則在悅目的姿態之外添加了更悅目的色彩，正好是「春天」的「姿」「色」。須注意的是這四個字要寫的並不是「翩翩」的「蝴蝶」，而是「春天的飛」。「翩翩」是「實象」的動作，「蝴蝶」是「實象」，「春天」是「虛象」，「飛」本「實」此「虛」或「亦虛亦實」，但「春天的飛」是「虛象」；因此，這第四行已將「實象」的動態融為「虛象」的動態，或是「虛象」的「亦虛亦實」之動態。

## （五）第五行：「春天的臉是什麼樣的臉」

詩人於第五行，亦即每兩句一組的第三組，關心到「春天」的「臉」，在描繪過「春天」的「嘴」和「飛」之後。

「臉」在整個容顏、模樣上應該是最「具體」的「實象」，而在雖「實」實「虛」的「春天」身上，最讓人想欣賞的「臉」究竟是「實」或「虛」？

第五行與詩中的第一、三、七、九、十一、十三行一樣，以「春天的○」開始，再以「是什麼樣的○」做問句的結束，每行的第三個字「的」與第六、七、八、九字「什麼樣的」是全詩最重要的「微小（部分）結構」，既將詩行中的○的「懸疑度」提高，讓讀者更想知道○到底是「什麼樣的」，而且，這個「什麼樣的」之揭曉更

強化了「虛」「實」的程度並增添「虛」化「實」與「實」轉「虛」的可能性（例如第二組的第三、四行），它的聲音與重複字眼不但音樂化了整首詩的悅耳元素，這種文體也同時「歌謠化」了全詩的青春流暢和動感舒活。

## （六）第六行：「杏花李花是春天的臉」

原本「懸疑」的「春天的臉」於此句獲得解答：「杏花李花」，讀者腦中立刻會浮現的「亮麗燦爛滿眼花色多姿多采」就是「春天的臉」；「杏花李花」是「實象」，「花的顏色」也是「實象」，但在「部分結構」的「是」（直接的「肯定」「等於」而不是「明喻」、「暗喻」）的相連之下，「實象」變成了「虛象」的「春天的臉」，「春天的臉」也因此而成為既「虛」又「實」的「象」；你說看不見「春天的臉」嗎？只要看一看「杏花李花」，你就「看見」春天的臉了，「虛／實」雖分卻同時又是「虛／實同體」，這正是此詩的最大特色，而雙數詩句（二、四、六、八、十、十二、十四、十六詩行）又最能體現詩中「虛／實」同體的真假撲朔迷離樣態。

## （七）第七行：「春天的手是什麼樣的手」

在尋思過「春天」的「嘴」和「臉」是什麼樣子之後，作者於此句將注意力從「臉」轉向「手」。如此充滿青春魅力和活力的「春天」，其「手」肯定也是一樣的，果然，詩人的第八行為：

## （八）第八行：「垂垂楊柳是春天的手」

詩人將「垂垂楊柳」視為「春天的手」。「楊柳」為此季顯眼且姿態曼妙的植物，「垂垂」不但形容了「楊柳」的長相，更刻畫出

其輕盈、柔弱、細長的美麗身影,為「魅力」添加了「婀娜嬌媚」的「動態美」,不論是春風拂柳抑或柳拂春風,兩者都已經「虛/實」同體了。第八行的「綠柳成蔭」映襯第六行的「繁花似錦」,為「春天」的「姿色」增添不少嫵媚。

「垂垂」於此應指楊柳的莖細長而下垂,作「垂楊」「垂柳」意而非「漸漸」,因此是指楊柳無數細縷猶如春風纖纖千手,作為「楊柳」的形容詞即「部分結構」,說明「楊柳」樣態,「楊柳」於此為「實象」,然而也因「是」「虛象」「春天」的「手」,立即成為「虛/實同體」不分彼此了。

## 二、第二節、共八行

### (一)第一行:「春天的腳是什麼樣的腳」

進入第二節的八行,作者於第一組的頭兩行繼續前一節的最後一組的「手」,轉而問起「腳」來。是啊!如果「春天的手」是「垂垂楊柳」如此輕柔搖曳,那「春天的腳」呢?此句一如前一節的一、三、五、七句,以「春天」「虛象」配上「腳」「實象」,以「虛」伴「實」令「虛」化「實」也同時令「實」轉「虛」,「春天的腳」又是「什麼樣」的「腳」呢?部分結構發揮與前一節數行詩句同樣的功能。

### (二)第二行:「蒲公英就是春天腳」

在這第二節的第二句裡,我們發現作者的詩句有些改變(我們根據的是《2006台灣詩選》版本,頁101)。原本在前面的回答句都是「○○○○○是春天的○」,但這一句卻是以「蒲公英」「就是」「春天腳」出現,原來五字或四字的「答案頭」於此變成三字,部

分意涵結構「是」一個字，於此變成兩個字「就是」，「就是」所含意義與語氣比「是」更肯定更確定，意即「絕不會是」「別的東西」；而「春天腳」三個字也比「春天的腳」具有更「確實」「就是」的「肯定」意味，春天「的」腳的「的」字，會使「春天」與「腳」之間加上距離，彼此的關聯密切度比「春天腳」鬆散了些。因而，這一行的總字數只有八個字，包含的意義卻是比其他的詩行更堅強更真確，「蒲公英」「實象」就是原本「虛象」但此處卻增強「實象」成份的「春天腳」→「蒲公英」（在春風輕拂下）快速輕盈跳躍縹緲消逝，如此的「腳」「力」除了「春天」還有誰能具有？「春天腳」幾乎名符其「實」，雖仍是「虛象」，但已是「蒲公英」的「實象」，形、影、輕快、易老、易散、易逝，一如「春天」，而且「蒲公英」比「楊柳」的「手」似乎更柔嫩、纖細、脆弱。

## （三）第三行：「春天的眼是什麼樣的眼」

端詳過「手」「腳」後，作者回到「臉」上的「靈魂之窗」：「眼」。大部分的靈魂之窗都是最靈活的，尤其是經過前段其他部位的各種「柔媚」描繪之後。此句仍然是「虛象」「春天」的「眼」「實象」是「什麼樣」「部分結構」的「眼」「實象」？以問句開始。

## （四）第四行：「溜冰的小河是春天的眼」

我們認為全詩最活、最貼切、最生動和最巧妙的就是這一句，所有與季節有關的一切都因「溜冰的小河」鮮活地醒亮起來：為何「溜冰」？寒冷的冬天早將原來柔緩流動的河水結成厚實的冰床；是春天，春天的溫暖、溫馨、溫情、溫柔，將河心烘熱烘甜了，於是，在無數個寒冬酷冷的苦日子固凍之後，河水終於聽到一年四季中最柔蜜的呼喚，醒了，驚覺須掙脫冰牢奔向那溫存之鄉，自身化

為一線暖流湧出來，在部分尚未完全消融的冰床面上，溜冰似地晃
漾迴旋，又宛如一雙澄瑩清澈雙眸正美目盼兮：冬天過去了，春天
來了，春天那杏花李花的小粉臉上，剔透明亮的眼睛正說著話呢！
說話的眼睛似乎比「呢喃」要更神氣更迷人了，活脫脫的一個生命
就在那兒呢！從冰牢裡醒轉過來的青春生命呀！在這第四行中，
「溜冰」是「實」的動作，「小河」是「實象」，但在此處是「虛象」
「春天的眼」，因此也如前面幾組一樣「虛／實同體」。

## （五）第五行：「春天的頭是什麼樣的頭」

在清楚知道春天的其他部位如嘴、臉、手、腳、眼的模樣之後，
第五行問的是「春天的頭」。相對之下，頭部應該是比其他部位都要「龐
大」一些，在這「虛／實」，「實／虛」的問句之後，答案在第六行。

## （六）第六行：「滿山杜鵑是春天的頭」

果不其然，作者以「山」的「巨形」來比喻「春天的頭」的「巨
形」，不是只有「山」，還有山上的「杜鵑」；也不是只有山上的杜
鵑，而是「滿山杜鵑」：「杜鵑」是此季節的鮮花，是「實象」，「山」
是「實象」，「滿」形容「杜鵑」的多，「山」的大，原本「虛」的
「滿」於此轉為「實」，因此第六行作者以具體的「實象」「滿山杜
鵑」作為「是」「春天的頭」，本來是「虛象」的「春天的頭」因「是」
而成為「虛／實同體」。

## （七）最後一組的第七行：「還有鼻子呢」

這一句與前面全部的七組之問句是完全不同的句型，原本應該
是「春天的鼻是什麼樣的鼻」或者是「春天的鼻子是什麼樣的鼻子」

的樣子的，詩人於此句作了一個大「整型」，我們看不到「春天的〇」，也看不到「是什麼樣的〇」，本來十個字（或十二個字）的句子，這一行只剩下五個字，但這五個字的作用和功能非常的大：

第一，換去那已經重複了七次的「模樣」，去掉煩膩感，帶給讀者一種驚喜的新鮮感；

第二，詩人不提「春天的〇」，讀者也全都知道是在問「春天的（鼻子）」；

第三，詩人於此除了「鼻」之外，與前面七組不同的是「鼻」字後面多加了一個「子」字，除了口語習慣稱「鼻子」之外，在聲音和音節上，「鼻子」聽起來應該比單一個「鼻」字要順耳和悅耳得多。

此句「鼻子」是「實象」，「虛象」「春天的」被省略去，「還有」及「呢」為部分結構，一是用來加強「實象」「鼻子」的存在，二是增加歌謠的趣味：春天其他部分器官我都知道了，但是，「還有鼻子呢？」它是什麼樣的鼻子呀？三是預示整首詩將於此組作為結尾。

## （八）第八行：「亂跑的蜜蜂是春天的鼻子」

這一詩句也從前面大部分的九個字變成十一個字。此行的動詞（或進行中的動詞）用「亂跑」二字：

第一，「亂」字予人一種全異的感受。前面七組的動詞或形容詞幾乎都是優雅、青春、俏皮、活潑、豐富的感覺，最後一句卻出現了「亂」，彷彿將前頭的秩序，整齊給攪「亂」了，卻同時又加入了「變化」的生動，即不再與前面完全一模一樣的格式味道。

第二，「跑」字似乎絕少用到「蜜蜂」如此「愛做工」的昆蟲身上，本來在「飛」的蜜蜂，這裡卻都在「跑」，而且「亂跑」，因此，「亂跑」二字於此所產生的效果是非常特殊的：

1. 亂跑指蜜蜂「辛勤採蜜」，正進行中。

2. 指蜜蜂擅於以「鼻」嗅聞花香，在春天百花盛開的時刻，發揮牠們最專長的優點；因此「亂跑」的「蜜蜂」就是「春天的鼻子」。

3. 此句故意以「亂跑」來深刻表達相反的意義：忙碌，辛勞，無暇，只因為必須趁著好時光、好季節採蜜，不能延誤，不能做懶惰蟲。

4. 「亂跑」二字增加「熱鬧」氣氛和不少童謠味道，很像兒童話語。

5. 詩人以「亂跑」（實象）的「蜜蜂」（實象）作為「春天的鼻子」（既虛又實）是十分有趣、可愛、活潑、生動和恰當的昆蟲和動作，尤其這一行又是全詩的最後一行，第七行問句已經破除原來前面的模式，這一行更以「亂」字總結「春天」，「亂」中仍然有「序」，給予讀者一種意想不到的驚喜，是「溜冰的小河」之外最「活」的比喻、形容，「虛／實同體」至最妙處：「春天的鼻子」就是「亂跑的蜜蜂」。

綜合以上的分析，我們看到管管對「春天」各部位和器官的描寫所用到的各種鳥、昆蟲、植物、大地、動作等等如下：

部位

嘴：小燕子呢喃→鳥＋聲音（動詞）

飛（動作）：翩翩蝴蝶→飛狀（動詞）＋昆蟲

臉：杏花李花→花的種類

手：垂垂楊柳→動詞或形容詞＋植物

腳：蒲公英→植物

眼：溜冰（動詞）、溜冰的（進行中）＋小河（水道通稱）

頭：滿（形容詞）＋山（地層隆起部分）＋杜鵑（花的種類）

鼻：亂跑（動詞）、亂跑的（進行中）＋蜜蜂（昆蟲）

# 肆

一、根據上文對整首〈春天的頭是什麼樣的頭──記花蓮之遊〉
   詩所作的闡釋和分析,我們可以將全詩的形式結構,總意
   涵結構和部分結構作較簡略但更清楚細膩的說明如下:

(一) 形式結構:全詩分兩節,每節八行,每兩行一組,以一問
   一答的模式進行→單數句都是質疑,問句;而雙數句都是
   給前一句的答案:一個現象、一個動作的實際表現。

(二) 總意涵結構:以「虛」「實」交錯編織;「虛/實」,「虛象」
   「實象」,「虛/實相異」、「虛/實相拒」、「虛/實同在」、
   「虛/實同體」。

(三) 部分結構:單數句的「是」、「什麼樣的」,雙數句的「是」
   和「的」,第二節第七行的「還有」及「呢」;部分結構的
   功能是加強意涵結構的意涵。

| 第一節 | 虛象 | 實象 | 虛/實同體 |
|---|---|---|---|
| 第一行 | 春天的嘴 | 春天、嘴 | 春天、春天的嘴 |
| 第二行 | 春天的嘴 | 小燕子呢喃 | 「實」化「虛」→整一行詩 |
| 第三行 | 春天的飛 | 春天、飛 | 春天、春天的飛 |
| 第四行 | 春天的飛 | 翩翩蝴蝶 | 「實」化「虛」→整一行詩 |
| 第五行 | 春天的臉 | 春天、臉 | 春天、 春天的臉 |
| 第六行 | 春天的臉 | 杏花李花 | 「實」化「虛」→整一行詩 |
| 第七行 | 春天的手 | 春天、手 | 春天、春天的手 |
| 第八行 | 春天的手 | 垂垂楊柳 | 「實」化「虛」→整一行詩 |
| 第二節 | | | |
| 第一行 | 春天的腳 | 春天、腳 | 春天、春天的腳 |
| 第二行 | 春天的腳 | 蒲公英 | 「實」化「虛」→整一行詩 |
| 第三行 | 春天的眼 | 春天、眼 | 春天、春天的眼 |

| 第四行 | 春天的眼 | 溜冰的小河 | 「實」化「虛」→整一行詩 |
|---|---|---|---|
| 第五行 | 春天的頭 | 春天、頭 | 春天、春天的頭 |
| 第六行 | 春天的頭 | 滿山杜鵑 | 「實」化「虛」→整一行詩 |
| 第七行 |  | 鼻子 |  |
| 第八行 | 春天的鼻子 | 亂跑的蜜蜂 | 「實」化「虛」→整一行詩 |

　　一如前文曾提到過，「春天」置入「實象」因「春天」本是「實」的「季節」，然而它卻又是「虛」得看不見、摸不著、搆不到、聽不聞、嗅不出，全憑大自然萬物的各種轉換、變化而讓我們及萬物感受得到，因此，它也是「虛／實同在」的「象」，而雙數句的「實」化「虛」之後，整一行詩就是實實在在的「虛／實同體」了。

二、詩人從「實物」想到「實象」，進而化為「虛象」，變成「虛／實同體」，我們認為這裡最重要的就是呈現出非常生動、真實、活躍的「春天精神」：

| 實物 | 實象 | 虛象 | 精神 |
|---|---|---|---|
| 小燕子呢喃 | 嘴（臉上部位） | 春天的嘴 | 春天精神 |
| 翩翩蝴蝶 | 飛（動作） | 春天的飛 | 春天精神 |
| 杏花李花 | 臉（身上部位） | 春天的臉 | 春天精神 |
| 垂垂楊柳 | 手（身上部位） | 春天的手 | 春天精神 |
| 蒲公英 | 腳（身上部位） | 春天的腳 | 春天精神 |
| 溜冰的小河 | 眼（臉上部位） | 春天的眼 | 春天精神 |
| 滿山杜鵑 | 頭（身上部位） | 春天的頭 | 春天精神 |
| 亂跑的蜜蜂 | 鼻子（臉上部位） | 春天的鼻子 | 春天精神 |

　　作者利用不同的花卉、鳥類、昆蟲、植物、河、山等等，描寫不同部位特色，刻劃出春天的活力、青春、俏皮、淘氣、神情、姿態、神氣、動作、模樣種種特寫；管管在

這首詩裡對春天的觀察從嘴開始,最後以鼻子結束,也許不同的詩人作者注意到的部位順序會完全不同,為何先是嘴,後頭是臉、手、腳、眼、頭、鼻?個人喜好或是無意之間如此排列吧!

三、管管的這首〈春天的頭是什麼樣的頭__記花蓮之遊〉以類似歌謠的文體呈現,雖然全詩只有兩節,但每節各有八行詩句,分成四小組,每一小組各兩行,而且一定是第一句問第二句答的自問自答方式進行,我們注意到這些排列使整首詩在聲音、聲調、旋律方面有非常特殊的「音響」效果,並且每行都有一個半停頓處,形成類似唱歌那樣的音樂;我們試以每兩行詩的字數、發聲、停頓處、高低音以及字的重複次數和唸法作一表格如下:

| | 重複次數 | | | 唸法分成 |
|---|---|---|---|---|
| 第一組<br>1.春天的嘴、是什麼樣的嘴<br>2.小燕子呢喃、是春天的嘴 | 2次<br>春天 | 3次<br>嘴 | 2次<br>春天的嘴 | 4／6<br>5／5 |
| 第二組<br>3.春天的飛、是什麼樣的飛<br>4.翩翩蝴蝶、是春天的飛 | 2次<br>春天 | 3次<br>飛 | 2次<br>春天的飛 | 4／6<br>4／5 |
| 第三組<br>5.春天的臉、是什麼樣的臉<br>6.杏花李花、是春天的臉 | 2次<br>春天 | 3次<br>臉 | 2次<br>春天的臉 | 4／6<br>4／5 |
| 第四組<br>7.春天的手、是什麼樣的手<br>8.垂垂楊柳、是春天的手 | 2次<br>春天 | 3次<br>手 | 2次<br>春天的手 | 4／6<br>4／5 |
| 第五組<br>9.春天的腳、是什麼樣的腳<br>10.蒲公英、就是春天腳 | 2次<br>春天 | 3次<br>腳 | 2次<br>春天(的)腳 | 4／6<br>3／5 |

| 第六組<br>11.春天的眼、是什麼樣的眼<br>12.溜冰的小河、是春天的眼 | 2次<br>春天 | 3次<br>眼 | 2次<br>春天的眼 | 4／6<br>5／5 |
|---|---|---|---|---|
| 第七組<br>13.春天的頭、是什麼樣的頭<br>14.滿山杜鵑、是春天的頭 | 2次<br>春天 | 3次<br>頭 | 2次<br>春天的頭 | 4／6<br>4／5 |
| 第八組<br>15.還有、鼻子呢<br>16.亂跑的蜜蜂、是春天的鼻子 | 1次<br>春天 | 2次<br>鼻子 | 1次<br>春天的鼻子 | 2／3<br>5／6 |

　　唸誦此詩的人在朗讀時會隨著每行詩句的意思、在半停處不由自主的打節拍，產生自然的韻律、並且會因詞彙用字的重複而發出悅耳的音樂感。第八組最後二行最為特別，前一行「還有鼻子呢」中的部分結構「還有」與「呢」跟前面各組所有以「春天的○」在用字和形式上完全不同，起了一種變化的新鮮感，同時在「鼻」字的後頭加上「子」，也與只用一個字的其他部位或動詞（飛）有相當大的差別；讀者於朗誦時會感受到詩作中和現實日常生活裡的「管管」之習慣和模樣正由詩句的寫法和「讀」法自然地流露出來、呈現眼前。

# 伍

　　管管於民國 98 年 6 月 28 日發表於《聯合報》副刊上的〈窗前之楊柳〉，全詩如下：

　　窗前之楊柳面對著春天
　　一開始就把裙子穿得短短的

而且還染了一些綠指甲
不知楊柳要對春天做些什麼

推窗突然一群櫻花逃進窗內
正想問個原因
兩隻蝴蝶卻追蹤而至，且不問情由伸手就要逮捕
「蝴蝶先生！這都是我的學生，你不能捉！」

我把書桌上嚇得花容失色的學生們
統統都收到一個空酒壺裡，放上一點蜂蜜
醃上一醃，等雁陣橫空，奇萊飄雪時

陪俺吃碗茶

　　這首同樣描寫春天的詩也出現了「楊柳」、「櫻花」、「蝴蝶」、「蜂蜜」、「雁」、「雪」等相關的詞彙，語氣、風格也是非常地「管管模式」：俏皮、可愛、好玩、瀟灑、自然、童趣，更散文式些，而且最後一行「俺」這個「管管」標記的字也出來了，讓讀者在此詩中感受到「春天的精神」之外，更看出詩人對春天的特別喜愛。

　　我們特地以高德曼的「發生論結構主義」研究方法闡析管管的〈春天的頭是什麼樣的頭——記花蓮之遊〉，釐出其意涵結構為「虛／實」交錯編織、實化虛、虛變實，進入「虛／實同在」和「虛／實同體」的一種狀況或境界；同時也清楚指出管管詩作的最大特色：其聲、色、意、藝在他使用、運用、利用的某些關鍵字眼、詞彙時，立刻出現一種他人所無法仿作的「管管風格」。

　　沈奇評管管詩風時說：「理解了『老頑童』式的管管，方能理解管管式的言說——那種奇異、自由、幽默、輕快、狂放無羈的詩性言說……」，也認為：「讀管管的詩，有一種特殊的語言快感——一種生命體驗與詩性言說完全統一和諧而飛揚靈動的流泄之快

感，與語言做愛（野合？）的快感……」更確定管管是「以非理性
的方式去探尋和創造全新的詩語空間，從而帶有原創性和不可模仿
性的藝術特質」[6]。

在《新詩三百首》中，編者在〈鑑評〉管管詩風部分特別強調：
「管管是不能仿學的，一首詩有一首詩的理路，每一首詩都展現了
不同的姿彩，合在一起，又共同透露了管管的粗獷與細緻，孫悟空
因為沒有臍帶而更能上天入地，管管的瀟灑亦復如是」[7]。

此外，白靈在對〈春天的頭是什麼樣的頭──記花蓮之遊〉進
行的〈作品賞析〉中評論說：「用擬人化的方式，去形塑與立體化
『春天』這個已經有著多采多姿的想像的名詞。詩文中兩句兩句自
成一組，採用自問自答的方式來傳述春天到底是什麼，使得本詩更
增添了青春與俏皮的觸感。類似歌謠的文體，容納、穿插了許多象
徵著生氣、生命力的植物和昆蟲，予人十足的動感和活力」[8]。

我們在以高德曼的「發生論結構主義」分析方法[9]更細膩地耙梳
此詩中的每一個字與詞彙時，除了釐清其建構整體的「意涵結構」
之外，「部分結構」的「微小」字眼在強化其意涵的角色扮演上也不
容忽視的；只是有一點我們也希望能在此提出，此詩的副標頭是「記
花蓮之遊」，不過，儘管我們將全詩從頭到尾的每一個字都分析過，
似乎不太看得出來是「花蓮」之遊，反而更像「春天的頭是什麼樣
的頭」完全描繪繽紛生動、不可模仿的「管管特色」之「春天」。

---

[6] 見沈奇《臺灣詩人散論》內〈管管之風或老頑童與自在者說──管管詩歌
藝術散論〉一文，臺北：爾雅出版社，1996，頁159與頁161。

[7] 見《新詩三百首》，張默、蕭蕭編，臺北，九歌出版社，1995，上冊，頁
427。

[8] 見《2006臺灣詩選》，主編：焦桐，編輯委員：白靈、向陽、陳義芝、蕭
蕭，臺北：二魚文化，2007，頁103。

[9] 有關高德曼的理論，請參考拙著《文學社會學》第五章〈文學的辯證社會
學──高德曼的「發生論結構主義」〉，臺北：桂冠出版社，1989，頁73-136。

# 第六節

## 「外在變動／內在自主」的世界觀
### ──剖析向明〈門外的樹〉之意涵結構

　　本文基本上是延續筆者近年來的研究方向之一：文學社會學中高德曼「發生論結構主義」的文學分析方法及其在中國詩歌上的實踐。

　　關於高德曼的生平、其思想背景及其理論和方法之形成與發展，在拙著《文學社會學》（台北，桂冠圖書公司，1989），第五章〈文學的辯證社會學──高德曼的「發生論結構主義」〉中有詳盡之論述；第六章〈以高德曼理論剖析東坡詞之世界觀〉則是以此方法應用到東坡詞的分析上。此外，筆者亦曾運用同一方法闡析現代詩──洛夫的〈清明〉，發表於《台灣詩學》季刊第五期（1993年12月）。本文為筆者再一次以高德曼的研究方法應用到中國詩歌上的實踐，企圖在眾多的文學批評方法中理出一條新的通路；此次的分析對象為向明的〈門外的樹〉。高德曼的分析方法中，最重要的一點是研究者必須在他所研究的作品中尋找並闡明其意涵結構，也就是使讀者讀懂作品的、具意義的結構。

　　我們先來看向明這首〈門外的樹〉：

　　　　爭吵得非常擾人的
　　　　門外那些永遠長不高的
　　　　不知名的樹

三三兩兩的
一個集團，一方組織似的
當風吹過後
爭吵得確實擾人

也許是在談論著風的顏色
風的存在風的分量風的種種
一陣風在它們中間穿梭而過
它們手裡卻一個也沒有
掌握著風

這也不算什麼
倒是那種莫名的力量
卻把它們吹得前仰後撲的
看不出它們一丁點
該成為一株堂堂的樹的
屬性

## 一、總意涵結構

　　向明的這一首〈門外的樹〉選自他的詩集《青春的臉》。全詩
共分三節：第一節七行，第二節五行，第三節六行。

　　經過閱讀和理解之後，我們認為這一首詩的境域是建立在下列
這個意念之基礎上：大自然中的「風過樹偃」一如人世間或社會上
一些沒有主見、沒有定力的人，總是人云亦云、隨風轉向。因此，
大自然的價值一如人的價值便取決於：在「外在的動態空間」和「內
在的靜態自主」這兩者之間，如何採取主／客的姿態、立場和掌握

主動／被動的優勢轉換，保有美／醜形象、以確定人在社會上（如樹在大自然中）的重要性和存在價值。

雖然全詩的總意涵結構是建立在「外在動態空間／內在靜態自主」這樣的一個主要架構上，但是在分析的過程當中，我們發現它其實還可以衍生出許多具有雙重特性、不但互相對立而且還互相滲透、互相解構再建構的矛盾元素結構「動／靜」、「主（重要）／客（無名、貶抑）」、「變動／不動」、「主動／被動」、「正面／負面」、「安靜／喧嚷」、「虛有／實存」、「隱藏／顯現」等，貫穿全詩。

首先我們先分析第一節的頭七行：

從詩句來看，作者要咏的似乎是題目上也標明的「樹」，但實際上，詩中的真正主角是「風」。七行之中，寫樹的有六行，寫風只有短短四字一行「當風過後」，可是這輕描淡寫的簡單動詞「過」，卻引起樹「擾人」的「爭吵」。「主／客」位置結構在此就已互相解構再建構：表面上的主是實際上的客，詩中的客卻又反客為主，主動帶起風潮。

1. 第一句雖然是「樹」的形容句子，但事實上它是重覆第七句的，它擔負開場白的任務（同時也具有與第七句環扣的作用）：每次「風過」，樹就會「爭吵擾人」，在此，一方面是「動／靜」（風／樹）的對立，但同時又是「安靜／喧嚷」（風／樹）的矛盾。（至於是什麼樹、為什麼吵、怎麼吵、吵什麼，則由第二行至第六行的詩句解釋）。

2. 這些樹是「長不高的」：相對於其他會隨時間「變化」而「長得高」的「樹」（或是第三節第五行的「堂堂的樹」）而言，它們是「沒有長進」、甚至是「不動」的——變動／不動（動／靜）。

3. 它們是「不知名的」：在有名有姓、重要的、堂堂的樹之相較下，它們是無名小卒；或即使有名姓，也是無人知曉的——形雖「顯現」，實際是「隱藏」（無名）。

4. 因為「長不高」、「不知名」，所以必須「三三兩兩」聚在一起壯膽。「三三兩兩」明顯帶貶意，特別是與獨立的風或屹立的堂堂的樹相比的話──正面／負面（風／樹）。

5. 「三三兩兩」在一起，看起來好像是「一個集團」「一方組織」，但事實上，只「似」而不是──實存／虛有。

6. 因而，每當風過，樹就爭吵──主動／被動。

7. 這些爭吵「確實」擾人：緊扣回第一句，證實並加強；加深「非常擾人」中的厭惡之意──安靜／喧嚷或正面／負面。

　　第二節的五行詩中，以「虛／實」、「實／虛」的結構最為明顯突出：一方面解釋第一節中樹爭吵的內容（雖實而虛），另一方面則對樹「長不高」、「不知名」、「三三兩兩」等負面特性以「虛而實」的技巧手法予以強調。

1. 樹在「爭吵」什麼呢？「也許」是在「談論」著「風的顏色」：「談論」是「實存」的事，但「也許」二字又把它「虛有化」了，「也許」凸顯這些樹的完全不具重要性，它們爭吵、談論什麼事都無關緊要，因為無人在意，無人傾聽。「也許」、「談論」在此就是實而虛、虛卻實的一個結構。

2. 它們談論著「風的存在」、「分量」、「種種」（還有前一句的「顏色」），卻沒有風的「聲音」，因此：

　(a) 與「喧嚷」爭吵的樹相比，風是「安靜」的。

　(b) 但事實上，風吹過是有其「聲音」的，可是喧鬧、膚淺的樹並不注意去聽，而只管表面的「顏色」、「存在」、「分量」等問題，以致於風過之後，誰也不知風說了什麼，誰也掌握不住風。風的「種種」顯現卻虛有，風的「聲音」隱藏但實存。風雖虛而實，樹雖實而虛（完全掌握不到風）。

3. 一陣風實實在在在它們中間（實）穿梭而過（虛）：風「主動」且「變動」，樹「被動」又「不動」，風擦身過也抓不住。
4. 「它們手裡」（實），「卻一個也沒有」（虛）：「三三兩兩」、「一個集團」、「一方組織」「似的」樹（因無任何作為、不起任何作用，故雖「實存」卻形同虛有），卻沒有一個掌握住明明來了又走了的風——風因抓不住、看不見、摸不著、甚至聽不到其聲音而有如「虛有」，可是它又同時是「實存」的，因為它「穿梭而過」，更重要的是第三節第二行與第三行的「力量」。
5. 「掌握」——實而虛，掌是實的，沒有握住，故又是虛的；「著風」——虛卻實，掌握不住的風，卻又的的確確存在。
　第三節的六行一方面是「風過」的實證，另一方面也是「樹」醜態出盡、原形畢露的實證；在此，總意涵結構「外在動態空間／內在靜態自主」的意義呈現得最完整、表達得最清楚，同時「虛／實」、「主動／被動」、「正面／負面」、「隱藏／顯現」等結構元素也呈最飽滿的狀態：
1. 「這也不算什麼」：接上一節「一個也沒有／掌握著風」之意，語氣輕描淡寫、用字口語淺白，輕飄飄的句子卻擔負凸顯後面五句全詩最主要意思的責任；這一句越是輕淡，越能襯托風來的「莫名力量」和使樹「前仰後撲」的威力之猛；看似「虛」卻是「實」的句子。
2. 看不見、掌握不住的風（虛）反而（「倒」）具有「莫名的力量」（實）：虛實同源，並且是第一句「實」的實證。
3. 樹的全部負面特性完全表露無遺，是全詩最能表現作者之主要意旨和總意涵結構的一句：風是外在空間動態的力量，並且主動帶動「風潮」，變動且主動；而樹在此情況下未能把持「內在自主」，反而被動的處於屈從地位，隨風搖擺，前仰後撲。正因此句為總意涵結構最明顯之詩句，才有後面三句對樹的批判。

4. 風吹即舞的「樹」，自然是「無一丁點」（堂堂的樹的屬性），此句乃針對下一句樹顯現出來的負面形象所作的判語，「外在運轉／內在自主」的結構是隱含的，而且也是從相反的角度、另一個層面來建立發揮；因是否定句，故表面上是虛的，卻又暗含肯定另一面的實，即第五句。

5. 此句是「內在自主」結構理想的體現，內在自主應該是「堂堂」的，與前面所有描寫「門外的樹」的特性相反的。這一句與上一句的虛／實結構正好又是互相瓦解再互相建構的例子，第四句表面是虛有的，但又暗含著肯定另一面的實；而此句「該成為一株堂堂的樹的」看起來似是實存，實際卻是完全虛有，因「門外的樹」「看不出它們一丁點」……。此外，這一句與第一節中多句對樹特性的描寫正好前後遙遙呼應……它們無一丁點「堂堂」屬性，所以它們只是一些「永遠長不高」、「不知名」、「三三兩兩」瞎混的樹。

6. 此句只有兩個字「屬性」，是全詩最短的一句，卻又是全詩最重要的意思所在：有什麼樣的「屬性」，就會成為什麼樣的樹，也是對「外在變化／內在自主」這樣一個結構或屬性的要求和冀望。兩個字而另起一行正是要特別強調其重要性，同時也凸顯「門外的樹」無堂堂屬性、隨風而倒的可恥、可憐與可悲。

另外有一點要注意的是：標題為「門外的樹」，顯然還有一個「門內的？」；如果是門內的樹，必然是「一株堂堂的樹」，其「屬性」是與「門外的樹」完全相反的，也因此門外的樹永遠也只能待在門外，未得其門而入、無法或未能入「門」的；但由於第一節第一行和第七行兩次提到「擾人」，因而很明顯的，「門外的樹」擾的是「門內的人」；不管是樹是風，只不過是門內一雙眼睛的舞台人物，而樹是丑角，完全沒有自我，聽從風的號令作出各種可笑的動

作。風雖是詩句中的主角，但實際上，全詩真正的主角是門內那雙眼睛，不必露面，不需作聲，批判的眼神無論從旁觀看或從高處俯看，都可以觀察入微、主控全局。這門內的樹（或人）才是整首詩總意涵結構中「外在變動／內在自主」理想的實現者或是想像中的實現者。

## 二、部分結構

詩中有一些比較小的元素或結構，包括在總意涵結構之中，其作用是為強化總結構而使詩的意義更為明顯，以此詩為例，它們多為加強總結構中某一組元素特性，尤其是凸顯樹的負面特性，再通過「外在變動／內在自主」這個總意涵結構呈現的世界觀，來判定它在宇宙間的存在價值。

我們先看第一節：

1. 第一句的「非常」二字：增加「爭吵擾人」的程度──樹的負面形象。樹的負面形象越鮮明，門內的、正面形象就會越突出，以達到對「自主」、「自我」這種境界的間接說明。

2. 「門外」：表示樹只能在「門外」嚷嚷罷了，無法「入門」。「永遠」：不但此時長不高，而且「永遠」也長不高；無論外界如何變化，它們永遠沒有定力、沒有自我。除負面意思之外，兼具判刑意味。

3. 「似的」：「集團」、「組織」都暗含「理性」、「系統」、「制度」等較正面的意思，但「似的」二字全部將之解構，更證明第四句「三三兩兩」的真實性：三五成羣、隨聚隨散、無組織、無制度、散漫無章。

4. 「確實」：第七句呼應第一句，「確實」比「非常」更具肯定性和真實性，更能顯出爭吵擾人的可厭程度。樹的負面形象

之關鍵全在於「風過樹吵」，換言之，就是喪失「自我」。「確實」二字也間接確定了詩中意涵結構的意義。

第二節：

1. 第二節第一句的「也許」：前面我們分析過，「也許」二字在總結構中扮演「虛」的角色，同時也凸顯樹的不被重視：「也許」談論風的顏色，「也許」別的；其「不確定性」卻「確定」了樹的負面價值。

2. 基本上是第一句的延續、是「談論」的補語。此二句中對風的描寫：「顏色」、「存在」、「份量」、「種種」實質的正面價值肯定與第一節對風的形容恰成對比。凸顯風的存在價值隱含批判的負面價值。

3. 「在它們中間」：強化樹的無能。風並非「從旁」、「偷偷」、「溜過」，而是「在它們中間」堂而皇之「穿梭而過」。

4. 「卻一個也」：「三三兩兩」眾多的樹，「卻一個也沒有」掌握著風，比「它們手裡沒有掌握著風」的負面力量增強數倍。

第三節：

1. 「倒是」那種「莫名」：被風吹得「前仰後撲」、「爭吵談論」不休的樹，對這股力量感到「莫名」，凸顯樹的「無知」。「倒是」推翻前面一句和第二節的意思，也就間接強化後面這幾句的力量，彰顯樹的無骨氣。

2. 「看不出」：諷刺味濃，比用「完全沒有」更能明確和明顯寫出樹的外表和內在是如何的不相符，看起來粗壯的樹，卻是「看不出」「風吹就倒」：增加樹的負面價值。

3. 「該」：作為一株樹，原該「堂堂」屹立風中；而「門外的樹」卻全「不該」成為隨風扭擺的小丑；「該」字強化「門外的樹」「不該」的事實。

　　經過上文的分析，我們可以看到詩中許多看似普通的字彙事實上都有自己的角色，總意涵結構的掌握使我們能讀懂一篇作品，而細微的部分結構卻使我們能夠更深入理解詩句與詩句間或詞與詞間的緊密性和連貫性。

　　在〈門外的樹〉中，樹和風的演出角色是對立的。詩中，寫樹所用的筆墨要比風多些，樹是眾多的（三三兩兩、集團、組織）、有形的、形象清楚鮮明（爭吵、擾人、長不高、前仰後撲）；而風是單獨的（一陣風、風）、無形的、形象不十分清楚（顏色？存在？分量？種種？只有力量才是確定的），可是特性和形象完全相反的樹和風在詩中的角色卻是與其外表剛好對調過來：風是動的、變動且主動，樹則是靜（在此指靜止之意）的、不動且被動；但在這種形樣中，動和靜（以及其他對比）都有一種矛盾和弔詭藏身其內。說風是動的，因為它「吹」過；樹是靜的，因為它們站著等風吹；可是風吹過之後，風就變成「靜」的，而原本靜的樹則變成「爭吵」、「擾人」、「談論」不休、「前仰後撲」的「動」；在「安靜／喧嚷」、「顯現／隱藏」中亦是如此：風有微風、和煦的風、安靜的風，但發起威來的風就成了狂風、暴風、兇猛的風、喧嚷的風；安靜時它可能是隱藏的，喧鬧時則是顯現的。至於樹，平時是安靜的，起風時是喧嚷的；平時是屹立顯現的，在大風中卻又全然隱藏自己，完全聽從風向風嘲的號令指揮。其他如「主／客」、「主動／被動」、「變動／不動」或「虛有／實存」等對立結構的情況亦莫不如此。

　　然而，樹和風也不過是詩中舞台上的角色罷了，實際上正如我們在前面指出過的，隱在門內的眼睛、也就是作者，才是全詩的真實主角，他主控全局，真正能夠面對外在不斷變動風向的世界而仍主動主導「內在自主」，確定自己「該」與「不該」的分際，塑造明確的自我形象，肯定自己在社會上的屬性、重要性和存在價值。

　　除此之外，有一點必須注意的，那就是上述分析得到的這些對立結構，事實上是從「外在動態空間／內在靜態自主」一個基本的意念和意涵結構所延伸出來的；外在動態空間是我們身處的社會、環境，不同的風吹往不同的方向，時時變換更迭，如何在這樣一個不斷變動的空間裡把持住內在的自主，掌握著風而不是在風向中迷失、也不隨風撲仰是此詩透過總意涵結構和許多部分結構企圖表達出來的世界觀。

　　大陸詩評家在一篇評向明詩的文章中談到這首〈門外的樹〉，他認為是「他（向明）嘲諷那些沒有定力的前撲後仰的樹，也表現了詩人的自我形象……特別是五十年代至六十年代，晦澀虛無之風勁吹，惡性西化了時髦的傳染病，不少作者隨風而偃，患了嚴重的流行感冒……。」

　　將此詩範圍限在詩壇內固然有其時代背景的歷史因素，但我們以為向明此詩（一如他大部分的詩）社會意義甚大，應將範圍擴大到整個社會層面，社會批判意味更濃，其意義和價值也許會更大些。

　　透過上面對向明作品的分析，我們以為，高德曼的「發生論結構主義」詩歌分析方法雖然有其可行性，但事實上仍有許多侷限性；由於研究者專注於闡明詩中的意涵結構和部分結構，反而忽略了其他層次上面的美學分析。正如每一種文學研究方法，高德曼在開始時是為了分析法國十七世紀的古典悲劇而設計了這樣一套方法，因此他在研究哈辛的悲劇時可以作得相當出色，但應用到詩歌分析上則顯不足。事實上，如我們在前面指出的，向明的詩社會意義甚濃，如果能夠再加上社會學角度的探討，也許可以使這篇分析更豐富更完整些。但若要作社會學觀點的剖析勢必要對向明詩集（多本）中的每一首詩都予以分析之後才能進行，而這些是我這篇論文寫作時間和篇幅都未能容許的。

# 第七節

# 在「生／死」「左／右」的夾角「入／出」 「游／游」──試析白靈〈鐘擺〉一詩

　　本文擬採取高德曼所制訂的「發生論結構主義」（Structuralisme génétique）中的基本概念來分析白靈〈鐘擺〉一詩。高德曼認為任何一篇文學作品都有意涵結構，是文化創作一個緊密一致且具意義的結構；除了一個總的意涵結構外，還有一些部分的、比較小的結構，即微小結構，亦稱部分結構或形式結構[1]。

　　白靈〈鐘擺〉共五行，原詩如下：

> 左滴右答，多麼狹小啊這時間的夾角
> 游入是生，游出是死
> 滴，精神才黎明，答，肉體已黃昏
> 滴是過去，答是未來
> 滴答的隙縫無數個現在排隊正穿越

　　此詩篇幅不長，總共才五行，然詩中所含意義卻深切透徹，觸及世間萬物。經過詳細的閱讀和理解，我們認為〈鐘擺〉一詩是建立在一個二元對立、極端強烈對比的意涵結構即「存活／亡滅」或

---

[1] 請參閱拙著《文學社會學》，第五章〈文學的辯證社會學──高德曼的「發生論結構主義」〉，臺北：桂冠圖書公司出版，1989。

「生／死」的主要架構之上；在分析的過程當中，我們也發現白靈以多層角度、複雜技巧利用眾多部分結構的細膩密集加強此總意涵結構的深度和廣度。

## 壹、以眼睛無聲「閱」讀

讀者會非常驚訝於此詩是以排列整齊、三長兩短的外在形式來呈現世間萬物的開始與終結：

第一行：15 字→加逗點→16→長

第二行：8 字→加逗點→9→短

第三行：12 字→加逗點→15→長

第四行：8 字→加逗點→9→短

第五行：15 字→無逗點→15→長

三長句排在 1、3、5 的行句，而兩短句則排在 2、4 行句，我們很清楚地看出三長句正明顯地以團圍方式緊緊圍困兩短句，換句話說，三長句以絕頂優勢間隔兩短句，讓它們陷入無法掙脫的「必死」絕境之內。這三長兩短左擺右盪的時間模樣是否也即世間一切的左擺右盪，「存活／亡滅」和三長兩短？世上有誰、何物能超越「鐘擺」的「左／右」和「入／出」？

在細讀五行詩句時，我們更感受到 1、3、5 行在說明「滴答」其實就是「鐘擺」或「時間夾角」的特性，而 2、4 行才是點明「生／死」、「過去／未來」、「存活／亡滅」總意涵結構的主要力量。

## 貳、以聲音有聲「誦」讀

讀者將會更驚訝於短短五行詩所發出來的警剔聲響和無奈意涵以及被迫受困的種種情緒：

以聲音ㄅㄧ／ㄅㄚ短促的二音／字竟然可以如此精細地詳述時間不急不徐極富規律一秒、一秒的隨著鐘擺「流逝」、所造成的人生（或更廣「萬物」）之「存／滅」：

第一行：鐘擺「左、右」搖晃時呈現的意義即時間是「夾角」且「狹小」更是「多麼」（狹小）。

第二行：「入／出」時即已「生／死」；須注意：「游入」時即使有意，「游出」時卻已「無心」和無「心」，「游入」也許用力，「游出」只能任由ㄅㄧ ㄅㄚ擺佈。

第三行：「精神／黎明」但同時卻「肉體／黃昏」。

第四行：「過去／未來」。

第五行：「隙縫／現在／穿越」走向永遠的「逝去」或「亡滅」。

作者在表達此意涵結構時，更同時以ㄅㄧ／ㄅㄚ二音描繪了ㄅㄧ與ㄅㄚ的對比差異：

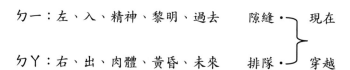

ㄅㄧ：左、入、精神、黎明、過去　　隙縫・┐現在

ㄅㄚ：右、出、肉體、黃昏、未來　　排隊・┘穿越

這些差異也深刻地指明ㄅㄧ和ㄅㄚ的對立：左≠右、入≠出、精神≠肉體、黎明≠黃昏、過去≠未來、現在≠排隊穿越ㄅㄧ／ㄅㄚ二音：ㄅㄧ是希望，ㄅㄚ是絕望、無望。這一點也讓我們看到作者正從各個不同「角度」去詮釋「滴答」：左——右、入——出、精神——肉體、黎明——黃昏、過去——未來、隙縫——穿越，是一

種全面性整體的觀察和透視世間人類和萬物在面對這不斷ㄅ一／
ㄅㄚ之聲夾帶著的時間而產生因之感受到的壓力、無奈、徬徨：只
能睜大眼睛豎直耳朵看著聽著「無數」「現在」「排隊」「穿越」ㄅ
一與ㄅㄚ之間極其細微的「隙縫」，走向死亡。

　　除了總意涵結構之外，第一行的「多麼」、「啊」，第二行的「游」
和「游」（表達的「有心」和「無力」），第三行的「才」和「已」，
第四行的「是」、「是」、第五行的「無數個」、「正」以及每一個逗
點符號都是加強和強調總意涵結構「生／死」的重要力量。

　　〈鐘擺〉一詩的總意涵結構和微小結構在五行篇幅之內震撼讀
者，無論是具體或抽象、無論是可以想像、思考的或全在思維之外，
那可見、可聽、可嗅、可觸、可嚼之種種層級、角度、縫隙，每一絲、
每一粒、每一晃、每一抹的「命」都被觸及，如此巨大牽涉人類與萬
物以及全球生物、事物、關係密切關聯甚深的議題，作者竟然能以僅
「滴答」二字和二音即涵蓋一切、徹底解釋全部根源，也同時深透解
構全部美好與基層希望，有人也許會因此重視把握「生」，有人也許
絕望凝視「死」，有人也許就在「生／死」、「左／右」的「夾角」內
「入／出」、「游／游」，任由「過去／現在／未來」在「鐘擺」的「滴
答」聲中從開始走向終結，璀璨或不，自己決定[2]。

---

[2]　自 1993 年至今，筆者已運用高德曼的理論和方法剖析過下列詩人的詩作：
一、〈洛夫「清明」詩析論—高德曼「發生論結構主義」方法之應用〉。
二、〈剖析向明「門外的樹」之意涵結構〉。
三、〈繫與不繫之間—剖析林泠的「不繫之舟」〉。
四、〈剖析香港詩人羈魂「看山・雨中」和「鑿」二詩〉。
五、〈屈服抑或抗拒？——剖析淡瑩「髮上歲月」一詩〉。
六、〈女性自我意識：主體／幻象／鏡像／主體——剖析蓉子「我的粧鏡
　　是一隻弓背的貓」一詩〉。
七、〈存活於「虛無」中之「實在」——剖析羈魂「一切看來是那麼實在」一詩〉。
八、〈眾弦俱寂裡之唯一高音——剖析夐虹「我已經走向你了」一詩〉
九、〈宿命網罟？解構顛覆？——試析尹玲書寫〉。
十、〈「家鄉／異地」之「內／外」糾葛——剖析向明「樓外樓」〉。
十一、〈在「生」「死」「左」「右」的夾角「入／出」「游／游」——試析白靈「鐘擺」一詩〉。

# 第八節

## 榴槤‧流連‧留戀——試析丁文智〈榴槤〉

　　丁文智詩集《能停一停嗎　我說時間》內的許多詩，將人類對這個看不見、摸不著、撼不動、喊不停、像真的存在，又似乎不存在的「時間」，作出精彩的多層面和多角度之分析、探索、選擇與捕捉。

　　我們能戰勝時間嗎？對大部分的人來說，那幾乎是不可能的事。向時間投降嗎？又如此的心不甘情不願。對抗？頑拒？妥協？奮鬥？認命？拋棄？也許從詩集內第 176 至 177 頁〈榴槤〉這一首詩可以找到某種面對「時間」的不同感受。

> 可口
> 就是有人這樣說
> 其實那種粘纏人的味道
> 甩　都甩不掉
>
> 至終
> 總會有一腸子通到底的那種吞法
> 不敢嚼
>
> 前段的感覺早已寫在臉上
> 後段的滋味
> 　　卻漾在心裡

「榴槤」原是南洋一帶的一種水果，造型非常特別，巨大堅硬，外殼滿是大大的尖刺，若從高高的樹梢掉落人身，肯定全身都是巨洞；不過，據說榴槤不會在白天掉下來，總會選擇夜深「人睡」時才會成熟落地。將殼剝開後，內裡分成許多以硬片隔開的瓣室，瓣室中間才是一瓣一瓣甜蜜香滑綿軟的榴槤肉。愛吃榴槤的人，即使身上沒錢，也會將僅剩的衣物典當來買榴槤「流連」其間；但相反的，也有人對飄香十里的榴槤抵死不吃。榴槤的濃郁纏人不只在果肉上，連它的「芳香」也是難以躲避抵擋的。因此，丁文智的〈榴槤〉寫的就是這種特別水果令人歡迎又拒、欲拒又迎的特色；而這種教人又愛又恨、或愛或恨的特色，不也正是「時間」給予我們的特別印象與感受嗎？

〈榴槤〉詩共分三節。第一節寫的是此水果的可口（對某些人）與無法甩掉的粘人味道（對另一些人）；這令我們想到「時間」對人的誘惑，總是既「可口」又「粘纏」，「味道」在榴槤這邊是以「鼻聞」的，在時間那邊則是「心受」的，但二者都是「纏身」的、「緊緊」的、同樣無法甩掉。

第二節描寫的是面對榴槤時在某種無奈之下所可能採取的一種方法：「只吞不嚼」；這與人在某種無奈狀況之下面對時間所採取的方法不正是完全一樣嗎？比如說：老，比如說：病，比如說：臨終之際，總也會「不敢」、或是「不願」，甚至「不能」「細嚼慢嚥」吧？

詩的最後一節寫的是品嚐「榴槤」時前後兩個階段的不同感覺和感受：前段的「欲迎卻拒」「寫在臉上」，後段的「已迎難拒」「漾在心裡」；正如人於初初接觸到「時間」時那種隨意揮霍，不知該迎或該拒，直至意識到「已迎難拒」的滋味時，卻早已化為心頭的難捨留戀了。

「榴槤」這種看得見、摸得著、聞得到的水果，起初也許不願接受，但之後會令人流連，最終留戀。「時間」這種看不見、摸不

著、聞不到的存在,人於初生時也許不知道要不要接受,但漸漸地就會令人流連忘返,以至最終留戀難捨;正如丁文智所說的:「能停一停嗎 我說時間」。

只是不知,時間是否能像榴槤具有人性,慈悲地選擇夜深無人時落地、而不在白天墜落人身?

## 第五章

# 結論

# 壹

　　1979 年赴法進修，筆者因自己的興趣而在巴黎多所學校聽課，盡量學習不同領域的學識，尤其是法國文學、文學理論與社會學方面的課程；有一段時間對翻譯特別有興趣，甚至跑到巴黎著名的翻譯學校 ESIT 探索，企圖改讀口譯與筆譯。

　　蒐集資料和尋購相關書籍是自幼養成的習慣，1982 年曾做了一次大探尋。自巴黎飛往美國，從東岸一 站一站往西岸，再往回走，整個暑假就在紐約、紐澤西、波士頓、華盛頓 DC、馬里蘭、舊金山、洛杉磯、休士頓，再回到東部波士頓、紐約，在許多著名大學、圖書館和書店「搜索」，所尋得、買到加上影印的重量可想而知，一個人 64 公斤，兩人 128 公斤，尤其在國會山莊圖書館和胡佛中心所找到的資料是難以想像的豐富和令人訝異驚喜。1985 年離法返台時，篩選再篩選，還是寄了四十幾箱，每箱 25 公斤。之後，每一年總會再到法國或其他國家、城市，尋找最新或以前沒見過的書，非將出現在眼前或聽說了一定要找到的全部書與資料都扛在背上帶回，或花特貴的郵費寄回台北不可。

　　與本書中論述主題相關的資料和書籍，都是自 1979 年如此不斷地尋覓、請教、託問、蒐集、購買來的，尤其是和前面提到的法國文學理論、法國文學、社會學、翻譯理論等相關的書。筆者一直希望能盡自己的力量去搜尋最新和最特別的資料作為論述的立場基礎，特別是文學理論的奠立過程、發展情況及其可能的應用實踐。

# 貳

　　從具體地考察作家親筆手稿、解碼辨讀前文本、草稿、修改、重抄、至定本之間的種種相關資料，一直到認真嚴謹進行研究、詮釋、闡明解碼辨讀的成果，就是「文本發生學」和「發生論文學批評」所著重和進行的重建「誕生狀態中文本」歷史，以及探尋文學作品創作時之原始祕密的方法。即使二十世紀末至今已進入電腦全球普遍化時代，但這個探索和研究理論／方法仍然還可以繼續下去，並在不久的未來可能借助日新月異的電子功能而開發更細膩的研究步驟。

　　至於因文學與社會的互動關係而創建出來的「文學社會學」多種理論與研究方法，相信在二十一世紀更複雜多變的文學與社會樣貌，除了書中所闡析的五種理論之外，將會出現更多採取各異的角度、探討更繁複的文學（及文化、藝術等）文本、建立在更新穎與多元根基上的論述。

　　羅蘭‧巴特的研究及其著作十分特殊，其文學活動與探索的對象更是千變萬化、多采多姿，本書針對其研究的先後進程討論他的文學社會學論述、他的自傳與自傳觀和文學觀及文學批評觀，同時也探討其「語碼解讀法」的建立與實踐，並且對巴特著名的「零度書寫」作了詳細的介紹與闡析，以筆者所譯的《薩伊在地鐵上》進行最具體且實際的說明與導引。

　　書中第二部分是我們應用高德曼「發生論結構主義」在詩歌上的分析方法所進行的華文現代詩剖析實踐，分別探討女性詩人和男性詩人的作品文本。目前文學研究理論與方法繁多至令人眼花撩亂的狀況之下，我們堅持以一種理論／方法持續對不同詩歌文本探索闡釋，希望能在現代詩的研究領域中開啟一個不同的視野與一條實

際的可行之路；一如第一部分中的「發生論文學批評」，我們相信，不久的未來，將會引起研究者、評論者的興趣，而將此理論／方法應用到他們進行的文學家作品／文本原始祕密的追尋與發掘之上。

# 參考文獻

## 壹、中文部份

### 一、詩

#### （一）詩集

1. 丁文智，《能停一停嗎，我說時間》，台北：爾雅出版社，2006 年。
2. 尹玲，《一隻白鴿飛過》，台北：九歌出版社，1997 年 5 月 31 日。
3. 尹玲，《旋轉木馬》，台北：三民書局，2000 年 6 月。
4. 尹玲，《當夜綻放如花》，台北：自費出版，1994 年 6 月 4 日初版。
5. 尹玲，《髮或背叛之河》，台北：唐山出版社，2007 年 12 月。
6. 白靈，《白靈世紀詩選》，台北：爾雅出版社，2000 年。
7. 白靈，《五行詩及其手稿》，台北：秀威資訊，2010 年 12 月。
8. 向明，《青春的臉》，台北：九歌出版社，1982 年。
9. 向明，《水的回想》，台北：九歌出版社，1988 年。
10. 向明，《隨身的糾纏》，台北：爾雅出版社，1994 年。
11. 向明，《陽光顆粒》，台北：爾雅出版社，2004 年 12 月。
12. 江文瑜，《男人的乳頭》，台北：元尊文化，1998 年。
13. 林泠，《林泠詩集》，台北：洪範書店，民 79 年（1990）7 月 4 版。
14. 林泠，《在植物與幽靈之間》，台北：洪範書店，2003 年。
15. 阿翁（翁文嫻），《光黃莽》，台北：作者自印，1991 年 9 月。
16. 洛夫，《石室之死亡》，台北：創世紀出版，1965 年。

17. 洛夫，《魔歌》，台北：中外文學月刊，1974 年。
18. 洛夫，《因為風的緣故》，台北：九歌出版社，1988 年。
19. 淡瑩，《太極詩譜》，新加坡：教育出版社，1979。
20. 淡瑩，《髮上歲月》，新加坡：七洋出版社，1993 年。
21. 瘂弦，《深淵》，台北：眾人出版社，1968 年。
22. 瘂弦，《瘂弦自選集》，台北：黎明文化事業公司，1977 年。
23. 瘂弦，《瘂弦詩集》，台北：洪範書店有限公司，1981 年 4 月。
24. 瘂弦，《弦外之音》，台北：聯經出版公司， 2006 年 5 月 11 日。
25. 蓉子，《蓉子詩抄》，台北：藍星詩社，1965 年。
26. 管管，《請坐月亮請坐》，台北：九歌出版社， 1979 年。
27. 敻虹，《敻虹詩抄》，台北：大地出版社，1976 年。
28. 敻虹，《金蛹》，台北：純文學出版社，1968 年。
29. 羈魂，《七葉樹》，香港，1991 年。（與人合著）
30. 羈魂，《三面》，香港，1976 年。
31. 羈魂，《山仍匍匐》，香港，1990 年。
32. 羈魂，《我恐怕黎明前便睡去》，香港，1991 年。
33. 羈魂，《折戟》，香港，1978 年。
34. 羈魂，《每周一詩》，香港，1995 年。
35. 羈魂，《足跡‧剪影‧回聲》，香港，1997 年。
36. 羈魂，《胡言集》，香港，1993 年。
37. 羈魂，《趁風未起時》，香港，1987 年。
38. 羈魂，《寫馬經的詩人》，香港，1980 年。
39. 羈魂，《藍色獸》，香港，1970 年。

## （二）詩篇

1. 尹玲，〈千年之醒〉，台北：《乾坤詩刊》，2006 年。
2. 尹玲，〈色彩〉，台北：《台灣詩學》論壇三號，2006 年 9 月，頁 74。
3. 尹玲，〈特定藥劑〉，台北：《中外文學》第 31 卷第 9 期（總 369），2003 年 2 月。
4. 尹玲，〈宿命網罟〉，台北：《台灣詩學》論壇五號，2007 年 9 月，頁 26。
5. 尹玲，〈透視─寫鏡〉，台北：《自由時報》副刊，1998 年 7 月 9 日。

6.  尹玲，〈雲在旅行〉，刊於台北：《台灣詩學季刊》第 24 期， 1998 年 9 月，頁 81。
7.  李元貞，〈亮麗的深秋〉，收入江文瑜編《詩在女鯨躍身擊浪時》，台北：書林出版有限公司，1998 年 11 月，頁 22。
8.  管管，〈春天的頭是什麼樣的頭──記花蓮之遊〉，《2006 台灣詩選》，台北：二魚文化，2007 年，頁 101-102。
9.  管管，〈窗前之楊柳〉，台北：《聯合報》副刊，2009 年 6 月 24 日。

## （三）詩選集

1.  《中國現代詩粹》，香港：詩雙月刊出版社，1995 年。
2.  江文瑜編，《詩在女鯨躍身擊浪時》，台北：書林出版有限公司，1998 年 11 月。
3.  唐捐主編，《震來虩虩──學院詩人群年度詩集 2002-2003》，台北：萬卷樓，2004 年 9 月初版。
4.  張默、張漢良主編，《中國當代十大詩人選集》，台北：源成文化圖書供應社，1977 年，1979 年 6 月 15 日再版。
5.  張默、蕭蕭編，《新詩三百首》，台北：九歌出版社，1995 年 9 月。
6.  張默、瘂弦主編，《六十年代詩選》，高雄：大業出版社，1961 年。
7.  張默編，《剪成碧玉葉層層》，台北：爾雅出版社，1981 年。
8.  焦桐主編，《2006 台灣詩選》，台北：二魚文化，2007 年。
9.  焦桐主編，《九十年詩選》，台北：台灣詩學季刊雜誌社印行，2002 年 5 月 5 日初版。

## 二、散文

1.  尹玲，〈何處某處之一：飄流心河〉，《自由時報》副刊，2007 年 9 月 24 日。
2.  尹玲，〈何處某處之二：水逝恆永〉，《自由時報》副刊，2007 年 10 月 1 日。
3.  尹玲，〈何處某處之三：塵世非屬〉，《自由時報》副刊，2007 年 10 月 8 日。

4. 尹玲，〈何處某處之五：幻影明鏡〉，《自由時報》副刊，2007 年 10 月 22 日。
5. 尹玲，〈何處某處之六：虛實之間〉，《自由時報》副刊，2007 年 10 月 29 日。
6. 尹玲，〈何處某處之四：某種瞬間〉，《自由時報》副刊，2007 年 10 月 15 日。
7. 尹玲，〈尋找真正的自己〉，《婦研縱橫》第 78 期，2006 年 4 月。

# 三、專著

## （一）古典文學

1. 丁永淮、吳聞章選注，《東坡赤壁詩詞選》，湖北：湖北人民出版社，1984。
2. 王保珍，《東坡詞研究》，台北：長安出版社，民 68 年。
3. 徐中玉，《論蘇軾的創作經驗》，上海：華東師範大學出版社，1981 年。
4. 葉嘉瑩，《中國詞學的現代觀》，台北：大安出版社，民 77 年。
5. 葉嘉瑩，《蘇軾》，台北：大安出版社，民 77 年。
6. 蘇軾研究學會編，《東坡研究論叢》，成都：四川人民出版社，1986 年。
7. 蘇軾研究學會編，《東坡詞論叢》，成都：四川人民出版社，1982 年。

## （二）西方文學理論

1. 何金蘭，《文學社會學》，台北：桂冠圖書公司，1989 年。
2. 呂正惠，《小說與社會》，台北：聯經出版社，民 77 年。
3. 杜聲鋒，《皮亞傑及其思想》，台北：遠流出版社，1988 年。
4. 周英雄，《結構主義與中國文學》，台北：東大圖書，民 72 年。
5. 周英雄、鄭樹森編，《結構主義的理論與實踐》，台北：黎明文化公司，民 69 年。
6. 高宣揚，《結構主義概說》，台北：洞察出版社，民 77 年。
7. 趙毅衡，《文學符號學》，北京：中國文聯出版公司，1990 年。

## （三）現代詩評論

1. 張漢良、蕭蕭編，《現代詩導讀》，台北：故鄉出版社，民 68 年 11 月。
2. 瘂弦，《中國新詩研究》，台北：洪範書店有限公司，民 76 年 9 月。
3. 瘂弦，《記哈克詩想》，台北：洪範書店有限公司， 2010 年 9 月。
4. 黎活仁總主編，《瘂弦詩中的神性與魔性》，台北：大安出版社，2007 年 5 月。
5. 蕭蕭，《燈下燈》，台北：東大圖書公司，1980 年 4 月。
6. 蕭蕭編，《永遠的青鳥》蓉子詩作評論集，台北：文史哲出版社，1995 年 4 月。
7. 蕭蕭編，《詩儒的創造——瘂弦詩作評論集》，台北：文史哲出版社，1994 年。
8. 蕭蕭編，《詩魔的蛻變》洛夫詩作評論集，台北：詩之華出版社，1991 年。
9. 龍彼德，《瘂弦評傳》，台北：三民書局，2006 年 7 月。
10. 鍾玲，《現代中國繆司》，台北：聯經出版事業公司，1989 年。
11. 簡政珍，《台灣現代詩美學》，台北：揚智文化，2004 年。

## （四）現代文學

1. 王文興，王文興手稿集：《家變》、《背海的人》，台北：行人文化實驗室，2010 年 11 月。
2. 龍應台，《大江大海——一九四九》，台北：天下雜誌股份有限公司，2009 年。

## （五）香港文學

1. 《結構的時代——結構主義論析》，台北：谷風出版社，1986 年。
2. 陳炳良編，《香港文學探賞》，香港：三聯書店有限公司，1991 年。
3. 黃維樑，《香港文學再探》，香港：香江出版有限公司，1996 年 11 月。

## 四、期刊論文

1. 尹玲，〈剖析向明〈門外的樹〉之意涵結構〉，台北：《台灣詩學季刊》第十一期，1995 年 6 月，頁 139-146。

2. 王偉明，〈借點點漁火詠不愁的寺鐘——論羈魂《風未起時》〉，香港：《詩雙月刊》總第三十七期，1997 年 12 月，頁 52-59。

3. 何金蘭，〈《S/Z》：從可讀性走向可寫性——羅蘭‧巴特及其語碼解讀法〉，收入《第三屆現代詩學術會議論文集》，彰化：國立彰化師範大學國文學系出版，民 86 年 5 月，頁 233-249。

4. 何金蘭，〈「發生論結構主義」詩篇分析方法——及其在中國詩歌上之實踐〉，《第二屆現代詩學會議》，彰化：國立彰化師範大學國文學系出版，1995 年 4 月 29 日。

5. 何金蘭，〈女性自我意識：主體／幻象／鏡像／主體〉，發表於「兩岸女性詩歌學術研討會」（中國詩歌藝術學會主辦，台北，1999 年 7 月 4 日）。

6. 何金蘭，〈存活於「虛無」中之「實在」——剖析羈魂〈一切看來是那麼實在〉一詩〉，香港：香港中文大學「香港文學國際研討會」，1999 年 4 月 15 日—17 日。

7. 何金蘭，〈屈服抑或抗拒？——剖析淡瑩〈髮上歲月〉一詩〉，台北：淡江大學「中國女性書寫國際學術研討會」，1999 年 4 月 30 日—5 月 1 日。

8. 何金蘭，〈洛夫〈清明〉詩析論——高德曼結構主義詩歌分析方法之應用〉，台北：《台灣詩學季刊》第五期，1993 年 12 月，頁 104-112。

9. 何金蘭，〈剖析香港詩人羈魂〈看山‧雨中〉和〈鑿〉二詩〉，韓國：韓國江原大學校「第三屆東亞漢學國際學術會議」，1998 年 9 月 25 日—26 日。

10. 何金蘭，〈漢字對越南喃字緣起與演變之影響〉，《開創》（第二屆淡江大學全球姊妹校漢語文化學術會議論文集），台北：台灣學生書局，2005 年 11 月，頁 187-199。

11. 何金蘭，〈繫與不繫之間——剖析林泠的〈不繫之舟〉〉，台北：淡江大學「第二屆東亞漢學國際學術會議」，1997 年 11 月 14 日及 15 日，刊於《台灣詩學季刊》第 22 期，1998 年 3 月，頁 7-12。

12. 何金蘭，〈羅蘭‧巴爾特文學社會學論述評析〉，台北：《思與言》季刊第 29 卷第 3 期，1991 年 9 月，頁 77-117。

13. 何金蘭，〈羅蘭‧巴爾特自傳觀與文學觀析論〉，台北：《思與言》第 30 卷第 3 期，1992 年 9 月，頁 187-218。

14. 李元洛，〈亦秀亦豪的詩筆——讀新加坡詩人淡瑩〈楚霸王〉與〈傘內‧傘外〉〉，原刊於《名作欣賞》，1987 年，第 39 期，山西：北岳文藝出版社。後收入淡瑩《髮上歲月》。

15. 李元洛，〈屹立于時間的風中——論台灣詩人向明的詩〉，刊於《芙蓉》期刊，1988 年第 3 期，湖南：湖南文藝出版社出版。

16. 李元貞，〈從「性別敘事」的觀點論述台灣現代女詩人作品中「我」之敘事方式〉，收入《近、現代中國文學與文化變遷》，台北：學生書局，1996 年 12 月，頁 408。

17. 沈奇，〈管管之風或老頑童與自在者說—管管詩歌藝術散論〉，《台灣詩人散論》，台北：爾雅出版社，1996 年。

18. 周伯乃，〈蓉子的〈我的粧鏡是一隻弓背的貓〉〉，原載於《新文藝》第 142 期，1968 年 1 月，收入蕭蕭主編《永遠的青鳥》，台北：文史哲出版社，1995 年 4 月。

19. 林煥彰，〈欣賞蓉子的詩〉，原載《台塑月刊》，1972 年，收入《永遠的青鳥》。

20. 林綠，〈女性意識與女性自覺——論蓉子的詩〉，選自《羅門、蓉子文學世界學術研討會論文集》，收入《永遠的青鳥》。

21. 胡燕青，〈花氣襲人—讀羈魂的〈花詠五題〉〉，收入《山仍匍匐》，1990 年，頁 110-113。

22. 香港《詩雙月刊》第一期至總第三十七期，1989 年 8 月 1 日至 1997 年 12 月。

23. 唐捐，〈縱一葦之所如——讀林泠的〈不繫之舟〉〉，台北：《國文天地》十三卷二期，民 86 年 7 月號，頁 60-63。

24. 徐舒虹，〈試論淡瑩、王潤華的詩〉，刊於台北：《台灣詩學季刊》第 24 期，1998 年 9 月。

25. 張漢良,〈匿名的自傳作者羅蘭‧巴特／沈復〉,台北:《中外文學》第十四卷第四期,1985 年。

26. 張默,〈處處在在,化為微波——瘂弦的詩生活探微〉,台北:《聯合文學》第 13 卷 8 期,1997 年 6 月。

27. 陳義芝,〈《太極詩譜》驚豔〉,刊於台北:《文訊》112 期,1995 年 2 月,頁 14-15。

28. 楊宗翰,〈刺人的黃昏——林泠〈不繫之舟〉的一種讀法〉,台北:《國文天地》十三卷二期,民 86 年 7 月號,頁 64-66。

29. 楊牧,〈林泠的詩〉,《林泠詩集》序文,台北:洪範書店,民 79 年。

30. 楊鴻銘,〈林泠〈不繫之舟〉析評〉,台北:《國文天地》,十二卷十一期,民 86(1997)年 4 月號,頁 93-97。

31. 葉維廉,〈洛夫論〉,《詩魔的蛻變》洛夫詩作評論集,台北:詩之華出版社,1991 年。

32. 瘂弦,〈從西方到東方——我的詩路歷程〉,台北:《創世紀》詩雜誌第 59 期,1982 年 10 月,頁 27-29。

33. 路雅,〈養在塔裏的「藍色獸」—評羈魂詩集〉,收入《三面》,1976 年,頁 109-115。

34. 潘郁琦,〈青蒼猶吟粉鳳凰的生命歌者—記「海峽詩會—瘂弦原鄉行」〉,台北:《創世紀》詩雜誌 166 期,2011 年 3 月,春季號。

35. 蕭蕭,〈瘂弦的情感世界〉,台北:《中外文學》第八卷第四期,1999 年 9 月。

36. 鍾玲,〈古典的瑰麗——論淡瑩的詩〉,《香港文學》第 54 期,1989 年 6 月,頁 52-55。

37. 鍾玲,〈都市女性與大地之母——論蓉子的詩歌〉,原載《中外文學》第 17 卷第 3 期,1998 年 8 月 1 日,收入《永遠的青鳥》。

38. 藍菱,〈詩的和聲——《林泠詩集》讀後感〉,收入《林泠詩集》,台北:洪範書店,民 79 年。

39. 羈魂,〈一泓死水如何蕩漾歌聲——從政治、經濟、社會因素方面看香港文學的獨特性〉,收入香港:《詩雙月刊》第三十六期,1997 年 10 月 1 日。

## 五、報紙

1.  金啟華,〈淡瑩《髮上歲月》讀後〉,香港:《大公報》, 1994 年 6 月
    19 日。
2.  柏谷,〈小說的極限和極限小說〉,台北:《聯合副刊》,民 81 年 3 月
    13 日。
3.  喀秋莎,〈淺析〈傘內・傘外〉及其技巧〉,新加坡:《南洋商報》,1978
    年 2 月 27 日。
4.  黃壽延,〈嚴峻的人生和斷然的抉擇〉,香港:《大公報》, 1994 年 8
    月 17 日。
5.  蕭蕭,〈林泠的〈不繫之舟〉〉,台北:《中央日報》,民 86 (1997) 年 3
    月 5 日第 21 版〈讀書週刊〉233 期。

## 六、學位論文

1.  何金蘭,《蘇東坡與秦少游》,台北:國立台灣大學中研所碩士論文,
    1971 年。
2.  余欣蓓,《從戰火紋身到鏡中之花——尹玲書寫析論》,台北:淡江大
    學中國文學系碩士論文,2007 年 6 月。

## 七、翻譯

1.  尹大貽譯、Edith Kurzweil 著,《結構主義時代—從萊維・斯特勞斯到
    福科》,上海:上海譯文出版社,1988 年 4 月。
2.  尹玲譯,《文明謀殺了她》,譯自 R. Queneau 著之 Zazie dans le métro,
    台北:源成文化圖書供應社,1977 年。
3.  尹玲譯、梵樂希作,〈水仙吟〉,台北:《台灣詩學・吹鼓吹詩論壇十號》
    「小人物・詩」,2010 年 3 月出版,頁 193-195。
4.  方謙譯、卡勒爾 (J. Culler) 著,《羅蘭・巴爾特》,北京:三聯書店出
    版,1988 年。

5. 王美華、于沛合譯,《文學社會學》,安徽:安徽文藝出版社,1987 年 9 月。

6. 外國文學研究資料叢刊編輯委員會編,《盧卡契文學論文集》,北京:中國社會科學出版社,1981 年。

7. 何金蘭譯,《薩伊在地鐵上》,譯自 R. Queneau 著之 Zazie dans le métro,中法雙語對照版,台北:中央圖書出版公司,1995 年。

8. 吳岳添譯(呂西安·戈德曼著),《論小說的社會學》,北京:中國社會科學出版社,1988 年。

9. 李幼蒸譯、J. M. Broekman 著,《結構主義:莫斯科—布拉格—巴黎》,台北:谷風出版社,1987 年。

10. 李幼蒸譯、R. Barthes 著,《符號學原理》,北京:三聯書店,1988。

11. 汪秀華譯、【法】皮埃爾—馬克·德比亞齊著,《文本發生學》(法國大學 128 叢書)天津:天津人民出版社,2005 年 5 月第 1 版。

12. 段毅、牛宏寶譯(呂西安·戈德曼著),《文學社會學方法論》,北京:新華書店,1989 年。

13. 洪顯勝譯、R. Barthes 著,《符號學要義》,台北:南方出版社,1988 年。

14. 孫乃修譯、R. Barthes 著,《符號禪意東洋風——巴爾特筆下的日本》,香港:商務印書館,1992 年。

15. 袁鶴祥等譯、Douwe Fokkema 和 Elrud Ibsch 合著,《二十世紀文學理論》,香港:中大出版社,1985 年。

16. 張京媛主編《當代女性主義文學批評》,北京:北京大學出版社,1992 年 1 月。

17. 盛寧譯、〈美〉高納森、卡勒著,《結構主義詩學》,北京:中國社會科學出版社,1991 年。

18. 陳引馳譯,《女性主義文學批評》,板橋:駱駝出版社,1995 年 7 月。

19. 陳永寬譯、Terence Hawkes 著,《結構主義與符號學》,台北:南方出版社,1988 年。

20. 陳潔詩譯,Toril Moi 著,《性別/文本政治:女性主義文學理論》第二部分第六節〈埃萊娜·西佐斯:幻想的烏托邦〉,板橋:駱駝出版社,1995 年,頁 93-118。

21. 廖仁義譯、Mary Evans 著,《高德曼的文學社會學》,(Lucien Goldmann: An Introduction),台北:桂冠圖書公司,1990 年。

22. 劉豫譯,《文學結構主義》(原著為 Structuralism in Literature),北京:三聯書店出版,1988 年。

23. 鍾嘉文譯、Terry Eagleton 著,《當代文學理論》,台北:南方出版社,1988 年。

24. 懷宇譯、Roger Fayolle 著,《法國文學評論史》,四川:四川文藝出版社,1992 年 1 月。

# 貳、西文部份

1. ANGENOT, Marc Bessière, Jean-Fokkema, Douwe-Kushner, Eva: *Théorie littéraire,* Paris, PUF, 1989.
2. BARTHES, Roland, "Le mythe, aujourd'hui"(〈今日神話〉), *Mythologies* (《神話學》) Seuil, Paris, 1957, p.193-247.
3. BARTHES, Roland, *Sur Racine*（《論拉辛》）, Seuil, Paris, 1963.
4. BARTHES, Roland, *Essais Critiques*（《批評論集》）, Seuil, Paris, 1964.
5. BARTHES, Roland, *Critique et Vérité*（《批評與真實》）, Seuil, Paris, 1966.
6. BARTHES, Roland,〈貝盧訪談記〉, *Les Lettres Françaises*（《法國文學》）雜誌，1967年3月2日。
7. BARTHES, Roland,《S/Z》，Seuil，Paris，1970.
8. BARTHES, Roland, *Sade, Fourier, Loyola*（《薩德，傅立葉，羅尤拉》）, Seuil, Paris, 1971.
9. BARTHES, Roland, *Degré zéro de l'écriture*，Seuil，Paris，1972年版。
10. BARTHES, Roland, *Le Plaisir du texte*, Paris, Ed. du Seuil, 1973.
11. BARTHES, Roland, *Roland Barthes par Roland Barthes*(《巴特論巴特》), Seuil,「千古名家」叢書，Paris，1975.
12. BARTHES, Roland, "Introduction à l'analyse structurale des récits"（〈敘事作品結構分析導論〉），收入《敘事體詩學》, Seuil, Paris, 1977.
13. BARTHES, Roland, *Leçon*（《就職講演》）, Seuil, Paris, 1978.
14. BARTHES, Roland,〈貝盧訪談記〉,《法國文學》，1970年5月20日，後收入 *Le Grain de la voix*（《音粒》）, Seuil, Paris, 1981.
15. BARTHES, Roland, *Le Bruissement de la langue*(《語言的微響》), Paris, Ed. du Seuil, 1984.
16. BARTHES, Roland, *La Littérature selon Barthes*，*Les Editions de Minuit,* Paris, 1986.
17. BARTHES, Roland, *Michelet par lui-meme*(《米舍萊自述》), Seuil, Paris, 1988年版。

18. BAUDELAIRE, Charles, *Les Fleurs du Mal et autres poèmes*（《惡之華》）, Paris, Garnier—Flammarion, 1964年。

19. BAUDELAIRE, Charles, *Petits Poèmes en Prose,* Paris, Gallimard, 1973.

20. BEAUVOIR, Simone de, 《*Le deuxième sexe*》, Paris, Editions Gallimard, 1949 年初版、1976 年版。

21. BENSMAIA, Réda, *Barthes à l'Essai*（《隨筆作家巴特》）, Gunter Narrverlag, Tubingen, 1986.

22. BELLEMIN-NOËL, Jean *"Le Texte et l'Avant-Texte"*, Larousse, Paris, 1972 .

23. BERGEZ, Daniel, BARBERIS, Pierre, BIASI, Pierre-Marc de, MARINI, Marcelle, VALENCY, Gisèle, *Introduction aux Méthodes Critiques pour l'analyse littéraine*, Paris, Bordas, 1990.

24. BIASI, Pierre-Marc de, *"Carnets de travail"*, Editions Balland, 1988.

25. BIASI, Pierre-Marc de, *"Introduction aux Méthodes Critiques pour l'analyse littéraire"*, Bordas, Paris, 1990.

26. BIASI, Pierre-Marc de, *" La Génétique des textes "*, Paris, Ed. Nathan / Her. 2000.

27. CALVET, Louis-Jean，*Roland Barthes*, Flammarion, Paris, 1990.

28. COUTURIER, Maurice, *La Figure de l'auteur*, Paris, Editions du Seuil,1995.

29. CHARLES, Michel, *Introduction à l' étude des textes*, Paris, Seuil, 1995.

30. DEBRAY-GENETTE, Raymonde, *Flaubert à l'oeuvre*, Paris, Flammarion, 1980.

31. DOSSE, François, *Histoire du Structuralisme*（《結構主義史》），Editions La Découverte, Paris, 1992.

32. DUCHET, Claude, "Pour une sociocritique ou variations sur un incipit"（〈論社會批評或一篇開頭詞之變奏〉），*Littérature*（《文學》）雜誌，1971年2月第一期，p.5-14.

33. DUCHET, Claude, *Sociocritique*（《社會批評》）, Fernand Nathan, Paris, 1979.

34. DUCHET, Claude, *La Socialité du roman*（《小說的社會性》）導言，此據Roger Fayolle所著之*La Critique*, p.224-225.

35. DURKHEIM, Emile, *La Division du travil sociale*(《社會分工論》)PUF, Paris 1973,第九版。

36. ESCARPIT, Robert, *Le littéraire et le social*（《文學性與社會性》）, Flammarion, 1970.

37. ESCARPIT, Robert, *Sociologie de la literature*, PUF, Paris, 第七版, 1986.

38. FAYOLLE, Roger, *La Critique*(《文學批評》), Armand Colin, Paris, 1978.

39. FAYOLLE, Roger,"Comment parler à la littérature"（〈如何對文學說話？〉）, *Tel Quel*期刊第47期, 1971.

40. FLAUBERT, Gustave, *Carnets de travail*, Editions Balland, 1988.

41. FOUCAULT, Michel, *"Qu'est-ce qu'un auteur ?"* Bulletin de la Société française de philosophie t. 63, 1963, No.3, p.73-104.

42. FOUCAULT, Michel, in *Annuaire du Collège de France*, 1979-1980.

43. GENETET, Gérard, *Figures I*（《修辭格I》）, Seuil, Paris, 1966.

44. GOLDMANN, Lucien, *La communauté humaine et l'univers chez Kant*（《康德哲學中的人類社群和宇宙》）PUF, Paris, 1948.

45. GOLDMANN, Lucien, *Sciences humaines et philosophie*（《人文科學與哲學》）, Gonthier Paris, 1952.

46. GOLDMANN, Lucien, *Recherches dialectiques*（《辯證法研究》）, Gallimard, Paris, 1959.

47. GOLDMANN, Lucien, "Matérialisme dialectique et Histoire de la littérature", 1947（〈辯證唯物論與文學史〉）, 收入*Recherchcs Dialectiques*（《辯證法研究》）, Gallimard, Paris, 1959.

48. GOLDMANN, Lucien, "Le concept de structure significative en histoire de la culture"（〈文化歷史中的意涵結構概念〉）, 收入*Recherches dialectiques*（《辯證法研究》）, Gallimard, Paris, 1959.

49. GOLDMANN, Lucien, *Le Dieu Caché*, Gallimard, Paris, 1959.

50. GOLDMANN, Lucien, *Pour une sociologie du roman*(《論小說社會學》), Gallimard, Paris, 1964.

51. GOLDMANN, Lucien, *Structures mentales et Création culturelle*（《精神結構與文化創作》）, Union Générale d'Editions, 1970.

52. GOLDMANN, Lucien, *La création culturelle dans la société moderne* （《現代社會中的文化創作》），Denoël/Gonthier, Paris, 1971.

53. GOLDMANN, Lucien, *Lukács et Heidegger*（《盧卡奇與海德格》），Denoël/Gonthier, Paris, 1973.

54. GOLDMANN, Lucien, "Structuralisme génétique en sociologie de la Littérature"（〈文學社會學中的發生學結構主義〉），收入 *Le Structuralisme Génétique*（《發生學結構主義》），Editions Gonthier，Paris，1977.

55. GOLDMANN, Lucien, "Le Théâtre de Genet, Essai d'étude sociologique"（〈惹內的戲劇──社會學研究評論〉）收入 *Sociologie de la littérature-Recherches récentes et discussions*（《文學社會學──新近的研究與討論》），Bruxelles, Editions de l'université Bruxelles, 1973.

56. GOLDMANN, Lucien, "Réponse de Lucien Goldmann à MM. Picard et Daix"（〈高德曼答畢卡和戴二位先生〉），*Sociologie de la littérature-Recherches récentes et discussions,* Bruxelles, Editions de l'université Bruxelles, 1973.

57. GOLDMANN, Lucien, "Réponse de Lucien Goldmann à MM. Elsberg et Jones"〈高德曼覆艾斯伯與鍾斯二位先生〉），收入 *Sociologie de la littérature-Recherches récentes et discussions*（《文學社會學──新近的研究與討論》）, Bruxelles, Editions de l'université Bruxelles, 1973.

58. GOLDMANN, L. & PETERS, N. "Les chats", dans *Sociologie de la littérature*, Bruxelles, Editions de l'université Bruxelles, 1973.

59. Institut de Sociologie, *Littérature et Société – Problèmes de méthodologie en sociologie de la littérature*, Bruxelles, Editions de l'Institut de sociologie, Université Libre de Bruxelles, 1967.

60. *Lucien Goldmann et la Sociologie de la littérature*（《高德曼與文學社會學》紀念專輯）, Editions de l'Université de Bruxelles, 1975.

61. GRÉSILLON, Almuth, *Eléments de critique génétique. Lire les manuscrits modernes*, Paris, PUF, 1994.

62. GRÉSILLON, Almuth, *La Mise en oeuvre . Itinéraires génétiques*, Paris, CNRS Editions, 2008.

63. IRIGARAY, Luce, *Speculum, de l'autre femme*, Paris, Les Editions de Minuit, 1974.

64. LAGARDE & MICHARD, "*III, Français classe de 4ᵉ, Initiation littéraire*", Bordas Paris, 1964.

65. LAGARDE, André & MICHARD, Laurent, "*XIXᵉ siècle · Les grands auteurs français du programme*", Paris, Bordas, 1969.

66. LAGARDE, André & MICHARD, Laurent, 《法國文學》（十九世紀）, *Collection Littéraire,* Paris, Bordas, 1969.

67. LANSON, Gustave, *Programme d'étude sur l'histoire provinciale de la vie littéraire en France*（《法國外省文學生命史研究計畫》）, 1903.

68. LANSON, Gustave, *Méthodes de l'histoire littéraire*（《文學史方法》）發表於*Etudes Françaises*（《法國研究》）1925年1月，第一冊。

69. LANSON, Gustave, "Un manuscrit de Paul et Virginie"刊於*Revue du Mois*期刊，1908年。收入*Etudes d'histoire littéraire*（《文學歷史研究》）, Champion, 1930.

70. LUKÁCS, György, *History and Class Consciousness*（《歷史與階級意識》）英譯本。

71. MARIN, Louis, "*RB par RB* ou l'autobiographie neutre"（〈《RB論RB》或中性自傳〉）, *Critique*期刊第423-424期，p.734-743.

72. MARX, Karl, *L'Introduction générale à la critique de l'économie politique*（《政治經濟學批判導言》）, 1857, Editions Sociales，引自*La Critique*（《文學批評》）, Roger Fayolle, Paris, 1978.

73. MESCHONNIC, Henri, *Critique de la théorie critique, Langage et histoire*, Saint-Denis, P.U.V, 1985.

74. NAÏR, Sami, "Forme et sujet dans la création culturelle"（〈文化創作中的形式與主題〉）, 收入*Le Structuralisme Génétique*（《發生論結構主義》）, Denoël/Gonthier, Paris, 1977.

75. ORIOL-BOYER, Claudette, *Nouveau Roman et discours critique*, Grenoble, Ellug, 1990.

76. PIAGET, Jean, "Bref témoignage"（〈淺論高德曼〉）, 收入*Lucien Goldmann et la Sociologie de la littérature*（《呂西安·高德曼與文學社會學》紀念專輯）, 布魯塞爾大學出版, 1975, p.53-55.

77. POULET, Georges, *"Les chemins actuels de la critique"* , sous la direction de: Cerisy, 2-12 sept. 1966; Plon, 1967.

78. QUENEAU, Raymond, Zazie dans le metro, Paris, Edition Gallimard, 1959.

79. RAVOUX RALLO, Elisabeth, *Méthodes de critique littéraire*, Paris, Armand Colin, 1993.

80. RUDLER, Gustave, *"Techniques de la critique et l'histoire littéraires"* Oxford, 1923, Slatkine, 1979.

81. TADIÉ, Jean-Yves, *La critique littéraire au XX$^e$ siècle*, Paris, Belfond, 1987.

82. THIBAUDEAU, Jean, "Réponses"(〈答覆〉), *Tel Quel*期刊第47期, 1971, p.96-97.

83. THIBAUDEAU, Jean, 《*Revue d'Esthétique*》No.2, Sartre／Barthes專號。

84. TODOROV, Tzvetan, *Critique de la critique*, Paris, Editions du Seuil, 1984.

85. ZIMA, Pierre V., *Manuel de Sociocritique*（《社會批評教程》）, Picard, Paris, 1985.

86. 《論文學》，巴特訪問記，格勒諾布爾大學出版社，Grenoble, 1980.

87. 1970年11月—1971年5月FR3電視台，《Océaniques》節目，1988年2月8日。

88. *"Génétique matérielle, génétique virtuelle"*, PUL, Québec, 2009 .

89. *"GENESIS 30 : Théorie : état des lieux"*, PUPS, Paris, 2010.

# 索引

## A

## B

## K

## L

# S

語言文學類　AG0136

# 法國文學理論與實踐

作　　者 / 何金蘭
責任編輯 / 林泰宏
圖文排版 / 王思敏
封面設計 / 王嵩賀
封面攝影 / 何金蘭

發 行 人 / 宋政坤
法律顧問 / 毛國樑　律師
出版發行 / 秀威資訊科技股份有限公司
　　　　　114 台北市內湖區瑞光路 76 巷 65 號 1 樓
　　　　　電話：+886-2-2796-3638　傳真：+886-2-2796-1377
　　　　　http://www.showwe.com.tw
劃撥帳號 / 19563868　戶名：秀威資訊科技股份有限公司
　　　　　讀者服務信箱：service@showwe.com.tw
展售門市 / 國家書店（松江門市）
　　　　　104 台北市中山區松江路 209 號 1 樓
　　　　　電話：+886-2-2518-0207　傳真：+886-2-2518-0778
網路訂購 / 秀威網路書店：http://www.bodbooks.com.tw
　　　　　國家網路書店：http://www.govbooks.com.tw

2011 年 11 月 BOD 一版
定價：550 元
版權所有　翻印必究
本書如有缺頁、破損或裝訂錯誤，請寄回更換

國家圖書館出版品預行編目

法國文學理論與實踐 / 何金蘭著. -- 一版.
-- 臺北市：秀威資訊科技, 2011.11
　面；　　公分. -- (語言文學類；AG0136)
BOD 版
ISBN 978-986-221-831-0(平裝)


1. 法國文學　2. 文學評論

876.2　　　　　　　　　　100016674

# 讀者回函卡

感謝您購買本書，為提升服務品質，請填妥以下資料，將讀者回函卡直接寄
回或傳真本公司，收到您的寶貴意見後，我們會收藏記錄及檢討，謝謝！
如您需要了解本公司最新出版書目、購書優惠或企劃活動，歡迎您上網查詢
或下載相關資料：http:// www.showwe.com.tw

您購買的書名：_____

出生日期：_____年_____月_____日

學歷：□高中 (含) 以下　　□大專　　□研究所 (含) 以上

職業：□製造業　□金融業　□資訊業　□軍警　□傳播業　□自由業
　　　□服務業　□公務員　□教職　　□學生　□家管　　□其它____

購書地點：□網路書店　□實體書店　□書展　□郵購　□贈閱　□其他

您從何得知本書的消息？

　　□網路書店　□實體書店　□網路搜尋　□電子報　□書訊　□雜誌

　　□傳播媒體　□親友推薦　□網站推薦　□部落格　□其他_____

您對本書的評價：（請填代號　1.非常滿意　2.滿意　3.尚可　4.再改進）

　　封面設計____　版面編排____　內容____　文／譯筆____　價格____

讀完書後您覺得：

　　□很有收穫　□有收穫　□收穫不多　□沒收穫


對我們的建議：_____

_____

_____

_____

11466
台北市內湖區瑞光路 76 巷 65 號 1 樓

**秀威資訊科技股份有限公司**　　　收

BOD 數位出版事業部

．．．．．．．．．．．．．．．．．．．．．．．．．．．．．．．．．．．．．．．．．．．．．．．．．．．．．．．．．．．．．．．．．．．．．

（請沿線對折寄回，謝謝！）

姓　　名：＿＿＿＿＿＿＿＿＿　年齡：＿＿＿＿　性別：□女　□男

郵遞區號：□□□□□

地　　址：＿＿＿＿＿＿＿＿＿＿＿＿＿＿＿＿＿＿＿＿＿＿＿

聯絡電話：(日)＿＿＿＿＿＿＿＿＿　(夜)＿＿＿＿＿＿＿＿＿＿

E-mail：＿＿＿＿＿＿＿＿＿＿＿＿＿＿＿＿＿＿＿＿＿＿